KB093255

프랜시스 스콧 피츠제럴드 2

28 세계문학 단편선

프랜시스 스콧 피츠제럴드 2

하창수 옮김

현대문학

차례

야곱의 사다리[*]
Jacob's Ladder

1

그것은 유난히 부도덕하고 지저분한 살인 사건에 대한 재판이었다. 긴 방청객 의자에 앉아 소리 없이 몸을 비틀던 제이컵 부스는 단지 음식이 있다는 이유만으로 배도 고프지 않은데 그것을 허겁지겁 먹어 치운 아이가 된 기분이었다. 신문들이 이 사건을 인도적 차원에서 접근한 탓인지 간단히 정리될 문제가 약육강식의 문제로 비화하면서 방

---

[*] 소설 속에는 전혀 언급이 되어 있지 않지만, 주인공 제이컵의 유대식 발음인 '야곱'과 관련지어 보면 『구약』 「창세기」에 나오는 '야곱의 사다리' 일화에서 제목을 따왔으리라고 유추할 수 있다. 『구약』에는 야곱이 속임수를 써서 장자권을 얻은 게 들통난 뒤 도망을 가던 중에 하늘까지 닿는 사다리를 보는 이야기가 나오는데, 여기서 유래한 '야곱의 사다리'는 많은 작가와 음악가, 영화감독에 의해 빈번하게 예술 작품의 모티브나 주제로 사용되었다.

청권 구하기는 하늘의 별 따기가 돼 버렸다. 그런 귀한 방청권을 손에 쥔 덕분에 그는 전날 저녁을 편안히 보낼 수 있었다.

제이컵은 출입문들을 둘러보았다. 저마다 자신의 일상에서부터 헐레벌떡 도망쳐 나온 100여 명에 이르는 사람들이 잔뜩 흥분한 채 문가에 붙어 서서 가까스로 숨을 들이쉬었다 내쉬고 있었다. 더운 날이라 그런지 온통 땀투성이었는데, 그들을 헤치고 나가려 했다간 축축한 땀방울들이 온통 자신에게 들러붙을 게 뻔했다. 뒤에 앉아 있던 누군가가 배심원단이 30분 안에는 나타나지 않을 거라고 중얼거렸다.

그의 고개가 자석에 끌리듯 피고인석에 앉아 있는 살인범에게로 향했다. 무표정한 여자의 큰 얼굴에는 벌건 두 눈이 단추처럼 박혀 있었다. 결혼 전의 성이 델러헌티였던 첸스키 부인의 운명은 어느 날 그녀의 손에 육류를 베어 내는 데 쓰는 큰 식칼을 쥐여 주고는 항해사였던 연인을 토막 내게 만들었다. 무기를 휘둘렀을 통통한 두 손으로 잉크병을 끊임없이 돌려 대며, 그녀는 불안한 미소를 띤 채로 몇 번이나 군중들을 힐끔거리곤 했다.

제이컵은 미간을 좁히며 빠르게 주위를 둘러보았다. 예쁜 얼굴 하나가 잠깐 눈에 띄었다가 곧 사라졌다. 그 얼굴은 첸스키 부인의 속마음을 그려 보는 데 몰두하고 있던 그의 시야에 얼핏 닿았다가 죄다 모르는 얼굴뿐인 무리 속으로 묻혀 버렸다. 그것은 부드럽고 반짝이는 눈, 창백하고 깨끗한 피부를 가진 성자의 그늘진 얼굴을 상기시켰다. 그는 두 번쯤 실내를 훑어보고는 이내 그 얼굴을 잊어버린 채 뻣뻣하고 불편한 자세로 앉아 배심원단의 결과가 나오기를 기다렸다.

배심원단은 일급 살인이라는 평결을 가지고 돌아왔다. 첸스키 부인의 입에서 "오, 신이시여!"라는 비명이 터져 나왔다. 최종 판결은 다음 날로 연기되었다. 느리고 리드미컬한 행렬이 8월의 오후로 몰려 나가기 시작했다.

제이컵은 아까 놓쳤던 얼굴을 찾아냈다. 그리고 왜 놓쳤던 건지 그 이유도 알아냈다. 피고인석 옆쪽에 앉아 있던 어린 여자는 보름달만큼 큰 첸스키 부인의 얼굴에 완전히 가렸던 것이다. 어둠에 잠긴 채 빛나는 맑은 두 눈은 눈물이 차올라 반짝였다. 납작한 코의 성마른 젊은 남자 하나가 그녀의 주의를 끌려고 어깨를 밀어 댔다.

"아, 저리 가라고요!" 하고 여자가 참지를 못하고 손을 흔들며 말했다. "혼자 좀 있게 해 달라고요, 예? 혼자 좀 있겠다고요!"

남자는 깊이 한숨을 내쉬더니 뒤로 물러섰다. 어린 여자는 멍한 표정을 짓고 있는 첸스키 부인을 끌어안았다. 제이컵 가까이에 있던 누군가가 둘이 자매라고 말해 주었다. 잠시 후 첸스키 부인은 시야에서 사라졌다. 터무니없게도 법정을 빠져나가던 그녀의 표정은 중요한 약속이라도 있는 사람처럼 보였다. 여자는 피고인석에 앉아 얼굴에 분을 바르기 시작했다. 제이컵은 기다렸다. 코가 납작한 남자 역시 기다렸다. 경관이 퉁명스러운 얼굴로 다가오자 제이컵이 그의 손에 5달러를 쥐여 주었다.

"정말!" 하고 여자가 젊은 남자에게 소리쳤다. "날 좀 혼자 내버려 두라고 그랬잖아요?" 그녀가 벌떡 일어섰다. 그녀가, 그녀의 조바심에서 우러나온 모호한 진동이, 법정을 가득 채웠다. "하루도 빠꼼한 날이 없어!"

제이컵은 더 가까이 다가갔다. 그때 다른 남자 하나가 불쑥 나타나 그녀에게 말했다.

"델러헌티 양, 우린 당신과 언니분께 보통 이상으로 후하게 해 드렸어요. 제가 지금 부탁드리는 건 그저 계약서상에 나와 있는 것만 이행해 달라는 겁니다. 우리 신문이 보도되게 ……"

델러헌티 양은 절망에 휩싸인 채 제이컵을 향해 몸을 돌렸다. "저 사람 좀 쫓아 주시면 안 돼요?" 하고 그녀가 청했다. "저 사람은 지금 제 언니 아기 때 사진을 원해요. 거기엔 엄마도 찍혀 있다고요."

"모친은 빼 드리겠습니다."

"제가 원하는 건 엄마 사진이에요. 엄마가 나온 건 그거 하나뿐이라고요."

"사진은 내일 돌려 드리는 걸로 하겠습니다."

"아, 이제 다 지겨워요." 그녀는 다시 제이컵에게 말을 하긴 했지만, 그라고 흔한 구경꾼들과 다르게 보는 건 아니었다. "눈이 아플 지경이라고요." 그녀는 이를 부딪쳐 딸깍였는데, 그 소리엔 경멸의 진수가 고스란히 담겨 있었다.

"바깥에 제 차가 있어요, 델러헌티 양." 제이컵이 불쑥 입을 열었다. "집으로 데려다 드릴까요?"

"좋아요," 하고 그녀는 별생각 없이 대답했다.

신문사 남자는 두 사람이 최근에 안면을 튼 관계일 거라고 예상하고 있었다. 세 사람이 문을 향해 걸어가는 동안 그가 낮은 소리로 투덜대기 시작했다.

"매일매일이 이래요," 하고 델러헌티 양이 씁쓸하게 말했다. "기자들, 지겨워!" 밖으로 나온 제이컵이 손짓을 보내자 크고 덮개가 없는 밝은 빛깔의 자동차가 다가와 멈추더니 운전기사가 뛰어내려 문을 열었다. 이러다 사진을 얻을 수 없을지도 모른다는 생각이 든 기자는 울음이라도 터뜨릴 것 같은 얼굴로 마지막으로 애원하기 시작했다.

"강에나 뛰어들어 버려요!" 하고 제이컵의 차에 자리를 잡으며 델러헌티 양이 말했다. "강에나— 빠져— 버리라고요!"

그녀가 내뱉는 말들이 지닌 놀라운 힘을 생각하면 제이컵은 그녀의 어휘력에 한계가 있다는 사실이 안타까웠다. 그것은 절망한 저널리스트가 스스로 허드슨강에 뛰어드는 모습을 떠올리게 했을 뿐만 아니라, 제이컵으로 하여금 그것이야말로 그 남자를 처리하는 유일하게 적합한 방법이라고 확신하게 만들었다. 그 남자가 자신의 물에 젖은 운명과 마주하도록 내버려 둔 채, 제이컵의 자동차는 길을 따라 아래로 내달렸다.

"상대하는 솜씨가 보통이 아니던데요," 하고 제이컵이 말을 걸었다.

"물론이죠." 그녀가 동의했다. "시간이 얼마큼 지나면 마음이 상하고, 그러면 누구든 다 상대할 수 있게 돼요. 제가 몇 살이나 먹은 거 같아요?"

"몇 살인데요?"

"열여섯 살."

그를 바라보는 그녀의 진지한 표정이 그를 경탄의 세계로 인도했다. 성자와 닮은, 어린 성모처럼 강렬한 그녀의 얼굴이 오후의 극심한 먼지 속에서 곧 부서질 것처럼 떠올랐다. 두 개로 온전히 갈라진 입술과 입술 사이로 뿜어져 나오는 숨결은 한 호흡도 혼탁하지 않았다. 그는 이제껏 그녀의 살갗처럼 창백하고 깨끗한 것도, 그녀의 눈처럼 화려하게 빛나는 것도 본 적이 없었다. 균형 잡힌 인간의 전범과도 같은 그가 신선함이란 저런 것이라는 생각이 들면서 갑자기 무릎을 꿇고 싶어진 것은, 닳고 닳은 그의 생애에서 처음 있는 일임이 분명했다.

"사는 데가 어디죠?" 하고 그가 물었다. 브롱크스일 듯싶었다. 어쩌면 용커스나 올버니…… 배핀스베이일는지도. 어딘들 어떠랴. 이대로 영원히 달려 세상의 꼭대기까지 나아갈지도 모를 일이었다.

그때 그녀가 입을 열었다. 두꺼비 같은 말들이 그녀의 목소리 안에 생생하게 살아 약동하는 듯했다. 잠깐의 시간이 흐르고 말이 흘러나왔다. "동부, 로, 백, 삼십, 삼, 번지. 여자 친구 하나랑 같이 살아요."

신호등이 바뀌기를 기다리는 동안, 그녀는 나란히 정차한 택시 안에서 시뻘건 얼굴로 자신을 유심히 보고 있던 남자에게 거만한 눈빛을 보냈다. 남자는 가소롭다는 표정을 지으며 모자를 벗었다. "그 꼬마 숙녀군," 하고 남자가 소리쳤다. "오호, 정말 쪼그맣네!"

택시 차창 안에서 팔이 쑥 나타났다가 다시 택시 안 어둠 속으로 사라졌다.

델러헌티 양이 제이컵에게로 고개를 돌렸다. 찡그린 얼굴에, 머리카락이 두 눈 사이에 널따란 그림자를 드리우고 있었다. "사람들이 저를 엄청 알아봐요," 하고 그녀가 말했다. "신문에 사진이랑 기사가 엄청 실렸으니까요."

"판결은 유감이오."

오후에 있었던 일이 그녀의 뇌리를 스쳐 갔다. 차에 타고 30분 만에 처음이었다. "이미 정해진 거나 마찬가지였어요, 아저씨. 언니한텐 기회란 게 아예 없었죠. 하지만 뉴욕주에선 여자는 절대 전기의자에 앉히지 않을 거예요."

"맞아, 그럴 거요."

"언닌 어쨌든 목숨은 건질 거예요." 그 말이 그녀의 입에서 나왔다고는 믿기지 않았다. 델러헌티의 평온한 얼굴은 그녀의 말과 그녀를 분리시켰다. 말은 그녀의 입 밖으로 나오자마자 그녀와 따로 존재했다.

"언니랑 같이 살았던가요?"

"저요? 신문 좀 읽어요! 사람들이 말해 주기 전까진 그 여자가 언니라는 것도 몰랐어요. 아기 때도 본 적이 없으니까요." 그녀는 갑자기 세계에서 가장 큰 백화점들 중 한 곳을 손가락으로 가리켰다. "저기서 일해요. 모레부터 또 지겹게 일해야 돼요."

"오늘 밤은 꽤 덥겠는데," 하고 제이컵이 말했다. "교외로 나가서 같이 저녁 먹겠소?"

그녀가 그를 바라보았다. 그의 두 눈은 정중하고 다정했다. "좋아요," 하고 그녀가 대답했다.

제이컵의 나이는 서른세 살이었다. 그는 한때 목소리에서 운명의 힘이 느껴진다는 테너였지만, 후두염으로 인해 일주일 동안 계속된 고열이 모든 것을 앗아가 버렸다. 10년 전 일이었다. 안식이라곤 눈곱만큼도 남아 있지 않은 절망적인 상황에서 그는 5년이란 시간을 다 쏟아부어 플로리다의 대농장을 매입해 골프장으로 만들었다. 1924년, 마침내 땅값이 폭등했고, 그는 80만 달러에 그곳을 팔아 치웠다.

너무도 많은 미국인들이 그렇듯, 그 역시 어떤 것에 관심을 가지기보다는 그것이 어느 정도의 가치를 가지고 있는지에 집중했다. 그 무관심의 정체는 삶에 대한 공포도 애착도 아니었다. 그것은 지겹도록 계속된 인종 차별적 폭력이었다. 그는 미국에서 가장 부유한 이들 중 하나였던 여자와 결혼하기 위해 1년 반 동안 모든 노력을―엄청난 노력을―기울였다. 돈이 필요해서가 아니었다. 그가 만약 그녀를 사랑했다면, 그런 척하기만 했더라도, 그는 그녀를 가질 수 있었을지도 모른다. 그러나 그는 형식적인 거짓말, 그 이상에는 도달할 수 없었다.

외모로 보자면 그는 키가 작고, 반듯하고, 핸섬했다. 무관심의 극심한 공격에 공략돼 버릴 때만 제외하면, 그는 보기 드물게 매력적인 사람이었다. 그는 뉴욕에서 최고라고 확신하는 남자들과 어울려 다녔고, 이제껏 최고의 시간을 보냈다. 무관심의 극심한 공격을 지날 때의 그는 마치 목에 달린 갈기를 펄럭이며 짜증을 부리는 못돼 먹은 하얀 새처럼 온 마음을 다해 인간을 증오했다.

보르게세 공원에 쏟아지는 여름밤 달빛 아래에서라면, 그는 인간들을 좋아했다. 달은 빛나는 달걀 같았고, 제니 델러헌티의 얼굴처럼 부드럽고 밝았다. 소금기 머금은 바람은 널따란 대지 위를 날며 정원의 꽃향기를 도로변 식당 앞 잔디밭까지 끌어다 주었다. 더운 밤공기를 헤치며 빠르게 움직이는 식당 종업원들의 움직임이 마치 요정처럼 보였다. 그들의 검은 뒷모습은 어둠 속으로 사라졌고, 흰색 셔츠 앞섶은 기이한 형상의 어릿광대 같은 어둠을 뚫고 눈부시게 빛났다.

그들은 샴페인을 한 병 마셨다. 그는 제니 델러헌티 양에게 이야기 하나를 꺼냈다. "넌 이제껏 내가 본 모든 것들 가운데서 가장 아름다워," 하고 그가 말했다. "그런데 공교롭게도 넌 내 이상형과는 달라. 그러니 난 네게 어떤 의도도 가지고 있지 않다고 할 수 있지. 그런데 말이야, 넌 아까 그 백화점으로 돌아가선 안 돼. 내일 내가 널 빌리 패럴리란 사람과 만나게 해 줄 거야. 롱아일랜드에서 영화감독을 하고 있는 사람이야. 그도 역시 네가 아름답다는 걸 발견하게 될지는 모르겠어. 아직 한 번도 그 사람한테 누굴 소개해 본 적이 없어서 말이야."

그녀의 얼굴에는 어떤 그림자도 드리우지 않았고, 한줄기 파문도 일지 않았지만, 눈동자에만은 의문이 서렸다. 그가 한 말 같은 건, 이전에도 수없이 들어 온 말이었다. 하지만 다음 날 실제로 영화감독을 만난 적은 한 번도 없었다. 그녀 역시, 그 남자들이 지난밤의 약속을 상기하도록 눈치 빠르게 행동하지도 않았고.

"넌 아름다울 뿐 아니라," 하고 제이컵이 찬사를 이어 갔다. "웅대한 스케일까지 가지고 있어. 네가 하는 모든 행동들―그래, 저 유리잔으로 손을 뻗는 것이나 수줍은 체하는 것, 내게 가졌던 기대를 모두 내려놓은 것 같은 그 모습들―그 모든 게 마음으로 전달돼. 그것을 꿰뚫어 볼 만큼 똑똑한 사람이라면, 네가 여배우로 태어났다는 걸 알게 되겠지."

"전 노머 시어러*를 제일 좋아해요. 아저씨는요?"

부드러운 밤공기를 뚫고 집 쪽으로 달리는 차 안에서 그녀는 키스를 기다리며 얼굴을 조용히 들어 올렸다. 제이컵은 그녀를 팔로 감싸 안으며 자신의 뺨을 그녀의 부드러운 뺨에 대고 난 다음 오랫동안 그녀를 내려다보았다.

"참 사랑스러운 아이로구나," 하고 말하는 그의 목소리는 무척이나 진지했다.

그녀가 그에게 미소를 지어 보였다. 그녀의 손이 그의 코트 옷깃을 버릇처럼 만지작거렸다. "정말 좋은 시간이었어요." 그녀가 낮은 소리로 속삭였다. "세상에! 다시는 법정으로 돌아가지 않아도 된다면 정말 좋겠어요."

"나도 그럴 수 있길 바란다."

"작별의 키스 정도는 해 주셔도 되지 않나요?"

"그레이트넥이군." 그는 말했다. "우리가 지나가고 있는 곳 말이야.

---

* Norma Shearer(1900~1983). 할리우드 MGM 스튜디오에서 '스크린의 영부인'으로 불렸던 여배우.

영화배우들이 많이 살고 있지."

"아저씬 괴짜예요. 잘생긴 괴짜."

"왜?"

그녀가 고개를 좌우로 흔들더니 미소를 지었다. "암튼 아저씬 괴짜예요."

그녀는 그가 이제껏 보아 왔던 남자들과는 전혀 다르다는 걸 알 수 있었다. 그는 놀라운 사람이었고, 듣기 좋은 말을 하는 사람이 아니었다. 그런 모습이 한편으론 우스꽝스럽기도 했다. 그녀는 그의 속에 무슨 목적이 숨었는지는 알 수 없지만, 그가 지금 당장은 아무것도 그녀에게 원하는 게 없다는 걸 알 수 있었다. 제니 델러헌티는 무엇이든 빠르게 배우는 아이였다. 그녀는 자기 자신을 진지하면서도 다정하며 밤처럼 고요한 모습으로 꾸미고는 자동차가 퀸스보로 다리를 지나 도심으로 달려갈 때쯤엔 그의 어깨에 기대 반쯤 잠이 들어 있었다.

2

다음 날 그는 빌리 패럴리에게 전화를 걸었다. "우리 만나야겠어," 하고 그가 말했다. "자네가 한번 봐 줬으면 싶은 여자애를 찾았거든."

"이런!" 패럴리가 말했다. "오늘만 해도 자네가 세 번째야."

"세 번째? 내가 찾은 여자는 삼류가 아니야."

"좋아. 그녀가 백인이라면, 금요일에 촬영 들어가는 영화에 주연을 맡게 해 주지."

"농담하지 말고, 한번 봐 주긴 할 거야?"

"농담 아니야. 내가 말한 대로, 주연시켜 준다니까. 형편없는 여배우들한테 질렸어. 다음 달에 할리우드로 날아갈 거야. 여기 어린 것들이랑 함께하느니 콘스턴스 탈매지* 밑에서 잔심부름꾼이나 하는 게 더……" 아일랜드계 특유의 껄끄러운 목소리는 어지간히 독했다. "알았으니까, 그 여자 데려와, 제이크. 한번 봐 줄 테니까."

나흘 뒤, 첸스키 부인은 두 명의 군보안관 대리와 함께, 남은 생을 보내게 될 오번 교도소로 떠났다. 그리고 제이컵은 제니를 차에 태우고 다리를 건너 롱아일랜드의 애스토리아로 데려갔다.

"새로운 이름을 하나 만들어야겠어," 하고 그가 말했다. "그리고, 언니는 없다고 하는 거, 잊지 마."

"그럴 거라 생각했어요," 하고 그녀가 대답했다. "저도 이름을 하나 생각해 봤는데…… 투시 디포, 어때요?"

"끔찍하군," 하고 그가 웃음을 터뜨렸다. "이름이 뭐 그래."

"글쎄요, 똑똑하신 아저씨가 하나 지어 보시죠."

"제니, 어때? 제니, 아무거나…… 제니 프린스?"

"좋아요, 잘생긴 아저씨."

제니 프린스는 스튜디오로 걸어 올라갔고, 자신과 자신의 직업을 동시에 경멸하는 아일랜드식 유머로 무장한 빌리 패럴리는 그녀를 영화의 주연 세 명 중 하나로 발탁했다.

"모두가 똑같아," 하고 그가 제이컵에게 말했다. "우라질! 오늘 시궁창 속에서 꺼내 주면 내일은 금 쟁반을 갖고 싶어 하지. 그런 여자애들로 가득 찬 하렘을 얻느니 콘스턴스 탈매지 밑에서 잔심부름꾼이나

---

* Constance Talmadge(1898~1973). 미국 무성영화계를 주름잡았던 여배우.

하고 말겠다고."

"이 여자, 어때?"

"꽤 괜찮아. 옆모습이 훌륭해. 그래 봐야 저 인간들 다 똑같아."

그날 밤 제이컵은 제니 프린스에게 180달러짜리 이브닝드레스를
사 주고, 리도 비치로 데려갔다. 그는 마음이 뿌듯했고, 신이 났다. 둘
은 웃음이 끊이지 않았으며, 행복했다.

"네가 영화에 출연하는 거, 믿어져?" 하고 그가 물었다.

"아마 내일이면 절 쫓아낼걸요. 너무 쉽게 돼 버렸잖아요."

"무슨 소리, 아주 좋았어…… 패럴리의 마음을 움직인 거라고. 그 친
구 기분에 딱 맞았다고 할까……"

"저도 그분이 좋았어요."

"괜찮은 사람이야." 제이컵이 맞장구를 쳤다. 하지만 그는 이미 그
녀에게 성공으로 가는 문을 열어 준 또 다른 남자를 머릿속에 그리고
있었다. "그 사람, 거친 아일랜드 남자니까 조심해."

"알아요. 남자가 유혹하고 싶어 할 때는 단번에 알 수 있거든요."

"뭐라고?"

"그 사람이 저한테 그러고 싶어 할 거란 뜻은 아니에요, 잘생긴 아
저씨. 그렇지만 그 사람도 그런 느낌을 가지곤 있어요. 무슨 뜻인지 아
실 거라고 생각해요." 그녀는 사랑스러운 얼굴에 현명한 미소를 그렸
다. "그분은 연기 잘하는 배우를 좋아한다는 거, 오늘 오후에 알 수 있
었죠."

그들은 독한 포도주 한 병을 말끔히 비워 냈다.

그때 지배인이 그들 자리로 다가왔다.

"이쪽은 제니 프린스 양입니다," 하고 제이컵이 그녀를 소개했다.

"앞으로 많이 보게 될 겁니다, 로렌조. 큰 영화사랑 계약을 했거든요. 여기 숙녀분께 늘 최고의 예우를 갖춰 주시길 바랍니다."

로렌조가 가고 난 뒤 제니가 말했다. "아저씨는 이제껏 제가 본 중에 가장 멋진 눈을 가졌어요." 그것은 그녀가 보여 줄 수 있는 최고의 노력이었다. 그녀의 얼굴은 진지했지만 슬퍼 보였다. "정말로요." 그녀가 다시 똑같은 말을 반복했다. "이제껏 봤던 것 중에서 가장 멋진 눈이에요. 여자라면 누구나, 아저씨 같은 눈을 가질 수 있다면 기뻐할 거예요."

그는 아무렇지 않게 웃고 있었지만, 실은 가슴이 뭉클했다. 그의 손이 가볍게 그녀의 팔을 덮었다. "잘해," 하고 그가 말했다. "열심히 해. 그럼 네가 정말 자랑스러울 거야. 함께 좋은 시간도 보낼 수 있을 거고."

"아저씨랑은 늘 좋은 시간을 보내는걸요." 그녀는 눈 가득 그를 담고 그 속에 빠져 있었다. 눈빛이 손길처럼 그를 사로잡았다. 그녀의 목소리는 맑고 가늘었다. "진심이에요. 아저씨 눈이 멋지다는 거, 농담 아니었다고요. 아저씬 늘 제가 장난을 친다고 생각하죠. 제게 해 주신 모든 것에 감사드리고 싶어요."

"바보같이, 난 아무것도 한 게 없어. 그저 네 얼굴을 보았을 뿐이고, 난…… 왠지 빚진 기분이 들더라고. 누구라도 그랬을 거야."

광대들이 등장하자, 그녀는 그에게서 눈을 떼고는 재빨리 구경을 하기 시작했다.

그녀는 젊었다. 제이컵은 젊음을 이 정도로 생생히 느껴 본 적이 없었다. 그날 밤이 오기 전까지만 해도, 그는 늘 자신이 젊다고 생각했다.

저녁 식사를 마치고, 그날 그가 사 주었던 향수의 향기로 가득한 어두운 택시 안에서 제니가 그에게로 가까이 다가와 그의 팔에 매달렸다. 그는 그녀에게 키스를 했다. 즐겁지 않았다. 그녀의 눈과 입술에는 어떤 열정도 어려 있지 않았다. 그녀는 그저 희미한 샴페인 향이 섞인 숨결만을 가졌을 뿐이었다. 그러나 그녀는 절박하게, 더 가까이 달라붙었다. 그는 그녀의 손을 잡아 그녀의 무릎에 내려놓았다.

그녀가 화가 난 듯이 반대편으로 몸을 기울였다.

"뭐가 문제예요? 저를 좋아하지 않나요?"

"네가 샴페인을 들이붓도록 놔두지 말 걸 그랬어."

"왜요? 예전에도 술 마셔 본 적 있어요. 취해 봤다고요."

"그럼 부끄러운 줄도 알겠구나. 이제부터 조금이라도 술을 마신다는 소리가 들리면 나한테 싫은 얘기 들을 줄 알아."

"정말 뻔뻔스럽네요, 아저씬 그런 생각 안 들어요?"

"무슨 얘길 하고 싶은 거냐? 길모퉁이에 있는 소다수 판매원들이 네가 원할 때마다 대령해 주길 바란다는 얘기냐?"

"아, 닥쳐요!"

잠시 침묵이 흘렀다. 그러다 그녀의 손이 그의 손등으로 조금씩 올라왔다. "제가 만났던 어떤 남자들보다 아저씨가 좋아요. 그건 어쩔 수 없는 일이잖아요. 안 그래요?"

"사랑스러운 제니," 하고 그는 다시 팔을 그녀에게 둘렀다.

잠시 망설이다가, 그는 그녀에게 다시 키스를 했고, 그녀의 순진한 키스에 놀라고, 자신의 뒤편 어두운 밤을, 어두운 세상을 바라보는 그녀의 눈에 다시금 깜짝 놀랐다. 그녀는 아직 자신의 마음속에 화려한 광채가 존재한다는 것을 알지 못했다. 그녀가 그것을 깨닫고 우주의 열정 속으로 녹아들어 가는 순간, 그는 어떤 의문도 후회도 없이 그녀를 데려갈 수 있을 것이었다.

"네가 정말 좋아," 하고 그가 말했다. "내가 아는 그 누구보다 더. 그래도 술에 대한 얘기만은 진심이야. 술은 마시면 안 돼."

"아저씨가 원한다면 무엇이든 할게요," 하고 그녀가 말했다. 그리고 그를 정면으로 바라보며, 다시 입을 열었다. "무엇이든."

자동차가 그녀의 집 앞에 도착했고, 그는 그녀에게 작별의 키스를 했다.

기쁨이 한껏 차오른 제이컵은 이제껏 살아온 그 어떤 날들보다, 앞으로 살아갈 그 어떤 날들보다 더 깊게 살아 있음을 느끼며 발길을 되돌렸다. 지팡이에 약간 기댄 채로 그는, 부유하고 젊고 행복한 기분을 만끽하며 어두운 거리를 따라, 예측할 수 없는 미래의 불빛을 향해 걸음을 옮겼다.

3

한 달 후, 어느 저녁 제이컵은 패럴리와 함께 택시에 오르며 운전기사에게 주소를 보여 주었다. "그러니까 네가 그 꼬마와 사랑에 빠졌단 말이군," 하고 패럴리가 유쾌하게 말했다. "잘 알겠어. 네 앞에서 비켜주지."

제이컵은 상당히 불쾌했다. "난 그 애와 사랑에 빠진 게 아냐," 하고 그가 천천히 말했다. "빌리, 내가 자네한테 바라는 건 그 애를 내버려두라는 거야."

"당연하지! 건드리지 않을 거라고." 패럴리가 선뜻 동의했다. "네가 그 애한테 관심이 있을 줄은 몰랐어…… 걔는 널 유혹하지 못했다고 그랬거든."

"중요한 건 자네도 그 애한테 관심이 없다는 거잖아," 하고 제이컵이 말했다. "만약 너희 둘이 정말로 서로를 좋아한다는 생각이 들었다면, 내가 왜 방해를 하겠나? 내가 그렇게 멍청해? 하지만 그게 아니었잖아. 자넨 그 애한테 신경도 쓰지 않았잖아. 그러니 그 애도 좀 놀라고, 흥미도 느끼는 거지."

"그래," 하고 패럴리는 지루한 어투로 동의를 표했다. "아무튼 그 애를 건드리지 않을게."

제이컵이 웃음을 터뜨렸다. "그래, 심심풀이로 건드리지는 마. 마음이 쓰이는 건 그거야. 무슨 일에든, 그 애를 가볍게 여기는 거."

"무슨 뜻인지 알아. 앞으론 그 애를 가만히 내버려 둘게."

제이컵은 그 정도에서 만족해야만 했다. 그는 빌리 패럴리를 조금도 믿지 않았지만, 패럴리가 자신을 좋아하고, 격한 감정이 개입되지만 않는다면 자신에게 불쾌한 행동을 하지 않을 거라는 건 충분히 짐작할 수 있었다. 하지만 저녁 내내 두 사람이 식탁 아래로 손을 붙잡고 있던 모습은 신경이 쓰였다. 그가 나무라면 제니는 거짓말로 둘러댔다. 그리고 그에게 당장 집으로 데려다 달라고, 저녁 내내 앞으론 패럴리에게 아무 얘기도 하지 않을 거라고 말했다. 그는 문득 자신이 멍청하고 별 가치 없는 존재로 느껴졌다. 패럴리가 "그러니까 네가 그 꼬마랑 사랑에 빠졌다는 말이군," 하고 말했을 때, 그저 "그래, 사랑에 빠졌어," 하고 대답했더라면 마음이 더 편했을지도 몰랐다.

하지만 제이컵은 그러지 않았다. 그는 자신이 생각할 수 있었던 것보다 더 그녀를 소중히 여겼다. 그녀만의 기질이 깨어나기 시작했다는 걸 그는 알아챘다. 그녀는 조용하고 단순한 것들을 좋아했다. 그녀는 사소하고 불필요한 것들을 가려내 자신의 삶에서 없앨 수 있게 되었다. 처음에 그는 그녀에게 책을 선물하려 했지만, 현명하게 단념했다. 대신 그녀가 많은 남자들을 만날 수 있도록 주선했다. 그는 만날 수 있는 상황을 만들어 사람들을 소개해 주었고, 자신의 눈으로 직접 감사와 겸손이 꽃피는 모습을 보며 즐거움을 맛보았다. 그는 자신을 향한 그녀의 전적인 신뢰를, 그녀가 다른 남자를 평가하는 잣대로 자신을 활용한다는 사실을 좋아했다.

패럴리의 영화가 개봉되기 전에 이미 그녀는 그 작품에서 보인 능력을 인정받아 2년 계약을 제안받았다. 6개월 동안 일주일에 400달러를 지급하고, 상황에 따라 급여를 올려 주겠다는 내용이었다. 다만 할리우드로 가야 한다는 조건이 붙어 있었다.

"기다리는 게 낫지 않을까요?" 하고 그녀가 물었다. 어느 오후, 도시 외곽에서 자동차를 타고 돌아올 때였다. "여기 뉴욕에서 지내는 게 낫지 않을까요…… 아저씨 곁에?"

"일이 있는 곳으로 가야지. 이제 너 스스로를 돌볼 수 있어야 해. 열일곱이잖아."

열일곱, 제니는 그의 말대로 나이가 들어 있었다. 하지만 그녀에게 나이가 들었다는 것은 어울리지 않는 말이었다. 노란 밀짚모자 아래, 그녀의 어두운 눈동자는 운명으로 가득 차 있었다. 방금 스스로 운명을 차 버리겠다는 제안을 한 사람답지 않았다.

"만약 아저씨가 함께 갈 수 없다면, 다른 사람이라도 필요한 건 아닐까 생각했어요," 하고 그녀가 말했다. "그러니까, 제가 일을 할 수 있게 도와줄 사람으로요.”

“넌 네 힘으로 해낸 거야. 나한테 의존하고 있었다는 생각은 머릿속에서 지워.”

“하지만 사실인걸요. 모든 게 아저씨 덕분이에요.”

“아니지,” 그는 단호하게 말하긴 했지만, 이유를 말해 주지는 않았다. 그녀가 그렇게 생각하는 게 좋았던 것이다.

“아저씨 없이는 뭘 해야 할지 모르겠어요. 아저씨가 제 유일한 친구인걸요.” 그리고 그녀가 덧붙였다. “제가 정말 소중하게 아끼는 친구 말이에요. 이해해요? 무슨 말인지 아시겠어요?”

그는 그녀를 비웃듯 바라보았다. 자신에게도 이해받을 권리가 있다는 걸 은근히 내비치는, 그녀에게서 나타난 이기주의의 탄생을 은근히 즐기며. 그날 오후의 그녀는 어느 때보다 사랑스럽고, 섬세했다. 그리고, 그에게는, 그 어느 때보다 더 욕망으로부터 먼 존재였다. 이따금 그는 그녀의 중성적인 모습이 자신에게만 보이는 게 아닐지 모른다는 고민을 하곤 했다. 그녀가 조금은 의도적으로, 그에게로 몸을 돌렸다. 그녀는 젊은 남자들을 경멸하는 척했지만, 실은 그들과 함께 있을 때 가장 행복해했다. 빌리 패럴리는 그녀를 홀로 내버려 두었다. 제이컵과 했던 약속과 그녀에 대한 일말의 동정심이 작용한 것이다.

“할리우드로 언제 오실 거예요?”

“곧 갈게,” 하고 그가 약속했다. “뉴욕은 언제나 네가 돌아오길 기다리고 있을 거야.”

그녀가 흐느끼기 시작했다. “아, 아저씨가 정말 그리울 거예요! 정말 많이 그리울 거예요!” 슬픔이 가득 담긴 눈물이 그녀의 따뜻한 상아색 턱을 타고 흘러내렸다. “아, 세상에!” 그녀가 작은 소리로 외쳤다. “아저씬 정말 친절했어요! 손을 주세요. 어디 있어요? 아저씬 누구보다도 좋은 친구였어요. 어디서 아저씨 같은 친구를 다시 찾을 수 있겠어요?"

그녀가 연기를 하고 있다는 건 잘 알았지만, 그는 목이 메었다. 그리고 한동안 그의 머릿속엔 엉뚱한 생각 하나가 마치 눈이 멀어 버린 듯모든 것을 부수며 날뛰었다. 그녀와의 결혼이었다. 그는 그저 제안만하면 된다는 걸 알고 있었다. 그러면 그녀는 다른 사람들은 안중에 두지 않을 것이고, 그에게로 더 다가올 터였다. 그만이 그녀를 영원히 이해해 줄 수 있으므로.

다음 날, 역에서, 그녀는 꽃을 들고 객실에 앉아, 이전에 한 번도 해본 적 없던 긴 여정에 들떠 있었다. 그에게 작별의 키스를 건넬 때, 깊은 눈동자는 그에게로 더 가까이 다가왔지만 그녀는 이별에 저항하듯힘주어 그를 밀쳐 냈다. 그녀는 다시 울음을 터뜨렸다. 그러나 그 눈물의 이면에 새로운 세계로 떠나는 모험에 대한 행복감이 숨어 있음을 그는 알았다. 역사를 걸어 나오던 그는 뉴욕이 텅 비어 버린 것 같은 기이한 느낌에 휩싸였다. 그는 그녀의 눈을 통해 오래전에 퇴색해버린 색들을 다시 볼 수 있었다. 그러나 이제 그 모든 것들이 지난날의잿빛 태피스트리 안으로 잠겨 버렸다. 다음 날 그는 파크 대로의 빌딩맨 위층에 있는 한 사무실을 찾아, 10년 동안 발길을 끊었던 저명한의사와 대화를 나누었다.

"제 후두를 다시 살펴봐 주십시오," 하고 그가 말했다. "희망이 얼마나 있을지 모르겠지만, 뭔가 상황이 바뀌었을 수도 있지 않을까 싶어서요."

거울이 부착된 복잡한 장치가 그의 입 속으로 들어갔다. 숨을 들이마셨다가 내쉬고, 높고 낮은 소리를 냈으며, 시키는 대로 기침을 하기도 했다. 의사가 분주하게 이곳저곳을 만져 댔다. 그러곤 뒤로 기대어 앉더니 안경을 벗었다. "아무런 변화가 없네요," 하고 의사가 말했다. "아시겠지만, 성대에 병이 든 게 아닙니다. 단지 닳아 버린 거죠. 고칠 수 있는 게 아니에요."

"그럴 거라 생각했습니다." 그는 자신이 주제넘었다는 듯 어눌하게 대답했다. "지난번에도 그렇게 말씀해 주셨는데 말입니다. 전 그게 영구적인 건 줄 몰랐습니다."

파크 대로의 빌딩에서 걸어 나오며 그는 뭔가를 상실했다는 사실을 인정해야 했다. 반쯤의 희망, 소망의 사생아, 언젠가는 다시 만날 수 있으리라는 그 어떤……

"뉴욕, 황량"으로 시작하는 전보를 그는 제니에게 보냈다. "나이트 클럽 모두 문 닫음. 자유의 여신상에 검은색 화환. 최선을 다해 일하고, 많이 행복하길."

"사랑하는 제이컵"으로 시작하는 그녀의 답장이 왔다. "보고 싶어요. 당신은 제가 살면서 만난 남자들 중에 가장 좋은 사람이에요. 진심으로요. 저를 잊지 말아 주세요. 사랑을 담아, 제니로부터."

겨울이 왔다. 제니가 동부에서 촬영한 영화는 예능 잡지들에 사전 인터뷰와 기사가 실리고 나서 개봉됐다. 제이컵은 집에 앉아 새 축음기로 〈크로이처 소나타〉*를 반복해서 들으며 그녀의 메마르고 부자연스럽지만 다정한 편지들과 빌리 패럴리가 그녀를 발굴했다는 기사를 읽었다. 2월이 되자, 그는 미망인으로 살던 옛 친구와 약혼을 했다.

그들은 함께 플로리다로 갔다. 그런데 갑자기 호텔 복도에서, 브리

---

* 베토벤이 작곡한 바이올린 소나타. 같은 제목으로 톨스토이의 장편소설이 있다.

지 게임을 하다가, 으르렁대며 싸우기 시작하다가 결국 파혼에 합의했다. 봄이 되자 그는 파리에 가기 위해 여객선 1인실을 예약했는데, 출발하기 사흘 전에 취소했다. 그리고 캘리포니아로 향했다.

4

제니가 기차역으로 마중을 나왔다. 그녀는 앰배서더 호텔로 가는 자동차 안에서 그에게 키스를 하고 그의 팔에 매달렸다. "기다리던 그 남자가 정말 오다니," 하고 그녀가 소리쳤다. "그 남자가 오리라고는 생각도 못 했는데. 한 번도요."

그녀는 무슨 말을 할지 주체하지 못했다. 온갖 놀라움과 공포, 혹은 경멸과 감탄을 담아 큰 소리로 "세상에!"라고 외치던 것은 그만두었지만, 그렇다고 부드러운 말로 대체된 것도 아니었다. "이런!"이나 "정말!" 같은 것도 역시. 예기치 않게 거친 말이 나오려 할 때마다 그녀는 입을 다물었다.

제이컵은 열일곱의 소녀에게 몇 달은 몇 년만큼이나 긴 시간이었다는 것을 그리고 그녀가 바뀌었다는 것을 느낄 수 있었다. 이제 그녀는 더 이상 아이가 아니었다. 그녀의 마음속에 뭔가 확고한 것들이 존재하고 있는 듯했다. 오락 따위가 아니었다. 그러기에 그녀는 너무나 우아했다. 하지만 분명 다른 뭔가가 있었다. 이제 그녀에게 촬영장은 더 이상 장난이나 모험, 혹은 멋진 우연이 존재하는 곳이 아니었다. 더 이상 "굳이 준비하지 않아도 내일은 와요,"가 아니었던 것이다. 그녀의 삶의 일부가 되어 있었다. 모든 상황들은 그녀의 일상적인 시간들과 달리 진행되는, 단 하나의 경력에 집중되어 있었다.

"이번 영화가 저번만큼만 잘되면요…… 그러니까 다시 인기를 끌수 있다면 말예요, 헥셔가 계약을 깰 거예요. 편집하기 전 필름을 본 사람들이 다들 그랬죠. 제가 처음으로 섹스어필하다고요."

"나는 잘 모르겠던걸," 하고 그가 놀렸다.

"아저씬 몰랐겠지만, 전 그랬다고요."

"알아," 하고 그는 충동을 이기지 못한 채 그녀의 손을 잡았다.

그녀가 그를 힐끔 쳐다보고 나서야 그는 뒤늦게 미소를 지어 보였다. 그러자 그녀도 미소를 지으며 반짝이는 온기로 그의 실수를 가려주었다.

"제이크 아저씨," 하고 그녀가 입을 열었다. "아저씨가 와 주셔서 정말 기뻐요! 눈물이 날 지경이에요. 방은 앰배서더 호텔에다 잡아 뒀어요. 예약이 모두 차 있었는데, 제가 방이 필요하다고 하니까 누군가를 쫓아내 버렸죠. 제 차로 30분이면 모셔다 드릴 수 있는 곳이에요. 일요일에 오셔서 다행이에요. 오늘은 스케줄이 없거든요."

둘은 그녀의 아파트에서 점심을 먹었다. 그녀는 아파트를 겨울 동안에만 대여한 거라고 했지만 가구가 모두 갖추어져 있었다. 1920년대 무어식 건물로 예전 모습을 고스란히 간직한 곳이었다. 누군가는 그곳이 끔찍하다고 말한 적이 있다며 그녀가 농담하듯 말했다. 그가 좀 더 물었지만, 그녀도 그 이유에 대해선 아는 게 없었다.

"이곳에도 좋은 남자들이 있었으면 좋겠어요," 하고 점심을 먹다가 그녀가 이야기를 꺼냈다. "물론 좋은 사람들이 있긴 하지만요, 제 말은…… 그러니까, 뉴욕처럼 말이에요…… 여자들보다 여자를 더 잘 아는, 아저씨 같은 남자요."

식사가 끝난 후, 그는 이제 사람들과 차를 마시러 가야 한다는 말을 들었다. "오늘은 그냥," 하고 그가 다른 생각을 애기했다. "너랑만 있고 싶어."

"그래요," 하고 그녀가 확신이 없는 목소리로 동의했다. "전화를 해서 취소하면 될 거예요. 그런데…… 신문에 글 많이 쓰시는 여자분이에요. 전에는 한 번도 요청을 받아 본 적이 없거든요. 그래도 아저씨가 내키지 않으면……"

그녀의 얼굴에 살짝 실망하는 기색이 어리는 걸 본 제이컵은 기꺼이 같이 가겠다고 그녀를 안심시켰다. 그러다가 그는 한 곳이 아니라 파티 세 곳을 가야 한다는 걸 알게 되었다.

"제 입장에선 일종의 의무 같은 거예요," 하고 그녀가 설명했다. "이렇게 하지 않으면 제 주변 사람들만 만나게 될 거고, 그러면 보는 눈이 좁아지겠죠." 그가 미소를 지어 보였다. "음, 어쨌든," 하고 그녀가 한마디 덧붙여 말을 끝냈다. "똑똑한 아저씨, 이게 바로 일요일 오후에 모두가 하는 일이랍니다."

첫 번째 다과회에서 제이컵은 여자가 남자보다 월등히 그리고 필요 이상으로 많다는 걸 깨달았다. 잡지사 기자들, 촬영기사의 딸들, 편집자의 아내들이 넘쳐났다. 라피노라는 이름의 젊은 라틴계 청년이 잠깐 나타나 제니와 몇 마디 얘기를 나눈 뒤에 사라졌다. 몇몇 스타들은 아이들의 건강과 가정사에 대해 꼬치꼬치 물으며 지나갔다. 다른 한 무리의 유명 인사들은 구석에서 마치 조각상처럼 꼼짝도 하지 않은 채 포즈를 취하고 있었다. 또 다른 곳에선 살짝 술에 취한 작가 하나가 흥분을 감추지 못하고 젊은 여자들에게 치근덕거리는 중이었다. 오후가 저물어 가면서, 사람들은 갑자기 취기가 올라온 것처럼 보였다. 제이컵과 제니가 문 밖으로 나설 때쯤엔 하나같이 목소리가 높고 커져 있었다.

두 번째 다과회에 갔을 때 라피노가 다시 나타났다. 그는 조금 더 정중한 태도로 제니에게 전보다 더 오래 말을 건네더니 밖으로 나갔다. 제이컵은 이런 파티가 남들 기나 죽이려고 하는 건 아니란 사실을 알 수 있었다. 칵테일이 놓인 테이블 주위엔 사람들이 더 많이 모여 있었다. 자리를 잡고 앉는 사람들도 불어났다.

그는 제니가 레모네이드만 마시고 있는 모습을 보았다. 그녀의 분별력과 멋진 매너가 기쁘고 놀라웠다. 그녀는 모두가 듣는 데선 입을 다물었고, 오직 한 사람과만 이야기를 나누었으며, 시선을 고정한 채로 귀를 기울였다. 일부러 그랬는지는 모르겠지만, 두 곳의 다과회에서 모두 그녀는 가장 중요한 손님으로 보이는 사람들에게 말을 거는 것 같았다. "제가 배울 수 있는 기회죠," 하고 말하는 그녀의 신중한 태도는 거만한 사람들까지도 그녀에게 가까이 다가오게 만들었다.

마지막 파티 자리인 뷔페 식당에 가기 위해 밖으로 나왔을 때, 이미 날은 어두워져 있었다. 유망한 부동산 중개업자들의 전기에 얽힌 신화들이 베벌리힐스의 흐릿한 목적들을 또렷하게 밝혀 주고 있었다. 가늘고 따뜻한 비가 내리고 있었지만 그로먼스 극장* 바깥은 이미 사람들로 북적거렸다.

"저기 좀 봐요!" 하고 그녀가 소리쳤다. 그녀가 가리킨 곳에 한 달 전 촬영을 마친 영화의 포스터가 걸려 있었다.

두 사람은 할리우드 거리의 좁은 극장가를 빠져나와, 옆 거리의 깊

---

* 중국식 사원을 본떠 만들어져 '그로먼스 차이니스 극장'이라 부르기도 하는 할리우드의 유명한 극장.

은 어둠 속으로 들어섰다. 그가 그녀를 팔로 감싸며 입술을 부볐다.

"제이크 아저씨," 하고 말하며 그녀가 미소를 지어 보였다.

"제니, 넌 정말 사랑스러워. 이렇게 사랑스러운 줄 미처 몰랐어."

그녀는 부드럽고 온화한 얼굴로 곧장 앞만 바라보았다. 살짝 약이 오른 제이컵이 그녀를 급히 끌어당겼다. 그때, 차가 불 켜진 문 앞에 멈춰 섰다.

그들이 들어선 곳은 사람들과 연기로 가득한 방갈로였다. 그들은 오후부터 하염없이 이어진 형식적인 의례들로 진이 빠진 상태였다. 갑자기 모든 게 귀에 거슬리고 흐릿하게 느껴졌다.

"할리우드란 데가 이래요." 종일 제이컵의 근처에서 맴돌기만 하던 수다쟁이 숙녀가 설명을 늘어놓았다. "일요일 오후엔 사실 숨 쉴 틈도 없어요." 그녀는 그곳 여주인을 가리켜 보였다. "그저 소박하고, 단순하고, 다정한 여자예요." 그녀는 목소리를 조금 키웠다. "너무나도 사랑스럽지 않나요…… 그저 소박하고, 단순하고, 다정한 여자라니 말예요."

여주인이 다가와 말했다. "맞지? 그 똑똑한 아저씨." 그러자 제이컵의 정보원이 목소리를 다시 낮추었다. "하지만 당신의 작은 소녀는 누구보다 똑똑해요."

그는 칵테일을 꽤 많이 마셨고, 기분이 좋아졌다. 그러나 아무리 애를 써도, 이 파티의 의도—그에게 안락과 평온을 가져다줄 열쇠—를 이해할 수 없었다. 그곳을 채운 공기 위로는 뭔가 치열하고 불안정한, 일종의 긴장감이 끊임없이 흘러 다녔다. 남자들의 대화는 의미 없이 지나치게 쾌활하거나 뭔지 모를 의혹 속으로 녹아들곤 했다. 여자들이 더 멋졌다. 11시가 되자, 주방과 홀 중간쯤에 있던 그는 한 시간 동

안이나 체니를 보지 못했다는 사실을 깨달았다. 홀로 돌아갔을 때 그
녀가 들어오는 모습이 보였다. 비옷을 벗는 걸로 보아 분명 밖에 나갔
다 들어오는 것 같았다. 그녀는 라피노와 함께 있었다. 가까이로 다가
온 그녀가 가쁘게 숨을 몰아쉬고 있다는 것 그리고 그녀의 두 눈이 유
난히 밝게 빛나고 있다는 것을 제이컵은 알았다. 라피노는 제이컵에
게 허물없이 환한 미소를 지어 보였다. 그러고 얼마쯤 지난 뒤 그가 제
니에게로 돌아서서 허리를 숙여 귀에다 대고 낮은 소리로 숙소로 그
만 가야겠다고 하자, 그녀는 웃음기 없는 얼굴로 라피노를 바라보며
작별 인사를 했다.

"그러지 않아도 8시쯤 가려고 했어요," 하고 이내 그녀가 제이컵에
게 말했다. "지금 집에 가지 않으면 낡은 우산 꼴이 되고 말 거예요. 같
이 가도 되죠?"

"물론이지!"

두 사람이 탄 차는 끝도 없이 이어진 도시의 좁고 긴 도로를 따라 달
렸다.

"제니," 하고 그가 입을 열었다. "오늘 넌, 예전이랑 많이 다르더라.
어깨에 좀 기대."

"그래야겠어요. 피곤해요."

"넌 정말 반짝반짝 빛났어."

"전 그냥 똑같은걸요."

"아냐," 하고 그의 목소리가 갑자기 떨리더니 감정에 북받쳐 속삭임
이 되었다. "제니, 아무래도 내가 사랑에 빠져 버린 것 같아. 너한테."

"아저씨, 왜 이래요, 바보같이."

"내가 널 사랑하게 된 거, 이상하지 않아, 제니? 갑자기 그렇게 돼

버렸어."

"아저씬 나랑 사랑에 빠진 게 아니에요."

"넌 관심이 없다는 뜻이군." 그는 희미하게 두려움이 밀려드는 걸 느꼈다.

그녀는 그의 팔에서 빠져나오며 몸을 곧추세웠다. "관심이야 당연히 있죠. 제가 아저씨를 세상 무엇보다 더 아낀다는 걸 아시잖아요."

"라피노보다 더?"

"아, 세상에!" 그녀는 경멸을 담아 항변했다. "라피노는 그저 애나 다름없어요."

"사랑해, 제니."

"그렇지 않아요. 아저씨는 절 사랑하는 게 아니라고요."

그는 팔에 힘을 주었다. 그녀의 몸이 본능적으로 저항하는 것 같다는 느낌은 그의 착각이었을까? 그녀가 그에게로 다가왔고, 그는 그녀의 입술에 키스를 했다.

"라피노 얘기는 정말이지 말도 안 된다는 거 알죠?"

"질투가 났나 봐." 자신이 정말이지 못난 사람이 된 것 같다는 생각이 들어 그는 그녀를 풀어 주었다. 하지만 두려움으로 인한 아픔은 점점 강해졌다. 그는 그녀가 무척 피곤한 상태이며 자신에게 일어난 새로운 감정에 그녀가 불편해하고 있다는 걸 알았지만, 이 상황을 그냥 넘겨 버릴 수는 없었다. "난 내 인생에서 네가 얼마나 큰 자리를 차지하고 있는지 몰랐어. 내가 잃고 살아온 게 무엇이었는지 몰랐던 거야…… 하지만 이젠 알아. 너와 가까이 있고 싶어."

"여기 이렇게 있잖아요."

그는 그녀의 말에 반응을 보여야 했지만, 지금은 지친 그녀를 가만히 안고 있어야 할 시간이었다. 그는 차가 멈출 때까지 그냥 그대로 기대어 있게 했다. 그녀의 눈은 감겨 있었고, 짧은 머리칼은 뒤로 완전히 넘겨져 있었다. 그 모습이 마치 익사한 사람처럼 보였다.

"이 차로 호텔까지 데려다 드릴 거예요." 차가 그녀의 아파트에 도착했을 때, 그녀가 말했다. "잊으시면 안 돼요, 내일 스튜디오에서 저랑 같이 점심 먹기로 한 거요."

갑자기 그들 사이에 말다툼에 가까운 논쟁이 오갔는데, 그녀의 아파트에 잠깐 들어가는 것을 두고 그녀가 너무 늦은 시간이라고 한 것 때문이었다. 좀 전에 했던 그의 고백이 서로에게 어떤 변화를 만들어 낸 것인지 둘 모두 인지하지 못했다. 그들은 갑작스럽게 다른 사람들이 되어 버렸다. 제이컵은 6개월 전 뉴욕의 밤으로 시계를 돌려놓고 싶은 마음이 굴뚝같았고, 제니는 그런 기분에 휩싸인 그를 지켜보았다. 질투는 능가했지만 사랑에는 미치지 못한 그것은, 그에게 있다고 그녀가 알고 있던, 그래서 그녀가 편안히 느껴 왔던 배려와 이해를 하나씩 하나씩 눈 속에 파묻어 버렸다.

"하지만 전 아저씨를 그런 식으로 사랑하지 않아요," 하고 그녀가 외쳤다. "어떻게 나한테 모든 걸 한꺼번에 던져 놓고는 당장 그걸 사랑하라고 요구할 수 있는 거죠?"

"라피노는 그런 식으로 사랑하잖아!"

"맹세컨대 그렇지 않아요! 저는 그 사람과 키스조차 해 본 적 없어요…… 정말이에요!"

"하!" 그는 우악스러운 하얀 새의 모습으로 돌아가고 있었다. 그는 자신에게 일어나는 불쾌감을 도저히 믿을 수 없었지만, 사랑이라는 비논리적인 감정이 그를 계속 몰아세웠다. "연기가 그럴듯하군!"

"아, 아저씨." 그녀가 절규하듯 말했다. "저 들어갈래요. 제 인생에서 이렇게 혼란스럽고 끔찍한 기분은 처음이에요."

"나도 갈 거야," 하고 그가 불쑥 말했다. "뭐가 문제인지 모르겠군. 네게 너무 화가 나서 내가 지금 무슨 말을 하고 있는지도 모르겠어. 난 널 사랑하는데 넌 그렇지 않아. 한때는 날 사랑했다고, 그랬다고 믿었는데 말이야. 하지만 이젠 아니란 게 확실해졌군."

"하지만 전 아저씨를 사랑해요." 그렇게 말하고는, 그녀는 잠시 생각에 잠겼다. 길모퉁이에 있는 주유소의 빨간불과 초록불이 그녀의 얼굴에 떠오른 고뇌를 비추었다. "아저씨가 절 그토록 사랑한다면, 내일 아저씨랑 결혼하겠어요."

"결혼해 줘!" 하고 그가 고함을 지르듯 말했다. 하지만 그녀는 자신이 한 말에 완전히 몰두한 나머지 그의 말을 듣지 못했다.

"내일 아저씨랑 결혼하겠어요." 그녀가 아까와 똑같이 말했다. "전 아저씨를 이 세상 누구보다 좋아하고, 시간이 지날수록 아저씨가 원하는 대로 아저씨를 사랑하게 될 거라는 생각이 들어요." 그러다 그녀는 짧게 흐느끼는 소리를 냈다. "하지만…… 일이 이렇게 되리라곤 생각도 못 했어요. 오늘 밤엔 절 혼자 있게 해 주세요."

제이컵은 잠을 이루지 못했다. 앰배서더 호텔 식당에서는 늦은 시간까지 음악이 흘러나왔고, 윤락가 여성들 한 무리가 차가 드나드는 입구에서 어슬렁거리며 남자들과 은밀히 거래를 했다. 그러다가 어떤 남자와 여자가 홀 바깥에서 말다툼하는 소리가 끊이지 않고 들려왔다. 그들은 옆방으로 들어와 싸움을 이어 갔고, 두 사람의 목소리가 웅얼거리듯 벽을 타고 전해져 왔다. 새벽 3시쯤 그는 창가에 서서, 또렷하게 빛나는 화려한 캘리포니아의 밤을 내다보았다. 그녀의 아름다움이 밤을 도와 흐르는 음악처럼 사라지지 않고 바깥의 잔디밭에, 축축한 대기에, 방갈로의 환한 지붕에, 그 주변의 모든 것들에 스며들어 있었다. 그것은 방 안에도 있었고, 흰 베개 위에도 있었으며, 커튼 뒤편에도 숨어서 유령처럼 바스락거렸다. 그의 열망은 사라져 버린 지난날의 제니를, 심지어 그날 아침 기차에서 만났을 때의 모습까지 되살려 냈다. 밤은 조용히 흘러갔고, 그는 자신의 입에서 "난 그녀를 정말로 사랑한 적이 없었어"라고 말할 수 있게 되기 전까지는 사라지지 않을 사랑의—사랑 그 자체의, 혹은 그보다 더 오랜 시간을 견뎌 낼 수 있는—형상으로 만들어 냈다. 그는 천천히 그 형상에 자신이 보낸 유년기의 환상과 슬프고 오랜 갈망을 모두 섞어 넣었다. 그러자 그녀는 그와 똑같은 나이, 똑같은 이름으로 그의 앞에 섰다.

그리고 그가 몇 시간의 길지 않은 잠에 빠져들었을 때, 그가 만들어 낸 형상은 그와 가까운 곳에 서 있다가 방을 맴돌았고, 그의 마음속 비밀스러운 결혼에 함께했다.

5

"네가 날 사랑하지 않는다면 결혼하지 않을 거야." 그는 스튜디오에서 돌아오는 차 안에서 말을 꺼냈다. 그녀는 자신의 무릎 위에 두 손을 얌전히 겹쳐 올린 채로 가만히 있었다. "네가 행복하지도 않고 아무런 반응도 없는데 내가 널 원할 거라고 생각해, 제니? ……네가 날 사랑하지 않는다는 걸 알고 있는데도?"

"아저씨를 사랑해요. 다만 방식이 다를 뿐이죠."

"무슨 '방식'?"

그녀는 얼른 대답하지 않았다. 눈동자가 먼 곳을 헤매고 있었다. "아저씨는 절…… 전율하게 하지 않아요. 모르겠어요…… 저를 만지거나 함께 춤을 출 때면 저를 짜릿하게 하는 남자들이 있죠. 허튼소리란 거 알아요. 하지만……"

"라피노에겐 떨렸니?"

"조금요. 많이는 아니었어요."

"내겐 전혀 그렇지 않다고?"

"아저씨랑 함께 있으면 그저 편안하고 행복해요."

그는 말했어야 했다. 그게 가장 좋은 거라고. 하지만 그 말이 진리든 뻔한 거짓말이든, 그는 그렇게 말할 수가 없었다.

"어쨌든, 아저씨와 결혼하겠다고 말했어요. 그래서 지킬 거예요. 시간이 흐르면 전율하듯 떨리는 감정을 느끼게 되겠죠."

그는 소리 내어 웃다가 갑자기 우뚝 멈추었다. "그렇다면, 지난여름엔 왜 내게 그토록 애틋했지?"

"모르겠어요. 너무 어렸나 봐요. 지나간 감정들을 모두 잘 아는 건 아니잖아요, 그렇지 않나요?"

그녀는 모호한 태도로, 가장 가벼운 말 속에 중요한 의미를 숨겨 놓은 채 말했다. 그는 그 의미를 알아채기가 점점 어려워졌다. 그리고 질투와 욕망이라는 어설픈 수단을 통해, 나방의 날개 위에 얹힌 먼지처럼 우아하고 섬세한 마력을 만들어 내려고 애썼다.

"들어 보세요, 아저씨," 하고 그녀가 불쑥 말했다. "언니 변호사 말이에요…… 샤른호르스트라는 그 사람…… 그 사람한테서 전화가 걸려 왔어요. 오늘 오후에 촬영장으로요."

"언니는 괜찮을 거야." 그는 다른 생각에 정신이 팔린 채 무심하게 대답했다. 그리고 덧붙였다. "그러니까 네 말은, 많은 남자들이 널 짜릿하게 한단 말이지."

"음, 많은 남자들한테서 그런 느낌을 받았으니, 그게 진정한 사랑일 리가 없겠죠. 그렇지 않나요?" 그녀의 물음에는 희망이 담겨 있었다.

"하지만 네 이론은, 떨리는 게 없다면 사랑이 올 수 없다는 거잖아."

"저한텐 이론이고 뭐고 없어요. 그냥 제가 어떻게 느꼈는지 아저씨에게 말했을 뿐이에요. 저보단 아저씨가 더 잘 알잖아요."

"글쎄, 나도 아는 게 없는 걸."

아파트 아래 현관에 남자 하나가 기다리고 있었다. 제니가 다가가 남자에게 말을 걸었고, 곧 제이크에게 돌아와 낮은 소리로 말했다. "샤른호르스트예요. 저 사람이랑 얘기하는 동안 아래층에서 기다려 주세요. 30분도 안 걸릴 거라네요."

그는 기다리는 동안 수없이 많은 담배를 피웠다. 10분이 지났을 때, 전화 교환원이 그에게 손짓을 보냈다.

"빨리요!" 하고 그녀가 말했다. "프린스 양이 통화하길 원합니다."

제니의 목소리는 긴박했고 겁에 질려 있었다. "샤른호르스트가 밖으로 나가지 못하게 해 주세요," 하고 그녀가 다급하게 말했다. "그 사람, 계단에 있을 거예요. 어쩌면 엘리베이터를 탔을지도 모르겠네요. 그 사람 보면, 이리로 돌아오라고 해 줘요."

제이컵이 수화기를 내려놓는 순간, 엘리베이터가 멈추는 소리가 들려왔다. 그는 엘리베이터 문 앞에 서서 안에서 나오려는 남자를 막았다. "샤른호르스트 씨?"

"그렇습니다." 날카로워 보이는 그의 얼굴에 의뭉스러운 표정이 떠올랐다.

"프린스 양 아파트로 다시 올라가 주시겠습니까? 미처 전하지 못한 말이 있다더군요."

"나중에 만나도록 하죠," 하고 그는 제이컵을 밀치고 지나가려고 했다. 그 순간 제이컵은 그의 어깨를 꽉 움켜잡고는 그를 승강기 안으로 떠밀었다. 그러곤 문을 닫은 뒤 8층 버튼을 눌렀다.

"경찰에 신고하겠어!" 하고 샤른호르스트가 말했다. "폭행죄로 감옥에 처넣어 버릴 거라고!"

제이컵은 그의 팔을 단단히 틀어잡고 있었다. 제니가 문을 열어 놓은 채로 기다리고 있었다. 그녀의 눈동자는 극심한 공포로 가득 차 있었다. 약간의 실랑이 끝에 변호사는 안으로 들어섰다.

"무슨 일이야?" 하고 제이컵이 물었다.

"당신, 이분께 말씀드려요," 하고 그녀가 말했다. "아저씨, 이 사람이 2만 달러를 달라고 했어요!"

"왜?"

"언니 재판을 새로 청구할 거라네요."

"재판을 해 봐야 기대할 게 없잖아!" 하고 제이컵이 주장하듯 말했다. 그는 샤른호르스트에게로 고개를 돌렸다. "그녀에겐 가능성이 없소. 알잖소."

"기술적인 게 몇 가지 있습니다," 하고 변호사는 불쾌한 목소리로 말했다. "변호사들만 이해할 수 있는 조항들이죠. 그녀는 지금 절망적인 상태에 있어요. 하지만 동생분은 너무도 부자에 성공까지 하고. 첸스키 부인은 다시 한 번 기회를 얻어야 한다고 생각하고 있어요."

"당신이 그녀를 설득한 거로군, 맞지?"

"그녀가 날 부른 겁니다."

"그래도 이 협박을 고안해 낸 건 당신이겠지. 만약 프린스 양이 2만 달러를 지불하지 않으면 악명 높은 살인범의 동생이라는 걸 밝히겠다, 그건가?"

제니가 고개를 끄덕였다. "그렇게 말했어요."

"잠깐만!" 하고 말한 뒤 제이컵이 전화기가 있는 곳으로 걸어갔다. "전보 회사를 연결해 주세요…… 웨스턴 유니언이죠? 전보를 보내려고요." 그는 뉴욕 정치계 거물의 이름과 주소를 말했다. "내용은 이렇습니다."

재소자 첸스키가 영화배우인 동생에게 자신과의 관계를 폭로하겠다고 위협함. 동부에 도착해 상황을 설명하기 전까지, 교도소장과 협의하여 그녀의 면회를 금지시켜 주기 바람. 덧붙여, 협박 미수에 대해 두 명이 증언한다면 뉴욕 변호사의 자격을 박탈할 수 있는지 전보로 알려 주기 바람. 만약 고소 진행 시, 빅스 앤드 컴퍼니, 밴 타인 리드 이름으로 할 것. 혹은 대리인 본인의 숙부로. 로스앤젤레스 앰배서더 호텔로 답장 바람.

제이컵 C. K. 부스

그는 직원이 내용을 반복하는 동안 잠시 기다렸다. "자, 샤른호르스트 씨," 하고 그가 말했다. "예술의 추구는 이런 식의 소란 행위에 의해 방해를 받아선 안 되겠죠. 보다시피, 프린스 양은 지금 상당히 속이 상해 있어요. 이 일은 내일 그녀의 연기에 상당한 영향을 미칠 것이고, 그럼 수많은 사람들이 실망하게 되겠죠. 그러니 그녀에게 어떤 결정도 내리게 해서는 안 됩니다. 오늘 밤, 당신은 나와 같은 기차를 타고 로스앤젤레스를 떠나도록 합시다."

6

여름이 지나갔다. 제이컵은 제니가 가을에는 동부로 올 거라는 생각에 의지해 의미 없는 하루하루를 이어 갔다. 가을이 되자, 그는 그녀의 주변에 라피노 같은 남자들이 많을 테지만 결국 그들의 손길과 눈동자에서—그리고 입술에서—느끼는 떨림이란 모두 비슷하다는 걸 깨닫게 될 거라고 생각했다. 상황만 다를 뿐, 그들은 대학의 하우스파티에서 눈이 맞는 여름날의 대학생들과 다를 바 없었다. 그리고 그에 대한 그녀의 감정이 로맨스에 이를 만큼의 사랑엔 못 미친다는 게 여전히 사실이라 하더라도, 어쨌든 그는 그녀와 함께할 것이고, 사랑은 결혼을 하고 난 뒤에도 계속 키워 나가면 되었다. 그는 수많은 아내들이 그렇게 되더라는 말을 늘 들어 왔었다.

그녀의 편지는 그를 매료시켰고, 당황하게 만들었다. 완전하지 못한 표현을 통해 그는 아련한 감성의 빛을—그에 대한 변함없는 고마움과 그와 얘기를 나누고픈 갈망과 그에게는 거의 공포스러운 것이지만 다른 남자들에겐 (그의 상상에 불과할지 모르지만) 재빠른 반응까지—고스란히 발견할 수 있었다. 그리고 8월에 그녀는 현지 촬영을 떠났다. 애리조나의 황량한 사막에서 엽서가 날아온 뒤로 그는 한동안 아무 연락도 받지 못했다. 그는 그 휴식이 반가웠다. 그는 그녀를 떠나게 할 수 있는 모든 것들을 생각하고 또 생각했다. 불길한 징조, 질투,

불을 보듯 뻔한 불행 따위. 이번에는 다를 것이다. 그가 상황을 주도해 갈 수 있을지도 모를 일이었다. 적어도 그녀는 그를 존중했으며, 그가 누구와도 비교할 수 없을 만큼 위엄 있고 안정된 삶을 살고 있다고 생각할 터였다.

그녀가 돌아오기 이틀 전, 제이컵은 그녀가 최근에 출연한 영화를 보기 위해 브로드웨이의 엄청나게 큰 심야 극장으로 향했다. 영화는 대학 생활에 대한 내용이었다. 머리를 높이—단조로운 모양으로—올려 묶고 등장한 그녀는 운동선수인 주인공이 성공할 수 있도록 도움을 주지만 그에게서 점점 잊혀 가는, 환호하는 군중들의 그림자에 가려진, 더구나 그에게도 늘 부수적인 존재였다. 맡은 역할과는 달리 그녀의 연기에는 새로운 뭔가가 있었다. 처음으로, 그가 1년 전 그녀의 목소리에서 느꼈던 매력이 화면 속에서도 완연히 드러나기 시작한 것이다. 그녀의 움직임 하나하나, 손짓 하나하나가 도드라졌고, 가슴을 저미게 했다. 다른 관객들 역시 그것을 알아채고 있다는 걸 그는 알았다. 관객들의 표정은 그저 무심한 듯 보이지만, 그녀의 또렷하고 정확한 표현을 바라보며 조금씩 숨소리가 달라지는 것을 들었던 것이다. 평론가들은 대부분 인물의 성격에 대해 똑 부러지게 설명하진 못했지만, 그들 역시 그녀에게 일어난 변화를 알고 있었다.

하지만 그녀의 대중적인 인지도를 그가 처음으로 제대로 알게 된 것은 그녀와 기차를 함께 타고 온 승객들이 보여 준 반응 때문이었다. 지인들과 함께하거나 혹은 짐을 챙겨 기차에서 내리려고 서두르던 와중에도 그들은 그녀에게서 눈을 떼지 못한 채 서로에게 눈치를 주며 그녀의 이름을 계속 입에 올리고 있었던 것이다.

그녀에게선 광채가 났다. 그녀에게서 흘러나온 기쁨이 그녀의 주위를 맴돌았다. 그건 마치 그녀의 향수병 안에 사람의 혼을 빼놓는 성분이 들어 있기라도 한 것 같았다. 다시 한 번 신비로운 방출이 일어났고, 신선한 피가 뉴욕의 굳어 버린 정맥을 타고 흐르기 시작했다. 제이컵의 운전기사는 그녀가 자신을 기억해 주자 기쁨을 감추지 못했고, 플라자 호텔의 벨보이들은 짐 확인을 아주 공손하게 했으며, 레스토랑에서 저녁 식사를 할 때엔 지배인의 얼굴에 긴장감마저 돌았다. 제이컵으로선 엄청난 자제력을 발휘해야만 했다. 그는 마치 처음부터 그랬던 것처럼 신사다웠고, 사려 깊었으며, 정중했다. 하지만, 이번만큼은, 뭔가 계획이 필요하다는 것을 그는 느꼈다. 그의 태도는 그녀를 돌볼 수 있는 능력을, 편안히 기대고 싶은 소망을 약속했고 또 그것들을 보여 주었다.

저녁 식사가 끝난 후, 그들이 앉은 구석 자리로 몰려왔던 사람들이 하나둘씩 떠나고, 마침내 두 사람만이 남았다. 그러자 둘의 얼굴이 차츰 심각해지고, 목소리도 아주 작아졌다.

"다섯 달 만이군," 하고 그는 신중하게 자신의 손을 내려다보며 입을 떼었다. "제니, 내 마음은 바뀌지 않았어. 내 심장을 모두 바쳐 널 사랑해. 네 얼굴, 네 실수들, 네 마음, 너의 모든 걸 사랑해. 이 세상에서 내가 바라는 건 하나밖에 없어. 널 행복하게 만들어 주는 것."

"알고 있어요," 하고 제니가 속삭였다. "세상에, 그걸 모를 리가 없죠!"

"나에 대한 네 감정이 여전히 애정뿐인지, 모르겠어. 나와 결혼한다면, 넌 새로운 것들을 찾게 될 거라고 믿어. 너도 모르는 사이에 새로운 것들이 다가올 거야. 그리고 네가 떨림이라고 불렀던 감정들이 우스워질 거야. 인생이란 소년과 소녀를 위한 게 아니니까. 제니, 인생이란 남자와 여자를 위한 거야."

"제이크 아저씨," 하고 그녀가 말했다. "그런 말씀하지 않아도 돼요. 저도 알고 있어요."

그는 처음으로 눈길을 들었다. "알고 있다니…… 무슨 뜻이지?"

"아저씨가 하는 말, 그게 무슨 의민지 안다고요. 아, 정말이지 끔찍해요! 아저씨, 들어 보세요! 아저씨에게 말해 주고 싶어요. 듣기만 하세요, 아무 말도 하지 말고요. 저를 보지도 마세요. 들어 보세요. 전 어떤 남자와 사랑에 빠졌어요."

"뭐라고?" 그는 텅 빈 목소리로 되물었다.

"누군가와 사랑에 빠졌어요. 바보 같은 떨림에 대해 이해한다고 한 말, 그게 그런 뜻이었어요."

"사랑에 빠졌다는 그 누군가가 나야?"

"아뇨."

그녀의 서늘한 한 마디가 둘 사이를 부유하고, 춤을 추고, 테이블을 넘어 진동하는 것 같았다. "아뇨…… 아뇨…… 아뇨…… 아뇨!"

"아, 정말 끔찍해요!" 그녀가 울부짖었다. "제가 사랑에 빠진 건 다른 남자예요. 이번 여름 현지 촬영에서 만났어요. 그러려고 한 건 아니었어요…… 그러지 않으려고 노력했어요. 하지만 제가 알 수 있던 거라곤 사랑에 빠졌다는 것 그리고 세상 그 어느 것도 그걸 막을 수 없다는 거였어요. 아저씨에게 와 달라고 편지를 썼지만, 보내지 못했어요. 그리고 전 그 남자에게 미쳐 버렸고, 그에게 말도 걸지 못한 채 매일 밤 제 자신을 다그쳤어요."

"그 남자, 영화배우니?" 그는 자신의 목소리가 생명을 잃었다는 걸 느꼈다. "라피노?"

"아, 아니, 아니에요! 잠깐만요, 제가 말씀드릴게요. 전 그렇게 3주를 보냈고, 솔직히 죽어 버리고 싶었어요. 그 사람을 가지지 못한 삶은 가치가 없었어요. 그러다 어느 날 저녁, 우연히 우리 둘만 차에 남게 됐죠. 그 사람이 저를 잡았고, 저는 그에게 사랑한다고 고백할 수밖에 없었어요. 그 사람은 이미 알고 있었어요…… 모를 수가 없었겠죠."

"그래, 그랬구나…… 어쩔 수 없었겠구나," 하고 제이컵은 담담히 말했다. "알겠어."

"아, 제이크 아저씨, 아저씨라면 이해해 주실 거라 생각했어요! 아저씨는 모든 걸 이해하잖아요. 아저씬 이 세상 누구보다 좋은 사람이니까, 전 그걸 알아요."

"그 사람이랑 결혼할 거니?"

그녀가 천천히 고개를 끄덕였다. "아저씨를 만나러 먼저 동부로 가야 한다고 말했어요." 두려움이 스러지면서 그녀에겐 그의 슬픔이 점점 또렷하게 보이기 시작했고, 이내 그녀의 눈에 눈물이 가득 차올랐다. "아저씨, 사랑은 그렇게 한번에 오는 거였나 봐요. 제 마음속에 사랑이 들어왔고, 그 사람에게 아무 말도 할 수 없었어요. 만약 잃어버린다면, 다시는 오지 않을 거란 생각이 들었어요. 그럼 무슨 의미로 살아가겠어요? 그 사람, 그 영화를 만든 감독이에요…… 그 사람도 제게 똑같은 감정을 느끼고 있었어요."

"그렇군."

이전에 그랬듯이, 그녀의 눈빛이 손처럼 그를 부여잡았다. "아…… 제이크 아저씨!" 그녀의 갑작스러운 외침엔 연민이 가득 담겨 있었다. 그것은 마치 모든 의미를 함축한, 심연에서 울려 나오는 노래와 같았다. 그 사이, 처음의 충격이 점차 사라졌다. 제이컵은 다시 입을 다물었고, 비참함을 숨기려 애썼다. 그는 표정을 숨긴 채 종업원에게 계산서를 가져다 달라고 말했다. 플라자 호텔로 가는 택시에 오르기까지 한 시간이나 흐른 것처럼 느껴졌다.

제니가 그의 팔에 매달렸다. "아, 제이크 아저씨, 괜찮다고 말해 줘요! 이해한다고 말해 주세요! 다정한 제이크 아저씨, 나의 가장 친한, 내게 단 하나밖에 없는 친구…… 절 이해한다고 말해 주세요!"

"당연히 이해하지, 제니." 그는 손을 올려 그녀의 등을 기계적으로 두드렸다.

"아…… 정말 끔찍하죠, 그렇죠?"

"난 괜찮을 거야."

"아…… 아…… 제이크 아저씨!"

그들이 탄 택시가 호텔에 멈추었다. 택시에서 내리기 전에 제니는 손거울로 얼굴을 확인하더니 모피 케이프 코트의 옷깃을 세웠다. 제이컵은 로비에서 사람들과 몇 번 부딪혔고, 그때마다 부자연스럽고 형식적인 목소리로 "아, 죄송합니다," 하고 내뱉었다. 두 사람은 엘리베이터 앞에 다다랐다. 제니는 상심과 눈물로 얼룩진 얼굴로 엘리베이터에 오르며 힘없이 거머쥔 손을 그를 향해 뻗었다.

"제이크 아저씨," 하고 그녀가 다시 한 번 그를 불렀다.

"잘 자, 제니."

그녀는 엘리베이터 쇠창살 문을 향해 고개를 돌렸다. 문이 땡그렁 소리를 내며 닫혔다.

"잠깐만!" 하고 그의 입에서 순식간에 말이 튀어나왔다. "네가 뭘 하고 있는지 알기는 한 거야? 그렇게 시작해도 되는 거냐고?"

그는 몸을 돌려 출입구를 향해 무작정 걸었다. "제니가 가 버렸어."

그는 두려움에 사로잡힌 목소리로 자신에게 속삭였다. "제니를 잃었어!"

그는 59번가를 걸어서 지나고, 콜럼버스 서클을 지나고, 브로드웨이를 향해 내려갔다. 주머니엔 담배가 남아 있지 않았다. 식당에 두고 그냥 나온 모양이었다. 그는 담배 가게로 들어갔다. 그가 잔돈이 얼마인지 몰라 허둥거리는 걸 보고 가게 안의 누군가가 웃어 댔다.

담배 가게에서 나와 그는 잠깐 혼란스러운 마음을 수습하며 서 있었다. 그러자 깨달음의 무거운 파도가 그에게 밀려들었고, 그를 휩쓸었고, 그를 타고 넘었고, 그를 혼미하고 지친 상태로 남겨 둔 채 사라졌다. 그러다 다시 파도가, 이번엔 뒤에서 덮쳐 왔다. 이미 읽은 비극적인 이야기를 결말이 달라질 거라는 희망을 갖고 다시 읽어 보듯이, 그는 오늘 아침으로, 처음으로, 한 해 전으로 기억을 되돌렸다. 그러나 파도는 벼락처럼 다시 돌아왔고, 그녀가 그에게서 영원히 떨어져 나가 플라자 호텔의 높은 방에 머물러 있음을 확신시켜 주었다.

그는 브로드웨이로 걸어 내려갔다. 국회의사당 극장 출입구에 커다란 블록체로 쓰인 단어 네 개가 어둠 속에서 빛나고 있었다. "칼 바르보와 제니 프린스."

그는 지나가던 사람이 자신에게 그 이름들을 소리 내어 읽어 보라고 한 것처럼 깜짝 놀랐다. 그는 그 자리에서 발길을 멈추고 그것을 올려다보았다. 행인들도 표지판을 올려다보고는 그의 곁을 빠르게 지나쳐 건물 안으로 들어섰다.

제니 프린스.

이제 그녀는 더 이상 그의 것이 아니었다. 그 이름은 스스로 중요한 의미를 가지게 되었다.

제니 프린스.

"이리 와서 제 사랑스러움에 기대요." 그렇게 말하는 듯했다. "한 시간 동안 나와 결혼한다는 꿈을 은밀하게 채우세요."

제니 프린스.

모든 게 비현실적이었다. 그녀는 저기 플라자 호텔에 있었다. 다른 이와 사랑에 빠진 채로. 그러나 그녀의 이름은 밝게 도드라져, 밤의 어둠 위에 떠 있었다.

"저는 제 관객들을 사랑해요. 그들은 모두 제게 친절하지요."

파도가 다시 저 멀리서 하얀 포말을 부서뜨리며 그에게로 밀려와 쓰라린 고통과 함께 그를 적셨다. "더 이상은 안 돼. 절대 안 돼." 파도는 그를 때리고, 끌어내리고, 그의 귓속에 망치질을 하며 괴롭혔다. 그녀의 이름은 태연하고 자랑스러운 모습으로, 높이 떠올라 밤에 맞서고 있었다.

제니 프린스.

그녀가 거기에 있었다! 그녀의 모든 것이, 가장 빛나는 모습이, 그녀의 노력과 힘, 그 승리, 그 아름다움이.

제이컵은 한 무리의 사람들과 함께 앞으로 걸어 나가 창구에서 표를 끊었다.

혼란한 눈으로, 그는 거대한 로비를 둘러보았다. 입구가 보였고, 그는 그곳으로 걸어 들어갔으며, 빠르게 고동치는 어둠 속에 서 있는 자신을 발견했다.

◆◆◆

「야곱의 사다리」는 《새터데이 이브닝 포스트》(1927년 8월 20일 자)에 발표되었는데, 판매가도 높았지만(3,000달러) 평단으로부터 큰 찬사를 받은 단편소설이다. 이 작품은 피츠제럴드의 장편소설 『밤은 부드러워』와 밀접한 관련을 가지고 있는데, 제이컵과 제니, 딕과 로즈메리의 관계는 1927년 처음 만나 나중에 연인 사이로 발전하는 젊은 여배우 로이스 모런Lois Moran에 대한 피츠제럴드의 관심이 바탕에 깔려 있다. 「야곱의 사다리」는 『밤은 부드러워』에 상당 부분 그대로 들어가 있다.

집으로 가는 짧은 여행
A Short Trip Home

1

거실에서 현관까지 그녀랑 같이 걸어 보려고 뒤편에 바짝 붙은 덕분에 그나마 나는 그녀 가까이에 있었다. 그건 썩 기분 좋은 일이었다. 그녀는 어느 순간에 꽃처럼 활짝 피었는데 그녀보다 한 살이 많은 남자인 나는 활짝은커녕 꽃을 피울 생각조차 못 하고 있어서, 우리가 집으로 돌아오고 일주일이나 지날 때까지 나는 그녀 곁에 얼씬도 하지 못했던 것이다. 그렇게 3미터쯤 같이 걷기는 했지만 그녀에게 말을 걸거나 닿는 건 가능한 일이 아니었다. 그래도 희미하게나마 내가 희망을 가졌던 건, 적어도 우리 둘만 있게 될 때는 뭔가 좀 즐거운 일이 일어나지 않을까 싶었기 때문이다.

목덜미까지 내려오는 반짝반짝 윤 나는 짧은 머리칼이 더없이 매력적인 그녀는, 매력적인 미국 아가씨들이 열여덟 살 정도가 되면 깊어지기도 하고 한껏 내쏘기도 하는 그 또렷하고 명확한 자신감을 갖고 있었다. 그녀의 노란 머리카락들 사이로 램프 불빛이 비쳐 나왔다.

이미 그녀는 다른 세계로, 그러니까 지금 차에서 우리를 기다리고 있는 조 절크와 짐 캐스카트의 세계로 미끄러져 들어가고 있었다. 그렇게 한 해가 더 지난다면 그녀는 내가 영원히 따라잡을 수 없는 세계로 건너가 버릴는지도 몰랐다.

내가 눈 내리는 밤 바깥에 있는 사람들을 떠올리다가, 크리스마스 주간에 대한 흥분에 더해 활짝 피어나 온통 '성적 매력'으로—실상과는 전혀 다른 특성을 표현하는 데 사용되는 끔찍한 단어지만—방 안을 가득 채우고 있는 엘런에 대한 흥분에 빠져 있을 때, 하녀가 식당에서 나오더니 엘런에게 뭐라고 조용히 말을 건네고는 쪽지를 전해 주었다. 쪽지를 읽고 난 엘런의 두 눈에 순간적으로 그림자가 어렸다. 마치 시골로 순회공연을 다니다가 유행이 지나자 텅 비어 버린 객석에 드리워진 그늘과 흡사했다. 그녀는 나를 이상한 눈으로 한 번 바라보더니—날 본 게 아닐 공산이 컸다—일언반구도 없이 하녀를 따라 식당 방으로 들어갔다가 그 뒤편으로 사라졌다. 나는 의자에 앉아 15분쯤 잡지를 뒤적거렸다.

반들반들한 흰색 실크 머플러를 모피 코트 위에 두른 조 절크가 시뻘겋게 언 얼굴로 들어왔다. 그는 예일대 4학년이었고, 나는 2학년이었다. '두루마리와 열쇠들'* 회원이기도 했던 그는 학내 유명 인사였는

---

* Scroll and Keys. 19세기 중반에 은밀하게 만들어진 이후 계속 이어져 온 예일대 비밀 사교 클럽으로, '해골과 뼈Skull and Bones'에 속하지 않은 재학생들로 구성되었다.

데, 내가 보기에도 무척 뛰어나고 핸섬한 건 사실이었다.

"엘런은? 왜 안 나와?"

"모르겠군요," 하고 내가 조심스럽게 대답했다. "준비는 다 했던데."

"엘런!" 하고 그가 소리를 질렀다. "엘런!"

그가 들어오면서 열어 둔 현관문으로 서릿발 같은 차가운 공기가 마구 밀려들어 왔다. 그가 반쯤 층계를 올라가더니―그는 집 안 구조에 익숙했다―다시 엘런을 불렀다. 그제야 베이커 부인이 난간까지 다가와 엘런이 아래층에 있다고 말했다. 그때 약간 상기된 표정의 하녀가 식당 방 문간에 모습을 드러냈다.

"절크 씨," 하고 그녀가 낮은 소리로 불렀다.

고개를 숙여 하녀가 있는 곳으로 돌아가던 조의 얼굴에 불길한 예감이 스쳤다.

"엘런 양은 나중에 가신다고, 파티에 먼저 가시라네요."

"무슨 일 있나?"

"지금은 가실 수가 없답니다. 나중에 가신답니다."

그가 혼란스러워하며 얼른 발을 떼지 못했다. 방학 중에 마지막으로 열리는 큰 댄스파티이기도 했지만, 무엇보다 그는 엘런에게 완전히 빠져 있었다. 그는 엘런에게 크리스마스 반지를 선물하려다 뜻대로 안 돼 200달러는 족히 나갈 금실로 짠 그물 가방을 사 주려고 내심 생각 중이었다. 사실 절크만 그런 건 아니었다. 엘런에게 넋이 나간 친구는 절크 말고도 서넛이 더 있었다. 그녀가 집으로 돌아온 건 열흘 남짓이었는데, 절크에게 먼저 기회가 주어진 건 그럴 만한 이유가 있었다. 그가 부잣집 아들에 친절한 데다 당시 세인트폴에서는 '알아주는' 청년이었기 때문이다. 그녀가 다른 남자를 더 좋아하게 될 거라는 건 불가능하단 게 내 생각이었다. 하지만 떠도는 얘기는 좀 달랐다. 그녀가 조를 지나치게 완벽하다고 평했다는 거였다. 그건 신비감이 부족하다는 뜻으로 받아들일 만한 얘기였다. 아직 결혼의 현실적인 측면 같은 걸 안중에 둘 리 없는 젊은 여자라면, 뭐, 얼마든 가능한 일이었다.

"엘런이 주방에 있지 않나?" 하고 조가 화난 목소리로 물었다.

"아뇨, 안 계셔요," 하고 하녀가 반항적이면서도 약간 겁먹은 듯 말했다.

"아냐, 거기 있어."

"정말이에요, 절크 씨. 뒷문으로 가셨다고요."

"아냐, 확인해야겠어."

나도 그의 뒤를 따랐다. 그릇을 씻고 있던 스웨덴 하녀들이 우리가 다가가자 손을 멈추고 흘긋거리며 눈치를 살피더니, 우리가 지나가고 나자 다시 냄비 부딪는 소리가 들려왔다. 잠겨 있지 않은 덧문이 바람에 철퍼덕거렸다. 눈발 날리는 뒷마당으로 들어섰을 때 뒷골목 끝 모퉁이를 막 돌아가는 자동차 미등이 시야에 들어왔다.

"뒤따라가야겠군," 하고 조가 천천히 말했다. "무슨 일인지 도무지 알 수가 없군."

나는 갑자기 일어난 재앙에 바짝 겁이 나 함부로 입을 뗄 수가 없었다. 우리는 다급히 그의 자동차에 올랐고, 무턱대고 쫓기 시작했다. 차를 지그재그로 몰며 주택가를 빠져나가, 길거리의 자동차란 자동차는 모두 훑었지만 소득이 없었다. 반 시간을 그렇게 헤매고 나서야 그는 소용없는 짓이란 걸 깨닫기 시작했고—세인트폴의 인구는 30만 명에 가까웠다—마침 짐 캐스카트가 같이 타고 갈 아가씨가 하나 있다는 사실을 상기시켰다. 부상당한 짐승처럼 구석에 처박힌 채 우울한 표정을 지으며 모피 코트에 파묻혀 있던 조 절크는 몇 분에 한 번씩 몸을 곧추세우고는 항의와 절망을 드러내듯 몸을 앞뒤로 흔들어 댔다.

준비를 하고 기다리고 있던 짐의 파트너 아가씨가 짜증을 부렸지만 사태가 사태인지라 그녀의 짜증쯤은 누구도 신경을 쓰지 않는 것 같았다. 그녀가 아름답다는 사실 역시 안중에 없는 듯했다. 어쩌면 이런 것도 크리스마스 휴일의 진풍경 중 하나일지 몰랐다. 익히 알고 있던 한 소년이 성장과 변화와 모험에 휩싸여 전혀 다른 모습으로 바뀌어 가는. 어쨌든 조 절크는 이런 황망한 와중에도 아가씨에 대해서만큼은 정중함을 잊지 않았고—그는 얘기를 하다가 갑자기 귀에 거슬릴 정도로 큰 소리로, 짧게, 웃음을 터뜨리곤 했다—차는 어느새 호텔 앞까지 와 있었다.

그런데 운전기사가 차를 댄 곳은 파티장 건너편 차선이었다. 하지만 그 덕분에 우리는 엘런 베이커가 막 소형 쿠페에서 내리는 걸 더 빨리 발견할 수 있었다. 조 절크는 흥분한 나머지 차가 멈추기도 전에 뛰어내렸다.

엘런이 우리가 있는 쪽으로 고개를 돌렸다. 그녀의 얼굴엔 잘못 본 게 아닌가 싶은—놀란 것 같긴 했지만, 그렇다고 크게 당황한 것 같지는 않은—표정이 어려 있었다. 실제로는 우리를 거의 알아보지 못한 것 같았다. 조는 단호함과 위엄과 상심이 뒤얽힌 표정을 지으며 그녀에게로 다가갔는데, 내가 본 그의 표정엔 비난의 기운이 아주 또렷하게 박혀 있었다. 나는 그의 뒤를 따라갔다.

쿠페에는 서른다섯 살쯤으로 보이는 남자가 타고 있었는데—엘런이 내리는 데도 전혀 도와주지 않았다—흉터 같은 게 난 몹시 야윈 얼굴에 음산한 미소를 띠고 있었다. 인간에 대한 경멸이 담긴 그의 두 눈은 마치 다른 종족의 출현에 짐짓 조용해진 짐승의 눈과 같았다. 무기력하면서도 잔혹하고, 아무것도 바라지 않으면서도 자신감에 넘쳤다. 먼저 행동을 취할 만큼의 힘이 자신에게 있지 않다는 걸 알긴 하지만, 상대가 나약한 모습을 보인다면 그걸 끝까지 이용해 먹는 능력이 있을 법해 보였다.

대충 보아하니 그는 내가 아주 어릴 때부터 잘 알고 있는 '어슬렁거리며 돌아다니는' 부류였다. 그런 자들은 보통 담배 가게 카운터에 한쪽 팔꿈치를 올려놓은 채 비딱하게 서서 가게 안을 바삐 들고나는 사람들을 지켜보았다. 그 안에 어떤 마음이 숨어 있는지는 하느님만이 아실 뿐이다. 그들은 특유의 저음으로 은밀하게 일을 처리할 수 있는 자동차 정비소나 이발소, 극장 로비 같은 곳을 잘 이용했다. 어쨌든, 그는 그런 곳에서 내가 익히 보아 왔던 유형의 인간을 떠올리게 만들었다. 그런 유형이 정말로 있다면 말이다. 때로 그런 자의 얼굴은 악당이 등장하는 잔혹한 만화에서처럼 불쑥 나타날 때도 있었다. 그래서 나는 아주 어렸을 때부터 늘 그런 자들이 서 있는 애매모호한 구역으로 불안한 눈길을 던졌고, 그러다 나를 경멸에 찬 눈으로 지켜보는 자와 마주치곤 했었다. 한번은 꿈에서 그런 자를 본 적도 있었다. 남자가 내게로 몇 발짝 다가오더니 고개를 젖히고는 "이봐, 꼬마야," 하고 툭 던졌는데, 부러 안심시키려는 것 같은 그 목소리에 나는 겁을 집어먹고 문을 향해 냅다 달려 나갔더랬다. 쿠페에 타고 있는 남자가 바로 그런 자였다.

조와 엘런은 아무 말 없이 서로의 얼굴을 바라보기만 했다. 그녀는, 내가 예견했듯, 제정신이 아니었다. 추운 날이었는데도 그녀는 코트가 바람에 열린 것도 알지 못했다. 조가 손을 뻗어 코트를 여며 주자 그제야 무의식적으로 앞섶을 그러잡았다.

쿠페에 앉아 아무 말 없이 둘을 지켜보고 있던 남자가 갑자기 웃음을 터뜨렸다. 거리낌 없이 내뱉는 웃음엔 숨소리까지—고개를 흔들어 대는 대로 시끄럽게—섞여 있었는데, 내가 다 모욕감이 느껴질 정도였다. 너무도 또렷해서 그냥 넘길 수 있는 상황이 아니었다. 아니나 다를까 화를 참지 못한 조가 그에게로 고개를 돌렸고, 나는 그것이 전혀 놀랍지 않았다.

"뭐 잘못된 거라도 있나?"

남자가 갑자기 입을 닫았다. 그의 두 눈이 굴러가면서 뭔가를 노리고 있었다. 그런 눈은 늘 그렇게 뭔가를 찾았다. 그러다 그가 다시 좀 전과 똑같이 웃어 댔다. 엘런이 불안하게 몸을 움찔거렸다.

"이 사람…… 이 사람, 누구……," 하고 화난 조의 목소리가 떨리며 나왔다.

"이봐, 좀 보지," 하고 남자가 조의 말을 끊으며 천천히 말했다.

조가 내게로 고개를 돌렸다.

"에디, 엘런이랑 캐서린 데리고 안에 들어가 있을래?" 하고 그가 빠르게 말했다. 그러곤 "엘런, 에디랑 들어가," 하고 덧붙였다.

"어이, 지금 좀 보자고." 남자가 다시 말했다.

엘렌은 혀와 이를 움직여 뭐라고 조그만 소리를 만들어 냈지만 내가 그녀의 팔을 잡고 호텔 옆문으로 데려가려 하자 저항을 하지는 않았다. 이런 일촉즉발의 상황에서 군말 없이 순순히 따르는 걸 보고 나는 문득 그녀가 이렇게나 무기력했는지, 의아한 생각이 들었다.

"그만 들어와요, 형!" 하고 내가 고개를 돌려 소리를 질렀다. "어서 와요!"

하지만 엘런이 내 팔을 끌어당기는 바람에 우리는 황급히 걸음을 옮겼다. 회전문 안으로 들어섰을 때, 내 눈에 쿠페에서 내리는 남자가 보였다.

그로부터 10분 뒤, 여성용 탈의실 밖에서 여자들이 나오기를 기다리고 있으니, 조 절크와 짐 캐스카트가 엘리베이터에서 걸어 나왔다. 조의 얼굴이 하얗게 질려 있었다. 두 눈은 무겁게 처지고 눈빛은 흐릿했다. 이마와 하얀 머플러에 검붉은 피가 묻어 있었다. 짐의 손에는 둘의 모자가 한꺼번에 쥐어져 있었다.

"그 자식이 쇳조각 낀 손으로 조를 쳤어," 하고 짐이 낮은 소리로 말했다. "조가 1분쯤 기절했다가 깼다고. 벨보이한테 가서 연고랑 반창고 좀 가져다 달라고 해."

시작 시간을 넘겨 늦게 들어간 탓에 홀은 황량했다. 아래층 댄스홀에서 울리는 밴드의 연주 소리가 우리가 있는 곳까지 들려왔는데, 마치 두꺼운 커튼이 바람에 옆으로 쏠렸다가 제자리로 떨어지는 것 같았다. 엘런이 탈의실에서 나오자 나는 그녀를 데리고 곧장 아래층으로 내려갔다. 우리는 손님을 맞기 위해 주최자들이 늘어선 줄을 피해 엉성한 야자수 화분이 있는 어둑한 방으로 들어갔다. 커플들이 춤을 추다가 이따금 쉬러 들어오는 방이었다. 나는 엘런에게 무슨 일이 일어났는지를 얘기해 주었다.

"조 잘못이야," 하고 그녀가 놀라며 말했다. "내가 그랬잖아, 껴들지 말라고."

그건 사실이 아니었다. 그녀는 아무 말도 한 적이 없었다. 그저 초조해하면서 이상한 소리를 한 번 냈을 뿐이었다.

"넌 뒷문으로 빠져나가서 거의 한 시간이나 사라졌잖아," 하고 내가 핀잔을 늘어놓았다. "그러곤 조 면전에다 대고 비웃기나 하는 험상궂은 사내랑 나타났고."

"험상궂은 사내?" 하고 그녀가 내 말을 똑같이 반복했다. 마치 내 말을 음미라도 하듯.

"왜, 넌 안 그래 보여? 그런 사람을 대체 어떻게 알게 된 거야, 엘런?"

"기차에서," 하고 그녀는 간단히 대답했다. 하지만 곧 순순히 말한 걸 후회하는 눈치였다. "네 일 아니니까, 넌 가만히 있어, 에디. 조가 어떻게 됐는지 봤잖아."

숨이 턱 막힌다는 건 이럴 때 쓰는 말인가 싶었다. 바로 곁에서 그녀를 지켜보다니! 얼룩 하나 없이 반짝반짝 윤이 나는 그녀의 몸에선 신선함과 섬세함이 번갈아 가며 쉴 틈 없이 밀려 나왔다. 그녀랑 이렇게 얘기를 나누게 될 줄이야.

"그 사람, 깡패야!" 하고 내가 소리치듯 말했다. "그런 사람 앞에서 어떤 여자가 안전할 수 있겠어? 조 형을 쇳조각으로 후려쳤다고…… 쇳조각으로!"

"그게 그렇게 나쁜 일이야?"

그녀는 한참 더 어릴 때나 할 법한 질문을 던졌다. 처음으로 그녀는 날 똑바로 바라보았는데, 대답을 진심으로 바라는 것 같았다. 잠깐이나마 제정신을 찾은 것 같던 그녀는 이내 다시 냉담한 자세로 돌아갔다. 내가 '냉담한'이라고 말하는 건, 그 남자와 관련된 얘기가 나오면 눈꺼풀이 살짝 내려가면서 다른 것들엔—다른 모든 것에—눈을 감아 버린다는 느낌을 받았기 때문이었다.

뭔가 따끔한 말을 해 주어야 할 순간이란 생각은 들었지만, 결국, 나는 어떤 비난도 할 수가 없었다. 난 그저 그녀의 아름다움이 부리는 마법에 속절없이 걸려들고 말았다. 한술 더 떠 나는 그녀를 변호할 말들을 찾기 시작했다. 어쩌면 그 남자는 보이는 것과는 다를지도 몰랐다. 좀 더 로맨틱하게 생각하자면, 다른 여자들이 그에게 빠져드는 걸 막아 주기 위해 엘런이 자신의 의지를 거스르면서까지 그와 엮이게 됐을지도 몰랐다. 그런 생각을 하고 있을 때, 사람들이 방으로 밀려들기 시작하더니 우리에게 말을 걸어왔다. 더 이상 얘기를 나눌 수가 없게 된 우리는 방을 빠져나와 샤프롱들과 인사를 나누었다. 그러고 나서 나는 그녀를 쉼 없이 이어지는 현란한 춤의 바다로 이끌어 갔다. 그녀는 색색의 기념품들이 진열된 보기 좋은 테이블의 섬들 사이를 휘돌며 빠져나가고, 댄스홀 건너에서 남풍처럼 불어오는 밴드의 음률에 몸을 맡겼다. 그러고 얼마쯤 뒤, 이마에 반창고를 붙인 채 구석 자리에 앉아 마치 엘런에게 얻어맞기라도 했다는 듯 그녀를 쩌려보고 있는 조 절크가 눈에 들어왔다. 하지만 나는 그에게로 가지 않았다. 이상한 기분이 내 안에서 일어나는 게 느껴졌다. 그건 마치 오후 내내 잠이 들었다가 깨어났을 때, 마치 내가 보지 못한 사이에 모든 것들이 바뀌어 버린 것 같은 기이하고 불길한 기분이었다.

밤이 깊어 가면서 종이로 만든 뿔이 등장하고, 아마추어들의 활인화活人畫*가 벌어지고, 다음 날 조간신문에 실릴 사진 촬영이 차례로 이어졌다. 그런 다음 대행진과 늦은 만찬이 이어졌고, 새벽 2시쯤엔 세무 징수원처럼 옷을 차려입은 주최 측 사람 몇이 파티 분위기를 완전히 망쳐 놓더니, 저녁에 일어났던 일들이 익살스럽게 실린 신문이 뿌

* 살아 있는 사람이 분장하여 정지된 모습으로 명화나 역사적 장면 등을 연출하는 것.

려졌다. 그날 내내, 엘런의 어깨에 매달려 있던 반짝이는 난초는 마치 남군 기마대장 스튜어트 장군의 모자에 매달린 타조 깃털처럼 온 방 안을 누비고 다녔다. 졸린 눈을 비비며 끝까지 버티던 사람들이 무리를 지어 엘리베이터로 우루루 몰려가 볼품없이 커다랗기만 해 보이는 모피 코트들을 걸친 채 맑고 건조한 미네소타의 밤 속으로 흘러들 때까지, 나는 엘런의 난초를 명징한 예감에 휩싸인 채 지켜보았다.

2

우리가 사는 도시에는 언덕배기에 위치한 주거 지역과 강과 나란한 상업 지역 사이 경사지에 중간 지대가 있다. 시가지의 모호한 구역에 해당하는 이곳은 경사의 정도에 따라 삼각형을 비롯해서 이런저런 형태들로—'일곱 모퉁이'라는 이름으로 불리는 곳도 있다—나뉘어 있는데, 십여 명이 달라붙어서 전차나 자동차를 타거나 튼튼한 가죽 구두를 신고 하루에 두 번씩 지나다닌다 해도 이곳의 지도를 정확히 그려 낼 수는 없을 것이다. 또한 이곳이 몹시 분주해 보이긴 하지만 정작 무슨 일로 그렇게 분주한 거냐고 물어 온다면 딱히 대답할 말도 없다. 이곳엔 늘 어딘가로 출발하는 전차들이 길게 늘어서 있고, 〈후트 깁슨*과 놀라운 개와 놀라운 말들〉 포스터가 붙은 큰 영화관과 조그만 극장들이 있으며, 창문에는 '올드 킹 브래디'**와 『1776년의 리버티 보

---

* Hoot Gibson(1892~1962). 로데오 챔피언이자 카우보이 영화의 선구자로 일컬어지는 배우, 감독, 제작자.
** Old King Brady. 미국의 유명한 탐정.

이스』* 광고물이 붙어 있고 안에서는 구슬과 담배, 사탕 같은 걸 파는 조그만 가게들도 있고, 1년이면 한 번쯤 가는 엄청나게 비싼 의상실도—적어도 이곳만은 기억에 또렷하다—있었다. 꼬맹이 시절 언젠가 알게 된 사창가는 어두침침한 거리에 있었고, 여기저기 전당포와 싸구려 보석 가게, 조그만 운동 클럽과 체육관, 곧 쓰러질 것 같은 술집들이 흩어져 있었다.

아가씨들이 정식으로 사교계에 입문하는 코티용 클럽 파티를 마친 날 아침, 게으름을 피우며 느지막이 일어난 나는 하루나 이틀 정도는 예배도 수업도 없다는 사실에—오늘 밤 있을 또 다른 파티를 기다리면 그만이었다—행복감마저 느꼈다. 햇살이 밝게 비추긴 했지만 몹시 추운—뺨이 꽁꽁 언 뒤에야 얼마나 추운지를 알게 되는 그런—날이었는데, 그래서일까 전날 저녁에 일어난 사건들이 왠지 흐릿하고 멀게 느껴졌다. 점심을 먹은 뒤 나는 오후 내내 내릴 것 같은 유쾌하게 흩날리는 가벼운 눈을 맞으며 시내로 걸음을 옮겼다. 시가지의 그 중간 지대를—내가 아는 한 그곳을 지칭하는 이름은 없었다—반쯤 지났을 때, 갑자기 머릿속에 채워져 있던 게으른 생각들이 홀연히 날아가고 엘런 베이커에 대한 생각들이 꽉 들어찼다. 맨 처음 든 생각은 그녀에 대한 걱정이었다. 사실 이전의 나는, 나 외에 누구를 걱정해 본 적이 없었다. 언덕길을 오르는 내 발길이 그녀를 만나 얘기를 나눌 생각에 허둥거리기 시작했다. 그러다가 퍼뜩 그녀가 다과회에 갔을 거라는 생각이 났다. 하지만 그녀에 대한 생각이 떠나기는커녕 점점 더 깊어졌다. 바로 그때, 그 일이 폭탄이 터지듯 일어났다.

---

* The Liberty Boys of '76. 1909년에 출간된, 미국 혁명과 관련된 이야기가 담긴 만화책.

눈이 내리고 있었다는 건 이미 말했다. 12월의 어느 오후, 4시였다. 날이 빨리 어두워지면서 가로등도 하나둘 켜지기 시작했다. 나는 당구장과 레스토랑을 겸한 가게를 지나고 있었다. 창가 쪽 난로엔 핫도그가 나란히 얹혀 있고, 손님들 몇이 문가에서 서성거리고 있었다. 가게 안에는 전등이 켜져 있었는데—노란 빛깔의 밝지 않은 전구 몇 개만이 천장에 높다랗게 걸려 있었다—눈발 날리는 차가운 해거름 녘의 그 흐릿한 불빛은 가게 안을 들여다보고 싶게 만들 만큼은 전혀 아니었다. 그곳을 지날 때도 온통 엘런 생각에 빠져 있던 나는 건달로 보이는 네 사람을 곁눈으로 흘끔 보았다. 대여섯 걸음도 채 가지 않았을 때 그중 하나가 뭐라고 했는데, 이름을 부른 건 아니었지만 내가 들으라고 한 소리인 건 분명했다. 당시 내가 입고 있던 너구리 털 코트가 근사하다는 얘기로 생각한 나는 별 주의를 기울이지 않았다. 그러나 누구인지는 모르지만 얼마 있지 않아 단호한 목소리가 다시 나를 불렀다. 나는 짜증이 나서 고개를 돌렸다. 거기, 3미터도 채 떨어지지 않은 곳에 서 있던 패거리 중 하나가 나를 노려보고 있었다. 비웃음이 슬쩍 어린, 상처 자국이 있는 야윈 얼굴은 전날 밤 조 절크를 바라보던 바로 그 얼굴이었다.

그는 추위를 많이 타는 듯 목까지 단추를 채운 꽤 값나가 보이는 검정 코트를 입고 있었다. 두 손은 주머니에 깊숙이 찌르고, 단추가 많이 달린 긴 승마용 구두를 신고 있었다. 나는 흠칫 놀라 발길을 얼른 떼지 못했지만, 화를 참지 못하고 어쨌든 그에게로 한 걸음 다가섰다. 내 주먹이 조 절크보다 빠르다는 건 자부할 수 있었다. 다른 세 남자는 나를 쳐다보지도 않았는데—처음부터 날 눈여겨본 것 같지도 않았다—그자가 나를 알아본 모양이었다. 그의 표정에서 우연이나 실수의 가능성 같은 건 전혀 보이지 않았다.

"나 알지? 이제 어쩔래?" 그의 두 눈이 그렇게 말하는 것 같았다.

나는 그에게로 한 걸음 더 다가섰고, 그가 예의 소리 없는 웃음을 웃었다. 그리고 경멸이 가득 담긴 웃음을 끌며 패거리가 있는 곳으로 돌아갔다. 나는 그를 따라갔다. 내가 그에게 말을 걸려는 순간—무슨 말을 하려고 했는지는 확실하지 않았지만—그가 마음이 변했는지 물러서더니 당구장 안으로 걸음을 옮겼다. 나더러 안으로 따라 들어오라는 신호였는지도 몰랐다. 그가 떠난 뒤에도 나머지 세 남자는 여전히 내겐 아무 관심도 보이지 않았다. 하지만 그들이 같은 부류라는 건 내 눈엔 분명했다. 한눈에도 운동을 한 티가 났다. 하지만 그 사내처럼 호전적으로 보이지 않았고 오히려 부드러웠다. 일제히 바라보는 눈빛에서 나는 개인적인 악의 같은 건 찾을 수 없었다.

"아까 그 사람, 안으로 들어갔나요?" 하고 내가 물었다.

그들은 의뭉스럽게 서로를 바라보았다. 눈을 찡긋거리는가 싶더니 꽤 한참을 있다가 한 남자가 말했다.

"안으로 들어가다니, 누구?"

"이름은 모릅니다."

다시 눈들을 찡긋거렸다. 짜증이 일었다. 나는 그들을 지나 당구장으로 들어섰다. 한쪽 면을 따라 테이블들이 길게 늘어선 간이식당에 몇 사람이 앉아 있고, 당구를 치는 사람들도 몇 있었지만 그는 보이지 않았다.

나는 발을 떼지 못한 채 다시 머뭇거렸다. 사내가 사람들 눈에 띄지 않는 곳으로 날 부른 것인지—뒤편 멀리에 반쯤 열린 문이 있었다—확인할 필요가 있었다. 나는 카운터에 앉은 사람에게로 갔다.

"방금 여기로 들어온 사람, 어디 있죠?"

어쩐 일인지 그는 곧바로 경계 자세를 취했다. 그저 내 상상이었을까.

"어떤 사람?"

"얼굴이 야위고…… 중산모자를 썼어요."

"얼마나 됐지?"

"아마…… 1분쯤."

그가 다시 고개를 저으며 "그런 사람 못 봤어," 하고 말했다.

나는 기다렸다. 바깥에 있던 세 남자가 안으로 들어왔고, 카운터 앞에 나와 나란히 섰다. 그들이 하나같이 나를 이상한 눈으로 본다는 느낌이 들었다. 힘이 쑥 빠져나가며 점점 불안해진 나는 황급히 몸을 돌려 밖으로 나왔다. 거리를 내려가면서 나는 다시 고개를 돌려 다음에 다시 찾을 수 있게 꼼꼼히 봐 두었다. 그러곤 길모퉁이를 돌자마자 냅다 뛰기 시작해 호텔 앞에서 택시를 잡아타고는 다시 언덕길을 올랐다.

엘런은 집에 없었다. 베이커 부인이 아래층으로 내려와 내게 그 사실을 전해 주었다. 부인은 딸의 미모에 대단한 자부심을 갖고 있었는데, 아마도 전날 밤에 일어난 불미스러운 사건에 대해선 전혀 아는 게 없는 듯했다. 그녀는 방학이 곧 끝나게 되어서 좋다고 말했다. 엘런이 성질이 느긋하질 못해 빈둥대는 걸 싫어한다는 거였다. 그러고 나서 그녀는 내게 엄청난 위로가 되는 말을 남겼다. 내가 찾아와 줘서 기쁘다는 거였다. 부인은 당연히 엘런도 날 보고 싶어 할 거라고 생각하고 있었고, 시간이 별로 남아 있지 않아서이기도 했다. 엘런이 돌아가기로 되어 있는 시간은 오늘 밤 8시 반이었다.

"오늘 밤이었나요?" 하고 내가 큰 소리로 말했다. "모렌 줄 알았어요."

"시카고에 사는 브로코 씨 댁을 방문하기로 했다는구나," 하고 베이커 부인이 말했다. "그 부부가 엘런을 파티에 데려가고 싶어 한다는 거야. 오늘 막 결정됐어. 오늘 밤에 잉거솔 댁 여자애들이랑 떠날 거라던데."

나는 너무도 기뻐서 부인의 손을 잡고는 기쁨을 주체하지 못하고 마구 흔들어 댔다. 엘런은 무사했다. 결국 그 사건은 그저 우연한 모험에 불과했던 것이다. 나는 바보가 된 기분이었지만, 엘런을 얼마나 위하는지를, 그녀에게 끔찍한 일이 일어난다면 도저히 참지 못할 거라는 걸 새삼 느꼈다.

"이제 곧 오겠네요?"

"얼마 안 있으면 올 거야. 대학 클럽에서 막 전화가 왔었거든."

나는 조금 있다 다시 들르겠다고 말했다. 우리 집이 거의 옆집이나 다름없기도 했고, 혼자 있고 싶어서이기도 했다. 밖으로 나오자 열쇠를 갖고 있지 않다는 생각이 들었다. 그래서 베이커 씨네 주차로를 따라 어릴 때 곧잘 두 집 사이에 있는 마당을 통과해 가곤 했던 오래된 지름길로 올라갔다. 눈은 여전히 내리고 있었지만, 날이 어두워지면서 눈발도 더 굵어졌다. 눈에 묻힌 길을 더듬거리다가 나는 뒷문이 조금 열려 있는 걸 알게 됐다.

내가 왜 발길을 돌려 베이커 씨네 주방으로 가려고 했는지는 잘 기억나지 않는다. 어쨌든 나는 뒷문을 통해 주방까지 들어갔다. 당시 나는 그 집에서 일하는 사람들 이름까지 다 알고 있을 정도였다. 지금은 다 잊었지만. 그들 역시 나를 알고 있었다. 내가 주방으로 들어갔는데 갑자기 뭔가 멈추어진 것 같은 느낌이 들었다. 대화만 멈춘 것이 아니었다. 그곳 분위기가 모두 그랬다. 주방에 있던 사람들이 뭔가를 잔뜩 기대하는 눈치인 것도 예사롭지 않았다. 주방에는 모두 세 사람이 있었는데, 지나치다 싶을 정도로 서둘러 일을 하기 시작했고, 불필요할 정도로 부산스럽게 움직이고 떠들어 댔다. 집안일을 거드는 하녀가 두려움 가득한 표정으로 나를 바라보았다. 왠지 그녀가 엘런에게 전할 쪽지를 가지고 있을지 모른다는 생각이 불쑥 들었다. 나는 그녀에게 식품 보관실로 오라고 손짓을 보냈다.

"난 다 알고 있어," 하고 내가 말했다. "이거, 굉장히 심각한 일이거든. 내가 지금 베이커 부인한테 가야 할까, 아니면 네가 뒷문을 잠글래?"

"베이커 부인껜 말씀드리지 마세요, 스틴슨 씨!"

"그래, 엘런 양을 곤란하게 하지 않았으면 좋겠어. 만약…… 만약에 말이야, 내가 알고 있다는 걸 엘런 양이……" 나는 하녀에게, 이 길로 직업소개소로 가서 그녀가 다시는 이 도시에서 어떤 일도 할 수 없게 만들 거라고, 으름장을 놓았다. 내가 나갈 즈음 그녀는 완전히 얼어 있었다. 내가 나가고 1분도 되지 않아 뒷문이 닫히고 빗장이 채워지는 소리가 들려왔다.

그와 동시에 커다란 차가 집 앞으로 들어서는 소리가 들렸다. 체인을 감은 바퀴가 부드러운 눈밭을 뿌드득거리며 으깨고 있었다. 엘런을 집에다 데려다주는 차였다. 나는 작별 인사를 하려고 엘런의 집으로 들어갔다.

조 절크와 청년 두 명이 따라 들어왔는데, 셋 모두 그녀에게서 눈을 떼지 못한 채 내겐 그저 말로만 인사를 건넸다. 그녀의 장밋빛 피부는 아름다웠다. 물론 우리 도시에서 그리 드문 피부라고 할 순 없었다. 그래 봐야 마흔 살쯤 되면 가는 정맥들이 터지기 시작할 터였다. 그래도 그때는 아니었다. 추워서 발그레 상기된 그녀의 얼굴빛은 수많은 카네이션들이 아름다운 분홍빛을 마구 터뜨리는 것 같았다. 그녀와 조는 대충 화해를 한 듯 보였다. 아니면 조가 엘런에게 너무 맛이 가서 전날 밤 일을 미처 떠올릴 틈이 없었는지도 몰랐다. 하지만 내가 보기에 그녀는 달랐다. 많이 웃기는 했지만, 조에게나 다른 두 남자에게나 진심으로 관심을 주는 것 같지는 않았다. 그녀는 그들이 가기만을 바라는 눈치였다. 그래야 주방으로 가서 쪽지를 전달받을 수 있을 터였다. 그러나 더 이상의 쪽지는 그녀에게 전달되지 않을 거라는 걸 나는 알고 있었다. 그녀는 이제 안전했다. 우리 넷은 뉴헤이븐에서 열리는 펌프와 슬리퍼 댄스파티, 프린스턴 졸업 파티 얘기를 주고받다가 저마다 다른 생각들을 품은 채 밖으로 나와 빠르게 흩어졌다. 집으로 돌아온 나는 기분이 울적해져 한 시간이나 뜨거운 물에 몸을 담그고 있었다. 엘런이 가 버리면 방학도 다 끝날 것이다. 그녀가 내 인생에서 빠져나갔다는 느낌이 어제보다 훨씬 더 깊어졌다.

그리고 뭔가가, 해야 할 일 몇 가지가, 오후에 벌어진 일들로 인해 잊어버리고 있던 뭔가가, 되돌아가서 확인해야 한다고 생각했었는데 깜빡해 버린 그 뭔가가 뭐였는지, 도무지 생각이 나질 않았다. 베이커 부인과 관련이 있다는 생각이 어렴풋이 들어 그녀와 나눈 얘기들을 되새겨 보자 불현듯 떠올랐다. 엘런이 무사하다는 것만 확인하고는 그만 부인에게 물어본다는 걸 잊어버린 거였다.

엘런이 방문할 예정이라던 브로코 씨 댁, 바로 그거였다. 나는 빌 브로코를 잘 알고 있었다. 그는 예일대 같은 과 동기생이었다. 그걸 기억해 내고 나는 욕조에서 몸을 벌떡 일으켰다. 브로코의 가족들은 이번 크리스마스에 시카고에 없었다. 그들이 있는 곳은 팜비치였다!

물을 뚝뚝 들으며 아래위가 하나로 된 내의를 입는 둥 마는 둥 하고는 방에 있는 전화기로 튀어 갔다. 재빨리 연결은 되었지만 엘런은 이미 기차를 타러 떠난 뒤였다.

다행히도 우리 집 차가 차고에 있었다. 여전히 물기가 있었지만 나는 대충 옷을 걸치고 운전기사에게 일러 문 앞에 차를 대기시키도록 했다. 밤 날씨는 춥고 건조했다. 단단히 얼어붙은 눈길을 달려 어찌 되었든 기차역으로 갈 수는 있었다. 이런 식으로 가는 게 기분이 이상하고 불안하기도 했지만, 어둡고 차가운 저편에 불빛이 나타나면서 기차역이 보이기 시작하자 왠지 자신감이 생겼다. 기차역 인근 부지가 지난 50년 동안 우리 집 소유였던 게 무슨 관련이 있을지 몰랐지만, 살다 보면 천사들조차 범접하길 두려워하는 곳으로 들어가야 할 때도 있는 법이다. 지나간 일에 집착하고 있다는 생각이 일었지만, 나는 기꺼이 바보가 될 각오를 다졌다. 이건 잘못된, 명백히 잘못된 일이야. 그러니 안 좋은 일이 일어나도 할 수 없어. 나는 별일 없을 거라는 생각을 아예 접었다. 엘런을 구할 것이냐 아니면 무겁게 짓누르는 뭔지 모를 재앙을 피할 것이냐, 혹은 경찰서로 달려갈 것이냐 스캔들을 묵과할 것이냐, 그 사이에 내가 서 있었다. 나는 도덕주의자가 아니야…… 여기엔 어두컴컴한, 나를 두렵게 만드는 다른 뭔가가 하나 더 있었다. 엘런이 홀로 그것을 겪도록 내버려 두고 싶지 않았다.

세인트폴에서 시카고로 가는 건 모두 세 노선이 있었다. 세 노선은 8시 반에서 몇 분 간격으로 각각 출발하게 돼 있었다. 내가 역을 가로

질러 달리는 동안 그녀가 타고 갈 벌링턴행 기차의 격자창이 내려지고 위쪽의 조명이 꺼지는 게 보였다. 나는 그녀가 잉거솔 댁 자매들과 특실에 타고 있다는 걸 알았다. 그녀의 어머니가 표 얘기를 해 주었더랬다. 그렇다면 그녀는 다음 날까지 그 안에서, 말 그대로, 옴짝달싹 못 하고 있어야 할 것이다.

시카고, 밀워키, 세인트폴 노선 기차는 다른 쪽 끄트머리에 있었고, 나는 쏜살같이 내달려 기차에 올라탔다. 기차를 타고 가는 동안 나는 잊고 있다 생각난 한 가지 일 때문에 밤새 한잠도 자지 못했다. 내가 탄 열차는 엘런이 탄 것보다 10분 늦게 도착할 것이었다. 그 10분 때문에 엘런은 세상에서 가장 큰 도시 중 하나로 사라질는지도 몰랐다.

나는 운반 인부에게 부탁해 밀워키에서 집으로 전보를 보냈다. 다음 날 아침 8시, 나는 운반 인부의 등에 거의 달라붙다시피 하며 승객들과 짐들로 가득한 통로를 헤치고 간신히 열차 밖으로 벗어났다. 온갖 소리와 메아리, 교행을 알리는 벨 소리와 연기로 가득한 거대한 기차역의 혼란 속에서 나는 한동안 멍하니 있었다. 그러다가 그녀를 찾을 수 있는 단 한 곳, 출입구를 향해 내달렸다.

내 예상은 틀리지 않았다. 그녀는 새빨간 거짓말이라는 걸 하느님만 알고 있는 내용을 어머니에게 보내기 위해 전보 접수대 앞에 서 있다가, 나를 보자 놀라움과 공포가 뒤섞인 표정을 지어 보였다. 그 표정엔 교활함도 깃들어 있었다. 그녀는 재빨리 뭔가를 생각하는 듯했다. 그러곤 내가 거기에 없다는 듯 자기 일만 보려 했다. 하지만 그건 안 될 일이었다. 나는 그녀의 인생에서 피할 수 없는 사실이 되어 있었다. 우리는 서로의 얼굴을 말없이 지켜보면서 어떻게 할 것인지 제각기 열심히 머리를 굴렸다.

"브로코 씨네는 플로리다로 갔어," 하고 1분쯤 뒤에 내가 말했다.

"그 말을 해 주려고 그 먼 길을 달려오다니, 멋진 친구구나."

"이렇게 됐으니 이제 학교로 가는 게 좋지 않을까?"

"날 그냥 내버려 둬, 에디," 하고 그녀가 말했다.

"난 너랑 같이 뉴욕까지 갈 거야. 서둘러 가기로 결심했어."

"날 그냥 놔두는 게 좋을 거야." 그녀의 예쁜 두 눈이 가늘어졌고, 얼굴엔 말 못하는 짐승의 가련한 저항이 떠올랐다. 그녀의 얼굴엔 뭔가 애를 쓰는 티가 역력했다. 그 사이에 교활한 표정이 잠깐 어렸다. 두 개의 표정이 모두 사라지고 나자 쾌활한 미소, 불안감을 없애 주는 미소가 떠올랐다. 속아 넘어가기에 딱 맞았다.

"에디, 너 바보니? 내 나이가 몇인데, 아직 누가 돌봐 줘야 한다고 생각하는 거니?" 나는 대답을 하지 않았다. "만나야 할 사람이 있어. 무슨 말인지 알지? 오늘 꼭 그 사람을 만나고 싶어. 5시 동부행 표도 이미 끊어 놨어. 못 믿겠으면, 자, 가방 뒤져 봐."

"난 너 믿어."

"그 사람, 네가 모르는 사람이야…… 솔직히, 난 너 이런 애라는 거 알았어. 순진하고, 엉뚱한 애라는 거."

"나, 그 사람 누군지 알아."

그녀의 얼굴에서 다시 평정심이 사라졌다. 끔찍한 표정이 다시 돌아오고 그녀가 으르렁거리듯 말했다.

"날 그냥 내버려 두는 게 좋을 거야."

나는 그녀의 손에서 엘런의 어머니에게 보낼 빈 전보 용지를 빼앗아 지금 상황을 있는 그대로 써 내려갔다. 그러곤 엘런에게로 돌아서서 좀 거칠게 말했다.

"우린 같이 5시 동부행 기차를 탈 거야. 그때까지 나랑 같이 있어야
돼."

내 목소리가 너무도 단호해서 은근히 용기가 일었다. 왠지 그녀도
감동을 받았으리라는 생각이 들었다. 어느 정도는 그녀도 상황을 받
아들이는 듯—일시적으로나마—내가 표를 끊는 동안에도 별 저항을
하지 않고 순순히 따랐다.

나는 그날 일어난 단편적인 일들을 한데 그러모으기 시작했다. 그런
데 갑자기 뒤죽박죽이 돼 버렸다. 마치 내 기억이 그러고 싶지 않다는
듯, 혹은 내 의식이 그냥 흘러가도록 내버려 두는 것처럼. 아침 햇살은
밝았지만 지독하게 추웠다. 엘런이 사고 싶은 게 있다고 해서 우리는
택시를 타고 백화점으로 갔는데, 엘런이 몰래 뒷문으로 빠져나가려고
했다. 백화점에서 나와서도 한 시간 내내 이상한 기분이 들었다. 누군
가 호수변 드라이브 길을 따라 택시를 타고 우리를 미행하고 있는 느
낌이 든 것이다. 그래서 재빨리 돌아보거나 느닷없이 운전사 위쪽에
붙은 룸미러를 들여다보았지만 아무도 발견할 수 없었다. 고개를 돌
리면 얼굴을 일그러뜨린 채 우울하기 짝이 없는 부자연스러운 웃음만
흘리고 있는 엘런과 마주칠 뿐이었다.

아침 내내 음산한 바람이 호수에서 차갑게 불어왔다. 점심을 먹으려
고 블랙스톤에 갔을 때는 창밖으로 가볍게 눈발까지 날렸다. 친구들
과의 일상적인 일들에 대해 얘기를 나눌 때는 그래도 많이 자연스러
웠다. 그런데 갑자기 그녀가 목소리를 바꾸더니 심각한 표정으로 나
를, 똑바로, 진지하게 바라보았다.

"에디, 넌 내 가장 오랜 친구야," 하고 그녀가 말했다. "그러니 날 믿
지 못하겠다고 하는 건 말이 안 돼. 5시 기차를 꼭 타겠다고 약속할 테

니까, 오후 몇 시간만 혼자 있게 해 줄래?"

"뭐 하게?"

"그게……," 그녀는 머뭇거리다가 고개를 살짝 숙였다. "누구에게나…… 작별할 권리는 있는 거잖아."

"잘 가라는 말을 하려고? 그 사……"

"응, 그래," 하고 그녀가 황급히 말했다. "몇 시간이면 돼, 에디. 기차는 제시간에 분명히 탈 거야. 약속 꼭 지킬게."

"그래, 두 시간 안에 무슨 일이야 있겠어. 진짜로 작별 인사를 하고 싶다면야……"

고개를 불쑥 들다가 나는 좀 전까지 찡그려져 있던 그녀의 얼굴에 긴장감이 흐르며 교활한 표정이 떠오른 걸 보고 깜짝 놀랐다. 그녀의 입술은 귀 쪽으로 비틀려 올라갔고, 두 눈은 다시 가늘어졌다. 얼굴에는 청순함이나 정직함 같은 건 눈곱만큼도 남아 있지 않았다.

그녀와 나 사이에 다시 말다툼이 일어났다. 엘런은 모호한 태도로 일관했고, 나는 힘이 들어 입이 잘 떨어지지 않았다. 나는 약하게 보여서 위기를 넘기려는 그녀의 꾀에 속아 넘어가지 않으려고 애를 썼지만, 왠지 사악한 기운이 주위를 맴돌고 있는 것 같았다. 그녀는 확실한 근거를 내놓지도 못하면서 모든 게 잘될 거라고 계속 우겨 댔다. 가만 보면, 머릿속에 너무 많은 생각들이—그게 뭐든—들어차 있어서 그녀는 진짜 얘기를 하지도 못했다. 그녀는 내 머릿속에서 뭔가를 끄집어내서 내가 속아 넘어가거나 묵묵히 따를 만한 것들과 엮어 보려는 심산이었는데, 그렇게 하면 뭔가 되리라고 생각한 모양이었다. 온갖 그럴듯한 제안들을 다 해 본 뒤에야 그녀는, 마치 내가 결국은 사탕발림에 불과한 훈계를 늘어놓기를 기다리듯 뚫어지게 노려보았다. 훈계를 늘어놓는다고 그녀가 받아들일 리 없었지만. 그러나 나는 그녀를 조금씩 지치게 만드는 데는 성공했다. 눈물을 쏟을 뻔한 상황도—물론 그것이 내가 바라는 바였다—두세 번이나 있었는데, 실제로 그렇게 된다면 나로서도 어떻게 해야 할지 알 수는 없었다. 어쨌든 그녀는 거의 내 손에 들어온—마음이 거의 장악된—상태였지만 어느새 또 슬쩍 빠져나가 버리곤 했다.

4시경, 나는 그녀를 무자비하게 택시에 태우고는 기차역을 향해 출발했다. 바람은 다시 거칠 것 없이 불어 댔고, 눈발이 찌르듯 날렸다. 거리의 사람들은 버스와 전차를 기다렸지만 모두 타기엔 턱없이 부족했다. 그들은 춥고, 불안하고, 행복하지 않아 보였다. 안락하게 보호를 받고 있는 우리가 얼마나 운이 좋은지를 생각하려고 애를 썼지만, 어제까지만 해도 나의 일부였던 그 따뜻하고 멋진 세계가 내게서 일시에 떨어져 나간 것 같았다. 이제 우리는 그 모든 것의 적과 함께, 그 모든 것의 반대편에 놓여 있었다. 택시를 타고 가는 우리 바로 옆에, 우리가 지나가고 있는 거리에 그것이 있었다. 완전히 뒤죽박죽이 돼 버린 것 같은 느낌에 휩싸인 나는 엘런의 정신 상태 속으로 서서히 빠져들고 있는 게 아닌가 싶은 생각이 들었다. 기차에 오르기 위해 줄지어 서 있는 승객들이 마치 다른 세계에서 온 사람들처럼 나와는 먼 존재들 같았다. 나는 정말 그들을 뒤에 남겨 두고 멀어져 갔다.

내 자리는 엘런과 같은 객실 아래쪽 침대였다. 오래된 기차라 조명이 흐릿하고 바닥의 카펫과 실내 장식들에는 지난 세대의 먼지들이 가득 묻어 있었다. 객실 안엔 모두 여섯 명이 타고 있었는데, 나를 둘러싼 모든 것들에서 느껴지기 시작한 비현실적인 분위기를 그들 역시 공유하고 있다는 것만 빼면 별다른 인상을 주는 사람은 없었다. 엘런과 나는 우리 칸으로 들어가 앉고는 문을 닫았다.

느닷없이 나는 두 팔로 그녀를 휘감아 내게로 끌어당겼다. 마치 그녀가 어린 소녀이기라도 하듯— 그녀는 내게 실제로 그랬다—부드럽게. 그녀는 살짝 저항을 하다가 이내 순순히, 하지만 긴장해서 굳은 몸으로 내 품에 안겼다.

"엘런," 하고 내가 힘이 쑥 빠져나간 소리로 말했다. "널 믿어 달라고 했지? 하지만 네가 날 더 믿어야 해. 이 모든 것에서 벗어나려면, 나한테 좀 더 얘기해 줘야 하지 않을까?"

"할 수 없어," 하고 그녀가 말했다. 아주 낮은 소리로. "내 말은, 얘기해 줄 게 아무것도 없단 뜻이야."

"집으로 돌아오는 기차에서 그 남자를 만났고, 사랑에 빠졌어. 맞지?"

"난 몰라."

"말해, 엘런. 넌 그 사람과 사랑에 빠진 거야."

"모른다고. 제발 그냥 좀 내버려 둬."

"네가 원하는 걸 말하면," 나는 그녀를 그냥 내버려 두지 않았다. "그 사람은 그걸 이용해서 널 옴짝하지 못하게 하지. 그게 그 사람이 널 이용하는 방식이야. 그 사람은 네게서 뭔가를 얻어 내려는 거야. 그 사람은 널 사랑하는 게 아니야."

"그게 뭐가 문젠데?" 그녀가 힘이 하나도 없는 소리로 물었다.

"문제가 되지. 넌 그 사람과—그 사실과—싸우려고 하지 않고 나랑 싸우려 하고 있으니까. 그리고 엘런, 내가 널 사랑하니까. 내 말 듣고 있어? 너한텐 갑작스런 일이겠지만, 나한텐 전혀 갑작스런 게 아니야. 난 널 사랑해."

74

나를 바라보는 그녀의 온화한 얼굴에 경멸이 어렸다. 집으로 돌아가고 싶어 하지 않는 사람들의 고집스러운 얼굴에 흔하게 드러나는 표정. 하지만 그게 인간이었다. 나는 그녀에게로 가까이, 멀리서 조금씩, 전보다는 더 많이, 다가갔다.

"엘런, 네가 한 가지만 대답해 줬으면 좋겠어. 그 사람, 이 기차에 탄 거야?"

그녀가 대답을 않고 뭉그적거렸다. 그러다 뒤늦게 고개를 저었다.

"잘 들어, 엘런. 하나만 더 물을 테니 정말이지 솔직하게 대답해 줘. 서쪽으로 올 때, 그 남자, 언제 기차에 탔지?"

"난 몰라," 하고 그녀가 제법 성의껏 말했다.

바로 그 순간, 나는 알았다. 이미 의심할 바 없는 사실, 다만 확인을 유보하고 있을 뿐인 사실이었다. 그는 문 밖에 있었다. 그녀도 그걸 알고 있었다. 그녀의 얼굴에 핏기가 사라졌고, 하등한 동물의 예민한 본능만이 담긴 표정이 다시 떠올랐다. 나는 두 손에 얼굴을 묻은 채 생각에 잠겼다.

우리는 거의 한 마디도 하지 않은 채로 한 시간이 넘도록 자리에 그냥 앉아 있었다. 나는 시카고의 불빛을 보았고, 그다음엔 앵글우드의 불빛을, 휙휙 끝도 없이 지나치는 근교의 불빛을 보았다. 그러곤 더 이상 불빛이 보이지 않았고, 기차는 일리노이의 어둠에 싸인 평원을 빠져나갔다. 기차가 마치 저절로 굴러가는 것 같았다. 세상에 남은 거라곤 오직 기차밖에 없는 듯했다. 승무원이 문을 두드리고는 잠자리를 살펴 주겠다고 했다. 내가 괜찮다고 말하자 그는 이내 돌아갔다.

얼마 뒤 나는 나 자신에 대한 확신을 다졌다. 내게 다가오는 싸움을 피할 수 없을 테지만, 사물과 사람이 본질적으로 올바르다는 내 판단과 신념으로 그 싸움을 얼마든 감당해 낼 수 있다는. 그 사내의 목적이 우리가 '범죄'라고 부르는 그런 것이라고 나는 당연히 생각했다. 하지만 그 사람을 인간적인, 혹은 비인간적인, 노력으로 도달할 수 있는 것 이상의 지능을 가진 존재로 상정할 필요는 없었다. 나는 여전히 그를 한 인간으로 생각하고 있었고, 그래서 그의 본질과 관심에―그의 이해 가능한 마음에서 일어난―입각해 생각하려 애썼다. 문을 열었을 때 내가 무엇을 발견하게 될는지, 나는 충분히 예상할 수 있었다.

내가 몸을 일으켰을 때, 엘런은 나를 전혀 보는 것 같지 않았다. 그녀는 구석에 처박혀 등을 잔뜩 구부린 채로 눈에 무슨 막 같은 게 껴 있기라도 하듯 멍하니 앞만 응시하고 있었다. 마치 몸과 마음이 거의 죽어 버린 것 같았다. 나는 그녀를 반듯하게 일으키고 머리 뒤에다 베개 두 개를 받쳐 주고는 모피 코트를 무릎에 덮어 주었다. 그러고 나서 그녀 가까이에 무릎을 꿇고는 두 손에 입을 맞춘 뒤 문을 열고 복도로 나갔다.

나는 문을 닫고 등을 기댄 채 잠시 서 있었다. 통로 양쪽 끝에만 불이 켜져 있을 뿐 복도 안은 어두웠다. 기차의 연결 고리에서 비어져 나오는 소리, 바퀴가 철로 위를 구르는 덜컹거리는 소리, 멀리 아래쪽에 앉은 승객의 코 고는 소리 외엔 어떤 소리도 들리지 않았다. 얼마 지나지 않아 나는 남성 흡연실 바깥쪽 음료 냉각기 곁에 한 남자가 서 있는 걸 알아차렸다. 머리엔 중산모를 쓰고, 추위를 타는지 코트 깃을 세워 목을 가리고, 두 손은 코트 주머니에 찔러 넣고 있었다. 내가 바라보자 그는 몸을 틀더니 흡연실로 들어갔다. 나도 곧 그의 뒤를 따랐다. 그는 기다란 가죽 의자 끄트머리에 앉고, 나는 문가의 1인용 안락의자에 몸을 앉혔다.

안으로 들어가며 나는 그에게 고갯짓을 했고, 그는 내게 보내는 인사로 예의 그 소리 나지 않는 소름 끼치는 웃음을 건넸다. 하지만 이번엔 더 길었다. 끝없이 이어질 것 같은 웃음을 잘라 버리려고 나는 질문을 던졌다. "어디서 오셨죠?" 나는 짐짓 별 뜻 없이 물었다는 느낌이 들도록 애썼다.

그는 웃음을 멈추고는 내 의중을 탐문하듯 눈을 가늘게 뜬 채 나를 바라보았다. 그의 입에서 대답이 떨어지는 순간, 나는 소름이 쫙 돋았다. 그의 목소리는 마치 실크 스카프를 통과해 나오는 것 같기도 하고 멀리서 들려오는 것 같기도 했다.

"나도 세인트폴 출신이라네, 잭."

"댁으로 가시는 건가요?"

그가 고개를 끄덕였다. 그러곤 숨을 길게 내쉬고, 딱딱하고 위협적인 목소리로 말했다.

"자넨 포트웨인에서 내리는 게 좋겠어, 잭."

그는 죽은 사람이었다. 죽어 지옥으로 간 사람이었다. 이제껏 줄곧 그는 죽어 있었다. 마치 정맥에 피가 흐르듯 그의 온몸에 흐르던 어떤 힘이 세인트폴을 떠났다가 되돌아가고 있었다. 그리고 이제 그 힘이 그의 몸에서 빠져나가고 있었다. 조 절크를 기절시켰던 그 형상에서 새로운 사실 하나가—그가 죽었다는 사실이—드러나고 있었다.

그가 다시, 몸을 움직이려 애를 쓰면서 말했다.

"자넨 포트웨인에서 내리게, 잭. 그러지 않으면 내가 날려 버릴 테니까." 그는 코트 주머니에서 손 하나를 빼 슬쩍 권총을 보여 주었다.

나는 고개를 저었다. "당신은 날 건드리지 못해," 하고 말했다. "당신도 알고 있고, 나도 알아." 내가 과연 알고 있는지를 살피는 소름 끼치는 그의 두 눈이 재빨리 나를 훑고 지나갔다. 그러곤 그가 금방이라도 덤벼들 것처럼 이빨을 드러내며 으르렁거렸다.

"기어서라도 나가고 싶다면 그렇게 해, 잭!" 하고 그가 쉰 목소리로 외쳤다. 포트웨인이 가까워지자 기차는 속도를 줄였고, 덕분에 비교적 나직하게 들리던 그의 목소리가 커다랗게 울렸다. 하지만 그는 의자에서 전혀 움직이지 않았고—그가 너무도 허약하다는 생각이 들었다—창밖으로는 작업 인부들이 오가며 브레이크와 바퀴를 두드리는 모습, 멀리 앞쪽에서 엔진이 구슬프게 우는 소리가 들렸다. 그러는 동안 우리는 자리에서 꼼짝하지 않은 채로 서로를 노려보았다. 우리가 있던 흡연실로는 아무도 들어오지 않았다. 잠시 후 승무원이 연결 통로의 문을 닫고는 복도를 따라 되돌아갔다. 우리가 탄 기차는 플랫폼의 탁한 노란 불빛으로부터 빠져나와 길게 늘어선 어둠 속으로 미끄러져 들어갔다.

그 뒤에 내가 기억하는 것은 대여섯 시간에 걸쳐 일어난 일들이다. 그런데 이상하게도 그것은 시간이 아니라 공간으로만 기억될 뿐이다. 분명히 그 일은 하나의 공간을 넘어서 벌어졌다. 그렇지만 아무리 되돌려 보아도 시간은 전혀 존재하지 않은 것처럼 느껴질 뿐이다. 단 5분에 지나지 않을 수도 있고, 1년이 될 수도 있다. 나에 대한 느릿하지만 정밀하게 계산된 공격이 시작되었고, 나는 찍 소리 한번 내지 못한 채 공포에 질렸다. 기괴한 일이라고밖에는 부를 수 없는 기분이 내 안으로 스며들었다. 그건 오후 내내 들었던 그 이상한 느낌과 너무도 흡사했다. 하지만 사실은 그보다 더 깊고 격렬했다. 어딘가로 흘러가는 것과 거의 흡사한 느낌을 받으며 나는, 마치 살아 있는 세상에 존재하는 유일한 것이라도 되는 양 의자를 꽉 붙든 채로 몸을 마구 떨어 댔다. 때로 나 자신이 마구 내달리고 있는 것 같은 느낌도 들었다. 그런 느낌은 따스한 위안 같기도 하고, 배려심이라곤 전혀 없는 것 같기도 했다. 그러다가 나는 내 안에서 격렬하게 의지를 끌어내 나를 흡연실로 되돌려 놓았다.

그런데 언젠가부터 그에 대한 미움이 사라졌다는 것을, 그가 지나치게 낯선 존재 같다는 느낌도 사라져 버렸다는 것을 나는 갑자기 깨달았다. 그리고 오한이 들었다가 얼굴이 온통 땀으로 젖어 가고 있다는 걸 깨달았다. 그는 서쪽으로 가는 기차에서 엘런을 포획해 버린 것처럼 내게 남아 있던 혐오감도 장악해 갔다. 그것은 바로 세인트폴에서 그로 하여금 견고한 폭력을 행사해 사람들을 포식하도록 만든 그 힘이었다. 그리고 이제 그 힘이 점점 약해져서 사라지려 하고 있었고, 그는 안간힘을 쓰며 버텨 내는 중이었다.

내 마음이 아직 결연하지 않다는 걸 그는 알고 있었다. 그걸 알아챈 순간 그가 낮고 높낮이가 없는, 거의 들리지 않을 만큼 부드러운 목소리로 말했다. "이제 가는 게 좋겠군."

"아, 난 안 갈 겁니다," 하고 나는 힘을 다해 뱉어 냈다.

"그야 자네 맘이지, 잭."

그는 마치 친구라도 되는 듯했다. 그는 나랑 있는 게 어떤 것인지를 알고 있었고, 나를 도와주기를 원했다. 그는 나를 동정하고 있었다. 그의 말대로, 너무 늦기 전에 나는 돌아가는 게 나았을지 몰랐다. 그가 공격을 퍼부을 때의 리듬은 노래처럼 부드러웠다. 그래, 가는 게 낫겠어…… 엘런을 넘겨주는 게 나아. 그 생각이 든 순간, 나는 소리를 지르며 번개를 맞은 듯 벌떡 일어났다.

"엘런에게 원하는 게 뭡니까?" 내 목소리가 떨리며 나왔다. "지옥으로 데려가기라도 하겠다는 건가요?"

그는 아무 말도 못 하고 놀란 표정을 지었다. 그 표정을 보니, 마치 뭘 잘못했는지 의식하지도 못하는 짐승을 내가 꾸짖고 있는 듯했다. 일순간 몸을 가누기가 힘들었다. 그러다가 나는 다시 앞뒤 가릴 것 없이 몰아쳤다.

"엘런은 당신을 떠났어요. 이제 그녀는 나를 믿게 됐다고요."

그가 갑자기 안색이 악마처럼 시꺼멓게 변하더니 고함을 질렀다. "거짓말!" 그 목소리가 차가운 손처럼 나를 파고들었다.

"엘런은 이제 나를 신뢰해요." 하고 나는 말했다. "당신은 그녀의 손끝 하나 만질 수 없어. 그녀는 안전해!"

그는 자신을 정돈하기 시작했다. 그의 얼굴이 점차 온화해졌고, 나는 내 안에 다시 기이한 무기력과 무심함이 일어나는 걸 느꼈다. 이래 봐야 소용없어. 아무 소용없다고!

"당신에겐 시간이 많지 않아," 하고 나는 간신히 말하긴 했지만, 진실을 말해야 한다는 생각이 강하게 일었다. "당신은 죽었어. 아니면 살해당했거나. 여기서, 그리 멀지 않은 곳에서!" 그 순간 이전에는 보이지 않던 것들이 보였다. 마치 회반죽을 이겨 붙인 벽에 못이 박혔다가 빠져나간 자리처럼 조그만 둥근 구멍이 그의 이마에 뚫려 있었다. "이제 당신은 땅으로 꺼져 버릴 거야. 불과 몇 시간밖에 남지 않았어. 고향으로 가는 여행은 이제 끝났어!"

그의 얼굴이 일그러지더니, 살아 있는 사람이건 죽은 사람이건, 인간과 유사한 모든 모습들이 사라졌다. 그와 동시에 흡연실 안이 차가운 공기와 발작적인 기침 같기도 하고 음산한 웃음 같기도 한 소음으로 가득 찼다. 그는 수치스럽고 모욕적인 기운을 내뿜으며 자리에서 일어났다.

"이리 와서 보시지!" 하고 그가 소리를 질렀다. "내가 보여 줄 테니……"

그가 내게로 한 걸음 다가왔다. 그러곤 다시 한 걸음을 더 다가왔고 그 순간 그의 뒤편에 서 있던 문이 활짝 열리면서 상상조차 할 수 없는 깊고 깊은 어둠이, 썩어 문드러진 심연이 입을 쩍 벌렸다. 그에게서부터, 혹은 그의 뒤편 어딘가로부터 너무도 고통스러운 비명이 터져 나왔고, 느닷없이 어떤 힘이 길고 거친 한숨과 함께 그에게서 빠져나갔다. 그리고 그가 바닥으로 푹 꺾어졌다.

두려움과 탈진이 겹쳐 어질어질한 상태에서 내가 거기에 얼마나 더 서 있었는지 기억이 나지 않는다. 기억에 남아 있는 그다음 순간은 운반 인부가 흡연실 건너편에서 구두를 닦다가 꾸벅꾸벅 졸고 있었다는 것 그리고 창밖 멀리 평원의 어둠을 깨뜨리는 피츠버그의 강철 같은 불빛이 보였다는 것 정도였다. 그리고 뭔가가 하나 더 있었다. 깊은 밤이었지만 사람이라기엔 너무 흐릿하고, 그림자라고 하기엔 너무 짙은. 그것은 긴 의자 위에 길게 늘어져 있었다. 그러다 내가 그걸 알아채자마자 희미해지더니 완전히 사라져 버렸다.

그로부터 몇 분이 지난 뒤, 나는 엘런이 있는 객차 문을 열었다. 그녀는 내가 나갈 때와 똑같이 잠에 빠져 있었다. 아름다운 두 뺨은 유난히 하얗고 야위어 보였지만 누워 있는 모습은 자연스러웠다. 두 손은 편안히 내려뜨려져 있고 숨소리도 고르고 또렷했다. 그녀를 사로잡고 있던 것이 빠져나가 좀 지친 듯 보이긴 했지만 그녀는 본래의 모습으로 다시 돌아가 있었다.

나는 그녀가 좀 더 편하도록 자세를 고쳐 주고, 담요를 끌어서 덮어 주었다. 그러곤 불을 끈 뒤 밖으로 나왔다.

3

부활절 방학 때 집으로 돌아와 내가 맨 처음 한 일은 일곱 모퉁이 부근의 당구장으로 가는 것이었다. 계산대에 앉아 있는 남자는 3개월 전 황급히 들어섰던 나를 당연히 기억하지 못했다.

"사람을 좀 찾으려고 하는데요, 제 생각엔, 얼마 전에 여기 꽤 자주 들렀던 것 같습니다만."

나는 그 남자의 인상착의를 자세하게 설명해 주었다. 설명이 끝나자 계산대의 남자가 다른 긴요한 일이 있어서 제대로 대답해 줄 수가 없다는 듯 옆에 앉은 경마 기수처럼 생긴 자그마한 사람을 불렀다.

"이봐, 땅꼬마, 이 친구 얘기 좀 들어 볼래? 아무래도 조 발런드를 찾는 거 같은데."

키가 자그마한 남자가 내게 의심 가득한 눈길을 던졌다. 나는 그에게로 가서 가까이 다가앉았다.

"조 발런드는 이 세상 사람이 아니야," 하고 그가 마지못해 말했다. "지난겨울에 떴지."

나는 다시 그 사내에 대해 설명했다. 그의 코트, 웃음, 습관적으로 드러나던 눈의 표정까지.

"자네 말에 딱 맞는 인간은 조 발런드밖에 없어. 하지만 죽었다고."

"그 사람에 대해서 알고 싶은 게 있어요."

"어떤 걸 알고 싶은데?"

"가령, 무슨 일을 했었는지 같은."

"난들 어떻게 알겠어."

"아저씨! 제가 경찰이라도 되는 줄 아세요? 그저 그 사람 버릇 같은 거, 그런 것만이라도 알고 싶다고요. 이미 죽은 사람이니 해코지를 할 수 있는 것도 아니고. 어디 가서 떠들 일도 없고요."

"음," 하고 그는 머뭇거리며 나를 가만히 바라보았다. "여행을 다니면서 크게 한몫 본 친구였지. 그런데 피츠버그 역에서 싸움에 휘말렸는데 형사한테 걸렸어."

뭔가 감이 왔다. 흩어진 퍼즐 조각들이 머릿속에서 짜 맞춰지기 시작했다.

"그 사람이 기차를 많이 탄 이유가 뭐였나요?"

"난들 어떻게 알겠나, 이 친구야."

"10달러 드리면, 그 얘기 저한테 다 해 줄 수 있어요?"

"글쎄," 하고 땅꼬마가 마지못한 듯 말했다. "내가 아는 건, 그 친구가 기차에서 작업을 했다는 얘기, 그 얘기 들은 게 전부야."

"작업이라고요?"

"그 친구, 끝내 얘기는 안 했지만, 뭔가 꼼수를 썼던 거 같아. 혼자서 기차 타고 여행하는 여자애들한테 작업을 걸곤 했단 얘기가 있었지. 그런데 그 작업에 대해선 조금이라도 아는 사람이 없어. 작업 걸 땐 꽤 부드러운 친구였다는 것밖엔. 이따금씩 돈을 잔뜩 갖고 나타나선 처녀애들한테 우려 먹은 거라고 떠들어 대긴 했었지."

나는 땅꼬마란 남자에게 고맙다고 말하고 10달러를 건네준 뒤 당구장을 나왔다. 조 밸런드란 남자가 마지막으로 고향 집을 찾은 얘기는 입도 뻥긋하지 않은 건 잘한 일이었다.

엘런은 부활절에 집으로 오지 않았다. 왔다고 해도 나는 그 사내에 대한 얘기는 해 주지 않았을 것이다. 당연한 일이었다. 그해 여름엔 거의 매일 만나 할 얘기가 다 떨어질 때까지 미주알고주알 죄다 얘기했었다. 물론 그 사내 얘기만 빼고. 이따금 그녀는 입을 꾹 다문 채로 내게로 가까이 오고 싶어 했다. 나는 그녀가 무슨 생각을 하고 있는지 알았다.

이번 가을에도 그녀는 집에 올 것이다. 나는 아직 예일대를 2년이나 더 다녀야 한다. 하지만 몇 달 전과는 달라졌다. 많은 일들이 마냥 불가능하게 보이진 않는다. 이제 그녀는, 어찌 되었건, 내 것이 되었다. 설사 그녀가 나를 떠난다 해도, 그녀가 내 거라는 건 변할 수 없다. 누가 뭐라 해도 그건 바뀔 리 없다. 누가 뭐래도, 난 늘 거기 있을 거니까.

「집으로 가는 짧은 여행」은 《새터데이 이브닝 포스트》(1927년 12월 17일 자)에 먼저 발표가 되고, 작품집 『기상나팔 소리*Taps at Reveille*』에 수록된 단편소설이다. 피츠제럴드는 이 작품에 대해 "내가 처음으로 써 본 진짜 괴기 소설ghost story이다"라고 설명한 바 있는데, 앞서 발표했던 「벤저민 버튼에게 일어난 기이한 현상」이나 「리츠 호텔만큼 큰 다이아몬드」 같은 판타지와 장르적으로 구별하기 위해 사용한 용어로 볼 수 있다. 《새터데이 이브닝 포스트》는 「집으로 가는 짧은 여행」의 소재 문제로 곤란한 입장을 표명하긴 했지만 "……이 작품은 흠을 잡기가 불가능할 정도로 아주 잘 짜여 있다"고 찬사를 아끼지 않았다. 평자들로부터 거의 거론된 적이 없지만, 이 소설은 성적인 타락상이라는 주제를 가진 피츠제럴드의 작품들 가운데 주제를 가장 효과적으로 다룬 것 중 하나라고 할 수 있다. 이 작품에서는 특히 성적 타락상이 죽음의 문제와 연결된다.

볼*
The Bowl

1

프린스턴 대학 우리 과에는 미식축구 경기에 한 번도 가 본 적 없는 남학생이 하나 있었다. 그는 매주 토요일 오후를 그리스식 운동 경기를 낱낱이 조사하고 로마의 안토니누스 피우스 황제 통치하에 거의 정기적으로 치러졌던 기독교인들과 맹수 사이의 혈투를 탐구하며 보냈다. 최근에—대학을 졸업하고 보낸 여러 해 동안—그는 선수들을 찾아내 그들을 모델로 후기 조지 벨로스**풍의 동판화를 제작하고 있

---

* 미식축구에서 시즌이 끝난 다음 최고 성적을 올린 두 팀이 단 한 차례 마지막으로 우열을 가리는 경기. 그 경기의 우승컵을 지칭하기도 한다.
** George Bellows(1882~1925). 20세기 초 미국 화단을 이끌었던 사실주의의 대가.

었다. 그럼에도 불구하고 그는 한때 자신의 코앞에서 벌어지던 엄청난 장관에는 전혀 반응을 보이지 않았는데, 대체 아름다움과 경이로움과 즐거움을 판단하는 그만의 기준이 무엇인지 궁금하다.

나는 미식축구에 광분한 청년이었다. 관중으로서, 아마추어 통계학자로서 그리고 좌절한 선수로서. 괜한 소리가 아니다. 대학 예비학교 시절 선수로 뛰었던 나는 한때 학교 신문 헤드라인을 장식한 장본인이었다. "토요일 박빙의 경기에서 태프트 예비학교를 제압한 스타, 디어링과 멀린스." 그 경기를 마치고 점심을 먹으러 들어갔을 때, 전교생이 일제히 일어나 박수를 치고 원정 팀 감독까지 내게 악수를 청하며 예언을—결국 엉터리로 판명이 났지만—하기도 했었다. 뭔가 좋은 소식을 듣게 될 거라는. 그 사건은 지난날의 가장 향기로운 추억으로 남아 있다. 그해에 나는 키가 부쩍 자랐고, 키가 자란 만큼 몸이 가늘어졌다. 가을 학기에 프린스턴으로 진학하고 신입생 후보들을 걱정스러운 눈으로 살펴보던 내게 되돌아온 건 그들의 은근한 무시였다. 그리고 나는 내 소중했던 꿈이 끝났음을 깨달았다. 킨은 나를 아주 훌륭한 장대높이뛰기 선수로 만들어 줄 것이라고 말했지만—실제로 그렇게 하긴 했다—그것은 초라한 대용품에 지나지 않았다. 하지만 훌륭한 미식축구 선수가 되지 못할 거라는 내 그 끔찍한 실망이 어쩌면 돌리 할런과의 우정에 밑거름이 되었을지도 모른다. 나는 돌리에 대한 얘기를, 2학년 때 뉴헤이븐에서 있었던 예일대와의 경기를 잠깐 언급하며 시작하고 싶다.

돌리의 선발 포지션은 하프백*이었다. 그가 처음으로 뛰는 큰 경기

---

* 미식축구에서 가장 매력적인 포지션 중 하나로, 러닝 플레이와 패싱 플레이 둘 모두에서 중요한 위치를 차지한다.

였다. 같은 방을 쓰면서 정신세계가 독특한 녀석이라는 느낌을 갖고 있던 나는 전반전 내내 그의 움직임 하나하나를 좇았다. 쌍안경으로 나는 그의 얼굴 표정까지 살펴볼 수 있었다. 긴장과 회의가 뒤섞인 그의 표정은 그날이 자신의 아버지가 돌아가신 날이라는 사실을 그대로 드러내고 있었다. 좀체 걷혀지지 않던 조바심이 그의 얼굴에서 완전히 사라지는 데는 꽤 오랜 시간이 걸렸다. 내 눈엔 분명 상태가 좋지 않았는데, 킨이 왜 그걸 보지 못하는지, 왜 선수 교체를 하지 않는 건지 의아했다. 그때는 무엇이 문제였는지 나로선 알 도리가 없었다.

문제는 예일대가 가진 볼(우승컵)이었다. 경기가 있기 하루 전, 훈련을 시작하면서 보았던 그 볼의 크기와 높이, 외곽을 둘러싸고 있는 모양들이 돌리의 신경을 자극하기 시작한 것이다. 훈련 중에 그는 자신의 미식축구 인생에서 거의 처음으로 두 번이나 펀트*를 놓쳤다. 그게 모두 볼 때문이라고 그는 생각하기 시작했다.

광장 공포증이라 불리는—군중을 두려워하는—새로운 질병에 대해 들은 적이 있다. 공포증도 다양해서 철도 여행을 두려워하는 철도 공포증이란 것도 있다는데, 내 친구이기도 한 정신 분석가 글락 박사라면 아마도 돌리의 정신 상태를 쉽게 설명할 수 있지 않을까 싶다. 돌리가 나중에 들려준 말에 따르면 분명해진다.

"예일이 펀트를 하려는 순간이었지. 난 그걸 보려고 했고. 그런데 내가 눈을 돌리는 순간, 관중석의 그 망할 팬들 옆구리가 갑자기 치솟아

---

* 미식축구는 모두 네 번의 공격 기회에 10야드(9.144미터)를 전진해야 하는데, 성공하지 못하면 상대 팀에 공격권을 내준다. 따라서 세 번의 공격이 실패하고 네 번째가 되면 필드골을 시도하거나, 필드골이 닿지 않을 만큼 먼 거리라면 가능한 한 자신의 편에 유리하도록 공을 멀리 차게 되는데, 이런 시도를 펀트라고 한다. 일반 축구soccer에서 수비수가 상대 지역 멀리로 공을 차 넘기는 클리어링clearing과 유사하다.

오르는 것 같더란 말이야. 그러고는 관중석이 우르르 무너지기 시작하는데, 사방이 온통 나한테로 기울어지면서 막 넘어오더라고. 위쪽에 앉아 있던 사람들이 일제히 내게 소리를 지르고 주먹을 흔들어 대기 시작하는 게 보이더군. 마지막 순간엔, 공조차 전혀 볼 수가 없었어. 유일하게 보이는 건 바로 그 볼, 예일대가 가진 볼뿐이었지. 그래도 매번 내가 그 볼을 다투는 자리에 있었다는 건 운이 좋았어. 그 볼을 내손으로 저글링 할 수 있었으니 말이야."

경기로 다시 돌아가자. 나는 40야드 라인 쪽에 있는, 관람하기 딱 좋은 응원석에 앉아 있었다. 좋다는 것에서 빼야 할 게 있는데, 자신의 친구와 모자까지 잃어버린 매우 멍청한 졸업생 하나가 중간휴식 시간에 내 앞에서 일어나, 12년 전에 했던 경기를 우리가 다시 보고 있다고 믿으며 "테드 코이는 그만둬라!"고 더듬거리며 말했다는 사실이다. 자신이 얼마나 우스꽝스러운 짓을 했는지 마침내 깨달은 그는 관중들 앞에서 공연을 시작했고, 일제히 휘파람과 야유가 합창하듯 일어났다. 그의 공연은 그가 관중석 아래로 마지못해 끌려 내려갈 때까지 계속됐다.

마지막 시합은 대학 정기 간행물에 역사적인 경기라고 쓰일 정도로 훌륭했다. 그때 출전했던 팀의 사진은 지금 프린스턴 내 이발소마다 걸려 있다. 중앙에 주장 고틸리브가 흰색 스웨터를 입고 있다는 건 그들이 볼을 차지했다는 걸 의미한다. 시즌 내내 예일은 초라한 성적이었지만 챔피언십 1쿼터가 끝났을 때는 3 대 0으로 리드하고 있었다.

쿼터 사이사이에도 나는 돌리를 계속 지켜보았다. 그는 숨을 헐떡이며 벤치로 돌아와 물병을 빨아 댔고 여전히 긴장해서 멍한 그 표정으로 돌아다녔다. 나중에 그가 내게 해 준 말에 의하면, 계속 자신에게 이렇게 반복해서 말했다고 한다. "로퍼에게 말해야 돼. 쉬는 시간에 꼭 이야기할 거야. 더 이상 견딜 수 없다고 그 사람한테 말할 거라고." 그는 어색하게 어깨를 으쓱이며 경기장을 떠나고 싶은, 억누를 수 없는 충동을 몇 번이나 느꼈는지 몰랐다. 볼에 대한 예기치 못한 혼란 때문만은 아니었다. 진짜 이유는, 돌리가 그 경기를 격렬하고도 쓰디쓰게 증오하고 있었다는 거였다.

그는 길고 따분한 훈련 기간을 증오했고, 자신의 내면에 갈등을 불러일으키는 것들과 시간이 가하는 압박을 증오했으며, 단조로운 일상과 경기가 끝나기 직전 짜증스럽게 밀려드는 파국에 대한 두려움을 증오했다. 때로 그는 상상하곤 했다. 다른 사람들도 자신만큼 그런 것들을 혐오할 거라고. 자신이 그랬듯 사람들 역시 그런 혐오감과 싸우고, 억제하며, 누가 알게 될까 두려운 암처럼 자신들 속에 고이 데리고 다닐 거라고. 때로 그는 자신이 가는 곳마다 한 남자가 나타나 자신의 얼굴에서 가면을 찢어 내며 "돌리, 너도 이 형편없는 일을 증오하지? 나만큼이나 싫어하는 거 맞지?"라고 말하는 걸 상상하곤 했다.

그의 이런 느낌은 사실 세인트레지스 예비학교에 다닐 때부터 시작된 것이었다. 그가 프린스턴으로 온 것은 미식축구와 영원히 결별하기 위해서였다. 하지만 세인트레지스 출신의 상류층 학생들은 캠퍼스에서 마주칠 때마다 그를 불러 세우고는 체중이 얼마나 나가는지를 물었고, 운동선수로서의 탄탄한 명성은 그를 우리 과 부대표로 만들었다. 아무 이유 없이 이따금 뭔가 이루어질 것 같은 느낌을 자아내던 가을, 어느 오후, 상실과 불만을 품은 채 신입생 훈련장을 이리저리 뛰어다니며 잔디 냄새를 맡으면서 그는 가슴 떨리는 시즌을 머릿속에 그리고 있었다. 30분쯤을 그렇게, 그는 빌린 신발을 신고 뛰었다. 그리고 2주 뒤, 그는 신입생들로 꾸려진 팀의 주장이 되었다.

한동안 열성을 다하던 그는, 어느 날 문득, 실수를 저질렀다는 사실을 자각했다. 그는 학교를 그만두어야겠다는 생각까지 했다. 제대로 경기를 하려는 결심은 곧바로 돌리에게 도덕적 책임을 안겼다. 경기에서 지거나 경기를 뛰지 못하는 것은, 혹은 아예 선수 명단에서 빠지는 것은 그에게는 견딜 수 없는 일이었다. 그것은 쓸모없는 짓을 참아 내지 못하는, 그의 몸속에 흐르는 스코틀랜드의 피를 들끓게 만들었다. 결국 패배하게 될 일을 위해 왜 한 시간이나 피땀을 흘려야 하는가?

아마도 정말 견딜 수 없는 일은 그가 정말로 스타 선수가 아니라는 사실이었을 것이다. 어떤 팀에 있었다 해도 후보가 될 일은 없을 테지만, 그렇다고 누구도 따라올 수 없는 탁월한 기량을 가진 선수는 아니었다. 탁월하게 잘 달리는 것도, 탁월하게 패스를 잘하는 것도, 탁월하게 킥을 잘하는 것도 아니었다. 180센티미터의 키에, 체중은 70킬로그램에서 조금 더 나갔다. 그는 일급 수비수였고, 파고들기를 잘했으며, 괜찮은 라인맨에, 괜찮은 펀터였다. 공을 더듬거리는 법이 없었고, 엉뚱하게 패스하는 일도 결코 없었다. 그의 존재, 그의 일관되고 냉정하고 확실한 공격은 다른 선수들에게도 강한 영향을 끼쳤다. 책임감에서도 나무랄 데 없어서 자신이 뛴 모든 팀에서 그는 주장을 맡았다. 이것이 바로 로퍼가 시즌 내내 그가 킥을 길게 보낼 수 있도록 수많은 시간을 들인 이유였다. 로퍼는 마지막 경기에 그가 뛰길 원했다.

두 번째 쿼터부터 예일대는 무너지기 시작했다. 화려한 선수들로 구성된 팀이었지만, 예일의 조직력에는 금이 가 있었다. 선수들의 부상과 임박해 있던 코치진 변경이 이유였다. 쿼터백 조시 로건은 엑서터 예비학교에선 기적 같은 사나이였다. 그건 내가 보증할 수 있다. 엑서

터는 한 남자의 순수한 자신감과 정신만으로도 경기를 승리로 이끌 수 있는 곳이었다. 하지만 대학은 달랐다. 너무도 체계적이어서 만만하거나 유치하게 대응할 수 있는 곳이 아니었다. 후위에서 공을 놓치거나 판단 착오를 일으키면 쉽게 회복될 수 없었다.

결국 교체할 선수는 없고 불만과 중압감만이 풍부한 프린스턴은 어떻게든 꾸역꾸역 밀고 올라가는 수밖에 없었다. 그런데 예일대 20야드 라인에서 돌연 변화가 일어났다. 프린스턴의 패스가 가로채인 것이다. 하지만 예일대 선수는 자신에게 돌아온 기회에 흥분한 나머지 다시 공을 떨어뜨렸고, 그렇게 떨어진 공은 예일대 골문으로 느릿느릿 굴러갔다. 프린스턴의 잭 데블린과 돌리 할런 그리고 예일의 누군가가─누군지 이름은 잊어버렸다─공에서 거의 같은 거리에 있었다. 돌리가 그 짧은 시간에 해낸 것은 본능이라고밖에 말할 수 없을 것이다. 본능에 관한 한 그에게 문제 될 건 아무것도 없었다. 그는 타고난 운동선수였으며, 그의 신경 체계가 그에게 절박한 순간임을 알려 주었다. 그가 일단 다른 두 명의 선수들과 함께 공을 향해 내달린 건 확실했다. 하지만 마지막 순간 그가 향한 건 공이 아니라 예일대 선수였다. 그는 그 선수를 정확히 밀쳐 냈다. 공을 집어 든 데블린이 10야드를 내달려 터치다운에 성공할 때까지.

이 일이 일어났을 때는 스포츠 기자들이 여전히 랠프 헨리 바버*의 눈으로 경기를 지켜보던 시절이었다. 내가 앉아 있던 바로 뒤편에 기자석이 있었는데, 프린스턴 선수들이 필드골을 차기 위해 줄지어 서

---

* Ralph Henry Barbour(1870~1944). 청소년을 위한 스포츠 작품을 쓴 미국의 소설가. 주로 미식축구를 중심으로 고된 노력과 팀워크의 중요성을 강조하는 작품을 남겨 당시 스포츠 기자들의 논조에 많은 영향을 끼쳤다.

있을 때, 라디오 중계를 하던 남자가 묻는 소리가 들렸다.

"22번이 누구죠?"

"할런요."

"할런이 공을 찰 것 같군요. 터치다운을 했던 데블린은 로렌스빌 고등학교 출신이죠. 올해 스무 살입니다. 아, 공이 골대 사이로 빨려 들어갔습니다."

전반 두 쿼터가 끝나고 휴식 시간, 돌리가 라커 룸에서 지쳐 몸을 흔들어 대고 있을 때, 후위 코치 리틀이 그의 곁에 다가와 앉았다.

"최전방 공격수들이 네 오른쪽에 있을 땐, 페어캐치*를 겁내지 말라고," 하고 리틀이 말했다. "덩치 큰 헤브메이어가 있잖아. 공이 그 친구 손에 걸리면 바로 너한테 넘어올 테니까."

그는 뭔가 말해야 할 때란 걸 직감했다. "코치님이 빌한테 그 말씀을 해 주셨으면 좋겠는데……" 하지만 그의 말은 바람결에 묻혀 날려가 버리고 말았다. 그가 느끼고 있는 게 제대로 전달되고 검토가 되었어야 했지만 시간이 없었다. 그의 생각은 라커 룸의 탈진한 사내들 열 명이 내뿜는 단내 나는 숨결과 안간힘들에 비하면 그리 중요한 일이 아닌 듯했다. 그는 최전방 공격수와 태클 담당 선수 사이에서 느닷없이 일어난, 귀에 거슬리는 말다툼에 부끄러움이 일었다. 또한 라커 룸으로 들어와 있던 선수 출신 졸업생들에게도 화가 치밀었다. 2년 전 졸업한, 주장을 맡았던 선수에게 특히. 그는 심판의 편파적인 판정을 맹렬하게 비난했다. 그건 선수들이 받고 있던 중압감과 짜증에 기름을 붓는 격이었다. 리틀이 만약 손으로 계속 그의 어깨를 두드리면서

---

* 찬 공을 상대방이 되받는 것.

낮은 소리로 "멋지게 끌어냈어, 돌리! 정말 멋지게 끌어냈다고!"라고 말하지 않았더라면, 그 빌어먹을 졸업생은 아마도 똑같은 소리를 계속 주절거리고 있었을 것이다.

2

세 번째 쿼터에서 조 도허티가 20야드 라인에서 쉽게 필드골을 성공시켜서 우리를 안심하게 만들었다. 해가 떨어지기 시작하면서 예일이 필사적인 전진 패스를 성공시키며 1점 차로 따라잡았을 때까지는. 조시 로건은 결정적인 순간 수비수에게 의표를 찔림으로써 자신의 정체가 순전한 허세였음을 여실히 보여 주었다. 교체 선수들이 경기장으로 뛰어 들어갔을 때, 프린스턴은 마지막 진군을 시작했다. 그러곤 갑자기 경기가 끝이 났고, 관중석에서 사람들이 마구 쏟아져 나왔다. 볼을 잡고 있던 고틀리브가 공중으로 뛰어올랐다. 한순간 모든 것이 혼란에 빠졌고, 미쳐 버렸으며, 행복했다. 나는 신입생 몇이서 돌리를 들어 올리려는 걸 보았는데, 그들이 쑥스러워하자 그가 슬그머니 빠져나갔다.

우리는 한껏 우쭐해졌다. 예일을 꺾어 보지 못한 3년이 한순간에 제자리를 찾은 것 같았다. 그것은 우리의 겨울이 멋지리라는 것을, 크리스마스가 끝나고 암울한 허무감이 밀려드는 비 내리는 어느 추운 날에 떠올릴 수 있는 즐겁고 유쾌한 추억거리가 생겼다는 걸 의미했다. 경기장에선 즉석에서 팀이 만들어져 뱀이 춤을 추듯 구르고 뛰면서 야단법석이 일어났다. 나는 완전히 바닥까지 침몰해 버린 우울하고 화가 치민 두 명의 예일대생이 경기장을 빠져나가 대기 중인 택시에 올라타는 것을 그리고 마지막 자제심을 발휘하며 운전기사에게 "뉴욕" 하고 말하는 것을 지켜보았다. 예일대와 관련 있는 사람은 이제 눈을 씻고 봐도 없었다. 그들은 몰살당한 피정복자처럼 완전히 자취를 감추어 버렸다.

내가 이 경기에 대한 기억을 반추하며 돌리 얘기를 시작하려는 것은 그날 저녁 한 여자가 그곳으로 들어왔기 때문이다. 그녀는 조지핀 픽면의 친구였는데, 우리 넷은 뉴욕에 있는 '미드나이트 프로릭'까지 차를 함께 타고 갈 예정이었다. 내가 돌리에게 많이 피곤하지 않냐고 묻자 그는 씩 웃기만 했다. 그는 그날 밤 자신의 머릿속에서 미식축구에 대한 감각과 리듬을 없앨 수 있다면 어디든 갈 생각이었다. 6시 반쯤 조지핀의 집 현관으로 걸어 들어가던 그는 하루 온종일 이발소에서 보낸 것처럼 보였다. 한쪽 눈 위에 붙은 조그만 반창고만이 경기에 참가했었다는 걸 말해 주었다. 그는, 어쨌든, 내가 알고 있던 가장 잘생긴 남자 중 하나였다. 외출복을 입고 있을 때의 그는 키가 크고 호리호리했으며, 짙은색 머리칼에 눈은 크고 날카롭고 깊었다. 이목구비들이 다 그렇긴 했지만, 매부리코도 무척 로맨틱하게 보였다. 당시엔 그런 생각이 들진 않았는데, 그는 어쩌면 허세깨나 부린 것 같기도 하다. 자만하거나 변덕스러운 건 아니지만, 뭔가 허방다리를 짚는. 그건 아마도 그가 늘 갈색이나 연한 회색 옷에 검정색 타이를 매고 있었기 때문인지도 모른다. 그런 식의 차림을 제대로 소화해 내는 사람도 드물고 아무 때나 그렇게 입지도 않는 법이니.

안으로 들어서던 그의 얼굴에 살짝 미소가 어렸다. 그는 내 머리를 유쾌하게 흔들어 대더니 장난스럽게 말했다. "아이고, 여기서 선생님을 뵙다니요, 놀랍네요, 디어링 씨." 그러고 나서 그는 긴 복도로 눈길을 돌려 두 명의 여자를 보았다. 하나는 그처럼 검고 윤이 나는 머리였고, 다른 하나는 난로 불빛이 거품처럼 비친 풍성한 금발이었다. 그는 그때까지 들어 본 가장 행복한 목소리로 "누가 내 여자지?" 하고 물었다.

"원하시는 대로."

"장난치지 말고, 어느 쪽이 픽먼이지?"

"머리 색이 밝은 쪽."

"그럼 어두운 쪽이 내 거로군. 맞지?"

"내 생각엔, 저 두 사람이 네 녀석에 대비를 좀 해 놨으면 싶은데 말이야."

난로 곁에 서 있는 자그맣고 볼이 붉은, 예쁘게 생긴 여자는 손 양이었다. 돌리는 곧장 그녀에게로 갔다.

"넌 내 거야," 하고 그가 말했다. "내 소유라고."

그녀가 그를 냉랭한 눈으로 바라보았다. 하지만 이미 마음을 굳힌 것 같았다. 그가 좋아지는 데는 긴 시간이 걸리지 않았다. 그녀가 미소를 지었다. 하지만 돌리는 그걸로 만족하지 않았다. 그가 원하는 것은 믿을 수 없을 정도로 우스꽝스러운 뭔가, 혹은 자신이 자유로워졌다는 걸 얘기하지 않고도 만끽할 수 있는 놀라운 뭔가를 행하는 거였다.

"널 사랑해," 하고 그가 말했다. 그는 그녀의 손을 잡았다. 그의 벨벳처럼 부드러운 갈색 눈이 그녀를 다정하게, 멍하니, 그러나 확실하게 사로잡았다. "사랑해."

그녀의 양쪽 입술 끝이 잠깐 아래로 처졌는데, 마치 자신보다 더 강하고, 자신감 있고, 도전적인 상대를 만났을 때의 놀라움을 표현한 것 같았다. 그러다 그녀가 차분해졌다는 걸 확인한 뒤 그는 그녀의 손을 놓아 주었고, 팽팽한 긴장이 오간 그날 오후의 사소한 장면 하나도 끝이 났다.

맑고 차가운 11월의 밤이었다. 덮개를 열어 놓은 차 위를 지나는 세찬 바람이 흥분을 끌어내 빛나는 운명을 향해 전속력으로 내달려 가는 듯한 기분을 느끼게 했다. 무슨 일인지 도로는 멈추어 선 차들로 메워져 있었다. 경찰들이 전조등 불빛에 거의 눈을 감다시피 한 채 도로를 오르내리고, 알아들을 수 없는 명령들을 던져 댔다. 그렇게 우리를 한 시간이나 붙들어 놓은 뒤에야 뉴욕은 저 멀리 어두운 하늘을 배경으로 흐릿한 안개를 드리운 채 빛나기 시작했다.

조지핀이 내게, 손 양이 워싱턴 출신이라는 것, 보스턴에 갔다가 막 내려온 참이라는 얘기를 해 주었다.

"경기 보러 왔던 거 아니었어?" 하고 내가 물었다.

"아니. 그 앤 경기를 안 봤어."

"저런, 미리 알려 줬으면 내가 표를 구해 놨을 텐데."

"그래도 가지 않았을 거야. 비엔나는 미식축구 경기 보러 절대 안 가."

그제야 나는 그녀가 돌리에게 형식적인 축하 인사도 건네지 않았다는 걸 기억해 냈다.

"비엔나는 미식축구를 싫어해. 저 애 남동생이 작년에 사립 예비학교에서 경기를 하다 사고로 죽었거든. 그래서 사실은 오늘 밤에도 저 앨 데려가지 않으려고 했었지. 그런데 경기를 보고 집에 와서 개가 오후 내내 보고 있던 책을 힐끔 봤는데, 책장이 한 장도 안 넘어가 있더라고. 개 동생, 참 괜찮은 애였지. 개네 가족들 눈앞에서 그 일이 일어났으니 어떻게 잊어버릴 수가 있겠어."

"그럼, 돌리랑 함께 있는 것도 싫지 않을까?"

"그렇진 않을 거야. 경기만 보지 않으려고 할 뿐이니까. 누가 미식축구 애길 꺼내면 슬쩍 다른 얘기로 바꾸어 버리는 정도."

나는 그녀와 뒷자리에 함께 앉은 사람이 돌리여서, 잭 데블린이 아니어서 다행이란 생각이 들었다. 한편으론 돌리에게 괜히 미안하기도 했다. 그는 이번 경기에 대한 느낌이 남다를 거고, 그런 만큼 자신이 기울인 노력에 대해 일정 부분 인정받기를 기다리고 있을 것이기 때문이었다.

그는 아마도 그녀가 섬세한 배려심을 가진 여자라고 생각하는 듯했다. 그런데 그 순간 오후에 벌어졌던 장면들이 뇌리를 스쳤고, 그는 은근한 칭찬을 듣고 싶어졌다. 칭찬을 한다면 그는 "말도 안 돼!"라고 반응하리라 생각하고 있었다. 하지만 그런 일은 일어나지 않았고, 오후의 영상만 끈질기게 그의 눈앞을 어지럽게 지나갈 뿐이었다.

고개를 돌리다가 손 양이 돌리의 팔에 안겨 있는 모습을 보고 나는 괜히 놀랐다. 재빨리 고개를 되돌리고, 두 사람이 서로를 잘 보듬길 기대하는 수밖에 도리가 없었다.

브로드웨이 북쪽에서 신호가 바뀌기를 기다리고 있을 때, 나는 경기 점수가 적힌 스포츠 기사의 헤드라인을 보았다. 지역 뉴스가 담긴 신문은 그날 오후보다 훨씬 실감났다. 간결하고, 명료하고, 명확했다.

프린스턴, 예일을 10 대 3으로 제압.

7만 명이 지켜보는 앞에서 호랑이가 불독을 요리하다.

예일이 놓친 공, 데블린이 득점으로 연결.

거기에는…… 혼란스럽고 불확실하며, 조화롭지도 않고 끝까지 허접스러웠던 그날 오후와는 다른, 불과 하루 전 일이지만 과거라는 후광까지 멋지게, 높다랗게 내걸려 있었다.

프린스턴 10, 예일 3

업적이란 참 이상하지, 하고 나는 생각했다. 그런 생각엔 돌리의 책임도 상당히 컸다. 나는 헤드라인이 비명처럼 내지르고 있는 말들이 모두 그저 제멋대로 지껄인 데 불과한 건 아닐까, 순간적으로 의심이 들었다. 마치 사람들이 이렇게 물을 것 같았다. "정말로 호랑이라고 생각합니까?"

"거의 고양이처럼 생겼죠."

"자, 그렇다면, 앞으로 그걸 고양이라고 부릅시다."

불빛과 쾌활한 소란으로 한껏 밝아져 있던 내 마음이 순식간에, 업적이란 건 모두 부풀려지는ㅡ형태 없이 뒤죽박죽인 삶을 어떤 모양으로 만들어 내는ㅡ거라는 사실을 이해해 버렸다.

조지핀은 뉴암스테르담 극장 앞에 차를 멈췄다. 그녀의 운전기사가 그곳에서 차를 가져갔다. 우리가 일찍 오긴 했지만, 로비에서 기다리고 있던 재학생들로부터 흥분에 들뜬 소리들이 튕겨져 나왔다. "돌리 할런이다!" 우리가 엘리베이터로 이동하고 있을 때 아는 얼굴 여럿이 다가와 그의 손을 잡고 흔들었다. 이런 환대를 전혀 본 적이 없었던 손양이 나를 바라보며 미소를 지었다. 나는 그녀의 얼굴에서 뭔가 이상한 점을 발견했는데, 조지핀이 그제야 그녀가 막 열여섯 살이 되었다는 놀라운 정보를 알려 주었다. 응답으로 보낸 내 미소가 괜히 어른인

체하는 걸로 받아들여질 수 있겠다는 생각이 들었다. 하지만 곧 나는 그럴 리가 없다는 걸 깨달았다. 얼굴에 드리워진 따뜻함과 연약함, 너무도 아름답고 로맨틱한 자그마한 발레리나를 연상시키는 몸매에도 불구하고 그녀에게는 강철보다 단단한 특질이 있었다. 그녀는 로마와 비엔나와 마드리드에서 자랐고, 워싱턴에서도 잠깐 살았다고 했다. 그녀의 부친은 건강한 고집을 가진 인물로, 자녀 교육을 왕실보다 한층 더 위풍당당하게 시킴으로써 구세계를 다시 정립하려 애쓴 매력적인 미국 외교관이었다. 손 양은 세련된 교양을 갖춘 아가씨였다. 이제거의 모든 미국 젊은이들이 갖추기를 포기한 덕분에 유럽 대륙에서만구경할 수 있는 덕목인 세련된 교양 말이다.

우리는 오렌지색과 검은색으로 된 옷을 입은 열두 명의 코러스 걸이 예일대의 푸른색 옷을 입은 또 다른 열두 명과 맞서 목마 경주를 하고 있는 사람들 속으로 걸어 들어갔다. 조명이 들어오자 돌리를 알아본 프린스턴 학생들이 박수 치기용으로 받은 조그마한 나무 망치로 일제히 달그락거리는 소리를 냈다. 그는 전혀 허세를 부리지 않고 조명을 피해 그림자 속으로 의자를 옮겼다.

그때였다. 벌겋게 달아오른, 몹시 초라해 보이는 젊은이 하나가 우리가 앉아 있던 테이블 곁으로 다가왔다. 입성만 좀 나았다면 꽤 인상이 좋아 보였을 듯했다. 실제로 그는 매력적이고 화려한 미소를 돌리에게 던졌는데, 마치 손 양에게 말을 걸어도 되는지 허락을 받으려는 것 같았다.

그러곤 그가 말했다. "오늘 밤엔 뉴욕에 못 올 거라고 생각했지."

"안녕, 칼," 하고 그녀가 쌀쌀한 표정으로 그를 올려다보았다.

"그래, 비엔나. 늘 이런 식이지. '안녕 비엔나…… 안녕 칼.' 그런데 어쩐 일이야? 오늘 밤엔 뉴욕에 안 올 거라고 생각했는데."

손 양은 남자를 소개하려는 어떤 행동도 하지 않았다. 하지만 우리는 다소 격앙된 그의 목소리를 이미 다 듣고 있었다.

"못 온다고 분명히 나한테 말했잖아."

"올 거라곤 나도 생각 못 했어, 아저씨. 오늘 아침에 막 보스턴을 떠났거든."

"보스턴에선 누굴 만났지? 그 매력 넘치는 턴티?" 그가 따지듯 물었다.

"아무도 안 만났다고요, 아저씨."

"아니, 만났어! 넌 그 매력 넘치는 턴티를 만났고, 함께 리비에라*에서 사는 걸 의논했을 거야." 그녀는 일절 대꾸하지 않았다. "넌 왜 맨날 거짓말만 늘어놓는 거니, 비엔나?" 그는 말을 멈추지 않았다. "왜 전화로 하지 않은……"

"여기서까지 설교 들을 생각 없어," 하고 그녀가 말을 잘랐다. 그녀의 말투가 돌연 바뀌었다. "내가 말했지. 한 잔이라도 술을 입에 대면 너랑 끝내겠다고. 난 내가 한 말은 지키는 사람이니까, 네가 가 준다면 대단히 기쁠 것 같아."

"비엔나!" 그가 가라앉은, 떨리는 목소리로 외쳤다.

왠지 그래야 할 것 같아 나는 자리에서 일어나 조지핀과 춤을 추었다. 우리가 돌아왔을 때 테이블엔 여러 사람이 모여 있었다. 돌리가 피곤한 것 같아서 조지핀과 손 양을 상대하도록 한 남자들 외에도 여럿이 더 있었다. 그들 중에는 마드리드 주재 미 대사관에서 환대를 받았

---

* 프랑스의 니스에서 이탈리아의 라스페치아까지 지중해 연안의 경치 좋은 피한지.

다는 작곡가 알 라토니도 끼어 있었다. 돌리 할런은 의자를 한쪽으로 당기고는 춤추는 사람들을 지켜보고 있었다. 새로운 곡이 시작되려는 듯 조명이 꺼지자마자 어둠 속에서 한 남자가 나타나 손 양에게로 몸을 기울이더니 귀에다 대고 뭐라고 속삭였다. 그녀가 일어나려고 몸을 움찔거리자, 그가 그녀의 어깨에 손을 올리고 힘을 주어 그녀를 도로 앉혔다. 둘은 낮지만 격앙된 목소리로 얘기를 주고받기 시작했다.

테이블마다 나이 든 회원들로 가득했다. 우리가 앉은 바로 옆 테이블엔 한 남자가 어딜 다녀왔는지 다시 합류했는데, 듣지 않으려고 해도 그의 말소리가 들려왔다.

"젊은 친구 하나가 아래층 화장실에서 자살을 시도했어. 어깨에다 권총을 대고 쏘려다가 사람들이 달려들어서 총을 치워 버렸는데……" 잠시 뒤, 그 남자의 목소리가 다시 말했다. "이름이 칼 샌더슨이라던가?"

노래가 끝나자 나는 무대에서 고개를 돌렸다. 비엔나 손은 거대한 전화기 인형*처럼 천장으로 떠오르는 릴리안 로레인 양을 꼼짝도 하지 않고 응시하고 있었다. 비엔나 쪽으로 몸을 기울이고 있던 남자는 보이지 않았고, 나머지는 무슨 일이 있었는지 알지도 못했다. 내가 돌리에게로 몸을 돌리고 우리 둘은 빠지는 게 좋겠다고 제안하자 그는 주저와 피로와 체념이 뒤섞인 눈으로 비엔나를 한 번 본 뒤 동의했다. 호텔로 가는 길에 나는 무슨 일이 일어났었는지 돌리에게 얘기했다.

"술주정뱅이가 어디 한둘이야?" 그는 피곤하다는 듯 잠깐 생각하고는 말을 이었다. "그 사람 아마 어지간히 외로웠던 모양이지. 그런 식

---

* telephone doll. 전화기 위에 서 있거나 전화 수리공, 교환수 등 전화기와 관련된 여러 모습을 한 여자 인형.

으로 동정도 좀 받고 싶었을 거고. 정말로 매력적인 여자 앞에서 흔히 일어나는 감정이잖아."

내 생각은 달랐다. 나는 헝클어진 와이셔츠 가슴 부위가 젊은 혈기로 빠르게 뛰어오르는 걸 볼 수 있었지만, 반박하지 않기로 했다. 그렇게 얼마쯤 뒤, 돌리가 말했다. "저 소리들이 거친 듯하지만, 꽤 부드럽고 연약하게 들리는군. 그렇지 않아? 오늘 밤 내가 꼭 그런 거 같아."

돌리가 옷을 벗었을 때 나는 그의 몸이 온통 멍투성이란 걸 알았다. 하지만 그는 멍 때문에 잠을 못 자는 일은 없을 거라고 장담했다. 내가 그에게 손 양이 왜 경기 얘기를 한마디도 하지 않았는지 얘기를 꺼내자, 그가 갑자기 벌떡 일어났다. 그런 경우에 으레 그랬듯 그의 눈빛이 반짝반짝 빛났다.

"그래서 그랬구나! 난 왜 그런가 궁금했지. 난 또, 네가 경기에 대해선 아무 얘기도 하지 말라고 그랬구나, 했었지."

나중에, 불을 끄고 30분쯤 지난 뒤에 그가 불쑥 말했다. "알았어." 아주 크고 또렷한 목소리였다. 그가 깨어 있었던 건지, 아니면 잠꼬대를 한 건지, 지금도 나는 알지 못한다.

3

돌리와 비엔나 손 양의 첫 번째 만남에 대해 내가 기억하는 건 이게 전부이다. 내가 써 놓은 걸 읽어 보면 평범하기도 하고 별 의미 있는 것 같지도 않지만, 그날 밤은 어쨌든 모든 게 그 경기가 드리워 놓은 그림자에 싸여 있었던 것 같다. 비엔나는 거의 곧바로 유럽으로 돌아갔고, 무려 15개월 동안이나 돌리의 삶에서 잊혔다.

그해는 멋진 한 해였다. 지금도 여전히 내 기억 속엔 멋진 해로 남아 있다. 프린스턴에서 2학년은 가장 드라마틱한 해인데, 예일의 경우는 3학년이 그렇다. 상류층 클럽들에 가입하게 되는 것뿐 아니라 모든 학생들의 운명이 적나라하게 드러나기 시작하는 게 바로 그때이다. 그때가 되면 누가 자신의 운명을 헤쳐 나갈 수 있는지를 알게 된다. 어떤 걸림도 없이 곧바로 성공에 이르든, 실패를 디디고 일어나 살아남든. 내 삶도 더없이 충만했다. 나는 프린스턴 학생회를 만들었고, 데이턴의 우리 집은 불에 타 없어졌으며, 훗날 가장 친한 친구 중 하나가 될 남학생과 체육관에서 30분에 걸친 바보 같은 주먹다짐을 벌였다. 그리고 3월에 돌리와 나는 늘 바라 왔던 상류층 클럽에 가입했다. 또 하나, 내가 사랑에 빠졌다. 그 얘긴 굳이 여기서 할 필요는 없을 것 같다.

4월은, 날씨만으로 말하면, 진정한 프린스턴을 볼 수 있는 첫 계절이다. 초록과 금빛이 뒤섞인 나른한 오후와 밝고 황홀한 밤들은 졸업반 학생들의 노랫소리에 완전히 취해 버린다. 나는 행복했고, 돌리도 풋볼 시즌이 다시 다가오고 있다는 것만 빼면 행복했을 것이다. 그는 야구팀에서도 선수로 뛰고 있었는데, 덕분에 미식축구부의 춘계 훈련에서 제외된 상태였다. 하지만 밴드의 연주는 이미 멀리서 희미하게 들려오기 시작했다. 그들은 여름 동안 벌어질 연주회를 위해 피치를 올리고 있었다. 그때가 되면 돌리는 하루에도 열두 번은 "미식축구 하러 일찍 가는 거야?"라는 질문에 답을 해야 할 것이다. 9월 15일, 그는 여름의 막바지 열기와 먼지 속에 누워 있었다. 그 여름에 그는 네 발로 땅바닥을 엉금엉금 기었고, 오래도록 계속되었던 일상에서 벗어났으며, 내가 내 인생의 10년을 바쳤던 것과 같은 종류의 인간으로 탈바꿈했다.

처음부터 끝까지, 그는 미식축구를 증오했고 한순간도 그 증오를 내려놓은 적이 없었다. 그는 그 가을, 선수 기록지에 명기되지는 않았지만 70킬로그램도 채 나가지 않는 체중으로 예일대 경기에 들어 갔다. 그와 조 맥도널드는 그 처참한 경기를 풀타임으로 뛰었던 유일한 두 남자였다. 그는 손가락을 들어 올리는 것만으로 팀의 주장을 맡을 수가 있었다. 여기엔 몇 가지 비화가 숨어 있지만 발설하기는 곤란하다. 그가 가지고 있던 유일한 공포는 어쩌다 보니 자신이 그걸 받아들여야만 하게 되었다는 사실이었다. 두 번의 시즌 모두! 그는 지금도 그 일에 대해서만은 얘기하고 싶어 하지 않는다. 대화가 미식축구 쪽으로 흘러가면 그는 방에서든 클럽에서든 나가 버렸다. 그는 "더 이상 못 견디겠어," 하고 내게 말하는 것도 중단했다. 그해 크리스마스 휴가조차 나는 그의 두 눈에서 그 불행한 모습을 몰아내는 데 썼다.

그렇게 새해가 찾아왔다. 비엔나 손 양이 마드리드에서 돌아왔다. 2월에 열린 졸업생 댄스파티에 케이스라는 남자가 그녀를 데리고 왔다.

4

그녀는 전보다 훨씬 더 예쁘고, 적어도 겉으로 보기엔 부드러워져 있었다. 그리고 엄청난 성공을 거둔 것 같기도 했다. 거리에서 그녀와 마주친 사람들은 그녀를 보기 위해 고개를 재빨리 돌리곤 했는데, 그들은 마치 뭔가를 막 놓쳤다는 걸 깨달은 사람처럼 걱정스러운 표정을 짓기까지 했다. 그녀가 해 준 얘기를 통해 나는 두 가지 사실을 알게 되었다. 당분간일지 모르지만 유럽 남자들에게 싫증이 났다는 것과 몇 번의 불운한 연애 사건을 겪었다는 것. 그리고 그녀가 덧붙인 얘기로는, 이듬해 가을에 워싱턴으로 나온다는 거였다.

비엔나와 돌리 얘기를 해 보자. 클럽 댄스파티가 있던 그날 밤, 그녀는 두 시간 동안 그와 함께 종적을 감추었다. 그 일로 해럴드 케이스는 절망에 빠졌다. 자정쯤 돌아온 두 사람은 이제껏 내가 본 가장 멋진 한 쌍이었다. 그들은 이따금 우울한 사람들이 가진 그들만의 독특한 영민함으로 반짝반짝 빛났다.* 해럴드 케이스는 그들을 한번 바라보고는 코웃음을 치며 돌아갔다.

비엔나는 오직 돌리를 만나기 위해 일주일 뒤에 다시 돌아왔다. 그날 저녁 늦게 나는 찾아야 할 책이 있어서 텅 빈 클럽으로 올라갔는데, 뒤쪽 테라스에 있던 둘이 나를 불렀다. 테라스 너머로 유령이라도 나올 것 같은 경기장과 인적이 완전히 끊긴 밤거리가 내다보였다. 그야말로 봄눈이 녹는 것 같은 한 시간이 지나갔다. 따듯한 바람결에는 봄의 속삭임이 묻어 있었고, 불빛이 비치는 곳이면 어디든 똑똑 떨어지는 물방울에 그 빛이 스며들었다. 밤하늘에 떠 있는 별과 어둠에 싸인 스토니 브룩 사립학교 쪽으로 앙상한 가지들을 뻗고 있는 크고 작은 나무들에 매달린 한기조차 슬금슬금 녹아내리는 것 같았다.

그들은 고리버들 벤치에 나란히 앉아 있었고, 벤치는 낭만과 행복으

---

* They were both shining with that peculiar luminosity that dark people sometimes have. 돌리와 비엔나의 짙은 머리색과 우울한 성격을 중의적으로 표현한 문장으로, dark people 은 '검은색 머리칼을 가진 사람'과 '우울한 사람'을, luminosity는 '광채'와 '영민함'을 동시에 나타낸다.

로 넘쳤다.

"우린 지금 누구에겐가 꼭 알려야만 돼," 하고 두 사람이 말했다.

"누구? 그럼 난 가도 되지?"

"무슨 얘기하는 거야, 제프," 하고 그들이 말렸다. "여기 있으면서 우릴 좀 질투해 줘. 우린 지금 누군가가 우릴 질투해 줬으면 싶은 단계에 들어가 있다고. 우리가 멋진 커플이란 생각 들지 않아?"

내가 무슨 말을 할 수 있었을까?

"내년엔 돌리와 프린스턴 사이에 뭔가 달라질 게 있을 거예요," 하고 비엔나가 말했다. "그리고 학기 끝나는 가을에 우린 워싱턴에서 결혼 발표를 할 생각이고요."

약혼까지 아직 시간이 꽤 남았다는 사실만으로도 나는 막연하게나마 안심이 되었다.

"당신은 좋은 사람이에요, 제프," 하고 비엔나가 말했다. "돌리한테 제프 같은 친구들이 많아졌으면 좋겠어요. 당신은 돌리에게 항상 자극을 주잖아요. 생각도 깊고. 난 돌리한테, 주위를 살펴보면 당신 같은 친구들을 더 찾을 수 있을 거라고 말해요."

돌리와 나, 둘 모두 살짝 불편해졌다.

"비엔나는 내가 교양 없는 사람이 되는 게 아주 싫은가 봐," 하고 그가 짐짓 가볍게 말했다.

"무슨 소리야. 돌리는 완벽해," 하고 비엔나가 주장하듯 말했다. "돌리는 누구보다 아름다운 존재예요. 내가 돌리에게 아주 잘 맞는다는 걸 당신도 알게 될 거예요, 제프. 돌리가 중대한 결심을 하는 데 결정적인 도움을 준 것도 바로 나라고요." 나는 다음에 어떤 말이 들려올지 추측을 해 보았다. "내년 가을 시즌에 미식축구하는 걸 두고 코치들이 돌리를 못살게 굴면, 이젠 가만히 있지 않을 거예요. 그렇지, 자기?"

"아, 누가 날 괴롭히겠어," 하고 돌리가 편치 않은 듯 말했다. "이건 그런 문제랑은……"

"두고 봐, 그 사람들은 분명 자길 못살게 굴 거야. 도덕적인 것까지 들먹거려 가면서."

"아, 아니야," 하고 그가 반대했다. "그런 게 아니라니까. 이제 그 얘긴 그만하자, 비엔나. 참으로 벅찬 밤이지 않아?"

참으로 벅찬 밤! 프린스턴 하면 생각나는 사랑의 문장이 있다면, 나는 늘 그날 돌리의 그 말을 떠올리게 된다. 마치 아름다운 여인을 감싸 안은 채 젊음과 희망을 구가하며, 거기, 앉아 있던 게 그가 아니라 나였던 것처럼.

돌리의 모친이 여름 내내 롱아일랜드에 있는 램스포인트에 계셔서 8월 말에 나는 그를 만나러 동부로 갔다. 비엔나는 내가 도착하기 일 주일 전부터 그곳에 머물러 있었는데, 내가 받은 인상은 크게 두 가지였다. 먼저, 그가 사랑에 푹 빠져 있었다는 것 그리고 그곳은 비엔나를 위한 파티장이었다는 것. 온갖 종류의 기이한 인간들이 비엔나를 보기 위해 그곳에 들르곤 했다. 나도 어지간히 교양을 쌓은 터라 거리낄 게 없었지만, 그들이 그 여름이란 종이에 제법 또렷이 찍힌 오점과 같았다는 생각은 지울 수 없다. 어쨌든 그들은 얼마간 유명 인사들이었다. 어떻게 유명한지는 알아서 판단할 일이겠지만. 거기서 오간 얘기들 가운데 단연 화제가 된 것은 비엔나의 성격이었다. 손님들은 나와 따로 있게 될 때마다 나를 붙들고 비엔나의 활기 넘치는 성격에 대해 침을 튀겼다. 그들에게 나는 무딘 사람이었다. 그들은 대부분 돌리도

무디다고 여겼다. 돌리가 자신의 분야에서 이뤄 낸 것은 다른 사람들이 그들의 분야에서 이뤄 낸 것보다 더 뛰어났지만, 그의 분야가 무엇인지에 대해서는 전혀 언급의 대상이 되지 않았다. 어쨌거나 나는 내가 계속 발전하고 있다는 사실을 희미하게나마 느꼈고, 이듬해엔 많은 사람들을 새로 알게 될 거라고 허풍을 쳤다.

내가 떠나기 하루 전, 돌리가 테니스를 치다 발목을 삐었다. 나중에 그는 다소 침울하게 농담을 던졌다.

"발목을 부러뜨리기만 했어도 상황이 훨씬 쉬워졌을 텐데 말이야. 1센티미터만 더 구부렸다면 어딘가 뼈 하나는 제대로 부러졌을 거야. 그나저나 이거 좀 볼래?"

그가 내게 편지 한 통을 건넸다. 9월 15일에 있을 훈련에 대비해 보고해야 할 사항들 그리고 몸을 제대로 만들기 시작하라는 내용이 적혀 있었다.

"이번 가을엔 정말 안 뛸 거야?"

그가 고개를 가로저었다.

"응. 난 이제 더 이상 아이가 아니야. 2년 동안 경기를 뛰었어. 올해는 쉬고 싶어. 내가 또 똑같은 일을 겪는다는 건, 겁쟁이가 되는 거나 마찬가지야."

"다투자는 건 아닌데, 하지만…… 비엔나 때문이 아니었어도, 과연 네가 그런 입장이었을까?"

"당연히 그랬을 거야. 미식축구를 하면서 계속 나 자신을 괴롭힌다면, 난 더 이상 내 얼굴조차 쳐다볼 수가 없어."

그로부터 2주 후, 나는 그에게서 편지를 받았다.

친애하는 제프에게,

네가 이 편지를 읽게 되면 좀 놀랄 거 같군. 사실, 테니스를 치다가 이 번엔 발목이 부러졌어. 지금은 목발 없이 걸을 수도 없어. 편지를 쓰고 있는 지금, 나는 발목이 부어올라서 집채만 한 붕대를 감고 의자에 앉아 있어. 지난여름에 우리가 나눈 얘기는 아무도, 심지어 비엔나도 몰라. 그래서 말인데, 우리도 아예 싹 잊어버렸으면 좋겠어. 한 가지 더, 발목이 란 게 부러지기엔 끝내주게 단단한 놈이더라. 이걸 전엔 몰랐더란다.

난 지금 지난 수년 동안 느꼈던 것보다 더 큰 행복함을 느끼고 있어. 이른 시즌 훈련도, 땀도, 고통도 없으니. 약간의 불편과 통증은 있지만, 자유로워. 마치 내가 그 누구보다 지혜로운 사람인 것처럼 느껴져. 그리고 중요한 건 이게 다른 누구의 일도 아닌, 나 자신의 일이라는 거지.

너의 마키아벨리 친구(나)

돌리

추신. 아무래도 넌 이 편지를 찢어 버릴 것 같아.

편지를 쓴 게 돌리라고는 도무지 믿어지지 않았다.

5

언젠가 나는 프린스턴 4학년 때 밥 태트널이 이끄는 팀에 어떤 일이 있었던 건지 프랭크 케인에게 물은 적이 있다. 프랭크 케인은 나소 거리에서 스포츠 용품 가게를 하는 사람이 누구냐고 물으면 즉석에서 1901년에 날렸던 쿼터백의 이름을 말해 주는 인물이다.

"부상과 엄청난 불운," 하고 그가 딱 잘라 말했다. "그 친구들은 아무리 힘든 경기 후에도 땀 한 방울 흘리지 않았지. 가령, 한 해 전 미국 전체에서 가장 뛰어난 태클을 자랑하던 조 맥도널드, 그는 한없이 느리고 활력 없는 선수가 되어 있었지. 본인도 그걸 알고 있었지만, 신경도 쓰지 않았어. 빌이 시즌 내내 선수로 뛰었다는 것도 놀라운 일이고."

나는 돌리와 관람석에 앉아 리하이 대학을 3 대 0으로 물리치는 것을 그리고 버크넬 대학과는 아슬아슬하게 무승부가 나는 것을 지켜보았다. 다음 주엔 노터데임 대학에 14 대 0으로 대패했다. 노터데임과 경기가 있던 날 돌리는 비엔나와 워싱턴에 있었는데, 경기 결과가 몹시 궁금했던 그는 다음 날 돌아와 신문이란 신문을 몽땅 가져다가 스포츠 면을 샅샅이 뒤지며 불만을 터뜨리고는 휴지통에다 던져 버렸다.

"이놈의 대학은 미식축구에 미쳤어." 그가 정견 발표를 하듯 말했다. "너, 영국 대학에선 시합을 위한 훈련은 아예 하지 않는다는 거 아니?"

그 무렵의 나는 돌리와 있는 게 전혀 즐겁지 않았다. 아무것도 하지 않는 그를 지켜보는 건 이상했다. 그의 인생에서 하릴없이 어슬렁거리며 돌아다닌 건 처음 있는 일이었다. 그는 방을 어슬렁거렸고, 클럽을 어슬렁거렸으며, 이런저런 무리들 속을 어슬렁거리며 돌아다녔다. 그 활발한 게으름으로 그는 늘 어딘가로 가고 있었다. 그의 그 어슬렁거리는 행로에 한때는 무리가 형성되기도 했다. 동급생들 중에 그와 함께 걷고 싶어 하는 친구들이 생겨났고, 어떤 하급생들은 그를 느릿느릿 움직이는 성자처럼 보았다. 그는 평등주의자가 되었고, 온갖 종류의 사람들과 어울렸다. 하지만 왠지 흔쾌히 그러는 것 같진 않았다.

그는 같은 과 친구들을 더 많이 알고 싶다는 소리를 입에 달고 살았다.

사람들은 자신들의 우상이 자신들보다 조금이라도 더 위에 있기를 원하는 법이고, 그런 점에서 돌리는 일종의 사적인, 특별한 우상이었다. 그는 혼자 있는 걸 몹시 싫어하기 시작했고, 당연하지만 그건 내 눈에 가장 명확히 보였다. 내가 외출을 하려고 자리에서 일어나기라도 하면, 그는 비엔나에게 편지를 쓰지 않고 있을 때는 꼭 "어디 가?" 하고 어딘지 모르게 경고하는 듯한 투로 묻고는 어떻게든 같이 갈 구실을 찾았다. 그 절뚝거리는 걸음으로 말이다.

"넌 그렇게 된 게 기쁘지, 돌리?" 어느 날 내가 느닷없이 물었다.

반감 뒤에 치욕을 감춘 눈으로 그가 나를 바라보았다.

"당연히 기쁘지."

"그래도 난, 네가 필드 후방에 떡하니 버티고 서 있었으면 좋겠다."

"문제없어. 올해 볼* 땐 그럴 거니까. 아마도 드롭킥**은 내가 차게 될 거야."

해군과의 시합이 있던 주에 그는 갑자기 모든 훈련에 참가하기 시작했다. 그는 두려워했다. 극심한 책임감이 작용했던 것이다. 한동안 그는 미식축구에 대해 얘기하는 걸 무척이나 싫어했었다. 이제 그는 미식축구 외엔 아무것도 생각하지도, 얘기하지도 않았다. 해군과 경기를 하기 전날 밤, 그의 방에 불이 밝게 켜져 있는 통에 나는 몇 번이나 잠에서 깼다.

* 여기서는 챔피언 매치의 의미로 쓰였다.
** 미식축구에서 공격 팀이 드롭킥이나 플레이스킥을 통해 수비 팀 골대를 넘기면 2점을 얻게 된다. 공을 그라운드에 정지시키고 나서 차는 것이 플레이스킥이고, 공을 그라운드에 바운드시킨 다음에 차는 것이 드롭킥이다. 공을 손에 들고 그냥 차는 펀트킥은 골대를 넘기더라도 득점으로 인정되지 않는다.

해군의 막판 전방패스가 데블린의 머리 위로 지나갔고, 우리는 7 대 3으로 졌다. 전반 두 쿼터가 끝나자 돌리는 관중석에서 경기장으로 내려가 선수들과 함께 앉아 있었다. 나중에 다시 올라왔을 때, 그의 얼굴은 얼룩덜룩했다. 마치 한바탕 울기라도 한 것처럼.

그해 해군과의 경기가 치러진 곳은 볼티모어였다. 돌리와 나는 그날 밤 워싱턴에서 열리는 댄스파티에서 비엔나와 시간을 보내기로 미리 약속해 놓았었다. 우리는 엉망인 기분으로 차에 타고 있었는데, 내가 할 수 있는 거라곤 뒷자리에서 앉아 경기 내용을 의기양양하게 분석하고 있던 해군 장교 둘에게 계속 툴툴거리는 것밖에 없었다.

워싱턴 댄스파티는 비엔나의 두 번째 사교계 데뷔 파티였다. 그녀는 자신이 좋아하던 사람들만 초대를 했는데, 나중에 보니 주로 뉴욕에서 건너온 '수입품'들이었다. 램스포인트에 있는 돌리의 집에서 봤던 음악가들, 극작가들, 예술계의 어중이떠중이들이 죄다 거기 있었다. 그날 밤, 호스트의 의무에서 면제된 돌리는 그들의 언어로 이야기하려는 어설픈 시도를 전혀 하지 않았다. 그는 처음 나로 하여금 그를 알고 싶게 만들었던, 어렴풋이 우월감이 드러나는 예전의 그 모습으로 침울하게 벽에 기대서 있었다. 파티가 끝나고 자러 가려고 비엔나 집 거실을 지나가고 있을 때, 그녀가 나를 부르더니 방으로 들어오라고 했다. 그녀와 돌리가 마주 보며 앉아 있었는데, 둘 모두 약간 하얗게 질린 얼굴에 긴장감이 돌았다.

"앉아요, 제프," 하고 비엔나가 지친 듯 말했다. "사나이가 일개 학생으로 전락해 가는 현장을 지켜봐 줘요." 나는 마지못해 자리에 앉았다. "돌리가 마음을 바꿨어요," 하고 그녀가 말했다. "미식축구가 나보다 더 좋다네요."

"그런 뜻이 아니라니까," 하고 돌리가 완강하게 반발했다.

"대체 뭔 소리들 하는지 모르겠군." 내가 반발하듯 말했다. "돌리가 경기를 뛴다고요? 그럴 리가."

"글쎄 자기는 뛸 수 있다고 생각한다니까요. 제프, 내가 그 문제로 고집을 피운다고 생각할까 봐 미리 말해 두는데요, 얘기 하나 해 드릴게요. 3년 전 우리가 처음 미국으로 돌아왔을 땐데, 아버지는 남동생을 사립 예비학교에 집어넣었죠. 어느 날 오후에 우리 가족들이 모두 동생이 선수로 뛰는 경기를 보러 갔었어요. 경기가 시작되고 얼마 되지 않아서 동생이 다쳤는데, 아버지가 말씀하셨어요. '괜찮아. 금방 일어날 거야. 이런 일은 늘 일어나.' 하지만 제프, 내 동생은 끝내 일어나지 않았어요. 경기장에 그냥 누워 있었죠. 그리고 사람들이 경기장 밖으로 동생을 데리고 나오더니 담요를 덮어 주더군요. 우리가 내려갔을 땐 동생은 이미 숨을 쉬지 않았어요."

그녀는 우리를 차례로 바라보고는 온몸을 떨며 흐느끼기 시작했다. 돌리는 얼굴을 찌푸리며 다가가 그녀의 어깨를 감쌌다.

"아, 돌리," 하고 그녀가 울음 섞인 목소리로 외쳤다. "나한테 꼭 이래야겠어? ……날 위해서 이 작은 일도 해 줄 수 없는 거야?"

그는 비참하게 고개를 저었다. "나도 노력했어, 하지만 할 수 없어," 하고 그가 말했다. "이건 내 일이잖아. 이해하지 못하겠어, 비엔나? 사람은 저마다 자신의 일을 하게 되어 있다고."

비엔나가 자리에서 일어나 거울을 보며 눈물자국 위에다 분을 발랐다. 그녀는 더 이상 화를 참을 수가 없는 것 같았다.

"그러니 난 톡톡히 오해를 하고 있었군. 내가 느꼈던 걸 자기도 고스란히 느끼고 있다고 생각하고 괴로워했었는데 말이야."

"그렇게까진 하지 말자. 얘기하는 데 지쳤어, 비엔나. 난 내 목소리에도 싫증이 났다고. 내가 아는 사람들은 하나같이 더 이상 아무것도 하지 않고 그저 떠들어 대기만 하는 거 같아."

"고마워. 그건 나한테 하는 말인 것 같네."

"보면 네 친구란 사람들, 정말 말이 많은 거 같아. 이제껏 오늘 밤에 들은 것보다 더 많은 얘기를 들어 본 적이 없어. 뭔가 실제로 한다고 생각하면 역겨워, 비엔나?"

"할 만한 가치가 있는 일인지 아닌지에 달려 있지."

"그래, 이건 할 가치가 있는 일이야…… 나한테는."

"난 네 문제가 뭔지 알아, 돌리," 하고 그녀가 비통하게 말했다. "넌 유약하고, 그래서 존경받기를 원해. 올해 들어 넌 마치 잭 뎀프시*처럼 굴었어. 주변에 꼬마들이 많이 따라다니지 않으면 금방 상심해 버리는. 넌 그들 앞에 네 모습을 드러내고 싶고, 과시하고 싶고, 박수를 받고 싶은 거야."

그는 짧게 웃고 말았다. "그게 만약 미식축구 선수들이 가지는 감정에 대한 네 생각이라면……"

"그래서 시합에 나가기로 확실하게 결심한 거야?" 하고 그녀가 그의 말을 잘랐다.

"내가 쓸모가 있다면…… 그렇게 할 거야."

"그럼 우린 시간만 낭비하고 있었구나."

그녀의 표정은 무자비했지만, 돌리는 그게 그녀의 진심이라고 생각하진 않았다. 내가 그들의 방에서 나온 뒤에도 그는 여전히 그녀를 '이

---

* Jack Dempsey(1895~1983). 1920년대 문화적 아이콘 역할을 했던 미국의 권투 선수. 1919년에서 1926년까지 헤비급 챔피언이었다.

성적'으로 만들려고 애를 쓰고 있었는데, 다음 날 기차를 타고 가며 그가 내게 해 준 말은 비엔나가 '신경이 약간 날카로워져' 있었다는 거였다. 그는 그녀에게 깊이 빠져서 그녀를 잃는다는 건 상상도 하지 못했다. 그럼에도 불구하고 그는 여전히 시합에 나가야겠다고 결심하게 만든 그 갑작스러운 감정에서 헤어나지 못했고, 그런 혼란스럽고 지친 마음은 오히려 모든 게 잘될 거라는 헛된 믿음을 만들었다. 하지만 비엔나의 얼굴에서 내가 본 것은, 2년 전 어느 밤 프로릭에서 칼 샌더슨과 얘기를 나눌 때 보였던 바로 그 표정이었다.

돌리는 프린스턴 교차역에서 내리지 않고 뉴욕까지 계속 기차를 타고 갔다. 그는 두 명의 정형외과 전문의로부터 진료를 받았다. 한 의사는 그의 발목에 고래 뼈로 작은 울타리를 만들어 붕대로 칭칭 감아 주고는, 밤낮으로 착용하고 있어야 한다고 일렀다. 첫 번째 격렬한 시합에서 부서질 수도 있을 테지만 그는 그걸 한 채로 달리고 킥도 날릴 수 있으리라 생각했다. 다음 날 오후 그는 유니폼을 입고 유니버시티 필드에 나타났다.

그의 출현은 작은 돌풍을 일으켰다. 나는 관중석에 앉아 훈련을 지켜보았다. 해럴드 케이스와 젊은 데이지 캐리도 함께 있었다. 데이지 캐리는 그때 막 유명세를 타기 시작한 젊은 여배우였는데, 그녀와 돌리 중에 누가 더 주목을 받았는지 우열을 가리기 힘들었다. 당시에도 여배우의 인기를 능가하기란 아주 힘든 일이었다. 이즈음 만약 그녀가 프린스턴에 가게 된다면 아마도 그녀를 맞으러 밴드가 역으로 나갈 것이다.

다리를 절뚝거리며 돌아다니는 돌리를 보고는 모두 한마디씩 거들었다. "저런, 다리를 절고 있잖아!" 그러다가 그가 펀트를 하자 일제히

"오, 멋지게 해냈어!"하고 말했다. 그는 처음으로 출전한 해군과의 경기를 힘겹게 마치고 물러났고, 사람들의 시선은 오후 내내 돌리에게 집중되었다. 훈련이 끝난 뒤 그는 나를 발견하고는 다가와 악수를 청했다. 같이 있던 데이지가 미식축구 영화를 찍을 예정인데 그에게 출연해 줄 수 있는지를 물었다. 그저 얘기를 건넸을 뿐인데, 그는 냉담한 미소를 지으며 나를 바라보았다.

방으로 돌아온 그의 발목은 난로 연통만큼이나 부어 있었다. 다음 날, 그와 킨은 발목이 붓는 정도에 맞춘 붕대를 여러 개 만들었다. 우리는 그걸 풍선이라고 불렀다. 뼈는 거의 나았지만, 근육에 자잘하게 든 멍 자국은 날마다 다시 생겨나기도 하고 커지기도 했다. 그는 스워스모어 칼리지와의 경기에는 출전하지 못했다. 다음 월요일, 두 번째로 출전한 시합에서 그는 스크리미지* 라인을 지키는 와이드 리시버를 맡았다.

오후가 되면, 그는 이따금 비엔나에게 편지를 썼다. 그들이 여전히 결혼을 약속한 상태라는 건 그에겐 변함이 없었다. 그는 그 일에 대해 걱정하지 않으려고 애를 썼지만, 바로 그 때문에 잠을 이루지 못했다. 시즌이 끝나면 그는 그녀에게 당장 달려갈 생각이었다.

하버드와의 경기는 7 대 3으로 졌다. 잭 데블린은 쇄골이 부러졌고, 그는 거기서 시즌을 끝내야 했다. 그리고 그것은 돌리가 시합에 나가야 한다는 게 거의 확정적이라는 걸 의미했다. 온갖 끔찍한 풍문들에 휩싸여 있던 11월 중순에 그것은 우울감에 빠진 재학생들에게 한 가닥 희망의 불씨를 지피는 소식이었다. 돌리의 상태를 감안했을 때 희

---

* 경기가 시작될 때 공의 중앙을 지나 사이드라인에서 사이드라인까지 뻗는 가공의 선.

망이라고 할 수 있는 거였는지는 몰랐지만. 경기가 있기 전 목요일, 그는 헬쑥하고 지친 얼굴로 돌아왔다.

"코치진이 날 선발로 뛰게 할 거 같아," 하고 그가 말했다. "멋지게 펀트를 날려 줄 거야. 코치들도 알고 있겠지만……"

"네 그런 느낌을 빌한테 전해 줄 순 없을까?"

그는 고개를 가로저었다. 나는 그가 지난 8월에 있었던 '사고'에 대해 자책하고 있을지도 모르겠다는 의심이 갑자기 들었다. 내가 팀 훈련에 필요한 짐들을 꾸려 주는 동안 그는 아무 소리도 하지 않고 소파에 가만히 누워 있었다.

실제 경기가 있던 날은, 늘 그랬듯, 꿈을 꾸는 것 같았다―떼를 지어 몰려든 친구들과 친지들도, 거대한 쇼의 과도한 장식도 모두 비현실적이었다. 마침내 필드로 달려 나가는 열한 명의 사내아이들은 마치 마법에 걸린 채 기이하면서도 너무도 낭만적인, 관중들과 그들의 함성이 만들어낸 일렁이는 안개에 가려 흐릿해진 또 다른 세계로 건너온 것 같은 모습이었다. 누군가는 힘겨운 고통을 겪고, 누군가는 흥분에 몸을 떤다. 하지만 그들은 이제 우리와는 다른 차에 타고 있다. 그들은 우리가 도울 수도 없는, 신성한 축복을 받은, 우리의 손이 닿을 수 없는 존재들이다―흐릿하게나마 거룩했다.

경기장의 잔디는 무성하고 초록색이다. 식전 행사들이 끝나고 두 팀 선수들이 경기장으로 쏟아져 들어가 각자의 위치로 흘러간다. 머리엔 헤드가드가 씌워져 있다. 선수들은 제각기 손바닥을 세차게 두들기며 가만가만 춤을 추듯 몸을 흔든다. 사람들은 여전히 얘기를 주고받으며 결전을 준비하지만, 내 입은 일자로 닫혀 있고 두 눈은 선수들 사이를 헤맨다. 4학년 잭 화이트헤드가 한쪽 엔드를 맡고 있다. 덩치 크고 믿음직한 조 맥도널드는 태클, 2학년 툴이 가드, 센터엔 레드 호프먼. 나머지 가드 하나는 아직 이름을 모른다. 벙커였던 것 같다. 그가 몸을 돌리자 나는 그의 등번호와 벙커라는 이름을 확인한다. 어색하게 잘 난 척 위엄을 떨고 있는 빈 자일이 나머지 태클. 또 다른 2학년 푸어가 반대편 엔드. 그들 뒤편에 쿼터백 워시 샘슨이 있다. 그의 심정이 얼마나 부담스러운지는 상상 불허이다! 하지만 그는 이리저리 가볍게 뛰어다니며 이 선수 저 선수에게 말을 건넨다. 뭔가 경계할 것들을 일러주기도 하고 자신감을 불어넣기도 한다. 그리고 돌리 할런은 두 손을 엉덩이에 갖다 댄 채로 꼼짝하지 않고 서서 예일대 키커가 공을 티 위에 올려놓는 걸 지켜보고 있다. 그의 곁에 주장 밥 태트널이 있다.

호루라기가 울린다! 예일대 라인이 처음의 균형을 무너뜨리며 앞쪽으로 묵직하게 흔들리다가 일제히 흩어지면서 후방 두 번째 열로 공이 넘어가는 소리가 들린다. 경기장은 내달리는 선수들로 출렁이고, 마치 전기의자에 전류가 흐르기 시작하듯 경기는 찌르르한 긴장 속으로 일제히 빨려 들어간다.

우리가 곧바로 공을 떨어뜨렸다고 생각해 보라.

10야드 뒤로 빠져나가 공을 잡은 태트널은 사방으로 둘러싸여 시야를 완전히 차단당한다. 스피어*로 세 명을 뚫고 나간 뒤 센터로 향한다. 샘슨이 태트널에게 던진 짧은 패스는 완벽했지만, 소득이 전혀 없다. 할런은 예일대 40야드 라인에서 터치다운 할 수 있는 코스를 확보하고 있던 데보라에게 펀트킥을 날린다.

경기는 이제부터이다.

---

* 상대를 향해 전속력으로 돌진하다 창을 꽂듯 어깨로 상대의 복부를 들이받는 기술.

상대는 엄청난 거리를 전진했다. 효과적인 크리스크로스*와 센터로 넘어가는 짧은 패스 하나로 프린스턴 6야드 라인까지 무려 44야드를 진출한 것이다. 하지만 그들은 거기서 공을 놓쳤고, 공을 가로챈 것은 레드 호프먼이었다. 펀트를 한 번씩 주고받은 뒤 다시 상대의 밀어내기 공격이 시작됐다. 이번엔 15야드 라인까지 밀고 나온 그들은 거기서 네 번의 가공할 전진패스를 시도했는데, 돌리가 그중 두 번을 막아냈고 우리에게 공격권이 넘어왔다. 하지만 예일은 여전히 활력이 넘치고 강했으며, 세 번째 맹공격에서 약해진 프린스턴 라인이 무너지기 시작했다. 두 번째 쿼터가 시작되자마자 데보라가 터치다운을 하기 위해 공을 넘겨받았지만, 쿼터가 끝날 땐 예일이 우리 쪽 10야드 라인에 있었다. 점수는 7 대 0, 예일이 일방적으로 리드한 상태였다.

우리는 한 번도 찬스를 갖지 못했다. 선수들은 자신의 기량을 상회하는 경기를 펼쳤고 경기력도 1년 중 최고였지만, 그것만으론 충분하지 않았다. 예일대와의 경기에선 무슨 일인가 일어날 가능성이 있을 때 꼭 무슨 일인가가 일어났다. 상대가 예일이라면 우울한 분위기도 기막히게 뒤집어질 수 있었다. 이 사실을 아는 응원석에서도 분위기를 반전시킬 준비를 하고 있었다.

경기 초반에 돌리 할런은 데보라의 높은 펀트를 놓쳤지만 그다지 힘들이지 않고 되찾았다. 전반전이 끝나 갈 무렵에 또 다른 킥이 그의 손가락에서 빠져나갔는데, 그때도 그가 걷어올렸고, 엔드를 통과하면서 12야드를 되돌아갔다. 후반전이 시작되기 전 그는 로퍼에게 페이크 동작이 먹히지 않는다고 말했지만 코치진은 그를 계속 그 위치에

---

* 러닝백과 쿼터백이 교차하면서 반대 방향으로 달려서 볼의 행방을 감추는 플레이.

두었다. 그의 킥은 잘 날아갔고, 어쨌든 그는 득점을 기대할 수 있는 유일한 공수 간 협력 플레이의 주축이었다.

전반 두 쿼터가 끝난 뒤, 그는 다리를 살짝 절었는데, 그 사실을 숨기려고 가능한 한 적게 움직였다. 하지만 나는 그가 거의 모든 경기에서 꽤나 느리게 시작해 빠르게 사이드를 파고들어 끝낸다는 걸 잘 알고 있었다. 그는 자신의 수비 범위 안에서 예일대의 전진패스를 단 한 차례도 완전히 차단하지 못했는데, 3쿼터가 끝나 갈 무렵에 그는 또 한 번의 드롭킥을 시도했다. 후방에 공을 둘러싸고 두 팀 선수들이 뒤엉기며 조그만 원이 만들어졌고, 공을 놓쳤다가 간신히 5야드 라인에서 공을 되찾아 점수를 막아 냈다. 그게 벌써 세 번째였다. 에드 킴벌이 두르고 있던 담요를 던지고 사이드라인에서 몸을 풀기 시작하는 게 보였다.

바로 그 시점에서 우리의 운이 바뀌기 시작했다. 킥 포메이션에서 돌리가 우리 골문 뒤에서 펀트킥을 차올렸고, 쿼터백 위치에서 워시샘슨 쪽으로 달려가고 있던 하워드 베먼트가 공을 받아 센터라인의 한가운데를 통과해 두 번째 방어망을 뚫고 26야드를 더 내달렸다. 예일대 주장 태스커가 무릎이 뒤틀리며 교체된 사이 프린스턴의 전진 공격이 더욱 가열되기 시작했는데, 빈 자일과 호프먼 사이에서 패스가 이뤄지고, 이따금 조지 스피어스와 태트널이 공을 가지고 뛰기도 했다. 예일의 40야드 라인까지 올라갔다가 공을 떨어뜨렸지만 3쿼터가 거의 끝날 무렵에 상대의 범실로 공을 되찾았다. 프린스턴 관중석에서 열에 들뜬 함성이 터졌고, 함성은 파문처럼 빠르게 번져 나갔다. 상대 지역에서 우리가 처음으로 터치다운에 득점을 올릴 수 있는 기회가 찾아왔던 것이다. 휴식 시간 내내 프린스턴 관중석에서는 팽팽

한 긴장감이 요란한 소리로 화해 내뿜어졌다. 그건 치어리더들의 흥분한 동작에 고스란히 반영되었고, 여기저기서 터져 나온 관중들의 거침없는 함성은 파편처럼 흩어져 날아갔다.

킴벌이 경기장에서 달려 나와 심판에게 뭔가 얘기하는 게 보였다. 나는 마침내 돌리가 교체되는가 싶어 좋아했더니, 눈물을 훔치며 경기장을 빠져나온 건 밥 태트널이었다. 프린스턴 응원석에서 환호성이 터져 나왔다.

마지막 쿼터가 시작되면서 벌어진 아수라장은 경기가 끝날 때까지 이어졌다. 일제히 터져 나오던 소리들은 공격이 끊길 때마다 애처로운 허밍으로 스러졌다. 바람과 비와 천둥이 뒤섞이며 떠올랐다. 황혼이 볼의 이쪽에서 저쪽으로 비껴 떨어지는 모습은 마치 길을 잃고 몸부림치는 영혼들이 우주의 갈라진 틈 사이로 흔들리며 빠져나가는 것 같았다.

양 팀 선수들이 예일의 41야드 라인에 나란히 섰다. 스피어스가 태클을 피해 곧바로 6야드를 돌진했다. 다시 그가 공을 잡고 뛰었는데— 그는 직관을 따르지만 정확하게 순간을 포착하고, 남의 이목을 신경 쓰지 않는 거친 남부 사람이었다—똑같은 빈틈을 다섯 번이나 더 통과하고 첫 번째 터치다운을 이뤄 냈다. 돌리가 크로스 벅*을 두 번이나 시도하는 사이에 스피어스는 센터에 묶여 있었다. 그것이 세 번째 공격이었는데, 공은 예일의 29야드 라인에 있었고 터치다운까지 8야드가 남아 있었다.

그때 내 바로 뒤편에서 약간의 혼란이 일어났는데, 밀치고 소리를

---

* 두 명의 러닝백이 스크리미지 라인으로 비스듬하게 돌진하는 공격 플레이로, 쿼터백은 속임수 동작을 통해 볼의 소재를 감추면서 다른 선수에게 공을 넘기게 된다.

지르고 난리가 아니었다. 어떤 남자가 다친 게 아니면 기절한 듯했다. 누구인지는 알 수 없었다. 앞쪽에서 사람들이 일어서는 바람에 시야가 가려졌다. 모두가 제정신이 아니었다. 교체 선수들이 경기장 아래쪽에서 담요를 흔들어 대며 경중경중 뛰고, 허공으로 모자와 쿠션과 코트를 내던지며 귀청이 떨어질 듯 함성을 질러 댔다. 프린스턴에서 선수로 지내는 동안 공을 갖고 뛴 게 열 번쯤 될까 말까 한 돌리 할런이 허공을 가르며 던진 킴벌의 긴 패스를 받아 태클하는 상대 선수를 젖히며 예일의 골문을 향해 5야드를 치고 들어가 터치다운을 한 것이다.

6

얼마간의 시간이 흐르고 경기가 끝났다. 예일이 다시 공격을 개시한 불안한 순간이 한 번 있긴 했지만 더 이상의 점수는 나지 않았고, 밥 태트널의 11인으로서는 성적이 그다지 좋지 않았던 시즌에 비한다면 실력이 향상된 예일 팀을 묶어 놓은 것만으로도 충분한 보상이 되었다. 우리의 얼굴엔 승리에 대한 예감과 환희와 날아갈 듯한 행복감이, 예일의 얼굴엔 볼을 빼앗겼다는 패배의 표정이 역력했다. 결국은 멋진 한 해가 될 것이었다. 최후까지 훌륭하게 싸워 챔피언 팀이라는 전통을 내년까지 이어 가게 될 것이었다. 우리 과의 학생들은—온통 신경을 기울였던—최후의 패배라는 쓴맛을 기억에 담을 필요 없이 프린스턴을 떠나게 될 것이었다. 변변치는 않았지만 상징물도 서 있었다. 플래카드도 자랑스럽게 바람에 휘날렸다. 모든 게 유치할 수도 있었다. 하지만 우리는 성공의 빈틈을 메울 뭔가가 필요했다.

나는 사람들이 거의 모두 빠져나갈 때까지, 탈의실 밖에서 돌리를 기다렸다. 그러고도 그가 한참이나 뭉그적거리는 통에 하는 수 없이 나는 안으로 들어갔다. 누군가 그에게 조그만 잔에 브랜디를 따라 주었는데 술을 많이 마셔 본 적이 없던 그는 물에 빠져 허우적거리듯 머리를 흔들었다.

"앉아, 제프." 그가 미소를 보냈다. 환하고 행복하게. 그러더니 "러버! 토니! 여기 이 귀빈께 의자 좀 갖다 드려. 지식인께서 골 빈 선수를 인터뷰하고 싶어 하셔. 토니, 여긴 디어링 씨. 이 흥미로운 게임에 안락의자만 없단 말이야. 그래도 난 이 볼을 사랑해. 난 이거면 돼."

그는 더없이 행복하다는 생각을 하며 거기서 입을 다물었다. 그는 만족했다. 내가 그에게 이제 그만 옷을 입어야 하지 않겠냐고 말했다. 우리를 기다리는 사람들이 있었다. 하지만 그러고도 그는 어두워진 경기장으로 나가겠다고, 바스러진 잔디를 밟고 싶다고 고집을 부렸다.

그는 신발 밑창에서 잔디 부스러기를 하나 집어 들더니 바닥으로 떨구며 웃음을 터뜨리고는 한 1분쯤 정신이 나간 표정을 하고 있다가 몸을 돌렸다.

태드 데이비스와 데이지 캐리 그리고 다른 여자 하나와 차를 타고 뉴욕으로 향했다. 데이지 옆에 앉은 그는 실없어 보였지만, 멋지고 매력적이었다. 그가 자만심마저 느껴질 정도로 자연스럽게 경기에 대해 얘기하는 걸 본 건 그를 알고 지낸 이후 처음이었다.

"2년 동안 난 꽤 잘했어. 제대로 플레이 한 선수로 칼럼에 늘 언급되었더랬지. 그런데 올핸 세 번이나 펀트를 놓쳤고 플레이 할 때마다 기력이 달리더라고. 밥 태트넬은 나한테 계속 '왜 널 교체하지 않는지 도무지 모르겠어!' 하고 소리를 질렀지. 그런데 날 겨냥하지도 않은 패스가 내 팔에 떨어진 거야. 내일 헤드라인은 당연히 내가 장식할 테지."

그는 활짝 웃었다. 누군가가 그의 발을 만졌다. 그의 얼굴이 일그러지면서 하얗게 변했다.

"여긴 어쩌다 다친 거예요?" 하고 데이지가 물었다. "미식축구 하다가?"

"작년 여름에 다쳤어." 그가 퉁명스럽게 대꾸했다.

"이런 발로 경기를 했으니 정말 끔찍했겠다."

"그랬지."

"그래도 하지 않으면 안 됐겠죠?"

"가끔은 그럴 수밖에 없지."

둘은 서로를 이해했다. 둘 모두 '일'을 하는, 그로 인해 아프기도 하고 건강해지기도 하는 사람들이었다. 데이지에겐 못다 한 얘기들이 몇 개 더 있었다. 그녀는 작년 겨울 할리우드에서 있었던, 지독한 추위에도 야외의 작은 못에 빠질 수밖에 없었던 일에 대해 얘기했다.

"여섯 번이나 빠졌어요…… 열이 38도까지 올랐죠. 하지만 제작사가 하루에 쓰는 비용이 1만 달러나 됐으니 하는 수 없잖아요."

"대역을 쓸 수도 있지 않나?"

"쓸 수 있을 땐 썼죠…… 그런데 못에 빠지는 건 내가 해야만 하는 일이었죠."

그녀는 열여덟 살이었다. 나는 그녀의 용기와 독립심과 성취감의 배경, 누군가와 협력을 해야만 하는 현실에 기초한 공손함의 배경을 내가 아는 사교계 여성들의 그것과 비교해 보았다. 그녀가 헤아릴 수 없을 만큼 우세하지 않을 이유가 없었다. 그녀가 내게 뭔가 기대를 가질지도 모른다는 생각을 잠시 했지만, 돌리의 빛나는 벨벳 눈동자가 이미 그녀에게 신호를 보낸 뒤였다.

"오늘 밤 나랑 데이트하지 않을래요?" 나는 그녀가 그에게 묻는 것을 들었다.

그는 미안하다고 말했다. 그로선 거절하지 않을 수 없었다. 뉴욕엔 비엔나가 있었고, 둘은 만나기로 되어 있었다. 하지만 그게 화해가 될는지, 이별이 될는지는 나도, 돌리도 알지 못했다.

그녀가 리츠 호텔에서 돌리와 나를 내려 줬을 때, 두 사람의 눈에는 진심으로 안타까워하는 마음이 끈끈히 남아 있었다.

"놀라운 여자야," 하고 돌리가 말했다. 거기엔 나도 동의했다. "비엔나를 보러 올라가야겠어. 매디슨 호텔에 우리 방 좀 예약해 줄래?"

나는 그를 두고 자리를 떴다. 그와 비엔나 사이에 무슨 일이 있었는지 나는 모른다. 그는 오늘까지도 그 일에 대해 얘기하지 않았다. 하지만 그날 밤, 그 후에 벌어진 일이 내 관심을 끌었다. 그 사건을 지켜본 여러 사람들이 털어놓은 놀라운 그리고 심지어 분노 어린 목격담 때문이었다.

돌리는 10시쯤 앰배서더 호텔로 들어갔고, 캐리 양의 방이 몇 호인지 물어보려 데스크로 향했다. 데스크 주변에는 한 무리의 사람들이 있었는데, 그들 중에는 예일과 프린스턴의 경기를 본 두 대학의 학생들이 섞여 있었다. 승리에 들떠 있던 여럿 중 하나가 데이지를 기억해 내고는 전화로 그녀의 방이 어디인지를 알아내려 하고 있었다. 신경이 온통 거기에 쏠린 돌리는 그들에게 다가가 캐리 양과 어떤 관계인지를 물었는데, 다정한 태도로 물었을 리는 없었을 것이다.

뒤로 주춤 물러선 젊은 남자 하나가 그를 불쾌한 눈으로 바라보며 말했다. "뭔가 굉장히 급해 보이시는데. 근데 뉘신지요?"

정적의 순간이 잠시 모두를 멈추게 했고, 데스크 주변에 있던 사람들의 시선이 일제히 한곳으로 쏠렸다. 그때 돌리의 내면에서 뭔가가 일어났다. 그는 마치 삶이란 것이 한 젊은 남자가 던진 질문을 특별하게 만들도록 자신에게 어떤 역할을 주는 것 같다는 느낌이 들었다. 그는 답을 할 수 밖에 없는, 답을 하는 것 외엔 다른 어떤 선택도 할 수 없는 질문을 받은 것이다. 하지만 거기엔 침묵만이 흐를 뿐이었다. 몇 명 되진 않았지만 사람들이 기다리고 있었다.

"저요? 저는 돌리 할런입니다," 하고 그가 또박또박 말했다. "됐습니까?"

꽤나 당황스러운 순간이었다. 정지의 순간이 다시 이어졌고, 그러다 갑자기 조그만 혼란과 웅성임이 일었다. "돌리 할런! 뭐야? 정말 돌리 할런이야?"

데스크의 직원도 그 이름을 들은 게 분명했다. 그는 캐리 양의 방에서 걸려 온 전화를 받았고, 그에게 열쇠를 건넸다.

"할런 씨, 올라오시라는군요."

돌리가 몸을 돌렸다. 혼자만이 이룬 성취를 맛보듯 그는 열쇠를 한 번 자신의 가슴에 대었다. 그토록 뿌듯한 느낌은 꽤 오랜 세월이 흘러도 쉽게 가지지 못할 거라는 생각이 불쑥 그의 뇌리를 스쳤다. 그 추억은 승리보다 더 오래 가슴에 남아 있을 거라고 그는 생각했다. 승리가 무엇이던가. 그 어떤 것보다 강렬한 빛을 발하며 자신의 가슴에 오래오래 남아 있는 것이 아니던가. 훤칠한 키에 등을 꼿꼿이 세우고, 승리와 자부심의 상징인 듯, 그는 로비를 당당히 건너갔다. 그의 앞에 놓인

운명 같은 것에도, 그의 뒤편에서 들려오는 재잘거리는 소리 따위에
도 아랑곳하지 않은 채.

「볼」(《새터데이 이브닝 포스트》 1928년 1월 2일 자 발표)은 피츠제럴드가 1927년 미식축구 시즌에 맞춰 발표하려고 생각한 '미식축구와 관련된 수준 높은 2부작 단편소설'로 출발했는데, 「집으로 가는 짧은 여행」과 집필 기간이 겹치는 바람에 완성하기까지 적잖은 난항을 겪었다. 《새터데이 이브닝 포스트》의 소설 담당 편집자 토머스 코스테인Thomas Costain은 「볼」을 읽고 나서 에이전트 해럴드 오버에게 "피츠제럴드는 어쩌면 이전에는 존재한 적이 없었던, 게임이 무엇인지를 진정으로 깨우친 사람인 것 같다"고 말한 바 있다. 피츠제럴드는 프린스턴 대학과의 미식축구 경기에 자신이 아무런 능력도 발휘하지 못했다는 불만을 평생토록 가지고 있었는데, 그의 '바질Basil' 연작 몇 편을 빼고 미식축구와 관련된 것으로는 「볼」이 유일하게 상업적으로 발표한 작품이다.

미녀들의 최후
The Last of the Belles

1

애틀랜타가 가진 섬세하고 연극적인 남부만의 매력을 맛본 터라 탈턴은 우리에게 저평가될 수밖에 없었다. 우리가 머문 그 어떤 곳보다 조금이라도 더 뜨거웠고―조지아의 태양 아래서 보낸 첫날에 이미 십여 명의 신병들이 나가떨어졌다―흑인 몰이꾼들이 소 떼를 몰고 상점가를 지나가는 장면을 목격한 자들은 뜨거운 햇살을 벗어났다 해도 정신이 아주 혼미해져서 살아 있는지 확인하기 위해 손발을 움직여 보곤 했다.

그 무렵 야영지에 머물던 나는 워런 중위로부터 여자들에 관한 얘기를 들었다. 15년 전이라 어떤 느낌이었는지는 기억나지 않지만, 지금보다는 그래도 나은 하루하루를 보냈다는 것과 3년 동안의 사랑을 아득한 전설로 만들어 버린 여자가 북부에서 결혼한다는 소식에 망연해졌다는 건 기억에 남아 있다. 나는 신문에 실린 기사와 사진을 보았었다. "전시의 낭만적인 결혼"이라니, 정말이지 호사스럽고도 슬펐다. 결혼식이 열리고 있을 하늘을, 그 어두컴컴하게 빛나는 하늘을 바라보며 젊디젊은 나는 울보가 되어 버렸다. 슬픔보다 큰 질투에 휩싸인 채.

탈턴에 주둔하고 있던 어느 날 나는 머리를 자르러 갔는데, 빌 놀스라는 이름을 가진 괜찮은 친구 하나가 이발소로 뛰어 들어왔다. 알고 보니 하버드를 같이 다닌 친구였는데, 주州 공군* 소속으로 우리보다 먼저 야영지에 와 있었다. 최종 선발 과정에서 비행대로 전속되는 바람에 남겨진 상태였다.

"만나게 돼서 반갑습니다, 앤디," 하고 그가 지나치다 싶을 만큼 정중하게 말했다. "텍사스로 떠나기 전에 제가 가진 정보를 모두 넘겨드리죠. 아시겠지만, 이곳엔 여자라곤 딱 세 명밖에 없는데……"

흥미로운 얘기였다. 세 명밖에 없다는 얘기를 들으니 뭔가 신비로웠다.

"……그 세 명 중 한 여자는 지금 여기 있습니다."

우리가 있던 곳은 약국 앞이었다. 그는 나를 안으로 데리고 들어가더니 딱 봐도 별 볼 일 없는 여자에게 나를 소개했다.

"나머지 두 여자는 에일리 캘훈과 샐리 캐럴 하퍼입니다."

에일리 캘훈의 이름을 말할 때 나는 그가 그녀에게 관심을 갖고 있

---

* 특정 주에 배치된 공군 예비 전력.

다는 생각이 들었다. 자기가 떠나 있는 동안 그녀가 어떻게 할지에 대해 신경을 쓰는 것 같았다. 그는 그녀가 조용히, 재미없게 지내길 바라고 있었다.

당시엔 나도 어려서 에일리 캘훈이란 사랑스러운 이름을 듣는 순간 마음이 온통 음란한 생각으로 가득 찼었다는 걸 고백하지 않을 수가 없다. 스물세 살 청년에게 미녀는 그저 공략의 대상일 뿐, 임자가 있느냐 없느냐는 상관할 바가 아니었다. 그렇긴 해도, 만약 빌이 부탁을 했었다면 나는 정성을 다해 그녀를 내 누이처럼 지켜 주었을 것이다. 하지만 그는 내게 그런 부탁을 하지 않았다. 떠나지 않으면 안 되었을 때 그는 그저 푸념만 늘어놓았을 뿐이었다. 사흘 후에, 이튿날 부대를 떠나야 할 그가 내게 전화를 걸어 그날 밤 그녀의 집으로 나를 데려가 주겠다고 했다.

호텔에서 만난 우리는 꽃들이 만발한 뜨거운 해거름 녘의 주택가를 향해 걸음을 옮겼다. 캘훈의 집을 떠받치는 네 개의 하얀 기둥은 거리를 마주 보고 있었고, 뒤편의 베란다는 담쟁이들이 마구 늘어지고 휘감기고 타고 올라 마치 동굴처럼 어두웠다. 우리가 안쪽 길을 따라 걸어 올라가고 있을 때 하얀 드레스를 입은 여자가 현관문을 구르듯 나서며 큰 소리로 말했다. "죄송해요, 늦게 나와서요!" 그러곤 우리를 보며 덧붙였다. "근데, 10분 후에 온다고 분명히 들었는데……"

그녀의 말은 의자가 삐걱거리는 소리에 멈추었다. 캠프 해리 리 소속의 비행사 하나가 어둑한 베란다에서 불쑥 나타난 것이다.

"어머, 캔비!" 하고 그녀가 소리를 질렀다. "잘 지냈어요?"

그와 빌 놀스 사이에 공개 법정에 서기라도 한 듯 긴장이 감돌았다.

"캔비, 잠깐만요, 할 말이 있어요," 하고는 그녀가 잠깐 뒤에 말했다.

"실례할게요, 빌."

두 사람은 옆으로 자리를 옮겼다. 이내 기분이 몹시 상한 캔비의 으스스한 목소리가 들려왔다. "그럼 목요일입니다, 그땐 약속 어기지 말아요." 그는 우리에게 인사를 하는 둥 마는 둥 고개만 까닥해 보이고는 안쪽 길로 걸어 내려갔다. 비행기가 말이라도 되는 듯 그가 신고 있는 부츠의 박차가 가로등에 반짝거렸다.

"들어오세요…… 아직 성함을 모르는데……"

보아하니 그녀도 남부의 피를 고스란히 받은 여자였다.

루스 드레이퍼*의 목소리를 들은 적이 없고 「찬 나리」**를 읽은 적이 없는 사람이라 해도, 에일리 캘훈이 남부의 여인이란 건 알아볼 수 있을 터였다. 영리하고, 설탕을 입힌 듯 달콤하며, 수다스럽지만 순수한 그녀는 열기와의 끊임없는 싸움으로부터 불굴의 냉정을 획득했던 남부의 영웅시대를 그리워하는 헌신적인 아버지들과 형제들과 위인들을 든든한 배경으로 삼고 있었다. 그녀의 목소리에는 노예들에게 명령을 내리고 북군의 오금을 저리게 만들던 위압적인 힘이 있는가 하면, 밤에만 드러나는 사랑스러움이 한껏 녹아든 부드러운 유혹까지 담겨 있었다.

어둠에 가려 그녀의 모습은 거의 볼 수 없었는데, 내가 돌아가려고―더 있는 건 큰 실례였다―일어났을 때 그녀는 출입구에 붙은 오렌지색 불빛 아래 서 있었다. 그녀는 차그마한 체구에 짙은 금발이었다. 입술은 루주를 너무 짙게 발라 열이 나는 듯 붉었고, 코는 또 분칠

---

* Ruth Draper(1884~1956). 독백 연기로 유명했던 미국의 연극 배우.
** Marse Chan. 남부 대농장 생활에 대한 낭만적인 전설을 만들어 낸 것으로 평가받는 작가 토머스 넬슨 페이지(1853~1922)의 단편소설.

을 너무 해 광대처럼 새하얬다. 하지만 전체적으로 그녀는 별처럼 광채가 났다.

"빌이 떠나고 나면, 밤마다 여기에 나와 있을 거예요. 절 컨트리클럽 댄스파티에 데려가 주실 수 있죠?" 그녀의 쓸쓸한 예언이 빌을 웃게 만들었다. "잠깐만 기다려 봐요," 하더니 에일리가 속삭이듯 말했다. "두 분 모두 권총이 비뚤어졌네요."

그녀는 권총이 그려진 내 칼라 핀을 바로잡아 주고는 몇 초 동안 나를 올려다보았다. 그녀의 표정엔 호기심 이상의 뭔가가 있었다. 마치 "당신이라면 가능하지 않나요?" 하고 탐문하는 것 같은 표정이었다. 캔비 중위가 그랬듯 나 역시 내키지 않는 마음으로 갑작스럽게 불만스러워진 밤 속으로 진군해 들어갔다.

그날로부터 두 주일 후, 나는 지난번 그 베란다에 그녀와 함께 앉아 있었다. 사실 그냥 앉아 있었다기보다 그녀가 내 팔에 안긴 채 거의 반쯤 누운 상태로 아직 나를 만지지만 않았을 뿐이었다. 그녀가 어떻게 이런 자세를 취하게 되었는지는 기억에 없다. 나는 그녀에게 입을 맞추려고 애는 썼지만 한 시간가량 실패만 거듭하고 있었다. 우리는 내가 성실하지 못하다는 문제에 대해 농담을 주고받았다. 그녀에게 키스를 하게 되면 그녀와 사랑에 빠져 버리게 될 거라는 게 내 의견이었다. 하지만 그녀가 주장한 것은 명백한 나의 불성실함이었다.

한참 논쟁을 벌이다 잠시 멈춘 사이에 그녀는 예일대 4학년에 다니다 세상을 떠난 자신의 오빠에 대한 얘기를 꺼냈다. 그녀는 오빠의 사진―레이엔데커풍의 앞머리를 한 잘생기고 더없이 진지한 모습이었다―까지 보여 주고는 그런 사람을 만나면 결혼을 할 거라고 말했다. 그녀의 가족 이상주의가 나를 낙담하게 만들었다. 내가 아무리 자신만만했어도 죽은 사람과 맞설 순 없는 일이었다.

매일 저녁이 그렇게 지나갔고, 목련꽃 향기를 애써 떠올리며 흐릿한 불만에 휩싸인 채 캠프로 돌아오면 하루가 끝났다. 키스는 여전히 하지 못했다. 토요일 밤이면 우리는 보드빌 극장에도 가고 컨트리클럽에도 갔는데, 클럽 댄스파티에선 사람들이 너무 많아 거의 열 걸음마다 파트너가 바뀌었다. 그녀가 나를 바비큐장이나 정신 사나운 수박 파티장으로 데려간 건 나를 사랑할 마음이 전혀 없다는 걸 분명히 드러내는 것 같았다. 지금 와 생각해 보면 어렵지 않게 알게 될 일이지만, 그녀는 열아홉 살짜리 영리한 계집애였고, 우리가 정서적으로 공유할 수 있는 게 거의 없다는 사실을 명확히 알고 있었다. 결국 나는 그녀를 친구로 생각하기로 했다.

우리는 빌 놀스에 대해 얘기했다. 그녀는 빌을 존중했다. 그녀가 완전히 이해하진 못했지만, 어느 해 겨울을 뉴욕에 있는 학교에서 보내고 예일대 무도회에 갔던 경험이 북부에 대한 그녀의 시각을 바꿔 놓은 게 분명했다. 그녀는 남부 남자와는 결혼할 생각이 없다고 말했다. 그리고 시간이 지나면서 나는 컨트리클럽 주점에서 흑인 노래를 부르거나 주사위 게임을 하는 여자들과 의식적으로 그리고 자발적으로 다르게 살고 싶어 하는 그녀를 발견했다. 빌과 나를, 혹은 다른 남자들이 그녀에게 끌린 이유가 바로 그것이었다. 우리는 그녀의 마음을 헤아리고 있었던 것이다.

6월과 7월, 전쟁에 대한 끔찍한 소문들이 바다를 건너왔지만 그다지 반향을 일으키진 못했다. 그러는 사이 에일리의 두 눈은 컨트리클럽 댄스홀 여기저기로 분주하게 돌아가며 젊고 늘씬한 장교들에게서 뭔가를 찾고 있었다. 그녀는 여러 명의 장교들에게 접근해 그 변함없는 영민함으로 그들을 선별했는데, 자신이 경멸한다고 했던 캔비 중위만은 예외였다. 하지만 그럼에도 불구하고 그녀는 그가 아주 성실하다는 이유를 내세워 데이트를 계속했다. 덕분에 우리는 여름 내내 그녀의 밤을 공유했다.

어느 날 그녀는 데이트를 모두 거부했다. 빌 놀스가 휴가를 받아 곧 돌아온다는 소식이 들려온 것이다. 우리는 이 사건을 두고 인간적인 면은 모두 거두고 과학적으로 분석에 들어갔다. 그가 과연 그녀에게 중대한 결심을 하게 만들 것인가? 캔비 중위는, 예상을 깨고, 완전히 이성을 잃었다. 난동을 부린 것이다. 그는 그녀에게 놀스와 결혼을 한다면 2킬로미터 상공으로 비행기를 몰고 가서 엔진을 꺼 버리겠다고 말했다. 그는 그녀로 하여금 겁을 집어먹게 만들었고, 나는 빌이 오기 전에 하기로 되어 있던 그녀와의 마지막 데이트를 그에게 양보하지 않을 수 없었다.

토요일 밤, 그녀와 빌 놀스는 컨트리클럽 댄스파티에 참석했다. 어디에도 비길 데 없는 둘의 외모에 나는 질투와 슬픔을 느껴야만 했다. 그들이 플로어에서 춤을 추는 동안 세 가지 악기로 구성된 밴드가 〈당신이 떠난 뒤〉*를 연주했는데, 아직까지도 그런 엉터리없는 연주는 들어 본 적이 없을 정도여서 그들의 소중한 일분일초가 산산조각 나는 것 같았다. 희한한 일이지만, 나는 그때 탈턴이란 도시에 대한 사랑이 내 마음에 쑥 자라나 있다는 걸 깨달았다. 그리고 반쯤 넋이 나간 상태에서 흘끔, 혹시나 노래가 흐르는 저 따뜻한 어둠 속에서 누군가 내게

* After You've Gone. 20세기 초 가장 유명한 흑인 작사가 헨리 크리머와 피아니스트이자 작곡가 터너 레이턴 콤비가 만들어 낸 수많은 명곡과 히트곡 가운데 백미로 꼽히는 빅밴드 재즈곡. 1918년에 발표돼 이후 많은 재즈 뮤지션들에 의해 리메이크되었다.

로 걸어오지 않을까, 바라보았다. 하지만 얇은 모슬린 천으로 된 드레스와 녹색 군복을 입은 남녀들이 줄지어 들어오는 게 눈에 들어왔을 뿐이다. 청춘과 전쟁만이 있을 뿐, 사랑은 눈을 씻고 봐도 찾을 수 없던 시절이었다.

에일리와 춤을 췄을 때, 그녀가 갑자기 밖에 있는 차로 가자고 말했다. 그녀는 그날 밤에 왜 사람들이 자신에게 춤을 추자고 하지 않는지에 대해 알고 싶어 했다. 사람들이 자신을 이미 결혼한 여자로 생각하는 게 아니냐고 묻기까지 했다.

"당신도 그럴 생각인가요?"

"모르겠어요, 앤디. 이따금 그 사람이 날 무슨 신성한 존재로 취급할 때가 있는데, 그러면 겁이 덜컥 나요," 하고 말하던 그녀의 목소리가 낮게 잦아들며 멀리 사라졌다. "그러다가……"

그녀가 웃음을 터뜨렸다. 그녀는 곧 부서질 것 같은 여린 몸을 내게 기울였다. 그러곤 고개를 들어 나를 올려다보았다. 그때 갑자기, 빌이 불과 10미터도 떨어지지 않은 곳에 있었지만, 마침내 그녀와 키스를 할 수 있을 것 같았다. 우리의 입술이 마치 연습을 하듯 닿았다. 그때 비행대 장교 하나가 우리와 가까운 곳 베란다 모퉁이를 돌아오더니 어둠 속을 빤히 들여다보고는 멈칫거렸다.

"에일리?"

"네."

"오늘 오후에 있었던 일, 얘기 들었어요?"

"뭔데요?" 하고 그녀가 몸을 앞으로 기울이며 물었다. 긴장한 목소리였다.

"호러스 캔비가 몰던 비행기가 추락을 했다더라고요. 그 사람은 즉사했고요."

그녀가 천천히 몸을 일으켜 차에서 내렸다.

"그 사람이 죽었다고요?" 하고 그녀가 물었다.

"네. 원인은 아직 모른다더군요. 엔진에……"

"아……!" 두 손에 묻은 그녀의 얼굴에서 바닥을 긁는 것 같은 낮은 목소리가 갑자기 비어져 나왔다. 그녀가 자동차 한쪽에 이마를 기댄 채 입을 틀어막고 눈물을 흘리는 동안 우리는 무기력하게 그녀를 지켜보고만 있었을 뿐이다. 잠시 후 나는 빌에게로 갔다. 그는 파트너 없이 혼자 온 남자들이 모여 있는 자리에 서서 걱정스러운 얼굴로 그녀를 찾고 있었다. 나는 그에게 그녀가 집에 가고 싶어 한다고 말했다.

나는 바깥쪽 계단에 앉았다. 캔비를 좋아하는 건 아니었지만 그의 끔찍한, 어이없는 죽음은 어느 날 프랑스 전선에서 일어난 수천 명의 희생보다 내겐 더 현실적이었다. 얼마 뒤 에일리와 빌이 밖으로 나왔다. 에일리는 여전히 훌쩍거리고 있었지만, 반짝거리는 두 눈으로 나를 보더니 재빨리 내게로 왔다.

"앤디," 하고 그녀가 빠르고 낮은 소리로 말했다. "내가 어제 캔비에 대해서 해 준 말, 누구한테도 해선 안 되는 거 알죠? 그 사람이 했다는 말, 그거 말예요."

"물론이죠."

그녀는 확실하게 하려는 듯 나를 몇 초쯤 더 바라보았다. 그러곤 확신을 한 모양이었다. 그녀는 참으로 기이하다 싶을 만큼 내 귀에다 대고는 거의 들리지 않는 소리로 한숨을 내쉬고는 한쪽 눈썹을 추켜올렸는데, 마치 절망적인 상황을 연출하려는 것처럼 보였다.

"아, 앤…… 디!"

그녀가 그럴 의도는 없지만 남자들을 수렁에 빠뜨리는 여자란 생각이 들자, 나는 마음이 언짢아져 땅바닥으로 시선을 떨궜다.

"잘 가요, 앤디!" 하고 빌이 말했다. 두 사람은 택시에 오른 뒤였다.

"잘 가요," 하고 내가 말했다. 그러곤 "바보 같은 녀석아," 하는 말이 입 밖으로 나올 뻔했다.

2

책에 잘 나오는 멋진 도덕적 결정 중의 하나를 내가 택할 수밖에 없었던 건 당연한 일이었다. 그렇게 나는 그녀를 단념했다. 하지만 내 결정과는 상관없이 마음만 먹으면 그녀는 언제든 내게 손짓을 보낼 수 있었다는 걸, 지금도 나는 의심하지 않는다.

며칠 뒤, 그녀는 몹시 아쉬워하는 말로 모든 걸 정리해 주었다. "이런 상황에서도 자기만 생각하는 몹쓸 여자구나, 생각했다는 거 알아요. 하지만 이번 일은 정말이지 충격적인 우연이라 할 수밖에 없어요."

스물세 살이었던 나는 그 어떤 것에도 확신을 가지지 못했다. 내가 확신하는 거라곤, 세상엔 두 부류의 인간이 있다는 것뿐이었다. 강하고 매력적이며 원하는 건 무엇이든 할 수 있는 사람과 덫에 치여 옴짝달싹하지 못한 채 굴욕을 당하는 사람. 내가 되고 싶은 건 전자였다. 에일리가 그런 사람이라고 나는 믿어 의심치 않았다.

그녀를 다른 방식으로 생각해 볼 필요가 있었다. 나는 어떤 여자와 키스에 대해—당시엔 키스를 하는 것보다는 키스에 대해 얘기하는 게 더 흔한 일이었다—긴 시간에 걸쳐 대화를 나누었는데, 나는 에일리가 불과 두세 명 정도의 남자와 키스를 해 봤으며, 그것도 사랑하는 남자하고만 했을 뿐이라고 말했다. 그러자 나를 너무도 큰 당혹감에 빠뜨릴 정도로 여자가 바닥에 거의 드러눕다시피 하면서 배꼽을 잡고 웃어 댔다.

"하지만 사실이라고요," 하고 나는 그녀를 설득하려다가, 갑자기 그렇지 않다는 걸 깨달았다. "그녀 입으로 한 말입니다."

"에일리 캘훈! 아, 세상에! 작년 공과대학 봄 학기 하우스 파티 때도……"

당시는 9월이었다. 이제 우리는 언제든 해외 파견을 나갈 준비를 갖추고 있었고, 제4훈련 캠프에서 우리를 대체하러 온 마지막 장교단도 전원 집결한 상태였다. 제4캠프는 앞선 세 캠프와는 달랐는데, 지원자들 중에는 사병들만 아니라 하사관 출신들도 섞여 있었다. 그들 중에는 모음이 없는 이름을 가진 사람도 있었고, 몇몇 젊은 자원 병력을 제외하면 출신 배경이 명확하게 밝혀진 것도 아니었다. 우리 중대에 배속된 장교 중에 매사추세츠 뉴베드퍼드 출신의 얼 쇼언 중위가 있었다. 나는 그만큼 신체적 조건이 탁월한 사람은 일찍이 본 적이 없었다. 180센티미터의 키에 검은 머리칼, 붉은 혈색에 반짝이는 짙은 갈색 눈을 가진 그는 그다지 머리가 좋지는 않았는데, 필시 교양과는 거리가 먼 사람일 듯싶었다. 하지만 그는 좋은 장교였다. 급한 성격이나 당당한 태도, 적당한 허영심은 군인에 딱 어울렸다. 뉴베드퍼드라는 시골 동네에서 자란 덕분에 그런 건방진 태도들을 가질 수 있지 않았을까 싶었다.

우리는 같은 막사, 같은 내무반을 사용했다. 일주일도 지나지 않아 내무반 벽에는 탈턴의 여자들이 찍힌 캐비닛판 사진들이 요란하게 나

붙었다.

"이 아가씬 보통 여자들이랑은 달라요. 딱 봐도 사교계 여자죠. 이곳 상류층 남자들이랑만 사귀는."

그 주 일요일 오후에 나는 거의 반은 사설로 운영하던 마을 수영장에서 사진 속의 그녀를 만났다. 에일리와 내가 갔을 때, 수영장 한쪽 끝에 쇼언의 근육질 몸이 보였다. 그의 수영복에서 물이 뚝뚝 듣고 있었다.

"이봐, 쇼언 중위!"

내가 손을 흔들자 그가 빙그레 웃으며 눈을 찡긋해 보이고는 곁에 있던 여자에게로 고개를 돌렸다. 그러곤 그녀의 옆구리를 쿡 찔러 나를 보게 했다. 일종의 소개인 셈이었다.

"키티 프레스턴이랑 같이 있는 사람, 누구예요?" 하고 에일리가 물었다. 내가 말해 주자 그녀는 그가 전차 차장처럼 보인다면서 표를 찾는 시늉을 했다.

얼마쯤 뒤 그는 힘이 넘치는 우아한 자유형으로 수영장을 건너 우리가 있는 곳으로 왔다. 내가 그를 에일리에게 소개했다.

"제 여자 친구 어땠어요, 중위님?" 하고 그가 물었다. "제가 그랬죠. 어디 하나 빠지는 데가 없다고요. 안 그래요?" 그가 고개를 에일리에게로 돌렸다. 그건 자신의 여자 친구와 에일리가 친구 사이라는 걸 의미하는 듯했다. "언제 호텔에서 다 같이 저녁이라도 먹는 게 어때요?"

에일리가 여기에 더 있고 싶어 하지 않는다는 걸 확인하고 내심 기꺼워진 나는 잠깐 그들을 두고 자리를 떴다. 하지만 얼 쇼언 중위는 그다지 쉽게 무시되진 않았다. 그는 그녀의 귀엽고 날씬한 몸을 거슬리지 않을 정도로 즐겁게 훑어보고 자신의 여자 친구보다 훨씬 낫다고 판단한 듯했다. 그리고 얼마 뒤 나는 두 사람이 함께 물속에 있는 걸 보았는데, 에일리는 그 작고 단호한 팔 동작으로 헤엄을 치고 쇼언은 그녀의 곁에서 거칠게 물을 튀기며 앞으로 치고 나가다가 이따금 멈추고는 마치 소년이 해군 인형을 바라보듯 넋을 잃고 그녀를 응시했다.

오후 내내 그는 그녀의 곁을 떠나지 않았다. 마침내 에일리가 내게로 오더니 웃음을 터뜨리고는 낮은 소리로 속삭였다. "저 사람, 날 졸졸 따라다녀요. 내가 무임승차라도 한 걸로 생각하나 봐."

그녀가 재빨리 고개를 돌렸다. 왠지 당황한 표정을 한 키티 프레스턴 양이 우리를 보며 서 있었다.

"에일리 캘훈, 네가 남의 남자랑 일부러 데이트나 하는 애라곤 생각하지 않아. 그런 식으로 남자를 빼앗아 가는 애라곤 생각하지 않는다고." 에일리의 얼굴에 짜증과 곤혹이 떠올랐다. "난 네가 조신한 애라고 늘 생각했으니까."

프레스턴 양의 목소리는 낮았지만 거기엔 소리로 만들어지지 않은 긴장감이 끈끈하게 녹아 있었는데, 나는 흘끗거리는 에일리의 또렷하고 예쁜 두 눈에 당혹스러움이 담겨 있는 걸 보았다. 다행스럽게도, 마침 그때 아무것도 모르는 얼이 즐거운 표정으로 우리에게로 느릿느릿 다가오고 있었다.

"네가 저 사람을 정말로 위한다면, 저 사람 있는 데서 네 품위를 떨어뜨리는 행동은 하지 않는 게 좋을 거야." 에일리는 속사포처럼 말을 쏟아 내고는 고개를 치켜들었다.

그녀는 키티 프레스턴 같은 순진하지만 소유욕이 강한 여자를 상대하는 방법을 잘 알고 있었는데, 어쩌면 그건 에일리의 '가정교육'에 상대의 '평범함'은 중과부적이란 얘기일지도 몰랐다. 그녀는 그대로 돌아서서 자리를 떴다.

"잠깐만, 아가씨!" 하고 얼 쇼언이 외쳤다. "어디 사는지는 가르쳐 줘야지? 그래야 전화라도 걸 수 있지."

그녀는 그에게 전혀 관심이 없다는 걸 키티에게 보여 주려는 듯한 태도로 그를 바라보았다.

"이번 달엔 적십자 일로 너무 바쁘네요," 하고 그녀가 말했다. 그녀의 목소리는 뒤로 빤빤히 넘긴 금발만큼이나 차가웠다. "잘 있어요."

집으로 돌아가면서 그녀는 배꼽을 잡고 웃어 댔다. 자신도 모르는 사이에 경박한 일에 연루됐었다는 찝찝한 기분도 말끔히 사라지고 없었다.

"키티는 그 젊은 남자를 절대 잡을 수 없어요," 하고 그녀가 말했다. "그 남잔 새로운 사람을 원하고 있으니까요."

"그 친구가 에일리 캘훈을 원한다는 것도 분명한 거 같은데?"

그 말이 그녀를 즐겁게 한 모양이었다.

"그 사람은 저한테 전차표에 구멍 뚫는 기계를 주려고 할지도 모르죠. 대학생 사교클럽 배지라도 되는 듯이요. 웃겨 죽겠어! 저런 사람을 집에 데려가면 엄마가 아마 뒤로 벌렁 나가떨어지실 거예요."

그리고 에일리의 말이 씨가 된 듯, 두 주일 후 그는 그녀의 집으로 가게 되었다. 컨트리클럽 댄스파티에서 그의 집요한 공세에 그녀가 귀찮다는 티를 드러냈음에도 불구하고.

"그 사람, 정말 거칠어요, 앤디," 그녀가 내 귀에다 대고 속삭였다. "그래도 성실한 건 정말이지 인정할 만해요."

그녀는 '거칠다'는 단어를 그가 남부 남자란 사실을 전혀 염두에 두지 않고 사용했다. 남들이 그 단어를 어떻게 생각하는지는 그녀에겐 중요하지 않았다. 그녀의 귀는 북부 억양인지 아닌지 구별하지 못했다. 어쨌든 캘훈 부인은 집으로 들어서는 그를 보고도 뒤로 벌렁 나가 떨어지지 않았다. 아마도 그녀의 소망 앞에선 그녀의 부모가 가진 뿌리 깊은 편견은 쉽게 사라져 버렸을 것이다. 오히려 놀란 건 그녀의 친구들이었다. 탈턴은 늘 뒷전이고 '가장 멋진' 장교에만 관심이 있던 미녀가, 그 에일리가 쇼언 중위랑! 나는 사람들에게 그녀가 관심 있는 건 그녀 자신뿐이라는 확신을 심어 주는 데 지쳐 가고 있었다. 실제로 그녀는 매주 새로운 남자—펜서콜라에서 온 해군 소위에 뉴올리언스에서 온 옛 친구 등—와 데이트를 즐기고 그 사이사이에 얼 쇼언을 만나 주고 있었던 것이다.

장교와 하사관이 뒤섞인 선발대에 프랑스 전선으로 떠나는 함선에 탑승하라는 명령이 떨어졌다. 내 이름도 명단에 올라 있었다. 일주일 동안 사격 훈련을 받고 부대로 돌아왔을 때, 얼 쇼언은 다짜고짜 얘기를 쏟아 놓았다.

"작지만 좀 뻑적지근한 송별 파티를 열 생각이네. 자네랑 나, 크래커 대위 그리고 여자 셋이서 말이야."

얼과 나는 여자들을 청하러 다녔다. 샐리 캐럴 하퍼와 낸시 라마를 차에 태우고 에일리의 집으로 찾아간 우리는 문전에서 집사에게 그녀가 집에 없다는 말을 들었다.

"없다고요?" 얼이 멍한 표정을 지으며 같은 말을 반복했다. "그럼, 어디 있을까요?"

"어디로 간다는 말씀은 없었습니다. 그냥 외출하실 거라고밖엔."

"뭐가 좀 이상하네요!" 하고 그가 큰 소리로 말했다. 그는 집사를 문

전에서 기다리게 하고는 어둠이 내린 베란다 주변을 둘러보았다. 그쪽은 그가 잘 아는 곳이었다. 어떤 생각이 불현듯 들었다. "여기," 하고 그가 나를 불렀다. "생각해 봤는데, 에일리가 속이 좀 상해 있는 거 같아."

나는 가만히 기다렸다. 그가 집사에게 호통치듯 말했다. "잠깐만 얘기할 게 있다고 전해 주세요."

"집에 안 계신데 어떻게 전해 드리겠습니까?"

얼은 생각에 잠긴 채 다시 현관 주변을 살폈다. 그러다가 여러 번 고개를 끄덕이곤 말했다.

"시내에서 있었던 일로 심기가 불편해진 게 분명해."

그는 간단히 그 일에 대해 설명을 해 주었다.

"알겠네. 자넨 차에 가 기다리게," 하고 내가 말했다. "내가 해결할 수 있을 거 같군." 그러곤 그가 머뭇거리다 차로 간 뒤 말을 이었다. "올리버, 에일리 양에게 나만 혼자 봤으면 한다고 전해 주세요."

몇 마디 더 나누고 난 뒤 그가 내 전갈을 가지고 들어갔다가 잠시 후 답을 갖고 나왔다.

"에일리 양 말씀이, 다른 사람이랑은 절대로 만나고 싶지 않다시네요. 선생님은 괜찮다고 하셨는데, 원하시면 들어오세요."

그녀는 서재에 있었다. 화가 났어도 위엄을 잃지 않고 냉정한 모습일 거라는 예상과는 달리 그녀의 얼굴은 혼란과 동요와 심란함 그 자체였다. 몇 시간이나 계속 고통스럽게 울어 댄 듯 두 눈 주위가 빨갛게 부어 있었다.

"아, 잘 지냈어요, 앤디." 그녀의 말이 툭툭 끊어졌다. "오래 못 봤죠, 우리. 그 사람은 갔나요?"

"자, 에일리……"

"자, 에일리?" 하고 갑자기 그녀가 소리를 질렀다. "자, 에일리, 라고 요? 그건 그 사람이 내게 하는 말이라는 거, 당신도 알잖아요. 모자를 올리면서 말예요. 3미터밖에 안 떨어진 곳에서 그 끔찍한, 그 끔찍한 여자랑 붙어 서서, 팔짱을 낀 채로, 그 여자랑 얘기하다가, 모자를 들어 올리면서 날 봤다고요. 앤디, 그럴 땐 내가 어떻게 해야 하는 거죠? 약국에 들어가서 물 한 잔 마실 수 있냐고 물어보는 게 고작이었어요. 그 사람이 쫓아올까 봐 얼마나 두려웠는지 몰라요. 리치 씨한테 뒷문으로 나가게 해 달라고 부탁을 했었어요. 다시는 그 사람을 보고 싶지 않아요. 그 사람 목소리도 다시는 듣고 싶지 않아요."

나는 얘기를 하기 시작했다. 이런 상황이라면 누구나 하는 그런 거였다. 그래도 30분이나 이어졌다. 하지만 나는 그녀의 마음을 움직일 수 없었다. 그녀는 몇 번이나 그가 '성실한' 사람이 아니라는 것에 대해 말했고, 그 말을 네 번째 들었을 때 나는 그녀가 말하는 '성실함'이란 게 무슨 의미인지 의아했다. 지조를 지킨다는 뜻이 아닌 건 확실했다. 아마도 그건, 자신을 존중해 주는 뭔가 특별한 방식을 의미하는 것 같았다.

나는 가려고 자리에서 일어났다. 그리고 그때, 믿을 수 없게도, 바깥에서 자동차 경적이 조급하게 세 번이나 울렸다. 바보 같은 짓이었다. 그건 마치 얼이 방에 있다가 "알았다고, 빌어먹을! 밤새도록 내가 여기서 기다릴 거라고 생각한 건 아니지?" 하고 속마음을 그대로 털어놓는 것 같았다.

에일리가 경악하듯 나를 바라보았다. 갑자기 기이한 표정이 그녀의 얼굴에 떠오르는가 싶더니 금세 확 퍼지면서 그녀가 물기 가득한 눈을 깜빡거리며 분노가 서린 미소를 지어 보였다.

"저 사람, 저 정도였나요?" 하고 그녀는 낙담하듯 외쳤다. "저 정도로 끔찍한 사람이었어요?"

"어서 나가지," 하고 내가 재빨리 말했다. "망토를 걸쳐. 이게 우리의 마지막 밤이야."

깜박거리는 촛불이 볼품없는 판잣집 거친 벽과 보급중대 파티에서 쓰다 남은 남루한 종이 장식들을 비추던 그 마지막 밤을 나는 아직 생생하게 느낄 수 있다. 작별의 여름을 아쉬워하듯 쓸쓸한 만돌린 소리에 실려 부대 안의 도로를 따라 흘러가던 〈내 고향 인디애나〉. 이 신비로운 남자들의 도시에 홀려 버린 세 여자들도 뭔가를 느끼고 있었다. 남부의 시골에서 발견한 마법 융단에 올라타고는 어느 순간 몰려온 바람에 이리저리 마구 휘날리듯, 그렇게 덧없이 홀려 버린 것이다. 우리는 우리 자신을 위해 그리고 남부를 위해 잔을 들었다. 그러곤 냅킨과 빈 술잔과 흘러간 시간들을 테이블 위에 남겨 놓고는 서로의 손을 잡고 달빛이 무장무장 떨어지는 밖으로 나왔다. 소등 나팔 소리가 울리고 있었다. 그러곤 아무 소리도 들리지 않았다. 아득한 곳에서 말이 힝힝거렸고, 어디선가 끈질기게 코 고는 소리가 들려 우리로 하여금 웃음을 터뜨리게 만들었으며, 위병 초소 너머로 교대자들의 군화 부딪는 소리가 들려왔을 뿐. 크래커 대위는 당직 근무라 돌아가야 했다. 크래커의 여자를 남겨 두고 나머지는 대기하고 있던 차에 올라 탈턴 시내로 향했다.

에일리와 얼, 샐리와 나, 그렇게 둘씩 나뉘어 등을 돌린 채로 널따란 뒷좌석에 앉아 수다에 푹 빠져든 사이 차는 넓고 편평한 어둠 속을 내달렸다.

우리는 이끼로 가득 덮인 소나무 숲을 뚫고, 세상의 가장자리인 듯 하얗게 난 길을 따라 길게 늘어선, 폐허가 된 목화밭을 지났다. 우리는 방앗간의 부서진 그림자 아래 차를 멈추었다. 물 흐르는 소리와 볼멘 소리로 깍깍거리는 새 울음이 들려왔고, 달빛이 어딘가로—버려진 흑 인들의 오두막과 자동차, 마음의 성채城砦들 속으로—헤집어 들어가 고 있었다. 남부가 우리에게 노래를 들려주고 있었다. 그들이 기억하 고 있을지 궁금하다. 나는 기억한다. 창백한 얼굴들, 졸음에 겨웠으나 서로를 갈망하던 눈들 그리고 목소리.

"편해요?"

"그럼요, 당신은요?"

"정말 괜찮아요? 정말요?"

"물론이죠."

갑자기 우리는 밤이 늦었다는 걸, 더 이상 할 게 없다는 걸 알았다. 그리고 우리는 각자의 집으로 돌아갔다.

우리가 속한 파견대는 다음 날 밀스 캠프로 출발했다. 하지만 프랑 스 전선으로는 끝내 가지 못했다. 우리는 롱아일랜드에서 추위에 떨 며 한 달을 보내고, 차가운 헬멧을 옆구리에 낀 채 수송선에 올랐다가 다시 하선을 하고 말았다. 그 사이 전쟁이 끝나 버린 것이다. 덕분에 나는 전쟁의 맛도 보지 못했다. 탈턴으로 돌아온 나는 제대를 하려 했 지만 정규 복무 기간이 끝나지 않은 상태라 겨울을 고스란히 보내야 했다. 그러나 얼 쇼언은 맨 먼저 복무 기간이 끝나 제대를 하게 된 인 원에 끼어 있었다. 그는 '제대 전 구직 기간' 중에 좋은 일자리를 구하 고 싶어 했다. 에일리는 아무런 얘기도 하지 않지만, 둘 사이에 그가 돌아오는 걸로 얘기가 오간 듯했다.

1월이 되기 무섭게 2년 동안 조그만 도시에 주둔하고 있던 부대들이 속속 사라졌다. 그들이 주둔해 있었다는 걸—모든 활동과 소란을—상기시켜 주는 건 여전히 소각로에서 풍겨 나오는 냄새밖에 없었다. 활력이 남아 있는 곳이라곤 그마나 전쟁을 맛보지 못한 정규 복무 장교들의 볼멘소리로 그득하던 사단 사령부뿐이었다.

그리고 탈턴의 젊은이들이 지구 반대편에서 하나씩 둘씩 돌아오기 시작했다. 어떤 이들은 캐나다 군복을 입고 있었고, 누군가는 지팡이를 짚고 있었으며, 또 누군가는 군복 소매만 덜렁댈 뿐이었다. 방위군의 귀환 행렬이 전사자들을 횡대로 늘어세운 채 거리를 지나갔고, 이제 로맨스는 영원히 사라져 버린 듯 그들은 자신들이 가져온 물건들을 내다 팔기 위해 동네 가게 카운터로 몰려갔다. 컨트리클럽 댄스파티에 군복 차림으로 나타나는 사람들은 이제 몇 명에 불과했다.

크리스마스 직전 어느 날 빌 놀스가 예기치 않게 나타났다가 다음 날 떠났다. 그와 에일리 사이에 최후 통고가 오갔던 것인지, 아니면 그녀가 마침내 자신의 생각을 관철한 것인지는 알 수 없다. 나는 이따금, 그러니까 그녀가 서배너와 오거스타에서 돌아온 영웅들과 만나느라 여념이 없는 중간중간 그녀의 얼굴을 볼 수 있었는데, 나 자신이 아무짝에도 쓸모없는 생존자처럼 느껴졌다. 실제로 그렇기도 했다. 그녀는 거의 가망 없다는 걸 알면서도 얼 쇼언을 기다리고 있었는데, 그래서인지 그에 대해선 입 밖에 내려 하지 않았다. 그가 돌아온 것은 내가 제대를 하기 사흘 전이었다.

맨 처음 내 눈에 띈 것은 상가 거리를 함께 걷고 있는 그들의 모습이었다. 그렇게 안돼 보이는 커플은 태어나서 또 처음이었다. 사실, 군부대가 있는 도시라면 어디서나 그런 모습을 볼 수 있을 거란 생각이 들었다. 얼의 모습은 정말이지 최악이었다. 녹색 모자엔 깃털까지 달려 있었고, 양복은 극장 광고나 영화에서도 더 이상 볼 수 없을 정도로 유행이 지나고, 이상한 모양으로 길게 터지거나 장식들이 붙은 것이었다. 면도를 한 분홍색 목덜미 위로 머리가 깔끔하게 다듬어져 있는 걸로 보아선 단골 이발소에 다녀온 게 분명했다. 그는 비까번쩍한 적도 없지만 가난한 적도 없어 보였으나 공장 지대의 댄스홀과 클럽에서는 화려하게 치솟았다. 어쩌면 그것이 에일리에게서 완전히 타올랐을지도 모른다. 그녀의 모습 또한 얼마간은 상상을 초월해 있었다. 두 사람의 이런 옷차림은 그들이 타고난 흠잡을 데 없던 우아함과는 한참이나 멀었다. 우선 그는 자신이 얻은 일자리가 얼마나 멋진지 한껏 자랑질을 해 댔다. '더 쉽게 돈을 벌어들일' 수 있을 때까지는 그걸로 얼마든 살아갈 거라고 믿었다. 하지만 그녀가 살고 있는 세상으로 돌아온 순간, 그는 그 정도로는 감당이 되질 않는다는 사실을 알아 버렸다. 에일리가 무슨 말을 한 건지, 혹은 도대체 얼마나 큰 비애를 느꼈기에 그녀가 그토록 망연자실해졌는지, 거기에 대해 내가 아는 바는 없다. 그녀의 결단은 재빨랐고, 마을에 온 지 사흘 만에 얼은 나와 함께 기차를 타고 북부로 향했다.

"뭐야, 이렇게 막이 내려가는 건가?" 하고 그가 불쾌한 얼굴로 말했다. "그녀는 멋진 여자였어. 하지만 나한텐 너무 과분했지. 어떤 돈 많은 놈이랑 결혼할 거고, 그놈한테서 대단한 지위도 얻을 거야. 그런 모양은 눈꼴셔 볼 수가 없지." 잠깐 뜸을 들인 뒤에 그가 말을 이었다. "1년 뒤에 자길 보러 오라고 그랬는데, 어떻게 돌아가. 귀부인이 되어 있을 텐데. 돈도 없는 나 같은 인간을……"

그러곤 "하지만 세상은 다 허깨비 놀음이야," 하는 걸로 그는 끝을

150

맺었다. 여섯 달 동안 자신에게 너무도 큰 만족감을 선사했던 시골 사교계를 그는 이미 '돈 많은 멋쟁이'들에게 넘긴 뒤였다. 그에게 그 세계는 더 이상 현실이 아니었다.

"이봐, 내가 이 기차에서 누굴 봤는지 알아?" 얼마쯤 지난 뒤, 그가 내게 물었다. "멋진 아가씨 둘. 동행이 없더라고. 옆 칸에 타는 거 같던데, 가서 점심이라도 같이 하겠냐고 말을 붙여 보는 건 어떨까? 난 파란 옷 입은 쪽." 통로를 반쯤 가다가 그가 갑자기 나를 돌아보더니 인상을 쓰면서 말했다. "이봐, 앤디. 하나만 물어보지. 내가 예전에 전차 차장이었다는 걸, 에일리가 어떻게 알았을까? 말해 준 적이 없는데 말이야."

"난들 알겠어?"

3

내 삶이 새로운 국면으로 접어들기 시작하면서 이 얘기에도 꽤 긴 틈이 생긴다. 하버드대를 졸업해 상업 항공사를 만들고 트럭들이 다니는 모래투성이 길에 블록 포장을 하면서 6년을 보내는 동안 에일리 캘훈은 크리스마스 카드에 적힌 이름으로나 겨우 만날 뿐이었다. 그녀는 목련꽃들이 기억나는 따뜻한 밤이면 살랑살랑 불어오는 바람결에 떠오르기도 했고, 이따금 군대 시절 알게 된 친구들이 "그때 엄청 인기 있던 금발 아가씨는 요즘 뭐 하지?" 하고 물을 때나 문득 궁금해지곤 했다. 물론 내가 아는 건 없었다. 어느 날 저녁 뉴욕의 몽마르트르에서 우연히 낸시 라마를 만나 에일리의 소식을 들었다. 그녀는 신

시내티에 사는 남자와 약혼을 했다가 그의 가족을 만나고 와서 곧 파혼을 했다. 예전처럼 여전히 예쁘고, 출중한 미남 한둘이 늘 따라다니는 모양이었다. 하지만 빌 놀스도 얼 쇼언도 돌아오진 않았다고 했다.

그 무렵, 어디선가 나는 빌 놀스가 배에서 만난 아가씨와 결혼을 했다는 소문을 들었다. 이런 식으로, 6년이란 세월은 맞추어지지 않은 커다란 퍼즐 조각으로 남아 있었다.

해 질 녘 인디애나의 조그만 간이역에서 한 아가씨를 보는 순간 나는 참 이상하게도 남부로 가 볼까 싶은 생각이 들기 시작했다. 뻣뻣한 분홍색 모슬린 옷을 입은 그 아가씨가 기차에서 내리는 남자를 팔로 감싸곤 대기하고 있던 차로 급히 데려가는 장면을 보고 있으니 마음이 너무도 아팠다. 그녀는 나를 20대 초반의 잃어버린 한여름으로, 해가 떨어져 어둑해진 길을 따라 어슬렁거리는 지난 시절 모습 그대로 희미하게 보일 뿐인 아름다운 아가씨들과 함께 시간이 멈추어져 버린 그때로, 나를 데려가는 듯했다. 그 모든 것은 북부의 한 남자가 남부를 꿈꾸며 읊조리는 한 편의 시였을지 모른다. 그로부터 몇 달이 지난 뒤, 나는 에일리에게 전보를 보냈고, 곧바로 탈턴을 향해 떠났다.

7월이었다. 제퍼슨 호텔은 이상하게 초라하고 갑갑하게 느껴졌다. 후원자들이 운영하는 클럽에서 들려오는 툭툭 끊어지는 노랫소리의 진원지는 장교와 아가씨들에 대한 내 오랜 추억이 남겨진 식당이었다. 에일리의 집까지 가려고 탄 택시의 운전사는 낯이 익었는데, 그가 "맞아요, 저도 그래요, 중위님," 하는 말을 어디까지 믿어야 할지는 알수 없었다. 2만 명이나 되는 탈턴 사람들 얼굴을 그가 다 기억한다면 모를까.

이상한 사흘이었다. 처음 보았을 때 에일리의 그 젊고 빛나던 모습도 상당 부분은 세월의 힘 앞에 무너졌으리라 생각한 나는 눈을 의심하지 않을 수 없었다. 그녀는 육체적인 매력을 고스란히 간직하고 있어서 떨리는 그녀의 입술을 만져 보고 싶게 만들었다. 하지만 아니었다. 변화는 생각보다 훨씬 깊었다.

그녀의 말투가 다르다는 걸 나는 금방 알았다. 남북 전쟁 전의 밝고 멋들어진 미묘한 특성이 담겼던 자존심 강한 억양은 더 이상 그녀의 목소리에 남아 있지 않았다. 그런 건 웃음과 절망이 반반씩 섞인 새로운 남부의 농담을 주고받으며 산책을 하는 동안에 회복될 수 있는 게 아니었다. 그리고 우리는 마치 현재와 미래, 그녀와 나에 대해 생각할 틈을 주지 않기라도 하려는 듯 모든 것들을 그 농담에 쓸어 담았다. 우리는 어떤 젊은 신혼부부의 집에서 열린 시끌벅적한 파티에 갔고, 그녀는 남들의 이목을 집중시키려 조바심을 쳤다. 그녀는 더 이상 열여덟 살이 아니었으며, 그녀의 지난 삶이 그랬듯 앞뒤 눈치 보지 않는 광대 역할이 그녀의 더할 나위 없는 매력이었다.

"얼 쇼언한테서 무슨 소식 들은 거 없었어?" 하고 내가 물은 건 둘째 날 밤, 컨트리클럽 파티로 가던 중이었다.

"아뇨." 그녀는 순간 진지한 표정이 되었다. "이따금 그 사람 생각이 나곤 해요. 그 사람은……" 그녀는 채 말을 잇지 못했다.

"그 사람은, 뭐?"

"내가 가장 사랑했던 남자였다고 말하려 했는데, 사실이 아닌 것 같아서요. 그 사람을 정말로 사랑한 적이 없었거든요. 그렇지 않았다면 오래전에 결혼을 했을 거예요. 안 그래요?" 그녀는 정말 궁금하다는 듯 나를 바라보았다. "적어도 그런 식으로 그 사람을 대하진 않았을 거예요."

"그랬겠지."

"그랬겠죠," 하고 그녀가 모호하게 동의했다. 그녀의 분위기도 마찬가지로 변해 있었다. 그녀는 경솔해진 듯했다. "북부 남자들은 우릴 아주 불쌍한 남부 여자 취급했었다고요. 나까지도 말예요!"

컨트리클럽에 다다르자 그녀는 카멜레온처럼 변신을 하고는 낯선—물론 내게—무리들 속으로 녹아들었다. 플로어는 예전에 내가 알던 사람들보다도 품위가 떨어지는 새로운 세대들로 가득했는데, 에일리가 가진 나른하고 제멋대로인 특질을 능가하는 자들은 눈을 씻고 봐도 찾을 수 없었다. 아마도 그녀는 탈턴의 촌스러움으로부터 벗어나고 싶었던 자신의 처음 그 열망 속으로 홀로 걸어가고 있었음을, 뒤따라오는 거라곤 자신의 마음을 헤아려 줄 후배 하나 없는 운이 다한 세대뿐이라는 사실을 알아차렸을 것이다. 그녀는 자신의 집 베란다 하얀 기둥들 뒤편에서 벌어진 싸움에서 이미 패배한 것이었을지도 모른다. 어쨌든 그녀의 예상은 빗나갔고, 어딘가에서 실패했다. 그녀의 야생적인 활력은 지금도 여전히 가장 젊고 신선한 여자들과 겨뤄 그녀 주위로 남자들을 불러 모으기에 충분했다. 하지만 그녀의 진짜 활력은 패배를 인정하는 거였다.

언젠가 6월이 끝나 가던 그 무렵에도 여러 번 느꼈던 뭔지 모를 불편한 마음을 가진 채, 나는 그녀의 집을 떠났다. 몇 시간 뒤, 호텔로 돌아와 막 잠자리에 들려던 순간 불쑥 그 문제가, 늘 문제를 일으켰던 그 문제가, 떠올랐다. 그건 바로 나의 깊은, 결코 치유될 수 없는, 그녀에 대한 짝사랑이었다. 얼마든 그렇지 않은 증거들이 널렸지만, 그녀는 내가 아는 가장 매력적인 여자였다. 그것은 지금도 여전한 사실이며, 앞으로도 내게는 변치 않을 사실이었다. 이튿날 오후, 나는 그녀에게 내 마음을 털어놓았다. 내가 너무도 잘 아는 무더운 날들 중의 하루였고, 에일리와 나는 어둠이 내린 서재 소파에 나란히 앉아 있었다.

"아, 안 돼요. 난 당신과 결혼할 수 없어요," 하고 그녀가 거의 공포에 질려 말했다. "그런 식의 사랑이라면, 난 결코 당신을 사랑하지 않아요…… 사랑한 적도 없고요. 그건 당신도 마찬가지예요. 지금 이렇게 말할 생각은 아니었지만, 난 다음 달에 결혼해요. 두 번이나 약혼을 한 적이 있어서, 이번엔, 미리 발표하지 말자고 했거든요." 내가 상처를 받을 수도 있다는 생각이 갑자기 들었는지 그녀가 말했다. "앤디, 그저 잠깐 엉뚱한 생각이 든 거예요. 그래요, 그럴 거예요. 북부 남자랑 결혼할 수 없다는 거, 당신도 알잖아요."

"결혼할 사람, 누구지?" 하고 내가 물었다.

"서배너 출신이에요."

"사랑은 하는 거야?"

"당연하죠." 그녀와 나는 미소를 지었다. "당연히 사랑하죠! 내가 무슨 얘기하길 바라는 거예요?"

그동안 다른 남자들에게도 그랬듯 이번에도 의심의 여지가 없었다. 그녀는 스스로에게 의심을 허용할 수 없었다. 그녀는 오래전에 이미 내게는 가식을 떨지 않았고, 나는 그걸 알고 있었다. 이런 식의 지극한 자연스러움은 나를 결혼 상대로 생각하지 않았기 때문이라는 사실을 나는 깨달았다. 본능에 충실한 사람이라는 가면을 쓴 그녀는 늘 자신에게 빠져 있었으며, 어떤 비판도 없이 오로지 숭배하기만 하는 남자만이 자신을 진정으로 사랑할 수 있다는 믿음을 갖고 있었다. 그녀가 툭하면 입에 올리던 '성실함'은 바로 그 숭배를 의미하는 거였다. 그래서 그녀는 캔비나 얼 쇼언 같은 사람에게서 큰 안도감을 느꼈다. 그녀에게 그들은 귀족적인 품위와는 거리가 먼 사람, 귀족적인 것에 근거해 판단할 줄 아는 능력을 갖고 있지 않은 사람이었던 것이다.

"좋아," 하고 나는 마치 그녀의 청혼을 승낙한 듯이나 말했다. "그럼, 부탁이 있는데 들어줄래?"

"뭐든요."

"차 타고 캠프까지 같이 가 줘."

"거긴 이제 아무것도 없는데요?"

"상관없어."

우리는 시내를 함께 걸었다. 호텔 앞에 대기하고 있던 택시 기사도 그녀와 똑같은 말을 했다. "이제 거긴 아무것도 없는데요, 손님."

"괜찮습니다. 그냥 가 주세요."

20분쯤 뒤, 기사는 하얀 가루를 뿌려 놓은 것 같은 널따란 목화밭에 차를 세웠다. 눈에 익지 않은 평야 곳곳에 소나무들이 숲을 이룬 채 흩어져 있었다.

"저기 연기 나는 곳까지 갈까요?" 하고 택시 기사가 물었다. "새로 들어선 주립 교도소지요."

"아닙니다. 그냥 이 길을 따라가 주세요. 예전에 살던 곳엘 가 보고 싶네요."

한창 캠프가 있을 때도 눈에 잘 띄지 않던 오래된 경마장이 폐허가 되다시피 한 관람석과 멀찍이 떨어져 있었다. 나는 헛수고인 줄 뻔히 알면서도 확인하고 싶었다.

"이쪽 길로 죽 가서서 숲을 지나세요. 그런 다음에 우회전…… 아니, 좌회전이네요."

그는 택시 기사 특유의 거부감을 드러내면서도 고분고분 내 말에 따랐다.

"제대로 볼 수 있는 게 하나도 없을 거예요, 앤디," 하고 에일리가 말했다. "재건축업자들이 전부 다 부숴 버렸으니까요."

차는 목화밭 가장자리를 따라 천천히 움직이고 있었다. 이쯤이었을 것 같은데……

"맞아, 여기 좀 세워 주세요," 하고 내가 황급히 소리를 질렀다.

나는 에일리를 차에다 두고 내렸다. 단발이지만 제법 긴 구불구불한 그녀의 머리칼이 따뜻한 바람에 무척이나 아름답게 날렸다.

여기가 틀림없어. 저 아래에 영내 도로들이 있었고, 그 길 너머에 그날 밤 우리의 마지막 만찬이 벌어졌던 판자로 지은 식당이 있었어.

나는 무릎까지 차오른 덤불 여기저기를 허둥거리며 다니며, 물막이 판자나 루핑 조각, 혹은 녹슨 토마토 통조림 깡통에서 내 젊음을 찾고 있었다. 그런 나를 택시 기사가 느긋하게 지켜보았다. 나는 희미하게나마 눈에 익은 수풀이라도 찾아보려 애썼지만 날이 많이 저물어 확인이 불가능했다.

"저기 오래된 경마장은 새로 짓는대요," 하고 에일리가 차에서 큰 소리로 말했다. "탈턴도 옛날 옷을 벗고 꽤 세련돼지고 있어요."

아니었다. 아무리 생각해 봐도 그곳은 예전의 그 숲으로 보이지 않았다. 활력과 땀으로 가득 찼던 그곳은 더 이상 존재하지 않았다. 한 번도 존재한 적이 없었던 것처럼. 다음 달이면 에일리도 거기에 없을 것이고, 그렇게 남부도 내게서 영원히 사라져 갈 것이다.

◆◆◆

「미녀들의 최후」(《새터데이 이브닝 포스트》(1929년 3월 2일 자)
는 1920년에 발표한 단편 「얼음 궁전」에 소개했던 인물을 피츠제
럴드가 최종적으로, 적절히, 수정한 작품이다. 제목에서 알 수 있듯,
「미녀들의 최후」는 피츠제럴드가 20대 말에 쓴 회고적이며 재정립
하는 단편들에 속한다. 가령, 주인공 앤디처럼 그는 "물막이 판자나
루핑 조각, 혹은 녹슨 토마토 통조림 깡통에서 자신의 젊음을 찾고
있었다." 피츠제럴드는 「미녀들의 최후」를 작품집 『기상나팔 소리』
에 수록했다. 이 단편은 그의 선집에 가장 빈번하게 묶이는 작품 중
하나이다.

당신의 나이

At Your Age

1

톰 스콰이어스는 칫솔과 땀띠분, 양치용 물약, 카스티야 비누*, 황산
마그네슘** 그리고 시가 한 상자를 사기 위해 약국에 들렀다. 그가 꼼꼼
한 사람이 된 건 여러 해를 혼자 산 덕분인지도 몰랐다. 차례를 기다리
는 그의 손에는 목록이 쥐어져 있었다. 크리스마스 주간의 미니애폴
리스는 마음을 들뜨게 하고 끊임없이 활력을 불어넣어 주는 60센티미
터나 되는 눈 더미에 묻혀 있었다. 톰은 들고 있던 지팡이로 덧신에 달

---

* 올리브유와 수산화나트륨을 주원료로 해서 만든 비누.
** 산화마그네슘을 황산에 녹인 용액을 농축하여 얻는 흰 결정으로, 물에 녹기 쉬우며 쓴맛이
있다. 설사약으로 쓰며 사리염瀉利鹽이라고 부르기도 한다.

라붙은 말간 얼음 조각을 두드렸다. 그러다가 고개를 들었는데 금발의 아가씨가 눈에 들어왔다.

그녀는 예쁜 금발이 흔한, 북유럽 사람들이 약속의 땅이라고 부르는 이곳*에서도 쉽게 볼 수 없는 금발을 갖고 있었다. 그녀의 두 볼과 입술 그리고 가루약이 든 종이를 쥔 자그마한 분홍색 두 손이 따뜻한 빛깔을 띠고 있었다. 기다랗게 땋은 머리는 생기가 넘치고 반짝반짝 윤이 났다. 그녀가 갑자기 자신이 아는 사람들 중에서 가장 맑고 깨끗한 사람처럼 느껴져서, 톰은 앞으로 걸음을 옮겼다. 그녀의 회색 눈동자를 보았을 때 그는 숨이 멎는 것 같았다.

"땀띠분 한 통 주시오."

"어떤 종류로 드릴까요?"

"아무거나…… 괜찮소."

그녀는 전혀 의식하지 않고 그를 돌아보았다. 목록의 물건들이 하나씩 지워질 때마다 그의 심장이 미친 듯이 뛰었다.

"저, 그렇게 나이 많지 않아요," 하고 그는 말하고 싶었다. "50대이긴 하지만 여느 40대 남자들보다 더 젊죠. 당신의 모든 걸 알고 싶군요."

하지만 그녀의 말은 간단했다. "어떤 가글로 드릴까요?"

그리고 그가 대답했다. "추천해 줄 게 있나요? ……괜찮군요."

그는 찢어질 것 같은 가슴으로 그녀에게서 눈길을 거두고는 약국을 나와 쿠페에 올랐다.

'저 어린 바보가 나같이 늙은 얼간이가 자기를 위해 뭘 할 수 있는지

---

* Promised Land of Scandinavians. 미국을 가리킨다.

를 안다면, 내가 깜짝 놀랄 세상을 보여 줄 텐데!' 하고 그는 우스꽝스러운 생각에 사로잡혔다.

겨울 황혼 속으로 차를 몰아가는 동안 그의 생각은 꼬리에 꼬리를 물고 이어져 마침내 상상조차 할 수 없는 결론에 도달해 있었다. 아직 기울어지지 않은 하루가 적당한 자극제가 된 걸까. 차갑게 빛나는 상점의 창문들, 배달용 썰매의 딸랑거리는 종소리, 길가에 놓인 제설용 삽에서 튕겨 나온 하얀 빛, 아득히 먼 별들이 온통 30년 전의 숱한 밤들을 고스란히 그에게 되돌려 주었다. 그가 알고 있었던 아가씨들이 지금의 칙칙한 중년의 몸에서 유령처럼 미끄러져 나와 서늘하고도 매혹적인 웃음을 흘리며 지난날의 그를 흔들어 깨우자 기분 좋은 전율이 척추를 타고 올라왔다.

"젊음! 젊음! 젊음!" 그는 자신이 내지르는 단어의 실체가 존재하지 않는다는 걸 깊이 자각하며 외마디를 내질렀다. 그러곤 갑자기 도덕관념이라곤 없는 무자비한 폭군이라도 된 양 금발 아가씨의 주소를 얻어 내기 위해 약국으로 되돌아갈 생각에 빠져들었다. 그런 일은 그와는 도무지 어울리지 않는 일이어서 어느덧 반쯤 만들어졌던 생각은 사라지고 그저 그런 기분만 남겨졌다.

"젊음, 아…… 젊음!" 그는 몇 번이나 낮은 소리로 중얼거렸다. "그 근처에라도 가고 싶구나. 그 근처에라도. 너무 늙어 보살핌이나 받는 처지가 되기 전에 단 한 번만이라도."

그는 키가 훤칠하고, 호리호리하고, 핸섬했다. 운동선수의 불그레한 구릿빛 얼굴에, 콧수염은 회색으로 물들기 시작하고 있었다. 한때는 도시 최고의 꽃미남에 속했고, 아가씨의 사교계 데뷔 파티와, 세대를 불문하고 남녀 누구에게나 인기를 모았던 자선 무도회의 개최자였다. 전쟁이 끝나면서 갑자기 주머니가 비어 버렸다는 걸 느낀 그는 사업에 뛰어들었고 10년 만에 거의 100만 달러를 벌어들였다. 톰 스콰이어스는 결코 내향적인 사람은 아니었지만, 삶의 수레바퀴가 다시 움직이고 있음을, 그리하여 예전에 잊혔으나 낯설진 않은 꿈과 열망이 되살아나고 있음을 감지했다. 집으로 들어간 그는 그동안 눈길조차 주지 않았던 초대장 더미로 다가가 오늘 밤 댄스파티가 열리는 곳이 있는지를 살펴보기 시작했다.

홀로 다운타운 클럽에서 저녁을 먹는 동안 그의 눈은 줄곧 반쯤 감겨 있었고, 얼굴엔 희미한 미소가 걸려 있었다. 그는 필요할 때면 언제든 사용하기 위해 고통 없이 자신을 조롱하는 연습을 하는 중이었다.

"난 사람들이 무슨 얘기를 하는진 알지 못해," 하고 그는 인정했다. "그들은…… 그래, 잘나가는 증권 중개인이 상류층 사교계 아가씨와 패팅 파티*에 온 거야. 근데 패팅 파티가 뭐지? 다과상을 내놓나? 색소폰 연주라도 배워 둬야 하는 거 아닌가?"

최근에 본 뉴스 영화**에 나왔던 중국만큼이나 먼 나라 얘기처럼 느껴졌던 문제들이 그의 머릿속에서 활개를 쳤다. 이제 그건 심각한 문제가 되어 있었다. 밤 10시, 그는 개인이 주최한 댄스파티가 열리는 대학 클럽의 계단을 오르고 있었다. 마치 신병 훈련소로 들어가던 열일곱 살 때의, 새로운 세계로 진입하는 것과 똑같은 느낌이었다. 그는 자신과 같은 세대의 여주인과 그녀의 딸에게, 다른 사람들과는 완전히 딴판으로 인사말을 건네고는 분위기에 젖어 들기를 기다리며 구석 자리에 앉아 있었다.

* 가벼운 포옹이나 키스가 허락된 댄스파티.
** 과거 극장에서 영화를 상영하기 전에 보여 준 뉴스.

그는 오래 버려져 있진 않았다. 톰의 집 건너편에 살고 있던 릴런드 제이크스*라는 실없는 청년이 친절하게 그에게 말을 걸고는 그의 인생에 서광을 비춰 준 것이다. 아무리 생각해 봐도 참 엉뚱한 그 젊은이에게 톰은 잠깐 짜증이 났지만, 써먹을 데가 있을지도 모른다는 교활한 생각이 스쳤다.

"안녕하세요, 스콰이어스 씨. 잘 지내셨어요?"

"잘 지냈어, 릴런드. 고마워. 춤을 잘 추는군."

다른 세계에 사는 듯한 제이크스는 소파에 앉았다 누웠다 하면서 한꺼번에 서너 대의 담배를 피워 물었는데, 톰은 잘못 본 건가 의아했다.

"어젯밤에 여기 파티에 오셨어야 했는데 말이죠, 스콰이어스 씨. 아, 정말이지 놀라운 파티였거든요. 무려 5시 반까지나!"

"1분에 한 번씩 파트너를 바꾸고 있는 저 아가씨는 누군가?" 하고 톰이 물었다. "아니, 문을 지나고 있는 하얀 옷 입은 아가씨 말일세."

"아, 애니 로리 말이군요."

"아서 로리 딸?"

"맞아요."

"인기가 많은가 보군."

"우리 마을에서 가장 인기 있는 아가씨라고 봐야죠······ 어쨌든, 댄스파티에선요."

"댄스파티 외엔 인기가 없다는 뜻인가?"

"뭐, 그렇다고 봐야죠. 랜디 캠벨과 늘 붙어 다니니까요."

---

* 셰익스피어의 작품 〈뜻대로 하세요〉에 등장하는, 세상일에 환멸을 느낀 짓궂은 인생의 관찰자와 이름이 같다.

"캠벨 누구?"

"D. B. 캠벨요."

최근 10년간 마을에 새로 이사 온 사람들이 있는 모양이었다.

"남녀 간의 정분이죠." 제이크스는 이 말이 마음에 드는지 몇 번이나 반복했다. "남녀 간의 정분 말입니다…… 남녀 간의……" 그러다더 이상 말을 하지 않고 여러 개비의 담배에 다시 불을 붙이고는 첫번째 연기를 톰의 무릎에다 훅 뿜어냈다.

"저 아가씬 술도 마시나?"

"유별나게 마시진 않는 거 같아요. 적어도 맛이 간 걸 본 적은 없으니까요…… 저기 좀 보세요, 랜디 캠벨이 막 그녀에게 춤을 신청했네요."

둘은 멋진 커플이었다. 그녀의 미모는 그의 딱 벌어진 가슴과 큰 키에 걸맞게 환하게 빛을 발했다. 그들은 마치 달콤하고 즐거운 꿈속에 있는 듯 우아하게 허공을 떠다녔다. 두 사람이 가까이로 다가오자 톰은 그녀의 은은한 분 냄새에 취해 버렸다. 그 냄새는 그녀의 청순함, 은은하면서도 달콤한 미소, 자연의 신이 1밀리미터의 오차도 없이 면밀하게 계산해 활짝 피어나기 직전의 꽃봉오리마냥 빚어 놓은 그녀의몸 위로 슬금슬금 피어오르고 있었다. 그녀의 순결하고 열정적인 두눈은 갈색인 듯했지만, 은색 불빛 속에선 거의 보라색을 띠고 있었다.

"곧 결혼을 할 건가?"

"누가요?"

"로리 양 말일세."

"그럴 겁니다."

톰은 그녀의 사랑스러움에 끌린 건 부인할 수 없었지만, 도무지 자신이 그녀에게 흠뻑 빠진 이 방의 친절하고 사려 깊은 남자들 중 하나로 그려지지가 않았다. 휴일이 지나 그곳에 있던 젊은이들 대부분이 '각자가 속한' 대학으로 돌아가고 난 뒤에 그녀를 만나는 게 낫다는 생각이 들었다. 톰 스콰이어스는 기다리는 일엔 누구보다 자신 있는 나이였다.

그는 일주일을 기다렸다. 그 사이 도시는, 잿빛 하늘이 금속성의 푸른빛을 띤 하늘보다 더 익숙해지고, 흘긋 한번 보는 것만으로도 즐거워지는 해거름 녘의 황혼이 창백한 햇빛이 떨어지는 오후보다 더 따뜻한, 북부의 길고 긴 한겨울로 가라앉고 있었다. 더 이상 신문에조차 실리지 않는 두텁게 덮인 눈은 흙빛을 띠며 추레해져 갔고, 그 위엔 온통 얼어붙은 바퀴 자국들이 새겨져 있었다. 크레스트 대로의 몇몇 저택들은 문을 닫아걸고, 식솔들을 모두 거느리고 남부로 떠났다. 그 추운 날, 톰은 애니와 그녀의 부모를 자신의 마지막 총각 파티에 손님으로 청했다.

로리 부부네는 전쟁 후 한동안 지치고 가난한 삶을 이어 온 미니애폴리스의 구세대 가정이었다. 톰과 동년배인 로리 부인은 그가 엄마와 딸에게 난초를 보내고, 아파트로 초대해 신선한 캐비아와 메추리 고기에 샴페인으로 호화로운 만찬을 대접하는 일에 그리 놀라지 않았다. 애니의 눈에 그는 그저 흐릿하게—나이 든 사람들이 젊은이들에게 뭔가를 해 줄 때는 명확하게 하지 않는 법이다—보일 뿐이었지만, 그녀는 그가 자신에게 관심을 가지고 있다는 걸 감지하고는 젊은 미인들이 흔히 하는 전통적인 의례를 그에게도 보여 주었다. 미소를 짓고, 공손하고, 눈을 크게 떠 주의를 기울이고, 항상 친절이 묻어나는 이런저런 표정을 짓는 것 같은. 댄스파티에서 그녀는 그와 두 번 춤을 추었는데, 그것 때문에 놀림을 받긴 했지만 그처럼 세상을 훤히 아는 사람이—그저 나이 든 사람이라는 것과는 다른—자신을 선택했다는 사실이 오히려 뿌듯했다. 그녀는 그에게서 다음 주 교향악단 연주회에 같이 가지 않겠냐는 요청을 받고는, 거절하는 게 예의가 아닐 것 같다는 생각이 들어 승낙을 했다.

그런 식의 '멋진 초대'가 여러 번 있었다. 그녀는 그의 곁에 앉아 브람스의 따뜻한 그늘 안에서 깜빡 잠이 들기도 하고, 랜디 캠벨을 떠올리거나 미래에 나타날지도 모르는 로맨틱한 '별'들을 그려 보기도 했다. 어느 날 오후, 집으로 돌아가는 길에 문득 달콤한 느낌에 젖은 그녀는 톰이 자신에게 키스를 하도록 은근히 부추겼다. 하지만 자신의 손을 잡으며 사랑에 빠졌노라고 열에 들뜬 그의 고백을 듣고는 웃음이 터지는 걸 간신히 참았다.

"어떻게 이럴 수 있죠?" 하고 그녀가 항의하듯 말했다. "정말이지 이런 말도 안 되는 말은 하시면 안 되죠. 이러시면 다시는 선생님을 만나지 않을 거예요. 선생님께서도 후회하실 일이라고요."

며칠 후, 톰이 차를 가지고 그녀의 집 밖에서 기다리고 있을 때, 그녀의 어머니가 그녀에게 말했다.

"저 사람 누구니, 애니?"

"스콰이어스 씨요."

"당장 문 닫아라. 두 사람 너무 자주 만나."

"왜, 안 돼요?"

"무슨 소리 하니, 저 사람은 쉰 살이야."

"하지만 엄마, 우리 동네에는 사람도 거의 없어요."

"너, 행여나 저 사람에 대해서 어리석은 생각하면 안 된다, 알았지?"

"걱정 마세요. 사실 저분, 지루하기 짝이 없으니까." 그러다가 그녀는 갑자기 결심한 듯 말했다. "이제 더 이상 만나지 않을 거예요. 오늘 오후엔 어쩔 수 없으니까 나가고."

그리고 그날 밤, 랜디 캠벨의 품에 안긴 채 자신의 집 앞에 서 있을 때, 톰도, 톰과 나눈 한 번의 키스도 이미 그녀의 머릿속엔 남아 있지 않았다.

"아, 당신을 정말 사랑해," 하고 랜디가 속삭였다. "한 번 더 키스해 줘."

그들의 차가운 볼과 따뜻한 입술이 꽁꽁 얼어붙은 어둠 속에서 만났고, 그의 어깨 너머로 얼음처럼 시린 달을 보며 애니는 자신이 그에게 종속되었다는 사실을 명확히 알았으며, 그의 얼굴을 끌어당겨 다시 키스를 하고는 감동에 몸을 떨었다.

"내 청혼을 언제쯤이면 받아 줄 거야?" 하고 그가 속삭였다.

"언제쯤이면 당신에게…… 우리에게 그럴 여유가 생길까요?"

"네가 약혼하겠다고 부모님께 말하면 안 될까? 다른 남자랑 데이트를 하고 사랑을 나누는 걸 보는 게 얼마나 비참한지 네가 안다면 말이야."

"아, 랜디, 너무 많은 걸 요구하지 말아요."

"잘 자라고 말해야 한다는 게 너무 끔찍해. 내가 잠깐 들어가면 안 될까?"

"그렇게 해요."

가물거리며 사그라지는 불 앞에 몸을 바짝 붙이고 앉아 황홀경에 빠져 있던 두 사람은 바로 그 시간 몇 블록쯤 떨어진 집의 뜨거운 욕실에 몸을 담그고 있던 쉰 살 먹은 남자에 의해 자신들의 운명이 차갑게 짓밟히리란 걸 그때는 도무지 알 수 없었다.

2

톰 스콰이어스는 그날 오후 애니가 보여 준 극단적인 친절과 냉담한 태도에서 그녀의 환심을 사는 데 실패했음을 직감했다. 다시는 그런 예측 불허의 사태에 직면하지 않겠다고 다짐을 했지만, 그는 그럴 마음이 없다는 사실을 곧 깨달았다. 그가 원하는 건 그녀와의 결혼이 아니었다. 그는 그저 그녀를 볼 수 있기만을, 조금이라도 그녀와 같이 있기를 원했다. 그녀의 꽤나 우연스럽기도 하고 열정적이기도 했던, 물론 전체적으로는 감정이 전혀 실리지 않은 키스가 이루어지기 전까지는, 그녀를 포기하는 건 그리 어려운 일이 아니었을 것이다. 그는 이미 로맨스를 즐길 나이는 아니었기 때문이다. 그러나 키스를 하고 난 뒤, 그녀를 생각하면 그의 가슴은 몇 센티미터나 뛰어올랐고, 좀체 멈추지도 않았으며, 오히려 빨라졌다.

"하지만 이제 빠져나와야 할 시간이야," 하고 그는 자신에게 말했다. "나이를 생각하라고. 그녀의 인생에 억지로 끼어들 권리는 없어."

그는 몸을 닦고는 거울 앞에서 머리를 빗었다. 그리고 빗을 내려놓으며 단호하게 말했다. "이 정도로 됐어." 그리고 한 시간 동안 책을 읽은 뒤 딸깍, 하고 전등을 끄고는 다시 큰 소리로 외쳤다. "이 정도면 됐어!"

하지만 그의 말에는 전혀 다른 의미가 들어 있었다. 그 정도로 된 게 아니었던 것이다. 그가 딸깍, 하고 끈 것은 그저 전등이라는 물건이었을 뿐, 애니 로리를 끝낸 것이 아니었다. 그 소리는 오히려 연필로 책상을 톡, 하고 두드려 사업과 관련된 어떤 결정을 내린 것과 같았다.

"이 문제를 좀 더 끌고 가야겠어," 하고 4시 반쯤 그는 혼잣말로 중얼거렸다. 자신의 생각을 뒤집기로 확정한 그는 비로소 깊이 잠들었다.

아침이 되자 그녀는 어느 정도 물러나는 듯했지만, 오후 4시가 되자 다시 그의 주위를 맴돌았다. 전화기는 그녀에게 전화를 하기 위한 장치였고, 그의 사무실을 지나가는 여자의 발소리는 그녀의 발소리였으며, 창밖에 흩날리는 눈조차 그녀의 장밋빛 얼굴에 빗겨 떨어졌다.

"어젯밤에 생각한 작은 계획, 밀어붙여야겠어," 하고 그는 혼잣말로 중얼거렸다. "10년이면 환갑, 그때가 되면 젊음도 영원히 사라지고, 더 이상 예전의 멋스러움도 사라지고 없을 테니까."

거의 제정신이 아닌 상태에서 그는 노트 한 장을 뜯어내 애니의 어머니에게 보내는, 딸에 대한 구혼을 허락해 달라는 편지를 조심스럽게 써 내려가기 시작했다. 그는 편지를 들고 사무실 로비로 나와 편지 발송함에 밀어 넣기 직전, 갈기갈기 찢어 타구에 던져 버렸다.

"이 무슨 비열한 짓이야," 하고 그는 자신에게 말했다. "나잇살이나 먹어 가지고." 하지만 이런 식의 자조는 시기상조였다. 그는 다시 편지를 썼고, 그날 저녁 사무실을 떠나기 전에 편지를 발송했다.

이튿날, 기다리던 회신이 도착했다. 그는 거기에 적힌 말들을 고스란히 짐작할 수 있었다. 그것은 짧고 분노 어린 거절이었다.

거기엔 군더더기라곤 없었다.

선생과 우리 딸이 더 이상 만나지 않는 것이 최선이라고 생각합니다.

진심 어린 당신의 벗,

메이블 톨먼 로리

"그럼 이제," 하고 톰은 차분히 생각했다. "우리 아가씨는 뭐라고 말할는지 봐야겠군." 그는 애니에게 보내는 쪽지를 썼다. 애니 어머니의 편지에 놀라긴 했지만, 어머니 입장에서 생각해 보면 그들이 만나지 않는 게 최선이라는 게 당연할 수도 있었다.

그에게 돌아온 애니의 답장에는 어머니의 명령에 대한 반항이 담겨 있었다. "지금이 무슨 암흑시대는 아니잖아요. 난 보고 싶으면 언제든 선생님을 보러 갈 거예요." 그녀의 답장엔 다음 날 오후에 만나자고 쓰여 있었다. 그녀의 어머니는 자신이 오히려 그가 달성하지 못했던 것을 이루게 해 줄 거라는 사실은 알지 못했다. 애니가 그를 떨쳐 내려는 순간에 정작 그녀는 아무것도 할 수 없게 된 것이었다. 어머니로부터 받은 반감이 애니에게 비밀을 만들어 냈고, 그것이 오히려 사라졌던 흥분을 일깨우게 만들었다. 2월이 깊고 장엄한, 끝도 없이 이어지는 겨울 속으로 점점 굳어 갈 때, 그녀는 그를 자주 만났고, 만남을 가져야 할 이유도 바뀌어 있었다. 이따금 그들은 그림을 보거나 저녁을 먹기 위해 세인트폴까지 차를 몰고 갔다. 때로는 대로 먼 쪽에다 그의 쿠페를 세워 놓고 데이트를 즐겼는데, 그러는 동안 진하게 쏟아진 진눈깨비가 앞 유리를 희부옇게 덮었고, 전조등에도 얼음이 허옇게 끼었다. 그는 종종 그녀를 만날 때 특별한 술을 가지고 갔는데, 그것이 그녀를 즐겁게 해 주긴 했지만 신중하게 생각해 본 뒤엔 더 이상 가져가지 않았다. 그녀에 대한 애틋한 감정 중에는 어쩔 수 없이 부성애도 섞여 있었던 것이다.

테이블 위에 카드를 내려놓으며 그는 그녀에게, 의도하진 않았지만 결국 그녀를 자신에게 오게 한 것은 바로 그녀의 어머니라고 말했다. 하지만 애니는 그의 생각에 단지 웃음을 터뜨렸을 뿐이었다.

그녀는 이전에 알고 지낸 그 어떤 남자들보다 그와 더 좋은 시간을 보내고 있었다. 젊은 남자의 이기적인 조급함 대신, 그가 그녀에게 보여 준 것은 무한한 배려였다. 그의 두 눈이 피곤에 절고 두 뺨이 가죽처럼 늘어지며 정맥이 불거져 있다 해도, 그의 의지가 남자답고 강인하다면 그만이었다. 더구나 그가 가진 식견은 더 넓고 풍요로운 세상을 들여다보게 하는 창문이었다. 다음 날 랜디 캠벨과 함께 있으면 그녀는 보살핌도 덜 받고, 가치 있는 취급도 받지 못하며, 귀하게 대접받고 있지도 않다는 느낌이 들었다.

이제 막연하게나마 불안해진 사람은 톰이었다. 그는 자신이 원하던 것—그의 측면에서 보면 그녀의 젊음—을 가졌고, 그 이상을 원하는 건 잘못이라고 느꼈다. 자유로움은 그에겐 귀중한 것이었고, 그녀에게 제공할 수 있는 건 더 나이가 들기 전의 10여 년이었다. 하지만 그녀는 그에게 귀중한 존재가 되었으며, 그런 변화를 그는 공정하지 못한 일이라고 느낀 것이다. 그러던 2월 말의 어느 날, 문제는 손쓸 수 없는 지경으로 치달았다.

그들은 세인트폴에서 집으로 돌아가다가 차를 마시기 위해 대학 클럽에 잠깐 들렀고, 들고나는 사람들이 잘 보이지 않는 문으로 함께 들어섰다. 회전문이었다. 문 가까이에 있던 한 젊은 남자가 그가 있는 공간으로 들어섰는데, 양파와 위스키 냄새가 풍겨 왔다. 문이 다시 그들 뒤편에서 돌아가자 남자는 자연스럽게 안으로 돌아 들어가게 되었고, 그 바람에 두 사람과 정면으로 마주쳤다. 젊은 남자는 랜디 캠벨이었다. 얼굴은 붉게 물들었고, 눈은 흐리멍덩한 게 제대로 뜨지도 못하고 있었다.

"안녕, 아름다운 아가씨," 하고 그가 애니에게 다가서며 말했다.

"너무 가까이 오지 말아요," 하고 그녀가 살짝 밀쳤다. "양파 냄새가 고약하네요."

"갑자기 왜 이리 까다롭게 굴어."

"새삼스럽긴. 난 늘 까다롭잖아요," 하고 애니가 톰 쪽으로 살짝 물러났다.

"늘 그렇진 않지," 하고 랜디가 불쾌해하며 말했다. 그러더니 더욱 불쾌한 눈으로 톰을 쎄려보았다. "늘 그렇진 않다고." 그의 말투는 밖으로 나가 한바탕 싸움이라도 벌일 것 같은 기세였다. "한 가지 조언을 해 줘야 될 거 같은데," 하고 그가 말을 이었다. "안에 네 엄마가 있을 거야."

세대가 다른 사람에 대한 심술궂은 질투가 마치 어린아이가 칭얼대듯 톰에게 슬쩍 닿았는데, 이 무례한 경고에 그는 화가 나서 얼굴빛이 변했다.

"이리 와, 애니," 하고 그가 무뚝뚝하게 말했다. "안으로 들어가자고."

랜디에게서 어렵사리 눈을 뗀 애니는 톰을 따라 커다란 방으로 들어갔다.

사람들이 드문드문 보였다. 중년 여성 세 명이 벽난로 앞에 앉아 있었다. 애니는 잠시 주춤거리다 그들 쪽으로 걸음을 옮겼다.

"안녕, 엄마…… 트럼블 부인…… 캐럴라인 이모……"

뒤의 두 사람은 인사를 받았다. 트럼블 부인은 톰에게도 희미하게나

마 목례를 했다. 하지만 애니의 어머니는 일그러진 입매와 차가운 눈빛을 한 채 아무 말 없이 자리에서 일어났다. 그녀는 딸을 바라보며 잠간 서 있었다. 그러다가 곧 바람이 일 듯 돌아서더니 방을 떠났다.

톰과 애니는 건너편에 테이블이 비어 있는 걸 발견했다.

"엄마가 너무 심하지 않았어요?" 애니가 숨을 크게 몰아쉬며 말했다. 그는 아무 대답도 하지 않았다.

"엄마는 사흘 동안 저한테 한마디도 하지 않았어요," 하고 그녀가 불쑥 뱉어 냈다. "근데, 사람들이 너무 없다! 여성청년연맹* 쇼에서 제가 리드 싱어로 노래하기로 돼 있었는데, 회장인 사촌 메리 베츠가 어제 저한테 오더니 글쎄, 할 수가 없게 됐다는 거예요."

"왜?"

"연맹 대의원인 제가 엄마 말을 거역했다고요. 졸지에 전 철딱서니 없는 아이가 돼 버렸다고요!"

톰은 벽난로 선반 위에 일렬로 늘어서 있는 컵들을 노려보았다. 그것들 중 두세 개엔 그의 이름이 파여 있을 터였다. "네 엄마가 옳을지도 몰라," 하고 그가 불쑥 말했다. "내가 너한테 해가 되는 일을 하기 시작한다면, 그건 멈춰야 할 때란 거지."

"무슨 뜻이에요?"

충격을 받은 듯한 그녀의 목소리를 듣자 그의 심장에서 뜨거운 피가 솟구쳤다. 하지만 그의 대답은 나직했다. "내가 했던 말 기억하지? 남쪽으로 가기로 했다는 거. 사실, 내일 출발할 거야."

논쟁이 오갔지만, 그는 결심을 굳힌 뒤였다. 다음 날 저녁, 기차역에

* 미국 상류 계급의 젊고 부유한 여성들로 결성된 사회복지 사업단.

서 그녀는 울며 그에게 매달렸다.

"너와 함께 지낸 몇 달은, 지난 몇 년 가운데 가장 행복한 날들이었어. 고마워," 하고 그가 말했다.

"하지만 돌아올 거죠?"

"두 달 동안 멕시코에서 지낼 거야. 그다음엔 동부로 가서 몇 주 있을 생각이야."

그는 행운을 빌어 주는 말을 하려 했지만, 자신이 떠나려는 얼어붙은 도시가 꽃이 만발한 것처럼 보였다. 그녀의 차가운 숨결이 허공에 꽃처럼 피어올랐고, 그의 가슴은 어느 젊은 남자가 차에다 꽃을 가득 싣고서 그녀의 집으로 찾아가 그녀를 기다리고 있는 걸 알게 된 것처럼 무너져 내렸다.

"잘 있어, 애니. 안녕, 내 사랑!"

그로부터 이틀 뒤, 그는 휴스턴에서 예일대 동기인 할 메이그스와 함께 아침 시간을 보냈다.

"이렇게 나이를 먹었는데도 넌 참 운이 좋군," 하고 오찬 자리에서 메이그스가 말했다. "네가 멕시코시티를 돌아다니는 동안 너랑 함께 여행할 어린 동행자를 소개해 줄 거니까. 아마도 네가 이제껏 본 여자들 중에 제일 귀여운 아가씨일 거야."

문제의 아가씨는 돌아가는 기차에 혼자 타고 가지 않게 됐다는 걸 알고는 숨김없이 기쁨을 드러냈다. 그녀와 톰은 기차에서 저녁을 함께 먹었고, 한 시간 정도 카드 게임을 했다. 그러다 10시쯤, 특등실 문 앞에서 그녀는 갑자기 그에게로 돌아서더니 꾸밈없고 또렷한 눈길로 그를 바라보며 꽤 오랫동안 서 있었는데, 톰 스콰이어스는 자신이 바라는 사람이 과연 그녀인가라는 의문에 휩싸였다. 그가 절실히 보고 싶은 건 애니였고, 그는 잠깐이라도 그녀와 통화를 하고 싶었다. 그러곤 그녀가 젊고 별처럼 순수하다는 사실을 새삼 느끼며 포근한 침대에 들어가 깊은 잠에 빠져들고 싶었다.

"잘 자요," 하고 그는 언짢은 마음이 목소리에 스미지 않게 하려 애쓰며 말했다.

"아, 네, 안녕히 주무세요."

다음 날 엘패소에 도착한 그는 차를 타고 국경을 넘어 후아레스로 갔다. 햇살이 밝고 날은 뜨거웠다. 정거장에서 짐을 내린 뒤 차가운 걸 한잔하고 싶어 그는 주점으로 들어갔다. 그가 술을 홀짝거리는 동안 뒤쪽 테이블에서 어떤 아가씨의 목소리가 계속 그에게로 건너왔다.

"미국인…… 이세요?"

주점으로 들어설 때 그는 이미 팔꿈치에 괴고 있던 그녀의 얼굴이 앞으로 푹 꺾이는 걸 보았다. 그가 고개를 돌려 그녀를 보았다. 열일곱 살쯤 된 어린 얼굴이었다. 술에 취한 게 확실했지만, 툭툭 끊어졌다 축축 늘어지는 그녀의 목소리엔 상류층 냄새가 가득 배어 있었다. 미국인 바텐더가 가만히 몸을 숙였다.

"어떻게 해야 될지 모르겠습니다," 하고 그가 말했다. "3시쯤 젊은 친구 둘이랑 같이 들어왔었죠. 한 친구는 애인인 것 같았고요. 그런데 한바탕 말다툼을 벌이더니 남자애들이 나가 버리곤, 혼자 저러고 있는 겁니다."

혐오감이 꿈틀거리며 일어나 톰을 온통 덮쳤다. 그의 세대가 가진 규범을 적용하자면 화를 내거나 무시하면 그만이었다. 하지만 그녀는 지금 술에 취해 있고, 거칠고 낯선 마을에 홀로 버려져 있었다. 이런 일들이 애니에게 일어날 수도 있었다. 그는 손목을 끌어다 시계를 보며 잠시 망설였다.

"이 아가씨, 얼마나 마셨죠?" 하고 그가 물었다.

"진 다섯 잔요. 그런데 남자 친구들이 다시 돌아오지 않을까요?"

"그 친구들 오면 엘패소에 있는 루스벨트 호텔에 있다고 말해 주세요."

그가 다가가 그녀의 어깨에다 손을 올렸다. 그녀가 그를 올려다보았다.

"산타클로스 같아," 하고 그녀가 꼬부라진 혀로 말했다. "그래 봤자 산타클로스일 리가 없잖아, 안 그래요?"

"널 엘패소로 데려갈 생각인데."

"글쎄요," 하고 그녀는 생각을 하는 듯했다. "당신이라면 마음 푹 놔도 될 거 같네요."

그녀는 아주 싱싱한, 물기 가득 머금은 조그만 장미였다. 그는 나이를 먹었다는 사실이 무슨 형벌이라도 되는 것처럼 여기는 그녀의 처량한 무의식에 눈물이 날 것 같았다. 마상창 경기에 나갔는데 경기장엔 아무 없었다. 그저 부들거리며 간신히 창을 들고 있는 자신뿐. 택시는 갑자기 우범 지대로 변해 버린 어둠을 뚫고 너무나도 느리게 움직였다.

밖으로 내보내 주려 하지 않는 야간 근무 직원을 설득해 호텔을 빠져나온 그는 전신국을 찾아갔다.

그는 "멕시코 여행, 포기"로 시작하는 전보를 보냈다. "오늘 밤, 이곳 떠남. 세인트폴 3시 도착, 함께 미니애폴리스로 가기를 바람. 너를 두곤 단 1분도 견딜 수 없음. 내 모든 사랑을 전하며."

그는 그저 그녀를 지켜보고, 그녀에게 조언을 해 주고, 그녀가 자신의 삶을 어떻게 살아가는지를 보기만 하면 되었다. 그런데 그 바보 같은 엄마라는 작자가!

기차는 햇볕에 그을린 열대의 대지와 초록의 들녘을 지나고, 군데군데 잔설이 흩어진 북부를 지나고, 눈으로 덮인 벌판을 지났다. 겨울잠에 빠진 농장을 지나는 동안 객차의 연결 통로로 살을 에는 듯한 거센 바람이 몰아쳤다. 그는 견디기 힘든 불안에 휩싸인 채 일정한 걸음으로 복도를 얼마나 오갔는지 몰랐다. 기차가 세인트폴 역으로 들어섰을 때, 그는 마치 젊은이가 된 듯 두 팔을 힘껏 휘저으며 플랫폼을 열심히 뒤졌다. 하지만 그녀를 찾는 데는 실패하고 말았다. 그는 흘러가는 시간을 안타까이 헤아렸다. 그 시간이야말로 두 사람의 우정, 서로에 대한 신뢰의 상징이었다. 기차는 다시 출발했고, 그는 흡연 객차에서 전망 객차까지 필사적으로 훑었다. 그는 그녀 대신 그녀에게 완전히 미쳐 버린 자신을 발견했다. 자신의 충고를 받아들인 그녀가 다른 남자와 사랑에 빠졌을 거라는 생각이 드는 순간, 그는 두려움이 밀려들며 일시에 힘이 빠졌다.

기차가 미니애폴리스로 들어섰을 때, 손이 자꾸만 허둥거려 그는 짐을 묶기 위해 수하물 담당자를 불러야만 했다. 짐을 내린 그는 복도로 나가 언제 끝날지 모르는 기다림의 행렬에 묻혀 있었다. 그의 눈이 다람쥐 모양의 코트를 입은 아가씨에게 박혔다. 애니였다.

"톰!"

"아……"

그녀의 두 팔이 그의 목을 끌어안았다. "뭐예요, 톰," 하고 그녀가 소리를 높였다. "세인트폴에서부터 줄곧 이 차에 타고 있었다고요. 바로 여기요!"

그의 손에 쥐여 있던 지팡이가 복도 바닥으로 떨어졌다. 그는 애니를 아주 부드럽게 끌어당겼다. 두 사람의 입술이 사랑에 굶주린 것처럼 마주 닿았다.

3

약혼을 하기로 확실히 약속한 뒤 두 사람 사이에 생겨난 새로운 친밀감은 톰에게 젊음이 찾아온 듯한 행복감을 가져다주었다. 한겨울이었지만 아침이면 그는 방 안을 가득 채운, 정말 가져도 될까 싶은 환희 속에서 잠을 깨곤 했다. 젊은이들과 만날 때면 그는 자신의 몸과 마음에 깃든 활기가 그들의 활기와 조화를 이루고 있는 걸 발견하곤 했다. 갑자기 인생에 목적과 든든한 배경이 생겨났다. 균형이 잡히고 뭔가 완성된 것 같은 느낌도 들었다. 해가 지기 시작하는 3월의 오후, 그녀가 자신의 아파트 안을 스스럼없이 돌아다니고 있으면 젊은 시절의 온기와 자신감이 되돌아오는 것 같았다. 절정의 감각과 예민함이 되살아나고, 언젠가는 끝날 거라는 사실과 영원히 계속되기를 바라는 갈망이, 태초부터 함께할 수밖에 없는 그 비극적 운명이 가슴에 젖어들곤 했다. 그리고 좀 놀라운 것은, 청춘의 로맨스라는 말 자체를 즐기고 있는 자신을 발견했다는 사실이다. 하지만 어린 연인보다는 그가 더 생각이 깊었다. 그리고 애니에게 그는 진정 특별한 세상으로 열린 문을 잡고 서 있는 '모든 것을 아는' 사람처럼 보였다.

"먼저 우린 유럽으로 갈 거야," 하고 그가 말했다.

"아, 유럽에 자주 갔으면 좋겠어요. 그럴 거죠? 겨울은 이탈리아에서 보내고, 봄엔 파리에서."

"이봐요, 애니 아가씨, 사업도 해야 돼요."

"그럼, 떨어져 지내야 할 때도 많겠군요. 미니애폴리스는 싫어요."

"아, 그럼 안 돼." 그는 약간 충격을 받았다. "미니애폴리스는 좋은 곳이야."

"당신이 있다면 물론 괜찮죠."

로리 부인도 마침내 피할 수 없는 숙명에 굴복하고 말았다. 그녀는 가을까지는 결혼식을 올리지 말아 달라고만 요청했을 뿐, 약혼을 인정했다.

"너무 길어," 하고 애니가 한숨을 내쉬었다.

"어찌 됐든, 난 네 엄마야. 이건 아주 사소한 요구잖니."

기나긴 겨울의 고장에서조차 참으로 긴 겨울이었다. 3월은 온갖 휘몰아치는 변화들로 가득했고, 드디어 추위가 무릎을 꿇은 것처럼 보였을 때 잇달아 몰아친 눈보라는 마지막 저항인 듯 필사적이었다. 사람들은 기다렸다. 처음 저항하던 힘들이 모두 떨어져 나가고, 사람들은 날씨처럼 그저 기다릴 뿐이었다. 이제 할 것도 거의 없어서, 여느 때의 조바심조차 일상적으로 마주치는 사람들끼리 퉁명스러운 말들을 주고받는 것으로 풀어졌다. 그렇게 4월이 오고, 얼음이라도 깰 것 같은 긴 한숨과 함께 다시 눈발이, 봄이 오기를 열망하듯 땅으로, 파릇한 들판으로 날렸다.

어느 날, 메마른 풀들이 간간이 섞여 있는 물기 머금은 신선한 바람을 맞으며 얼음이 녹아 질척해진 도로를 달리던 애니가 울음을 터뜨리기 시작했다. 이따금 그녀는 그렇게 아무 이유 없이 눈물을 흘리곤 했는데, 톰은 부리나케 차를 세우고는 그녀를 감싸 안았다.

"왜 이렇게 울어? 기분이 좋지 않아?"

"아뇨, 아니에요, 그렇지 않아요!" 하고 그녀가 말했다.

"넌 어제도 지금처럼 울었어. 그리고 왜 우는지 이유를 말하지 않았고. 이유를 말해 줘야 내가 알지."

"이유는 없어요. 봄이라는 것만 빼면요. 정말 좋은 냄새가 나요. 이 냄새 속엔 슬픈 생각들이, 추억들이 참 많이 담겨 있어요."

"이게 우리의 봄이야, 내 사랑," 하고 그가 말했다. "애니, 우리 기다리지 말자. 6월에 결혼해 버리자."

"엄마랑 약속한 걸요. 하지만 당신이 좋다면, 그래요, 6월에 결혼한다고 알릴 수도 있어요."

이제 봄이 오는 속도가 빨라졌다. 인도는 축축해졌다가 물기가 빠져나갔고, 아이들은 그 길을 따라 롤러스케이트를 탔으며, 남자애들은 물기가 없는 빈 주차장에서 야구를 했다. 톰은 애니가 친구들과 가는 피크닉을 정성스럽게 준비해 주었고, 그녀에게 그들과 골프도 같이 치고 테니스도 같이 하도록 부추겼다. 그러다 갑자기, 대자연의 의기양양한 최종적 변덕처럼 한여름이 찾아왔다.

사랑스러운 5월의 어느 저녁, 톰은 로리의 집으로 걸어가 현관에 있던 애니의 어머니 곁에 앉았다.

"날씨가 참 좋네요," 하고 그가 말했다. "오늘 저녁엔 애니랑 차를 타지 않고 걸으면 좋겠다고 생각했습니다. 애니한테 제가 태어난, 즐거운 추억이 담겨 있는 옛집을 보여 주려고요."

"체임버스 거리에 있는 집, 맞죠? 애니는 금방 올 거예요. 저녁 먹고 나서 젊은 애들 몇이랑 드라이브를 갔어요."

"네, 체임버스 거리에 있는 집 맞습니다."

그는 어둠이 완전히 내리기 전에 애니가 돌아오기를 바라며 손목을 끌어다 시계를 보았다. 8시 45분. 그의 미간에 주름이 잡혔다. 애니는 전날 밤에도 그를 계속 기다리게 했고, 어제 오후에도 한 시간이나 그를 기다리게 했다.

'스물한 살이었으면,' 하고 그는 생각했다. '뭔가 소란을 일으켰겠지. 그럼 둘 다 불행해졌을 테고.'

그와 로리 부인은 계속 얘기를 나누었다. 따뜻한 밤의 온기가 희미하게 저물어 가는 50대 남녀의 나른함 속으로 스며들어 그들을 푸근히 감쌌다. 톰이 애니에게 관심을 가지기 시작하고 처음으로 그들 사이엔 어떤 불편함도 존재하지 않았다. 이윽고 긴 침묵이 드리워지고, 이따금 성냥을 켜는 소리나 그녀가 앉은 기다란 그네에서 들려오는 삐걱거리는 소리만이 그 침묵을 깨뜨렸다. 애니의 아버지가 집으로 돌아왔을 때, 톰은 두 대째의 시가를 황급히 비벼 끄고는 시계를 보았다. 10시가 지나 있었다.

"애니가 늦네요," 하고 로리 부인이 말했다.

"무슨 일이 없어야 할 텐데요," 하고 톰이 걱정스럽게 말했다. "누구랑 같이 있죠?"

"나갈 땐, 네 명이었어요. 랜디 캠벨이랑 한 커플이 있었는데, 누군지는 확인을 못 했어요. 그냥 소다수 한 잔 마신다고 나갔어요."

"곤란한 일이 없기를 바랄 뿐입니다. 물론 그렇진 않겠지만……제가 가 봐야 할까요?"

"요즘엔 10시가 늦은 시간도 아니죠. 이제 알게 될 테지만……"톰 스콰이어스가 애니와 결혼할 거라는 사실과 아직 그녀를 데려간 건 아니라는 사실을 상기하며, 그녀는 몇 마디 더 하려다 그만두었다. "이제 익숙해질 겁니다."

그녀의 남편은 양해를 구하고 자러 들어갔고, 두 사람의 대화는 점점 억지스럽고 산만해졌다. 길 반대편 교회에 걸린 시계에서 11시를 알리는 종이 울리자 두 사람은 대화를 멈추고는 그 소리에 귀를 기울였다. 다시 20분이 지나고 기다림에 지친 톰이 마지막 시가를 막 비벼 껐을 때, 자동차 한 대가 미끄러지듯 길을 내려오더니 문 앞에 멈춰 섰다.

한동안 현관에서도, 자동차 안에서도, 아무런 움직임이 없었다. 그러다가 손에 모자를 든 애니가 차 밖으로 나오더니 빠르게 걸음을 옮겼다. 평온한 밤에 반항이라도 하듯 자동차는 요란한 소리를 내며 사라졌다.

"아, 여기 있었군요!" 하고 그녀가 큰 소리로 말했다. "정말 미안해요! 근데, 몇 시예요? 제가 너무 늦었죠?"

톰은 아무런 대답도 하지 않았다. 가로등이 그녀의 얼굴 위로 와인색 불빛을 떨구었고, 그림자가 드리워진 그녀의 얼굴이 유난히 붉었다. 드레스는 구겨지고, 머리카락은 한마디로 엉망이었다. 하지만 그로 하여금 쉽게 입을 떼지 못하고 고개를 돌려 그녀를 외면하게 만든 건 그녀의 이상하게 갈라진 목소리였다.

"무슨 일이라도 있었니?" 하고 로리 부인이 여느 때처럼 물었다.

"아, 타이어가 펑크도 났고, 엔진도 좀 문제가 있었고…… 오다가 길도 잃었어요. 정말 너무 늦었죠?"

그러다 그녀가 두 사람 앞에 섰을 때 그녀의 손엔 여전히 모자가 들려 있었고, 그녀의 가슴은 약간 오르내렸으며, 커다랗게 뜬 그녀의 두 눈은 무심히 반짝거렸다. 그제야 톰은 다른 사람의 눈에는 자신과 애니의 어머니가 똑같은 연배로 보일 거라는 사실을 새삼스럽게 깨달았다. 그것은 일종의 충격이었다. 아무리 애를 쓴다 해도, 자신과 로리 부인이 같은 연배라는 건 감출 수가 없었다. 그녀가 실례하겠다고 말했을 때, 그는 초조한 마음을 누르며 말했다. "왜 지금 가셔야 하죠? 더 있다 가시면 안 되겠습니까?"

하지만 애니의 어머니는 자리를 떴고, 두 사람만 남았다. 애니가 그에게 다가와 손을 거머쥐었다. 그녀의 아름다움이 그토록 의식된 적은 없었다. 이슬에 닿은 듯 그녀의 두 손이 촉촉이 젖어 있었다.

"캠벨이랑 나갔었구나," 하고 그가 말했다.

"그래요, 하지만 화내진 말아요. 전…… 오늘 밤 너무 속상하거든요."

"속상하다고?"

"어쩔 수가 없었어요. 제발 화를 내진 말아 줘요. 그 사람이 저랑 드라이브하고 싶다고 사정을 했어요. 정말 아름다운 밤이기도 했고요. 그래서 딱 한 시간만 하기로 약속하고 나갔죠. 그리고 얘기를 하다 그만 시간이 이렇게 된 줄 깜빡했지 뭐예요. 그 사람, 참 측은해요."

"내 기분은 어떨 것 같니?" 하고 말하는 순간, 그는 자신을 경멸했다. 하지만 뱉은 말을 삼킬 순 없었다.

"그러지 말아요, 톰. 제가 정말로 속상하다고 말했잖아요. 자고 싶어요."

"알겠어. 그럼 잘 자, 애니."

"아, 제발 그런 식으로 말하지 말아요, 톰. 무슨 뜻인지 모르겠어요?"

무슨 뜻인지 모를 리가 없었다. 하지만 그게 문제였다. 그는 세대가 다른 사람의 정중한 작별 인사를 건네고는 계단을 내려가 희미해져가는 달빛 속으로 걸어 들어갔다. 이내 그는 그저 하나의 그림자가 되어 가로등들을 지났고, 거리엔 발소리만 흐릿하게 남겨졌다.

4

그해 여름 동안 줄곧, 저녁이면 그는 산책을 나갔다. 그는 자신이 태어난 집 앞에 잠깐 서 있는 걸 즐겼고, 그런 다음 어린 시절에 살았던 또 다른 집 앞에서도 잠깐 서 있었다. 그가 늘 다니던 길에는 이제는 사라진, 1890년대를 또렷하게 상징하는 건물들이 더러 있었다. 젠슨 마차 대여소와 뉴슈카 스케이트장은 외관만 남아 있었다. 매년 겨울이면 그의 아버지는 몸을 동그랗게 말고는 관리가 잘 된 스케이트장의 얼음판 위를 질주하곤 했었다.

"지독하게도 청승맞군," 하고 그는 중얼거렸다. "어찌 이리 가엽냐."

그는, 또, 불이 켜진 어떤 약국 앞을 지나가길 좋아했다. 그곳은, 분명 과거이긴 했지만 지금과 그리 멀지 않은 어느 지난날의 씨앗을 품고 있는 곳이기 때문이었다. 한번은 그곳으로 들어가 별일 아니라는 듯 금발의 점원에 대해 물었고, 그녀가 결혼을 해 몇 달 전에 그만두었다는 사실을 알았다. 그는 그녀의 주소를 알아낸 뒤 거의 충동적으로 그녀에게 "말 못 하는 당신의 숭배자로부터"라는 쪽지와 함께 결혼 선물을 보냈다. 자신의 행복과 고통에 대해 그녀에게 뭔가 빚을 진 것 같은 느낌이 들었기 때문이다. 그는 젊음과 봄에 맞서 싸웠던 전투에서 패배했으며, 나이에 대한 용서할 수 없는, 죽기를 거부했다는 첫

값을 쓸쓸히 치렀다. 하지만 그는 조금이라도 힘이 남아 있을 때까지는 어둠이 내린 거리를 떠날 수 없었다. 그가 원했던 것은, 결국, 여전히 튼튼한 자신의 늙은 심장을 부수는 것이었다. 싸운다는 것은 그 자체로 승리와 패배를 넘어서는 가치를 가지고 있으며, 그리하여 그 어느 석 달은, 그에게 영원히 남아 있었다.

◆◆◆

「당신의 나이」는 《새터데이 이브닝 포스트》(1929년 8월 17일자)에 발표한 단편소설이다. 에이전트 해럴드 오버의 "피츠제럴드가 쓴 중단편들 가운데 가장 뛰어난 작품이자, 내가 읽은 중단편들 가운데서도 가장 뛰어난 작품"이라는 열광적인 찬사는, 피츠제럴드 단편소설의 판매가를 4,000달러까지 치솟게 만들었다. 이 찬사는 일정 부분 과장된 것이긴 하지만, 「당신의 나이」는 아무리 진부한 구성이라도 어떻게 쓰는가에 따라 문제 될 게 전혀 없다는 것을 증명해 보인 작품이다. 하지만 피츠제럴드는 「당신의 나이」에 대한 에이전트의 생각을 전혀 받아들이지 않았으며, 재수록도 하지 않았다.

수영하는 사람들
The Swimmers

1

브누아 광장은 가득 늘어선 자동차들이 내뿜는 배기가스와 6월의 햇빛이 천천히 뒤섞이고 있었다. 거기엔 그냥 덥기만 한 것과는 다른 뭔가 끔찍한 구석이 있었는데, 시골로 도망친다고 뭐가 달라질는지는 몰라도 아무튼 도로는 온통 지독한 천식을 앓고 있는 것처럼 보였다. 광장을 마주 보고 있는 지불 보증 신탁은행 파리 지점에 있던 서른다섯 살의 미국인 남자 하나는 그 공기를 마셨는데, 그 냄새는 그로 하여금 즉시 뭘 해야 하는지를 일깨워 주었다. 갑자기 시꺼먼 공포가 엄습한 그는 위층 화장실로 올라갔고, 문 바로 안쪽에서 몸을 약간 떨며 서 있었다.

화장실 창문 바깥으로 간판 하나가 그의 눈에 들어왔다. 1,000벌의 슈미즈 드레스*. 문제의 옷들은 포개지거나 허리가 잘록한 역삼각형 모양이거나 속을 채운 형태로 쇼윈도를 가득 채우고 있었고, 유리 진열장이 있는 층에는 여러 가지 형태로 주름 잡힌 것들이 있었는데, 우아하긴 해도 어딘가 조잡해 보였다. 1,000벌의 슈미즈라니, 세어 보란 얘기야 뭐야! 그는 왼쪽으로 문구점, 과자점, 바겐세일 상품들, 선전용 문구들 그리고 마치 색이 바랜 것 같은 옷을 입은 콘스턴스 탈매지까지 훑었다. 눈길을 오른쪽으로 돌리자 성직자용 의류, 사망신고 대행, 장례용품 같은 칙칙한 문구들이 빨려 들어왔다. 삶과 죽음이 거리를 온통 메우고 있었다.

헨리 마스턴의 떨림은 흔들림으로 바뀌어 갔다. 이것이 끝이라면 뭘 더 할 필요도 없게 될 것이고, 그러면 기쁠 거라고 생각하며, 그는 그래도 일말의 희망을 품은 채 변기에 걸터앉았다. 하지만 정말로 끝나는 건 거의 없다는 생각을 하다가, 얼마쯤 뒤 너무 지쳐서 신경을 쓸 수조차 없게 되었을 때, 흔들림이 멈추면서 기분이 좀 나아졌다. 아래층으로 내려가는 그의 단정하고 침착한 모습은 은행의 다른 직원들과 다를 바 없었다. 그는 안면이 있는 고객 두 명과 말을 주고받았는데, 정오를 향해 가고 있는 그 시간 그의 얼굴은 침착하다 못해 엄숙하기까지 했다.

"그래, 헨리 클레이 마스턴!" 잘생긴 노년의 남자가 그와 악수를 나눈 뒤, 그의 책상 뒤에 놓인 의자에 앉았다.

"헨리, 그러잖아도 저번 날 밤에 얘기한 건으로 자넬 만나고 싶었는

---

* 원피스로 된 여성용 속옷, 혹은 그런 형태의 헐렁한 드레스.

데, 오늘 점심 어때? 나무 화분들이 가득 있던 그 조그만 초록색 식당에서 말이야."

"점심은 곤란하네요, 워터베리 판사님. 선약이 있어서 말이죠."

"그럼 여기서 얘기하지 뭐. 오늘 오후에 떠나기로 돼 있거든. 그래, 여기 부자들이 자네한테 얼쩡거리면서 으스대는 대가로 얼마를 내고 있나?"

헨리 마스턴은 무슨 얘기가 나오는지 짐작이 갔다.

"1만 달러와 약간의 경비입니다," 하고 그가 대답했다.

"그 두 배를 줄 테니 리치먼드로 돌아오는 게 어떻겠나? 여기서 지낸 게 8년이 넘잖아. 자넨 지금 얼마나 많은 기회를 놓치고 있는지 모를 걸세. 두 아들이 왜……"

헨리는 고마운 마음으로 듣고 있긴 했지만 그날은 왠지 그 문제에 집중할 수가 없었다. 그는 파리가 더 편하다는 대답으로 얼버무리고는 고향으로 돌아가 사는 일에 대해서는 솔직하게 털어놓지 않았다.

워터베리 판사는 우편물 분류대 곁에 서 있는 키 크고 핼쑥한 남자에게 손짓을 보냈다.

"이쪽은 비제 씨," 하고 그가 말했다. "비제 씨는 남부 출신이네. 이제 곧 내 사업 파트너가 될 분일세."

"반갑습니다." 비제란 남자는 지나치다 싶을 만큼 의식적으로 남부 말을 사용했다. "판사님께서 제안을 하셨다고 들었습니다."

"네," 하고 헨리가 간단히 답했다. 그는 비제란 사람이 어떤 유형인지를 가늠해 보고는 기분이 썩 좋지 않았다. 짐작건대, 출세를 위해 남부로 간 북부인과 가난한 백인 여자 사이에서 태어나, 저임금으로 노동을 착취해 돈푼깨나 모은 자일 것 같았다. 그가 떠나자 판사가 그를 변호하는 말을 주절거렸다.

"생각해 볼게요, 판사님." 희끗한 머리에 혈색 좋은 노년의 얼굴이 잠깐은 무척이나 다정해 보였다. 그러다가 곧 그런 느낌이 흐릿해지면서, 즉물적이며 기계적인, 유럽인들과는 달리 무미건조하고 옹색한 느낌마저 들었다. 헨리 마스턴은 그런 의도적인 친절이 오히려 존경스러웠다. 하루 종일 은행 일을 하는 그에게 그건 마치 박물관 큐레이터가 시공간에서 사라져 버린 귀중품이라도 만지듯 감사하는 마음을 가지게 만들었다. 하지만 그런 식의 친절이 그에게 도움이 되는 건 아니었다. 헨리 마스턴의 삶이 던져 놓은 문제들은 오직 프랑스에서만 답을 들을 수 있을 뿐이었다. 매일 정오 점심을 먹으러 집으로 돌아갈 때면 7대에 걸친 버지니아 집안의 조상들이 그의 뒤에 든든한 배경처럼 따르고 있었다.

그의 집은 무슈 거리에 있는 르네상스기 어느 추기경의 호화로운 저택을 일부 다듬어 놓은, 천장이 높은 멋진 아파트였는데, 미국이었다면 그의 형편으로는 거주할 수 있는 곳이 아니었다. 프랑스 부르주아 취향의 엄격한 전통 이상의 뭔가를 가진 아내 슈페트는 그곳을 아름답게 가꾸며 그들의 두 아들과 우아하게 지내고 있었다. 그녀는 섹시한 라틴계의 금발에 훤칠한 체형, 선명하면서 우수에 찬 프랑스인의 눈을 가지고 있었는데, 헨리는 1918년 그르노블의 한 펜션에서 그 눈을 처음 본 순간 빠져 버렸다. 아들 둘은, 전쟁이 일어나기 수년 전 버지니아 대학교에서 가장 잘생긴 남자로 뽑히기도 했던 헨리의 외모를 그대로 닮아 있었다.

두 단으로 된 널따란 계단을 올라간 헨리는 현관 바깥쪽에서 숨을 몰아쉬며 서 있었다. 주위는 조용하고 공기는 서늘했는데, 뭔가 끔찍한 일이라도 일어날 것 같은 불길한 전조처럼 느껴졌다. 그는 아파트 안에서 1시를 알리는 시계 종소리를 들으며 문구멍에다 열쇠를 꽂았다.

30년 동안 슈페트 집안에서 일해 온 하녀가 놀란 나머지 그대로 굳어 버린 듯 입을 벌린 채로 그의 앞에 서 있었다.

"안녕, 루이즈."

"선생님!" 그는 의자에 모자를 던져 놓았다. "어떻게 되신 거예요, 선생님…… 전화로 분명히 아드님들을 마중하러 투르로 간다고 하지 않으셨던가요?"

"마음을 바꿨어요, 루이즈."

한 걸음 앞으로 다가간 그는 두려움이 가득 덮인 그녀의 얼굴을 보는 순간 그에게 남아 있던 의심이 마침내 풀리리라는 생각이 들었다.

"안사람은 집에 있어요?"

그와 동시에 그는 거실 탁자 위에 남자의 모자와 지팡이가 놓여 있는 걸 보았고, 그의 인생에서 처음으로 침묵이 만들어 내는 소리를 들었다. 큰 소리로 노래하는 듯한, 둔중한 총성 아니면 천둥처럼 요란한. 그러고 나서, 하녀의 겁에 질린 조그만 외마디에 영원히 멈추어 있을 것 같은 순간이 부서짐과 동시에 그가 휘장을 걷으며 옆방으로 들어섰다.

그로부터 한 시간 뒤, 의과대학 교수인 데로코 박사가 아파트 벨을 눌렀다. 슈페트 마스턴이 약간 굳은 얼굴로 문을 열었다. 두 사람은 잠깐 프랑스식 인사를 나누었다. 그런 다음, "요 몇 주 동안 남편이 몸이 좋지 않았어요," 하고 그녀가 용건만 말했다. "하지만 제가 불편해할 만한 얘기는 한마디도 하지 않았죠. 그러다 갑자기 쓰러진 겁니다. 발음도 또렷하질 않고, 팔다리도 움직일 수가 없나 봐요. 이게 다, 제가 경솔해서 그런 거라고밖엔 말할 수가 없네요…… 이렇게 된 데는 폭력적인 장면이, 말다툼 말이죠, 그런 게 있었어요. 남편은 불안해지면 때로 프랑스어를 잘 알아듣질 못하기도 합니다."

"아무튼 진찰을 해 보도록 하죠," 하고 의사가 말했다. 그러곤 속으로 생각했다. '알아들을 수 있는 말이 있겠지.'

이후 4주 동안 여러 사람들이 그에게서 1,000벌의 슈미즈 드레스에 대한 이상한 얘기나 파리 사람들이 어떻게 값싼 가솔린에 무감각해지는지에 대한 얘기를 들었는데, 그들 중에는 환자의 상태로 보아 정신적으로 문제가 있는 건 아니라는 진단을 내린 정신과 의사도 있었다. 그리고 미국계 병원에서 온 간호사가 있었고, 겁에 질려 있기도 하고 도리질을 치기도 하다가 나름대로 깊이 뉘우치기도 한 슈페트도 있었다. 그렇게 한 달이 지난 뒤, 헨리는 희끄무레한 등이 켜진 낯익은 자신의 방에서 깨어나 침대 곁에 앉아 있는 아내를 발견하고는 그녀를 향해 손을 뻗었다.

"내가 여전히 사랑하는 거 알지?" 하고 그가 말했다. "이상한 일이긴 하지만."

"더 자요, 그래야 기운을 차리지."

"어떤 대가를 치르더라도," 하고 그는 얼마쯤은 빈정거리듯 말을 이었다. "당신은 내가 유럽인다운 태도를 취할 거라고 믿어야 돼."

"제발요! 그렇게 제 마음을 찢어 놔야겠어요?"

그가 일어나 침대에 앉게 되었을 때, 두 사람은 겉으로는 다시 가까워져 있었다. 지난 수개월 동안보다 훨씬 더.

"이제 너희들, 또 휴가를 가야겠구나," 하고 헨리가 시골에서 돌아온 두 아들에게 말했다. "이번엔 바닷가로 가려고 해. 그게 회복하는데 도움이 될 거 같아서 말이야."

"그럼, 수영도 하나요?"

"그러다 물에 빠지면 어떡하려고?" 슈페트가 큰 소리로 말했다. "수영하는 게 재밌기야 하지만, 너희들 나이엔 어림없는 얘기야!"

그렇게 그들은 생장드뤼 해변에 앉아 영국인과 미국인들 그리고 부교와 다이빙대, 모터보트와 모래사장을 오가는 체력 좋은 프랑스 사람들을 지켜보았다. 지나가는 배들도 보이고, 밝게 빛나는 섬들, 한랭대로 들어선 산들, '숲의 꽃'이니 '나의 둥지'니 '천하태평' 같은 이름의 빨갛고 노란 펜션들도 보였다. 그 뒤편 멀리 햇볕에 익은 시멘트와 회색 돌로 만들어진 오래된 프랑스인들의 마을이 자리를 잡고 있었다.

슈페트는 복숭아 꽃잎 같은 피부가 햇볕에 타지 않도록 양산을 펼쳐 들고 헨리 곁에 앉았다.

"저기 좀 봐!" 그녀는 햇볕에 탄 미국인 아가씨들을 보면서 말하곤 했다. "예쁘다고 해야 하나? 어쨌든 저런 피부도 서른 살이면 가죽처럼 되겠지…… 햇볕에 타니 잡티를 모두 감춰 주는 갈색 베일을 쓴 거 같아. 그러니 모두가 똑같아져 버렸어. 100킬로그램이나 될 것 같은 여자들이 저런 수영복을 입고 다니다니! 옷이란 건 신이 저지른 실수를 감추라고 있는 거 아닌가?"

헨리 클레이 마스턴은 미국인이라는 것보다 버지니아 사람이라는 걸 더 자랑스러워하는, 골수 버지니아 사람이었다. 지도 위에 대륙을 가로지르며 쓰인 강력한 국명은 그에겐 할아버지에 대한 기억보다 나을 게 없었다. 그의 할아버지는 1858년에 당신이 소유하고 있던 노예들을 스스로 해방시켰고, 남북 전쟁 때에는 마나사스 전투에서 애퍼 메톡스* 전투까지 줄곧 참전했으며, 헉슬리**와 스펜서***를 가벼운 읽을 거리로 여겼고, 계급 제도는 가장 우수한 종족을 표현하는 것일 때에 만 신뢰한 분이었다.

슈페트에게는 이 모든 것들이 그저 막연할 뿐이었다. 남편의 나라 사람들에 대한 그녀의 비판은 여자들에게 훨씬 더 구체적이었다.

"저 사람들을 대체 어떻게 구별해요?"하고 그녀가 소리를 높여 물었다. "지체 높은 여성, 부르주아, 수단과 방법을 가리지 않고 지위를 얻으려는 여자…… 다 똑같지 않아요? 들어 봐요! 제가 만약 당신 친구 리슈팽 부인처럼 행동하려고 한다면 저라는 존재는 어디에 있을까 요? 제게는 아버지가 지역의 대학 교수여서 해선 안 될 일이 있어요. 제가 속한 계층의 사람들이, 제 가문의 사람들이 좋아하지 않으니까 요. 리슈팽 부인도 그녀의 계층 사람들이나 가문이 좋아하지 않아서 해선 안 되는 게 있을 거예요." 그녀는 막 물속으로 들어가고 있는 미 국인 아가씨를 갑자기 손가락으로 가리켰다. "저 젊은 여자는 속기사 인 것 같은데, 아닌 것처럼 속이고 있어요. 옷 입는 거 하며 행동하는 걸 보면 마치 세상 돈을 몽땅 가지고 있는 것 같잖아요."

"어쩌면 그런 돈을 가질지도 모르지, 언젠간."

"그게 바로 저 사람들이 듣고 있는 이야기라고요. 아흔아홉 명에겐

---

* 버지니아주 중부의 옛 촌락으로, 1865년 4월 9일, 이곳에서 남군의 리 장군이 북군의 그랜 트 장군에게 항복하여 남북 전쟁이 종결되었다.
** Thomas Henry Huxley(1825~1895). 다윈의 진화론을 열렬히 지지한 영국의 생물학자. 『멋진 신세계』를 쓴 소설가 올더스 헉슬리의 할아버지.
*** Herbert Spencer(1820~1903). 진화론에 기초한 '종합철학Synthetic Philosophy'을 수립한 영국의 철학자.

일어나지 않고, 단 한 명에게만 일어나는 그런 일. 그래서 저 사람들 얼굴은 서른 살이 넘어가면 불만과 불행에 찌들어 버려요."

헨리도 얼마간은 동의를 했지만, 그날 오후 슈페트가 목표물로 삼은 여자에 대해서는 흥미를 가지지 않을 수 없었다. 그의 눈에는 열여덟 살쯤 된 그 아가씨가 분명, 자신을 있는 그대로 뽐내는 것으로 보였다. 그녀는 자신의 아버지였다면 '순종'이라고 불렀을 여자였다. 생각이 깊어 보이는 얼굴은 완벽한 이목구비라고 인정하지 않을 수 없을 만큼 예뻤지만, 그게 아니더라도 침착함과 기품만으로도 충분히 예쁜 얼굴이었다.

우아하면서도 매우 아름답고 강인한 그녀는 완벽한 미국인 아가씨의 전형이었다. 지난 세기, 영국의 하층민들이 지배 계급을 낳기 위해 희생되었던 것만큼이나 남자를 희생양으로 삼아 온 게 아닌가 의심을 품게 하는.

그녀가 물로 들어갈 때 물에서 젊은 남자 둘이 나왔는데 널따란 어깨에 비해 생각이라곤 없는 얼굴이었다. 그녀가 그들에게 지어 보인 미소엔 의례적인 것 이상의 의미가 담겨 있지 않았다. 그녀가 자신의 아이들의 아버지로 한 명을 선택해 스스로 운명에 굴복할 때까지는 그 미소만으로 족했다. 헨리 마스턴은 그녀의 하나하나가 모두 마음에 들었다. 그녀의 팔이 마치 나는 물고기처럼 움직이며 자유형으로 헤엄을 쳐 물을 가를 때, 그녀의 몸이 스완 다이빙*을 하며 펼쳐졌을 때, 다이빙대에서 잭나이프 다이빙**으로 몸을 접은 채 물속으로 뛰어들었다가 깊은 물속에서 흠뻑 젖은 머리칼을 멋지게 젖히며 다시 나

* 양팔을 벌렸다가 입수할 때는 머리 위로 뻗는 다이빙 법.
** 몸을 동그랗게 말아 물속으로 들어가는 다이빙 법으로, 일명 '새우형 다이빙'이라고도 한다.

타났을 때 모두.

두 젊은 남자들이 가까이로 지나갔다.

"저 사람들은 그냥 물이나 튕길 뿐이에요," 하고 슈페트가 말했다. "그러곤 또 어딘가로 가서 또 다른 물을 튕겨 낼 테죠. 프랑스에서 몇 달이나 지냈으면서도 대통령 이름조차 모르죠. 저 사람들은 기생충이에요. 유럽에선 100년 전에 이미 박멸돼 버린."

그런데 헨리가 갑자기 자리에서 벌떡 일어났다. 해변에 있던 모든 사람들이 일제히 일어섰다. 50미터쯤 떨어진 곳에서, 사람이 보이지 않는 부교와 해변 사이에서 무슨 일이 일어난 게 분명했다. 그때 반짝이는 머리가 수면 위로 올라왔고, 물살을 가르지 못한 채 버둥거리며 외쳤다. "살려 주세요! 도와주세요!" 나약하고 겁에 질린 목소리였다.

"헨리!" 슈페트가 외쳤다. "가지 말아요, 헨리!"

한낮이라 해변엔 사람이 거의 없었지만 헨리를 비롯해 여러 사람들이 바다를 향해 뛰쳐나가고 있었다. 두 청년들도 그 소리를 들었고, 곧 돌아서서 사람들을 뒤쫓아 뛰어갔다. 대여섯 개의 머리가 물속으로 들어갔다 나왔다 하는 긴장된 시간이 얼마쯤 흘러갔다. 여전히 두 손으로 양산을 쥐어짜듯 부여잡은 채로 슈페트는 물가를 오르내리며 울음 섞인 소리를 질러 댔다. "헨리! 헨리!"

사람들이 점점 더 몰려들기 시작한 해변엔 엎어져 있는 두 사람을 두 개의 무리가 둘러싸고 있었다. 젊은 남자가 물을 뱉어 내게 한 아가씨는 곧장 의식을 차렸지만, 헨리는 물을 토해 놓는 데만도 몇 배나 힘이 들었다. 그는 수영을 배워 본 적도 없는 사람이었다.

"이 사람은 자기가 수영을 할 수 있는지 없는지도 모르는 사람이라고요. 수영이란 걸 배워 보려고 한 적도 없었으니."

헨리는 씽긋 웃으며 일광욕 의자에서 일어났다. 사고가 난 이튿날 아침이었다. 목숨을 구한 아가씨는 그녀의 오빠와 함께 막 해변으로 나오자마자 그들에게로 온 것이었다. 그녀는 헨리에게 미소를 지어 보였는데, 유별나게 감사하는 것보다는 그저 환하게 웃는 정도였다.

"제가 선생님께 수영을 가르쳐 드려야 아주 조금 보답이라도 되겠네요," 하고 그녀가 말했다.

"고맙군요. 내가 어제 물속에서 그 결심을 했죠. 열 번째쯤 빠지기 직전이었던 같아요."

"절 믿으세요. 물에 들어가기 전에 초콜릿 아이스크림을 먹은 게 실수였는데, 다신 안 먹을 테니까요."

물로 들어가며 슈페트가 물었다. "우리가 여기 얼마나 더 있을 것 같아요? 결국, 이곳도 싫증이 날 거예요."

"내가 수영을 할 수 있을 때까진 여기 머물 거야. 우리 애들도."

"잘 생각하셨어요. 파란색 무늬가 들어간 멋진 수영복을 봤는데, 50프랑에 팔더라고요. 오후에 선생님께 사다 드릴게요."

살짝이긴 하지만 배도 나오고 건강해 보이지 않는 허연 피부를 의식하며 헨리는 두 아들의 손을 잡고 물속으로 들어갔다. 커다란 파도가 밀어닥치는 바람에 그의 몸이 휘청거렸고, 아이들은 황홀경에 빠져 소리를 질러 댔다. 밀려왔다 빠져나가는 물살이 그를 빨아들일 듯 발 주위에 위협적인 소용돌이를 만들어 냈다. 그래도 조금씩 바다 안

쪽으로 나온 그는 다른 겁먹은 사람들과 함께 물이 허리춤까지 차는 곳에 서서 다이빙하는 사람들을 지켜보았다. 수영을 가르쳐 주겠다는 아가씨가 나타나기를 은근히 기대하고 있었는데, 막상 그녀가 나타나자 그는 좀 당황한 표정을 지었다.

"큰 아드님부터 할게요. 두 사람은 잘 보고 혼자서 한번 해 보세요."

그는 물속에서 허우적거리기만 했다. 물이 코 속으로 들어가 찌르듯 따끔거리기 시작했고 눈도 보이지 않았다. 귓속으로도 물이 들어가 마치 돌이 들어간 듯 몇 시간이나 덜그럭거렸다. 태양도 그에겐 사정을 봐주지 않았다. 어깨는 기다랗게 허물이 벗겨지고 등은 물집까지 잡혀 자려고 누워도 화끈거려 며칠 밤이나 잠을 설쳐야 했다. 그렇게 일주일이 지날 때까지 그는 숨을 헐떡거리며 죽으라고 팔을 휘젓기만 할 뿐 멀리 나아가지 못했다. 그래도 영법은 자유형이었다. 그가 평영은 나이 든 사람들이 하는 한물간 영법이라고 여겼기 때문이었다. 햇볕에 그을린 얼굴에, 은근히 매료된 듯한 그의 모습을 슈페트는 물끄러미 바라보았다. 막내는 모래사장에서 옮은 피부병 때문에 일찌감치 수영 배우기를 포기한 상태였다. 그러던 어느 날, 헨리는 물 위에 떠 있는 부목까지 필사적으로 헤엄쳐 가서 숨을 몰아쉬며 그 위로 기어오르는 데 성공했다.

"이제야 떠날 수가 있겠군," 하고 헐떡거리던 숨이 좀 가라앉자 그가 아가씨에게 말했다. "내일 생장을 떠나려고."

"아쉽네요."

"이제 뭘 할 거야?"

"오빠랑 앙티브로 가려고요. 10월 내내 수영을 할 수 있는 곳이라더군요. 그러고 나서 플로리다로 갈 거예요."

"거기서도 수영?" 그가 재미있어하며 물었다.

"왜 아니겠어요. 당연히, 수영을 해야죠."

"근데 그렇게 수영을 하는 이유가 뭐지?"

"깨끗해지려고요." 뜻밖의 대답이었다.

"뭘 씻어 낸다는 거야?"

그녀가 얼굴을 찌푸렸다. "왜 그렇게 말했는지 모르겠네요. 하지만 바다에선 깨끗해진다는 게 느껴져요."

"그래, 미국인들은 지나치게 결벽하긴 해," 하고 그는 생각나는 대로 말했다.

"그렇다고 생각하세요?"

"내 말은, 너저분한 걸 그냥 두고 보지 못한다는 뜻이야."

"글쎄요, 전 잘 모르겠네요."

"하지만 아가씬 왜……," 하고 말하다가 그는 멈칫하며 입을 다물었다. 그는 그녀에게 불쑥 묻고 싶어진 게 꽤 많다는 사실에 스스로 놀랐다. 새로운 인생을 시작하기 위해 무엇이 깨끗하고 무엇이 깨끗하지 않은지, 어떤 게 알아 둘 만한 것이고 어떤 게 단지 말일 뿐인지에 대한. 뭔가 멋진 비밀들로 가득한 그녀의 눈을 마지막으로 응시하면서 그는 그곳에서 보낸 아침들을 무척이나 그리워하게 되리라는 사실을 깨달았다. 하지만 그는 자신이 관심을 가진 게 그녀인지, 아니면 그녀가 보여 주는 새롭고 변화무쌍한 조국의 모습인지는 끝내 알지 못했다.

"이제 됐어," 하고 그날 밤 그는 슈페트에게 말했다. "내일 떠나는 거야."

"파리로요?"

"미국으로."

"그 말은, 저도 같이 간다는 건가요? 애들도요?"

"그럼."

"그게 무슨 말이에요," 하고 그녀는 항의하듯 말했다. "지난번에 갔을 때 여기서 반년 지내는 것보다 비용이 더 들었잖아요. 그리고 그땐 식구가 셋뿐이었어요. 이제 겨우 살 만해졌다 싶은……"

"바로 그게 문제라고. 난 당신이 동전 한 푼에도 벌벌 떨고, 변변한 옷도 없이 외출을 하면서 생기는 대로 저축하는 데 질렸어. 난 큰돈을 벌어야겠어. 미국 남자들은 돈 없이는 온전하게 살 수가 없어."

"그럼, 거기 계속 살 거라는 말이에요?"

"그럴 수도 있지."

그들은 서로의 얼굴을 바라보았다. 자신의 의지와 달리, 슈페트는 이해할 수 있었다. 지난 8년 동안, 그는 쉴 틈이라곤 없이 그녀의 인생에 그 자신을 맞추며 살아왔다. 자신의 나라가 지닌 도덕적 혼란을 프랑스의 전통과 지식과 교양으로 대체한 것이다. 파리에서 그 문제에 부닥친 후로, 이해하고 용서하는 것이 차지하는 비중이 더 커진 것 같았다. 가정에 충실하다는 건 사랑이 죽 끓듯 바뀌는 것과는 뭔가 달랐다. 그러다 수년 동안 경험해 보지 못했던 건강이 찾아온 지금, 그는 자신이 무엇을 해야 할지를 발견하게 된 것이다. 건강이 그를 해방시켜 주었다. 상실감이 완전히 해소된 건 아니었지만, 그는 8년 전의 한 똑똑하고 어린 프로방스 아가씨를 차지하기 위해 넘겨주었던 남성적 자아를 되찾았다.

그녀는 한동안 말다툼을 벌여야 했다.

"당신, 직위도 높아졌고 돈도 꽤 많이 벌고 있어요. 여기 사는 게 비용이 덜 든다는 걸 당신도 알잖아요."

"아이들이 한창 크고 있어. 애들을 프랑스에서 교육시키는 게 좋은 지도 확실히 모르겠고."

"이미 다 결정된 거군요," 하고 그녀가 울음 섞인 소리로 말했다. "당신 입으로 말했잖아요. 미국 교육은 깊이도 없고, 바보 같은 유행으로나 가득 차 있다고요. 당신은 우리 애들이 해변에서 봤던 그 실없는 청년들처럼 되길 바라는 거예요?"

"어쩌면 내가 날 너무 과대평가하는지도 모르겠어, 슈페트. 8년 전, 갓 대학을 졸업한 남자들이 제각기 신용장을 들고 은행엘 찾아왔었지. 그 친구들은 지금 1만 달러짜리 차를 몰고 다녀. 그때 난 신경 쓰지 않았어. 내겐 달아날 수 있는 더 좋은 데가 있다고 중얼거리곤 했지. 진짜 로브스터 아르모리캔느*를 먹을 수 있는 곳을 알고 있었으니까. 하지만 더 이상 그런 감정을 느끼지 못하는 것 같아."

그녀는 굳은 표정으로 "그렇다면……," 하고 말하다가 입을 다물었다.

"당신에게 달려 있어. 우린 새롭게 시작할 수 있어."

슈페트는 잠깐 생각에 잠겼다. "아파트는 언니가 인수해 줄 수 있을 테지만."

"물론이지," 하고 그는 열에 들떠 말했다. "거기 가면 당신을 즐겁게 해 줄 게 분명히 있을 거야…… 우린 멋진 차도 한 대 가질 거야. 그리고 냉장고도 하나 장만할 테고, 하인이 할 일을 대신해 주는 온갖 재미난 기계들도 살 거야. 나쁘지 않을 거라고. 당신은 골프 치면서 애들

---

* 로브스터를 마늘, 토마토와 볶아서 백포도주를 첨가한 소스로 요리한 프랑스 음식.

얘기로 수다도 떨 수 있을 거고, 영화도 보고."

슈페트가 낮게 앓는 소리를 냈다.

"처음에야 좀 힘들겠지," 하고 그는 인정을 했다. "하지만 거긴 아직 훌륭한 흑인 요리사들이 꽤 남아 있어. 그리고 욕실은 두 개나 가지게 될 거야."

"내가 욕실 두 개를 한꺼번에 사용하진 않아요."

"아무튼 가 보자고."

한 달 후, 내로스 해협*에 떠 있는 아름다운 하얀 섬이 그들을 향해 모습을 드러냈을 때, 헨리는 다른 승객들이 그랬듯 목구멍이 점점 죄어드는 것을 느꼈다. 그는 슈페트와 다른 모든 외국인들에게 외치고 싶었다. "자, 이제 알겠지!"

3

거의 3년이 지난 뒤, 헨리 마스턴은 캘러멧 담배 회사에 있는 자신의 사무실에서 걸어 나와 워터베리 판사의 집무실로 가는 복도를 따라 걷고 있었다. 그의 얼굴은 그 사이 더 늙어 보였는데, 인상이 험악해진 탓인지도 몰랐다. 살짝 불어난 몸도 흰색 리넨 셔츠로 다 가려지지 않았다.

"바쁘신가요, 판사님?"

"들어오게, 헨리."

---

* 롱아일랜드와 스태튼섬 사이의 해협으로, 뉴욕으로 통한다.

"몸무게 좀 줄이려고 내일은 수영하러 바다로 갈 겁니다. 가기 전에 말씀드릴 게 좀 있어서요."

"아이들도 같이 가나?"

"아, 당연하죠."

"슈페트는 해외로 나갈 테지, 아마도?"

"올해는 아닙니다. 제 생각엔 저랑 같이 갈 거 같아요. 여기 리치먼드에 머물고 싶지 않다면요."

판사는 생각했다. '보아하니 이 친구 이거, 다 알고 있는 모양이군.' 그러곤 기다렸다.

"판사님께 말씀드릴 게 있는데, 9월 말까지만 하고 그만두려고요."

판사가 발을 바닥에 내려놓자 안락의자가 삐걱거리며 뒤로 넘어갔다.

"그만둔다고, 헨리?"

"꼭 그런 건 아니고요. 프랑스에 있는 월터 로스가 집으로 돌아오길 바라던데, 그 친구 자리를 저한테 주세요."

"이봐, 우리가 월터 로스한테 주는 돈이 얼만지 알아?"

"7,000이잖아요."

"그런데 자넨 2만 5,000이야."

"제가 주식 시장에서 해낸 건 그보다 더 되지 않나요?" 하고 헨리가 비난조로 말했다.

"10만에서 50만 사이지."

"그래요, 그 사이 어디죠."

"그런데 7,000달러짜리 자리로 가겠다고? 슈페트가 향수병이라도 앓아?"

"아뇨. 제 생각에 슈페트는 여길 더 좋아해요. 놀랍도록 잘 적응했죠."

'이 친구는 알고 있어,' 하고 판사는 속으로 생각했다. '손을 떼고 싶다는 거야.'

헨리가 가고 난 뒤, 그는 벽에 붙어 있는 조부의 초상화를 올려다보았다. 저 시대엔 간단한 문제였을 텐데. 모르긴 해도, 해가 뜰 무렵 오래된 휘턴 목장에서 권총 결투가 벌어졌을 것이다. 상황이 오늘과 같았다면 헨리가 유리했을 테지만.

운전기사가 헨리를 내려 준 곳은 새로운 교외의 주택가, 조지 왕조 풍의 어느 저택 앞이었다. 모자를 거실에 벗어 두고, 그는 곧장 옆쪽 베란다로 나갔다.

천으로 덮어씌운 그네에 앉아 있던 슈페트가 얌전히 미소를 지으며 그를 쳐다보았다. 뭔가 경계하는 듯한, 짐짓 뭔가를 꾸미는 듯한 표정만 아니라면 미국 여자라 해도 손색없는 얼굴이었다. 프랑스어 억양에 남부 사투리가 섞인 것도 진기한 매력을 더했다. 크리스마스 댄스 파티를 통해 처음 사교계에 들어선 아가씨에게라도 하듯 그녀에게 귀찮게 달려드는 대학생들이 있을 정도였다.

헨리는 가느다란 고리버들로 짠 의자에 앉아 있던 찰스 비제 씨에게 고개를 까닥해 보였다. 그의 팔꿈치 가까이에 진피즈* 잔이 놓여 있었다.

"얘기할 게 있어요," 하고 그가 자리에 앉으며 말했다.

비제와 슈페트의 눈길이 그에게 닿기 전에 재빨리 교차했다.

---

* 진에 탄산수와 레몬 등을 탄 칵테일.

"당신은 걸릴 게 없어요, 비제," 하고 헨리가 말했다. "슈페트랑 결혼하는 게 어때요?" 그때 슈페트가 나서려 하자 "잠깐만," 하고는 그가 비제 쪽으로 고개를 되돌렸다. "1년 동안 난 이 문제를 그냥 흘러가도록 놔뒀어요. 재정 상태가 제대로 갖춰질 동안에는요. 하지만 당신이 낸 눈부신 마지막 아이디어가 나를 좀 불편하게 만들었어요. 좀 야비하기도 하고요. 이건 아니다 싶네요."

"무슨 뜻이오?" 하고 비제가 물었다.

"지난번 뉴욕에 갔을 때 당신은 사람을 붙여서 날 미행하게 했죠. 나한테 불리한 증거를 잡아서 이혼을 시키려 했던 것 같은데, 성공하진 못했지."

"왜 그런 생각을 하게 됐는지 모르겠군요, 마스턴. 당신은……"

"거짓말하지 말아요!"

"선생……," 하고 비제가 말을 시작했지만, 헨리가 참지 못하고 말을 잘랐다.

"더 이상 날 선생이라고 부르지 마. 그리고 일부러 화내는 척도 하지 말고. 당신은 지금 겁에 질린, 기생충이 우글거리는 목화 따는 노예랑 얘기하고 있는 게 아니야. 남우세스러운 꼴은 원치 않아. 괜한 감정 따위로 이런 말을 하는 것도 아니고. 내가 원하는 건 이혼이야."

"왜 이런 식으로 문제를 꺼내는 거예요?" 슈페트가 프랑스어를 섞어 가며 소리를 질렀다. "둘이서 얘기하면 되잖아요. 저한테 그렇게 쌓인 게 많다면요."

"잠깐만요. 이 문제는 지금 결판을 내는 게 좋겠어요," 하고 비제가 말했다. "슈페트는 이혼을 원하지 않아요. 당신과 사는 게 만족스럽진 않지만, 그 생활을 유지하려는 이유는 그녀가 이상주의자라는 이유뿐입니다. 그 사실에 당신이 감사해하는 것 같진 않지만, 그건 사실입니다. 그녀는 자신의 가정을 깨뜨릴 수 없답니다."

"아주 감동적이군," 하고 헨리가 씁쓸한 재미를 느끼며 슈페트를 바라봤다.

"하지만 사실을 제대로 짚어 보자고. 난 프랑스로 돌아가기 전에 이 문제를 매듭짓고 싶어."

다시 비제와 슈페트가 눈길을 주고받았다.

"간단히 매듭을 지을 순 있어요," 하고 비제가 말했다. "슈페트는 당신 돈을 1센트도 원하지 않아요."

"나도 알아. 그녀가 원하는 건 아이들이니까. 하지만 내 대답은, '당신은 아이들을 양육할 수 없다'는 거야."

"말도 안 돼!" 하고 슈페트가 소리를 질렀다. "내가 애들을 포기할 거라고 생각했다면 오산이에요!"

"무슨 생각을 하는 겁니까, 마스터?" 하고 비제가 따지듯 물었다. "애들을 프랑스로 데리고 가서 당신처럼 국외자로 만들 셈인가요?"

"천만에. 우리 애들은 세인트레지스 예비학교에 갈 거고, 졸업하면 예일대에 들어갈 거야. 그리고 애들 어미가 아무리 보고 싶어 해도 보여 주지 않을 생각이고. 지난 2년 동안 이 생각을 했었지. 자주는 아니지만. 난 아이들에 대한 완전한 합법적 양육권을 가질 생각이야."

"이유가 뭐예요?" 두 사람이 동시에 물었다.

"가정이란 걸 위해서."

"가정이라니, 대체 무슨 뜻이에요?"

"가정 몰라? 당신과 슈페트가 사는 데선 배울 수 없는 거. 그럴 바엔 내 아이들에게 사업을 가르치는 게 낫지."

한동안 침묵이 있었다. 갑자기 슈페트가 잔을 집어 들어, 헨리에게 잔에 든 걸 끼얹고는 소파에 쓰러져 몸을 떨어 대며 흐느끼기 시작했다.

헨리는 손수건으로 얼굴을 닦아 내고 일어섰다.

"나도 이렇게 되는 게 두려웠어," 하고 그가 입을 뗐다. "하지만 내 입장을 명확하게 하지 않으면 안 되겠더군."

그는 자신의 방으로 올라가 침대에 몸을 뉘었다. 지난 한 해 잠 못 이루며 보낸 수많은 시간을 그는 법적인 조치를 취하지 않고 자신의 아이들을 지켜 내는 방법을 생각하며 싸웠다. 그는 그녀가 아이들을 데리고 있으려는 이유를 알았다. 아이들이 없으면 그녀는 프랑스에 있는 가족들에게 눈총을 받고, 세상으로부터 실패한 여자로 낙인이 찍힐 것이었다. 그게 두려웠던 것이다. 헨리는 그것이 오랫동안 지켜져 온 어쩔 수 없는 특질이라고, 충분히 그럴 수 있는 것으로 이해했다. 더구나 자식들의 엄마에게 공공연히 추문을 덧씌울 필요는 없었다. 그게 바로 그가 그날 오후 그다지 만족스럽진 않았지만 그 정도에서 자신의 도전을 마무리한 이유였다.

곤란한 상황을 이겨 낼 수도 없고 피할 수도 없을 때, 헨리는 운동을 통해 일시적으로나마 상황을 멈추어 보려 했다. 지난 3년 동안 수영은 그에게 일종의 도피처였다. 누군가는 음악에 의지하고 누군가는 술에 의지하듯, 그에겐 수영이 바로 그랬다. 어느 순간 그는 생각을 완전히 멈추고 일주일쯤 버지니아의 해변에서 마음에 쌓인 찌꺼기를 말끔히 씻어 내곤 했다. 그는 천진난만한 돌고래가 되어 부서지는 파도 너머로 초록과 갈색이 경계를 이룬 올드도미니언*의 지평선을 물끄러미 바라보곤 했다. 파도에 몸을 맡기고 있으면 끔찍한 결혼 생활의 짐이 흔들리는 몸으로부터 빠져나가고, 아이들이 꿈꾸는 우주로 떠내려가기 시작했다. 때로는 유년 시절 함께 미역을 감던 친구들이 떠올랐고, 때로는 두 아이들과 함께 달을 향해 뻗어 있는 반짝이는 길을 따라 곧장 올라갈 듯한 기분이 들었다. 그맘때 그가 즐겨했던 말은, 미국인이라면 지느러미를 가지고 태어나야 한다는 거였다. 어쩌면 그들은 실제로 지느러미를, 돈이라는 지느러미를 갖고 태어나는지도 몰랐다. 강한 정착 의식을 갖고 태어나는 영국과는 달리 뿌리가 얕아 가만히 있질 못하는 미국인들에겐 지느러미와 날개가 필요했다. 미국은 역사와 과거로부터 떠나야 한다고, 허공으로 비상하는 모험을 위해 문화적 유산이니 전통 따위의 짐은 내던져 버려야 한다고 반복적으로 가르쳤다. 이튿날 오후, 바다에 떠서 이런 생각들을 하고 있던 헨리는 자연스럽게 아이들에게로 생각이 미쳤다. 그는 몸을 돌려 천천히 두 팔을 휘젓는 자유형 영법으로 해변을 향해 나아갔다. 컨디션이 좋지 않았던 탓인지 그는 부교에서 잠깐 숨을 돌렸다. 그러다 고개를 들었을 때, 낯익은 두 눈동자와 마주쳤다. 4년 전 그가 구하려 했던 그 아가씨였다. 그는 한동안 그녀와 얘기를 나누었다.

그는 몹시 기뻤다. 그녀에 대한 기억이 그렇게도 생생할 줄은 미처 알지 못했다. 알고 보니 그녀는 버지니아 사람이었는데, 프랑스에서 만났을 때 그는 이미 그 사실을 짐작했는지도 모른다. 나른한 게으름이 그랬고, 호의와 배려를 절묘하게 숨겨 놓은 태평함이 그랬다. 전혀 형식적이지 않으면서도 훌륭하게 갖춰진 예의는 다정하고 사려 깊은 마음에 근거해 있었다. 그녀의 이름을 처음으로 들었을 때, 그는 그녀가

* 버지니아주의 옛 속칭.

동부 연안의, 자신의 집안만큼이나 '훌륭한' 가문 출신이란 걸 알아차
렸다.

부교 위에 누워 햇빛을 고스란히 받으며 그들은 오래된 친구처럼
이야기를 나눴다. 헨리가 슈페트에게 곰곰이 생각하며 꺼내야 했던
말은 인종이나 관습 같은 게 아니었다. 그런 것들에 대해선 그들은 마
치 자연스럽게 생각을 공유하고 있는 것 같았다. 그들은 각자가 무얼
좋아하는지에 대해, 무엇을 재미있어하는지에 대해 얘기를 나누었다.
그녀가 높다란 다이빙대에 올라가 물속으로 뛰어들면 그가 서투르게
그것을 따라 했다. 무척이나 재미났다. 그들은 딱지가 연한 게를 어떻
게 먹는지를 얘기했고, 그녀는 부교 위에 누워 있으면 물이 특이한 음
향 장치가 되어서 호텔 현관에서 얘기하는 소리까지 들을 수 있다며
어떻게 듣는지를 그에게 가르쳐 주었다. 그녀가 가르쳐 주는 대로 하
자, 차를 마시는 두 여자의 얘기 소리가 정말로 들려왔다.

"그런데, 리도*에서 말이야……"

"그래, 애즈버리 공원**에서는……"

"글쎄, 그 사람이 밤새 긁고 또 긁었다니까. 그냥 계속 긁고 또 긁
고……"

"말도 마, 도빌***에서는……"

"……밤새도록 긁고 또 긁었다니까."

얼마쯤 뒤, 바다는 오후 4시의 푸른색으로 바뀌어 갔고, 아가씨는
그에게, 어떻게 열아홉 살에 자신이 스페인 남자와 이혼을 하게 됐는

* 이탈리아 동북부의 모래섬들.
** 뉴저지주 동부의 해변 휴양 도시.
*** 프랑스 서북부, 르아브르 남쪽의 해변 휴양지.

지를 말해 줬다. 그는 밤에 외출을 하러 나갈 때마다 그녀가 있는 호텔 스위트룸을 잠갔다고 했다.

"늘 그런 식이었죠," 하고 그녀는 대수롭지 않게 말했다. "즐거운 얘 길하죠. 선생님의 아름다운 부인께선 잘 지내시나요? 두 아드님은요? 그 친구들 물에는 뜨나요? 오늘 저녁에 다 같이 식사하시는 건 어때요?"

"그렇게 할 수 없어서 유감이군." 그가 잠깐 망설이다 말했다. 사소한 것이라도 슈페트에게 무기를 제공하는 일은 절대 해선 안 되었다. 오후 내내 자신이 감시를 당하고 있을지 모른다는 생각이 들자 역겨움이 치밀었다. 그날 저녁 뜻밖에도 저녁 식사를 같이 하러 슈페트가 호텔에 왔을 때, 그는 자신의 신중함에 만족했다.

아이들이 잠자리에 든 뒤, 두 사람은 호텔 베란다에서 마주 앉아 커피를 마셨다.

"왜 제가 우리 애들을 공유할 자격이 없는지 설명해 줄래요?" 하고 슈페트가 말문을 열었다. "보복을 하려는 건 당신답지 않아요, 헨리."

설명은 헨리에겐 쉬운 일이 아니었다. 그는 그녀가 아이들을 원한다면 얼마든 데려갈 수도 있겠지만, 자신이 아이들에 대해 완전한 통제권을 가져야 하는 건 오래된 신념 때문이라고 거듭 말했다. 그녀의 얼굴이 시시각각 굳어지는 걸 보며, 그는 더 이상 말을 해 봐야 소용없는 일이란 걸 알았고, 거기서 입을 다물었다. 그녀가 비아냥거리듯 말했다.

"찰스가 도착하기 전에 합리적으로 처리할 수 있는 기회를 주고 싶었는데."

헨리는 자세를 바로 했다. "오늘 저녁에 그 사람이 여기로 온다고?"

"다행한 일이죠. 이제 당신의 그 이기적인 생각은 가슴 철렁한 일로 바뀔 거예요, 헨리. 당신이 상대해야 하는 건 이제 여자 하나만이 아니에요."

한 시간 뒤, 현관에서 걸어 나오는 비제를 본 헨리는 그의 입술이 어찌나 창백한지 분필 같다는 생각을 했다. 그의 이마는 진홍빛을 띠고 있었고, 두 눈엔 견고한 자신감이 배어 있었다. 그는 시간을 낭비하지 않겠다는 듯 곧바로 행동했다. "우리 나눠야 할 얘기가 있지요. 내가 모터보트를 가져왔는데, 얘기를 나누기엔 거기가 가장 조용할 것 같군요."

헨리는 차분히 고개를 끄덕였다. 5분 뒤, 세 사람은 달빛이 떨어지는 널따란 항로를 따라 햄프턴 수로*로 들어섰다. 평온한 저녁이었다. 해안에서 반 마일쯤 떨어진 곳에서 비제는 엔진 소리를 가벼운 진동음으로 줄였다. 덕분에 그들은 환한 물 위를 어떤 의지도 방향도 없이 떠다녔다. 비제의 목소리가 불쑥 고요를 깨뜨렸다.

"마스턴, 거두절미하고 말할게요. 난 슈페트를 사랑하고, 거기에 대해 사과하진 않을 겁니다. 이런 일은 언제나 일어나죠. 당신도 이해할 거라고 생각합니다. 한 가지 걸리는 게 있는데, 바로 슈페트의 양육권 문제죠. 당신은 아이들을 낳고 기른 엄마로부터 그 아이들을 떼어 내려고 결심한 것 같지만," 비제의 말은 더욱 명확하고 또박또박해졌다. 마치 한껏 벌린 입에서 비어져 나오는 것처럼. "하지만 당신은 계산에서 한 가지를 빠뜨렸어요. 바로 납니다. 내가 지금 버지니아에서 가장 부유한 남자 중 하나라는 사실을 모르진 않죠?"

---

* 버지니아주 동남부, 제임스강 어귀와 체스피크만 사이의 해협. 남북 전쟁 때인 1862년, 북군 전함 모니터호와 남군의 메리맥호의 격전지로 유명한 곳이다.

"귀가 닳도록 들었지."

"그래요, 돈이 권력입니다, 마스턴. 알아요, 선생? 돈이 권력이라고요."

"그 말도 귀가 닳도록 들었지. 그걸 당신 입으로 들으니 더 지겹군." 헨리는 이제 달빛만으로도 비제의 이마가 진홍색이라는 걸 알 수 있었다.

"그 소릴 다시 들을 거요, 선생. 어제 당신은 우릴 불시에 덮쳤고, 덕분에 난 슈페트에 대한 당신의 만행에 준비가 되어 있지 않았죠. 하지만 오늘 아침, 난 이 문제를 새로운 국면으로 접어들게 할 편지 한 통을 받았어요. 프랑스에서 온 거죠. 정신질환 분야의 전문의께서 작성한 진술서더군요. 당신이 정신이상이라는 것과 아이들의 양육권을 갖기에는 부적합하다는 걸 분명히 말해 주는 진술서 말입니다. 보니까 4년 전 당신의 신경쇠약을 진료했던 의사더군요."

헨리는 믿을 수 없다는 듯한 웃음을 머금으며 슈페트를 바라보았다. 그녀도 웃음을 머금고 있으리라고 반쯤은 짐작하면서. 하지만 그녀는 살짝 벌린 입술 사이로 빠르게 숨을 들이쉬었다 내쉬며 얼굴을 돌렸다. 갑자기 그는 비제가 진실을 말하고 있다는 걸 깨달았다. 그 진실이란, 뭔가 대단한 뇌물을 써서 문서를 수중에 넣었다는 것, 그게 완전히 조작된 문서라는 것이었다.

잠깐이었지만 헨리는 마치 물리적인 충격을 받은 것처럼 현기증이 일어나는 걸 느꼈다. 그는 이렇게 말하는 자신의 목소리를 들었다. "내가 들었던 것 중 가장 말도 안 되는 말이군." 그리고 비제의 답도 들려왔다. "의사들은 정신질환을 갖고 있는 사람들한텐 사실을 말해 주지 않는 법이지."

갑자기 헨리는 웃고 싶어졌고, 그의 주장에 손톱만큼이라도 진실이 들어 있는지를 궁금해하던 끔찍한 순간도 지나갔다. 그의 눈이 슈페트를 향했지만, 그녀는 다시 그의 눈을 피했다.

"어떻게 이럴 수 있지, 슈페트?"

"난 내 아이들을 원해요." 그녀가 말하자, 비제가 재빨리 끼어들었다.

"마스턴, 당신이 반만이라도 공정했더라면, 우리가 이런 절차까지 밟진 않았을 거요."

"그러니까 어제 오후에야 비로소 이런 졸렬한 수법을 만들었다는 척하는 거야?"

"내가 준비성이 철저하긴 하죠. 하지만 당신이 합리적이었다면 쓸 일은 없었겠죠. 사실, 앞으로라도 합리적으로 행동한다면, 굳이 진술서를 사용할 필요도 없겠지만." 그의 목소리는 갑자기 아버지처럼 느껴질 정도로 다정해져 있었다. "현명하게 행동해요, 마스턴. 당신에겐 고질적인 편견이 있어요. 내겐 4000만 달러가 있고요. 바보 같은 짓은 말아요. 다시 말해 줄게요, 마스턴. 돈이 권력입니다. 당신은 해외에 너무 오래 있어서 아마 그 사실을 잊게 된 것 같아요. 돈이 이 나라를 만들었고, 위대하고 영광스러운 도시들을 지어 냈고, 산업을 융성시켰고, 철도망을 전 국토에 깔게 했어요. 자연이 지닌 동력들을 이용하고, 기계를 발명하는 것도 돈이 해요. 돈이 가라고 하면 가고, 돈이 멈추라고 하면 멈추죠."

마치 그의 말을 명령으로 해석이라도 한 듯, 엔진이 갑자기 쉰 소리를 내더니 멈추어 버렸다.

"무슨 일이에요?" 하고 슈페트가 물었다.

"괜찮아요, 별거 아닐 거요," 하고 비제가 자동 시동기를 발로 눌렀다. "다시 말하죠, 마스턴. 돈이…… 배터리가 나갔군. 타륜을 돌리면 되니까, 잠깐만 기다려요."

그가 15분이나 전력을 다해 타륜을 돌리는 동안 보트는 잔잔하게 원을 그리며 돌았다.

"슈페트, 당신 뒤에 있는 서랍에 조명탄이 있는지 살펴봐요."

조명탄이 없다고 대답하는 그녀의 목소리에 극심한 공포의 기운이 스며 있었다. 비제는 망연한 눈으로 해안을 바라보았다.

"소리쳐도 소용없을 것 같군. 반 마일은 떨어져 있는 게 확실해. 일단 누구라도 나타날 때까지 여기서 기다립시다."

"우린 여기서 기다리지 못할 거야," 하고 헨리가 말했다.

"무슨 소리요?"

"우린 지금 만으로 움직이고 있으니까. 모르겠어? 우린 지금 조류에 밀려가고 있다고."

"말도 안 돼!" 하고 슈페트가 날카롭게 말했다.

"저기 해안에 불빛 두 개 보이지? 하나가 다른 하나를 지나고 있잖아, 안 보여?"

"뭐라도 좀 해 봐요!" 하고 그녀가 울부짖었다. 그러고 나서 프랑스어가 터져 나왔다. "아, 너무 무서워요! 어떻게 좀 해 볼 수 없어요?"

조류는 이제 더욱 빨라져 보트를 햄프턴 수로 멀리로 떠내려 보내고 있었다. 두 척의 배가 그들을 지나갔지만 너무 멀리 떨어져 희미하게 보이는 정도라, 그들이 보내는 신호에도 응답이 없었다. 서쪽 하늘을 배경으로 깜박거리는 등대 불빛도 마찬가지였다. 그들이 탄 보트가 등대 가까이로 지나가게 될 것 같지 않았다.

"우리 문제들도 말끔하게 해결될 것 같군," 하고 헨리가 말했다.

"왜죠?" 하고 슈페트가 따지듯 물었다. "아무것도 안 할 거란 뜻이 에요? 그냥 앉아서 떠내려가겠다고요?"

"우리 애들한텐 그게 더 손쉬운 일일지도 모르지." 슈페트가 비통하게 흐느끼기 시작하자 그는 얼굴을 찡그렸지만, 더 이상은 아무 말도 하지 않았다. 으스스한 생각 하나가 그의 머릿속에서 구체화되고 있었다.

"이봐요, 마스턴. 수영할 줄 알죠?" 비제가 인상을 쓰며 물었다.

"할 줄 알지. 하지만 슈페트는 못 해."

"못 하긴 나도 마찬가지…… 그러니까 내 말은, 당신이 헤엄을 쳐서 해안으로 가서, 공중전화로 연락을 하면 해안 경비대 사람들이 올 거 란 거죠."

헨리는 어둠에 싸인, 아득히 먼 해안을 굽어보았다.

"너무 멀어," 하고 그가 말했다.

"시도해 볼 수는 있잖아요!" 하고 슈페트가 말했다.

헨리가 고개를 가로저었다.

"너무 위험해. 차라리 희박하긴 하지만 누군가 우릴 발견할 때까지 기다리는 게 나아."

멀리 그들의 왼쪽으로 등대를 지나치고 있었지만 소리가 닿을 만한 거리가 아니었다. 마지막 등대로 보이는 또 다른 등대 하나가 반 마일 쯤 떨어진 곳에 흐릿하게 서 있었다.

"우린 아마 거볼트*처럼 이대로 프랑스까지 떠내려갈지도 모르겠

* Alan Gerbault(1893~1941). 프랑스의 비행사이며 테니스 선수로, 단독 항해로 세계 일주를 하고 여러 권의 관련 저서를 남겼다.

군," 하고 헨리가 말했다. "그런 다음엔, 당연히, 우린 불법 이주자 신세가 될 테고…… 우리 비제 씨는 그런 걸 별로 좋아하지 않을 거 같은데, 안 그래, 비제?"

비제는 미친 듯이 엔진을 가지고 야단법석을 떨어 대다가 고개를 들어 올렸다.

"당신이 엔진 좀 살펴봐요," 하고 그가 말했다.

"난 기계엔 젬병이야," 하고 헨리가 대답했다. "게다가, 우리 문제들이 점점 해결되는 방향으로 가고 있는 게 맘에 들어. 네가 그 진술선지 뭔지를 갖고 장난칠 만큼 더러운 개였다는 거, 그걸로 내 아이들을 데려가겠다고 하는 거, 그걸 생각해 봐. 상황이 이렇다면 내가 뭘 할 수 있을 것 같아? 우린 모두 실패자들이야. 난 가정을 지키지 못한 가장으로서, 슈페트는 아내와 엄마로서 그리고 비제 넌, 한 인간으로서. 우리 모두 여기서 인생을 끝낼 수 있다면 오히려 다행한 일이지."

"연설할 시간 없어, 마스턴."

"아, 그렇지 않아, 연설하기에 아주 적절한 시간이야. 돈이 권력이 되는 데 대한 고견을 좀 더 들려주지 그래?"

슈페트는 뱃머리에 얼어붙은 듯 앉아 있었다. 비제는 엔진 옆에 지키고 서서 초조하게 입술을 깨물고 있었다.

"저 등대 가까이로 지나갈 확률은 없겠지," 하고 말하다가 그는 갑자기 무슨 생각을 떠올렸다. "저기까지는 수영할 수 있지, 마스턴?"

"갈 수 있을 거예요," 하고 슈페트가 말했다.

헨리가 망설이는 눈으로 등대를 바라보았다.

"갈 수 있긴 하겠지. 하지만 안 할 거야."

"해야 돼!"

슈페트가 울음을 터뜨리자 그는 다시 몸을 움찔했다. 그와 동시에 그는 뭔가 결행할 시간이 다가오고 있다는 걸 알았다.

"모든 건, 사소한 일 하나에 달려 있어," 하고 그는 빠르게 말했다. "비제, 만년필 갖고 있나?"

"갖고 있지. 근데 뭐에 쓰려고?"

"내가 200자쯤 말할 테니 그걸 받아 적고 서명을 해. 그렇게 한다면 내가 저 등대까지 헤엄쳐 가서 도움을 청하도록 하지. 그렇게 하지 않는다면, 신에게 맹세컨대, 우린 바다로 떠내려갈 거야. 1분 줄 테니 결정해."

"뭐든 할게요!" 극도로 흥분한 슈페트가 소리를 질렀다. "저 사람이 말하는 게 뭐든 들어줘요, 찰스. 저 사람은 한다면 하는 사람이에요. 아, 제발 시간 끌지 말고요!"

"원하는 대로 하지." 비제의 목소리가 심하게 흔들렸다. "다만, 젠장…… 말해 봐요. 당신이 원하는 게 뭐요? 아이들에 대한 합의서? 나의 명예를 걸고……"

"농담할 시간이 있나 보군," 하고 헨리가 매정하게 말했다. "여기 이 종이에다 받아 적어."

두 장에 걸쳐 비제가 받아 적은 헨리의 말은 아이들에 대한 모든 권리를 헨리에게 내준다는 것이었다. 두 사람이 떨리는 손으로 서명을 끝내자, 비제가 큰 소리로 외쳤다.

"자, 이제 가요, 제발, 더 늦기 전에!"

"한 가지 더. 의사에게 받은 증서를 넘겨."

"여기 없어요."

"나더러 그걸 믿으라는 거야?"

비제가 주머니에서 문서를 꺼냈다.

"거기 아래다 적어. 그걸 입수하는 데 네가 엄청난 돈을 들인 거라고. 그리고 서명해."

잠시 후, 속옷까지 벗은 헨리는 명주유포로 만든 담배 주머니에 비제로부터 받은 종이들을 넣어 여민 뒤 목에 매달고는 배 옆머리에서 바다로 뛰어들어 불빛을 향해 헤엄쳐 가기 시작했다.

파도가 잠깐 올라왔을 땐 으스스했지만, 첫 번째 너울이 지나간 뒤엔 몸이 따듯해지면서 곧 편안해졌다. 오히려 파도의 작은 속삭임이 격려가 되었다. 그것은 그가 해 본 것 가운데 가장 오랜 수영이었다. 전혀 준비가 되지 않은 상태였지만, 가슴을 가득 채운 행복감이 그의 몸을 오히려 가볍게 만들었다. 이제 두려움은 사라지고, 자유로웠다. 호텔에서 자고 있는 두 아들에 대한 걱정이 사라졌다는 게 느껴지면서 팔을 내뻗고 휘젓는 동작에 더욱 힘이 실렸다. 자신의 나라와 결별한 슈페트는 미국인의 삶을 살면서 자신의 방종에 꼭 들어맞는 것들을 빨아들였다. 그런 그녀에게 법정 판결이란 합법적인 구실을 준다는 건, 그래서 자신의 아들들에게 그 터무니없는 도덕적 잡동사니를 안겨 준다는 건, 그로서는 견딜 수 없는 일이었다. 그는 다시는 그들을 보지 않을 생각이었다.

그는 고개를 돌려 모터보트를 확인했다. 보트는 이미 멀어져 있었고, 등대의 눈부신 불빛은 더욱 가까워져 있었다. 그는 몹시 지친 상태였다. 여기서 그만둔다면—모든 압박을 내려놓고 여기서 그만두고 싶다는 무서운 충동이 일어났다—무척이나 빨리, 고통도 없이 죽을 것이고, 모든 증오와 비통한 고뇌들도 사라질 터였다. 하지만 그는 자신의 목에 걸린 명주유포 주머니에 들어 있는 아이들의 운명에 생각이

미쳤고, 다시 고개를 돌리고는 목표를 향해 마치 발작을 일으키듯 온 힘을 다해 팔을 휘젓기 시작했다.

그로부터 20분 뒤, 그는 아직 물이 똑똑 떨어지는 몸을 떨며 등대 안에 서 있었다. 그 사이 작은 보트 한 대가 표류하고 있다는 내용이 해안 경비대 방송을 타고 흘러나왔다.

"돌풍이 불지 않으면 그렇게 위험하진 않아요," 하고 등대지기가 말했다. "아마도 지금쯤이면 강에서 흘러나오는 역류 때문에 페이턴 항구 쪽으로 떠내려가고 있을 겁니다."

"그렇겠죠," 하고 헨리가 말했다. 그는 세 번의 여름을 이 해안에서 보냈었다. "저도 그렇게 생각이 되네요."

4

10월, 헨리는 두 아들을 학교에 남겨 두고, '마제스틱'호를 타고 유럽으로 떠났다. 그는 관대한 어머니에게로 돌아온 것처럼 조국으로 왔고, 자신이 바라던 것 이상을 얻었다. 돈도, 견디기 힘든 상황에서의 탈출도, 또한 자신을 위해 싸워 나가는 새로운 힘도. 마제스틱호의 갑판에서 흐릿해 가는 도시와 해안을 바라보면서, 그의 가슴은 고마움과 기쁨으로 차올랐다. 미국이 거기에 있다는 것에, 산업의 추한 잔해들을 뚫고 구제 불능일 정도로 호화롭고 비옥한 부유의 대지가 끊임없이 치솟아 오르고 있다는 것에, 지도자가 존재하지 않는 사람들의 가슴에 때로 광신과 방종이 일어나지만 굽히지 않고 패배를 모르는 그 오랜 관대와 헌신이 계속 싸우고 있음에. 당시엔 누구도 주인일 수 없었던 잃어버린 세대였지만, 그에겐 전쟁에 휘말려 있던 그들이 더 나았던 것처럼 느껴졌다. 그리고 미국이 일종의 기이한 우연이며, 역사적인 운동 경기라는 그의 케케묵은 인식들도 완전히 사라졌다. 미국에서 가장 좋은 것은 세상에서 가장 좋은 것이었다.

객실 사무장의 방으로 내려가던 그는 한 여자 승객이 창을 지나갈 때까지 기다렸다. 그녀가 돌아섰을 때 두 사람은 동시에 흠칫 놀랐다. 그는 그녀를 한눈에 알아보았다.

"아, 안녕하세요!" 그녀가 큰 소리로 말했다. "여기서 또 만났군요! 수영장이 열려 있는지 물어보러 가던 길이었어요. 이 배에서 가장 좋은 건 항상 수영을 할 수 있다는 거죠."

"왜 그렇게 수영을 좋아하지?" 하고 그가 물었다.

"아직도 그 질문을 하시네요," 하며 그녀가 웃음을 터뜨렸다.

"내가 저녁을 산다고 하면 답을 들려줄 것 같군."

하지만 그녀가 자리를 뜬 순간, 그는 그녀가 절대 말하지 않을 거라는 걸 알았다. 그녀만이 아니라 누구든 그럴 것 같았다. 프랑스는 대지의 나라고, 영국은 사람들의 나라였다, 하지만 미국은, 여전히 관념의 나라라는 특질을 갖고 있었지만, 말하기 어려운 뭔가가 있었다. 어쩌면 실로*의 무덤들, 그 피로하고 핼쑥하며 신경질적인 거인의 얼굴을 한 나라일지 몰랐다. 그리고 기력이 쇠하기 전에 이미 허무에 빠져 버린, 한 구절의 묘비명을 위해 아르곤**에서 죽어 간 시골 청년들의 얼굴을 한 나라일지도 몰랐다. 그 심장에 간직된 의지일는지도.

---

* 테네시주 남서부에 위치한 남북 전쟁의 전투지 중에서 가장 잘 보존되어 있는 곳.
** 프랑스 북동부 벨기에 국경 부근의 숲으로 둘러싸인 구릉 지대로, 제1차 세계대전의 격전지.

◆◆◆

「수영하는 사람들」은 뉴욕 주식 시장 대폭락*이 일어나기 닷새 전에 《새터데이 이브닝 포스트》(1929년 10월 19일 자)에 발표된 단편소설이다. 피츠제럴드는 이 소설에 대해 에이전트 해럴드 오버에게 "이제껏 쓴 단편들 가운데 가장 쓰기 힘들었던 작품이다. 공간적무대도 지나치게 넓었고, 지금도 불만이 많다. 탈고하기까지의 열흘은 끔찍했다. 구상할 시간이라곤 겨우 한 시간뿐이었던 때이기도 했고…… 하지만 어쨌든 끝을 냈고, 그리 나쁘진 않은 것 같다……"라고 말한 바 있다. 피츠제럴드는 이 작품을 재수록하지 않았지만, 오버는 "피츠제럴드가 쓴 것 가운데 가장 재기 넘치고 심오한 작품"이라는 찬사를 보냈다. 「수영하는 사람들」은 피츠제럴드가 미국과 유럽을 대비시킨 일련의 중요한 단편소설들 중 하나로, 미국적 이상주의에 대한 설득력 있는 최종 분석이란 평가를 받은 작품이다.

* 1929년 10월 24일, 뉴욕 증권 시장에서 일어난 일련의 주가 대폭락 사건으로 흔히 '검은 목요일'로 불린다.

두 가지 과오

Two Wrongs

1

"저 구두 좀 봐요," 하고 빌이 말했다. "28달러나 해요."

브란쿠시 씨의 눈길이 신발로 옮겨 갔다. "멋지네."

"맞춤 구둡니다."

"자네 허세야 진즉에 알고 있었지만, 저 구두나 보여 주려고 날 여기까지 데려온 건 아니겠지?"

"저, 허세나 부리는 놈 아니에요. 누가 그런 말이라도 하던가요?" 하고 빌이 물었다. "그렇게 보였다면 그건 보통 연예계 사람들보다 제가 학교를 좀 더 다녔다는 이유 때문이겠죠."

"그리고, 뭐 다 알겠지만, 자네가 젊고 잘생긴 친구이기 때문이지,"

하고 브란쿠시 씨가 냉담한 표정으로 말했다.

"틀린 말은 아니죠…… 어쨌거나 당신에 비하면. 여자들은 처음에 날 보면 배우라고 생각해요. 그러다 정체를 알게 되면…… 담배 있어요? 사실, 딱 봐도 전 남자잖아요…… 타임스 스퀘어에 얼쩡거리는 예쁘장한 남자애들이랑은 다르죠."

"잘생겼지. 신사고. 구두도 좋고. 운도 좋고."

"그건 좀 아니네요," 하고 빌이 동의하지 않았다. "천하의 기획자님께서 왜 이러세요. 3년 동안 아홉 개 해서 대박 친 거 네 개, 망한 거 하나면, 어딜 봐서 운이 좋다는 거죠?"

조금 지겨워진 브란쿠시는 그저 멍하니 바라보았다. 멍하게 보인 건 그의 시야가 흐려져서가 아니라 뭔가를 생각하고 있었기 때문인데, 그의 눈길이 머문 곳은 물론 사무실의 공기를 탁하게 만들 정도로 공격성과 자신감을 한껏 드러내고 있는 아일랜드 청년의 신선한 얼굴이었을 것이다. 브란쿠시는 곧 빌이 제 목소리를 듣게 될 테고, 그러다 민망해지면 다른 우스갯소리—말없이 탁월하고 감각적인 사람, 시어터 길드*의 지식인들을 모델로 삼은 예술계의 대부 따위—를 늘어놓게 되리라는 걸 알고 있었다. 빌 맥체스니는 그 둘 중 하나를 확연히 선택하지는 않았는데, 그런 모호한 태도는 서른 살이 되기 전에는 없어지지 않을 터였다.

"에임스, 홉킨스, 해리스…… 누구든 데려가요," 하고 빌이 대들듯 말했다. "그자들이 저한테 뭘 해 줬죠? 대체 문제가 뭐죠? 한잔할래

---

* 1918년 뉴욕에서 비상업적 작품을 상연하기 위해 출범했으며, 1970년대까지 브로드웨이 연극의 성장을 이끈 유명한 극단. 1920년 세계 최초로 버나드 쇼의 〈비통한 집Heartbreak House〉을 상연했다.

요?" 그는 브란쿠시의 힐끔거리는 눈길을 의식하면서 반대편 벽에 붙은 캐비닛 쪽으로 천천히 걸었다.

"난 해장술은 절대 안 해. 내가 궁금한 건 지금 누가 계속 문을 두드리고 있느냐, 이거라고. 가서 좀 그만두게 해 봐. 신경 쓰여 죽겠구먼. 저러면 아주 돌아 버릴 것 같아."

빌은 빠르게 출입구 쪽으로 가서 문을 열어젖혔다.

"아무도 없는데," 하고 그가 말했다. "이봐요! 무슨 일 있어요?"

"아, 죄송합니다," 하고 목소리가 대답을 했다. "정말 죄송합니다. 제가 너무 흥분해서, 손에 연필이 들려 있는 걸 몰랐습니다."

"무슨 볼일이라도 있나요?"

"선생님을 뵙고 싶었는데, 직원이 바쁘시다고 해서. 선생님께 보여 드리라고 극작가 앨런 로저스 씨가 편지를 써 주셨어요…… 그걸 선생님께 전해 드리고 싶었습니다."

"제가 바쁘니까," 하고 빌이 말했다. "카도르나 씨를 만나 보세요."

"만났죠. 만났는데 얘길 제대로 못 들었어요. 로저스 씨 말씀은……"

브란쿠시는 불안하게 고개를 기울여 재빨리 그녀를 훑었다. 여자는 무척 젊었고, 아름다운 빨강 머리를 갖고 있었다. 그녀의 얼굴엔 어투에서 짐작되는 것 이상의 개성이 있었다. 그게 다 그녀가 사우스캐롤라이나 딜레이니 출신이기 때문이라는 사실은, 브란쿠시로선 미처 알수 없는 일이었다.

"제가 어떻게 하면 될까요?" 하고 빌에게 자신의 미래를 슬쩍 올려놓으며 그녀가 물었다. "제겐 로저스 씨의 편지가 있고, 그 편지는 선생님께 전하라고 그분이 제게 주셨는데 말이죠."

"그럼, 전 어떻게 하면 될까요? ……당신이랑 결혼이라도 할까요?" 하고 빌이 폭발했다.

"선생님 연극에 제 배역이 있지 않을까 싶네요."

"그렇다면 거기 앉아서 기다려 보세요. 전 바빠서…… 코핼런 양이 어딨지?" 그는 벨을 누르고 난 뒤 아가씨를 곁눈으로 한 번 더 보고는 사무실 문을 닫았다. 하지만 여자의 출현으로 그는 기분이 바뀌었다. 그는 극장 예술의 미래에 대해 라인하르트와 손발을 맞추는 문제를 두고 브란쿠시와 다시 대화를 시작했다. 12시 30분까지 그는 두 가지만 남기고 싹 잊어버렸다. 자신이 세계에서 가장 위대한 제작자가 되리라는 것 그리고 그 문제를 가지고 솔 링컨과 점심을 먹으며 얘기하기로 한 약속이었다. 사무실에서 빠져나오던 그는 기대에 잔뜩 부풀어 코핼런 양을 바라보았다.

"링컨 씨는 뵐 수 없게 됐습니다," 하고 그녀가 말했다. "방금 전화가 왔어요."

"방금이라," 하고 충격을 받은 듯 그가 같은 말을 반복했다. "알았어요. 목요일 저녁 목록에서 그 사람을 빼요."

코핼런 양이 앞에 놓인 종이에 선을 그었다.

"맥체스니 선생님, 절 잊으신 건 아니죠?"

그는 빨강 머리 아가씨에게로 고개를 돌렸다.

"그럴 리가요," 하고 그는 모호하게 말하고 나서 코핼런 양에게 "자, 이렇게 해요. 어쨌든 그 사람한테 목요일이라고 알려는 줘요. 오든 말든."

그는 혼자서 점심을 먹고 싶지 않았다. 지금으로선 혼자 뭘 한다는 게 싫었다. 이름깨나 있고 힘도 가진 존재들이란 어쨌든 주위에 사람들이 있는 걸 즐기는 법이니까.

"선생님께서 저한테 얘기할 시간을 2분만 주신다면……," 하고 그녀가 말하기 시작했다.

"미안하지만 그럴 수가," 하고 입을 떼는 순간, 그는 갑자기 그녀가 이제껏 본 중 가장 아름다운 여자란 생각이 들었다.

그는 그녀를 뚫어지게 바라보았다.

"로저스 씨가 제게 말씀하시길……"

"저랑 잠깐 점심이나 먹죠," 하고 그가 말했다. 그런 다음 엄청나게 서두르며 그는 코헬런 양에게 그때까지와는 판이하게 다른 지시를 빠르게 내리고는 문을 열어젖혔다.

그들은 42번가에 서 있었다. 그는 마치 세상에 한 사람만이 마실 수 있는 공기밖에 없다는 듯 숨을 계속 들이마시고 내쉬었다. 11월이었고, 그 시즌의 첫 흥행 주간이 끝난 상태였다. 하지만 아직 동쪽엔 그의 연극 한 편에 불빛이 들어와 있었고, 서쪽에서도 또 하나를 볼 수 있었다. 길모퉁이 주변에는 브란쿠시와 함께 올린 작품이 걸려 있었다. 공동 제작한 것으로는 그게 마지막 작품이었다.

그들은 베드퍼드 레스토랑으로 갔다. 그가 들어가자 웨이터들과 웨이터장들이 법석을 떨었다.

"엄청난 레스토랑이네요," 하고 그녀는 사람들의 반응에 놀란 듯 말했다.

"그래 봐야 서툰 배우들의 낙원이죠," 하고 말하며 그는 사람들에게 고갯짓을 보냈다. "안녕, 지미…… 잘 지냈어, 잭…… 저기 잭 뎀프시도 있네요…… 여긴 그다지 자주 오진 않아요. 주로 하버드 클럽에 가서 먹죠."

"아, 선생님께선 하버드를 다니셨군요? 제가 알던……"

"그래요," 하고 그가 살짝 더듬었다. 하버드를 얘기하는 데는 두 가지 형태가 있었다. 그는 사실을 택해야겠다는 생각이 갑자기 들었다. "시골뜨기라고 놀림 좀 받았죠. 옛날 얘기지만. 일주일쯤 전에 고버니 어하이츠에 있는 롱아일랜드엘 갔었어요. 최상류층들 사는 데 말이죠. 갔더니 제가 케임브리지에 살았었다는 걸 까맣게 모르는 상류층 도련님 둘이 오더니 '안녕하세요, 빌 영감님,' 하면서 날 서로 끌어가려고 난리였죠."

그러다 그는 망설이는 듯하더니 갑자기 그 얘기를 더 이상 하지 않기로 했다.

"그래, 원하는 게 뭡니까? 일자리?" 하고 그가 물었다. 그는 그녀의 스타킹에 구멍이 뚫려 있었던 게 문득 생각났다. 여자의 스타킹에 구멍이 뚫린 걸 볼 때면 그는 괜히 뭉클해지면서 긴장이 풀리곤 했다.

"네. 없으면 그냥 고향으로 돌아가야 해요," 하고 그녀가 말했다. "제가 원하는 건 춤이에요…… 정확히는 러시아 발레죠. 하지만 수업료가 너무 비싸서, 일이 필요해요. 어떻게든 일자리는 구해지겠지 했는데 쉽지 않네요."

"직업 댄서가 되고 싶다?"

"아, 그게 아니고요. 그건 아니에요."

"음, 안나 파블로바도 직업 댄서잖아요. 안 그래요?"

"아, 그건 아니죠." 그녀는 신성모독과도 같은 충격을 받았다. 하지만 잠시 후 다시 말을 이었다. "미스 캠벨을 집으로 데려간 적이 있었어요. 조지아 베리먼 캠벨 말이에요. 아실지도 모르겠네요. 그녀는 네드웨이번 출신인데, 정말이지 굉장했어요. 그녀는……"

"가만," 하고 그는 다른 생각을 하고 있었던 듯 말했다. "그러니까, 쉽지 않은 일인데…… 캐스팅 회사들은 아무 역이나 할 수 있는 사람들을 좋아하죠. 그래야 제가 자리를 줄 수도 있고. 몇 살이죠?"

"열여덟 살요."

"난 스물여섯. 한 푼 없이 4년 전에 여기로 왔어요."

"어머나!"

"지금 그만둬도, 남은 인생을 편안히 살 수 있죠."

"어머!"

"내년 한 해는 쉴 겁니다…… 결혼하거든요…… 아이린 리커라고 들어봤어요?"

"이건 꼭 말해야겠어요! 제가 가장 좋아하는 배우예요."

"그녀랑 약혼했어요."

"어머나!"

두 사람이 타임스 스퀘어로 나오고 얼마 지나지 않아 그가 무심히 말했다. "이제 뭐 할 겁니까?"

"네? 일자리 구해야죠."

"내 말은, 지금 당장 말입니다."

"아, 뭐 아무것도."

"46번가에 내가 사는 아파트가 있는데, 거기 가서 커피 한잔할래요?"

그들의 눈이 허공에서 마주쳤다. 에미 핀커드는 자신을 지켜 낼 수 있을 거라는 확신이 들어 그와 함께 가기로 마음을 굳혔다.

빌의 집은 3미터나 되는 기다란 다이븐 베드*가 있는 엄청나게 밝은 작업실 겸 아파트였다. 그녀는 커피를 마시고 그는 하이볼을 한잔했다. 그리고 빌의 팔이 그녀의 어깨로 떨어졌다.

"당신과 키스를 해야 하는 이유가 있나요?" 하고 그녀가 물었다.
"전 당신을 거의 알지 못해요. 게다가 당신은 약혼자가 있잖아요."

"아, 그거! 그녀는 신경 쓰지 말아요."

"안 돼요, 그래도요!"

"당신은 착한 여자군."

"글쎄요, 바보는 아닌 것 같아요."

"좋아, 계속 착한 아가씨로 남도록 해."

그녀는 자리에서 일어났지만 잠깐 머뭇거렸다. 무척이나 상쾌했고,
냉정했으며, 전혀 화가 나지 않았다.

"그 말은 제게 일자리를 주지 않을 거라는 의미겠죠?" 하고 그녀가
상냥하게 물었다.

그는 이미 다른 생각—인터뷰와 리허설—을 하고 있었는데, 그러
다 그녀를 다시 보았고, 여전히 스타킹에 구멍이 나 있는 걸 확인했다.
그는 전화를 걸었다.

"조, 나 '팔팔한 놈'입니다…… 당신이 날 그렇게 부른다는 거, 내가
모를 줄 알았죠? ……암튼 뭐, 그건 됐고…… 거기, 파티 장면에 여자
세 명 필요하죠? 잘 들어요, 셋 중에 남부 아가씨 자리 하나 남겨 둬요,
오늘 중으로 보낼 테니."

그는 착한 남자가 되자는 생각을 하며 그녀를 기분 좋게 바라보았
다.

"음, 어떻게 감사를 표해야 할지 모르겠네요. 로저스 선생님에게도

* 두꺼운 받침대와 매트리스로 된 침대.

요," 하고 말하곤 그녀는 천연덕스럽게 덧붙였다. "가 볼게요, 맥체스니 선생님."

그는 대꾸할 기분이 나지 않았다.

2

그는 리허설 때마다 뻔질나게 찾아와서는 마치 사람들의 마음을 모두 알고 있다는 듯한 표정을 한 채 무대를 지켜보며 서 있곤 했다. 하지만 사실 그는 자신의 '행운'에 대해서는 둔감했으며, 그다지 꼼꼼히 살펴보지도 신경을 쓰지도 않았다. 그는 주말 대부분을 롱아일랜드에서 그를 '납치'한 상류층들과 어울리며 시간을 보냈다. 브란쿠시가 그를 '엄청나게 성공한 사교계의 호랑나비'라고 표현했을 때, 그는 이렇게 답했다. "그래서, 그게 어쨌다는 겁니까? 나, 하버드 출신이잖아요? 당신은 사람들이 날 그랜드 거리의 과일 수레에서 찾아냈다고 생각하죠? 당신도 그렇게 생각하죠?" 그는 잘생긴 외모와 착한 천성뿐 아니라 그가 거둔 성공으로 새로운 지인들 사이에서 인기가 높았다.

그의 삶에서 가장 만족스럽지 못한 것은 아이린 리커와의 약혼이었다. 그들은 서로에게 싫증이 났지만 끝내지는 않았다. 대신, 종종, 동네에서 가장 부유한 두 젊은이 빌 맥체스니와 아이린 리커는, 서로에게 끌리도록 만들었던, 그래서 승리의 물결 위에서 나란히 태어나게 했던, 자신들의 성공에 의해 생겨난 달콤한 평가들을 즐겼다. 그럼에도 불구하고 그들은 무섭게 퍼마셨고, 더 자주 싸웠으며, 점점 끝을 향해 다가가고 있었다. 그것은 아이린의 상대역을 맡은 수려한 외모의 인기 배우 프랭크 르웰른에 의해 구체화되었다. 그런 상황을 곧 알게 된 빌은 몹시 우스운 꼴을 당한 듯 여겼다. 2주 차부터 리허설 분위기에 긴장감이 돌았다.

반면 크래커와 우유를 살 만한 돈이 생긴 에미 핀커드와 그녀를 저녁 식사에 초대한 남자 친구는 행복했다. 딜레이니에서 온 그녀의 친구 이스턴 휴스는 컬럼비아 치과대학을 다니고 있었다. 그는 때로 치과의사가 되기 위해 공부하는 다른 외로운 젊은 남자들과 함께 있곤 했는데, 덕분에―덕분이라 해도 되는지 모르겠지만―에미는 택시 안에서 키스를 나누는 걸로 허기를 달래야 했다. 어느 날 오후, 그녀는 극장 뒷문에서 이스턴을 빌 맥체스니에게 소개했다. 빌은 질투를 느꼈고, 그 질투가 두 사람의 관계에 새로운 전기를 만들어 냈다.

"이번엔 치과 전화번호 같은 걸로 날 어떻게 해 볼 생각인가 본데, 잘 들어, 그 친구한테 어떤 웃음도 흘리지 마. 이게 내 충고야."

비록 만나는 건 얼마 되지 않았지만, 만나기만 하면 그들은 늘 서로를 바라보았다. 빌은 마치 그녀를 처음 보는 것처럼 바라보다가 불현듯 그녀가 괴로울 거라는 생각을 떠올리곤 했다. 그녀는 그를 바라볼 때면 많은 걸 보았다. 바깥의 화창한 날씨나 거리를 바쁘게 오가는 수많은 인파들 같은. 멋진 새 옷을 차려입은 두 사람은 도로변에 세워 놓은 멋진 새 리무진에 올라 뉴욕 같은 곳으로 갔는데, 그저 드라이브를 하는 것뿐이었지만 너무도 즐거웠다. 그녀는 수없이 그와 키스를 하고 싶었지만, 매번 그렇게 하지 않은 것을 다행으로 생각했다. 그렇게 몇 주가 흘러가고 그가 지지부진한 연극에 온통 매달리면서 로맨틱한 시간도 현저히 줄었다.

그들의 연극이 애틀랜틱시티에서 막을 열었다. 누구나 알 수 있을 정도의 변덕이 빌을 덮쳤다. 감독에겐 매정했고, 배우들에겐 빈정댔다. 물어볼 것도 없이, 아이린 리커가 프랭크 르웰른과 함께 기차에서 내렸다는 소문 때문이었다. 의상 리허설이 있던 날 밤, 조명이 희미하게 비춘 객석, 작가 곁에 앉은 그의 모습은 영락없는 악역이었다. 하지만 2막이 끝날 때까지 그는 한마디도 하지 않았다. 르웰른과 아이린 리커만이 무대에 남겨졌을 때, 갑자기 그가 말했다.

"처음부터 다시 검토해 봐야겠어…… 그리고 우거지상은 다 잘라 버려!"

르웰른이 무대 앞쪽으로 내려왔다.

"무슨 뜻입니까? ……우거지상은 뭐고, 자른다는 건 또 뭐죠?" 하고 그가 물었다. "그런 대사가 있나 보죠, 그런가요?"

"무슨 뜻인지 몰라? ……일에 집중하라고."

"무슨 뜻인지 모르겠네요."

빌이 자리에서 일어났다. "그 빌어먹을 속삭거리는 소릴 말하는 거야."

"속삭인 적 없어요. 난 단지 물어본 것……"

"됐어…… 그만해."

르웰른이 화가 나 돌아서서 그대로 가려던 참에, 빌이 다 들릴 정도로 덧붙였다. "얼치기 배우라도 해낼 수 있는 일에 생색은!"

르웰른의 입이 거칠게 열렸다. "그 말은 참을 수가 없군요, 맥체스니 씨."

"못 참으면? 당신은 얼치기 배우야, 그렇게 생각 안 해? 얼치기 배우라는 게 언제부터 부끄러웠어? 난 이 연극을 무대에 올리는 사람이고, 당신은 역할에나 충실했으면 좋겠어." 빌은 자리에서 일어나 좌석 사이의 통로 계단을 따라 내려갔다. "그리고 당신이 하지 않겠다면, 다른 배우 불러다 쓸 테니 걱정 말라고."

"이봐요, 말 좀 가려서 하……"

"안 가리면 어쩔 건데?"

르웰른이 오케스트라석으로 뛰어내렸다.

"난 당신 지시 따원 받지 않겠어!" 하고 그가 소리를 질렀다.

아이린 리커가 무대 위에서 그들을 향해 소리를 높였다. "대체 뭐 하는 거예요, 둘 다 미쳤어요?" 그리고 그 순간 르웰른의 짧고 강력한 주먹이 빌의 턱을 강타했다. 빌은 좌석 너머로 벌렁 나자빠지면서 의자들 사이에 끼어 버렸다. 순식간에 대혼란이 벌어졌다. 사람들은 르웰른을 붙잡았고, 작가는 창백한 얼굴을 한 채 빌을 잡아 일으켰으며, 무대 매니저는 "제가 죽여 버릴까요, 단장님? 저 살찐 면상을 박살내 버릴까요?" 하며 소리를 질러 댔다. 르웰른은 숨을 헐떡였고, 아이린 리커는 겁에 질려 있었다.

"자리로 돌아가!" 빌이 손수건을 얼굴에 대며 큰 소리로 말했다. 그 러곤 작가가 받쳐 준 팔에 의지해 넘어질 듯 비틀거리며 일어섰다. "모두 위치로 돌아가! 그 장면 다시 해. 다들 입도 뻥긋하지 마! 당신 도 돌아가, 르웰른!"

모두 무대로 돌아가기 전에 아이린이 르웰른의 팔을 끌어당기며 재 빨리 얘기를 나누었다. 누군가 객석 조명으로 그들을 강하게 비추었 다가 황급히 조도를 낮췄다. 곧바로 자리를 잡은 에미는 피가 흐르는 얼굴에 손수건을 댄 채로 자리에 앉은 빌의 모습을 빠르게 훑었다. 그 녀는 르웰른이 미웠다. 그리고 그와 빌의 사이가 벌어져 뉴욕으로 돌 아가게 될까 두려웠다. 하지만 빌은 더 이상 바보같이 굴어 쇼를 망치는 일은 하지 않았다. 르웰른도 먼저 그만둔다는 건 배우로서의 입지를 손상하는 일이라 여겼다. 막 하나가 끝나고 쉬는 시간도 없이 다음 막이 시작됐다. 모두 끝났을 때, 빌의 모습은 보이지 않았다.

다음 날 저녁, 빌은 들어오고 나가는 사람들을 모두 볼 수 있는 무대 양쪽 날개 중 한 곳에 앉아 공연을 지켜보았다. 얼굴이 부어오르고 멍이 들었지만, 빌은 사람들의 시선을 전혀 의식하지 않았고 한마디도 하지 않았다. 객석 앞쪽을 한번 둘러보고 돌아왔을 때, 뉴욕의 기획사 두 곳에서 큰 거래가 이루지고 있다는 말소리가 귓속으로 흘러 들어왔다. 놀라운 소식이었다. 그에게만 그런 건 아니었다.

에미는 그를 보자 큰 빚을 졌다고 느낌과 함께 감사의 마음이 거대한 파도처럼 덮쳐 오는 걸 느꼈다. 그녀는 그에게로 가서 고마움을 표했다.

"내가 사람 고르는 눈이 좋긴 하지, 빨강 머리 아가씨," 하고 그가 흔쾌히 동의했다.

"절 뽑아 주셔서 감사합니다."

그러다 에미는 갑자기 무람없이 입을 뗐다.

"어머, 얼굴이 이 지경일 줄은 몰랐네요. 아, 어젯밤 모든 게 엉망이 될 뻔했는데 선생님께서 엄청난 용기로 그걸 막으셨다고 생각해요."

그는 굳은 얼굴로 그녀를 잠깐 바라본 뒤 부어오른 얼굴에 미소를 띠어 보려 했지만 제대로 되지 않았다.

"내가 존경스러워, 아가씨?"

"그럼요."

"좌석들 사이로 나가떨어졌을 때도 내가 존경스러웠어?"

"선생님은 모든 걸 아주 빠르게 통제하는 분이세요."

"당신을 신뢰해도 되겠군. 멍청한 아수라장 속에서도 존경할 거리를 찾아냈으니."

그녀의 가슴에서 행복한 기운이 샘솟았다. "아무튼, 선생님은 정말 멋지게 행동하셨어요." 그녀가 너무도 생기 있고 어려 보여서 비참한 하루를 보낸 빌은 자신의 부어오른 뺨을 그녀의 뺨에 기대어 쉬고 싶었다.

다음 날 아침 그는 들뜬 채로 그녀와 함께 뉴욕으로 갔다. 얼굴의 멍 자국도 고스란히. 하지만 멍 자국은 점점 희미해지고, 들뜬 기분만 남았다. 두 사람이 시내로 들어서기 무섭게 남자들이 몰려들었는데, 그녀가 그의 연극에 출연한 것보다는 그녀의 미모 때문이었다. 극장에 들어섰을 때 그가 본 것은 자신의 성공이었다. 공연은 성공적으로 끝났고, 마치 술에 억병으로 취했을 때 우울한 날들을 보상해 줄 상대가 짠 하고 나타난 것처럼 마무리가 되었다. 6월 초, 그들은 코네티컷에서 돌연히 결혼해 버렸다.

3

런던의 사보이 호텔 레스토랑에 7월 4일*을 학수고대하는 두 남자가 앉아 있었다. 5월도 이미 하순으로 접어든 때였다.

"그 사람 괜찮은 남자야?" 하고 허블이 물었다.

"아주 괜찮지," 하고 브란쿠시가 대답했다. "아주 좋아, 정말 잘생겼

* 미국 독립기념일.

고, 인기도 엄청나지." 조금 뒤에 그가 덧붙였다. "그를 본고장으로 데려가고 싶어."

"내가 그 사람한테서 이해할 수 없는 게 바로 그거야," 하고 허블이 말했다. "여기 연예계라는 게 그 본고장이란 데랑 비교하면 아무것도 아니잖아. 굳이 여기 있으려는 이유가 뭔지 모르겠어."

"귀족들, 귀부인들이랑 어울려 다니잖아."

"아하!"

"지난주에 보니까 귀부인 셋이랑 같이 있더군…… 이 부인, 저 부인, 그 부인."

"난 결혼한 사람인 줄 알았는데."

"결혼한 지 3년 됐지," 하고 브란쿠시가 말했다. "똑똑한 애도 하나 있다고. 곧 또 하나가 나올 거고."

맥체스니가 들어오자, 그가 하던 말을 멈추었다. 어깨에 뽕을 잔뜩 넣은 외투의 칼라 너머로 지극히 미국적인 얼굴이 자신만만하게 드러나 있었다.

"안녕, 맥. 내 친구 허블."

"안녕하슈," 하고 빌이 말했다. 그는 누가 와 있는지 계속 바 주변을 주시하면서 자리에 앉았다. 그러다 몇 분쯤 뒤에 허블이 떠났고, 빌이 물었다.

"저기 저 철새는 누굽니까?"

"여기 온 지 겨우 한 달쯤 된 친구. 아직 역할을 얻지 못했어. 자넨 여기 온 게 벌써 6개월이잖아, 잊지 않았겠지?"

빌이 씽긋 웃었다.

"당신은 내가 거만하게 군다고 생각하죠? 뭐, 어쨌든, 난 진지합니다. 난 좋아요. 이곳은 나한테 맞아요. 난 맥체스니 후작이 될 거야."

"자네 좀 취한 거 같은데," 하고 브란쿠시가 넌지시 말했다.

"그만 수작 좀 그만 부려요. 내가 취했다고 누가 그래요? 사람들이 지금 떠들어 대는 게 그 소리예요? 잘 들어요. 만약 여덟 달도 안 돼서 여기 런던에서 성공한 미국인 극장주가 있다는 걸 연극사에서 찾아내면, 내일 당장 돌아갑니다. 당신이 만약 나한테……"

"구닥다리 쇼라고. 뉴욕에서 두 번이나 망해 먹은."

빌이 딱딱하게 굳은 얼굴로 자리에서 일어났다.

"당신은 자기가 뭐라고 생각해요?" 하고 그가 물었다. "나한테 그런 말이나 하려고 여기까지 온 겁니까?"

"고깝게만 듣지 말게, 빌. 난 자네가 돌아가길 바랄 뿐이야. 그렇게만 할 수 있다면 난 무슨 말이든 하겠네. 스물두 살, 스물세 살 때, 자넨 세 시즌을 완전히 장악했잖아. 인생이 달랐다고."

"뉴욕은 날 아프게 해요," 하고 빌이 침울하게 말했다. "왕이 되는 건 잠깐뿐이죠. 그러곤 내리 두 번을 나락으로 떨어지면 사람들이 일제히 말하죠. 넌 내리막길이야라고."

브란쿠시가 머리를 흔들었다.

"사람들이 그렇게 말하는 이유는 그게 아니야. 자네의 가장 친한 벗인 애런스틸과 싸웠기 때문이지."

"벗? 지옥에나 가라고 해요!"

"어쨌든 이 바닥에서 자네의 가장 소중한 친구야. 그리고……"

"그 얘긴 더 이상 하고 싶지 않아요," 하고 그가 손목시계를 보며 말했다. "들어 봐요. 에미 기분이 안 좋아요. 그래서 같이 저녁을 먹을 수가 없을 거 같아요. 승선하기 전에 사무실에 들러요."

5분 후, 브란쿠시는 시가 판매대 옆에 서서 빌이 사보이 호텔로 다시 들어가 찻집으로 이어지는 계단을 내려가는 걸 보았다.

'훌륭한 외교관으로 성장했군,' 하고 브란쿠시가 속으로 중얼거렸다. '저 친구, 데이트할 때마다 입버릇처럼 말했지. 귀족들, 귀부인들이랑 함께 있는 건 자기를 어느 때보다 반짝반짝 윤이 나게 해 준다고.'

그가 상처를 입는다는 건 여간해서 일어나지 않는 일이었지만 어지간히 상처를 입은 모양이었다. 어쨌건 그는 결정을 내렸고, 맥체스니는 분명 내리막길을 걷고 있었다. 그 시점에서 그가 맥체스니를 마음속에서 완전히 지우는 건 무척이나 그다운 일이었다.

겉으로만 보면 빌이 내리막길을 걷고 있다는 건 전혀 느껴지지 않았다. 뉴스트랜드 극장에서도, 웨일스의 왕자 극장에서도 흥행에 성공했으며, 주간 관객 동원 기록은 뉴욕에 있던 2, 3년 동안의 수치와 거의 다를 바 없었다. 행동하는 사람이 자신의 기반을 바꿀 때는 그만 한 이유가 있게 마련이다. 그로부터 한 시간 뒤, 하이드파크*에 있는 자신의 집으로 돌아온 남자는 20대 후반의 활력을 완벽하게 갖춘 상태였다. 에미는 몹시 지치고 초췌한 모습으로 위층 거실 소파에 누워 있었다. 그는 그녀를 한동안 품에 안고 있었다.

"이제 거의 끝났어," 하고 그가 말했다. "당신은 아름다워."

"괜한 소리 말아요."

"정말이야. 당신은 늘 아름다워. 이유는 나도 몰라. 당신의 개성 때문이 아닐까 싶어. 당신 얼굴은 늘 새롭거든. 지금도 그래."

그녀는 기뻤다. 그녀는 손가락으로 그의 머리칼을 쓸었다.

---

* 런던을 상징하는 공원. 그냥 'the Park'라고도 불린다.

"개성만큼 멋진 건 없어," 하고 그는 선언하듯 말했다. "그리고 당신은 내가 아는 그 누구보다 개성이 강해."

"브란쿠시 봤어요?"

"봤지, 벼룩 같은 놈! 오늘 만찬엔 데려가지 않을 거야."

"문제라도 있었어요?"

"아, 건방지기 이를 데가 없어······ 애런스틸 자식이랑 싸운 걸 두고 내 잘못인 양 말하잖아."

그녀는 입술을 굳게 다문 채 망설이고 있었다. 그러다 나직이 말했다. "그땐 당신이 취해 있었어요. 그러지 않았으면 애런스틸과 싸웠을 리가 없죠."

그는 조바심을 치듯 자리에서 일어섰다.

"당신도 시작하려는······"

"그런 게 아니에요, 빌. 하지만 지금도 너무 많이 마셨어요. 당신도 알잖아요."

그녀가 옳다는 걸 그는 알고 있었다. 그가 그 문제를 피한 건 그 때문이었다. 그들은 저녁을 먹으러 갔다. 클라레 와인 병처럼 붉은 빛 아래서 그는 내일 아기가 세상에 나올 때까지 왜건을 타고 계속 달리고 싶었다.

"난 항상 내가 원할 때 멈춰, 안 그래? 난 내가 한 말은 항상 실천해. 당신은 내가 그만두는 걸 본 적이 없어, 안 그래?"

"그래요, 아직은."

그들은 함께 커피를 마셨고, 그러고 나서 그가 일어났다.

"일찍 와요," 하고 에미가 말했다.

"그럼, 당연하지······ 근데 무슨 일 있어, 당신?"

"그냥 눈물이 났어요. 신경 쓰지 말아요. 아, 그냥 가요. 바보처럼 그렇게 서 있지 말고요."

"하지만 당연히 걱정되지. 당신이 우는 거, 보고 싶지 않아."

"아, 저녁마다 당신이 어딜 가는 건지 전 모르잖아요. 누구랑 있는지도 모르고요. 그리고 시빌 콤브링크 부인은 계속 전화를 해요. 전 괜찮아요, 괜찮을 거예요, 하지만 밤에도 깨어 있고, 너무 외로워요, 빌. 우린 늘 함께 있었으니까요. 그렇잖아요? 최근까지 그랬잖아요."

"하지만 우린 여전히 함께 있어…… 무슨 걱정을 그렇게 하는 거야, 에미?"

"알아요…… 전 지금 온전하질 못해요. 우리, 절대 서로를 실망시키지 않을 거예요, 그렇죠? 우린 절대……"

"당연하지."

"일찍 돌아와요, 가능하면요."

그는 웨일스의 왕자 극장에 잠시 들렀다. 그런 다음 그는 나란히 붙어 있는 호텔로 들어가 전화를 걸었다.

"부인과 통화를 하고 싶습니다. 저는 맥체스니입니다."

시빌 부인이 전화를 받기까지 얼마간의 시간이 걸렸다.

"많이 놀랐네요. 운 좋게 당신 목소리를 듣고 나서 벌써 몇 주가 지났으니."

채찍처럼 날카롭게 튀어나온 그녀의 목소리는 냉장고처럼 차가웠다. 문학 작품을 찢고 나온 듯한 영국 여자들의 분위기는 그에겐 무척이나 익숙했다. 그래서 잠시는 빌의 마음을 사로잡았지만, 그저 잠시뿐이었다. 그는 침착함을 잃지 않았다.

"경황이 없었습니다," 하고 그는 간단히 설명했다. "부인은 그런 일로 기분 상해 할 분이 아니시지 않나요?"

"난 '기분 상한다'는 말을 거의 하지 않죠."

"그래서 그러신 걸까 봐 두렵습니다. 오늘 밤 열리는 부인의 파티에 초대장을 받지 못했으니까요. 제 생각엔, 파티가 다 끝나고 얘기를 나누고 나면 뭔가……"

"얘기는 주로 당신이 했었죠," 하고 그녀가 말했다. "아마도 꽤 많이."

빌이 경악하듯 놀라자 그녀가 갑자기 전화를 끊었다.

'〈백작 1,000명의 딸〉이란 제목으로 토막극 하나를,' 하고 그는 생각했다. '영국 무대에 올려야겠어.'

냉대가 그를 깨웠고, 무관심이 쇠해 가던 그의 흥미를 되살려 냈다. 여자들은 대개 에미에 대한 그의 분명한 헌신을 통해 그의 변심을 용서했고, 그가 알고 지낸 다양한 여성들은 그를 기억할 때 불쾌한 한숨을 내쉬진 않았다. 그가 전화기 속에서 그런 한숨을 발견하는 건 불가능한 일이었다.

'이 혼란을 말끔히 정리하고 싶군,' 하고 그는 생각했다. 야회복을 입고 있었다면 그는 아마도 댄스파티에 가서 그녀와 얘기를 나누느라 아직 집으로 돌아가고 싶어지진 않았을 터였다. 오해는 당장 바로 잡는 게 중요할 것 같다는 생각에 이른 그는 늘 그래 왔듯 자신이 하게 될 일에 대한 상상에 빠져들기 시작했다. 미국인들은 제아무리 이상한 옷을 입어도 용서받곤 했다. 어쨌든, 아직 시간은 남아 있었으며, 하이볼을 여러 잔 들이키면서 그는 한 시간이나 그 문제를 생각했다.

밤이 깊었을 때, 그는 메이페어*에 있는 그녀의 집 계단을 오르고 있었다. 휴대품 보관실 직원은 그의 평상복을 못마땅한 눈으로 훑어보았고, 시종은 손님 목록에 그의 이름이 있는지를 꼼꼼히 찾아보는 쓸데없는 짓을 했다. 운이 좋게도, 그를 아는 험프리 던 경이 마침 같은 시간에 도착해서 시종에게 실수를 확인시켜 주었다.

안으로 들어가자마자 빌은 안주인을 찾아 나섰다.

그녀는 반은 미국인이고 나머진 영국인보다 더 영국인 같은, 키가 아주 큰 젊은 여자였다. 그녀가 빌 맥체스니로부터 발견한 것은 야만적인 매력이었다. 그의 은거는 상황이 나빠지기 시작한 이후 그녀가 겪은 가장 치욕적인 경험들 중 하나였다.

그녀는 손님을 맞기 위해 주최자들이 늘어서 있는 줄 맨 앞에 남편과 함께 서 있었다. 빌은 두 사람이 함께 있는 걸 한 번도 본 적이 없었다. 그는 공식적인 자리에서 자신을 드러내는 게 좀 불편했다.

손님들은 끝이 없었고, 그의 불편한 마음은 점점 심해졌다. 아는 사람들이 몇 명쯤 보였지만 많지는 않았다. 그리고 자신이 입은 옷이 확실히 주의를 끈다는 게 의식되었다. 그는 시빌 부인이 자신을 보았고, 손을 흔들어 주었다는 것에 조금이나마 안심이 되었지만, 그것으로 끝이었다. 그녀는 어떤 여지도 주지 않았다. 그는 파티에 온 걸 후회했다. 그렇다고 이제 돌아간다는 것도 말이 안 되는 짓이었다. 그는 뷔페 테이블로 걸어가 샴페인 잔을 집어 들었다.

그가 몸을 돌렸을 때, 마침 그녀가 혼자였다. 그가 그녀에게로 막 다가가려 하는데 집사가 그에게 말을 걸었다.

"실례합니다, 선생님. 초청장을 갖고 계신가요?"

"난 시빌 부인의 친구요," 하고 빌이 당황하며 말했다. 그가 돌아서

---

* 런던 하이드파크 동쪽의 고급 주택지. 그 자체로 런던 사교계를 지칭하는 말로도 쓰인다.

서 발길을 옮겼지만, 집사가 계속 따라왔다.

"죄송합니다만, 선생님, 저기로 가서서 잠시 얘기를 좀 했으면 합니다."

"그럴 필요 없어요. 난 지금 막 시빌 부인과 얘기를 하려던 참이었어요."

"제 말씀에 따라 주십시오, 선생님," 하고 집사가 단호하게 말했다.

그 순간 무슨 일이 벌어진 건지 미처 깨닫기도 전에 그의 팔이 집사의 옆구리에 조용히 붙여져 있었다. 그리고 그는 뷔페 뒤편의 조그만 대기실로 끌려갔다.

거기서 그는 콤브린크 가의 개인 비서라고 기억하는 코안경을 걸친 남자를 만났다.

비서는 집사에게 "이분이 맞습니다"라고 말하며 고개를 끄덕였다. 그러자 빌은 집사의 팔에서 풀려났다.

"맥체스니 씨," 하고 비서가 말했다. "선생님은 초청장을 소지하지 않아 여기로 구인됐다는 걸 아실 겁니다. 나리께선 선생님이 즉시 이 집을 떠나기를 원하십니다. 선생님 코트를 확인하고 갖다 드리겠습니다."

그제야 빌은 알았다. 그리고 그가 시빌 부인에게 어울린다고 생각되는 한마디가 그의 입술을 비집고 나왔다. 그러자 비서가 시종 둘에게 눈짓을 보냈고, 빌은 격렬하게 몸부림을 치며 식품 저장실로 끌려갔다. 바쁘게 빈 그릇을 치우던 남자들이 그 장면을 지켜보았다. 식품 저장실을 지나 기다란 복도로 끌려 내려간 그는 문밖의 어둠 속으로 내쳐졌다. 그리고 문이 닫혔다. 잠시 후 다시 문이 열리더니 그의 코트가 펄럭거리며 떨어지고 그의 지팡이가 덜거덕거리며 계단 아래로 굴렀다.

정신없이 내몰리다 굳은 채로 서 있던 그에게로 택시가 다가와 멈추었다. 택시 기사가 외치는 소리가 들려왔다.

"어디 불편하신가요, 나리?"

"뭐라고요?"

"나리의 기운을 돋울 수 있는 델 알고 있는데, 거기로 모실까요? 아직 시간은 넉넉합니다만." 악몽의 입구처럼 택시 문이 열렸다. 그가 간 곳은 폐점 시간을 넘긴 카바레였다. 그곳엔 기사가 어딘가에서 데려온 낯선 사람들로 가득했다. 말다툼을 벌이는 소리, 수표를 현금으로 바꾸려고 떠들어 대는 소리가 들려왔다. 그러다 갑자기 그는 자신이 연극 제작자 윌리엄 맥체스니라고 몇 번이나 소리를 질렀다. 하지만 누구도 그걸 사실로 받아들이지 않았으며, 심지어 그 자신조차도 인정하지 못했다. 무엇보다 중요한 것은 당장 시빌 부인을 만나 자초지종을 듣는 것이었다. 하지만 그는 곧 중요한 것 따위는 없다는 걸 깨달았다. 그는 택시 기사가 흔드는 바람에 잠에서 깨어났다. 그의 집 앞이었다.

그가 집 안으로 들어왔을 때 전화벨이 울리고 있었지만 그는 하녀조차 의식하지 못한 채 걸었다. 층계참에 이르렀을 때에야 하녀의 목소리가 그의 귀에 들렸다.

"맥체스니 씨, 또 병원에서 온 전화예요. 부인이 거기 계신데, 지금 한 시간마다 전화가 오고 있어요."

여전히 멍한 상태로 그는 수화기를 귀에다 댔다.

"미들랜드 병원입니다. 부인 일로 전화드렸습니다. 오늘 아침 9시에 부인께서 사산을 했어요."

"잠깐만요," 하고 그의 목소리가 건조하게 갈라졌다. "무슨 말씀을 하시는 거죠?"

얼마쯤 뒤에야 그는 자신들의 아기가 죽어서 나왔고, 에미가 자신을 찾고 있다는 사실을 인지했다. 그는 힘이 풀려 허둥거리며 거리로 나와 택시를 찾았다.

병실은 어둠에 싸여 있었다. 흐트러진 침대에 누운 채로 에미가 눈을 들어 그를 보았다.

"여보!" 그녀가 울음을 터뜨렸다. "당신이 죽은 줄 알았어요! 어디 갔었어요?"

그가 침대 곁에 털썩 주저앉듯 무릎을 꿇자 그녀가 고개를 돌렸다.

"아, 무슨 냄새죠?" 하고 그녀가 말했다. "토할 것 같아요."

하지만 그녀는 손으로 연신 그의 머리칼을 쓸었다. 그는 한참이나 그 자리에 미동도 없이 무릎을 꿇고 있었다.

"무서워요," 하고 그녀가 중얼거렸다. "당신이 죽었다는 생각이 들었을 땐, 정말 끔찍했어요. 사람은 모두 죽어요. 살고 싶지 않아요."

커튼이 바람에 휘날렸다. 그가 커튼을 정리하려고 일어섰을 때, 그녀는 보름달에서 쏟아져 나온 빛에 갇힌 그를 보았다. 파리하고 섬뜩했다. 옷은 잔뜩 구겨졌고 얼굴엔 멍 자국이 있었다. 이번엔 그를 다치게 한 사람이 아니라 그를 증오했다. 그녀는 그가 자신의 가슴에서 빠져나가는 것을 느꼈고, 그가 빠져나가며 생긴 공간을 느꼈다. 그러다 순식간에 그가 사라져 버렸다. 그와 동시에 그녀는 그를 용서할 수 있었다. 그에게 미안하기까지 했다. 그 모든 일이 한순간에 일어났다.

그녀는 혼자 택시를 타고 병원에 왔었다. 택시에서 내리려 애쓰다가 병원 문 앞에서 쓰러졌을 때도 그녀는 혼자였다.

4

몸과 마음이 회복되자 에미에게 쉴 새 없이 일어나는 생각은 춤을 배우는 것이었다. 환히 밝혀진 대로를 볼 때마다 뉴욕에서의 젊음과 희망의 나날들로 되돌아가듯, 사우스캐롤라이나의 조지아 베리먼 캠벨이 심어 준 그녀의 오랜 꿈이 계속 떠올랐다. 그녀에게 춤은 온갖 고난도의 자세들과 수백 년 전 이탈리아에서 개발되어 금세기 초 러시아에서 정점에 이른 정통 피루엣*이 정교하게 혼합된 것을 의미했다. 그녀는 자신이 신뢰할 수 있는 뭔가에 스스로를 투여하고 싶었다. 춤은 그녀에게 음악에 대한 여성적인 해석처럼 여겨졌다. 강한 손가락보다는 차이콥스키와 스트라빈스키를 표현할 팔이 필요했다. 〈쇼피니아나〉**에서의 두 발은 마치 음악극 〈반지〉에서의 노래처럼 강렬한 소리였다. 맨 아래엔 곡예사와 잘 훈련된 물개 사이에 샌드위치처럼, 맨 위쪽엔 파블로바와 예술이 존재했다.

일단 그들이 뉴욕의 아파트로 돌아오자 그녀는 열여섯 살의 소녀가 된 듯 하루에 네 시간씩 막대 체조와 자세, 도약, 아라베스크, 피루엣에 뛰어들었다. 그것은 그녀의 삶에서 가장 현실적인 부분이 되었으며, 이제 그녀에게 유일한 걱정은 너무 나이가 든 게 아닌가 하는 거였다. 스물여섯 살의 그녀는 몸을 만들기 위해 10년을 바친 상태였지만, 이미 그녀는 멋진 몸을 가지고 태어난 댄서였다. 그리고 아름다운 얼굴까지.

---

* 발레에서 한쪽 발로 서서 빠르게 도는 것.
** 1907년 러시아의 발레 개혁가로 유명한 미하엘 포킨이 발표한 발레 작품으로, 포킨은 이 작품에서 처음으로 맨발 공연을 시도했다.

빌은 그녀에게 용기를 불어넣어 주었다. 준비가 되면 그는 그녀를 위해 최초의 진짜 미국 발레를 펼쳐 줄 생각이었다. 심지어 그는 그녀의 흡인력이 부러울 때도 있었다. 집으로 돌아왔을 땐 자신의 일을 하기가 더 어려워진 상태였기 때문이었다. 자신감에 차 있던 첫 며칠 동안에 벌써 수많은 적들이 만들어졌다. 술을 먹으면 개차반이 된다는 과장된 소문들, 배우를 가혹하게 다루어서 함께 일을 하기가 힘들다는 얘기들이 돌았다.

돈을 모으는 건 해 본 적이 없다는 것, 그래서 연극을 무대에 올릴 때마다 자금을 구걸하다시피 해야 하는 것은 그에게 치명적이었다. 그런 와중에도 그는, 참 기이하게도, 똑똑했다. 그건 마치 상업적인 요소가 전혀 없는 모험적인 극들을 무대에 올리는 것으로 증명된 그의 용감함과 일맥상통하는 바가 있었다. 하지만 그는 극장 조합 하나 갖지 않았고, 그가 쓴 돈들은 고스란히 그에게로 청구되었다.

몇 번은 성공을 거두기도 했다. 그는 성공을 위해 더욱 열심히 뛰었다. 어쩌면 그렇게 보이기만 했을지도 모르지만, 결국 그건 그의 불규칙한 생활로 인해 지불하는 대가라고 할 수밖에 없었다. 그는 늘 휴식을 취하려 했고, 줄담배를 끊으려고 애썼다. 하지만 경쟁은 더욱 치열해졌다. 결점이라곤 찾아볼 수 없다는 평판을 가진 새로운 인물들의 등장에 비했을 때, 그는 규칙과 거리가 먼 사람이었다. 그가 선호하는, 블랙커피로 영감을 받아 엄청난 순간적 폭발력에 의해 추진되는 작업 방식은 연예계에선 필연에 가까운 거였다. 하지만 서른 살을 넘긴 남자에겐 무리였다. 어떤 면에서, 사실 그는 에미의 건강과 생명력에 기대어 왔다. 그들은 늘 함께였고, 만약 그녀가 그를 필요로 한 것 이상으로 그가 그녀를 필요로 했다는 것에 대해 그가 막연하게나마 불만을 가졌더라면, 다음 달, 다음 시즌에 더 좋은 일이 있을 거라는 희망을 가질 수 있었을 것이다.

11월의 어느 오후, 발레 학교에서 집으로 돌아오던 에미는 아직 촉촉이 젖은 머리에 모자를 눌러쓴 채로 작은 회색 가방을 흔들며 유쾌한 사색에 잠겨 있었다. 지난 한 달 동안 그녀는 스튜디오로 사람들이 온 것을 알고 있었다. 특히 그녀가 준비가 되었는지를 살피러 왔다는 걸 눈치채고 있었다. 한때 그녀는 참으로 오랜 시간을 마치 고통과 절망의 극한에 이르는 게 목적이라도 되는 듯 살아왔다. 빌과의 관계 같은 것이 그랬다. 하지만 이제 그녀 자신을 제외하곤 그 어떤 것도 그녀를 나락으로 떨어지게 할 수 없었다. 하지만 그런 지금도 생각 속에서만큼은 얼마간의 조바심은 남아 있었다. '자, 이제 때가 왔어. 행복해지기만 하면 돼.'

그녀는 그날 밤 빌과 의논해야만 할 일이 생각나 서둘러 걸음을 옮겼다.

거실에서 그를 발견한 그녀는 옷을 갈아입으면서 그를 들어오라고 불렀다. 그녀는 그가 들어오는 소리만 듣고 얘기를 시작했다.

"무슨 일이 일어났는지 알아요?" 욕조 안으로 흘러드는 물과 경쟁이라도 하듯 그녀의 목소리가 치솟았다. "폴 마코바가 이번 시즌에 메트로폴리탄에서 나랑 춤을 추고 싶다지 뭐예요, 글쎄. 아직 확정된 건 아니지만요. 그래서 이건 비밀이에요…… 나조차도 알아선 안 되는 얘기예요."

"잘 됐군."

"한 가지 문제는 해외 공연으로 데뷔하는 게 더 좋은 거 아닌가 하는 거예요. 그건 뭐 어쨌든, 도닐로프 말은, 내가 무대에 등장할 준비가 되었대요. 당신은 어떻게 생각해요?"

"내가 뭘 알겠어."

"당신은 별로 좋아하는 것 같지 않네요."

"나도 얘기할 게 있는데 말이야. 그건 나중에 하기로 하고. 당신 얘기 계속해 봐."

"그럴게요, 여보. 만약, 만약 한 달 동안 당신이 독일에 같이 있어도 괜찮다면, 도닐로프가 베를린에서 데뷔할 수 있게 준비해 줄 거예요. 하지만 여기서 폴 마코바와 함께 시작하는 것도 괜찮다고 생각해요. 상상만 해도……" 갑자기 그녀가 말을 멈추었다. 너무 들뜬 나머지 그가 얼마나 당황스러울지를 미처 고려하지 못했다는 생각이 든 것이다. "말해 봐요. 당신이 하려던 얘기가 뭐였어요?"

"오후에 케언즈 박사한테 갔었어."

"뭐래요?" 그녀의 가슴은 여전히 자신의 행복으로 가득 찬 노래를 흥얼거리고 있었다. 빌에게 간헐적으로 나타나는 심기증心氣症이 그녀에게 더 이상 걱정거리가 되지 않은 지 오래였다.

"오늘 아침에 피를 쏟았다는 얘기를 했어. 그랬더니 작년에 했던 말을 똑같이 하더군…… 목 안에 있는 정맥이 찢어져서 그럴 거라고. 계속 기침이 나서 걱정은 되지만 엑스레이를 찍어 보면 문제를 해결할 수 있을 거라고. 암튼, 해결책은 나왔어. 왼쪽 폐는 사실상 못 쓰게 됐지만."

"빌!"

"운 좋게도 다른 쪽 폐엔 반점들이 전혀 없어."

그녀는 두려움에 휩싸여 아무 소리도 하지 못했다.

"내겐 별로 안 좋은 시기야," 하고는 그는 계속 말을 이었다. "하지만 맞서야지. 박사는 나더러 애디론댁*이나 덴버 쪽으로 가서 겨울을 나는 게 좋겠다더군. 둘 중에 덴버가 더 낫다는 얘기도 해 줬고. 그렇게 하면 5, 6개월 안에 완전히 좋아질 수 있대."

"당연히 그렇게 해야……" 그녀가 갑자기 말을 멈췄다.

"난 당신까지 가는 건 바라지 않아…… 더구나 당신한테 기회가 온다면 더더욱."

"당연히 나도 갈 거예요," 하고 그녀가 빠르게 말했다. "당신 건강이 먼저예요. 우린 어디든 늘 함께 갔잖아요."

"아, 그러지 않아도 돼."

"왜요, 당연히 그래야죠." 그녀의 목소리는 강하고 단호했다. "우린 떨어져 지낸 적이 없어요. 나도 당신 없이 여기 있을 수 없어요. 언제 가야 돼죠?"

"가능하면 빨리 떠나라곤 했어. 그래서 브란쿠시를 만나러 갔었더랬지. 리치먼드 작품을 맡고 싶어 할지 알아보려고. 크게 구미가 당기진 않나 보더라고." 그의 얼굴이 굳어졌다. "현재로선 그 외에 일은 없어. 하지만 이걸로 충분해. 빚진 게 좀……"

"아, 내가 돈을 벌고 있었더라면!" 하고 에미가 울음을 터뜨렸다. "당신은 열심히 일하는데 난 그저 발레 수업 받는 데만 일주일에 200달러나 쓰고 있으니. 내가 몇 년을 일해도 모을 수 없는 돈인데."

"여섯 달이면 된다고, 예전처럼 될 수 있을 거라고…… 박사님도 그랬어."

"그럼요, 세상에서 제일 사랑하는 당신, 당신은 꼭 회복될 거예요.

---

* 뉴욕 북부, 애디론댁 인디언 부족의 근거지였던 애팔래치아 산맥의 일부 지역.

우리 되도록 빨리 출발해요."

그녀가 팔로 그의 목을 감싸며 뺨에 입을 맞추었다.

"난 늙은 기생충일 뿐이에요," 하고 그녀가 말했다. "당신 건강이 좋지 않다는 걸 미리 알았어야 했는데."

그는 무의식적으로 담배로 손을 뻗다가 멈췄다.

"깜빡했군, 끊기로 해 놓고선," 하고 말하다가 그는 순간적으로 생각을 바꾸었다. "안 되겠어, 여보, 아무래도 혼자 가야겠어. 거기 가면 당신은 지루해 죽을 거야. 무엇보다 내가 안 돼. 난 아마 당신한테서 발레를 빼앗았다는 생각밖에 나지 않을 거라고."

"그런 생각하지 말아요. 중요한 건 당신이 건강을 회복하는 거예요."

그들은 그다음 주 내내 시간이 날 때마다 그 문제를 두고 얘기를 나누었다. 둘 모두 한 가지 사실만 제외하곤 모든 것에 대해 자신의 생각을 말했다. 그는 그녀가 함께 떠나길 바란다는 것, 그녀는 뉴욕에 꼭 남고 싶다는 것 — 이것이 두 사람의 입에서 나오지 않은 단 한 가지, 그들의 진심이었다. 그녀는 자신에게 발레를 가르치고 있던 도닐로프 선생에게 그 문제를 조금씩 털어놓기 시작했고, 이 시점에서 지체하는 건 치명적인 실수가 될 거라는 선생의 생각을 읽었다. 발레 학교 여학생들이 겨울 동안의 계획을 짜는 걸 보면서 그녀는 죽을 것만 같았다. 그녀가 고통스러워하고 있다는 걸 빌은 보지 않고도 알 수 있었다. 두 사람은 애디론댁에 잠깐 머무는 건 어떨지에 대해 얘기를 나누었다. 주말마다 그녀가 비행기로 다녀오는 방법을 생각해 낸 것이다. 하지만 그가 약간씩 열이 나기 시작하면서 결국 그들은 서부로 가라는 명령에 가까운 소리를 들어야만 했다.

어둠이 짙게 내린 어느 일요일 밤, 빌은 논쟁을 완전히 종결지었다. 처음 그녀로 하여금 자신에게 존경심을 가지도록 만들었던, 하지만 성공을 부풀리는 것으로 늘 자위하며 살았던 것처럼 자신에겐 비극이자 불운이 되고 말았던, 그 거칠지만 관대한 정의로움이 발현된 것이다.

"이건 내가 어떻게 하느냐에 달린 문제야, 여보. 이렇게 된 건 어쨌든 내 자제력이 부족했기 때문이야…… 당신은 이게 가정사인 것처럼 생각하지만…… 아니야, 이제 날 끌어낼 수 있는 건 오직 나 자신뿐이야. 당신은 당신 일을 3년이나 열심히 해 왔고, 이제 당신의 기회를 잡을 자격이 있어…… 당신이 만약 무대에 서지 못한다면, 난 살아가는 동안 두고두고 그 일을 생각하게 될 거야." 그가 환하게 미소를 지었다. "난 그걸 견딜 수 없어. 게다가, 그건 우리 아이에게도 좋지 않은 일이 될 거야."

결국 그녀는 그의 말에 굴복했다. 부끄럽고, 고통스러웠지만, 기뻤다. 빌 없이 그녀 자신으로 존재하는, 오직 그녀의 일만이 존재하는 세계가 이제 두 사람이 함께 존재했던 세계보다 더 컸다. 미안한 마음이 거하는 공간보다 기뻐하는 마음이 있는 공간이 지금은 더 넓었다.

이틀 후, 그는 오후 5시발 기차표를 끊었다. 그들은 희망 가득한 얘기들을 나누며 남은 시간을 함께 보냈다. 그녀는 여전히 그리고 진심으로 주장했다. 그가 조금이라도 약해진다면 그녀가 당장 내려갈 거라고. 그에게 가해진 심리적인 충격은 지난 몇 년 동안 그가 보였던 것 이상으로 그만의 특질을 드러나게 만들었다. 그는 혼자 겪어 내는 게 자신에게 더 유익하다는 생각을 확고하게 굳혔다.

"봄에!"라는 말이 그들의 입에서 비어져 나왔다.

그러고 나서 어린 빌리와 함께 서 있는 그녀에게 빌이 말했다. "장례식 치르는 것 같은 이별은 싫어. 당신 먼저 가. 떠나기 전에 전화해 줘."

그들은 지난 6년 동안, 에미가 병원에 입원해 있을 때를 제외하고는 하룻밤 이상 떨어져 지낸 적이 없었다. 영국에 있을 때도 서로에 대한 신뢰와 다정함은 잃지 않았었다. 비록 영국으로 가면서부터 시작된 괜한 허세로 그가 자주 그녀를 불안하게 만들긴 했지만. 그는 혼자서 개찰구를 빠져나갔다. 에미는 그에게 전화를 걸어 좋은 생각들을 말해 줄 수 있을 거라는 생각을 떠올리며 기쁜 마음으로 기차역을 벗어났다.

그녀는 착한 여자였다. 그녀는 온 마음으로 그를 사랑했다. 그녀가 33번가로 나갔을 때, 거리는 한동안 마치 죽은 듯 고요했다. 아파트도 거리처럼 텅 비어 있을 거란 생각이 들었다. 그녀는 이제 자신을 행복하게 해 줄 뭔가를 해야 할 순간임을 느꼈다.

하지만 그녀는 몇 블록을 걷다 멈추고는 생각했다. '뭐지? 끔찍해! ……내가 지금 뭘 하고 있는 거야? 난 그 사람을 내던져 버렸어. 세상에서 가장 나쁜 사람처럼. 그 사람을 떠나보내자마자 내가 하려는 건 도닐로프와 폴 마코바랑 저녁을 먹는 일이야. 아름다워서 내가 좋아하는, 눈의 빛깔과 머리칼 색깔이 신기하게도 꼭 같아서 내가 좋아하는 그 사람들과 저녁을 먹으러 난 지금 가고 있어. 빌은 기차에 외롭게 앉아 있는데.'

그녀는 마치 역으로 돌아가기라도 할 것처럼 갑자기 어린 빌리의 손을 잡고 흔들었다. 그녀는 몹시 창백하고 피곤한 얼굴을 한 채 기차에 앉아 있는 그를 그리고 그의 곁에 자신이 없는 장면을 목격하게 될 터였다. '그이를 내버려 둘 수 없어,' 하고 그녀는 속으로 소리를 질렀다. 감상적인 생각이 파도가 되어 그녀를 휩쓸고 지나갔다. 런던에서 그가 원했지만 하지 못했던 것, 그녀를 놓아 주려는 건 아닐까 하는 생각이 일어났다.

"아, 불쌍한 빌!"

그녀는 머뭇거리며 서 있었다. 그리고 솔직하게 인정했다. '이 순간을 빨리 잊어버리자. 내가 하는 일의 정당성을 찾는 거야.' 그녀는 런던에서 겪었던 어려움을 생각하면서 양심의 가책을 지워 냈다. 하지만 홀로 기차에 타고 있던 빌에 대해 그런 식으로 생각한다는 건 끔찍한 일이었다. 그녀는 발길을 돌려 기차역으로 되돌아갈 수도 있었다. 가서 자신이 왔다고 말할 수도 있었다. 하지만 그녀는 기다리고 서 있었다. 그녀 안에서 그녀를 위해 맹렬히 싸우고 있는 존재와 함께. 그녀가 서 있는 인도는 좁았다. 이내 극장에서 엄청난 인파가 쏟아져 나왔고, 그녀와 어린 빌리는 이내 군중들 속에 묻혀 버렸다.

기차에 오른 빌은 자신이 가야 할 특실로 들어가지 않은 채 마지막 순간까지 미련을 버리려 애썼다. 그녀가 아직 기차역에 있을 거라고는 확신하기 힘들었다. 기차가 출발한 뒤 그는 자신의 자리로 돌아갔고, 당연한 일이지만, 선반에 얹힌 가방과 좌석에 잡지 몇 권이 놓여 있는 걸 제외하고는 아무것도 없었다.

그 순간 그는 그녀를 잃었다는 사실을 자각했다. 그것은 환상이 아니라 구체적 상황으로 그의 눈에 보였다. 폴 마코바와 최근의 몇 개월 그리고 외로움. 예전과 같은 건 아무것도 없었다. 《버라이어티》*와 만화책을 읽는 중간중간, 그는 거기에 대해 오래도록 생각했다. 그러다

---

* 1905년에 창간된 주간 잡지. 영화 산업이 발달하면서 1933년부터 할리우드의 소식을 전하는 일간지도 함께 발행되었다.

순간 정신이 들었고, 그럴 때마다 왠지 에미가 마치 죽은 것처럼 느껴졌다.

'에미는 멋진 여자였어…… 최고였어. 에미는 자기만의 색깔을 가진 여자야.' 그는 그 모든 것을 자신이 가져왔음을 그리고 거기에 대한 충분한 보상이 주어졌음을 자각했다. 명확했다. 그는 또한 알았다. 홀로 떠남으로써 그녀만큼이나 그 자신도 다시금 좋은 사람이 되었음을. 마침내 모든 것이 공평해졌음을.

그는 모든 걸 초월한 느낌이 들었다. 슬픔까지 넘어선 것 같았다. 그 자신보다 더 큰 무언가가 자신의 손 안에 쥐어져 있는 것 같은 편안한 느낌이었다. 그리고 약간의 피로가 밀려왔고, 조금쯤 자신감이 사라져가고 있었다. 그 두 가지 특질은 한순간도 그를 놓아주지 않았다. 그가 만약 확실하게 종지부를 찍기 위해 서쪽으로 가고 있는 거였다면, 그렇게 끔찍하지는 않았을 것이다. 그는 확신했다. 에미가 결국엔 돌아오리라는 것을. 그녀가 무엇을 하건, 그녀가 한 계약이 얼마나 좋은 것이건.

◆◆◆

「두 가지 과오」(《새터데이 이브닝 포스트》 1930년 1월 18일 자 발표)는 1929년과 1930년에 집필한 부부 사이의 갈등을 소재로 한 단편소설들 중 하나인데, 당시의 작품들에는 피츠제럴드 자신이 겪고 있던 문제들이 반영되어 있다. 특히 이 「두 가지 과오」에는 그의 알코올 중독증과 발레리나의 꿈을 이루지 못한 아내 젤다의 좌절이 깊숙이 내재되어 있다. 그는 신문에 게재하기에 '지나치게 무거운' 얘기이지 않나 걱정을 했었지만, 에이전트 해럴드 오버는 오히려 그에게 "이제껏 쓴 것 중 가장 좋은 단편"이라고 믿음을 주었다. 피츠제럴드는 작품집 『기상나팔 소리』에 이 작품을 재수록했다.

첫 경험
First Blood

1

"조지핀이 세 살 때쯤, 부인께서 어쩔 줄 몰라 하며 제게 왔었던 걸 기억해요!" 브레이 부인이 외치듯 말했다. "조지는 뭘 하며 살아야 할 지를 결정하지 못해 분노에 차 있었고, 애꿎은 어린 조지핀의 엉덩이만 두드리곤 했죠."

"저도 기억해요," 하고 조지핀의 엄마가 말했다.

"여기 이 아이가 조지핀이에요."

정말 조지핀이었다. 조지핀은 브레이 부인을 보며 미소를 지었다. 브레이 부인의 눈이 미세하게 굳어졌다. 조지핀은 계속 미소를 짓고 있었다.

"몇 살이니, 조지핀?"

"막 열여섯 살 됐어요."

"아…… 성숙해 보여서 더 많은 줄 알았구나."

기회를 엿보던 조지핀이 페리 부인에게 물었다. "엄마, 오후에 릴리언이랑 영화 보러 가도 돼죠?"

"무슨 소리 하니, 얘가. 공부해야지." 그녀는 별것 아니라는 듯 브레이 부인에게로 다시 고개를 돌렸다. 하지만 "멍청이" 하고 조지핀이 투덜거리는 소리가 그녀의 귀에 들렸다.

브레이 부인이 상황을 무마하려고 황급히 몇 마디를 거들었지만, 페리 부인이 그냥 넘어갈 리 없었다.

"엄마한테 지금 뭐라고 했니, 조지핀?"

"릴리언이랑 영화 보러 가면 안 되는 이유가 뭔지 모르겠어."

그녀의 엄마는 이번 대꾸만은 기꺼이 받아들인 것 같았다.

"공부를 해야 하니까. 넌 매일 어딜 쏘다니고, 네 아빠 그걸 막으려고 안달이고."

"미쳤어!" 하고 조지핀이 말했다. 그러곤 맹렬히 덧붙였다. "완전히 미쳤다고! 아빠 곧 미치광이가 될 거야. 조금 있으면 머리를 쥐어뜯기 시작할 거고, 자기가 무슨 나폴레옹이나 된 듯이 여길 거야."

"그러게," 하고 브레이 부인이 유쾌하게 끼어들었다. 페리 부인의 얼굴이 점점 붉어지고 있었다. "어쩌면 조지핀 말이 맞을지도 모르겠네요. 조지가 제정신이 아닐지도 모르죠…… 제 남편이 제정신이 아닌 건 확실해요. 이게 다 전쟁 때문인 거 같아요."

하지만 페리 부인은 전혀 즐겁지 않았다. 그녀는 조지핀이 매 맞을 짓을 하고 있다는 생각밖에 할 수 없었다.

그들은 조지핀의 언니와 동갑내기인 앤서니 하커에 대해 얘기를 하기 시작했다.

　"그 오빠 정말 괜찮아요," 하고 조지핀이 끼어들었다. 무례하게 굴던 좀 전과는 달랐다. 사실 조지핀은 무례한 아이가 아니었다. 화가 나서 말이 많아지거나 이성을 잃고 욕을 할 때도 이따금 있긴 했지만, 극히 드문 일이었다. "그 오빠 완전히……"

　"걔가 인기가 많긴 하더라. 하지만 내가 보기엔 좀 가벼워 보이던데. 그렇게 많이 본 건 아니지만."

　"아니야, 엄마," 하고 조지핀이 말했다. "그 사람은 가벼운 거랑은 거리가 멀어. 사람들이 모두 성격이 정말 좋다고 하는 걸…… 그냥 빈말로 사람 좋다고 해 주는 거랑은 달라. 여자들이면 누구든 사귀고 싶어 하는 그런 사람이라고. 나 같으면 당장에라도 결혼할 수 있어."

　사실, 조지핀은 한 번도 그런 생각을 해 본 적이 없었다. 그 말은 트래비스 드 코펫에 대한 자신의 감정을 표현하기 위해 급조한 것이었다. 홍차가 나오자 그녀는 양해를 구하고는 자신의 방으로 갔다.

　새 집으로 이사를 오긴 했지만 그것으로 페리 씨 가족이 새로운 사람들이 된 건 아니었다. 그들은 전형적인 시카고 사교계 사람들이었으며, 엄청난 부자였고, 1914년 무렵 대개 그랬듯 교양도 갖추고 있었다. 하지만 조지핀은 '손아귀에서 벗어나려는' 운명을 타고난 세대의 무의식적인 선구자였다.

　자신의 방으로 들어온 그녀는 트래비스 드 코펫을 생각하며 그리고 지난밤 데이비드슨 가 댄스파티에서 돌아오던 일을 떠올리며 릴리언의 집으로 가기 위해 옷을 갈아입었다. 트래비스는 턱시도 위에 유행이 지난 삼촌의 헐렁한 푸른색 망토를 걸치고 있었다. 키가 크고 호리

호리한 데다 춤 실력도 보통이 아닌 그는 또래 여자애들로부터 "지나치게 심오하다"는 얘기를 듣곤 하는 두 눈을 갖고 있었다. 한 어른은 그의 검은 두 눈엔 충돌 감지 장치가 달려 있어서 매일 밤 충전을 해야 할 거라고 농담하기도 했다. 검은자위를 둘러싸고 있는 부분은 진한 보라색으로 보이기도 하고 갈색이나 진홍색을 띠기도 했는데, 어쨌든 그의 얼굴에서 가장 먼저 주목하게 되는 곳이었다. 새하얀 치아를 제외하고는. 조지핀처럼, 그 또한 새로이 등장한 인물이었다. 당시엔 시카고에 새로운 인물들이 속속 출현하기 시작했는데, 아무래도 이야기가 딴 길로 새는 걸 방지하기 위해 조지핀을 가장 새로운 인물로 언급해야 할 것 같다.

옷을 갈아입은 그녀는 계단을 내려가 얌전히 열려 있는 쪽문을 지나 거리로 나왔다. 그녀에게로 불어온 10월의 거친 바람이 잎들을 다 떨군 나무 밑을 지나고, 을씨년스러운 모퉁이 집들을 지나고, 바람의 동굴 같은 주택가의 진입로를 지나 사라졌다. 그 무렵부터 4월까지, 시카고는 실내의 도시가 된다. 문을 열고 들어서면 다른 세계가 펼쳐지는. 호수의 추위는 북부의 진짜 추위 같지 않게 도무지 익숙해지질 않고, 그저 안으로 들어가도록 부추길 뿐이다. 문밖엔 음악도 없고, 연애도 없고, 심지어 부자들이 리무진을 타고 지나갈 때조차 화려하게 보이기보다는 인도를 지나가는 사람의 적개심만 부추길 뿐이었다. 하지만 안으로 들어가면 전혀 달라진다. 깊고 따뜻한 평온이 밀려들고, 마치 새로운 춤이 개발된 것처럼 신나는, 노랫소리 섞인 소음들로 왁자해진다. 이것이 바로 사람들이 시카고를 사랑한다고 말할 때의 그것, 그런 것들의 한 부분이다.

조지핀은 친구 릴리언 하멜과 만나기로 한 건 맞지만, 영화를 보러 가기로 한 건 아니었다. 하지만 그건 그녀의 엄마들 생각과는 달랐다. 엄마들은 가장 볼썽사나운, 선정적인 영화를 볼 거라고 예상하고 있었던 것이다. 트래비스 드 코핏이랑 하워드 페이지와 함께 멀리까지 드라이브를 가는 것도 그에 못지않은 일이었다. 그 시간 동안 과연 키스를 몇 번이나 할까. 넷이서 만나자는 계획을 세운 건 지난 토요일, 일이 자꾸만 틀어지던 때였다.

트래비스와 하워드는 약속 장소에 벌써 와 있었다. 여자애들을 단숨에 미래로 몰고 가겠다는 걸 상징이라도 하듯, 외투들도 벗지 않고 앉아 있지도 않았다. 트래비스는 외투에 모피 칼라를 붙여 입고, 머리 부분이 황금색인 지팡이를 들고 있었다. 그는 조지핀의 손등에 익살맞게, 하지만 진지하게 입을 맞췄다. 그러자 그녀는 마치 정치가가 자신에게 투표해 달라고 따뜻한 애정을 담아 호소하듯 말했다. "안녕, 트래비스!" 잠시 후 두 아가씨는 새로운 사실들을 주고받았다.

"나, 그 사람 봤어," 하고 릴리언이 소곤거렸다. "지금 막."

"정말?"

둘의 눈에 불꽃이 튀나 싶더니 아예 불이 붙어 버렸다.

"그 오빠 정말 멋지지 않니?" 하고 조지핀이 말했다.

두 사람이 얘기하고 있는 건 스물두 살의 청년 앤서니 하커였다. 그가 조지핀을 본 건 언젠가 페리 씨 집에 왔을 때였는데, 그때 콘스턴스에게 조지핀이란 동생이 있다는 걸 알게 됐고, 이후 이따금 방문해서 얼굴을 잠깐씩 본 게 전부였다.

"코도 남자들 중에 제일 예쁜 거 같아," 하고 말하며 릴리언은 느닷없이 웃음을 터뜨렸다. "이렇게……" 그녀가 손가락으로 허공에다 코 모양을 그렸고, 두 여자는 법석을 떨어 댔다. 하지만 어젯밤 새로 충전을 한 듯 신선한 트래비스의 두 눈이 속을 훤히 들여다보고 있는 것 같아, 조지핀은 차분하게 표정을 정돈했다.

"그럼!" 트래비스가 긴장한 표정으로 입을 열었다.

밖으로 나간 네 명의 청춘 남녀들은 발을 얼리는 매서운 바람을 뚫고 15미터쯤 걸어 페이지의 자동차로 들어갔다. 그들은 자신감에 넘쳐 있었고, 자신들이 원하는 게 무언지를 잘 알고 있었다. 부모에 대한 반항이 여실히 드러나는 두 아가씨의 표정에는 죄책감 따위는 찾아볼 수 없었는데, 적의 포로수용소에서 탈출을 시도하는 군인보다 더 홀가분해 보였다. 뒷좌석에 앉은 조지핀과 트래비스는 서로를 바라보았다. 그가 어둡게 타오르기를 그녀는 기다리고 있었다.

"이거 좀 볼래?" 하고 그는 자신의 손을 보며 말했다. 손이 떨리고 있었다. "오늘 새벽 5시까지 깨어 있었어. 글래머 아가씨들을 만난다니."

"오, 트래비스!" 그녀의 입에서 절로 실망의 탄성이 터져 나왔다. 그들의 첫 대화가 그녀를 황홀하게 만드는 데 실패했음을 뜻하는 거였다. 그녀는 자신의 마음에 무슨 문제가 있는지를 생각하며 그의 손을 잡았다.

꽤 어두워지자 그는 갑자기 그녀 위로 몸을 굽혔다. 하지만 그 순간 그녀도 얼굴을 돌려 버렸다. 안달이 난 그는 냉소적으로 고개를 끄덕이더니 차 구석에 드러눕다시피 등을 기댔다. 그가 내세울 거라곤 그 어두운 신비, 그녀로 하여금 항상 그를 향한 열망을 품게 만든 그 신비뿐이었다. 그녀는 그것이 그의 눈으로 들어와 가득 차는 것을 볼 수 있었다. 그것은 광대뼈 아래로까지 내려왔고, 눈썹 위까지 올라갔다. 하지만 그녀는 그에게 집중할 수가 없었다. 세상에서 가장 로맨틱한 미스터리는 이미 다른 남자에게로 옮겨가 버린 뒤였다.

트래비스는 그녀가 굴복해 오기를 기다리며 10분을 흘려보냈다. 그러고 나서 그는 다시 시도했고, 두 번째 시도에서 그녀는 그를 처음으로 평온하게 바라보았다. 그것으로 충분했다. 조지핀의 상상과 욕구는 어느 지점까지는 손쉽게 이끌려 나왔다. 하지만 그 이후는 달랐다. 세차게 일어난 어떤 충동이 그녀를 제어한 것이다. 그 순간 그녀는 불현듯, 트래비스에게 더할 수 없는 반감이 일어났고, 그녀의 목소리는 낮은 슬픔으로 바뀌었다.

"어젯밤에 오빠가 뭘 했는지 들었어. 아주 잘."

"무슨 문제라도 있어?"

"에드 비먼트한테 그랬다며. 오빠 차로 날 집까지 데려다줬으니까 다 된 거라고."

"누가 그딴 식으로 말해?" 하고 그는 뜨끔하면서도 비웃듯 물었다.

"에드 비먼트라니까. 오빠가 그 말을 했을 때 오빨 한 대 칠 뻔했다더라. 계속 참고 있기가 힘들었다면서."

트래비스는 다시 구석으로 물러났다. 그녀가 왜 냉랭한지 이유를 알 것 같았다. 굳이 따져 볼 필요도 없었다. 한 여자의 잠재의식에 대해 남자들은 저마다 다른 소리로 떠들어 댄다는 카를 융의 이론에 비추어 보자면, 그 자리에 없는 에드 비먼트가 조지핀의 입을 통해 말하고 있는 형국이었다.

"난 어떤 남자애들과도 키스하지 않기로 다짐했어. 내가 정말로 사랑하는 남자에게 줄 걸 하나쯤은 남겨 놔야 하잖아."

"헛소리!" 하고 트래비스가 내뱉었다.

"헛소리 아냐. 시카고에 내 얘기가 너무 많이 떠돌아. 남자는 언제든 키스할 수 있는 여자를 존중하진 않지. 그리고 난 언젠가 결혼하게 될 남자로부터 존중받고 싶어."

에드 비먼트가 만약 그날 오후 자신이 그녀에게 미친 영향이 어느 정도였는지를 알았다면 아마 황홀경에 빠졌을 것이다.

두 젊은이가 조심스럽게 내려 준 길모퉁이에서 걸어 나와 집으로 향하면서, 조지핀은 마지막 책장을 넘길 때 전해져 오는 날아갈 듯한 기분을 느꼈다. 그녀는 이제 영원히 착한 여자가 될 것이다. 부모가 원하는 대로 남자들을 덜 만나고, 벤보어 예비학교가 이상적인 벤보어 여학생이라고 명명한 그런 여학생이 되기 위해 노력할 것이다. 그리고 한 해가 지나 브릴리에 가면 거기서도 이상적인 브릴리 여학생이 될 수 있을 것이다. 그렇게 첫 별들이 호수 기슭 드라이브 코스 너머로 사라졌고, 그녀는 자신에 대한 모든 것들이 시속 160킬로미터의 속도로 시카고 전역을 돌고 있다는 걸 느낄 수 있었다. 그리고 그녀는 자신의 영혼을 위해 그런 소망을 소망하게 되길 소망했을 뿐이라는 사실을 알았다. 사실, 그녀에겐 뭔가를 이루어야겠다는 갈망 따윈 없었다. 그녀의 할아버지도 그랬고, 그녀의 부모 역시 그걸 의식하고 있었지만, 조지핀은 태생적으로 그런 자랑스러운 세계를 갖고 있다는 사실을 받아들였다. 이건 시카고에서는 쉬운 일이었다. 뉴욕과는 달랐다. 도시가 하나의 주州나 마찬가지인 이곳은 전통 있는 가문들이 일종의 계급 사회를 형성하고 있었다. 대학 교수들은 지식인을 대표했고, 분파란 게 없었다. 있다면, 페리 가문 사람들이 그들보다 훨씬 더 부유하고 영향력이 있는 다른 여섯 가문에게 더 친절해야 한다는 것뿐. 조지핀은 춤추기를 좋아했지만, 여성으로서의 영예가 발현되는 무도회장은 이제 그녀에겐 한 남자로부터 도망치는 곳이었다.

자신의 집 철 대문으로 다가가던 조지펀은 언니가 맨 위쪽 계단에 몸을 떨며 서 있는 것을 보았다. 젊은 남자가 막 떠나려 하고 있었다. 그녀는 그가 누군지 알고 있었다.

그는 허둥거리며 지나가다 언뜻 그녀를 알아보았다.

"아, 안녕," 하고 그가 말했다.

그녀는 몸을 완전히 틀었다. 그래야 그가 가로등 불빛에 비춘 자신의 얼굴을 똑바로 볼 수 있을 터였다. 그녀는 모피 옷깃 위로 고개를 똑바로 들어 올려 그에게로 향하고는 미소를 지었다.

"안녕하세요," 하고 그녀가 엄전하게 말했다.

그러곤 두 사람은 서로를 스쳐 지나갔다. 그녀는 다시 거북이처럼 고개를 당겨 옷깃 속으로 집어넣었다.

"그래, 이제 내가 어떻게 생겼는지 그 사람이 알게 됐어," 하고 그녀는 혼잣말을 중얼거리며 신이 나 집으로 들어갔다.

2

며칠 후, 콘스턴스 페리는 엄마에게 진지함이 가득 묻어나는 소리로 말했다.

"조지펀이 너무 으스대는 것 같아요. 정말이지, 제정신이 좀 아닌 것 같다는 생각이 들 정도로요."

"걔가 꽤 으스대는 것 같긴 해," 하고 페리 부인도 인정했다. "그러잖아도 네 아빠랑 얘기했는데, 1학년 마치면 동부에 있는 학교로 보내기로 했다. 좀 더 알아볼 게 있으니까 그때까진 아무 소리도 하지 마."

"다행이에요, 엄마, 시기도 딱 좋아요! 조지핀도 그렇고, 걔랑 어울려 다니는 그 망토 입은 형편없는 트래비스란 애도 그렇고, 둘이 보면 나이가 천 살은 먹은 것 같다니까요. 지난주엔 블랙스톤에 왔었는데, 못 본 척하느라 고개가 다 아플 지경이었어요. 미치광이 둘을 보는 것 같았다고요. 트래비스는 휘청휘청 걷고, 조지핀은 무도병에라도 걸린 것처럼 입술까지 비틀고, 정말이지……"

"앤서니 하커에 대해선 뭐라고 말이 없던?" 하고 페리 부인이 말을 잘랐다.

"조지핀이 개한테 반했다는 얘기가 돌고 있죠. 조지핀한테는 할아버지뻘인데."

"할아버진 너무했다."

"엄마, 걔 스물두 살이고 조지핀은 아직 열여섯 살이에요. 조랑 릴리언은 개 옆을 지날 때마다 얼마나 킥킥대고 빤히들 쳐다보는데……"

"이리 좀 와, 조지핀," 하고 페리 부인이 말했다.

조지핀은 천천히 방으로 들어와 열어 놓은 문 가장자리에 등을 기댔다. 몸이 흔들리긴 했지만 태연했다.

"뭔데요, 엄마?"

"조지핀, 너도 남들한테 웃음거리가 되고 싶진 않겠지. 안 그래?"

조지핀은 부루퉁하게 언니에게로 고개를 돌렸다. "누가 날 비웃는데? 내 생각엔 언니가 그럴 것 같아. 날 비웃는 사람은 언니뿐이야."

"네가 너무 오만해서 모르는 거야. 너랑 트래비스가 그날 오후에 블랙스톤에 왔을 때, 내가 고개를 숙이고 있느라 등이 다 굽었다고. 우리 테이블에 있던 사람들은 물론이고, 다른 테이블 사람들도 모두 비웃었거든…… 충격이 이만저만 했어야지."

"실은 그것보다 더 충격을 받았을 거야," 하고 조지핀이 흐뭇해하며 말했다.

"그래, 너희 둘이 나갈 땐 다들 뛸 듯이 좋아했으니까."

"아, 그만해!" 하고 조지핀이 소리를 질렀다.

잠깐의 침묵이 흘러갔다. 그러고 나서 페리 부인이 진지하고 낮은 소리로 말했다. "아버지 오시면 이 얘길 해 드려야겠구나."

"그래요, 말씀하세요!" 하고 말하더니 갑자기 조지핀이 울음을 터뜨리기 시작했다. "대체 왜 다들 날 가만두지 않는 거야? 살고 싶지 않아."

엄마가 그녀를 팔로 감싸고 일어서며 "조지핀…… 그래, 조지핀," 하고 말했지만 조지핀은 가슴 깊은 곳에서 밀려 나오는 것 같은 울음을 그치지 못했다.

"그냥, 못생기고 시샘 많은 여자애들이…… 그런 애들이 그런 소릴 하는 것뿐이야. 다들 나만 쳐다보니까 짜증이 난 거라고. 난 내가 원하면 누구든 만날 수 있으니까, 그게 부러워서 새빨간 거짓말을 지어 내는 거라고. 콘스턴스 언니도 마찬가지야. 어젯밤에 앤서니 하커가 언니를 기다리는 동안 내가 들어가서 5분 정도 같이 앉아 있었는데, 그게 싫었던 거야."

"그래, 나 엄청 질투 났어! 어제 그것 때문에 밤새도록 앉아서 울었다고. 더구나 갠 나한테서 마리스 웨일리 얘길 들으려고 왔던 거니까. 그래! ……그 5분 동안 너 걔한테 뭔 짓을 한 거야? 걔 워런스네 집으로 가는 내내 계속 실없이 웃기만 했다고!"

조지핀은 마지막 숨을 크게 들이마시더니 울음을 그쳤다. "언니가 알고 싶다면 얘기해 주지. 나 이제 그 사람 단념하기로 했어."

"하하!" 콘스턴스가 웃음을 터뜨렸다. "엄마, 저 말 잘 들어 둬요! 쟤가 앤서니를 단념했대요. 걔가 자기를 본 적이 있기라도 한 듯이나, 아니 살아 있다는 걸 알기라도 한 것처럼 말하네요! 저렇게 으스대는 꼴이라니……"

페리 부인은 더 이상 참을 수가 없었다. 그녀는 조지핀을 팔로 감싸 안고는 복도 끝에 있는 그녀의 방으로 서둘러 데려갔다.

"언니는 네가 웃음거리가 되는 게 싫은 거야," 하고 그녀가 설명했다.

"어쨌든, 난 그 사람 포기했어," 하고 조지핀이 침울한 목소리로 말했다.

그녀는 그를 포기했다. 그녀가 하지 못한 1,000번의 입맞춤을 포기했고, 그의 팔에 안긴 채 추는 100번의 길고 짜릿한 춤도, 회상될 수 없는 100번의 밤도 모두 포기했다. 그녀는 전날 밤 그에게 써 놓았던 편지에 대해선 말하지 않았다. 보내지 않았던, 결코 보내지 않을.

"네 나이 땐 그런 것들을 생각하면 안 돼," 하고 페리 부인이 말했다. "넌 아직 어리니까."

조지핀은 자리에서 일어나 거울로 향했다.

"릴리언 집에 가기로 약속했어요. 이미 늦었어요."

자신의 방으로 돌아온 페리 부인은 속으로 중얼거렸다. "2월까지 두 달이야." 조지핀은 주위의 모든 사람들로부터 사랑을 받고 싶어 하는 어여쁜 아이였다. 조지핀을 통제할 힘을 가진 사람은 어디에도 없었다. 페리 부인은 단정한 소포처럼 자신의 마음을 묶고는 우체국으로 가서 부쳤다. 조지핀을 안에다 고이 넣어 브릴리 예비학교 앞으로.

한 시간 후, 블랙스톤 호텔 찻집. 앤서니 하커와 또 다른 젊은 남자 하나가 테이블에 앉아 뭉그적거리고 있는 중이었다. 앤서니는 늘 즐겁고 느긋한 데다, 부잣집 자식에, 현재의 인기를 만끽하고 있는 친구였다. 그는 이스턴 대학을 잠깐 다닌 뒤 버지니아에 있는 유명한 대학으로 옮겨 별 어려움 없이 공부를 마쳤다. 또한 적어도 시카고 여자들이 매력적이라고 느낄 만한 적당한 예의와 태도가 몸에 배어 있었다.

"저기 있는 게 그 트래비스 드 코펫이란 녀석 맞지?" 앤서니 하커의 친구가 입을 열었다. "한심한 자식, 자기가 뭐라도 되는 줄 아나 본데."

앤서니가 방 건너편에 있는 젊은 사람들을 멀찍이 바라보았다. 그는 페리 가의 막내딸과, 늦은 밤거리에서 자주 마주쳤던 젊은 여자들을 알아보았다. 확실히 편해 보이긴 했지만 유치하고 소란스러웠다. 그의 눈길은 곧 그들을 떠나, 춤을 추러 오기로 한 패거리들과 쓸 방을 살폈다. 실내는 조명이 켜져 있고 바깥은 완전히 어두웠지만 아직 해 질 녘 기미가 남아 있었는데, 방은 어느새 은밀하고 신나는 음악으로 깨어나고 있었다. 뭔가 음산한 분위기를 풍기는 무리 하나가 그를 지나 안으로 들어갔다. 불길한 사건 현장에서 막 빠져나온 것 같은, 신사복을 입은 남자들과 여차하면 달아나려는 듯 보이는, 모자 쓴 여자들이 뭔가 특별한 장면을 연출하고 있었다. 즉흥적으로 만들어진 것 같기도 하고 비밀스럽기도 한 이런 기묘한 조합이 곧 정식 무도회를 벌일 것 같다는 느낌을 받은 그는 뭔가 빨리 결정을 내려야 한다는 조바심이 일면서 사람들 사이에 눈을 박고는 혹시 아는 얼굴이 있는지 살피기 시작했다.

얼굴 하나가 어떤 남자의 어깨로부터 1미터 50센티미터쯤 위로 불쑥 떠올랐다. 그리고 그 순간 앤서니는 이제껏 직접 경험해 본 적 없는 가장 슬프고 비극적인 대상이 되어 버렸다. 그를 향해 날아온 것은 미소인 것 같기도 하고 미소가 아닌 것 같기도 했다. 밝은 빛깔의 세모꼴 눈두덩을 지닌 커다란 회색 눈과 그와 그녀 둘 모두에 대한 연민으로 비틀린 입술이 만들어 낸 기이한 표정은 희생자의 것이라기보다는 오히려 우울조차 부드러운 악령의 것이라 하는 게 더 옳았다. 그것은 앤서니가 처음으로 조지핀을 제대로 본 순간이었다.

즉각적으로 발동된 그의 본능은 그녀가 누구와 춤을 추는지를 확인하고 있었다. 자신이 아는 청년이었다. 그는 외투 자락을 한번 빠르게 잡아당기고는 확신에 찬 걸음으로 플로어로 나섰다.

"저랑 한번 추시겠습니까?"

춤을 추기 시작하면서 조지핀은 그에게로 가까이 다가가 곧 두 눈을 들어 올렸다. 그러고는 시선을 떨구고는 먼 곳을 향했다. 그녀는 아무 말도 하지 않았다. 그녀가 열여섯 살을 넘겼을 리 없음을 눈치챈 앤서니는 춤을 추는 중에 자신의 패거리들이 끼어들지 않기를 바랄 뿐이었다.

춤이 끝나자 그녀는 다시 그에게로 눈을 들어 올렸다. 뭔가 잘못되었다는 느낌이, 예상한 것보다 그녀가 더 성숙하다는 생각이 그를 사로잡았다. 그녀를 테이블에 남겨 두고 떠나기 전에 그는 한마디를 남겼다.

"나중에 또 출 수 있을까요?"

"아, 그럼요."

그녀는 그와 눈을 맞추었는데, 눈을 깜박일 때마다 꽃망울이 터지는 것 같았다. 어쩌면 그것은 그들 가문의 운명이 결정된 그리고 그들의 운명이 달린 행로를 암시하는지도 몰랐다. 자신의 테이블로 돌아가던 앤서니의 가슴이 불안으로 가득해졌다.

한 시간이 지난 뒤, 두 사람은 블랙스톤 호텔을 빠져나왔다.

참으로 우연히 벌어진 일이었다. 두 번째 춤을 추고 난 뒤, 조지핀이 집에 가야 한다고 말하면서 바래다줄 수 있는지를 물었고, 그녀와 나란히 빈 플로어를 건너가던 그는 지나치다 싶을 만큼 사람들의 시선을 의식했다. 그녀를 집까지 데려다주는 건 그녀의 언니를 생각하면 당연한 일이긴 했지만, 그로서도 뭔가 기대하는 바가 없는 건 아니었다.

하지만 일단 밖으로 나오자 혹독한 추위와 맞닥뜨렸고, 그러다 순간적으로 생각이 흔들린 그는 문제에 대한 책임을 자신이 져야 한다고 다시 마음을 먹었다. 자신을 압박해 오는 조지핀의 집요하고 선명한 활력을 그로선 버텨 내기가 힘들었던 것이다. 차에 오른 뒤 그는 신사다운 눈빛으로 상황을 장악하려 했지만, 열에 들뜬 듯 반짝이는 그녀의 두 눈은 억지로 누르고 있던 그의 금욕 의지를 순식간에 녹여 버렸다.

그는 그녀의 손을 천천히 쓰다듬었다. 그러다가 갑자기 그녀의 향기 속으로 빨려 들며 숨을 멈춘 채 입을 맞추었다.

"그럼, 이제 된 거죠?" 하고 잠깐을 기다린 뒤 그녀가 조그만 소리로 말했다. 놀란 그는 뭔가 잊어버린 게 있는지, 자신이 그녀에게 말한 게 무언지 생각해 보았다.

"잔인한 말이군," 하고 그가 말했다. "이제 막 관심이 생겼는데 말이야."

"전 그저 당신과 함께하는 모든 순간을 마지막이라고 생각한다는 뜻일 뿐이에요," 하고 그녀가 씁쓸한 표정을 지으며 말했다. "우리 가족은 절 멀리 있는 학교로 보낼 거예요…… 제가 아직 모르는 줄 알지만."

"저런!"

"……오늘은 다들 그러더라고요…… 당신은 제가 이 세상에 살아 있다는 것조차 모를 거라고요!"

긴 정적이 흐른 뒤, 앤서니는 맥 빠진 목소리로 자신의 생각을 말했다. "난 네가 가족들 생각에 굽히지 말았으면 좋겠어."

그녀가 짧게 웃었다. "그래서 그냥 웃어넘기고 여기로 온 거예요."

그녀의 손이 그의 손 안으로 파고들었다. 그가 그녀의 손을 누르자, 어두운 기운이 사라진 그녀의 두 눈이 반짝였고, 그와 맞닿을 때까지 치뜨였다. 그러곤 그를 응시했다. 얼마 지나지 않아 그는 속으로 생각했다. '난 지금 엉터리 수작을 부리고 있는 거야.'

그는 자신이 그렇게 하고 있음을 확신했다.

"당신은 정말 상냥해요," 하고 그녀가 말했다.

"넌 다정한 아이야."

"제가 세상에서 제일 싫어하는 건 질투예요," 하고 조지핀이 갑자기 울분을 터뜨리듯 말했다. "그것 때문에 전 엄청난 고통을 받고 있어요. 그런데 누구보다 절 고통스럽게 하는 게 바로 우리 언니예요."

"아, 그건 아니지," 하고 그가 부정했다.

"당신과 사랑에 빠지는 건 어쩔 수 없는 일이에요. 참으려고도 해봤죠. 당신이 집에 올 때면 일부러 밖에 나가 있기도 했어요."

그녀의 거짓말이 지닌 힘은 그녀의 진심으로부터, 자신이 사랑하는 사람은 누구든 똑같이 자신을 사랑해야 한다는 단순하면서도 당당한 자신감으로부터 나온 것이었다. 조지핀은 부끄러워하지도 애처로워하지도 않았다. 그녀에게 세상은 한 남자와 그 자신, 단둘만이 존재하는 곳이었다. 그곳은 여덟 살 이후로 그녀가 명확하게 지나 온 세계였다. 그녀는 계획하지 않았다. 그저 흔쾌히 행동할 뿐이었다. 그리고 그녀의 그 흔쾌한 삶이 모든 걸 감당했다. 젊음이 사라지고 경험이 우리에게 값싼 용기를 부여할 때만이 우리는 그게 얼마나 간단한 일이었는지를 자각하게 될 뿐이다.

"하지만 넌 나랑 사랑에 빠질 수가 없어," 하고 앤서니는 말하고 싶었지만, 그렇게 말할 수가 없었다. 그녀에게 다시, 더없이 다정하게 키스를 하고 싶은 욕구와 싸우면서도 그는 그녀가 현명하지 못했다고 말하기 시작했다. 하지만 이 멋진 계획을 제대로 시작하기도 전에 그녀는 어느새 다시 그의 품 안에 있었고, 그가 받아들일 수밖에 없는 뭔가를 속삭이며 입맞춤을 끌어냈다. 그 키스로 모든 것이 봉인되었다. 그런 다음 그는 그녀를 집 앞에 내려 주었고, 혼자가 되었다.

'내가 무슨 약속을 한 거지?' 그녀와 나누었던 모든 말들이 예기치 않은 추위가 밀어닥치듯 그의 귀를 울리고 때렸다. 그리고 하나가 도드라졌다. 내일 4시, 그 모퉁이에서 만나자는.

'맙소사!' 그는 불편한 마음으로 생각했다. '어쩌다 내가 이렇게 꼼짝 못 하게 됐는지 모르겠군. 정말이지 당돌한 애야. 누구든 곤경에 빠트리려고 하면 당장 곤경에 빠트릴 애잖아. 어쨌거나 내일 만나기로 한 건 엄청난 행운이야!'

하지만 저녁 식사도, 그날 밤의 무도회도, 앤서니의 머릿속에서 도저히 지워지지 않았다. 그는 계속 무도회장을 안타까이 헤매 다녔다.

마치 그곳에 있어야 할 누군가를 그리워하듯이.

3

 2주 후, 뭔가 어색하고 막연한 기분으로 아래층 '거실'에서 마리스 웨일리를 기다리던 앤서니는 반쯤 잊고 있던 편지들이 생각나 주머니에 손을 넣었다. 세 통은 되돌려 놓고, 나머지 하나는─골똘히 들여다본 뒤─재빨리 펼쳐 문에 등을 기댄 채 읽어 보았다. 그것은 이어지는 편지들 중 세 번째였는데─조지핀은 만날 때마다 편지를 보냈다─다른 편지들과 전혀 다르지 않은, 전형적인 어린 소녀의 편지였다. 그녀가 쓰는 표현에 성숙한 감성이 묻어 있을지는 몰라도, 일단 펜을 움직이기 시작하면 어린 티가 그대로 드러나고 마는 것이다. "저에 대한 당신의 감정"이니 "당신을 향한 저의 감정"이라는 말이 지나치게 많았고, 문장들은 "그래요, 저도 제가 감상적이라는 걸 알아요"나 더 어색하게, "저는 늘 열정적이에요, 그건 어쩔 수 없죠"라고 시작되었다. 그리고 당연한 듯 한창 인기 있는 노래의 가사들이 많이 인용돼 있었는데, 그런 가사들이 자신이 하는 말보다 자신의 마음을 훨씬 잘 담고 있다고 생각하는 듯했다.
 편지는 앤서니를 혼란스럽게 만들었다. 그날 오후 5시의 만남을 아무렇지 않게 써 놓은 추신에 눈길이 닿았을 때, 그는 마리스가 아래층으로 내려오는 소리를 들었다. 그는 얼른 편지를 주머니에 넣었다.
 마리스는 콧노래를 흥얼거리며 방 안을 돌아다녔다. 앤서니는 담배를 피워 물었다.

"나, 화요일 오후에 너 봤어," 하고 그녀가 불쑥 말했다. "달콤한 시간을 보내고 있는 것 같더라?"

"화요일," 하고 그는 마치 그제야 생각이 났다는 듯 그녀의 말을 따라 했다. "그래, 맞아. 애들 몇이랑 우연히 만나서 다 같이 티댄스*에 갔었지. 괜찮았어."

"내가 봤을 땐 거의 혼자던데."

"무슨 말이 하고 싶은 거야?"

마리스는 다시 콧노래를 흥얼거렸다. "나가자. 낮 공연 보러."

가는 동안 앤서니는 자신이 어떻게 코니의 여동생과 있게 됐는지를 설명했다. 구구절절 설명한다는 게 왠지 화가 났지만. 그가 얘기를 마쳤을 때 마리스가 나무라듯 말했다.

"아무리 어린애랑 놀고 싶어도 그렇지, 하필이면 왜 그 조그만 악마를 고른 거니? 걔 평판이 얼마나 나빠졌는지, 글쎄 맥레이 부인이 올해 무도회 수업에 그 애는 초대하고 싶지 않다시더라고…… 콘스턴스 때문에 어쩔 수 없이 초대는 하실 모양이지만."

"걔 평판이 그렇게 안 좋아?" 하고 앤서니가 혼란스러워하며 물었다.

"그 얘긴 안 하는 게 낫겠다."

낮 공연을 보는 내내 5시에 한 약속이 그의 머릿속을 맴돌았다. 마리스의 말이 조지핀에 대한 그의 마음을 몹시도 불편하게 만들었지만, 그렇다고 이번만 만나고 다시는 만나지 않을 거라고 결심하게 만들진 않았다. 열심히 눈을 피해 다닌다고 생각했었는데, 그녀의 친구

---

* 오후에 만나 다과를 나누고 춤을 추던 예전의 사교 행사.

들 입길에 오르내린다는 걸 확인하자 그는 몹시 당황스러웠다. 그 문제는 작지만 꽤나 위험한 소동으로 쉽게 번져 갈 수도 있는 일이었고, 조지핀에게나 그에게나 득이 될 리 없었다. 마리스가 분개하는 건 신경이 쓰이지 않았다. 그녀는 청혼을 하면 언제든 자신의 여자가 될 터였지만, 정작 앤서니는 결혼할 마음이 없었다. 사실, 그는 누구와도 엮이고 싶지 않았다.

날이 어둑해진 5시 30분, 혼자가 된 그는 그랜트파크의 미로 같은 재건축 현장에 새로 지어진 자선문헌학회 빌딩으로 차를 몰았다. 특별한 순간의 어떤 공간이 주는 쓸쓸함이 그를 울적하게 했고, 마음을 더 아프게 만들었다. 차에서 내린 그는 한 젊은 남자―누군지 알 것 같았다―가 타고 있는, 길가에 세워진 로드스터를 지났고, 바람막이 덧문이 설치된 반쯤 어둠에 싸인 조그만 방 안에 조지핀이 있는 걸 보았다.

인사를 건네는 듯한 소리와 함께 그녀가 얼굴을 들더니 거칠 것 없이 걸어와 그의 품에 안겼다.

"오늘은 시간이 많지 않아요," 하고 그녀는 마치 그가 와 달라고 사정이라도 한 것처럼 말했다. "언니랑 결혼식에 가기로 돼 있거든요. 하지만 잠깐이라도 당신을 보려고 왔어요."

앤서니가 입을 떼자 그의 목소리는 하얀 김과 함께 얼어붙었는데, 어스름 속이라 더 잘 보였다. 그는 이전에도 이미 그녀에게 했던 얘기를 꺼냈다. 하지만 이번엔 아주 단호했다. 그녀의 얼굴이 거의 보이지 않는 상태이기도 했고, 중간에 그녀가 울기 시작하면서 그를 짜증 나게 했기 때문에 오히려 말을 하기가 쉬웠다.

"당신이 변덕을 부릴 거란 걸 알고 있었어요," 하고 그녀가 조그만 소리로 말했다. "하지만 이 정도일 거라곤 예상하지 못했네요. 어쨌든 이제 더는 당신을 괴롭히지 않게 돼서 다행이군요." 그러곤 잠시 망설이다 덧붙였다. "하지만 다른 해결책이 있는지, 있으면 시도해 볼 수 있도록, 딱 한 번만 더 만났으면 좋겠어요."

"그럴 필요 없어."

"질투심 많은 여자애들 몇이 당신이랑 저에 대해 이러쿵저러쿵 말들이 많아요."

"아니야," 하고 말한 뒤, 그는 절망감이 들면서 마음이 흔들렸다. "난 변덕을 부리는 게 아니야. 난 널 사랑한 적도 없고, 너한테 사랑한다고 말한 적도 없어."

그녀의 얼굴에 드리워져 있을 허망한 표정을 짐작하면서 앤서니는 그곳을 빠져나와 터덜터덜 걸음을 옮겼다. 초조한 마음으로 고개를 돌리자, 막 덧문이 닫히고 있었다. 그녀가 보이지 않았다.

"조지핀!" 그는 감당할 수 없는 연민의 감정으로 소리를 높였지만 대답은 없었다. 그는 몹시 불안한 마음으로 기다렸고, 이내 자동차가 떠나는 소리가 들려왔다.

집에 도착한 조지핀은 혹시나 싶어 에드 비먼트에게 부탁해 놓았던 덕분에 쪽문으로 들어가 자신의 방까지 갈 수 있었다. 창문을 열어 둔 채로 그녀는 급히 결혼식에 갈 옷으로 갈아입고는 감기나 걸려 죽어버렸으면 하는 마음으로 창가에 가까이 섰다.

욕실 거울에 나타난 자신의 얼굴을 바라보던 그녀는 허물어지듯 욕조 끝에 걸터앉았다. 힘겹게 작은 소리로 콜록대며 그녀는 손톱을 다듬었다. 그녀는 어서 모두가 잠든 밤이 와 침대에 엎어져 울고만 싶었다. 하지만 아직은 밤이 오려면 먼 오후였다.

매리 잭슨과 잭슨 딜런의 결혼식에 참석한 두 자매와 엄마는 나란히 서 있었다. 슬프고도 감상적인 결혼식이었다. 누구에게나 부러움을 샀고 사랑을 받았던, 멋지고 매력 넘치는 젊은 아가씨의 삶도 이제 끝이었다. 물론 청춘이 끝났음을 확연히 볼 수 있는 사람은 아무도 없을 것이다. 하지만 10년쯤 전을 생각하면, 그 사이에 일어났던 어떤 일들은 어느새 어제의 우스꽝스러운 추억으로 덮이고, 전날의 라벤더 향기에 휩싸여 버린 게 분명했다. 신부는 미소를 지으며 얼굴을 가린 베일을 걷어 올렸다. 그녀를 '흠모하게 했던' 엄숙하면서도 달콤한 미소는 어느새 눈물이 되어 그녀의 두 뺨에 흘러내리고, 그녀는 마지막으로 모두를 안아 주려는 듯 친구들을 향해 두 팔을 활짝 벌리고 있었다. 그런 다음 자신만큼이나 진지하고 티 없이 맑은 남편에게로 돌아서더니 그를 보며 이렇게 말하는 것 같았다. "다 끝났어. 나의 모든 것은 이제 영원히 당신 거야."

　그녀의 자리에서, 매리 잭슨과 학교를 함께 다녔던 콘스턴스는 찢어질 것 같은 가슴을 부여안은 채 주위의 눈치도 보지 않고 펑펑 울어 댔다. 하지만 그녀의 뒤편에 앉아서 뭔가를 골똘히 주시하고 있는 조지핀의 얼굴은 훨씬 복잡한 연구 대상이었다. 그녀의 눈은 그 골똘한 주시를 풀진 않았지만, 한두 번쯤, 눈물을 주르르 흘려보냈다. 그걸 알아챈 그녀는 놀란 듯 얼굴이 약간 굳어졌고, 입은 마치 소란을 일으킨 아이가 제대로 경고를 받은 듯 반항적으로 꽉 다물어졌다. 딱 한 번 그녀의 몸이 움직였다. 뒤에서 들려온 목소리를 들었을 때였다. "저 애가 페리 씨 막내딸이군. 예쁘게 생기지 않았냐?" 그녀는 이내 고개를 돌려 스테인드글라스로 된 창문을 응시했다. 자신을 흠모하는 무명의 존재들이 자신의 옆모습을 놓치지 않도록 하기 위해.

조지핀의 가족은 함께 연회장으로 갔지만 그녀는 따로 떨어져 밥을 먹었다. 남동생과 유모가 함께 있긴 했지만, 혼자나 마찬가지였다.

그녀는 모든 게 텅 비어 버린 것 같았다. 오늘 밤 앤서니 하커는 "너무도 사랑스러운…… 너무도 귀엽고 사랑스러운…… 너무도 너무도 귀엽고 사랑스러운" 새로운 누군가와 사랑을 나누고 있을 것이다. 그녀의 못생기고 질투 가득한 얼굴에 입을 맞추면서. 하지만 그 역시 곧 영원히 사라질 것이다. 그의 세대 모든 남자들과 함께, 사랑 없는 결혼 생활로. 트래비스 드 코펫과 에드 비먼트의 세계만을, 별 가치도 없는 미소만으로 손쉽게 요리할 수 있는 그들만을 남겨 둔 채로.

집으로 돌아와 방으로 올라온 그녀는 욕실 거울에 비친 자신의 모습에 다시 흥분했다. 아, 그 여자, 오늘 밤 자다가 죽어 버려!

"으, 이게 뭐야," 하고 조지핀이 낮게 내뱉었다.

그녀는 창문을 열었다. 그러곤 앤서니가 준 유일한 선물인 이니셜 박힌 커다란 리넨 손수건을 들고서 쓸쓸하게 침대로 들어갔다. 시트가 아직 데워지지 않았을 때, 노크 소리가 들려왔다.

"속달우편이에요," 하고 하녀가 말했다.

조지핀은 불을 켜고 편지를 열어 서명을 본 뒤 편지 내용으로 눈길을 옮겼다. 잠옷 아래로 그녀의 가슴이 빠르게 오르내렸다.

사랑하는 내 어린 조지핀에게,

소용이 없구나. 어쩔 수가 없구나. 더 이상은 거짓말을 할 수가 없구나. 난 너무도, 끔찍하게도 널 사랑한다. 네가 떠나던 오후, 그 모든 게 내게로 밀려들었다. 그리고 널 포기할 수 없다는 걸 알았다. 차를 몰고 집으로 돌아온 뒤로 아무것도 먹지도 못하고, 가만히 앉아 있을 수도 없었다. 네 사랑스러운 얼굴, 네 사랑스러운 눈물을 떠올리며 현관을 오르내렸을 뿐이다. 그리고 이제야 자리에 앉아 이 편지를 쓴다……

편지는 네 장이나 되었다. 두 사람을 힘들게 했던 나이 차이는 전혀 중요하지 않다는 것이 어디쯤엔가 쓰여 있었다. 조지핀은 마지막 줄을 읽었다.

네가 얼마나 비참할지 안다. 이제 내 인생의 10년을 너의 달콤한 입술에 굿나이트 키스를 하는 데 바칠게.

편지를 다 읽고 난 조지핀은 몇 분 동안 꼼짝하지 않은 채 앉아 있었다. 슬픔이 순식간에 사라졌고, 슬픔 대신 기쁨이 가슴을 가득 채우고 있음을 느꼈다. 그러다가 그녀의 얼굴이 살짝 찌푸려졌다.
"어떡하지!" 하고 그녀가 중얼거렸다. 그녀는 편지를 다시 한 번 읽기 시작했다.
본능적으로 맨 먼저 일어난 생각은, 릴리언에게 전화를 거는 거였다. 하지만 그녀는 생각을 바꿨다. 결혼식에서 본 신부의 모습이 갑자기 떠올랐다. 흠이라곤 없는 신부, 여전히 순수하고 사랑스러운, 발갛게 상기된 두 볼이 성스럽기까지 한 신부가 떠오른 것이다. 곧고 발랐던 청소년기, 한 무리의 친구들, 완벽한 외모의 연인 그리고 이상……
그녀는 들뜬 마음을 어떻게든 가라앉히려 애썼다. 매리 잭슨이라면 분명 이런 편지를 계속 갖고 있지는 않았을 것 같았다. 침대를 빠져나온 조지핀은 어렵게 편지를 찢어 버렸다. 그러곤 유리를 덮은 테이블 위에다 편지를 내려놓고 불을 붙였다. 연기가 생각보다 많이 났다. 엄전하게 자란 소녀라면 그런 편지에 답을 하진 않을 것이었다. 그저 무시하는 것이 옳은 일이었다.

그녀는 손에 들려 있던 그 남자의 리넨 손수건으로 테이블을 닦았다. 그러고는 다른 생각을 할 겨를도 없이 그것을 빨래 바구니에 던져 넣고는 잠자리에 들었다. 갑자기 잠이 마구 쏟아졌다.

4

결국, 아무도, 심지어 콘스턴스도, 조지핀을 비난하지 않았다. 만약 스물두 살의 남자가 열여섯 살짜리 소녀에게, 그녀 부모의 바람도 그녀 자신의 바람도 아닌 청혼을 마구 할 정도로 스스로의 권위를 떨어 뜨려야 한다면, 결과는 뻔했다. 멀쩡한 사람으로 평가받기란 이제 글렀다는 것. 트래비스 드 코핏이 무도회에서 그 사건에 대해 물의를 일으키는 발언을 했을 때, 에드 비먼트는 그를 화장실로 데려가 '묵사발'이 어떤 것인지를 스스로 확인할 수 있을 만큼 두드려 팼다. 그리고 조지핀의 명예는 정상적인 수준으로 올라왔고 그 상태로 유지되었다. 이후 앤서니가 몇 번이나 집으로 찾아와 그녀를 불러 댔고, 그때마다 매번 거절당했으며, 그가 페리 씨를 어떻게 협박했는지 그리고 편지를 전하기 위해 하녀를 어떻게 매수하려 했는지, 또한 학교에서 돌아오던 조지핀을 불러 세우기 위해 어떤 시도들을 했는지에 대한 이야기들이 떠돌았다. 그리고 그 모든 것들은 그가 살짝 돌았다는 사실을 암시하는 것으로 귀결되었다. 마침내 앤서니 하커의 가족들 입에서 그를 서쪽으로 보내야 한다는 소리가 나오고야 말았다.

이 모든 것들은 조지핀에겐 한때의 시련으로 작용했다. 그녀는 자신이 엄청난 불행에 얼마나 가까이 가 있는지를 알게 되었고, 자신의 의지와는 상관없이 일어난 문제에 대해 끊임없는 심사숙고와 조건 없는 순종으로 부모의 환심을 사기 위해 엄청난 노력을 기울였다. 처음엔 크리스마스 무도회에도 가지 않으리라 다짐을 했는데, 휴일을 맞아 집으로 돌아온 남자애들과 여자애들을 보고 마음이 바뀌기를 바란 엄마의 희망이 맞아떨어지기도 했다. 페리 부인은 1월 초에 브릴리 예비학교가 있는 동부로 그녀를 데려갔다. 옷과 교복을 장만하며 엄마와 딸은 더 친해졌다. 페리 부인은 조지핀이 새로운 책임감을 느끼고 더 성숙해진 것이 기뻤다.

사실, 그것은 숨길 수 없는 진심이었다. 세상에다 함부로 말할 수 없는 뭔가를 조지핀은 단 한 번에 겪어 낸 것이었다. 해가 바뀐 다음 날, 그녀는 새 여행복과 새 모피 코트를 입고 늘 드나들던 쪽문을 통해 밖으로 나갔다. 그리고 에드 비먼트가 기다리고 있는 자동차를 향해 인도를 따라 걸었다. 시내로 들어선 그녀는 길모퉁이에서 기다리는 에드를 남겨 둔 채 라살 거리에 있는 고풍스러운 유니언 기차역 건너편 약국으로 들어갔다. 그곳에는 불운한 입, 자포자기와 실패로 가득한 두 눈이 그녀를 기다리고 있었다.

"와 줘서 고마워," 하고 그는 비통하게 말했다.

그녀는 아무런 말도 하지 않았다. 그녀의 얼굴은 엄숙하고 정중했다.

"내가 알고 싶은 건…… 하나뿐이야," 하고 그가 빠르게 말했다. "왜 변한 거니? 내가 뭘 했기에 네가 그렇게 갑자기 달라진 거니? 무슨 일이 있었던 거지? 내가 뭘 했기에 그런 거지? 그날 밤 그 방에서 내가 말한 것 때문이니?"

그를 계속 바라보면서 그녀도 생각해 보려 애썼지만, 생각나는 건 그가 얼마나 매력 없고 끔찍한 남자인지, 그것뿐이었다. 그리고 그렇게 생각하고 있다는 걸 그가 느끼지 못하도록 해야 한다는 것뿐이었다. 사실은 단순했고, 그런 건 말해 봐야 소용이 없을 터였다. 그녀가 한 짓을 그녀 자신도 견딜 수 없다는 것, 위대한 아름다움은 그 자체로 시도해 볼 필요가 있다는 것, 거의 의무이기도 하다는 것, 그녀가 가졌던 감성이라는 커다란 잔은 저절로 엎질러졌다는 것 그리고 그를 망가뜨린 건 우연한 사고였을 뿐 그녀가 아니라는 것 말이다. 앤서니 하커가 떠나게 될 서쪽으로의 여정을 그녀는 연민의 눈길로 바라보았다. 하지만 그녀가 흩날리는 눈발을 뚫고 에드 비먼트의 차를 향해 거리를 건너갈 때, 운명의 명료한 시선이 그 뒤를 쫓고 있었다.

자동차가 거리를 벗어나는 동안 그녀는 조용히 앉아 있었다. 안심이 되긴 했지만 가슴은 여전히 두려움으로 꽉 차 있었다. 앤서니 하커는 스물두 살이었고, 잘생겼으며, 인기가 많았고, 많은 여자애들이 원하는 남자였다. 그리고 그는 그녀를 너무나도 사랑했었다. 너무 사랑해서 멀리 떠나야만 했다. 그녀는 마치 자신과 그가 다른 사람인 것 같은 느낌을 받았다.

우울에 싸인 그녀의 침묵을 걷어 내며 에드 비먼트가 입을 뗐다.

"자, 어쨌든 한 가지는 해냈네…… 그동안 너에 대해 떠들던 얘기들이 그쳤잖아."

그녀가 재빨리 그에게로 고개를 돌렸다. "무슨 얘기?"

"아, 그냥 뭐 정신 나간 얘기들."

"그게 뭔데?" 하고 그녀가 따지듯 물었다.

"아, 별거 아닌데," 하고 그가 망설이며 말했다. "가령, 지난 8월에 너랑 트래비스 드 코핏이 결혼했다는 얘기 같은 거."

"뭐? 정말이지 끔찍해!" 하고 그녀가 소리를 질렀다. "근데, 왜 난 그런 엉터리없는 얘기를 못 들었지? 그건……" 그녀는 사실을 말하려다 입을 다물었다. 트래비스와 차를 몰고 뉴울름까지 30킬로미터 넘게 가는 대담한 짓을 하긴 했었다. 하지만 그들의 결혼을 성사시켜 줄 목사를 찾을 순 없었다. 그 모든 것은 그녀의 뒤로 사라진, 유치한, 어느새 망각으로 건너가 버린 사건이었다.

"으, 정말이지 이렇게 끔찍할 수가!" 하고 그녀는 같은 말을 반복했다. "하여튼 가진 거라곤 질투밖에 없는 계집애들. 이런 게 다 걔들 입에서 시작된다고."

"나도 알지," 하고 에드가 동의했다. "어떤 땐 남자애들한테서 그런 소릴 듣고 싶다니까. 그래 봐야 아무도 믿지 않지만."

그건 못생기고 질투 많은 여자애들의 작품이었다. 에드 비먼트는 곁에 그녀가 있다는 사실과 반쯤 내려앉은 어둠을 뚫고 불처럼 빛나는 그녀의 표정을 새삼스레 확인했다. 그는 알고 있었다. 정말 아름다운 사람은, 끔찍하게 잘못된 일은 저지를 수 없다는 것을.

◆◆◆

   '바질' 연작*에 대한 호의적인 반응은 피츠제럴드로 하여금 조지핀 페리를 내세운 인물 연작 작업을 독려하는 역할을 했다. 1930년에서 1931년 사이에 발표된 다섯 편의 단편소설은 피츠제럴드가 프린스턴 대학 재학 시절에 사랑에 빠졌던 시카고 출신 아가씨 지너브러 킹Ginevra King을 토대로 해서 쓰였다고 볼 수 있는데, 조지핀 연작들은 바질 연작에 비해 훨씬 냉혹한 면이 있다. 아마도 개인적으로나 작가적으로 고뇌가 많은 시기에 쓰였기 때문이 아닌가 싶다.

   「첫 경험」(《새터데이 이브닝 포스트》, 1929년 10월 19일 자 발표)은 조지핀 연작의 첫 번째 작품이며, 단편집 『기상나팔 소리』에 재수록되었다.

---

* 바질 연작Basil stories으로 일컬어지는 일련의 단편들은 미국 중서부의 청년 바질 튜크리와 고집불통이며 관능적인 조지핀 페리를 내세워 당시의 시대상과 모럴을 제시했다. 특히 조지핀 페리는 피츠제럴드의 첫사랑이었던 지너브러 킹이 많이 녹아 있는 캐릭터이다.

어느 해외 여행
One Trip Abroad

1

오후였다. 하늘이 메뚜기 떼로 뒤덮이자 버스 안에 타고 있던 여자들 몇이 여행용 담요를 뒤집어쓴 채 바닥에 납작 엎드리며 비명을 질러 댔다. 그다지 먹을 것도 없었지만 메뚜기들은 길에 있는 것들을 모조리 먹어 치우고는 북쪽으로 날아갔다. 소리도 없이 일직선으로 날아가는 모양이 마치 새까만 눈발이 날리는 것 같았다. 단 한 마리도 버스 유리문에 부딪치거나 차 안으로 뛰어들지 않았지만 장난스러운 승객들은 창으로 손을 뻗어 잡으려는 시늉을 하기도 했다. 10분쯤 뒤, 드문드문 보이던 메뚜기들이 완전히 사라지자 담요를 뒤집어쓰고 있던 여자들이 헝클어진 머리와 넋이 나간 표정으로 담요 밖으로 얼굴을 내밀었다. 그때부터 버스 안의 사람들이 일제히 떠들어 대기 시작했다.

입을 다물고 있는 사람은 아무도 없었다. 하기야 사하라 사막 한 귀퉁이에서 메뚜기 떼를 만났는데 입을 다물고 있다면 그게 더 이상한 일일 것이다. 스미르나*의 미국계 남자는 영국인 미망인에게 마주친 적조차 없는 족장을 만나러 비스크라**로 내려갈 의향이 있는지를 타진하고 있었고, 샌프란시스코 증권거래소 직원은 작가에게 쑥스러운 듯 "혹시, 글 쓰는 분 아니신가요?" 하고 말을 걸었으며, 윌밍턴에서 온 부녀는 말리의 팀북투로 비행할 예정인 런던 출신 비행사와 얘기를 나누었다. 심지어 프랑스인 운전기사까지 고개를 돌리며 크고 또렷한 목소리를 내질렀다. "뒝벌들 날아다니는 것 같구먼." 뉴욕에서 온 간호사가 그 말을 듣고는 정신없이 웃어 댔는데, 마치 비명을 지르는 것 같았다.

질세라 큰 소리로 떠들어 대는 와중에도 조심스럽게 대화를 나누는 사람들이 있었다. 리들 마일스 부부는 고개를 돌려 뒷자리에 앉은 젊은 미국인 부부에게 미소 띤 얼굴로 말을 건넸다. "머리에 메뚜기 들어가지 않았어요?"

젊은 부부가 미소로 공손히 답했다.

"아닙니다, 위기에서 겨우 살아남았네요."

그들은 20대로 보였는데, 나이답게 신혼 분위기가 물씬 풍겼다. 둘 다 인물이 좋았다. 남자는 열정적이고 예민한 듯 보였고, 눈과 머리칼의 색이 밝고 매력적인 여자는 얼굴에 그늘이라곤 없고 생기와 신선함, 사랑스러움, 자신감과 차분함이 적절히 조화를 이루고 있었다. 마

* 터키 서부의 항구 이즈미르의 옛 이름.
** 아프리카 알제리 동북부, 사하라 사막에 있는 오아시스 소도시.

일스 부부는 그들이 지닌 순수함과 타고난 듯 보이는 과묵함을 통해 가정교육을 제대로 받고 자랐다는 것을, 특히 좋은 가문의 사람들임을 절로 알 수 있었다. 그들이 사람들과 거리를 두고 있었던 건 그렇게 하는 게 서로에게 좋았기 때문인데, 반면에 마일스 부부가 다른 승객들과 거리를 둔 것은 의식적으로 그렇게 위장한 일종의 사교술이었다. 그건 스미르나의 미국인이 아무 데나 나서고 아무하고나 말을 트려는 것과 본질적으로는 같은 맥락이라 할 수 있었다.

마일스 부부가 젊은 부부에게 터놓고 접근을 한 것은, 사실, 둘만 있자니 좀 심드렁해지기도 했거니와 그들이 '뭔가 가능성이 있는' 사람들로 보였기 때문이었다.

"전에도 아프리카에 온 적이 있소? 정말이지 매력적인 곳이긴 하지요. 튀니스는 둘러볼 거죠?"

마일스 부부는 15년씩이나 파리에 붙박인 채 풍파에 시달리며 살아온 사람들이었지만 외면할 수 없는 매력을 지녀서 오아시스의 소도시 보사다에 도착하기 전에 네 사람은 어지간히 친해져 있었다. 알고 보니 뉴욕에 네 사람 모두가 아는 지인들이 있기도 해서, 저녁 식사도 같이하고 트란아틀란티크 호텔 주점에서 칵테일도 한잔하기로 했다.

저녁이 되어 젊은 켈리 부부는 아래층으로 내려갔는데, 니콜은 여행지가 나뉘는 콘스탄티노플까지는 새로 알게 된 사람들과 어떻게든 함께하게 될 것 같은 생각이 들어 괜히 저녁 약속을 했다는 후회가 일었다.

결혼을 하고 8개월 동안 너무도 행복한 시간을 보내고 있던 그녀는 뭔가 방해를 받을 것 같은 기분이 들었다. 이탈리아 정기선을 타고 지브롤터까지 올 때도 그들은 주점에서조차 다른 사람들과 부딪치지 않으려고 필사적으로 둘만 붙어 있었더랬다. 대신 그들은 프랑스어를 열심히 공부했고, 특히 넬슨은 최근에 상속받은 50만 달러로 할 수 있는 사업을 구상하는 데 매달렸다. 또한 그는 배의 높다란 굴뚝을 그리기도 했다. 아조레스 제도 인근을 지날 때는 주점에서 흥청거리던 일행들 중 하나가 대서양에 빠져 사라져 버렸는데, 그때 젊은 켈리 부부는 사람들과 거리를 두고 지낸 자신들의 태도가 옳았다고 자족하기도 했다.

하지만 니콜이 저녁 약속을 한 것을 후회한 데에는 또 다른 이유가 있었다. 그녀는 그 이유를 막 넬슨에게 털어놓은 참이었다. "방금 복도에서 그 부부랑 지나쳤던 거 알아요?"

"그 부부라면…… 마일스 씨 부부?"

"아니, 젊은 부부…… 우리랑 나이가 비슷한…… 다른 버스에 탔었는데, 비르라발루에서 점심 먹고 난 뒤에 낙타 시장에서 봤던 사람들 있잖아요. 우리가 왜 정말 괜찮아 보인다고 생각했던."

"응, 그 사람들 괜찮아 보였지."

"매력적이었죠," 하고 그녀가 강조하듯 말했다. "부인이랑 남편, 둘 다. 근데 부인은 꼭 전에 어딘가에서 본 사람 같아요."

그녀가 말한 그 부부가 식당 건너편 자리에서 식사를 하는 중이었고, 니콜은 이끌리듯 그들 쪽으로 눈길을 돌렸다. 그들도 역시 동행이 생긴 듯했다. 근래 두 달 정도는 또래 여자랑 얘기를 나눠 본 적이 없었던 니콜은 괜히 마음이 언짢았다. 형식적이면서도 세련되고 솔직하면서도 잘난 척하는 면을 모두 갖고 있는 마일스 부부는 자신들과는 무척 달랐다. 그들은 놀랍도록 많은 곳을 다녔고, 신문에 반짝 나타났다 유령처럼 사라진 사람들 모두를 알고 있는 듯했다.

그들은 호텔 베란다에서 저녁을 먹었는데, 신이 이상한 눈으로 지켜보고 있는 것 같은 낮게 가라앉은 하늘이 훤히 보이는 곳이었다. 해가 떨어진 호텔 주변은 책에서 숱하게 읽었던, 이상한 기분을 들게 하는 낯선 소리들로 가득했다. 세네갈의 북소리, 원주민의 피리 소리, 낙타가 아무 때나 구슬프게 낑낑거리는 소리, 낡은 자동차 타이어로 만든 슬리퍼를 끌고 가는 아랍인들의 발소리, 조로아스터교 승려들의 울부짖는 듯한 기도 소리까지.

호텔 데스크에서는 여행객 하나가 환율 문제로 직원과 지루한 언쟁을 벌이고 있었는데, 그들은 남쪽으로 갈수록 더 불어나는 불합리한 일에 점점 초연해지고 있었다.

계속 이어지던 침묵을 먼저 깨뜨린 것은 마일스 부인이었다. 짜증이 좀 난 듯한 그녀는 그들을 속절없는 이국의 밤으로부터 테이블로 되돌려 놓았다.

"옷들을 제대로 차려입을 걸 그랬어요. 그랬으면 식사가 더 즐거웠을 텐데요. 정장을 하면 기분이 달라지잖아요. 이런 건 영국인들이 잘 알죠."

"여기서 정장을요?" 하고 젊은 남편이 반대를 했다. "전 왠지, 양 떼를 몰고 가던 낡은 정장 입은 그 남자처럼 보일 것 같은데요. 오늘 지나오면서 봤던 그 남자 말입니다."

"난 제대로 갖춰 입지 않으면 늘 관광객이 된 기분이더라고요."

"글쎄요, 우린 지금 관광객이잖아요, 안 그래요?" 하고 넬슨이 되물었다.

"난 내가 관광객이라고 생각하지 않아요. 관광객이란 건 일찍 일어나서 사원들을 죄 둘러보고 그 얘길 줄창 떠들어 대는 사람들이지."

페즈*에서 알제까지 무비카메라로 촬영을 하며 공식적인 관광지를 모두 돌아보았던 니콜과 넬슨은 많은 것들을 느끼고 또 알게 됐다고 자부하고 있었지만, 그런 얘기들을 해 봤자 마일스 부인은 재밌어하지 않을 것 같다는 생각이 들었다.

"어디든 거기가 거기죠," 하고 마일스 부인이 말했다. "중요한 거 하나는 거기에 누가 있느냐는 거예요. 새로운 풍경도 반 시간 동안은 멋지지만, 그 후에 원하게 되는 건 자기랑 마음이 맞는 사람이죠. 어떤 곳이 좋다고 하면 유행처럼 사람들 발길이 잦아지지만, 유행이란 건 바뀌기 마련이고 사람들은 또 새로운 곳으로 우르르 몰려가게 된다고요. 장소 자체는 진정으로 문제가 되질 않는다는 얘기예요."

"하지만 누군가는 그곳을 처음으로 보게 될 테고, 그러면 좋다고 느끼지 않을까요?" 하고 넬슨이 반대 의견을 냈다. "어디든 그곳이 좋기 때문에 일단 가게 되는 거잖습니까."

"올봄엔 어딜 가려고 했었나요?" 하고 마일스 부인이 물었다.

"저흰 산레모나 소렌토를 생각했습니다. 유럽은 처음이거든요."

"그렇군요, 난 소렌토도 알고 산레모도 아는데, 아마 일주일 버티기가 힘들 거예요. 《데일리 메일》을 읽고, 편지를 기다리고, 정말이지 말도 안 되는 주제로 수다를 떨어 대는 끔찍한 영국인들로 가득하니까요. 차라리 브라이튼이나 본머스에 가서 하얀색 푸들 한 마리랑 양산을 사서 부둣가를 거니는 게 낫죠. 유럽엔 얼마나 머물 생각인가요?"

"잘 모르겠어요. 아마 몇 년쯤 되겠죠," 하고 니콜이 머뭇거리며 말했다. "남편에게 돈이 좀 들어와서 기분 전환 겸 왔어요. 전 결혼 전에

---

* 옛 이슬람 왕조의 수도였던 모로코 북부 도시.

아버지가 천식을 심하게 앓으셔서 몇 년 동안 요양원에서 보내야 했었는데, 참 음울한 곳이었어요. 남편은 모피 사업을 하느라 알래스카에 지겹도록 있었고요. 그래서 결혼하고 시간이 생겼을 때 훌쩍 떠난 거예요. 남편은 그림 공부를 하고, 저는 성악을 배울 생각이에요." 그녀는 흡족한 표정으로 남편을 바라보았다. "지금까지는 아주 멋진 여행이었어요."

마일스 부인은 젊은 여자가 입은 옷을 보고는 꽤 큰돈이 들어온 거라는 확신이 들면서, 그들이 흡족해하는 게 덩달아 기분이 좋았다.

"비아리츠*엔 꼭 가 보도록 해요," 하고 그녀가 조언을 했다. "아니면 몬테카를로**에 가 보든가요."

"오늘 밤에 굉장한 쇼가 있을 거라는군," 하고 마일스 씨가 샴페인을 주문하며 말했다. "알제리 무희들이 춤을 추는가 봐. 안내인 말이 오지 부족 아가씨들이 산에서 내려와서 무희가 되려고 배운다는군. 결혼 자금이 충분히 생기면 다시 산으로 돌아가고. 그 아가씨들 공연이 오늘 밤에 열리는 거지."

나중에 무희들의 쇼를 구경하러 카페로 가면서 니콜은 넬슨이랑 둘이서만 조용하고 부드럽고 불빛 반짝이는 밤거리를 걷고 있지 않다는 게 못내 아쉬웠다. 둘 다 술이 세지 않은 편인데, 넬슨은 저녁을 먹으면서 샴페인을 꽤 마신 상태였다. 쓸쓸한 피리 소리가 가까워지자 그녀는 카페 안으로 들어가고 싶지 않았다. 차라리 밤하늘을 뚫고 행성처럼 또렷이 솟아오른 새하얀 회교 사원이 있는 야트막한 언덕을 오르고 싶었다. 인생은 쇼와는 비교할 수 없는 무엇이었다. 그녀는 넬슨

* 프랑스 서남부, 비스케이만에 면한 휴양 도시.
** 관영 도박장으로 유명한 모나코 공국의 도시.

에게 가까이 다가가며 그의 손을 부여잡았다.

조그만 동굴 같은 카페는 버스 두 대에 나눠 타고 온 여행객들로 가득 차 있었다. 옅은 갈색 피부에 납작한 코, 깊이 그늘진 눈을 가진 베르베르 아가씨들이 어느새 무대 위에서 한 사람씩 춤을 선보이고 있었다. 면 옷을 입은 그들은 얼핏 남부의 흑인 하녀들을 생각나게 했다. 옷 아래 감추어진 그들의 몸이 느릿하게 움직이다 배꼽춤이 절정에 이르자 요란하게 흔들렸다. 은색 벨트가 거칠게 일렁이고, 진짜 금화를 연결해 만든 끈이 그들의 목과 팔에서 찰랑거리는 소리를 냈다. 피리 연주자는 코미디언이기도 했다. 그는 아가씨들을 익살스럽게 흉내 내며 춤을 추었다. 주술사처럼 온몸을 염소 가죽으로 덮어쓴 북 치는 사람은 수단에서 온 진짜 흑인이었다.

자욱한 담배 연기 사이로 무희들이 차례로 돌아가며 손가락을 움직였는데, 마치 허공에 걸린 피아노 건반을 두드리는 것 같았다. 처음엔 쉬워 보였지만 갈수록 고난도의 기술이 필요하다는 사실을 알 것 같았다. 그러곤 아주 단조로운 리듬에 맞추어 정교하게 발을 움직이며 춤을 추었는데, 그 모든 것은 실은, 정점에 이르면 추게 되는 거칠고 관능적인 춤을 위한 준비 단계에 불과했다.

이후 한 차례 휴식 시간이 있었다. 공연이 완전히 끝난 건 아니었지만 대부분의 관람객들이 자리를 뜨기 시작했고, 나지막한 말소리가 허공을 맴돌았다.

"뭐죠?" 하고 니콜이 남편에게 물었다.

"아마도…… 그동안 춘 것 말고 뭔가 더 있는 거 같아…… 음, 그러니까…… 동양 스타일이라고 할까…… 장신구들을 다 떼고 추는 거 같은."

"오호!"

"우린 다 같이 있어 보지," 하고 마일스 씨가 그녀의 탄성에 맞장구를 쳤다. "결국 우리는 여기에 이 나라의 진짜 관습과 풍습을 보러 온 거잖아요. 괜히 고상한 척할 필요는 없죠."

남자들 대부분과 여자 몇 사람이 남아 있었다. 그때 니콜이 갑자기 자리에서 일어났다.

"전 밖에서 기다릴게요," 하고 그녀가 말했다.

"왜 그래, 니콜? 마일스 내외분도 보신다는데."

피리 연주자의 화려한 연주가 먼저 시작되었다. 높다란 무대 위에 옅은 갈색 피부의 열네 살쯤 된 소녀 두 명이 면 옷을 벗고 있었다. 순간 니콜은 어떻게 해야 할지 고민이 되었다. 눈앞에 펼쳐진 광경에 대한 혐오감과 괜히 순수한 척하고 싶지 않다는 생각 사이에서 갈등이 일어난 것이다. 그때 그녀의 눈에 젊은 미국인 여자가 재빨리 일어나 출입문으로 가는 게 보였다. 다른 버스에 타고 온 매력적인 젊은 아내라는 걸 알아챈 그녀는 재빨리 마음을 결정하고는 그녀의 뒤를 따랐다.

넬슨도 서둘러 그녀를 따라 나갔다. "당신이 가면 나도 안 볼 거야," 하고 그가 말했지만 미련이 남은 목소리였다.

"안 그래도 돼요. 난 가이드랑 밖에서 기다릴게요."

"그럼……" 북소리가 울려 나오기 시작했다. 그는 "잠깐만 보고 나올게. 어떨지 궁금하군," 하고 둘러대듯 말했다.

신선한 밤공기를 쐬며 기다리는 동안 그녀는 넬슨이 마일스 부인을 핑계로 대면서 곧바로 나오지 않았다는 것에 기분이 상했다. 상한 기분이 점점 화로 바뀌면서 가이드에게 호텔로 돌아가고 싶다는 말을 전했다.

20분 뒤, 밖으로 나온 넬슨은 아내가 가 버렸다는 걸 알고 불안해지면서 그녀를 혼자 뒀다는 것에 대한 잘못을 숨기려고 화난 표정을 지었다. 그들로서는 전혀 뜻밖의 말다툼이 갑자기 벌어졌다.

그렇게 꽤 시간이 흐른 뒤, 부사다의 모든 것들이 침묵에 빠지고 시장의 유목 상인들도 두건 달린 겉옷에 싸인 채 미동도 없이 잠에 빠져들 무렵, 니콜은 남편의 어깨에 기댄 채 잠이 들어 있었다. 삶은 그저 앞으로 나아간다. 사람들이 무슨 생각을 가지고 있든, 누군가 상처를 입고 그 상처가 또 다른 싸움의 빌미가 되든. 하지만 그들이 벌인 건 사랑해서 벌인 싸움이었고, 얼마든 견딜 수 있는 일이었다. 그녀와 넬슨은 저마다 외롭게 젊은 날들을 보냈다. 그리고 그들이 지금 원하는 것은 세상에 녹아 있는 삶의 맛을 음미하고 그 향기를 맡는 것이었다. 그들은 서로에게서 그것을 찾아 가고 있었다.

그로부터 한 달 뒤, 그들은 소렌토에 있었다. 니콜은 성악 레슨을 받고, 넬슨은 나폴리만으로 가 뭔가 새로운 것을 그리려 애쓰고 있었다. 그것은 책을 뒤적이며 읽었던 그리고 그들이 꿈꾸던 일이었다. 하지만 그들은, 흔히 그렇듯, 이런 식의 목가적인 막간극의 매력은 누군가가 주최하는 '파티에 초대받아 가는 것'으로 지탱된다는 사실을 발견했다. 어린 시절부터 보내 온 전원의 고요함이 주는 마력을 다시금 즐기고픈 충동은 물러나고, 사람들이 흔히 출신 배경과 경력과 인고의 세월을 풍성하게 만들어 준다고 말하는 그 파티란 것에 마음이 기울어지고 있었다. 니콜과 넬슨은 낯선 나라에 한순간의 지체도 없이 부드럽게 젖어 들기엔, 어떤 점에선 너무 나이가 들었고, 어떤 점에선 너무 젊었으며, 무엇보다 너무도 미국적이었다. 그들의 활력은 쉼 없이 샘솟고 있었지만, 그의 그림은 갈피를 잡지 못했고 그녀의 노래 실력은 일정 수준에 도달하기가 쉽지 않았다. 그들은 "진전이 없어"라는 말을 주절거렸고, 밤은 길었으며, 저녁을 먹으며 반주로 마시는 카프리 와인 병은 자꾸만 늘어났다.

그들이 머물던 호텔의 주인은 영국인이었다. 온화한 날씨와 한적함이 좋아서 남부로 내려와 사는 나이 지긋한 부부였다. 넬슨과 니콜은 변화라곤 없는 하루하루를 원망스러워하고 있었다. 몇 달이나 끝도 없이 날씨 얘기만 주절거리고, 같은 길을 산책하고, 바뀌어 봐야 여전히 마카로니에 불과한 저녁을 먹으면서 어떻게 만족을 느낄 수 있겠는가? 지겨울 대로 지겨워진 이 미국인들은 자극적인 볼거리에도 완전히 식상해져 있었다. 그러던 어느 날 밤, 뭔가가 불쑥 고개를 디밀었다.

저녁을 먹으며 와인 한 병을 다 비운 그들은 파리에서 아파트를 얻어 진지하게 공부를 해 보자는 결심을 굳혔다. 파리라면 대도시라 기분을 전환시켜 줄 것도 있을 것이고, 또래 친구들도 만날 수 있을 것이며, 이탈리아에는 없는 활기가 늘 가득할 거라 믿었다. 새로운 희망에 부풀어 그들은 저녁 식사를 마치고 살롱으로 내려갔다. 그동안 열 번쯤 가 보았던 넬슨은 기계로 작동하는 엄청나게 큰 오래된 피아노가 있다는 걸 알았는데, 그걸 작동시켜 볼 생각이었다.

살롱 건너편에는 그들과 모종의 사건으로 인연을 맺은 영국인들이 앉아 있었다. 영국인들로는 그들이 유일했는데, 이블린 프래젤 장군과 그의 아내였다. 그 사건은 단순했지만 유쾌하진 않았다. 니콜 부부가 실내복을 입고 수영을 하러 호텔 밖으로 걸어 나가는 걸 프래젤 장군 부부가 보고는, 부인이 몇 미터쯤 떨어진 마루 건너로 볼썽사납다느니 저런 꼴을 용납해선 안 된다느니 하는 소리를 한 것이었다.

하지만 그 볼멘소리도 기계 피아노에서 처음으로 나온 끔찍한 소리에 대한 그녀의 반응에 비하면 아무것도 아니었다. 진동과 함께 건반에서 몇 년 묵은 먼지가 뿜어져 나오자 그녀는 전기의자에 앉아 있기라도 한 듯 경련을 일으키며 충격적인 발언들을 쏟아 냈다. 그러다 피아노에서 갑자기 〈리 장군을 기다리며〉*가 흘러나오자 넬슨이 놀란 가슴을 부여안고 자리로 돌아가고 있었는데, 그때 프래젤 부인이 기다란 옷자락을 휘날리며 식당을 가로질러 곧장 나오더니 켈리 부부는 안중에도 두지 않고 그 기계를 꺼 버렸다.

넬슨은 당연한 것으로 받아들여야 할지 아니면 화를 내야 할지 갈피를 잡을 수가 없었다. 어떻게 해야 할지 몰라 잠시 머뭇거리다가 복장 문제로 그녀가 오만하게 군 걸 기억해 낸 넬슨은 프래젤 부인이 보기 좋게 멈추어 버린 기계로 되돌아가 다시 스위치를 켰다.

그 사건은 마침내 국제적 분규가 되어 버렸다. 살롱의 모든 눈들이 다음에 어떤 일이 벌어질지를 지켜보며 두 주인공을 열정적으로 좇았다. 니콜이 남편에게로 황급히 달려가 그만두라고 했지만 때는 이미 늦었다. 분노에 찬 영국인이 앉아 있던 테이블에서 이블린 프래젤 장군이 '레이디스미스 구출 작전'** 이후 가장 중대한 상황이라도 된다는 듯한 비장한 얼굴로 손마디를 꺾으며 일어났다.

"이게 무슨 무례한 짓이야! ……왜 이리 무례하냐고!"

"무슨 말씀이신지?" 하고 넬슨이 말했다.

"여기서 지낸 지 15년이오!" 하고 이블린 경이 그에게 소리를 질렀

---

* Waiting for the Robert E. Lee. 1912년 루이스 뮤어와 울프 길버트가 만든 대중음악. 남북전쟁 당시 남군을 이끈 맹장 로버트 리 장군을 소재로 했다.
** 1899년 10월 11일에 일어난 제2차 보어 전쟁(남아프리카 공화국)에서 보어인들이 영국군 점령 지역을 공습해 납치한 레이디스미스 등 여러 명의 인질을 영국군이 구출한 작전.

다. "이제껏 이렇게 무례한 일은 겪은 적이 없소!"

"이 피아노는 손님들을 위해 마련된 거 아닌가요?"

냉소적인 웃음으로 대답을 한 이블린 경은 무릎을 굽혀 손잡이를 잡아 밀었는데 안타깝게도 제 방향이 아니었다. 그 바람에 피아노가 연주하는 속도와 소리가 무려 세 배나 높아지면서 두 사람은 경천동지할 소리 앞에 우뚝 서 버렸다. 전투에라도 나온 듯 이블린 경의 얼굴이 차갑게 굳었고, 넬슨은 미친 듯 웃음이 터질 지경이었다.

잠시 후 호텔 매니저가 달려와 문제의 기계를 멈추었다. 피아노는 엄청난 소리와 함께 작동이 멎었지만 멈추는 소리가 얼마나 컸던지 여진이 남을 정도였다. 살롱은 거대한 침묵에 휩싸였고, 이블린 경이 매니저에게로 몸을 돌렸다.

"이렇게 무례한 일을 당하긴 처음이오. 아내가 일단 껐었는데 저 친구가……" 피아노만 거론하던 장군이 넬슨을 지목한 것은 그것이 처음이었다. "저 친구가 계속 틀어 댔단 말이오!"

"호텔에 투숙한 사람이면 누구나 이 살롱을 이용할 수 있는 거잖아요," 하고 넬슨이 맞받았다. "이 기계도 여기 있는 사람들이면 누구나 사용할 수 있는 거고요."

"이제 그만둬요," 하고 니콜이 낮은 소리로 말했다. "나이 드신 분들이잖아요."

하지만 넬슨은 그럴 마음이 없었다. "사과를 받아야 한다면, 내 쪽이라고."

이블린 경은 협박하듯 매니저를 노려보며 그가 무슨 조치를 취하길 기다렸다. 매니저는 이블린 경이 15년 동안이나 머물고 있다는 생각을 하며 그쪽으로 비굴하게 기울어졌다.

"저녁 시간에 기계 피아노 작동은 금하고 있습니다. 손님들께서 모두들 조용히 계실 때니까요."

"하여튼 미국인들은 건방져!" 하고 이블린 경이 한 방 날렸다.

"그런 규정이 있었던가요?" 하고 넬슨이 받았다. "그럼 내일 당장 호텔을 떠나지요."

이블린 프래젤 경에 대한 일종의 반감이 불러온 그 사건은 넬슨 부부로 하여금 파리로 가려던 계획을 취소하고 결국 몬테카를로에 가도록 만들었다. 그렇게 다시 그들은 둘만 있게 되었다.

2

켈리 부부가 몬테카를로에 간 지 2년이 조금 넘은 어느 날 아침, 잠을 깬 니콜은 여전히 같은 이름을 가진 곳이었지만 어딘지 다른 곳에 와 있는 것 같은 느낌이 들었다.

파리나 비아리츠에서 허둥지둥 몇 달을 보낸 뒤 찾아들어 간 그곳은 그들에게 고향과 같았다. 그들은 별장 주택을 얻었고, 봄과 여름이면 찾아오는 지인들도 꽤 되었는데, 여행지로 몰려다니는 사람들이나 지중해를 돌아다니며 해변에서 파티를 벌이는 사람들은 자연스럽게 피했다. 그런 사람들은 그들에게 '관광객'일 뿐이었던 것이다.

그들은 많은 친구들과 어울리는, 밤 시간도 여유롭고 음악으로 가득한 한여름의 리비에라를 사랑했다. 그날 아침, 하녀가 햇빛을 가리려고 커튼을 치기 전, 니콜은 마치 낭만적인 항해라도 하고 있는 듯 모나코만의 일렁이는 물결 위에 고요히 떠 있는 T. F. 골딩의 요트를 창문으로 바라보았다.

요트는 해변의 생활만큼 느리게 움직였다. 요트는 세계를 다 돌아다 닐 수도 있었지만 여름엔 칸만 오갈 뿐이었다. 켈리 부부는 그날 밤 그 요트에서 저녁을 먹을 예정이었다.

니콜의 프랑스어는 뛰어났다. 그리고 그녀는 가진 것이 많았다. 그 녀는 다섯 벌의 이브닝드레스를 갖고 있었고, 네 벌을 더 가질 예정이 었다. 남편도 가지고 있었다. 거기에다 자신을 사랑하는 두 명의 남자 를 더 가지고 있었고, 그중 한 사람은 그녀에게 슬픔을 가져다주었다. 그녀는 예쁜 얼굴을 가지고 있었다. 10시 반, 그녀는 세 번째 남자와 만남을 가지고 있었다. '별다른 해를 끼치지 않는 방식으로' 그녀를 사 랑하기 시작한 남자였다. 1시엔 십여 명쯤 되는 매력적인 사람들이 점 심을 먹으러 올 것이다. 그런 식이었다.

"행복해," 하고 그녀는 반짝이는 블라인드를 보며 중얼거렸다. "난 젊고, 예쁘고, 내 이름은 어디에 가든 신문에 실리니, 더 이상 뭘 바란 다는 건 정말이지 욕심이야. 그런 건 바보 같은 짓이야. 하지만 이왕 사람들을 만날 바엔 세련되고 즐거운 사람들을 만나는 게 좋지. 사람 들이 널 속물이라고 부른다면, 그건 널 시샘해서 그런 거야. 그들도 다 알아. 자기네들이 그렇다는 거, 다 안다고."

그녀는 두 시간쯤 뒤, 몽타젤 골프장에서 오스카 데인에게 그 얘기 를 그대로 했는데, 그는 큰 소리를 내지 않고 그녀를 나무랐다.

"전혀 그렇지 않아," 하고 그가 말했다. "당신은 그냥 나이 든 속물 이 되어 가고 있어. 즐거운 사람들이라고 하는 게 그 주정뱅이들을 말 하는 건가? 정말이지, 형편없이 오만해졌군. 그 사람들은 지중해 바닷 가에 떨어지기 전까지 밀가루 포대 속에 들어 있다 튀어나온 못대가

리처럼 먹고살려고 유럽을 떠돌아다니던 자들일 뿐이라고."

화가 난 니콜은 그에게 이름 하나를 확 내뱉었다. 하지만 그로부터 "그래 봐야 3등급이야. 세상을 손톱만큼도 모르는 초짜지," 하는 대답 밖에 듣지 못했다.

"콜비 부부는? ……어쨌든 부인은 괜찮잖아."

"거기도 3등급."

"칼브 후작이랑 그 부인은?"

"부인이 약쟁이가 아니고, 후작이 변덕쟁이만 아니라면 봐줄 만하지."

"그럼 뭐야, 즐거운 사람은 어딨다는 거야?" 하고 그녀가 참지 못하고 물었다.

"그런 사람들은 어딘가에 숨어 있지. 그 사람들의 사냥 방법은 달라. 무리에다 대고 총질을 하지 않는다고. 가끔 예외도 있지만."

"당신은 어때? 내가 이름 댄 사람들이 초대하면 얼씨구나 하고 갈 거잖아. 당신이 아무리 그래 봐야 내 귀에 들려오는 소리가 그리 좋은 건 아니거든. 반년쯤 알고 지내도 당신이 발행한 10달러짜리 수표 한 장 구경 못 한다던데. 당신은 식객에 빈대에……"

"그 입 좀 다무시지," 하고 그가 그녀의 말을 끊었다. "지금 내가 바라는 건…… 당신이 스스로를 속이는 꼴은 보고 싶지 않다는 거야. 당신이 속해 있는 국제적인 사교계란 데는 이제 카지노 라운지만큼이나 들어가기 힘든 곳이 돼 버렸어. 그리고 내가 설사 식객 노릇을 하고 있다 해도, 여전히 난 얻는 것의 스무 배를 주고 있어. 우리처럼 이기고 지는 일에 관여하지 않는 사람들은 어디서든 환영받는 유일한 사람들이지. 그리고 우린 그렇게 살아야 할 운명이라고. 그러니 여길 떠날 수 없지."

그녀는 그가 너무도 좋아져서 그리고 이 남자가 오늘 아침 자신의
《뉴욕 헤럴드》와 손톱깎이를 슬쩍해 갔다는 사실을 알게 됐을 때 넬슨
이 불같이 화를 내던 모습을 떠올리면서 웃음을 터뜨렸다.

'어쨌든,' 하고 그녀는 점심을 먹으러 집으로 차를 몰며 생각했다.
'이 모든 걸 빠른 시간 안에 접고 아이 가지는 일에 신경을 써야겠어.
이번 여름만 지나고.'

꽃 가게 앞에서 잠깐 차를 세웠을 때, 그녀는 꽃을 한 아름 안고 나
오는 젊은 여자를 보았다. 젊은 여자는 온갖 색깔의 꽃들 너머로 그녀
를 힐끔 건너다보았고, 니콜은 그녀가 참 똑똑하게 생겼다는 생각을
하다가 어딘지 낯이 익다는 느낌이 들었다. 아는 사람이긴 한데 분명
하진 않았다. 이름이 떠오르질 않아 고개를 까닥해 보이지도 못했는
데, 그날 오후가 될 때까지는 마주친 일조차 까맣게 잊어버렸다.

점심에 모인 사람은 모두 열두 명이었다. 요트에서 온 골딩 가족
들, 리들과 카딘 마일스 부부 그리고 오스카 데인까지, 국적이 제각각
으로 무려 일곱이나 되었다. 아름답고 젊은 프랑스 여인 들로네 부인
도 있었는데, 니콜은 농담처럼 그녀를 '넬슨의 여자'라고 부르곤 했다.
노엘 들로네는 어쩌면 그녀에겐 가장 가까운 친구일지 몰랐다. 넷이
서 골프를 치러 가거나 여행을 갈 때면 그녀는 넬슨과 늘 짝을 이뤘다.
하지만 그날 그녀를 '넬슨의 여자'라고 사람들에게 소개를 하고 나자
니콜은 왠지 싸구려 같다는 느낌이 들면서 기분이 몹시 좋지 않았다.

그녀는 점심을 먹으며 큰 소리로 말했다. "넬슨이랑 저는 이제 이
생활에서 완전히 떠나려고 해요."

모두가 그녀에게 공감하며 자신들도 이런 생활을 끝낼 거라는 데

동의를 했다.

"영국인이라면 전혀 문제 없을 겁니다," 하고 누군가가 말했다. "그들은 죽음의 무도회까지도 즐기는 사람들이라. 아시겠지만, 세포이의 반란군들이 성문 앞까지 밀려든 함락 직전의 요새에서도 마음껏 즐기지 않았습니까. 그들이 춤을 추고 있을 때 그 표정, 그 강렬한 표정을 보면 알 수가 있죠. 그들은 그걸 알고 있고, 그걸 원하죠. 그들은 아직 일어나지 않은 일엔 전혀 신경을 쓰지 않아요. 하지만 두 분처럼 미국인들은 시간을 낭비하는 일에 아주 민감해요. 초록색 모자든, 찌그러진 모자든, 무슨 모자든, 그걸 쓰고 싶을 때도 당신들은 그냥 쓰질 않아요. 술이 거나해진 뒤에라야 쓰죠."

"어쨌든 이제 우린 이 생활을 청산할 겁니다," 하고 니콜이 굳은 표정으로 말했다. 하지만 그때에도 그녀의 가슴 안에선 뭔가가 저항하고 있었다. '이 아름다운 푸른 바다는 어쩔 거야, 이 행복한 시간은 또 어쩌고.' 이제 이 시간이 끝나면 무엇이 기다리고 있을까? 긴장이 풀리면 그걸 그냥 받아들이면 될까? 이 물음에 대한 답은 아무래도 넬슨이 내려야 할 것 같았다. 그도 두 사람 모두에게 뭔가 새로운 삶이 폭발하듯 일어나고 있지 않다는 데 대한, 혹은 새로운 희망도 없고 만족할 만한 생활도 이뤄지지 않고 있다는 데 대한 불만이 점점 커지고 있는 상태였다. 드러내지 않은 그 마음이 그에게 남자다운 결단을 강요하고 있었다.

"자, 그럼, 모두들 잘 가세요."

"멋진 점심이었어요."

"모든 것으로부터 떠난다는 거, 잘 생각했어요."

"그럼, 다시 만날 때까지……"

손님들이 길을 따라 자신들의 차가 있는 곳으로 걸어 내려갔다. 오스카만이, 술에 취해 살짝 붉어진 얼굴로 니콜과 함께 베란다에 서 있었다. 그는 자신이 수집한 우표들을 보러 오라고 유혹했던 아가씨에 대해 떠들고 있는 중이었다. 사람들에게 지쳐서 혼자 있고 싶다는 생각을 하며 잠깐 얘기에 귀를 기울이고 있던 니콜은 점심 테이블에서 유리 화병을 집어 들고 프랑스풍 창문을 지나 어둡게 그늘이 드리워진 집 안으로 들어갔고, 그때까지도 여전히 주절거리는 오스카의 목소리가 뒤를 쫓았다.

그녀가 첫 번째 방을 건너가고 있을 때 베란다에서 들려오는 오스카의 독백은 그치지 않았는데, 그다음 방에 이르렀을 때 다른 목소리가 오스카의 목소리를 자르며 그녀의 귀를 파고들었다.

"아, 다시 키스해 줘요." 하고 그 목소리가 말을 하다 멈추었다. 니콜의 걸음도 침묵과 함께 굳어 버렸다. 이제 저택 현관에서 들려오는 소리 외엔 아무것도 들리지 않았다.

"조심해요." 니콜은 여린 프랑스 억양을 감지했다. 노엘 들로네였다.

"조심하는 데 지쳤어. 그리고 다들 베란다에 있잖아."

"아녜요, 늘 만나던 데가 아니잖아요."

"당신, 정말 좋아."

베란다에서 들려오던 오스카 데인의 목소리는 점점 약해지다 멎었다. 그리고 마치 마비에서 풀려나듯 니콜은 한 걸음을 떼었다. 앞으로 간 건지, 뒤로 물러난 건지, 그녀로서도 알 수 없었다. 그렇게 자신의 구두 뒤꿈치가 바닥에 닿는 소리가 들린 순간, 그녀는 객실 안의 두 사람이 빠르게 떨어지는 소리를 들었다.

그리고 그녀는 방으로 들어갔다. 넬슨이 담배에 불을 붙이고 있었다. 노엘은 등을 돌린 채로 의자에 놓인 모자나 지갑을 찾는 시늉을 하고 있었다. 화가 났다기보다는 눈앞에 아무것도 보이지 않을 만큼 공포에 휩싸인 니콜은 손에 들고 있던 유리 화병을 그녀를 향해 던졌다. 던졌다기보다는 쑥 내밀었다고 해야 옳았다. 그때 만약 누군가가 있어서 그 장면을 보았다면 그녀가 겨냥한 것은 노엘이 아니라 넬슨이었음을 알 수 있었을 것이다. 하지만 마치 그녀의 감정이 실리기라도 한 듯 화병이 그를 스쳐 지나가더니 막 돌아서던 노엘 들로네의 머리와 옆통수를 정통으로 때렸다.

"무슨 짓이야!" 하고 넬슨이 소리를 질렀다. 노엘이 일어나려다 의자로 천천히 주저앉더니 한 손을 들어 옆통수를 감쌌다. 화병은 깨지지 않고 두꺼운 카펫 위를 굴렀다. 꽃은 사방으로 흩어져 있었다.

"괜찮아?" 하며 넬슨이 그녀의 곁으로 가더니 얼굴을 가린 손을 거두고 상태를 살폈다.

"뭐가 끈적거려요," 하고 숨을 할딱이며 노엘이 프랑스어로 속삭였다. "피 아니에요?"

넬슨이 그녀의 손을 억지로 거두고는 숨을 헐떡이며 소리를 질렀다. "아냐, 그냥 물이야." 그러곤 막 문에 나타난 오스카에게 "코냑 좀 갖다 줘요," 하고 부탁하고는 니콜에게 말했다. "바보같이 왜 그래, 당신 미쳤어?"

니콜은 숨만 거칠게 내쉴 뿐 아무 소리도 하지 않았다. 오스카가 가져온 브랜디를 넬슨이 잔에 따라 노엘의 입에 대 주는 동안 마치 수술 장면을 지켜보는 사람들처럼 모두들 입을 닫고 있었다. 니콜이 오스카에게 술을 한잔 달라고 손짓을 보냈다. 술 없이는 견딜 자신이 없는 것 같았다. 모두들 브랜디를 한 잔씩 들이켰다. 그리고 나서 노엘과 넬슨이 동시에 입을 열었다.

"제 모자 좀 찾아……"

"이게 무슨 바보 같은……"

"……전 지금 가야 할 거 같아요."

"……어떻게 이런 일이…… 난……"

사람들의 시선이 쏟아지자 니콜이 말했다. "저 여자 차, 문에다 대 줘요." 그러자 오스카가 재빨리 자리를 떴다.

"의사한테 가 보지 않아도 되겠어요?" 하고 넬슨이 걱정스럽게 물었다.

"그냥 가고 싶어요."

얼마 지나지 않아 차가 집 앞으로 왔고, 넬슨이 안으로 들어가 브랜디 한 잔을 더 따랐다. 그의 표정을 봐서는 긴장이 많이 가라앉은 듯했다. 그의 얼굴을 본 니콜은 그가 어떻게든 침착하게 행동하려 애쓰는 것이 느껴졌다.

"당신이 왜 그랬는지 알고 싶어," 하고 그가 말했다. "잠깐만, 가지 말아요, 오스카." 그는 얘기가 삽시간에 퍼져 나가리라는 걸 알고 있었다.

"대체 이유가……"

"아, 그 입 다물어요!" 하고 니콜이 쏘아붙였다.

"노엘한테 키스를 했다고 이런 끔찍한 일까지 벌일 건 없잖아. 아무 의미도 없는 거였는데."

그녀는 코웃음을 쳤다. "당신이 무슨 얘기를 하는지 들었다고요."

"정말 미쳤군."

그는 정말 그녀가 미치기라도 했다는 듯한 태도로 말했다. 거친 분노가 그녀의 가슴에 차올랐다.

"거짓말쟁이! 항상 근엄한 얼굴을 하고는 나만 까다롭게 군다고 해대더니, 내 뒤에선 어린 것하고 아무렇지도 않게 놀아나……"

그녀는 자신이 사용한 거친 표현에 더욱 자극받은 듯, 의자에 앉은 그를 향해 달려들었다. 갑작스러운 공격을 막느라 그는 재빨리 팔을 들어 올렸고, 그 바람에 그의 주먹이 그녀의 눈을 강타했다. 10분 전에 노엘이 한 것과 똑같이 그녀도 손으로 얼굴을 감싸 쥐고는 바닥에 퍼질러 앉아 흐느끼기 시작했다.

"이 정도면 충분하지 않아요?" 하고 오스카가 큰 소리로 말했다.

"그러자고," 하고 넬슨이 순순히 받아들였다. "이 정도로 끝내."

"베란다로 가서 열 좀 식혀요."

그는 니콜을 소파로 데려가서 눕히고는 손을 잡고 곁에 앉았다.

"기운 내…… 기운 차리라고." 그가 몇 번이나 그 말을 반복했다. "대체 무슨 생각으로 그런 거야…… 당신이 무슨 잭 뎀프시야? 프랑스 여자들을 때리는 건 해선 안 된다고. 여차하면 고소를 당하니까."

"넬슨이 그 여자한테 사랑한다고 말했다고," 하고 그녀가 숨을 몰아쉬며 신경질적으로 말했다. "그 여자도 평소 만나던 데가 아니라는 둥하면서…… 근데 넬슨은 지금 어디 갔어요?"

"베란다에서 서성거리고 있을 거야. 느닷없이 당신을 때리게 됐으니 심란하겠지. 노엘 들로네를 만난 것도 당신한테 미안할 거고."

"당연히 그래야지!"

"당신이 잘못 들었을지도 모르니, 어쨌든 바람을 피웠다는 확증은 없어."

20분쯤 지났을 때, 넬슨이 불쑥 객실로 들어와 아내 앞에 무릎을 꿇었다. 오스카 데인은 그쯤에서 자신의 소임은 다했다 싶었는지 조심스럽게 물러나 문을 빠져나갔다.

다시 한 시간이 흐르고, 넬슨과 니콜은 팔짱을 낀 채 저택 밖으로 나와 '카페 드 파리'로 천천히 내려갔다. 그들은 마치 한때 가졌던 소박함으로 돌아가려는 듯, 누가 봐도 뒤얽혀 있다는 게 뻔히 보이는 뭔가를 풀어내려는 듯, 차를 타지 않고 걸었다. 니콜은 그의 변명을 받아들였다. 믿어져서가 아니라 맹렬히 믿고 싶었기 때문이었다. 둘 모두 단한마디도 입 밖에 내질 않았다. 그리고 후회했다.

햇빛이 스테인드글라스를 통과하듯이 노란 차양과 빨간 파라솔을 지나 들어오는 해 질 녘의 카페 드 파리는 유쾌했다. 주위를 둘러보던 니콜은 그날 아침에 마주쳤던 젊은 여자가 거기 있는 걸 보았다. 그녀는 어떤 남자와 함께 있었는데, 넬슨도 거의 3년 전, 알제리에서 보았던 젊은 부부임을 금방 알아챘다.

"변했네," 하고 그가 말했다. "우리도 그렇긴 하지만, 그래도 많이는 아니네. 둘 다 많이 지쳐 보이는데, 남자는 기운이 완전히 빠졌군. 기운이 빠져 보이는 건 눈동자의 짙은 부분보다는 밝은 부분에 나타나지. 여자도, 잘 차려입긴 했지만 다를 게 없네. 누가 봐도 저건 딱 지친 얼굴이야."

"난 저 여자가 좋아요."

"가서 물어보고 싶지 않아? 예전에 그 부부가 맞는지?"

"안 돼요! 하릴없는 관광객들이나 하는 그런 거. 저 사람들한테도 친구들이 있을 텐데."

마침 그때 사람들이 그들의 테이블에 합석을 했다.

"넬슨, 오늘 밤엔 뭘 할 거예요?" 하고 니콜이 뜸을 좀 들인 뒤에 물었다. "그런 일도 있었는데 골딩한테 가 보는 건 어때요?"

"어때가 아니라 가 봐야지. 소문이 퍼졌을 텐데 우리가 나타나지 않으면 어떻게 부풀려질지 몰라. 우리가 가서 수습을 해야지…… 아니! 근데 저게 뭐지……"

카페 건너편에서 뭔가 귀에 거슬리는 격렬한 소리가 들려왔다. 한 여자의 비명이 신호가 되어 테이블에 앉은 다른 사람들이 마치 큰 파도로 연결된 듯 일제히 일어섰다. 다른 테이블의 손님들도 일어나 앞으로 몰려갔다. 그 순간 켈리 부부의 눈에, 그동안 계속 지켜보고 있던 젊은 여자의 창백하고 분노로 일그러진 얼굴이 들어왔다. 니콜은 혼이 달아난 듯 넬슨의 소매를 부여잡았다.

"나가고 싶어요. 오늘은 정말이지 정신을 차릴 수가 없네. 집으로 가요. 사람들이 모두 어떻게 된 거 같지 않아요?"

집에 가는 길에 넬슨은 니콜의 얼굴을 힐끔 보았는데 그대로는 골딩의 요트에서 있을 만찬엔 갈 수 없을 거라는 생각이 들었다. 니콜의 눈두덩에 도드라지기 시작한 시꺼먼 멍은 모나코에 있는 화장품을 총동원한다 해도 11시까지는 가릴 수 없을 것 같았다. 충격을 받은 그는 집으로 돌아갈 때까지 입을 꾹 다물고 있어야겠다는 생각뿐이었다.

3

기독교 교리문답집에는 죄를 짓기 전에 미리 피하는 지혜로운 방법들이 적혀 있는데, 한 달 뒤 파리로 건너온 켈리 부부는 다시는 가지 않아야 할 곳과 다시는 만나고 싶지 않은 사람들을 목록으로 만들어

놓은 자기들만의 교리문답집을 갖고 있었다. 목록에는 유명한 술집 몇 군데와 정말 근사하게 꾸며진 나이트클럽 한두 곳을 제외하곤 꼭 두새벽까지 하는 모든 클럽들, 절로 탄성을 지르게 만드는, 그 계절의 매력을 주도하는 모든 여름 휴양지가 포함되어 있었다.

지난 2년 동안 만난 사람들의 4분의 3이 그들의 목록에 적혀 있었다. 잘난 척하는 게 아니라 스스로를 지키기 위한 조처이긴 했지만, 이러다 인간관계가 영원히 단절되는 게 아닌가 싶은 일말의 두려움이 없었던 건 아니었다.

하지만 세상은 참 신기해서, 가까이하기 어렵다는 이유만으로 가치가 생겨나는 사람들이 있기 마련이다. 파리에는 무리에 섞이지 않은 사람들에게만 흥미를 가진 사람들이 있음을 그들은 알게 되었다. 그들이 먼저 알고 지낸 사람들은 대부분 미국인들이었고, 간간이 유럽인들이 끼어 있었다. 하지만 이번엔 유럽인들이 주류였고, 미국인들이 간간이 섞여 있었다. 다만 지금의 미국인들은 높은 직위, 엄청난 부자, 좀체 보기 드문 천재, 잘 알려진 권력자 같은 '고위층'이었다. 거물들과 친해진 건 아니지만 그들은 매우 보수적인 유형의 사람들과 새로운 친분을 쌓아 갔다. 더구나 넬슨은 그림을 다시 시작해 화실도 하나 마련했다. 그들은 브란쿠시, 레제, 뒤샹 같은 화가들의 작업실을 방문하기도 했다. 그들은 전보다 훨씬 나은 부류에 속해 있는 것 같은 느낌이 들었는데, 화려하지만 속된 만남에 대한 얘기가 나오면 그들은 처음 2년 동안 유럽에서 겪었던 모욕감을 다시금 느끼며 전에 알고 지냈던 사람들에 대해 '그런 무리'나 '시간을 낭비하게 만든 사람들'이라는 표현을 사용했다.

그들은 규칙을 정해 놓고 잘 지켰지만 사람들이 집으로 찾아오거나 그들이 다른 사람들의 집에 초대를 받아 가는 경우도 드물지 않았다. 두 사람은 젊었고, 외모도 근사했으며, 지적이었다. 그들은 어디를 가고 어디를 가지 않아야 하는지를 알게 되었고, 적절하게 처신하는 법도 익혔다. 더구나 천성적으로 씀씀이를 아끼거나 옹색하게 굴지 않아서 상식에 벗어나지 않는 한도 안에서 돈을 쓰기도 했다.

초대를 받아 가면 한 사람은 대개 술에 취했다. 넬슨이었다. 자신의 단정한 분위기와 청순함, 혹은 자신에게로 건너오는 감탄 어린 시선을 잃고 싶지 않았던 니콜은 거의 마시질 않았다. 하지만 넬슨은 가벼운 저녁 자리에서조차 예전의 소란스러운 시절로 돌아가 술에 취하고픈 유혹을 뿌리치지 못했다. 그는 인사불성이 되도록 마셔서 실수를 저지르는 건 아니었지만, 술에 의지하지 않고는 사교적인 모임에 거의 나갈 수 없는 지경이 되었다. 파리에서 1년쯤 지낸 뒤, 니콜은 남편이 좀 더 진지하고 책임감 있는 태도를 갖도록 아기를 가져야겠다는 생각을 굳혔다.

그렇게 생각한 것은 공교롭게도 시키 사롤라이 백작과 만난 시기와 일치했다. 그는 오스트리아 왕실이 남긴 매력적인 유산과도 같은 인물이었는데, 가진 것도 없을뿐더러 가지려 하지도 않았지만 프랑스 내에 견고한 사회적, 경제적 인맥을 갖고 있었다. 그의 여동생은 유서 깊은 귀족이자 파리의 성공한 은행가였던 클로 디롱델 후작의 부인이었다. 이곳저곳을 돌아다니며 남들 눈치를 전혀 보지 않는 식객으로 지내던 시키 백작은 전혀 다른 세계에 살고 있긴 했지만 오스카 데인과 참 많이 비슷했다.

그는 미국인을 아주 좋아했다. 그가 미국인들의 말에 신기할 정도로 귀를 기울이는 모습을 보고 있으면, 마치 그들이 머지않아 황금 알을 낳는 공식을 발견하게 되리라고 여기는 듯했다. 우연히 한 번 만난 뒤로 그의 관심은 켈리 부부에게로 완전히 기울었다. 니콜이 출산을 기다리던 몇 달 동안 그는 뻔질나게 그들의 집을 방문해서는 미국의 범죄나 비속어, 경제나 풍속에 관한 거라면 무엇에든 쉼 없이 관심을 보였다. 딱히 갈 곳이 없을 때는 점심때고 저녁때고 가리지 않고 두 사람의 집에 들르곤 한 그는 감사의 표시로 여동생에게 니콜을 방문하도록 하겠다고 해서, 그녀를 기분 좋게 했다.

니콜이 병원에 입원해 있는 동안 그는 넬슨과 함께 아파트에 머물기로 결정했다. 니콜은 거기에 동의하지 않았는데, 함께 지내면서 넬슨이 술독에 빠질 것 같다는 생각 때문이었다. 하지만 그날 결국 결정이 내려진 것은 그의 매제가 주최하는 센강의 유명한 선상 파티 얘기를 들었을 때였다. 켈리 부부를 초대하기로 한 그 파티는 니콜의 출산예정일로부터 3주 뒤여서 부담이 없었던 것이다. 결국 니콜이 미국계병원에 입원한 날 시키 백작은 짐을 옮겼다.

니콜은 사내아이를 낳았다. 그녀는 한동안 그들이 알고 지내는 사람들도, 그들의 사회적 지위도, 평판 따위도 모두 잊었다. 그녀는 하루에여덟 번 젖을 먹이기 위해 아기와 만나는 그 사소한 사실과 견주었을때, 그동안 자신의 삶이 얼마나 난삽했었는지를 생각하며 놀라곤 했다.

그로부터 두 주가 지나 니콜이 아이와 함께 아파트로 돌아왔을 때, 시키 백작과 그의 하인은 여전히 그곳에 머물고 있었다. 그의 매제가주최하는 선상 파티를 치를 때까진 머물기로 했다는 걸 이해하긴 했지만, 니콜은 아파트가 너무 혼잡스러워서 그가 가 주기를 은근히 바랐다. 하지만 최고의 사람들과 교제를 해야 한다는 예전부터의 생각을 떠올리고는 클로 디롱델 후작의 파티에 초대받아 갈 때까지는 꾹 참기로 했다.

파티가 있기 이틀 전, 그녀가 다리를 뻗을 수 있는 팔걸이 하나짜리 긴 의자에 비스듬히 누워 있을 때, 시키 백작이 파티에 대해 설명을 하기 시작했다. 그가 파티를 거들고 있는 게 분명했다.

"파티에 참가하는 사람들은 모두 배에 오르기 전에 미국 스타일로 칵테일 두 잔을 마셔야 합니다. 일종의 승선 허가를 받는 거죠."

"포부르생제르맹 같은 일급 프랑스 사교 파티에선 칵테일을 마시지 않았던 걸로 기억하는데요."

"아, 그렇긴 해요. 하지만 우리 가족들은 아주 현대적입니다. 미국 풍속을 아주 많이 채택하죠."

"어떤 분들이 오시나요?"

"모든 분들! 파리의 모든 사람들이 온다고 보면 됩니다."

그녀의 눈앞으로 근사한 이름들이 벌 떼처럼 지나갔다. 다음 날, 그녀는 입이 근질거려 주치의에게 파티 얘기를 하지 않을 수 없었다. 그런데 얘기를 들은 의사의 두 눈에 놀라움과 불신이 가득 차는 걸 보고 그녀는 뭔가 이상한 기분이 들었다.

"그러니까," 하고 그가 입을 뗐다. "내일 댄스파티에 간다는 얘기인가요?"

"네, 그래요," 하고 그녀가 불안한 표정으로 말했다. "가면 안 되나요?"

"부인, 향후 두 주 동안은 외출을 삼가는 게 좋을 거 같아요. 그 후로도 다시 두 주는 춤을 추는 것 같은 격렬한 행동은 피하는 게 좋습니다."

"어머나!" 하고 그녀가 큰 소리로 말했다. "이미 3주가 지났잖아요! 에스터 셔먼은 벌써 미국으로 갔……"

"그분과는 다릅니다," 하고 그가 고개를 흔들었다. "사람마다 다 달라요. 부인은 아직 지켜봐야 할 게 있어서 제 뜻에 따라 주셨으면 합니다."

"하지만 고작 두 시간 정도 외출하는 것뿐이에요. 아기 때문에 당연히 그 시간이면 집에 와야 하니까요."

"두 시간이 아니라, 2분도 안 됩니다."

그녀는 의사의 심각한 말투에서 허투루 하는 말이 아니란 걸 알았지만 넬슨에겐 시치미를 뚝 뗀 채 아무 말도 하지 않았다. 대신 그녀는 피곤해서 갈 수 없을지도 모른다고만 말하고는 밤이 늦도록 실망과 걱정 사이에서 잠을 이루지 못했다. 아기에게 젖을 먹일 시간이 되어 침대에서 일어난 그녀는 혼자 생각했다. '리무진으로 가면 10분이면 의자에 앉을 수가 있을 거고, 거기서 30분만……'

그녀는 마지막 순간 칼레에게서 빌려 와 침실 의자에 걸어 둔 옅은 녹색의 이브닝드레스를 보고는 결심을 했다.

손님들이 선상으로 올라가 칵테일을 마시고 있는 동안 뒤늦게 온 사람들에 섞여 트랩을 올라가던 니콜은 실수를 저질렀다는 사실을 깨달았다. 입구에서 공식적으로 손님을 맞아 주는 사람들이 아무도 없어서 넬슨이 주최자들에게 인사를 건네고는 갑판에 그녀가 앉을 만한 의자를 겨우 찾아내야 했던 것이다. 하지만 갑판에 오르자 그녀는 어질어질하던 머리가 말끔해지는 게 느껴졌다.

그녀의 생각은 오기를 잘했다는 것으로 바뀌어 있었다. 요트엔 약한 빛을 쏘는 등이 걸려 있었는데, 다리들에 켜진 파스텔톤 불빛과 어두

314

운 센강으로 떨어지는 별빛이 어울려 마치 『천일야화』에 나오는 어린 아이의 꿈과 같았다. 구경꾼들이 둑 위에 가득 모여 뭔가 볼거리를 찾고 있었다. 군인들이 병을 들고 훈련을 하듯 샴페인이 손에서 손으로 옮겨 다니는 사이, 음악은 크지도 요란하지도 않게 마치 케이크 위에 뿌리는 설탕 가루처럼 부드럽게 위쪽 갑판으로부터 흘러내렸다. 그녀는 꽤 여러 해 동안 보지 못했던 리들 마일스 부부가 갑판 건너편에 있는 걸 발견하고는 자신들이 유일한 미국인이 아니라는 사실을 알았다.

최근에 알게 된 사람들이 눈에 띄었을 땐 살짝 실망감이 들기도 했다. 후작이 주최하는 최고의 파티란 게 무색하게 느껴진 것이다. 그러곤 아이를 키우는 엄마라는 자신의 처지를 생각했다. 그녀는 곁에 있던 시키 백작에게 유명 인사의 이름을 거론하면서 얘기를 나눠 보고 싶다며 소개를 부탁했는데, 백작은 벌써 갔다거나 늦을 것 같다거나 못 올 수도 있다는 식으로 얼버무렸다. 회장 건너편에서 본 여자는 몬테카를로의 카페 드 파리에서 볼썽사나운 장면을 연출했던 그 여자인 듯했는데, 보트가 거의 쉬지 않고 움직이는 터라 어지러워서 명확하게 확인할 순 없었다. 어지러움이 조금씩 심해진다는 생각이 들어 그녀는 넬슨을 불러 집에다 데려다 달라고 말했다.

"날 데려다주고 당신은 곧장 돌아가도 돼요. 날 기다릴 필요도 없고요. 지금 잘 거니까."

집으로 돌아온 넬슨은 간호사에게 도움을 청하고는 파티장으로 돌아갔다. 간호사가 니콜을 위층으로 데려가서 옷 갈아입는 걸 도와주었다.

"너무 피곤하네요," 하고 니콜이 말했다. "진주 목걸이 좀 뒤 줄래요?"

"어디다 둘까요?"

"화장대 위에 보석함이 있을 거예요."

"안 보이는데요." 잠시 후 간호사가 말했다.

"그럼, 서랍 안에 있을 거예요."

하지만 화장대를 전부 찾아봐도 보석함은 보이지 않았다.

"왜 없지? 있을 텐데," 하고 말하며 니콜은 일어나려고 했지만 힘없이 주저앉고 말았다. "다시 한 번 찾아봐 줄래요? 거기 다 들어 있는데…… 엄마한테서 받을 거랑, 결혼 패물이랑."

"죄송해요, 켈리 부인. 말씀하신 걸, 아무리 찾아봐도 이 방엔 없네요."

"하녀 좀 깨워 주세요."

잠에서 깬 하녀도 아는 게 없었다. 이것저것 계속 물어보고 난 뒤에야 그녀는 뭔가 알게 되었다. 그녀가 집을 떠나고 30분 뒤에 사롤라이 백작의 하인이 짐을 들고 나갔다는 거였다.

니콜은 날카롭고 급작스런 통증이 엄습해 허겁지겁 의사에게 왕진을 청했고, 넬슨이 많이 늦는 것 같다는 생각이 들었다. 집으로 돌아온 넬슨은 얼굴이 하얗게 질리고 두 눈이 거칠게 부풀어져 곧장 그녀의 방으로 달려왔다.

"무슨 일이야?" 하고 그가 다짜고짜 물었다. 그런 다음에야 그는 의사가 있는 걸 알았다. "대체 어떻게 된 일이야?"

"아, 넬슨, 너무 아픈 데다 보석함까지 사라져 버렸어요. 시키 백작의 하인도 자취를 감췄고요. 경찰에 신고를 하긴 했는데…… 하인이 어딨는지 백작은 알고 있지 않을……"

"시키란 작자, 다시는 이 집에 오지 않을 거야," 하고 그가 천천히 말했다. "오늘 파티를 주최한 게 누구였는지 알아? 누가 파티를 주최한 거라고 생각해?" 그가 갑자기 요란하게 웃음을 터뜨렸다. "우리가 주최자였어…… 우리 파티였다고. 이해하겠어? ……우린 그것도 모르고……"

"잠깐만 진정해 주시겠어요? 부인을 흥분하게 하는 말씀은……" 하고 의사가 프랑스어를 시작했지만 넬슨의 말에 잘렸다.

"후작이 일찍 나가기에 이상하다 생각했었지. 하지만 끝날 때까지도 무슨 일이 벌어지고 있는지를 몰랐어. 모인 사람들은 모두 시키가 초대한 손님들이었더라고. 파티가 다 끝났을 때, 파티업자랑 악단 단원들이 나한테 오더니 청구서를 어디로 보내야 하냐고 묻는 거야. 빌어먹을 그 시키란 작자는 처음부터 내가 다 알고 있는 줄 알았다고, 그래서 얘기를 하지 않은 거라고 말하더군. 자기가 약속한 건 매제랑 여동생을 파티에 오게 하는 거였다고. 그는 내가 술이 취했거나 프랑스말을 이해하지 못했을지 모른다고 말했지만…… 우린 얘기할 때 영어만 썼다고."

"돈 주면 안 돼요!" 하고 그녀가 말했다. "절대 주면 안 돼요."

"나도 그렇게 대답은 했지만, 청구 소송을 하겠다는 거야. 파티업자들이랑 악단들이랑 다. 그 사람들이 청구한 돈이 얼만지 알아? 모두 1만 2,000달러나 돼."

그녀의 몸이 갑자기 축 늘어졌다. "아, 저리 가요!" 하고 그녀가 소리를 질렀다. "난 몰라! 보석함을 도둑맞은 데다 몸도 아파. 아프다고!"

명색이 해외 여행 이야기니 조금은 지리 학습을 해도 좋을 듯싶다. 북아프리카와 이탈리아, 리비에라, 파리를 연달아 가는 사이에 켈리 부부가 스위스로 들어간 건 그리 놀랄 일이 아니었다. 스위스는 극소 수의 것들이 시작되는 나라지만, 아주 많은 것들이 끝나는 나라이다.

그들을 유혹하는 항구들이 많았지만 켈리 부부가 내륙의 스위스를 선택한 이유는 그래야 할 것 같았기 때문이었다. 어느 봄날, 유럽의 중 앙에 해당하는 호수에 도착했을 때, 그들은 결혼 4주년에 며칠이 더 지난 상태였다. 전원의 산허리에 위치한 고요하고 청명한 곳, 우편엽 서에 나오는 것 그대로의 푸른 산과 물, 유럽의 변방들로부터 그곳까 지 끌고 온 모든 슬픔이 표면에 가득 떠 있어 얼마쯤은 불길한 기운이 서려 있는 듯한 호수였다. 피로를 풀고, 죽음을 죽이는 곳이었다. 거기 에도 학교가 있고, 어린아이들은 햇빛이 내리쬐는 물가에서 물장난을 친다. 그곳은 보니바르*의 지하 감옥과 칼뱅의 도시이기도 했다. 그리 고 밤이면 여전히 바이런과 셸리의 영혼이 어두운 호변을 어슬렁거렸 다. 넬슨과 니콜이 찾아온 제네바 호수는 요양소와 호텔들로 가득한 음산한 곳이었다.

마치 불우한 운명이 그들을 쉼 없이 몰아붙인 듯 두 사람은 동시에 병을 얻고 말았다. 니콜은 두 번 연속된 수술에서 서서히 회복하며 호 텔 발코니에 누워 있었고, 넬슨은 3킬로미터쯤 떨어진 병원에서 황달

---

* Francois de Bonivard(1493~1570). 16세기 종교 전쟁 때 사보이 공작에 의해 지하 감옥 에 갇혔던 수도사이며 정치가. 훗날 영국의 시인 바이런이 방문해 남긴 「시용 성의 감옥The Prison of Chillon」(1816)의 주인공이 되는 사람이다.

과 싸우고 있었다. 스물아홉 살의 젊은 힘이 그를 병마에서 끌어내긴
했지만 몇 개월은 더 요양이 필요했다. 그들은 이따금, 향락을 좇는 사
람들이 유럽 전역에 퍼져 있는데 자기들에게만 불운이 찾아온 것에
의아해하곤 했다.

"우리가 너무 많은 사람들을 만났던 거 같아," 하고 넬슨이 말했다.
"오는 사람들을 거부하질 못했던 거야. 사람들과 거리를 두고 지내던
첫해는 정말이지 행복했었어."

니콜도 공감을 했다. "우리 둘만 지낼 수 있었다면…… 오롯이……
뭔가 우리만의 삶을 만들어 갈 수 있었을 거예요. 이제라도 그렇게 해
요. 그렇게 할 수 있겠죠, 넬슨?"

하지만 그들은 사람들을 미치도록 만나고 싶을 때가 있다는 걸 알
았다. 어느 날엔, 그들은, 비대한 사람들, 탈진한 사람들, 불구가 된 사
람들, 온갖 국적의 실패한 자들로 가득 채워진 호텔을 둘러보며 자기
들을 즐겁게 해 줄 사람들을 찾고 있었다. 매일 주치의들이 차례로 그
들을 방문했고, 파리로부터 편지와 신문이 왔다. 그들은 산허리의 마
을로 산책을 나갔고, 때로는 케이블카를 타고 유원지와 풀밭이 펼쳐
진 호수변, 테니스 클럽과 관광버스들이 늘어선 마을의 휴양지를 찾
아가기도 했다. 그들은 타우흐니츠* 판본의 책과 노란색 장정이 특이
한 에드거 월리스**의 작품을 읽었다. 유모가 매일 같은 시간에 아이를
목욕시켰고, 두 사람은 그걸 지켜보았다. 한 주에 사흘은 저녁을 먹은
뒤 어지간히 신물이 났지만 그래도 꾸준히 오케스트라 연주를 들었

* 저명한 인쇄 및 출판업자였던 부자, 아버지 카를 크리스토프 트라고트(1761~1836)와 아들
카를 크리스티안 필리프(1798~1884)가 만든 그들만의 독특한 판형.
** Edgar Wallace(1875~1932). 범죄 소설로 유명한 영국의 작가.

다. 그게 전부였다.

이따금 호수 건너편, 포도밭으로 뒤덮인 언덕에 벼락이 떨어지곤 했다. 그럴 때면 천둥소리는 마치 몰아치는 돌풍으로부터 포도밭을 지키기 위해 구름을 향해 대포를 쏘는 것 같았다. 돌풍은 먼저 무서운 속도로 하늘에서 날아와 산자락으로 떨어지고, 길 아래로 커다란 소리를 내며 물줄기를 쏟아 내고, 도랑으로 돌을 밀어 냈다. 그러곤 어둡고 사나운 하늘에서 세상을 쪼개 버릴 듯 잔혹한 번개가 번쩍이고 천둥이 울렸다. 그러는 동안 바람이 호텔을 스쳐 지나가면 헤지고 찢긴 구름들이 뒤이어 밀려들었다. 산과 호수는 완전히 사라져 버렸다. 호텔은 홀로 몸을 웅크린 채 소란과 혼돈과 어둠이 지나가길 기다렸다.

돌풍이 몰아치는 동안 문을 조금이라도 열라치면 비와 바람이 뒤섞인 회오리바람이 복도까지 몰아쳤는데, 마침 켈리 부부가 몇 달 만에 처음으로 아는 얼굴과 만났을 때였다. 겁에 질린 사람들과 아래층으로 내려와 있다가 새로 온 두 사람을 알아본 것이다. 처음 알제리에서 보았던 부부였는데, 이후로도 여러 번 여행지에서 마주친 사이였다. 표현은 하지 않았지만 넬슨과 니콜은 똑같은 생각을 하고 있었다. 결국 이 황량한 곳에서 마주칠 운명인 것 같다는 생각이 들어 살피고 있는데, 그 부부 역시 같은 생각을 하고 있었던 듯 그들을 바라보았다. 하지만 켈리 부부는 뭔가 주저되었다. 그동안 너무도 많은 사람들이 자신들의 생활에 끼어들어 이런저런 불편함을 겪지 않았던가?

돌풍이 잠잠해지며 차분히 내리는 비로 바뀐 뒤, 니콜은 베란다 유리문 가까이에 있는 그녀를 발견했다. 그녀는 책을 읽는 척하면서 얼굴을 자세히 살폈다. 한눈에 여자가 호기심이 많고 용의주도하다는 것이 보였다. 두 눈엔 재기가 넘쳤지만 가만히 있질 않고 사람들 사이로 빠르게 움직이는 게 마치 상대할 가치가 있는지를 탐색하는 것 같았다. '못 말릴 이기주의자군,' 하고 생각하던 니콜은 혐오감이 일었다. 그 외에도, 뺨은 야위었고, 건강이 좋지 않은지 눈 밑에 도톰한 기운이 거의 없었다. 살갗이 축 늘어진 팔다리도 그 인상을 더해 주었다. 비싼 옷을 입었는데도 단정한 기미가 보이질 않는 게 마치 호텔에 있는 사람들을 전혀 안중에 두지 않는 듯했다.

결국 니콜은 그녀를 가까이하지 않기로 결심했다. 말을 붙이지 않은 게 잘한 일이란 생각이 들면서도, 예전에 길에서 스쳐 지나갈 때 왜 그런 걸 눈치채지 못했는지 그게 오히려 더 놀라웠다.

저녁을 먹으며 그녀에 대한 얘기를 하자 넬슨도 동의를 했다.

"주점에서 남편이랑 우연히 마주쳤는데, 그 사람이랑 나랑 모두 생수만 주문을 해서 말을 좀 붙여 볼까 했었지. 하지만 거울에 비친 그 사람 얼굴을 보고는 관뒀어. 사람이 너무 약하고 자기중심적인 데다 천박하게까지 보이더군. 그런 얼굴을 하고 있는 사람은 대여섯 잔 정도는 술을 마셔 줘야 눈이 좀 풀리고 입이 정상적으로 떨어지거든."

저녁 식사를 마친 뒤엔 비도 그치고 밤공기도 상쾌했다. 바깥 공기를 쐬고 싶어 켈리 부부는 어둠이 내린 정원으로 느릿느릿 내려갔다. 가던 길에 문제의 그 부부와 또 마주쳤는데, 느닷없이 그들이 옆길로 사라져 버렸다.

"저들도 우리랑 더 이상 엮이고 싶지 않은가 봐," 하고 니콜이 웃으며 말했다.

두 사람은 장미 넝쿨과 촉촉이 젖은 향기를 뿜는 이름 모를 꽃들이 가득 핀 화단 사이를 천천히 지나갔다. 호텔 아래로 호수까지 테라스가 끝도 없이 이어져 있고, 몽트뢰와 브베의 야경이 목걸이 모양으로 펼쳐져 있었다. 그 목걸이에 매달린 희미한 보석처럼 로잔의 불빛이 걸려 있었다. 호수 건너에서 반짝이는 불빛은 프랑스 쪽 에비앙이었다. 아마도 유원지 쪽인 듯 아래쪽 어딘가에서 신나는 미국 댄스 음악이 들려오고 있었는데, 지금은 그런 식의 미국 음악을 들을 수 있을 테지만 몇 달이 지나면 한낱 해프닝처럼 메아리를 끌며 사라지리라는 생각이 들었다.

당뒤미디 산 위로 시꺼먼 둑을 이루고 있는 구름들 너머로 돌풍의 꼬리가 사라지고, 달이 얼굴을 내밀며 호수를 밝게 비추었다. 음악과 아득한 불빛은 마치 아이들이 홀린 듯 보고 있는 아득한 미지의 시간, 그들이 꿈꾸는 희망과도 같았다. 넬슨과 니콜은 저마다의 가슴에 간직된 그 시절로 돌아가 있었다. 그녀는 남편의 팔 사이에 팔을 가만히 끼워 넣고는 끌어당겼다.

"우린 다시 시작할 수 있어요," 하고 그녀가 낮게 속삭였다. "그럴 수 있겠죠, 넬슨?"

그녀는 두 개의 검은 형상이 가까운 그늘로 들어가더니 선 채로 호수 아래를 내려다보자 입을 다물었다.

넬슨이 니콜을 팔로 감싸고 가까이로 당겼다.

"뭐가 문제인지를 우리가 이해하지 못하고 있는 거 같아요," 하고 그녀가 말했다. "평화, 사랑, 건강, 이런 걸 하나씩 잃어 가는 이유가 뭐였을까요? 그걸 알고 있었다면, 누군가 우리한테 알려 주었더라면, 뭔가 해 볼 수 있을 거예요. 정말이지 열심히."

마지막 먹구름이 베른 쪽 알프스로 넘어가고 있었다. 그러다 갑자기, 마지막 인상을 남기듯 서쪽 하늘에 파리한 섬광이 번쩍였다. 순간적으로 밤이 낮처럼 환해졌다. 넬슨과 니콜이 고개를 돌린 것과 동시에 그늘에 서 있던 두 사람도 몸을 틀었다. 그러자 다시 어둠이 몰려왔고 마지막 섬광이 만들어 낸 우르릉거림이 들려왔다. 니콜의 입에서 짧고 섬뜩한 비명이 터져 나왔다. 그녀는 뛰어오르듯 넬슨에게로 몸을 붙였다. 얼굴이 새하얗게 변해 있었다. 그리고 어둠 속에서조차 새하얗게 보이는 그의 얼굴이 그녀의 두 눈 속으로 밀려들었다.

"당신, 봤어요?" 하고 그녀가 낮은 소리로 외쳤다. "두 사람, 봤어요?"

"응, 봤어!"

"그 사람들, 우리였어요! 우리였다고요! 분명히 봤죠?"

두 사람은 부들부들 떨며 서로를 끌어안았다. 먹구름들이 어두운 산과 산으로 녹아들어 갔다. 얼마쯤 지난 뒤 주위를 둘러보던 넬슨과 니콜은 고요한 달빛 속에 자기들 둘만 남아 있다는 것을 알았다.

◆◆◆

「어느 해외 여행」은 《새터데이 이브닝 포스트》(1930년 10월 11일 자)에 처음 발표했는데, 장편 『밤은 부드러워』에 비중 있게 활용했다는 이유로 피츠제럴드는 이 뛰어난 단편을 이후 작품집에 재수록하지 않았다. 「어느 해외 여행」은 「수영하는 사람들」과 「바빌론에 다시 갔다」와 마찬가지로 그의 국외 거주 경험이 잘 녹아 있는 단편들 중 하나이다. 상류 사회 사교계를 누볐던 20대 시절 피츠제럴드의 생각은 국외로 나갈 때 삶이 더 풍요로워진다는 거였지만, 정작 그의 소설 속 미국인들은 이와는 반대로 유럽으로부터 여러 가지 상처를 입는다. "스위스는 극소수의 것들이 시작되는 나라지만, 아주 많은 것들이 끝나는 나라이다"라는 표현이 이를 대변한다. 이 단편은 아내 젤다 피츠제럴드가 신경쇠약으로 스위스의 병원에 입원한 시기에 쓰였는데, 군 복무와 건강, 작가로서의 여러 문제들에 직면해 있던 1930년대에 쓰인 일련의 회고적 단편들에 속한다. 「어느 해외 여행」은 도플갱어(켈리 부부와 똑같은 커플이 등장한다) 소재를 효과적으로 채택한 데 대해 특별한 평가를 해야 할 작품이기도 하다.

호텔과 아가씨

The Hotel Child

1

그곳에 가면 본능적으로 거기에 있어야 하는 이유를 알게 된다. "아, 그래, 결국 여기 있을 수밖에 없어……" 그게 아니라면 뭔가 수상쩍다. 유럽의 이 변방엔 도무지 사람을 끌어들일 만한 게 없기 때문이다. 사람들은 시답잖은 질문들 따위는 완전히 내려놓고 그냥 받아들여 버린다. 그냥 살고, 살게 내버려 두는 것이다. 많은 길들이 그곳에서 교차한다. 산림 속 개인 병원이나 결핵 휴양지로 향하는 사람들, 이탈리아나 프랑스에서 더는 환영받지 못하는 사람들이 그곳으로 모인다. 그것뿐이다.

하지만 트와 몽드* 호텔에서 열리는 특별 야간 공연에 처음 온 사람들은 그 겉모습 아래에 흐르는 기류는 거의 감지하지 못한다. 거기엔 춤을 감상하는 얼마큼 나이 든, 목에 장식 끈을 매고, 머리는 염색을 했으며, 얼굴엔 암회색 분을 바른 일군의 영국 여성들이 있을 것이다. 나이 지긋한 미국 여자들도 한 무리 있다. 눈처럼 하얀 가발에 검은 드레스, 체리색 립스틱을 칠한. 그리고 그들의 눈길은 일제히 신출귀몰하는 피피**를 찾아 오른쪽 왼쪽으로 바삐 움직인다. 그날 밤 호텔에 있던 사람들은 모두 피피가 열여덟 살이 됐다는 사실을 알았다.

피피 슈와르츠. 우아하게 빛을 발하는 아름다운 유대인 여자. 연한 적갈색 애교머리와 소용돌이 모양 웨이브 진 머리카락이 경계를 이룬 곳에서부터 방패 문장紋章처럼 완만하게 내려오는 곱게 솟은 이마, 촉촉하게 빛나는 크고 맑은 두 눈, 약동하는 젊은 심장으로부터 펌프처럼 끌어 올려져 더욱 생생하게 빛나는 뺨과 입술. 또 몸은 너무도 완벽해서, 어느 냉소가冷笑家***의 말마따나 정말 옷을 벗기면 아무것도 없을 것처럼 보였다. 물론 그의 말은 옳을 리 없었다. 신이 만들어 낸 것 같은 피피의 아름다움은 또한 철저하게 인간이 만들어 낸 것이기 때문이었다. 샤넬의 선홍, 몰리뉴의 연보라, 파투의 분홍이 뒤섞이고 엉덩이가 도드라진 그녀의 드레스는 무대에서 딱 20센티미터 떨어진 곳에서 흔들리고, 말리고, 접혔다. 그날 밤의 그녀는 팔꿈치까지 덮인 기다란 흰 장갑에 눈을 뗄 수 없는 검정 드레스를 입은 농염한 서른 살의

---

* Trois Mondes. 프랑스어로 세 곳의 세계를 의미한다.
** Fifi. 보통, 사람들의 눈길을 끄는 파티 걸을 뜻하는데, 특히 유럽에서 백치미를 가진 섹시한 아가씨를 지칭한다. 여기서는 등장인물의 이름으로 쓰이고 있다. 기 드 모파상의 단편 소설에 「피피 양Mademoiselle Fifi」(1882)이란 것이 있는데, 「호텔과 아가씨」는 일정 부분 모파상의 단편에 대한 오마주로 읽을 수 있다.
*** cynic. 이기심만이 인간이 하는 모든 행동의 동기라 믿고 순수한 이타적 행위 같은 것은 없다고 보는 사람으로, 조소가嘲笑家로 번역되기도 한다.

여인이었다. "저렇게 섬뜩한 취향이었어?"라고 어디선가 소곤거리는 소리가 들려왔다. "쇼윈도 마네킹이 무대를 행진하고 있는 것 같잖아. 쟤네 엄마는 무슨 생각을 할까? 어머나, 저기 쟤네 엄마 좀 봐."

그녀의 어머니는 지인들과 떨어져 앉은 채 피피와 피피의 오빠 그리고 지금은 결혼한, 피피보다 훨씬 더 예쁘다고 여겼던 자신의 다른 딸들을 생각하고 있었다. 슈와르츠 부인은 평범한 여성이었다. 그녀는 오랫동안 한 사람의 유대인 여자로만 지냈는데, 방을 둘러싸고 있는 무리들이 수군거리는 얘기들은 그녀에게 전혀 관심의 대상이 되지 못했다. 그런 것에 신경을 쓰지 않는 또 다른 큰 부류는 십여 명에 이르는 젊은 남자들이었다. 그들은 모터보트와 나이트클럽, 내륙의 호수들, 자동차와 찻집, 케이블카를 들락거리며 온종일 피피를 따라다녔다. 그리고 그들은 "이봐, 피피!" 하고 그녀를 부르곤 앞에서 으스대거나 "키스해 줘, 피피"라거나 때로는 "다시 키스해 줘, 피피," 하고 말하곤 했다. 그러곤 그녀를 귀찮게 따라다니며 어떻게든 결혼 약속을 받아 내려고 안간힘을 써 댔다.

하지만 그들은 대부분 너무 어렸다. 터무니없는 추론이긴 했지만, 이 조그만 도시가 교육 중심지에 걸맞은 분위기를 가져야 한다는 점에서 더 그랬다.

피피는 비판적인 성격이 아니었지만, 자신이 스스로에게 비판적이라는 사실은 알지 못했다. 그날 밤 그 큰, 유리로 된 편자 모양의 만찬장에 있던 사람들은 피피의 등장에 다소 불만을 터뜨리면서 그녀의 생일 파티를 눈여겨보고 있었다. 생일상은 중앙 복도 어디서든 입장이 가능하도록 둘레에 일렬로 줄지은 만찬장들 중 마지막 방에 차려져 있었다. 주목하라고 소리를 지르는 듯한 그녀의 검정 드레스가 첫 번째 만찬장 앞으로 들어왔다. 그 뒤를 가능한 온갖 국적의 젊은 남성들로 구성된 소대 병력이 따르고, 그녀는 작은 경주라도 벌이듯 아름다운 엉덩이와 머리를 흔들며 나아갔다. 호텔 안이 온통 들썩거릴 정도로 요란한 행진이었다. 나이 든 남자들은 생선 뼈가 목에 걸려 컥컥거렸고, 나이 든 여자들의 얼굴 근육은 축 늘어졌으며, 요란한 목소리들이 밤새도록이라도 이어질 것 같은 행렬 속에서 노도처럼 일어났다.

그들은 그녀에게 그다지 분개할 필요는 없었다. 사실 그건 파티랄 것도 없었기 때문이다. 그녀는 모두를 즐겁게 해야 하고, 몸이 십여 개는 되어야 한다고 생각할 뿐이었다. 그래서 그녀는 얼마나 떨어져 있건 상관하지 않고 모든 테이블을 돌며 얘기를 나누었고, 시작된 모든 대화를 중단시켰다. 결국 좋은 시간을 보낸 사람은 아무도 없었으며, 호텔에 있던 사람들이 그녀가 어리고 끔찍이도 행복하다는 사실에 언짢아해 봐야 소용없었다.

응접실의 수많은 남성들이 일시적인 기류에 휩쓸려 다른 테이블들로 미끄러지듯 옮겨 갔다. 이들 중에는 박제한 사슴 같은 반짝이는 갈색 눈에 피아노 건반처럼 또렷하게 대비되는 검은색 머리칼을 가진 잘생기고 젊은 백작 스타니슬라스 보로키도 있었다. 그는 상당한 지위를 가진, 성이 모두 테일러인 사람들 몇이 앉아 있던 테이블로 가 나직이 한숨을 내쉬며 자리에 앉았다. 그들이 일제히 미소를 머금었다.

"끔찍하지 않나?" 하고 그에게 질문이 날아들었다.

테일러 가문의 사람들과 여행을 하고 있던 금발의 하워드 양은 피피만큼이나 아름다웠지만 더 많은 배려를 집중적으로 받고 있는 상황이었다. 그녀는 슈와르츠 양과 모르는 사이로 지내려고 무척이나 애를 써 왔는데, 몇몇 남자들은 두 사람 모두에게 친구이긴 했다. 테일러 가문의 남자들은 외교 관계의 일을 하고 있었는데, 제네바에서 열린 국제연맹 회의를 마치고 런던으로 가던 중이었다. 그들은 이번 시즌에 하워드 양을 왕실 연회에 참여*시키려고 생각하고 있었다. 그들은 거의 유럽인에 가까운 미국인들이었다. 사실 그들은 어느 국가에 완전히 귀속되어 있다고 보기 힘든 위치였다. 그들이 일을 봐 주고 있던 곳은 막강한 권력을 가진 국가는 확실히 아니고, 그들과 비슷한 부류들로 구성된 발칸 반도의 제국들이라고 보면 무리가 없었다. 그런 그들에게 피피는 미국 깃발에 새로운 줄을 하나 긋는 것만큼이나 아주 성가시고 짜증 나는 대상이었다.

기다란 궐련용 파이프를 쥔, 키가 큰 영국 여자가 반쯤 고주망태가 된 중국인과 함께 테일러 가문의 남자들에게 바에서 약속이 있다는 걸 알리고는 이내 자리에서 일어났다. 그녀는 몸을 가누지 못하는 중국인을 데리고 느릿느릿 걸음을 옮겼다. 그녀가 피피의 테이블을 지나가자, 피피를 둘러싸고 애들처럼 야단법석을 떨며 옹알대던 소리가 일시에 멈추었다.

자정 무렵, 부지배인 위커 씨가 바 안을 주의 깊게 살폈다. 피피의 축음기가 새로운 독일식 탱고를 담배 연기와 달그락거리는 소리 속으로 쾅쾅히 울리기 시작한 것이다. 그의 조그만 얼굴은 뭐든 빠르게 들여다보기에 안성맞춤일 듯 보였는데, 최근 들어선 매일 밤 바 안을 무심한 듯 흘끗흘끗 살피곤 했다. 그렇다고 그가 피피에게 유별난 관심이 생긴 건 아니었다. 이번 여름에 유난히 트와 몽드 호텔에서 일이 잘

---

* 외교계의 신임 대사나 공사의 자녀, 혹은 사교계의 자녀가 일정한 시기가 되면 왕실 연회에 참석해 왕족들을 배알했다.

안 풀리는 이유가 대체 무엇인지, 그의 관심은 온통 거기에 쏠려 있었다.

물론 이유는 간단했다. 침체 일로를 긷는 미국 증권 거래소 때문이었다. 아주 많은 호텔들이 손님들로 채워지기를 바랐지만 고객들은 지나치게 까다로워졌고, 뭔가를 계속 요구했으며, 조급하게 불평을 늘어놓았다. 위커 씨는 뭔가 특단의 조처가 필요하다는 결심을 굳히고 있었다. 그동안 캡스카 부인 소유의 심야용 축음기로 인해 어느 대가족이 호텔을 떠나는 일이 있었고, 투숙객들을 상대로 한 좀도둑이 있는 듯도 했다. 지갑, 담배 상자, 손목시계, 반지가 사라졌다고 원성이 자자했던 것이다. 투숙객들의 투덜거림은 때로 위커 씨에게 마치 그의 주머니를 수색하고 싶다고 말하는 것 같았다. 그래서 여름엔 비어 있다는 게 믿기지 않을 정도로 스위트룸들까지 텅 빈 채로 남겨져 있었다.

그의 무심한 눈길이 움직이다 피피와 당구를 치고 있던 보로키 백작에게서 심드렁하게 멎었다. 보로키 백작은 3주나 숙박비를 정산하지 않고 있었다. 그는 자신의 모친만 오면 모든 게 해결될 테니 기다리라고 위커 씨에게 말했다. 그리고 피피. 그녀는 달갑지 않은 무리들을 끌고 다녔다. 대부분은 술값을 외상으로 달아 놓고는 절대로 갚는 법이 없는, 집에서 부쳐 오는 '향토 장학금'으로 생활하는 젊은 학생들이었다. 캡스카 부인은 이와는 완전히 다른, 자신과 수행원을 위해 하루에 위스키 세 병을 쏘는, 위엄 넘치는 고객이었다. 런던에 있는 그녀의 부친이 그 모든 걸 든든히 받쳐 주고 있었다. 위커 씨는 그날 밤 보로키의 밀린 숙박비에 대한 최후 통첩을 하기로 했다가 철회했다. 그런 유예가 길지 않을 거란 건 자명했다.

보로키 백작은 자신의 당구봉을 치우고는 피피에게로 다가가 귀엣말로 뭐라고 했다. 그녀는 그의 손을 잡더니 축음기 근처 그늘진 구석으로 그를 끌었다.

"아, 나의 아메리칸 드림 걸," 하고 그가 말했다. "오늘 이 모습을 그대로 그려서 부다페스트에다 걸어 놔야 하는데. 당신의 초상화는 트란실바니아 내 성에 있는 선조의 초상화들과 나란히 걸릴 테니 두고봐요."

누군가는 생각할는지 몰랐다. 어지간히 영화를 많이 본 한 평범한 미국인 아가씨가 보로키 백작의 집요한 구애에 익숙해질 대로 익숙해져 자신도 모르게 그만 빨려 들어가고 말았다고. 하지만 트와 몽드 호텔은 실제로 부유하고 신분이 높은 사람들, 우아하게 치장하거나 인근 아파트에서 코카인을 하는 사람들, 자신이 유럽의 왕족이며 독일에 합병된 공국의 지위만 대여섯 개라는 주장을 펴는 사람들로 득시글했으며, 피피는 자신의 미모에 찬사를 보내는 사람에 대해 의심의 눈길 따위는 전혀 주지 않았다. 그러니 그날 밤의 그녀가 별스럽게 놀랐다고 한다면 그건 말이 안 되는 얘기이다. 이번 주에 당장 결혼하자는 그의 청혼에조차도 말이다.

"엄마는 1년 동안은 제가 결혼하길 원치 않으세요. 당신이랑 약혼하면 어떨까, 그 말씀만 드렸어요."

"하지만 우리 어머니는 내가 결혼하기를 원하고 있습니다. 어머니는 당신 같은 미국인들 눈으로 보면 완고한 분이시죠. 어머니는 공주랑 결혼해라, 백작의 딸이랑 결혼해라, 나를 가만 놔두지 않아요."

한편, 캡스카 부인은 건너편 만찬장에서 상봉의 기쁨을 맛보고 있는 중이었다. 조금 전 키가 크고 어깨가 구부정한, 여행의 먼지를 가득 쓴 영국 남자가 바의 문을 열고 들어왔고, 캡스카는 "보프스!" 하는 까마귀 울음소리를 내며 그에게로 뛰어들었더랬다. "보프스, 뭐예요!"

"캡스, 자기. 안녕, 거기 라페도⋯⋯," 하고 그는 그녀의 동행에게도 인사를 건넸다. "이렇게도 만나는군, 캡스."

"보프스! 아, 보프스!"

둘의 입에서 쏟아져 나온 감탄사와 웃음소리로 만찬장이 가득 찼다. 바텐더가 호기심 많은 미국인 하나에게 방금 들어온 사람이 킨컬로 후작이라고 조그맣게 말했다.

보프스는 의자 여러 개와 소파 하나를 붙여 놓은 곳으로 길게 드러누우며 바텐더를 불렀다. 그는 파리에서 한 번도 쉬지 않고 차를 몰고 왔다는 것 그리고 밀라노에 있을 때 사랑했던 여자를 만나기 위해 이튿날 아침 밀라노로 떠날 거라는 걸 알렸다. 보아하니 누굴 만날 상태인 것 같진 않았지만.

"아, 보프스, 난 눈이 멀어 버리는 줄 알았어요," 하고 캡스카 부인이 애처롭게 말했다. "매일매일요. 난 하루만 묵을 생각으로 칸에서 여기까지 비행기를 타고 왔죠. 그러다 우연히 라페를 만났어요. 아는 미국인 몇 사람도요. 그러다 2주일이나 지나 버렸어요. 덕분에 몰타로 가는 표들이 몽땅 휴지 조각이 돼 버렸죠. 여기 그냥 있으면서 날 좀 구해 줘요! 아, 보프스! 보프스! 보프스!"

킨컬로 후작은 피곤한 눈으로 바를 흘끗 바라보았다.

"아, 저 예쁜 아가씬 누구지?" 하고 그가 물었다. "유대인이군. 그리고 그녀랑 붙어 있는 저 물건은 또 뭐고?"

"미국 여자예요," 하고 유서 깊은 백작 집안의 여자가 말했다. "남자는 건달이고. 그래도 겉은 꽤 족보가 있어 보이지 않나요? 빈에 있는 센지랑 막역한 친구예요. 어젯밤엔 저 사람이랑 여기 바에서 양손으로 하는 슈맹드페르*를 하느라 5시까지 앉아 있었는데, 나한테 자그마치 100만 스위스프랑을 빚졌죠."

20분쯤 뒤 보프스가 "저 시골 아가씨랑 얘기 좀 해야겠어," 하고 말했다. "라페 자네가 다리 좀 놔 줘. 넌 좋은 녀석이잖아."

랄프 베리는 슈와르츠 양을 만난 적이 있었다. 기회를 엿보고 있던 그가 마침내 자리에서 일어났다. 종업원 하나가 보로키 백작에게 사무실로 와 달라고 한 것이다. 그는 그녀 곁에 있던 젊은 남자 두셋을 간신히 떼냈다.

"킨켈로 후작께서 아가씨를 간절히 만나 뵙고 싶어 하십니다. 오셔서 저희와 자리를 함께하시지 않겠습니까?"

피피가 건너편 방을 바라보았다. 그녀의 고운 이마에 살짝 주름이 잡혔다. 저녁을 이미 충분히 즐겼다는 신호가 그녀에게 전해져 왔다. 캡스카 부인은 그녀와 말을 나눠 본 적이 없었다. 피피는 그녀가 자신의 옷에 질투를 느끼고 있을 거라 믿었다.

"그분을 이리로 데려오실 순 없나요?"

보프스가 얼굴 가득 아량의 그림자를 드리운 채 피피 옆에 앉는 데는 오랜 시간이 걸리지 않았다. 아량의 그림자 따윈 그로선 어쩔 수 없는 일이었다. 사실, 그는 끊임없이 싸웠지만, 미국인과 마주칠 때면 그 표정이 거의 절로 일어났다. 그것은 "이 모든 게 저한텐 너무 과분하군요," 하고 말하는 것처럼 보였다. "제 자신감과 당신의 불확실성, 저의 세련됨과 당신의 소박함을 비교할 수 있겠어요? 하지만 세상은 온

---

* 바카라 카드 게임의 일종.

통 당신의 손으로 들어가 버리죠." 그의 말투는, 훗날 그가 깨닫게 되듯, 신중하게 주의를 기울이지 않으면 분노의 불길에 걷잡을 수 없이 타들어 갈 것 같았다.

피피는 반짝이는 눈으로 그를 바라보며 자신의 멋진 미래를 그에게 얘기하기 시작했다.

"다음엔 파리에 갈 거예요," 하고 로마의 몰락을 언급하다 그녀가 말했다. "아마, 소르본에서 공부하겠죠. 그러고 나선 결혼도 하겠죠. 하지만 모르죠. 이제 겨우 열여덟 살밖에 안 됐으니까요. 오늘 밤 제 생일 케이크에 열여덟 개의 초가 꽂혔어요. 그때 오셨다면 좋았을 텐데…… 배우가 되라는 믿을 수 없는 제안들도 받았어요. 물론 무대에 서게 된다면 이러쿵저러쿵 말들이 많겠죠."

"오늘 밤엔 뭘 할 겁니까?" 하고 보프스가 물었다.

"아, 남자애들이 조금 있다 몰려올 거예요. 가지 마시고 파티에 함께 하세요."

"난 당신이랑만 할 수 있는 게 있을 거라 생각했었는데. 내일 난 밀라노로 떠납니다."

건너편 방에는 캡스카 부인이 홀로 불만에 사로잡힌 채 신경이 날카로워져 있었다.

"결국 이렇게 되고 마는 거야?" 하고 그녀가 투덜거렸다. "좋은 녀석이니, 친구니 어쩌고 하더니. 저 인간이 질질 끄는 것도 다 있군. 보프스가 저렇게 쩔쩔매는 건 본 적이 없어."

그녀는 건너편 방에서 대화를 나누고 있는 두 사람을 뚫어지게 바라보았다.

"나랑 밀라노에 갑시다," 하고 후작이 말했다. "티베트나 인도로 가는 것도 좋고요. 마음만 먹으면 에티오피아 왕의 즉위식도 볼 수 있어요. 일단, 지금은 드라이브나 하러 나가죠."

"여긴 제 손님들이 아주 많아요. 게다가, 전 처음 만난 남자랑은 드라이브를 하지 않아요. 약혼하기로 한 사람도 있고요. 헝가리 백작님이죠. 그분은 성질이 불같아서 제가 드라이브를 나갔다고 하면 아마 후작님께 결투를 신청할 걸요."

그때 슈와르츠 부인이 실례한다는 말을 하며 피피의 방으로 들어왔다.

"존이 갔구나," 하고 그녀가 말했다. "다시 오겠지."

피피가 짜증스러운 비명을 질러 댔다. "가지 않을 거라고 나한테 맹세를 해 놓고선."

"어쨌든, 갔어. 방을 들여다봤는데 모자도 없더라. 만찬 때 마신 샴페인 때문일 거야." 그녀가 후작에게로 고개를 돌렸다. "존은 나쁜 아이가 아니에요. 하지만 좀, 그래요, 많이 약하긴 하죠."

"내가 가 봐야겠어," 하고 피피가 낙심하며 말했다.

"오늘 밤 네 좋은 시간을 망치고 싶지 않지만, 나로서도 어떻게 해야 할지 모르겠구나. 여기 이 신사분이 너랑 함께 가 주시면 좋을 텐데. 어쨌든, 그 아일 다룰 수 있는 건 피피뿐이거든요. 아빠는 세상을 떠났고, 남자애를 다루는 건 정말 힘들잖아요."

"잘 알아들었습니다," 하고 보프스가 말했다.

"절 데려다주실 수 있어요?" 하고 피피가 물었다. "바로 위에, 시내에 있는 카페예요."

그는 지체 없이 동의했다. 9월의 밤공기 속으로 그녀의 족제비 망토에서 배어 나온 향기가 스며들고 있었다. 그녀가 재잘거리며 설명하기 시작했다.

"어떤 러시아 여자가 자꾸만 달라붙어요. 백작 부인이라고 우겼지만 가진 건 아무 옷에나 다 걸치고 다니는 은여우 모피, 달랑 그거 하나뿐이에요. 오빠는 이제 막 열아홉 살이 됐는데, 샴페인 몇 잔만 들어가면 그 여자랑 결혼하겠다고 난리예요. 엄마가 얼마나 걱정하는지도 모르고."

두 사람이 탄 차가 시내 쪽 언덕을 오르기 시작했을 때, 보프스의 팔이 재빨리 그녀의 어깨 위로 떨어졌다.

15분쯤 지났을 때, 카페에서 몇 블록 떨어진 곳에 차가 멈춰 섰고, 피피가 차에서 내렸다. 후작의 얼굴엔 길고 불규칙한 손톱자국이 새겨져 있었다. 뺨을 비스듬히 가로지른 자잘한 선들은 코를 지나 근사한 종착지에라도 다다르듯 아래턱 위로 길을 낸 뒤 끝나 있었다.

"누구든 바보처럼 구는 건 딱 질색이에요," 하고 피피가 말했다. "기다리실 필요 없어요. 우린 택시를 타면 되니까요."

"잠깐!" 하고 후작이 맹렬하게 외쳤다. "어린 친구가 아주 맹랑하네. 사람들이 나한테 네가 호텔의 웃음거리라고 말하더니, 이제야 그 이유를 알겠군."

피피는 거리를 따라 빠르게 걸음을 옮긴 뒤 카페로 들어섰다. 그녀는 문을 열고 들어가 멈추어 선 채로 오빠를 찾았다. 피피의 오빠는 그녀가 가진 엄청난 온화함만 쏙 빠졌을 뿐, 피피를 복제해 놓은 것 같았다. 그는 캅카스 출신의 허약한 망명자와 세르비아인 폐결핵 환자 두 명과 함께 테이블에 앉아 있었다. 피피는 성질이 한껏 치솟을 때까지 기다렸다. 그러곤 뇌운雷雲과도 같은 화려하고 밝은 검정 드레스를 팔락이며 플로어를 건너갔다.

"엄마가 나더러 찾아오랬어. 오빠, 어서 코트 찾아서 가자."

"아, 엄마한테 무슨 일이라도 생겼어?" 하고 흐리멍덩한 눈으로 그가 물었다.

"오빠랑 같이 와야 한다고 하셨어."

그가 마지못한 듯 자리에서 일어났다. 세르비아 인 두 명도 따라 일어섰다. 백작 부인이란 여자는 꼼짝도 하지 않았다. 몽골인 같은 광대뼈에 깊게 가라앉은 그녀의 두 눈이 피피의 얼굴에서 떠나지 않았다. 그녀의 얼굴은 은여우 모피 안에 웅크려 있었다. 그 모피에 오빠의 지난달 용돈이 고스란히 들어갔다는 걸 피피는 알고 있었다. 존 슈와르츠가 선 채로 불안하게 몸을 흔들 동안, 오케스트라가 〈나는 머리부터 발끝까지 사랑을 위해 태어난 사람이라네〉*라는 독일 노래를 연주하기 시작했다. 피피는 어수선한 테이블에서 오빠의 팔을 잡아끌어 탈의실로 그를 데려가 코트를 찾은 뒤 밖으로 나와 택시 승강장으로 향했다.

늦은 시각, 밤이 이울며 그녀의 열여덟 번째 생일도 끝나 가고 있었다. 존이 그녀의 어깨에 파묻히듯 기댄 채 택시를 타고 호텔로 돌아온 뒤 피피는 갑작스러운 우울감에 빠져 버렸다. 타고난 건강 덕분에 그녀는 걱정 따위에 사로잡힌 적이 거의 없었다. 그리고 확실히 슈와르츠 가문의 사람들은 아주 오랫동안 거의 부침 없는 삶을 살아왔고, 덕분에 피피는 트와 몽드 호텔에서 지내는 데 부족함을 느끼지 않았다. 호텔은 구름처럼 많은 사람들이 함께 거주하는 공동체였다. 하지만 그 밤, 갑자기, 모든 게 바뀌어 버린 것 같았다. 밤은 때로 바에서 화려

---

* Ich bin von kopf bis Fuss. 영화 〈푸른 천사Der Blaue Engel〉(1930)에서 마를레네 디트리히가 부른 노래.

한 대미를 장식하곤 흐릿하게 스러지지 않았던가? 매일 밤 10시가 넘으면 그녀는 자신이 유령의 식민지에서 유일하게 살아 있는 존재로 느껴졌으며, 손을 뻗칠 때마다 주춤거리며 물러서는 무형의 존재들에 완전히 둘러싸여 있다는 느낌을 지울 수 없었다.

도어맨이 그녀의 오빠를 엘리베이터까지 부축했다. 엘리베이터에 들어섰을 때 피피는 늦은 시각이었음에도 불구하고 손님 두 사람이 안에 타고 있는 걸 보았다. 그녀가 존을 다시 끌어내기도 전에 둘 모두 마치 옷이라도 더럽혀질까 봐 그녀의 옆을 빠르게 비껴갔다. 피피는 테일러 부인으로부터는 "저런!"이란 소리를, 하워드 양으로부터는 "역겨워!"라는 소리를 들어야 했다. 엘리베이터가 올라가기 시작했고, 피피는 내려야 할 층에 멈출 때까지 숨소리 하나 내지 않았다.

그녀로 하여금 어두운 방문 안쪽에 꼼짝하지 않고 서 있도록 만든 것은, 아마도, 엘리베이터에서의 마주침이었을 것이다. 그러다가 그녀는 어둠 속에 누군가 있다는 것을 감지하고는 오빠가 앞쪽으로 비틀거리며 걸어가다 소파에 몸을 던지고 난 뒤에도 가만히 기다렸다.

"엄마," 하고 그녀가 불렀지만 답이 없었다. 바닥을 따라 신발이 끌리는 것 같은, 바스락거리는 소리보다 더 약한 소리만 들려올 뿐이었다.

몇 분이 지나고 엄마가 위층으로 올라온 뒤에야 그들은 종업원을 불렀다. 그와 함께 방으로 들어갔지만 그땐 아무도 없었다. 모녀는 발코니를 향한 문을 열고 나란히 서서 프랑스 쪽 호변湖邊 에비앙의 불빛 반짝이는 호수와 꼭대기가 흰 눈으로 덮인 산들을 바라보았다.

"우리, 여기 너무 오래 있었던 것 같구나," 하고 슈와르츠 부인이 불쑥 말했다. "이번 가을엔 존을 데리고 미국으로 돌아가야겠다."

피피는 겁이 났다. "나랑 오빠는 같이 소르본 대학에 가는 거 아니었어?"

"파리에 네 오빠를 두면 내 마음이 편할 거 같니? 그렇다고 거기다 널 혼자 내버려 둘 수도 없잖니?"

"하지만 이제 유럽에서 사는 데도 익숙해졌잖아. 내가 왜 프랑스어를 배웠는데? 왜 그래, 엄마. 이젠 고향으로 돌아가도 아는 사람도 없어."

"언제든 사람들은 만날 수 있어. 늘 그랬잖아."

"하지만 달라졌다는 거, 엄마도 알잖아. 거기 사람들, 하나같이 편견들이 너무 심해. 사람들이야 있겠지만, 여자는 비슷한 부류의 남자를 만나야 하는데 그럴 기회도 없을 거고. 거긴, 뭘 하든 사람들이 모두 쳐다보는 그런 곳이라고."

"여기 사람들도 그래," 하고 어머니가 말했다. "위커 씨를 복도에서 만났는데 날 멈춰 세우곤 얘기하더라. 네가 존과 함께 오는 걸 봤다고 말이야. 그러곤 널 바에 너무 자주 들이면 안 된다고 충고했어. 그러기엔 네가 너무 어리다고. 난 네가 레모네이드만 마셨다고 했지만, 그 사람은 그런 문제가 아니라고, 오늘 밤 보여 준 것 같은 모습들이 사람들을 호텔에서 떠나게 만든다고 말하더라."

"아, 정말 천박해!"

"그래서 내가 고향으로 돌아가는 게 낫겠다고 생각한 거야."

모든 말들이 피피의 귀엔 공허하게 울릴 뿐이었다. 그녀는 팔을 뻗어 어머니의 허리를 감쌌다. 어머니는 과거에 완전히 사로잡혀 있었지만, 피피는 세상에서 완전히 길을 잃은 게 어머니가 아니라 자기 자신이라는 사실을 자각했다. 그녀의 오빠는 소파에 처박혀 신나게 코를 골아 대고 있었다. 그는 약자들의 세계, 누군가에게 의지해야만 살아갈 수 있는 사람들의 세계로 이미 들어서 있었다. 고린내가 풍기는, 수시로 변하더라도 따뜻함이 존재하는, 그것으로 충분하다고 느끼면서. 하지만 피피의 눈길은 끊임없이 다른 하늘을 향했다. 그녀는 모든 장벽을 뚫을 수 있다고, 질투와 타락을 넘어 자신만의 길을 찾아낼 수 있을 거라고 확신했다. 처음으로 그녀는 보로키와 결혼을 서두르는 문제를 진지하게 생각했다.

"아래층에 가서 남자애들한테 밤 인사를 하고 오지 그러니?" 어머니가 제안했다. "네가 어디 있는지 묻는 남자들이 아직 많이 있던데."

하지만 지금은 복수의 세 여신이 피피의 뒤를—그녀의 유치한 자기도취와 무진 무구를, 심지어 그녀의 아름다움까지—노리고 있었다. 완전히 부숴 버린 뒤 부드러운 진창에 끌어다 묻어 버리기 위해. 그녀가 고개를 흔들고는 무뚝뚝한 표정으로 자신의 방으로 걸어가고 있을 때, 그들은 벌써 그녀에게서 무언가를 영원히 앗아 간 뒤였다.

2

다음 날 아침 슈와르츠 부인은 미국 지폐 200달러가 사라진 것을 알리기 위해 위커 씨의 사무실로 갔다. 잠자리에 들 즈음에 그 돈을 서랍장에 넣어 두었는데, 깼을 땐 사라지고 없었던 것이다. 방문 빗장은 분명히 걸려 있었는데 아침엔 열린 상태였다. 아들과 딸은 여전히 자고 있었다. 그나마 다행인 건 침대에 놓인 새미 가죽 가방에 넣어 둔 보석들은 그대로 있다는 거였다.

위커 씨는 이 일이 조심스럽게 다루어야 할 상황이라는 판단을 내렸다. 호텔에는 주머니 사정이 좋지 않아진 투숙객들, 간절하게 치료에 매달리고 있는 손님들이 적지 않았으므로 가능하면 은밀하게 움직여야 했다. 미국에서 돈은 누군가가 가지고 있거나 가지고 있지 않은 무엇이다. 그뿐이다. 그러나 유럽에서는 상속이란 게 엄연히 존재한다. 상속자가 된다는 것은 사돈의 팔촌이 죽은 뒤에 갑자기 신수가 훤해질 수도 있음을 의미했다. 그건 크게 위험한 것도, 전혀 불쾌한 일도 아니었다. 위커 씨는 사무실에 비치해 둔 명사 연감을 펼쳐 성聖 스테판 왕조보다 더 앞선 항렬의 맨 끝에 스타니슬라스 카를 요제프 보로키가 확실히 놓여 있는 걸 찾아냈다. 그날 아침, 그는 경기병 제복만큼이나 깔끔한 승마복을 입고서 품행 방정한 하워드 양을 대동하고 말을 타러 갔었다. 어쨌든, 피피네에 도둑이 들었다는 사실은 의심의 여지가 없었다. 위커 씨의 분노가 피피와 그녀의 가족에게 집중되기 시작하긴 했지만, 그들이 얼마 있지 않아 떠난다는 사실은 그를 곤궁에서 구해 주는 일임에 분명했다. 하지만 방탕한 아들 존이 돈을 슬쩍했을지도 모른다는 건 얼마든 가능한 사실이었다.

모든 걸 뒤로하고 슈와르츠 가족은 고향으로 돌아갈 준비를 하고 있었다. 그들은 3년이나 호텔에서 지냈다. 파리와 피렌체, 생라파엘과 코모, 비시와 라볼르와 루체른 그리고 바덴바덴에서 비아리츠까지. 가는 곳마다 학교가 있었다. 늘 새로운 학교들이었다. 두 아이들은 완벽한 프랑스어를 구사했고, 이탈리아어도 그럭저럭 할 수 있었다. 피피는 이목구비가 또렷한 용모를 가진 열네 살 아이에서 아름다운 여인으로 성장했다. 존은 자라면서 어딘지 모르게 음울하고 뭔가를 상실한 듯 보였다. 둘은 시간만 나면 브리지 게임을 했고, 피피는 어딘가에서 탭댄스를 익혔다. 슈와르츠 부인은 모든 것에 왠지 모를 불만이 느껴졌지만, 이유를 분명히 알 수는 없었다. 그래서 피피의 파티가 있고 이틀 뒤, 그녀는 짐을 꾸린 뒤 파리에 가서 가을 옷들을 새로 장만하고 나서 고향으로 돌아가자고 두 아이에게 알린 것이었다.

같은 날 오후, 피피는 파티가 있던 날 밤에 두고 온 축음기를 챙기러 바로 갔다. 그녀는 높다란 의자에 앉아 진저에일을 마시며 바텐더와 이야기를 나눴다.

"엄마가 미국으로 가자고 해요. 하지만 난 가지 않을 거예요."

"어쩔 생각인데요?"

"아, 제 앞으로 돈이 좀 있어요. 그리고 결혼할 수도 있고요," 하고 그녀가 침울하게 진저에일을 홀짝였다.

"그나저나 돈이 좀 없어졌다면서요," 하고 그가 말했다. "어떻게 됐어요?"

"음, 보로키 백작 말로는 누군가 방에 먼저 들어가 있다가, 우리 방과 옆방 사이 문틈에 숨어 있었던 것 같대요. 그러다 우리가 잠자리에 든 뒤에 돈을 갖고 나간 거라고."

"하!"

피피도 한숨을 내쉬었다. "음, 이제 우리도 더 이상 못 보겠네요."

"보고 싶을 겁니다, 슈와르츠 양."

위커 씨가 문밖에서 고개를 빠끔히 내밀었다가 물러나더니 다시 천천히 들어왔다.

"안녕하세요," 하고 피피가 쌀쌀맞게 말했다.

"아하, 젊은 아가씨," 하고 그는 농담을 하듯 과장되게 말하며 그녀에게 손가락을 까닥거렸다. "아가씨가 바 출입하는 걸 두고 모친께 말씀을 드렸었는데, 못 들었나요? 아가씨를 위한 거니까 고까워하진 말아요."

"전 그냥 진저에일만 마시고 있을 뿐인데요," 하고 그녀가 쏘아붙였다.

"하지만 아무도 아가씨가 무얼 마시는지 알 수 없잖아요. 위스키인지 아닌지. 불만을 털어놓는 손님들도 있다는 거 명심해요."

그녀는 화난 표정으로 그를 노려보았다. 그동안 그녀가 누리던 상황과 완전히 달라져 있었다. 호텔의 생동감 넘치는 중심이었던 피피, 매혹적인 의상을 입은 피피, 흠모하는 남자들 사이에서 누구도 따를 수 없이 아름답게 존재하던 피피가 아니었다. 갑자기, 잘 보이려는 듯하지만 적대감이 그대로 드러나는 위커 씨의 얼굴에 그녀는 극도로 화가 치밀었다.

"우린 이 호텔을 떠날 거예요!" 하고 그녀가 벌컥 내질렀다. "제 인생에 속 좁은 사람들을 이렇게나 많이 본 적이 없어요. 늘 누군가를 헐뜯고, 끔찍한 얘기들을 지어내죠. 자기네는 뭘 하든 상관없이. 호텔에 불이 나서 고약한 고양이들까지 몽땅 타 죽어 버렸으면 좋겠어."

그녀는 요란하게 잔을 내려놓고는 축음기 가방을 거머쥐고 성큼성큼 걸어 나갔다.

로비에서 기다리고 있던 짐꾼이 그녀를 도우려고 자리에서 벌떡 일어났다. 하지만 그녀는 그의 손을 뿌리치고는 응접실을 빠르게 지나가다 보로키 백작과 마주쳤다.

"아, 정말이지 화가 나 죽겠어요!" 하고 그녀가 소리를 질렀다. "저렇게 늙은 고양이들이 많이 있는 건 첨 봐요! 방금 위커 씨한테도 그렇게 말해 줬어요!"

"누가 감히 우리 아가씨한테 무례하게 굴었어요?"

"아, 이젠 상관 안 해요. 우린 떠날 거니까."

"떠나다뇨!" 하고 그가 깜짝 놀랐다. "언제요?"

"지금 당장요. 전 그러고 싶지 않지만, 엄마가 가야 한대요."

"이 문제에 대해 진지하게 얘기해야 할 것 같군요," 하고 그가 말했다. "내가 방금 당신 방에 전화를 걸었더랬어요. 별거 아니지만 약혼 선물을 전해 주려고요."

그녀의 이니셜이 새겨진, 금과 상아로 된 멋진 담배 상자를 받아 든 그녀는 그제야 정신이 돌아온 것 같았다.

"이렇게 아름다울 수가!"

"자, 들어 봐요. 내가 당신에게 바로 말하는 것보다 당신이 내게 말하는 게 더 중요해요. 제 어머니에게서 편지가 막 도착했어요. 부다페스트에 아가씨를 하나 골라 놓으셨다고요. 사랑스럽고, 부자고, 아름답대요. 신분도 우리와 같아서 결혼을 하면 무척 행복할 것 같다네요. 하지만 내가 사랑하는 건 당신이에요. 미국인에게 내 마음을 뺏기리라곤 상상도 하지 못했는데."

"그래요? 어째서요?" 하고 피피가 화가 난 듯 말했다. "사람들은 여자들이 이목구비가 예쁘면 아름답다고 하죠. 그런데 말예요, 눈이나 머리칼이 예쁘면, 대개는 안짱다리거나 치열이 고르지 않죠."

"당신은 어떤 흠도, 단점도 없어요."

"아, 그런가요," 하고 피피가 얌전하게 말했다. "코가 좀 크지 않아요? 제가 유대인이란 건 알고 계시죠?"

보로키는 조바심을 치며 다시 본론으로 돌아갔다. "어쨌든 날 결혼시키지 못해 안달들입니다. 여기엔 상속과 관련된 문제가 달려 있거든요."

"게다가, 제 이마도 너무 높은 거 같아요," 하고 피피는 심드렁하게 말했다. "너무 높아서 주름도 좀 있고요. 이런 이마를 가진 사람이 교양*이 있는 거라고 말해 준, 정말이지 웃기는 남자도 있었지만요."

"그래서 가장 현명한 길은 말이죠," 하고 보로키는 집요하게 끌고 나갔다. "우리가 지금 당장 결혼하는 겁니다. 솔직하게 말할게요. 청혼만 하면 당장 달려올 미국인 아가씨들이 여기서 멀지 않은 곳에 있어요."

"결혼 얘길 꺼내면 엄마가 미쳐 버릴 걸요," 하고 피피가 말했다.

"나도 그 문제를 많이 생각해 봤어요," 하고 그가 간절히 말했다. "어머니껜 말씀드리지 말아요. 오늘 밤 국경을 넘기만 하면 내일 아침에 우린 결혼할 수 있어요. 그런 뒤에 함께 돌아와서, 당신 트렁크에 그려져 있을 작은 금관을 어머니께 보여 드리는 겁니다. 그걸 보면 어머니가 기뻐하실 겁니다. 이제 어머니 손을 떠나 당신은 유럽 제일의 지위를 가질 수 있어요. 내 생각엔, 당신 어머니도 아마 이 문제를 이미 생각하고 계셨을 거 같아요. 어쩌면 이렇게 중얼거리셨을지도 모르죠. '젊은 사람 둘이 이 모든 소동으로부터 날 구해 주지 않을까? 결혼 비용도 완전히 해결할 수 있겠지?' 어머니도 우리만큼 현실적인 분일 거란 생각이 드는군요."

그는 중국인과 함께 만찬장으로 들어선 캡스카 부인이 두 사람의 테이블에서 걸음을 멈추는 바람에 화들짝 놀라며 황급히 말을 그쳤다. 보로키 백작은 하는 수 없이 두 사람을 서로에게 소개했다. 그는

---

* '이마가 넓은'을 뜻하는 형용사 highbrow는 '교양 있는'이란 의미도 갖고 있다.

지난밤 킨킬로 후작의 탈주도 알지 못했고, 후작이 다음 날 아침 밀라노로 가다가 부상을 입었다는 사실도 모르고 있었으므로 뭔가 일이 생길 거라는 걸 의심하지 못했다.

"슈와르츠 양이야 알고 있죠," 하고 영국 여자가 또렷하고 간결한 목소리로 말했다. "그리고 슈와르츠 양의 의상에 대해서도 물론."

"앉으시겠어요?" 하고 피피가 말했다.

"아뇨, 괜찮아요," 하고 그녀는 보로키에게로 고개를 돌렸다. "슈와르츠 양의 의상은 우리 모두를 다소 생기 없는 것처럼 보이도록 만들죠. 난 뭐 호텔에선 늘 그다지 공들여 입진 않으니까요. 식상해 보일 것 같아서. 그런 생각 안 들어요?"

"누구든 늘 멋지게 보여야 한다고 저는 생각하거든요," 하고 피피가 얼굴을 붉히며 말했다.

"당연하죠. 난 그저 공들여 입는다는 게 식상하게 생각된다고 말했을 뿐이에요. 아는 사람 집에 갈 때를 제외하곤 말이죠."

그녀는 "그럼, 잘들, 있어요," 하고 보로키에게 말하고는 담배 연기와 희미한 위스키 향을 뿜으며 발길을 옮겼다.

모욕적인 언사가 채찍 소리처럼 따갑게 그녀의 귓속으로 꽂혔다. 피피가 가지고 있던 의상에 대한 자부심은, 이제껏 들어 본 적 없었던 지적들이 일제히 그녀의 귀를 울리며 밀려드는 순간 완전히 사라져 버렸다. 그 소리는, 그녀로선 여기가 아니면 옷을 입을 만한 곳이 없기 때문이라는 거였다. 그것이 바로 하워드 가문의 아가씨가 그녀를 천박하게 여기고 그녀와 친분을 나누는 일에 전혀 신경 쓰지 않았던 이유였다.

자신에게 아무 말도 해 주지 않았다는 이유로 그녀는 한순간 어머니를 향해 분노가 거칠게 타올랐다. 하지만 어머니 역시 알지 못했다는 걸 그녀는 깨달았다.

"저 여자, 정말이지 천박해요," 하고 그녀는 괜히 큰 소리를 냈지만 속으론 떨고 있었다. "저 여자, 뭐죠? 그러니까, 작위가 얼마나 높으냐고요? 아주 높아요?"

"준準남작*의 미망인이죠."

"높은 건가요?" 피피의 얼굴이 굳어졌다. "백작 부인보다 높아요?"

"무슨 소리, 백작 부인이 높죠…… 훨씬." 그는 의자를 끌어당겨 앉으며 다시 골똘히 얘기를 하기 시작했다.

그렇게 30분쯤 뒤, 피피는 망설임 가득한 얼굴로 자리에서 일어섰다.

"7시에 확실히 알려 줘야 합니다," 하고 보로키가 말했다. "자동차는 10시에 대기시키겠습니다."

피피가 고개를 끄덕였다. 그는 그녀를 건너편 방까지 바래다주고는 그녀가 엘리베이터가 있는 쪽 어두운 복도로 사라지는 것을 거울을 통해 바라보았다.

그가 돌아섰을 때, 커피를 마시며 혼자 앉아 있던 캡스카 부인이 그에게 말했다.

"얘기할 시간 있어요? 당신 어음에 문제가 생기면 내가 지불보증을 하겠다고 위커 씨한테 말했어요? 그거, 말이 된다고 생각해요?"

보로키의 얼굴이 달아올랐다. "뭐 그렇게 말한 것 같기는 한데, 그게……"

---

* baronet. 남작baron과 기사knight 사이의 계급으로, 아버지에게서 아들에게로 세습되기는 하지만 귀족에 속하지는 않는다. 부를 때는 대체로 경Sir을 붙인다.

"음, 내가 진실을 말해 줬어요…… 2주일 전까진 당신을 본 적이 없었다고."

"그래요, 난 뭐, 자연스럽게, 나랑 급이 맞는 사람이랑 손을 잡은 거니까……"

"급이 맞다! 참 뻔뻔스럽기도 하군! 당신, 남아 있는 작위라곤 영국인이란 것뿐이지 않아요? 부탁하는데, 내 이름, 다시는 팔지 말아요!"

그는 고개를 숙여 보였다. "그런 불편, 다시는 끼치지 않을 테니 염려 말아요."

"이제 천박한 어린 미국 계집애랑은 끝난 건가요?"

"지금 뭐라 그랬어요?" 하고 그가 굳은 표정으로 물었다.

"화내지는 마시고. 위스키소다 한잔 사 드리죠. 난 보프스 킨컬로를 위해서 컨디션 조절 중이에요. 여기로 터덜터덜 돌아오고 있다고 방금 전화가 왔거든요."

그러는 사이, 위층에서는 슈와르츠 부인이 피피와 얘기를 나누고 있었다. "떠난다고 생각하니 정말이지 신이 나는구나. 허스트 부부랑 벨 부인, 에이미, 마저리 그리고 글래디스랑 새로 태어난 아기를 다시 만날 수 있으니 얼마나 좋니? 너도 가면 행복해할 거야. 넌 아마 생각이 잘 안 날 수도 있겠다. 너랑 글래디스는 아주 좋은 친구였는데. 그리고 마저리는……"

"엄마, 좀 그만 얘기해," 하고 피피가 괴로운 듯 큰 소리로 말했다. "난 돌아갈 수 없어."

"더 이상 꾸물거릴 필요 없어. 존이 만약 네 아버지가 원한 대로 대학에 들어갔더라면 우린 아마 지금쯤 캘리포니아에 있을 거야."

하지만 피피의 인생에서 벌어졌던 로맨스는 모두 유럽에서 보낸 지난 3년 안에 갈무리돼 있었다. 그녀는 로마에서 만났던 키 큰 근위기병과 에스테 코모 빌라에서 처음으로 자신이 아름답다는 사실을 일깨워 주었던 나이 든 스페인 사람을, 그리고 비행기를 몰고 가다 정원으로 편지를 떨구어 준, 생라파엘에 주둔해 있던 프랑스인 해군 비행사도 기억하고 있었다. 반짝이는 부츠에 하얀 털이 달린 경기병 재킷을 입은 보로키와 춤을 출 때면 이따금씩 일어나던 감회 또한 잊지 않고 있었다.

그녀가 본 수많은 미국 영화들 속에서 여자들이란 그저 고향의 충직한 남자들과 결혼하는 존재일 뿐이었다. 그러고 나면 아무것도 없었다.

"난 안 갈 거야," 하고 그녀가 큰 소리로 말했다.

그녀의 어머니는 팔 가득 옷 꾸러미를 안고 돌아섰다. "이제 와서 무슨 소리 하는 거니, 피피? 너를 여기 혼자 두고 내가 갈 수 있을 것 같니?" 피피가 대답을 하지 않자, 그녀가 단호한 태도로 말을 계속했다. "네 말이 아주 이상하게 들리는구나. 성마르게 자꾸 그런 말이나 하지 말고, 시내에 가서 여기 적어 놓은 것들 좀 사 갖고 와."

하지만 피피는 마음을 굳힌 상태였다. 보로키라면 충분히 그리고 담대하게 살아갈 수 있을 거였다. 그는 외무성에 들어갈 수도 있을 테고, 어느 날 공공 무도회에서 캡스카 부인이랑 하워드 양과 마주친다면 그녀는 누구나 다 들도록 "전 늘 생각했었죠. 장례식에 가거나 장례식에서 돌아오는 것처럼 보이는 옷은 딱 질색이라고요," 하고 말할 것이다.

"어서 갔다 와," 하고 엄마가 말했다. "그리고 그 카페에 들러서 오빠가 있는지 확인해 보고, 있으면 같이 가도록 해."

피피는 아무 생각 없이 쇼핑 목록을 받아 들었다. 그러고 나서 그녀는 자신의 방으로 들어가 보로키 앞으로 짤막한 편지를 썼다. 편지는 나가는 길에 수위에게 맡겨 놓을 생각이었다.

방에서 나온 그녀는 트렁크와 씨름을 하고 있는 엄마를 보며 몹시도 미안한 마음이 들었다. 하지만 미국에는 에이미와 글래디스가 있다고, 피피는 마음을 다졌다.

그녀는 걸음을 옮기다가, 계단을 내려가던 중에 자꾸만 생각이 흐트러져서 거울 보는 것도 까먹었다는 걸 떠올렸다. 하지만 주主 응접실 바로 바깥쪽 벽에 커다란 거울이 있었고, 그녀는 그 앞에서 걸음을 멈추었다.

아름다웠다. 그녀는 자신이 아름답다는 사실을 다시금 확인했다. 하지만 지금은 그 사실이 오히려 그녀를 슬프게 했다. 그녀는 그날 오후에 입었던 드레스도 여전히 좋지 못한 취향이란 소리를 들을 만한 것인지, 잘난 하워드 양이나 캡스카 부인의 마음에 드는지 궁금했다. 자신의 눈에는 마름질은 부드럽고 얌전했지만 색은 강렬하고 밝은 금속 가루처럼 파란빛을 띤 아름다운 드레스였다.

그러다 갑작스레 어떤 소리가 어둠이 내린 복도의 정적을 깨뜨렸다. 피피는 숨이 막히며 꼼짝도 할 수 없었다.

3

11시 정각, 위커 씨는 피곤한 몸으로 바에서 열린 요란한 정기 집회가 잠잠해지기를 기다리고 있었다. 퀴퀴한 사무실이나 텅 빈 로비에선 할 일이 아무것도 없었다. 그리고 종일 외로운 영국 여자와 미국 여자들이 길고 긴 대화를 나누던 응접실에도 사람 그림자 하나 보이지 않았다. 그래서 그는 정문을 나가 호텔을 한 바퀴 둘러보기로 했다. 그가 둘러보는 길 때문인지 아니면 반짝거리는 침실의 불빛과 주방이 있는 층의 초라하고 그을음 낀 창문들을 자주 힐끔거린 때문인지, 그날의 산책은 왠지 자신이 호텔을 관리하고 있다는 느낌, 뭔가 제대로 책임을 지고 있다는 느낌을 안겨 주었다. 마치 그곳이 배라면 선미 갑판부터 샅샅이 조사를 하고 있는 것 같은 느낌이었다.

그의 귓전으로 바에서 흘러나오는 소음과 노랫소리가 지나갔고, 창문을 통해 식기 치우는 남자 둘이 침대에 앉아 스페인산 와인 병을 사이에 두고 카드를 치는 모습이 보였다. 위층 어딘가에서 축음기 소리가 들리고 여자의 그림자가 창에 어려 있었다. 그러다가 본관에서 돌출된 조용한 동棟의 모퉁이를 돌자 처음 출발했던 곳이 나왔다. 호텔 정문 흐릿한 조명 아래 서 있는 보로키 백작이 그의 눈에 들어왔다.

뭔가가 그의 발길을 멈추게 했고, 평소와는 전혀 다른 모습의 보로키를 지켜보도록 만들었다. 그는 제대로 처리하는 청구서가 하나도 없었지만 자동차도 있었고 운전기사도 두고 있었다. 그는 운전기사에게 뭔가를 세심하게 지시하고 있었다. 위커 씨는 앞좌석에 가방이 하나 놓여 있는 것을 알아차리고는 불빛 속으로 걸어 나갔다.

"호텔을 떠나시는 건가요, 보로키 백작님?"

그의 목소리에 보로키는 움찔하며 놀랐다. "오늘 하룻밤만요," 하고 그가 대답했다. "어머니를 뵈러 가야 해서요."

"알겠습니다."

보로키가 그를 힐난하는 듯한 눈으로 바라보았다. "트렁크와 모자

상자는 제 방에 있습니다. 가 보면 아시겠지만. 제가 지금 계산도 하지 않고 도망을 친다고 생각하시나요?"

"물론 아니죠. 흡족한 여행 되시고, 모친도 잘 만나 뵙길 바랍니다."

하지만 그는 속으로 그의 짐이 방에 있는지 확인하기 위해 종업원을 보내려는 계책을 세우고 있었다. 낱알 하나 빠져나가지 않도록, 그는 더욱 신경을 쓰며 친절하게 백작을 대했다.

깜빡 졸다가 깨어난 그는 그 사이 한 시간이나 지났음을 알았다. 졸음에서 깨어났을 때, 야간 경비원이 팔을 당기고 있었는데 로비에서 연기 냄새가 강하게 났다. 호텔 어딘가에 화재가 났다는 걸 알아채기까지는 그리 오랜 시간이 걸리지 않았다.

불안해하는 경비원을 안심시키고 그는 바로 통하는 복도를 급히 내려갔다. 그리고 문에서 새 나오는 연기 사이로 그는 불에 타고 있는 당구대와 바닥을 집어 삼키다 선반에 놓인 병이 열에 깨질 때마다 뿜어져 나오는 알코올에 황홀하게 타오르는 불길을 바라보았다. 급히 물러 나온 그는 옷을 반쯤 걸쳐 입고 한 줄로 늘어선 채 종업원들과 함께 어느새 양동이에 물을 담아 올라오려고 애를 쓰고 있는 식기 세척부 둘을 만났다. 경비원은 소방수들이 오고 있다고 소리를 질렀다. 그는 투숙객들을 깨우기 위해 남자 둘을 전화기에 배치하고는 양동이를 든 대열에 참가하기 위해 위험 구역으로 돌아가던 중에 처음으로 피피를 떠올렸다.

분노가 치밀어 그의 시야를 가렸다. 그녀는 조숙한 야만인인 양 잔혹하게 자신의 협박을 실행에 옮긴 것이었다. 그는 짧게 탄식을 내뱉으며 이 일은 나중에 꼭 대가를 치르게 할 거라고 생각했다. 외국인이라도 이 나라 법을 피할 순 없을 것이었다. 그러는 사이 소방차가 도착했음을 알리는 뎅그렁거리는 소리가 바깥에서 들려왔다. 그는 서류 가방을 든 잠옷 차림의 남자들, 보석함과 작은 강아지들을 데리고 나온 예의 잠옷 차림의 여자들로 가득 찬 로비로 다시 돌아갔다. 투숙객의 수는 계속 불어났고, 잠에서 막 깬 사람의 무거운 억양에서 오후의 파티에서나 들을 수 있는 고조된 소리로 바뀐 얘기 소리가 토막토막 들려왔다.

종업원 하나가 위커 씨에게 전화를 받으라고 했지만, 그는 다급하게 거절했다.

"경찰서 접수계원이랍니다," 하고 종업원이 집요하게 따라붙었다. "지배인님이랑 통화를 꼭 해야 한대요."

위커 씨는 고함을 질러 대며 황급히 사무실로 들어왔다. "여보세요!"

"네, 경찰서에서 전화드립니다. 지배인 되시나요?"

"그래요, 근데 지금 여기 불이 났어요."

"손님 중에 보로키 백작이라는 사람이 있습니까?"

"있습니다만, 왜 그러시……"

"우리가 신원 확인차 그 사람을 데리고 거기로 가겠습니다. 지명수배 중인 그 사람을 우리가 체포한 상태입니다."

"하지만……"

"그 사람과 함께 있던 여자도 체포를 했습니다. 즉시 두 사람 다 데리고 가겠습니다."

"저기요……"

전화를 끊는 소리가 그의 귓속으로 또렷하게 들려왔다. 위커 씨는 연기가 줄어든 로비로 급히 돌아갔다. 제대로 물줄기를 내뿜는 펌프가

5분쯤 작동되자 바는 새까맣게 젖은 폐허로 변해 버렸다. 위커 씨는 투숙객들 사이를 오가며 흥분을 가라앉히고 설득하기에 바빴다. 불안해서 침대로 돌아가기 겁난다는 사람들을 달래면서 전화 교환원은 다시 객실로 전화를 걸어 대기 시작했다. 위커 씨는 집요하게 설명을 요구하는 질문을 듣던 중에 다시 피피를 떠올렸다. 이번에는 그가 먼저 전화기 앞으로 황급히 달려갔다.

슈와르츠 부인의 불안한 목소리가 답을 했다. 피피가 보이지 않는다는 거였다. 그건 그가 알고 싶었던 얘기였다. 그는 무뚝뚝하게 전화를 끊었다. 얘기가 만들어졌다. 의심의 여지가 없었다. 방화의 불길, 경찰이 찾았다는 지명수배 중인 남자, 미수에 그친 가출— 이보다 더 완벽한 뭔가를 기대하는 건 무리였다. 보상을 받아야 했다. 미국 돈이라도 상관없었다. 피피도 시즌을 망친 대가를 치러야 할 것이다. 그녀는 소녀 수용 시설로 들어가 그동안 입은 옷들과는 전혀 다른, 모두가 똑같이 입는 너무도 평범한 복장으로 갈아입어야만 할 것이다.

흠뻑 젖은 잔해 사이를 뒤지고 있는 호기심 많은 사람 몇만 남겨 둔 채 마지막 투숙객들이 엘리베이터에 올랐을 때, 또 다른 행렬이 정문으로 들어섰다. 민간인 옷을 입은 한 남자와 경찰들이 조그만 벽을 이루고 있었는데, 뒤편에 두 사람이 서 있었다. 경찰서 접수계원이 뭐라고 말하자 벽을 이루고 있던 경찰들이 반으로 갈라졌다.

"이 두 사람을 확인해 주시기 바랍니다. 이 남자가 보로키라는 이름으로 이 호텔에 계속 투숙하고 있었던 게 맞습니까?"

위커 씨가 그를 보았다. "네, 맞습니다."

"이 사람은 지난 1년 동안 이탈리아와 프랑스 그리고 스페인에서 지명수배 중이었습니다. 그리고 이 여자도 압니까?"

여자는 보로키 뒤에 반쯤 몸을 숨기고 있었다. 머리칼은 내려뜨려지고, 얼굴엔 그늘이 져 있었다. 위커 씨는 그녀를 향해 길게 목을 뺐다. 그의 눈에 들어온 것은 하워드 양이었다.

위커 씨는 소름이 확 돋는 걸 느꼈다. 그는 다시 한 번 고개를 길게 뺐다. 마치 놀라고 또 놀라면 그녀가 피피로 바뀌기라도 할 것처럼. 혹은 그녀를 못 본 척하면 피피를 찾기라도 할 것처럼. 하지만 그건 가능한 일이 아니었다. 피피는 그때 그곳에서 아주 멀리 떨어져 있었기 때문이다. 그녀가 있는 곳은 카페 앞이었다. 그녀는 걸음도 제대로 가누지 못한 채 비틀거리던 존 슈와르츠를 택시 안으로 부축해 태우면서 "오빠도 돌아갈 수 없다고 하라고 말해 줘야 하는데. 아, 엄마는 당장 고향으로 가야 한다고 할 텐데," 하고 중얼거리고 있었다.

4

보로키 백작은 마치 오랫동안 자신의 영민함으로 버텨 오다가 마침내 외국의 정보기관이 자신을 일정 기간 안전하게 지켜 주기로 계획이라도 한 것인 양 흔쾌히 감옥행을 택했다. 하지만 바깥세상과의 교류가 부족했던 것을 후회하면서 감옥에서 지낸 지 나흘째 되는 날, 캡스카 부인을 만나게 되자 그는 기뻐 어쩔 줄 몰라 했다.

"결국," 하고 그녀가 말했다. "좋은 녀석이니, 친구니 어쩌고 그러더니, 꼴좋네요. 다행히, 여기 영사님이 우리 아버지 친구분이셨으니 망정이지, 그렇지 않았다면 여기로 날 데려오지 않았을 거예요. 당신이 옥스퍼드를 1년 동안 다녔고 영어도 완벽하게 구사할 수 있다고 얘길 하면서 당신을 보석으로 빼려고 해 봤는데, 이 짐승 같은 사람들은 코 끝으로도 듣질 않더군요."

"소용이 없다는 말을 듣기가 두렵군요," 하고 보로키 백작이 침울하게 말했다. "그래도 이제 재판이 끝나면, 온 유럽을 자유롭게 여행할 겁니다."

"그렇게 터무니없는 말은 아니네요," 하고 그녀가 말했다. "그 바보들이 보프스와 나를 트와 몽드 호텔에서 쫓아내더니, 우리를 도시에서 아예 추방시키려고 하고 있어요."

"뭣 때문에요?"

"그 성가신 화재 사건에 대한 책임을 우리한테 죄다 뒤집어씌우려는 거죠."

"당신이 시작한 건 맞나요?"

"그냥 브랜디에다 불이나 붙여 보자고 한 거죠. 그 불로 감자 칩을 좀 만들어 보고 싶었거든요. 그 사이에 바텐더가 우리만 남겨 두고 자러 갔죠. 하지만 생각해 봐요. 그 멧돼지 같은 인간이 말한 대로라면, 우리가 자고 있는 사람들을 모두 태워 죽이려고 거기 있었다는 건데, 그게 말이나 되는 소리예요? 그게 너무 화가 나서 보프스가 펄쩍펄쩍 뛰었죠. 그 사람은 다신 여기 오지 않을 거래요. 내가 영사관에 갔을 때 그곳 사람들도 모두 사건이 완전히 말이 안 된다는 데 동의를 했어요. 그러곤 외무성에다 전화를 걸더라고요."

보로키는 잠깐 생각에 잠겼다가 "내가 다시 태어날 수 있다면," 하고 천천히 말했다. "주저하지 않고 영국 남자로 태어날 겁니다."

"난 미국인이 아니면 무엇이든 택할 거야! 그런데, 테일러 가문 사람들이 하워드 양을 왕실 연회에 데려가지 않을 거 같아요. 신문에 이 사건이 아주 추잡하게 실렸으니까요."

"그나저나 도무지 이해가 가지 않는 건, 피피를 의심할 수밖에 없다는 겁니다," 하고 보로키가 말했다.

"정보를 알려 준 게 슈와르츠 양이었어요?"

"그래요. 난 그녀를 설득했다고 생각했었죠. 나랑 같이 갈 거라고 말입니다. 싫다고 하면 내가 손만 까닥해도 따라올 여자들이 수두룩하다는 걸 알고 있었는데…… 어쨌든 그날 오후에 피피가 보석상엘 갔었고, 거기서 내가 피피 엄마 서랍장에서 훔친 100달러짜리 미국 지폐로 담배 상자 값을 치렀다는 걸 알게 된 거죠. 그러곤 곧장 경찰로 간 겁니다."

"당신한테 먼저 오지 않고 말이죠! 결국, 좋은 녀석이니, 친구니 어쩌고 그러더니……"

"하지만 내가 알고 싶은 건, 대체 뭐가 그녀를 의심하게 만들었을까, 뭐가 뒷조사까지 하게 만들었을까, 내게 등을 돌리게 만든 게 무엇이었을까, 하는 겁니다."

그 시간, 파리의 호텔 바의 높다란 의자에 앉아 레모네이드를 홀짝이고 있던 피피는, 관심을 보이는 바텐더에게 바로 그 질문에 대한 대답을 하고 있었다.

"그때 저는 거울을 보면서 복도에 서 있었죠," 하고 그녀가 말했다. "그리고 그 사람이 영국 여자에게 말하는 소리를 들었어요…… 호텔에 불을 지른 그 여자 말예요. 그리고 이런 말도 들렸어요. '결국, 내가 꾸는 악몽은 말입니다, 그녀가 제 엄마처럼 변해 갈 거란 겁니다'라는." 피피의 목소리는 분노로 활활 타올랐다. "음, 바텐더 아저씨도 우리 엄마를 본 적이 있죠?"

"그럼요, 아주 훌륭한 부인이시죠."

"저와 그 사람 사이에 뭔가 문제가 있다는 걸 알았어요. 그때 담배 상자 값으로 얼마나 지불을 했는지가 궁금해졌죠. 그래서 확인하려고 보석상엘 갔어요. 가서 그 사람이 낸 지불 계산서를 봤고요."

"이제 미국으로 돌아가는 겁니까?" 하고 바텐더가 물었다.

피피는 잔을 말끔히 비웠다. 빨대가 빠글거리는 소리를 내며 바닥에 깔린 설탕을 빨아들였다.

"우린 다시 가서 증언을 해야 돼요. 그래서 어쨌든 몇 달 더 머무를 거예요." 하고 말하고는 그녀가 자리에서 일어섰다. "잘 있어요. 의상 가봉 약속이 잡혀 있어서 가 봐야 해요."

그들은 그녀를 당해 내지 못했다. 그건 아직도 마찬가지이다. 복수의 세 여신은 그녀로부터 약간 물러나 이를 갈면서 멀거니 서 있었다. 하지만 복수의 시간은 얼마든 남아 있었다.

하지만 로비를 지나 허청허청 걸음을 옮기던 피피의 얼굴은 새로운 희망으로 온화했다. 디자이너가 완성하게 될 옷에 한껏 기대를 품고 있었던 것이다. 나이 든 사람들과 대부분의 경험 많은 복수의 여신들은 일말의 의심을 품고 있었다. 과연 그녀를 당해 낼 수 있을까, 하는.

「호텔과 아가씨」(《새터데이 이브닝 포스트》 1931년 1월 31일 자 발표)는 장편 『밤은 부드러워』와 관련이 있는, 미국적 순수와 유럽 사회의 타락상을 다시금 대비시킨 작품이다. 피츠제럴드는 에이전트 해럴드 오버에게 "기이해 보이겠지만, 실제로 이 모든 빌어먹을 게 사실입니다"라고 전한 바 있다.

《새터데이 이브닝 포스트》의 소설 편집자 토머스 코스테인은 "이 단편소설은 사실 그대로를 적나라하게 펼쳐 놓은 작품은 아니다. 등장인물들은, 가감 없이 말하자면, 미국 독자들에게는 그늘에 완전히 가려진 모습으로 보일 것이다"라고 언급했다. 하지만 그는 "너무도 잘 쓰였기 때문"에 게재를 결정했다고 했다.

그럼에도 《새터데이 이브닝 포스트》는 이 단편에서 불온한 장면들을 잘라 내야 한다고 주장했다. 피츠제럴드는 「호텔과 아가씨」를 읽고 보내 온 독자의 편지에 이런 답장을 쓴 적이 있었다. "솔직히 영국인들은 항상 신경이 쓰이는 존재들입니다(실제 영국인들도 그렇고, 신문사에서 자른, 페키니즈에게 계속 대마초를 먹이는 멋진 장면에서도 말이죠)."

보프스는 의자 여러 개와 소파 하나를 붙여 놓은 곳으로 길게 드러누우며 바텐더를 불렀다. 그는 파리에서 한 번도 쉬지 않고 차를 몰고 왔다는 것 그리고 밀라노에 있을 때 사랑했던 여자를 만나기 위해 이튿날 아침 밀라노로 떠날 거라는 걸 알렸다. 보아하니 누굴 만날 상태인 것 같진 않았지만. (……)
킨컬로 후작은 피곤한 눈으로 바를 흘끗 바라보았다.
"아, 저게 누구지?" 페키니즈에게 정제한 대마초를 슬쩍 먹으며

그가 물었다. "저 예쁜 아가씨 말이야. 그리고 그녀랑 붙어 있는
저 물건은 또 뭐고?"

바빌론*에 다시 갔다
Babylon Revisited

1

"그럼, 캠벨 씨는 어디 계시나?" 하고 찰리가 물었다.

"스위스로 가셨습니다. 몸이 많이 안 좋으셨어요, 웨일스 씨."

"안 됐군. 조지 하르트는?" 하고 찰리가 물었다.

"미국으로 돌아가셨습니다. 사업 때문에요."

"그럼 스노 버드는?"

"그분은 지난주에 여기 들르셨죠. 친구분인 셰퍼 씨는 파리에 계시고요."

---

* 고대 바빌로니아의 수도. 여기서는 주인공 찰스가 방탕한 시절을 보냈던 '향락과 악덕의 도시' 파리를 상징한다.

그 둘은 1년 반 전에 어울렸던 수두룩한 면면들 중 꽤 친숙한 이름이었다. 찰리는 수첩에 주소 하나를 휘갈기고는 그 페이지를 찢었다.

"셰퍼 씨 오면 이걸 좀 전해 주게," 하고 그가 말했다. "손위 동서네 주소라네. 아직 호텔을 정하질 못했거든."

파리가 텅 빈 것 같긴 했지만 그는 크게 실망하진 않았다. 그러나 리츠 호텔 바가 조용하다는 건 이상하거니와 왠지 불길하기까지 했다. 더 이상 그곳은 미국인들의 바가 아니었다. 뭔가 공손해지는, 정말이지 손님이 된 것 같은 기분이었다. 다시 프랑스인들 손으로 넘어간 것이다. 택시에서 내려 도어맨을 본 순간 이미 그는 적막감을 느꼈다. 도어맨이 여느 때 같았다면 눈코 뜰 새 없이 뛰어다닐 시간이었지만, 종업원들이 드나드는 샛문에서 제복 차림의 종업원과 한가하게 얘기를 나누고 있었던 것이다.

복도를 지나가던 그의 귀에, 한때는 온갖 소리로 요란했던 여성용 휴게실에서 어떤 여자의 단조로운 목소리가 들려왔다. 바 안으로 들어선 그는 예전의 습관대로 눈길을 전혀 돌리지 않고 곧바로 6미터쯤 되는 녹색 카펫을 걸어갔다. 그러곤 아래쪽 난간을 단단히 밟고는 고개를 돌려 방을 샅샅이 살폈다. 하지만 딱 하나, 구석에서 신문을 넘겨 보던 사람과 눈을 마주쳤을 뿐이었다. 찰리는 수석 바텐더 폴을 찾았다. 그는 주식 시장이 호황이던 시절엔 주문 제작한 자가용으로 출근을 하던 잘나가는 바텐더였다. 물론, 가까운 길모퉁이에서 내릴 만큼의 세심함은 갖춘 사람이었다. 하지만 폴은 그날 시골집으로 내려가서 앨릭스가 대신 그에게 이런저런 얘기들을 들려주었다.

"술은 됐네," 하고 찰리가 말했다. "요즘은 천천히 마시려고."

앨릭스가 축하라도 하듯 말했다. "2년 전엔 대단했었죠."

"이젠 이렇게 가려고," 하고 찰리가 다짐하듯 말했다. "1년 반 동안 죽 이렇게 했지."

"미국은 어떻습니까?"

"몇 달 동안 미국에 가질 못했네. 프라하에서 일을 보고 있어서 말이야. 그곳 업체 두어 군데를 맡고 있거든. 그곳까진 내 소문이 퍼지지 않았던 모양이야."

앨릭스가 미소를 지었다.

"조지 하르트가 여기서 독신들 만찬을 열었던 밤, 기억나나?" 하고 찰리가 물었다. "근데, 클로드 페슨던은 어떻게 됐지?"

앨릭스는 조심스럽게 목소리를 낮추었다. "그분은 파리에 그냥 계신 걸로 압니다. 하지만 더 이상 여긴 오시지 않죠. 폴이 출입을 금지시켰거든요. 술값이랑 점심값을 외상으로 달아 놓은 게 3만 프랑이나 되는데, 대개는 저녁도 그런 식이었죠. 그렇게 한 게 1년이 넘었어요. 폴이 계속 말을 안 하고 있다가 지불 요청을 했는데, 내놓은 게 부도난 수표였어요."

앨릭스가 쓸쓸하게 고개를 저었다.

"이해가 안 갑니다. 그렇게 신사적인 분이 어떻게…… 지금은 몸도 많이 불었다고……" 그는 두 손으로 빵빵하게 부푼 사과 모양을 만들었다.

찰리는 구석 자리로 몰려가 앉는 한 무리의 남자 동성애자들을 지켜보았다.

'도무지 거리낌이란 게 없군,' 하고 그는 속으로 중얼거렸다. '주가는 오르기도 하고 떨어지기도 하고, 사람들은 일이 없어 빈둥거리기도 하고 열심히 일을 하기도 하지만, 저 친구들은 평생을 저렇게 살 거 같아.' 바의 풍경이 그의 가슴을 지그시 눌렀다. 그는 술값 내기를 하자면서 주사위를 가져오라고 앨릭스에게 말했다.

"오래 계실 건가요, 웨일스 씨?"

"나흘이나 닷새쯤? 딸을 만나야 하거든."

"아하! 따님이 있었군요?"

바깥에서는, 불길처럼 붉고 가스처럼 푸르며 유령처럼 초록빛을 띤 네온사인이, 조용히 내리는 빗줄기를 뚫고 연기처럼 스며 나왔다. 늦은 오후의 거리는 조금씩 움직이기 시작했다. 선술집들이 불을 밝히고 있었다. 카퓌생 대로 모퉁이에서 그는 택시를 잡아탔다. 분홍빛 장엄함에 휩싸인 콩코드 광장을 지나고 자연스럽게 센강을 건넜다. 그러다 찰리는 갑자기 왼쪽 뚝방촌*이 촌스럽다는 느낌이 들었다.

찰리는 택시 기사에게 오페라좌 대로 쪽으로 돌아서 가 달라고 부탁했다. 대로의 웅대한 외관 너머로 저무는 해거름 녘의 푸르스름한 빛을 보고 싶기도 했고, 드뷔시의 〈렌트보다 느리게〉의 첫 몇 소절이 끊임없이 반복되는 듯한 자동차의 경적 소리를 제2제정** 양식의 트럼펫 소리에 빙의라도 시켜 보고 싶었던 것이다. 브렌타노 서점 출입문에는 셔터가 내려지고 있었고, 뒤발 레스토랑의 잘 다듬어진 조그만 식물 울타리 뒤편으로는 어느새 저녁 식사를 하는 사람들이 보였다. 그는 파리에 있을 땐 정말 값싼 식당에선 밥을 먹어 본 적이 없었다.

---

* Left Bank. 파리 센강의 좌안左岸. 프랑스어로는 리브 고슈la Rive Gauche라고 하며, 화가들이 많이 거주하는 자유분방한 지역이다. 피츠제럴드는 작품집 『기상나팔 소리』에 재수록할 때 이 문장을 삭제하면서 장편 『밤은 부드러워』에 사용했기 때문이라고 밝혔는데, 삭제함으로써 주인공 찰리가 여행 내내 센강의 우측 뚝방촌(우안)과 헷갈리는 문제를 해결했다.
** 제2공화정 후 나폴레옹 1세에 의해 수립된 제정(1852~1870). 이후 제3공화정으로 이어진다.

그런 데선 와인까지 포함해서 다섯 가지 코스 요리를 먹어도 4프랑 50, 겨우 18센트에 불과했다. 별다른 이유가 있는 건 아니었지만 그런 곳에서 한 번이라도 식사를 해 보고 싶었다.

택시가 왼쪽 뚝방촌으로 들어섰을 때 갑자기 촌스럽다는 생각이 들었던 그는 '내가 이 도시를 엉망으로 만들었어. 그땐 그걸 몰랐어. 그렇게 하루하루가 흐르고, 2년이란 시간이 지나갔어. 모든 게 사라져 버렸어. 나도 역시.'

서른다섯 살, 그는 아직 쓸 만은 했다. 얼굴엔 아일랜드계의 변화무쌍함이 남아 있었지만 미간에 잡힌 깊은 주름이 진지함을 더해 주었다. 팔라탱* 거리에 있는 동서의 집 초인종을 누르는 동안 그 미간의 주름은 더욱 깊어졌다. 그는 위장이 꼬이는 것 같은 느낌이 들었다. 하녀가 문을 열자 뒤에서 그의 사랑스러운 아홉 살짜리 딸이 "아빠!" 하고 비명에 가까운 소리를 지르며 물고기처럼 폴짝 뛰어 품에 안겼다. 아이는 그의 한쪽 귀를 잡아당겨 얼굴을 끌어다 그의 뺨에 뺨을 비볐다.

"우리 꼬마 아가씨," 하고 그가 말했다.

"우리 아빠, 아빠, 아빠, 아빠, 빠, 빠, 빠!"

아이는 처형네 가족들이 모두 기다리고 있는 거실로 그를 이끌었다. 거실에는 그의 딸과 같은 또래 여자애와 남자애 하나 그리고 처형과 동서가 있었다. 그는 지나치게 좋거나 나쁜 감정이 드러나지 않게 신중하게 꾸며 낸 목소리로 매리언에게 인사를 건넸지만, 그녀의 뜨뜻 미지근한 반응은 전혀 꾸민 것이 아니었다. 하지만 그녀는 그에 대한

---

* 이 거리엔 실제로 피츠제럴드 부부가 살았던 집이 있었다. 헤밍웨이도 이곳에 집을 갖고 있었던 것으로 알려져 있다.

감추어지지 않는 반감을 억누르기 위해 조카딸에게만 신경을 기울였다. 두 남자는 다정하게 악수를 나누었다. 링컨 피터스의 한 손이 찰리의 어깨에 잠깐 머물렀다.

방은 미국식 특유의 따뜻하고 편안한 구조였다. 세 아이들은 다른 방들로 길게 연결된 노란색 출입구가 달린 복도를 드나들며 사이좋게 놀고 있었다. 난로에선 장작이 타닥거리며 타고 부엌에선 프랑스인 하녀들의 요리하는 소리가 저녁 6시의 흥겨움을 자아냈다. 하지만 찰리는 느긋함을 느낄 수가 없었다. 그의 심장은 딱딱하게 굳는 듯했는데, 이따금 딸이 그가 사다 준 인형을 팔에 안고 가까이 다가오는 걸 보면서 조금쯤 용기를 내곤 했다.

"정말이지 엄청 좋아지고 있어요," 하고 그는 링컨이 묻는 말에 선언하듯 대답했다. "거긴 엉망진창인 업체가 꽤 있지만, 우린 전보다 오히려 더 나아지고 있습니다. 다음 달에는 미국에서 여동생을 불러다 살림을 맡길 생각이고요. 작년에 번 게 돈을 제법 가지고 있을 때보다 더 많아요. 아시겠지만, 체코 사람들이……"

그가 자랑을 늘어놓는 데는 특별한 목적이 있었다. 하지만 링컨의 두 눈에 희미하게 나타난 반감을 읽어 내고는 얼른 화제를 바꾸었다.

"아이들이 맑네요. 참 잘 자랐어요. 예의도 바르고."

"호노리아도 참 좋은 아이 같아."

주방에서 매리언 피터스가 모습을 드러냈다. 그녀는 키가 크고 눈에는 걱정거리들로 가득한, 한때는 신선한 미국적인 아름다움을 가진 여자였다. 찰리는 그녀에게서 그런 걸 느껴 본 적이 없어서 사람들이 예전에 그녀가 얼마나 예뻤는지 모른다는 말을 할 때면 그저 놀라울 뿐이었다. 처음 만날 때부터 두 사람 사이에는 서로에 대한 그런 본능적인 반감이 있었다.

"호노리아를 보니 어때요?" 하고 그녀가 물었다.

"놀랍죠. 10개월 만에 저렇게 많이 크다니 놀라울 뿐입니다. 아이들이 모두 건강해 보이네요."

"1년 동안은 의사를 한 번도 안 불렀어요. 파리로 돌아온 기분이 어때요?"

"미국 사람들이 좀 없어서 많이 신기하네요."

"전 오히려 좋아요," 하고 매리언이 흔쾌하게 말했다. "이젠 가게에 들어갈 때 괜히 백만장자 취급을 받지 않거든요. 우리도 모두들 겪는 걸 여전히 겪고 살지만, 전체적으론 아주 좋아졌어요."

"하지만 그때도 괜찮긴 했었죠," 하고 찰리가 말했다. "대접을 받았잖아요. 거의 절대적인. 마법이라도 부리는 것처럼 말입니다. 오후에 바에 갔었는데," 하고 말하다가 실수를 했다는 걸 깨달았다. "아는 사람이 하나도 없더군요."

그녀는 그를 날카롭게 쏘아보았다. "술집이라면 신물이 날 거라고 생각했었는데."

"잠깐 있다가 나왔어요. 매일 오후에 딱 한 잔만 하기로 했거든요. 그 이상은 안 마십니다."

"저녁 먹기 전에 칵테일 안 할 텐가?" 하고 링컨이 물었다.

"오후에 한 잔만 마시기로 했는데, 이미 마셨습니다."

"부디 지키시길 바랄게요," 하고 매리언이 말했다.

그녀의 말에 담긴 서늘한 기운에는 분명 그에 대한 혐오감이 녹아 있었지만, 찰리는 그저 미소만 지을 뿐이었다. 그에겐 더 큰 계획이 있었다. 그녀의 공격적인 면은 그에겐 오히려 유리했으며, 때가 찾아오기를 그는 얼마든 기다릴 수 있었다. 그가 왜 파리에 왔는지 안다는 얘기가 그들 입에서 먼저 나오기를 바라고 있었던 것이다.

저녁을 먹는 동안 그는 호노리아가 자신을 더 닮았는지 제 엄마를 더 닮았는지 판가름이 되질 않았다. 그들을 망가뜨린 둘의 특성을 다 갖고 있지만 않다면 다행이었다. 그러다 그는 아이를 지켜 주어야 한다는 생각이 거대한 파도처럼 일어나는 것을 느꼈다. 아이를 위해 무엇을 해야 하는지, 그는 잘 알고 있었다. 그는 인간의 성품에 대한 믿음을 간직하고 있었다. 한 세대 이전으로 온전히 돌아가 인간의 성품이야말로 영원한 가치를 지닌 요소라는 걸 믿고 싶었다. 다른 건 모두 쓸모없었다.

저녁을 먹고 난 뒤 그는 곧 집에서 나왔지만 곧바로 숙소로 가진 않았다. 그는 지난날들과는 다른 눈으로, 더 명료하고 현명한 시각으로 파리의 밤을 지켜보고 싶었다. 그는 카지노의 이등석 표를 끊어 조지핀 베이커*의 초콜릿처럼 달콤한 노래를 들었다.

한 시간쯤 뒤 카지노에서 나온 그는 몽마르트르를 향해 느릿느릿 걷다가 피가로 거리로 올라가 블랑슈 광장으로 들어섰다. 그 사이 비가 그쳤고, 카바레 앞에서 야회복 차림의 사람 몇이 택시에서 내렸다. 몸 파는 여자들이 혼자, 혹은 둘씩 짝을 지어 손님을 찾아 돌아다니고 있었는데, 흑인들이 많았다. 음악이 새 나오고 환하게 불이 밝혀진 어느 술집 출입구를 지나던 그는 문득 친근한 느낌이 들어 걸음을 멈추었다. 예전에 엄청난 돈과 시간을 쏟았던 '빨강 머리' 바였다. 그는 몇 집을 더 걸어가다 예전에 자주 들렀던 곳을 발견하고는 아무 생각 없

* Josephine Baker(1906~1975). 미국 태생의 프랑스 여성 샹송 가수.

이 불쑥 안으로 머리를 들이밀었다. 마치 기다리고 있었다는 듯 악단이 연주를 시작했고, 댄서 둘은 춤을 추기 위해 자리에서 벌떡 일어났으며, 호텔 매니저가 그에게로 달려와 "선생님, 어서 들어오세요!" 하고 소리를 질러 댔다. 하지만 그는 재빨리 물러났다.

'제정신으론 못 들어가지,' 하고 그는 생각했다.

젤리의 가게는 문이 닫혀 있었고, 주변의 음산한 싸구려 호텔들도 어둠에 싸여 있었다. 블랑슈 거리까지 와서야 불빛이 많아지면서 프랑스어 특유의 구어체가 왁자하게 쏟아졌다. '시인의 동굴'이란 가게도 보이지 않았다. 하지만 '천국 카페'와 '지옥 카페'는 입을 딱 벌린 채 여전히 건재했다. 그는 관광버스에서 내린 몇 명 되지도 않는 관광객—독일인 하나, 일본인 하나 그리고 잔뜩 겁먹은 눈으로 찰리를 힐끔거리던 미국인 부부—이 그 거대한 두 개의 입 속으로 들어가는 걸 지켜보았다.

몽마르트르의 노력과 창의력은 대단했다. 악덕을 행하고 낭비를 조장하는 게 딱 어린애 수준이었다. 그는 '탕진'이란 말의 의미를 순식간에 깨달았다. 희박한 공기 속으로 사라져 버리는 것. 분명 존재하는 것으로부터 존재하지 않는 상태로 바뀌어 버리는 것. 늦은 밤, 매일 여기저기 기웃거리며 돌아다닌다는 건 어지간히 힘겨운 일이고, 점점 동작이 굼떠지는 대가로 엄청난 돈을 지불해야 하는 일이었다.

그는 단 한 곡을 듣기만 해도 악단에게 1,000프랑의 지폐를 건네주고, 택시를 불러 준 도어맨에게 100프랑을 던져 주었던 일들을 떠올렸다.

하지만 그건 존재하지 않는 것에 지불한 돈이 아니었다.

가장 야만적으로 탕진해 버린 것처럼 보였을지라도 그것은 엄연히,

가장 기억할 만한 가치를 가진 것들, 지금도 늘 기억에서 지워지지 않는 것들—자신이 챙겨 주지 못하고 있는 아이, 버몬트의 무덤으로 들어가 버린 아내—을 기억에서 지워 주기를 바라며 운명에게 지불한 돈이었다.

싸구려 식당 불빛 아래서 한 여자가 그에게 말을 걸어 왔다. 그는 그녀에게 계란 프라이 몇 개와 커피를 사 주었고, 그러곤 자신을 유혹하려는 눈길을 피하며 20프랑짜리 지폐를 건네주고는 택시를 잡아타고 호텔로 돌아갔다.

2

그가 잠에서 깨어나니 화창한 가을날 아침이었다. 미식축구하기에 안성맞춤인. 전날의 침울한 기분은 사라졌고, 거리를 오가는 사람들이 보기에 좋았다. 정오 무렵, 그는 '르 그랑 바텔'에서 호노리아와 마주 앉아 있었다. 그곳은 오후 2시에 시작해 해가 떨어질 무렵에야 끝나는 기나긴 점심, 샴페인을 곁들인 만찬의 기억이 존재하지 않는 유일한 레스토랑이었다.

"그럼, 채소는 어때? 몇 가지 채소는 꼭 먹어야 해."

"알아요, 그럴게요."

"시금치, 양배추, 당근, 강낭콩 같은 거 말이야."

"양배추가 좋아요."

"두 가지 정도 먹으면 좋을 텐데."

"점심땐 보통 한 가지만 먹어요."

종업원이 어린아이를 좋아한다는 걸 과시하듯 "따님이 참 귀엽게 생겼네요. 프랑스 말도 꼭 프랑스 아이처럼 하고요," 하고 프랑스어로 말했다.

"디저트는 어떻게 할까? 식사 다 하고 나중에 시킬까?"

웨이터가 사라졌다. 호노리아는 뭔가 기대하는 표정으로 아빠를 바라보았다.

"우리 이제 뭐 할 거예요?"

"우선, 생토노레 거리에 있는 장난감 가게에 가서 네가 좋아하는 걸 살 거야. 그러고 나선 왕립극장에 가서 쇼 구경하자."

아이가 머뭇거렸다. "쇼 구경하는 건 좋아요. 하지만 장난감 가게는 안 가도 돼요."

"왜?"

"이 인형 사 주셨잖아요," 하고 들고 있는 걸 보여 주었다. "그리고 다른 것도 많이 있어요. 이제 우린 부자가 아니잖아요."

"그래, 부자는 아니지. 하지만 오늘만큼은 네가 가지고 싶은 걸 뭐든 가질 수 있어."

"알았어요," 하고 아이가 아빠의 말에 순순히 따랐다.

아이에게 엄마가 있고, 프랑스인 유모까지 있던 때, 그는 아이를 엄하게 대하는 편이었다. 하지만 지금의 그는 가능하면 관대하려고 애썼다. 이제 아이에게 그는 아빠만이 아니었다. 그리고 무슨 얘기든 다 할 수 있기를 바랐다.

"아빠는, 우리 아가씨에 대한 거면 뭐든 다 알고 싶어," 하고 그가 진지하게 말했다. "먼저 아빠 소개부터 하지. 내 이름은 찰스 J. 웨일스, 프라하에서 왔어."

"아, 아빠!" 하고 말하며 아이가 웃음을 터뜨렸다.

"이제 아가씨 소개를 해 주겠어요?" 하고 그가 계속 진지한 표정으로 말하자, 아이도 즉각 "호노리아 웨일스, 파리 팔라탱 거리에 살아요." 하고 맞장구를 쳤다.

"결혼은 하셨나요? 아니면 미혼?"

"아뇨, 아직 결혼을 하지 않았어요. 미혼이죠."

그가 인형을 가리켰다. "그런데 아기가 있군요, 마담."

자신의 아기가 아니라고 말하는 대신 호노리아는 인형을 가슴에 꼭 안으며 재빨리 생각하다가 말했다. "사실은, 결혼을 했었어요. 하지만 지금은 아니에요. 남편이 세상을 떠났거든요."

그가 얼른 받았다. "아기 이름은요?"

"시몬. 학교에서 제일 친한 친구의 이름을 붙였어요."

"우리 아가씨 학교 생활 잘하고 있어서 아빠 아주 기뻐."

"이번 달엔 3등 했어요." 아이가 자랑을 했다. "엘시는," 하고 아이가 제 사촌 얘기를 꺼냈다. "겨우 18등. 리처드는 꼴찌."

"그래도 리처드랑 엘시가 싫은 건 아니지?"

"아, 그럼요. 전 리처드가 아주 좋아요. 엘시도 괜찮고요."

짐짓 조심스럽게 그가 물었다. "매리언 이모랑 링컨 이모부는…… 누가 더 좋아?"

"음, 링컨 이모부. 아마도."

그는 아이가 점차 주위 사람들의 이목을 끌고 있다는 걸 알아차렸다. 들어오는 사람들마다 "……귀여워라," 하고 말꼬리를 붙였다. 옆 테이블의 손님들은 아예 입을 다문 채로 마치 꽃이라 해도 더 예쁠 수 없다는 듯 아이를 바라보았다.

"왜 아빠랑 함께 살지 못하는 거예요?" 하고 아이가 불쑥 물었다. "엄마가 돌아가셔서?"

"넌 여기 남아서 프랑스어를 더 배워야 해. 아빠가 있는 데선 널 잘 보살펴 주기도 힘들고."

"정말인데요, 더 이상 절 보살펴 주실 필요 없어요. 모든 걸 혼자서 할 수 있어요."

레스토랑을 나왔을 때, 남자 하나와 여자 하나가 갑자기 그를 반갑게 맞았다.

"어머, 웨일스!"

"잘 있었어, 로레인…… 덩크."

과거에서 갑자기 튀어나온 유령들이었다. 대학 시절 친구 덩컨 셰퍼. 서른 살의 아름다운, 연한 금발의 로레인 퀴럴스. 그녀는 3년 전, 한 달을 하루처럼 탕진하며 지내던 시절의 친구들 중 하나였다.

"올해는 남편이랑 같이 못 왔어요." 하고 그녀가 남편 안부를 물은 그에게 답을 했다. "우린 완전히 거지가 돼 버렸어요. 그래서 남편이 한 달에 200달러를 보내 주면서 그걸로 어떻게든 살아 보라는데…… 이 꼬마는 당신 딸?"

"들어가서 얘기 좀 하지 그래?" 하고 덩컨이 물었다.

"그럴 수가 없어," 하고 그가 말했다. 변명할 거리가 있다는 게 다행이었다. 늘 그랬듯, 그는 로레인에게서 열정적이고 도발적인 매력을 느끼긴 했지만, 더 이상 예전의 그가 아니었다.

"그럼, 저녁은 어때요?" 하고 그녀가 물었다.

"그럴 시간이 없어. 있는 델 가르쳐 주면 내가 전화할게."

"찰리, 술 취한 거 아니죠?" 하고 그녀가 미심쩍은 듯 말했다. "취하지 않은 거 확실해. 덩컨, 찰리 좀 꼬집어 봐, 정말 안 취했는지."

찰리가 호노리아를 턱짓으로 가리켰다. 둘이 함께 웃음을 터뜨렸다.

"자네 있는 데는 어디야?" 하고 덩컨이 의심 어린 눈길로 물었다.

그는 호텔 이름을 가르쳐 주는 게 내키지 않아 머뭇거렸다.

"아직 정하질 못했어. 내가 전화하는 게 나을 거 같군. 우린 왕립극장에 가서 쇼를 구경할 참일세."

"와! 그거 내가 보고 싶었던 건데," 하고 로레인이 말했다. "광대, 곡예사, 마술사, 그런 거 다 보고 싶어. 우리도 같이 가요, 덩컨."

"그전에 먼저 갈 데가 있어," 하고 찰리가 말했다. "그럼 나중에 거기서 봐."

"그래요, 신사 어르신…… 잘 가요, 예쁜 꼬마 아가씨."

"안녕히 계세요."

호노리아가 깍듯하게 인사를 건넸다.

그리 달갑지 않은 만남이었다. 그들이 그를 좋아한 건 그가 뭔가 하고 있기 때문이었고, 진지했기 때문이었다. 그들이 그를 다시 보고 싶어 하는 건 그가 더 강건해졌기 때문이었고, 그의 그 강건함으로부터 뭔가 기댈 만한 걸 끌어내고 싶었기 때문이었다.

왕립극장에서 호노리아는 아빠가 코트를 접어 자신을 앉히려 하는 걸 보고는 다 큰 척하며 거절했다. 아이는 자신만의 생활 방식을 이미 갖고 있었고, 찰리는 그런 게 확고하게 굳어지기 전에 자신의 생각을 알려 주고픈 열망에 점점 더 사로잡혔다. 아이의 모든 것을 알 수 있기엔 시간이 너무 짧았다.

휴식 시간에 밴드가 연주를 하고 있는 로비로 나갔다가 덩컨과 로레인을 만났다.

"한잔할래요?"

"그러지. 근데, 바로 가진 말자고. 그냥 테이블에서 마셔."

"만점짜리 아빠로군요."

로레인의 말을 멍하니 들으며 찰리는 호노리아의 눈길이 그들의 테이블을 떠나 회장을 돌아다니다가 이리저리 둘러보는 것을 지켜보며 뭘 그리 보고 있는지 궁금했다. 그러다 눈이 마주치자 아이가 미소를 머금었다

"레모네이드, 좋아했었어요," 하고 아이가 말했다.

아이가 한 말은 무슨 뜻이었을까? 그리고 그는 무슨 생각을 했을까? 집으로 돌아가는 택시 안에서 그는 아이의 머리를 끌어당겨 자신의 가슴에 편안히 기대게 했다.

"우리 아가씨, 엄마 생각 많이 해?"

"네, 가끔요," 하고 아이가 가만히 대답했다.

"아빤 네가 엄마를 잊지 않았으면 해. 사진 갖고 있지?"

"네, 그런 거 같은데, 매리언 이모는 갖고 있을 거예요. 확실해요. 아빤 왜 제가 엄마를 잊지 않았으면 하는 거예요?"

"엄마가 널 무척 사랑했으니까."

"저도 엄말 사랑했어요."

둘은 한동안 아무 말도 하지 않았다.

"아빠, 아빠랑 같이 살고 싶어요," 하고 아이가 불쑥 말했다.

그의 가슴이 뛰었다. 그는 이렇게 되기를 바라고 있었더랬다.

"여기선 행복하지 않니?"

"행복하지 않은 건 아니지만, 누구보다 아빠를 사랑해요. 그리고 아빠도 누구보다 절 사랑하잖아요. 안 그래요? 이제 엄마는 안 계시니

까."

"물론 아빠 널 사랑하지. 하지만 영원히 그렇진 않을 거야. 이제 크면 너도 누군가를 만나게 될 거고, 결혼도 하게 될 테지. 그러면 아빠를 잊게 될 거야."

"네, 그렇긴 하겠죠," 하고 아이가 차분히 인정했다.

그는 아이만 집으로 들여보냈다. 9시에 돌아오기로 얘기하기도 했었지만, 그때 하려고 생각한 새로운 사실들을 아직은 그냥 담아 두고 싶었다.

"방으로 들어가면, 저기 창가에서 네 모습을 보여 줘."

"알았어요. 잘 가요, 아빠, 아빠, 아빠."

그는 어둠이 내린 길에 우두커니 서서 아이가 나타날 때까지 기다렸다. 아주 따스하고 환한 불빛이 새 나오는 창 안에서 아이가 손가락을 입술에 대고는 어둠 속으로 키스를 보냈다.

3

그들이 기다리고 있었다. 매리언은 마치 장례식이라도 치르는 듯 엄숙한 검정 만찬복을 입은 채로 커피 도구들 뒤에 앉아 있었다. 링컨은 이미 얘기가 오간 듯 방 안을 분주하게 서성거렸다. 문제의 핵심으로 들어가고 싶어 하는 두 사람의 간절한 마음이 읽혔다. 그는 지체하지 않고 본론을 꺼냈다.

"제가 무슨 얘기를 하고 싶어 하는지는 두 분이 잘 아시리라 생각합니다…… 제가 왜 파리로 왔는지 진짜 이유를요."

매리언은 목걸이에 달려 있는 검정색 별 장식을 만지작거리며 미간을 좁혔다.

"제가 간절히 갖고 싶은 건 가정입니다," 하고 그가 말을 이었다. "그리고 거기에 호노리아가 함께 있기를 간절히 바라고요. 엄마를 대신해 호노리아를 보살펴 주신 것에 감사하는 마음을 갖고 있습니다. 하지만 이제 사정이 많이 바뀌었습니다." 거기서 잠깐 머뭇거리던 그는 용기를 내 다시 덧붙였다. "저는 완전히 변했습니다. 그래서 이 문제를 두 분께서 다시 생각해 주시길 간청드립니다. 3년 전에 제가 바보처럼 행동한 것을 부정하려는 생각은 전혀 없습니다……"

매리언이 그를 냉담한 눈으로 올려다보았다.

"……하지만 모든 게 끝났습니다. 이미 말씀드렸듯이, 한 해 넘도록 하루에 한 잔 이상 마시지 않았습니다. 그렇게 마신 건 의도적이었습니다. 상상 속에서 알코올에 대한 생각이 더 이상 커지지 않게 하기 위해서였죠. 이해하실지 모르겠습니다만."

"모르겠는데요," 하고 매리언이 툭 뱉었다.

"제 자신을 시험하기 위한 일종의 게임이었습니다. 그렇게 해서 균형을 잡으려 한 거지요."

"그런 거였군," 하고 링컨이 말했다. "알코올에 어떤 식으로든 끌려다니지 않는다는 걸 확인하고 싶었다는 거잖아."

"그런 셈이죠. 때로는 잊어버리고 아주 안 마시기도 했습니다. 하지만 가능하면 그러려고 했어요. 어쨌든, 지금의 제 처지는 술을 많이 마실 수도 없습니다. 제가 맡고 있는 업체의 고객들은 제가 하는 일에 만족하고 있거니와, 벌링턴에 있는 여동생을 데려와 집안일을 거들게 할 생각도 하고 있습니다. 무엇보다 호노리아를 거기에 데려가고 싶은 마음이 간절합니다. 두 분도 아실 테지만, 아이 엄마와 제가 사이가 좋지 않았을 때도 가능하면 호노리아에게 영향이 미치지 않도록 많이 노력했었습니다. 아이가 저를 좋아한다는 것, 제가 그 아이를 돌볼 수 있다는 걸 잘 알고 있습니다…… 이게, 제가 하고 싶었던 얘깁니다. 두 분 생각은 어떠신지요?"

그는 이제 된통 얻어맞아야 할 거라고 생각했다. 한두 시간은 계속 될 테고, 쉽지는 않을 테지만, 마음을 고쳐먹은 죄인이 자비를 구하는 태도를 보인다면 피할 수 없는 분노도 스러질 거라고, 그러다 보면 마침내 자신의 생각이 받아들여질 거라고 믿었다.

어떤 일이 있어도 성질을 부려서는 안 된다, 하고 그는 자신에게 말했다. 자신이 원하는 건 결백이 아니었다. 호노리아였다.

링컨이 먼저 입을 뗐다. "지난달에 자네 편지를 받고 나서 우린 몇 번이나 이 문제를 두고 얘기를 했었지. 우린 호노리아와 행복하게 살고 있다네. 참 좋은 아이야. 우린 기꺼이 호노리아를 돕고 있어. 하지만 물론 그게 문제의 핵심은 아니지……"

매리언이 갑자기 남편의 말을 자르며 "얼마나 술을 멀리할 수 있을 거라고 생각해요, 찰리?" 하고 물었다.

"영원히요. 제 바람입니다."

"그건 말 그대로 바람일 뿐이지 않나요?"

"아시겠지만, 일을 다 팽개치고 여기로 와서 아무것도 하지 않고 지낼 때까지만 해도 전 심하게 술을 마신 적이 없습니다. 헬렌과 제가 돌아다니기 시작하면서……"

"제발 헬렌 얘기는 꺼내지 말아 줘요. 당신이 헬렌을 그런 식으로 얘기하는 건 듣고 있을 수가 없네요."

그는 무서운 눈으로 그녀를 쏘아보았다. 아내가 살아 있을 때는 자매의 사이가 애틋했다는 느낌을 한 번도 받아 본 적이 없었다.

"제가 술을 마신 건 그때 1년 반 정도가 전부였어요…… 우리가 이곳으로 건너온 뒤부터 제가…… 망가진 그때까지요."

"그 정도면 다 알 수 있죠."

"맞습니다. 충분히 알 수 있죠," 하고 그가 동의했다.

"내 의무는 온전히 헬렌에 관한 거예요," 하고 그녀가 말했다. "헬렌도 내가 그렇게 해 주기를 바랄 거라고 생각해요. 솔직히, 당신이 그 몹쓸 짓을 한 그날 밤 이후로 당신은 나한텐 없는 사람이에요. 이건 어쩔 수 없어요. 헬렌은 내 동생이니까요."

"맞습니다."

"헬렌이 죽어 가면서 내게 당부를 했어요. 호노리아를 돌봐 달라고요. 그때 당신이 결핵 요양소에 입원해 있지 않았다면 문제를 해결하는 데 도움이 됐겠지만."

그는 아무 말도 하지 않았다.

"헬렌이 우리 집 문을 두드리던 그 아침은, 평생에 걸쳐 결코 잊을 수 없는 아침일 거예요. 쫄딱 젖어서는 부들부들 떨면서 말했죠. 당신이 내쫓았다고요."

찰리는 의자 양쪽 팔걸이를 움켜쥐었다. 예상한 것 이상으로 힘이 들었다. 그는 간절하게 해명을 하고 싶었다. 하지만 그가 할 수 있었던 말은 이뿐이었다. "그날 밤 헬렌을 집에 들어오지 못하게 한 건……" 거기서 그녀가 말을 가로막았다. "그 얘기는 다시 듣고 싶지 않다고 했죠?"

잠깐 침묵을 지키고 있던 링컨이 입을 열었다. "얘기가 옆길로 샜군.

그러니까 자네가 원하는 건 매리언이 가진 호노리아에 대한 법적 대리인 자격을 자네한테 넘겨 달라는 거잖아. 그런데 내가 보기에 매리언이 중요하게 생각하는 건 자네를 믿을 수 있느냐는 거야."

"처형 생각을 무시할 생각은 없습니다," 하고 찰리가 천천히 말을 시작했다. "하지만 처형께 부탁드리고 싶은 건, 이젠 저를 완전히 믿어 달라는 겁니다. 3년 전만 하더라도 저는 좋은 평판을 갖고 있었죠. 물론, 사람의 일이라 언제 또 잘못을 저지를지는 알 수 없지만, 그러나 더 이상 기다리기만 한다면 어린 시절의 호노리아로부터 저와 함께 지낼 수 있는 시간을 영원히 빼앗아 버리게 될 겁니다."

"그건 그렇지, 알겠네," 하고 링컨이 말했다.

"왜 더 일찍 그런 생각을 하지 못한 거죠?" 하고 매리언이 물었다.

"생각은 했었죠. 하지만 헬렌과 제 사이가 점점 나빠졌고, 제가 처형께서 후견인이 되는 데 동의를 했을 땐 결핵 요양소에 누워 있었고, 재정 상태도 바닥이었고요. 제가 한 짓이 나빴다는 걸 저도 알았고, 헬렌에게 조금이라도 안정을 주는 일이라면 동의를 해야만 했었죠. 하지만 이젠 달라졌습니다. 이젠 몸도 회복을 했고, 행동도 우라질 똑 부러지게 하고, 할 수만 있다면……"

"내 앞에서 욕설은 하지 말아 주세요," 하고 매리언이 말했다.

그는 놀란 눈으로 그녀를 바라보았다. 한 마디씩 할 때마다 그녀가 가진 그에 대한 혐오감이 점점 또렷해지고 있었다. 그녀는 삶에 대한 자신의 두려움을 차곡차곡 쌓아 그가 넘어올 수 없도록 벽을 만들었다. 이런 식의 별것 없는 비난이 어쩌면 몇 시간 전 그녀로 하여금 부엌에서 요리사와 다투게 만들었을지도 몰랐다. 찰리는 자신에 대한 이런 적대적인 분위기 속에 호노리아를 두고 간다는 게 더욱 불안해졌다. 머지않아 저 적대감이 때로는 말로 때로는 고개를 젓는 동작으로 드러날 것이고, 어쩔 수 없이 호노리아에게도 영향을 줄 것이었다. 그는 화가 치밀었지만 애써 태연한 척하며 속으로 꿀꺽 삼켰다. 그는 그렇게 득점을 올렸다. 링컨이 매리언의 지적에 어이없어하며 언제부터 '우라질'이란 말에 그렇게 반응했냐고 가볍게 그녀를 책망했던 것이다.

"또 한 가지는," 하고 찰리가 말했다. "이젠 호노리아에게 뭔가 해 줄 수 있게 됐다는 겁니다. 프랑스인 가정교사를 프라하로 함께 데려 갈 생각입니다. 새 아파트도 임대하기로 했고……"

그는 자신이 너무 우쭐대고 있다는 생각이 들어 거기서 말을 멈추었다. 자신의 수입이 예전처럼 그들의 두 배에 달하게 되었다는 사실을 그들이 아무렇지 않게 받아들일 수 있을지 의심이 든 것이다.

"호노리아한테 우리보다 더 큰 호사를 누릴 수 있게 해 주겠다, 그런 얘기군요," 하고 매리언이 말했다. "당신이 돈을 물 쓰듯 할 때, 우린 10프랑에도 달달 떨었죠…… 이제 다시 그런 생활을 시작할 거다, 그 말이군요."

"아, 그런 게 아니라," 하고 그가 말했다. "전 10여 년을 열심히 일했어요. 두 분도 아시겠지만…… 그러다 주식 시장에서 큰 행운을 잡았죠. 많은 사람들이 그랬듯이요. 끔찍한 행운이었죠. 더 이상 일할 게 뭐 있나 싶었죠. 그래서 일을 모두 그만두었는데, 그런 행운이란 늘 찾아오는 게 아니죠."

긴 침묵이 드리워졌다. 그들 모두 신경이 조여드는 것 같은 느낌을 받았다. 한 해 만에 처음으로 찰리는 술을 마시고 싶었다. 그는 링컨 피터스만큼은 아이를 자신에게 넘겨주고 싶어 한다는 확신이 들었다.

매리언이 갑자기 몸을 부르르 떨었다. 그녀는 찰리의 발이 이제 군건하게 땅을 디디고 있다는 사실을 인정할 수밖에 없었다. 그리고 엄마로서 생각해 보아도 그의 갈망이 자연스럽게 받아들여졌다. 하지만 그녀는 오랫동안 하나의 편견만은 떨치지 못했다. 그것은 자신의 여동생이 행복하지 않을 거라는 기이한 믿음이었다. 그 믿음은 어느 끔찍한 밤에 닥친 충격적인 사건으로 인해 그에 대한 증오로 바뀌었다. 때마침 병약한 몸으로 의기소침해 있던 그녀에겐 확연히 손에 잡히는 악행과 확연히 눈에 보이는 악당이 필요했을 것이다. 그것으로 자신의 처지를 위로하고 싶었던 것이다.

"난 내가 생각한 대로만 생각할 수밖에 없어!" 하고 그녀가 갑자기 소리를 질렀다. "헬렌의 죽음에 당신이 얼마나 책임이 있는지, 난 몰라. 그건 당신의 양심에 맡겨야 할 문제니까."

온몸에 전류가 흐르듯 고통이 그를 파고들었다. 한순간 거의 자리를 박차고 일어날 뻔했던 그는 목구멍을 빠져나오려는 소리를 간신히 참아 냈다. 그는 스스로를 억누르며 한순간을, 다시 한순간을 넘겼다.

"진정해," 하고 링컨이 언짢은 표정으로 말했다. "난 그게 자네 책임이라고 생각해 본 적 없어."

"헬렌의 사인은 심장마비였습니다," 하고 찰리가 힘없이 말했다.

"그래요, 심장마비였죠." 매리언은 심장마비라는 단어에 뭔가 다른 의미가 포함되어 있다는 듯 말했다.

그러고 나자, 한번 폭발해 버린 뒤에 평온이 찾아든 그녀는 차분한 그의 모습을 보면서 어쨌든 그가 상황을 완전히 장악했음을 깨달았다. 남편을 흘끗 바라본 그녀는 남편으로부터도 전혀 도움을 받을 수 없다는 것을 알았다. 그러곤 갑자기 중요한 건 아무것도 없다는 듯 그녀는 모든 걸 놓아 버렸다.

"당신 좋을 대로 해요!" 하고 그녀가 큰 소리로 말하고는 의자를 박차고 일어났다. "그 아인 당신 아이니까. 내가 당신 길이나 막는 여자도 아니고. 내 아이였다면 내가⋯⋯" 그녀는 간신히 자신을 억눌렀다. "두 사람이 결정해요. 난 더 이상 견딜 수 없어요. 힘들어요. 누워야겠어요."

그녀는 황급히 방을 빠져나갔다. 잠시 후 링컨이 말했다.

"아내한텐 힘든 하루였어. 자네도 알겠지만, 무척 감정적인 여자라⋯⋯" 그의 목소리에 변명의 기운이 가득 묻어 있었다. "한번 각인이 되면 벗어나기가 힘들지."

"그렇죠."

"다 잘될 거야. 저 사람도 알 테지. 자네가 이제⋯⋯ 아이를 건사할 수 있다는 거, 우리가 자네를, 호노리아를, 가로막을 수 없다는 거."

"고마워요, 링컨."

"가서 아내를 좀 살펴봐야겠어."

"저도 이만 가 보겠습니다."

거리로 나왔지만 그는 여전히 떨고 있었다. 보나파르트 대로를 걸어 내려가 강변에 이르고, 거기서 다시 센강을 건너면서 그는 강변을 환히 밝힌 가로등을 보며 마치 승리를 거머쥔 듯한 기분을 느꼈다. 하지만 자신의 방으로 돌아온 그는 잠을 이룰 수가 없었다. 헬렌의 얼굴이 떠올라 사라지지 않았다. 헬렌은, 아무런 의미도 없이 서로에 대한 사랑을 마구 허비하고 갈기갈기 찢어 버리기 시작할 때까지, 너무도 사랑한 여자였다. 매리언의 기억에 생생히 남아 있던 그 끔찍한 2월의 밤, 그들은 몇 시간이고 꾸역꾸역 싸워 댔다. 첫 장면은 '플로리다'라는 술집에서 시작되었다. 그러다가 그는 그녀를 집으로 데려가려 했었고, 그러던 중에 그녀가 어느 테이블에서 웹이란 젊은 녀석과 키스를 했었다. 매리언이 신경질적으로 말했던 일은 그 뒤에 일어났다. 혼자 집으로 돌아온 그는 화가 머리끝까지 치솟아 문을 걸어 잠갔다. 한 시간쯤 뒤에 그녀가 홀로 돌아왔다는 것을, 실내화를 신은 채로 눈보라 속을 헤매고 다녔다는 것을, 택시를 탈 수 없을 정도로 당황해 있었다는 것을, 그로선 도무지 알 수 없었다. 그 후유증으로 아내는 폐렴이 걸렸고, 기적처럼 벗어났고, 그러곤 끔찍한 소동이 기다리고 있었다. 둘은 '화해'에 이르긴 했지만 한낱 파국을 향한 시작일 뿐이었다. 그걸 자신의 두 눈으로 지켜본 매리언은 그것을 여동생이 겪고 있던 수많은 고난의 한 장면으로 상정했고, 결코 기억에서 지우지 못했다.

생각에 잠겨 있는 동안 헬렌이 점점 가까이 다가왔고, 하얗고 부드러운 새벽빛을 받으며 반쯤 졸음에 빠진 그는 어느새 그녀와 다시 얘기를 나누었다. 그녀는 호노리아에 대한 그의 생각이 완전히 옳으며, 자신도 호노리아가 그와 함께 살기를 원한다고 말했다. 그녀는 그가 다시 좋은 사람이 되었다는 것이, 일을 더 잘할 수 있게 되었다는 것이 기쁘다고 말했다. 그녀는 다른 많은 것들도 다정하게 얘기해 주었다. 그녀는 하얀 드레스를 입은 채로 그네를 타고 있었다. 그네는 점점 빠르게, 빠르게 움직였다. 너무 빠르게 움직여 마침내 그는 그녀가 하는 말을 전혀 알아들을 수 없었다.

그는 행복한 느낌으로 잠에서 깨어났다. 세상으로 나아가는 문이 새롭게 열려 있었다. 그는 호노리아와 자신을 위한 계획과 전망과 미래를 그렸다. 그 순간 갑자기 그와 헬렌이 함께 세웠던 계획들이 떠오르며 슬픔이 밀려들었다. 그녀의 죽음은 그 계획에 포함되어 있지 않았었다. 그러나 이제 중요한 것은 지금이었다. 해야 할 일과 사랑해야 할 사람이었다. 너무 사랑하진 말아야지, 하고 그는 생각했다. 아버지가 딸을 너무 사랑해 가할 수 있는 상처, 어머니가 아들을 너무 끔찍이 위해서 생길 수 있는 아픔을, 그는 또렷하게 알고 있었다. 그렇게 자란 아이는 나중에 결혼을 했을 때 상대에게 똑같이 맹목적 사랑을 요구하게 되고, 그걸 찾지 못하게 되고, 마침내 사랑과 삶을 등지게 된다.

화창하고 상쾌한 날씨였다. 그는 링컨 피터스가 근무하는 은행으로 전화를 걸어 프라하로 돌아갈 때 호노리아를 데려갈 수 있을지를 물었다. 링컨은 미룰 이유가 없다는 데 동의했다. 한 가지, 법적 후견인 자격이 문제였다. 매리언이 좀 더 후견인으로 있고 싶어 한다는 거였다. 그녀는 이번 일로 속이 많이 상했고, 1년 정도 지금의 상태를 유지한다면 해소가 될 것 같다고 했다. 찰리는 반대하지 않았다. 아이를 만질 수 있고 볼 수 있기만 하다면, 다른 건 얼마든 받아들일 수 있었다.

이제 가정교사 문제가 남았다. 찰리는 어두침침한 직업 소개소에 앉아 까탈스러워 보이는 베아른 출신의 여자와 몸집 좋은 브르타뉴 농가 출신의 여자를 만나 보았지만 둘 모두 마음에 들지 않았다. 그는 다음 날 다른 사람들을 만나 보기로 했다.

그는 그리펀 레스토랑에서 링컨 피터스와 점심을 먹으며 기뻐하는 티가 드러나지 않도록 애를 썼다.

"자기 자식만 한 건 없지," 하고 링컨이 말했다. "하지만 매리언이 어떤 기분일지도 이해해 주게."

"처형은 잊고 계세요. 제가 7년 동안 얼마나 열심히 일했는지를요," 하고 찰리가 말했다. "그저 그 하룻밤만 기억할 뿐이죠."

"꼭 그것만은 아닐세." 링컨이 머뭇거리다 말을 이었다. "동서와 헬렌이 유럽을 마구 돌아다니면서 돈을 뿌려 대고 있을 때, 우린 간신히 살아가고 있었지. 보험금도 제대로 못 내던 우리는 당시의 호황기와는 전혀 인연이 없었어. 매리언은 부당함 비슷한 걸 느꼈을 거야…… 자넨 마지막엔 전혀 일을 하지 않았는데도 점점 더 부자가 돼 갔으니까."

"그렇게 들어온 돈이라 쉽게 빠져나갔죠," 하고 찰리가 말했다.

"그러게 말이야. 엄청난 돈들이 종업원, 색소폰 주자들, 호텔 매니저들 주머니에 들어갔지…… 그 호사스럽던 파티도 이젠 옛이야기가 돼 버렸군. 내가 이렇게 얘기하는 건 매리언이 겪은 미칠 것 같던 시절을 이해해 달라는 걸세. 오늘 6시쯤, 매리언이 크게 지치기 전에 집에 들르게. 그때 세부적인 것까지 마무리 짓기로 하지."

호텔로 돌아온 찰리는 리츠 호텔 바에서 온 속달우편을 전해 받았다. 거기 갔을 때 찰리는 주소를 남겨 두었더랬다.

친애하는 찰리에게,

지난번 만났을 때 당신이 하도 이상해서 혹시나 제가 당신 기분을 상하게 했을까 걱정되네요. 만약 그랬다면, 저로선 이유를 전혀 알 수가 없어요. 사실, 지난 1년 동안 당신 생각을 아주 많이 했었고, 여기 오게 되면 당신을 만날 수 있을 거라고 늘 생각하고 있었어요. 그 미칠 것 같던 봄, 멋지게 보냈던 시간들이 생각나요. 당신과 내가 정육점 주인의 삼륜 오토바이를 훔치던 밤, 대통령을 만나려고 기를 쓰던 일도 생각나요. 당신은 낡은 중산모자를 쓰고 철사로 꼬아 만든 지팡이를 짚고 있었죠. 이즈음엔 사람들이 모두 너무 늙어 버린 것 같지만, 전 나이 든 느낌이 전혀 안 들어요. 예전을 생각해서 오늘 언제라도 만날 수 없을까요? 어제 너무 마셔서 지금은 몸을 가누질 못하지만 오후면 살아날 거예요. 5시쯤 리츠 호텔의 그 노동 착취 현장*에 가서 당신을 찾아볼게요.

늘 당신을 열렬히 사모하는,

로레인

편지를 읽고 그에게 맨 먼저 든 생각은 두려움이었다. 먹을 만큼 먹은 나이에 삼륜 오토바이를 훔쳐 로레인을 뒤에다 태우고는 한밤중에서 새벽까지 에트왈 광장을 온통 돌아다녔던 것이다. 생각해 보면 그건 악몽과도 같았다. 전혀 다른 얘기처럼 보이지만, 삼륜 오토바이 사건 같은 걸 벌이다가 마침내 헬렌이 집으로 들어오지 못하도록 문을 걸어 잠그는, 말도 안 되는 일까지 하게 된 것이었다. 그런 무책임한 지경에 빠지기까지 대체 얼마나 많은 날들을 탕진했었던가?

그는 당시의 로레인이 자신에게 어떤 모습을 하고 있었는지 떠올리려 애썼다. 그녀는 무척이나 매력적이었다. 헬렌은, 거기에 대해선 단 한마디도 하지 않았지만 마음이 몹시 언짢았을 거란 생각이 들었다. 어제 레스토랑에서 마주친 로레인에게선 예전의 모습을 찾을 수가 없

---

* 저임금으로 노동력을 착취하는 작업장을 빗댄 말로, 여기선 호텔 바를 뜻한다.

었다. 평범해지고, 뭉개지고, 닳아 있었다. 그녀를 만나고 싶지 않다는 마음이 명확해졌다. 앨릭스가 자신의 호텔 주소를 그녀에게 가르쳐 주지 않은 건 다행한 일이었다. 호노리아를 생각하며 그는 겨우 숨을 돌릴 수 있었다. 아이와 함께 보내게 될 휴일들, 아이에게 건네게 될 아침 인사, 밤에도 한집에 있을 수 있다는 사실, 어둠 속에서 들려올 아이의 숨소리.

5시에 그는 택시를 타고 피터스 가족들 모두에게 줄 선물을—아이들을 위해선 매력적인 의상을 입은 인형과 로마 병정 장난감 한 상자를, 매리언을 위해선 꽃을 그리고 링컨을 위해서는 커다란 리넨 손수건을—사러 갔다.

아파트로 들어선 그는 매리언이 더 이상 피할 수 없는 운명을 받아들였다는 걸 알았다. 그녀는 해를 가할지도 모르는 외부인이 아니라 까다로운 가족의 일원으로 그를 맞았다. 호노리아는 아빠와 함께 가게 됐다는 얘기를 들은 뒤였다. 찰리는 아이가 가눌 길 없는 기쁨을 잘 감추고 있다는 걸 확인하고 기뻤다. 아이는 다만 그의 무릎으로 올라왔다가 다른 아이들에게로 가기 전에 조그만 소리로 "언제 가요?" 하고 물었을 뿐이었다.

그와 매리언 둘만 방 안에 잠깐 있게 되었을 때, 그는 입 안을 뱅뱅 돌고 있던 말을 불쑥 꺼냈다.

"가족 간에 일어나는 다툼은 정말 괴로워요. 규칙이란 걸 따르기가 힘들죠. 아픔이나 상처도 여느 것과는 다르고요. 살갗이 찢어지는 것보다 더한 것 같습니다. 치료를 할 수 없을 만큼요. 아마도 물리적인 상처가 아니라서 그럴 테죠. 앞으로 처형과 더 좋은 사이가 될 수 있었으면 좋겠습니다."

"잊기 힘든 일들이 있어요," 하고 그녀가 받았다. "신뢰 문제 때문이 겠죠." 답이 필요치 않은 말이었다. 그녀가 이내 물었다. "언제 아이를 데려갈 생각인가요?"

"가정교사가 구해지면 곧요. 이틀쯤 뒤에 가능하지 않을까 싶습니다."

"그건 곤란해요. 아이 물건들을 챙겨야 하니까요. 토요일까지는 불가능해요."

그건 그가 양보했다. 방으로 돌아온 링컨이 술 한잔을 권했다.

"오늘치 위스키를 마시면 되겠군요," 하고 그가 말했다.

분위기는 온화했다. 이런 게 가정이었다. 사람들이 모두 난롯가에 둘러앉아 있었다. 아이들은 전혀 불안함을 느끼지 않았고, 자신들이 소중하다는 느낌을 받고 있었다. 엄마와 아빠는 진지했고, 늘 주의를 기울였다. 두 사람은 그들의 집을 찾아온 자신보다 아이들을 더 소중하게 대하는 듯했다. 매리언과 그 사이의 긴장된 관계보다는 아이들에게 먹이는 약 한 숟갈이 더 중요했던 것이다. 그들은 재미없는 사람들이 아니었다. 단지 자신들의 생활과 환경에 지나치게 묶여 있을 뿐이었다. 그는 다람쥐 쳇바퀴 돌듯 은행에 묶여 있는 링컨에게 뭔가 자유로움을 줄 수 있는 방법이 없을까 궁리했다.

그때 초인종이 길게 울렸다. 프랑스인 하녀가 복도를 따라 내려갔다. 문이 열리기 전에 다시 초인종이 길게 울렸고, 이어 목소리가 들려왔다. 응접실의 세 사람이 무슨 일이냐는 듯 목을 길게 뺐다. 링컨은 현관이 보이는 데까지 복도를 내려갔고, 매리언은 자리에서 일어났다. 그때 하녀가 돌아왔는데 바로 뒤편에서 목소리가 들려왔다. 불빛에 드러난 얼굴은 덩컨 셰퍼와 로레인 쿼럴스였다.

두 사람은 뭐가 좋은지 큰 소리로 웃음을 터뜨렸다. 찰리는 몹시 놀랐다. 그들이 어떻게 처형네 주소를 알아냈는지 이해할 수 없었다.

"오호!" 하고 덩컨이 찰리를 향해 손가락을 흔들어 댔다. "진짜로 여기 있었군그래!"

그들은 방 안이 떠내려갈 듯 웃어 댔다. 정신을 제대로 수습하지 못한 채 찰리는 그들과 재빨리 악수를 하고는 링컨과 매리언에게 소개했다. 매리언은 고개를 끄덕이며 간신히 인사말을 건네곤 난롯가로 한 걸음 물러났다. 어린 딸이 매리언 옆으로 가서 서자 그녀가 팔로 아이의 어깨를 감쌌다.

찰리는 그들이 갑작스레 나타난 데 화가 치밀기 시작해 그들 스스로 해명하기를 기다렸다. 뭔가 진정하려 애쓰며 덩컨이 말했다.

"자넬 만찬에 초대하려고 왔네. 로레인과 난 말이야, 자네가 왜 이런 식으로 쉬쉬하는지 모르겠어. 주소를 숨기는 짓 따윈 하지 않았으면 좋겠다고."

찰리는 마치 두 사람을 복도 뒤편으로 밀어내기라도 할 듯 그들 가까이로 다가갔다.

"미안하네만, 난 갈 수 없어. 자네들이 가는 델 가르쳐 주게, 30분 뒤에 전화할 테니."

이건 전혀 통하지 않았다. 로레인은 의자 팔걸이에 불쑥 앉더니 리처드를 유심히 보며 큰 소리로 말했다. "와, 어쩜 이리 멋질까, 꼬마 아저씨! 이리 좀 와 봐." 리처드는 엄마를 힐끔 쳐다보았을 뿐, 꼼짝하지 않았다. 로레인은 의식적으로 어깨를 으쓱해 보이고는 찰리에게로 고개를 돌렸다.

"같이 가서 저녁 먹어요. 여기 가족분들도 이해할 텐데요 뭐. 오랜만

이잖아요. 너무 오래돼서 어색해진 거예요?"

"난 갈 수 없다니까," 하고 찰리가 쏘아붙였다. "둘이 가서 만찬을 즐겨. 나중에 전화할 테니."

"알았어요. 그럼 가죠 뭐," 하고 불쑥 튀어나온 로레인의 목소리에 불만이 가득 어려 있었다. "하지만 난 기억하고 있어요. 언젠가 새벽 4시에 당신이 우리 집 문을 쾅쾅거리며 두드리던 거 말예요. 그때 난 당신에게 술상을 봐 줄 만큼 친절했었는데. 가요, 덩컨."

화가 풀리지 않은 얼굴에 예의 그 느릿느릿 뭉그적거리는 걸음으로 두 사람은 복도를 따라 물러갔다.

"잘 가게들," 하고 찰리가 말했다.

"잘 계셔!" 하고 로레인이 빈정거리듯 맞받았다.

그가 응접실로 돌아왔을 때 매리언은 꼼짝도 하지 않고 있었다. 그녀의 반대편 팔에는 이제 아들까지 안겨 있었다. 링컨은 여전히 호노리아를 안고서 시계추처럼 앞으로 뒤로 흔들어 댔다.

"저렇게 무례할 수가!" 하고 찰리가 내뱉었다. "정말이지 무례해!"

처형과 동서는 아무런 반응도 보이지 않았다. 찰리는 안락의자에 무너지듯 앉으며 술잔을 집어 들었다가 도로 내려놓고는 말했다.

"2년 동안 만나지 않는 사이에 어떻게 사람들이 저리 뻔뻔해질 수가……"

거기서 그는 입을 다물었다. 매리언이 "아!" 하고 탄식을 내려놓고는 씩씩거리며 빠르게 숨을 내쉬다가 그에게서 몸을 휙 돌려 방을 나가 버린 것이다.

링컨이 호노리아를 조심스럽게 내려놓았다.

"너희들은 가서 수프를 먹도록 해," 하고 링컨이 말했다. 아이들이 순순히 물러나자, 그는 찰리에게 말했다.

"매리언 상태가 좋질 않아. 그래서 충격을 견디기가 힘들어. 저런 사람들을 보면 정말이지 몸까지 아파지더라고."

"제가 저 사람들을 부른 게 아닙니다. 아마도 형님 이름을 알아낸 거 같아요. 그러곤 무슨 의도에선지⋯⋯"

"음, 참 곤란하게 됐구먼. 이런 건 정말이지 도움이 되질 않는 일이야. 잠깐 기다려 보게."

홀로 남겨진 찰리는 굳은 얼굴로 의자에 앉아 있었다. 옆방에선 아이들이 음식을 먹으며 나누는 얘기 소리가 툭툭 끊기며 들려왔다. 어른들 사이에서 일어난 일은 벌써 잊어버린 듯했다. 멀리 떨어진 방에서 웅얼거리며 대화를 주고받는 소리가 이어지다 전화 송수화기를 집어 드는 딸깍 소리가 났다. 아무것도 생각나지 않는 멍한 상태에서 그는 방에서 들려오는 소리를 피해 반대편으로 걸음을 옮겼다.

얼마 지나지 않아 링컨이 돌아왔다. "이보게, 찰리. 오늘 저녁 식사는 아무래도 취소하는 게 낫겠어. 매리언 상태가 많이 좋지 않군."

"저 때문에 화가 난 건가요?"

"그런 셈이지," 하고 그가 상당히 거칠게 말했다. "몸이 좋지 않다고 그랬잖나. 그리고⋯⋯"

"형님 말씀은, 처형이 호노리아에 대한 마음까지 바꿔 버렸다는 뜻인가요?"

"그건 나도 모르겠네만, 아내가 몹시 기분이 상해 있긴 해. 내일 은행으로 전화를 주게."

"형님께서 잘 설명해 주셨으면 좋겠네요. 그 사람들이 여기까지 오리라곤 꿈에도 생각하지 못했습니다. 저도 두 분 못지않게 속상합니다."

"지금은 뭐라 해도 매리언 귀엔 들어오지 않을 거야."

찰리가 자리에서 일어났다. 그는 코트와 모자를 집어 들고 복도로 걸어갔다. 그리고 주방 문을 열고는 여느 때와는 다른 목소리로 "잘 자거라, 얘들아," 하고 말했다.

호노리아가 일어나 식탁을 돌아 그의 품에 안겼다.

"잘 자요, 우리 아가씨," 하고 그가 힘없이 말했다. 그러곤 애써 부드럽게 목소리를 가다듬으려 애쓰며 말했다. "얘들아, 모두들 잘 자."

5

찰리는 화가 잔뜩 난 상태에서 로레인과 덩컨을 찾아 곧바로 리츠 호텔 바로 갔지만 둘의 모습은 보이지 않았다. 하지만 설사 둘을 봤다 해도 그로선 할 수 있는 게 없다는 사실을 깨달았다. 결국 처형네 집에선 술을 입에도 대지 못했던 그는 위스키소다 한 잔을 주문했다. 폴이 그에게로 다가와 인사를 했다.

"완전히 변했어요," 하고 그가 쓸쓸한 표정으로 말했다. "예전의 절반밖에 되질 않아요. 들어 보니 미국으로 돌아간 사람들도 빈털터리 신세가 된 것 같던데, 첫 주식 폭락 때는 버텼다가도 2차 폭락은 피할 수가 없었나 봅디다. 친구분이셨죠, 조지 하르트 씨도 무일푼이 됐다 더군요. 어떻게, 미국으로 가신 겁니까?"

"아니, 난 사업차 프라하에 있다네."

"선생님도 주식 시장 폭락 때 손해를 많이 보셨다고 들었습니다만."

"그랬지," 하곤 그가 엄숙한 표정으로 덧붙였다. "사실, 폭락하기 전에 이미 난 내가 바라던 모든 걸 잃어버렸다네."

"얕잡아 본 건가요?"*

"그렇다고 봐야지."

다시 그맘때의 일들이, 여행 중에 만났던 사람들이 악몽처럼 그를 덮쳤다. 덧셈도 제대로 하지 못하던 사람들, 알아들을 수 없는 혀 꼬부라진 말들만 해 대던 사람들, 선상 파티가 있던 날 헬렌이 춤을 추겠다고 했는데도 테이블에서 3미터쯤 떨어진 곳에서 그녀를 욕하던 조그만 남자와 술인지 마약인지에 취해 사람들이 보는 앞에서 비명을 질러 대며 끌려 나가던 여자들.

그리고 아내들을 눈발 속으로 내몬 채 문을 걸어 잠근 남자들이 있었다. 1929년 겨울의 눈은 진짜 눈처럼 보이지 않았다. 돈만 있다면 그것이 눈이 아니라고 얼마든 주장할 수 있던 때였다.

그는 전화기로 가서 처형네 아파트에 전화를 걸었다. 링컨이 받았다.

"마음이 쓰여서 전화했어요. 처형이 무슨 말씀을 하지 않았습니까?"

"매리언은 앓아누웠네," 하고 링컨이 간단히 말했다. "이 일이 자네 탓만은 아니란 건 알고 있네만, 이 일로 아내가 자리보전하는 일은 원치 않아. 6개월쯤 결정을 미뤄야 하지 않을까, 염려가 되는군. 아내를 다시 이런 상태로 몰아넣을 순 없어."

"알겠습니다."

---

* Selling Short. 주식 용어로는 공매도公賣渡를 의미하지만, 소설에서는 '앞일을 정확히 내다보지 않고 가볍게 여겼다'는 의미로 사용되고 있다. 공매도는 가격 하락이 예상되는 경우 향후 저렴한 가격으로 재매입해 차익을 얻으려는 속셈으로 소유하지 않았거나 차입한 증권을 매도하는 행위를 말한다.

"미안하네, 찰리."

그는 자신의 테이블로 돌아갔다. 위스키 잔은 비었지만, 앨릭스가 의뭉스러운 눈길로 바라보자 그는 고개를 저었다. 이제 그가 할 수 있는 일은 많지 않았다. 호노리아에게 뭔가를 보내 주는 것뿐이었다. 그는 다음 날 아이에게 가능하면 많은 걸 보내 주고 싶었다. 그는 그것 역시 그저 돈이 하는 일일 뿐이라는 것에 화가 치밀었다. 수많은 사람들에게 돈을 뿌려 대던 예전의 자신이 떠올랐다.

"아니, 이만하면 됐어," 하고 그는 웨이터에게 말했다. "얼마지?"

그는 언젠가 다시 돌아올 것이다. 그들도 영원히 그에게 대가를 치르라고 할 수는 없을 것이다. 그는 아이를 원했고, 그것보다 더 큰일은 없었다. 그는 더 이상 혼자만의 이런저런 꿈과 생각에 젖은 젊은이가 아니었다. 그는, 헬렌도 역시 자신이 절절한 고독을 맛보며 살기를 바라진 않으리라는 걸, 확신했다.

✦✦✦

「바빌론에 다시 갔다」(《새터데이 이브닝 포스트》 1931년 2월 21일 자 발표)는 피츠제럴드의 걸작 단편소설로 꼽히는 대여섯 편 가운데 한 작품이다. 다른 걸작들과 마찬가지로 이것 역시 자신의 알코올 중독증과 아내의 정신적 붕괴 그리고 딸에 대한 책임감과 관련된 작가의 내밀한 개인적 감정이 치밀하게 묘파되어 있다. 이 단편은 「어느 해외 여행」과 함께, 미국인 등장인물을 통해 경제 행위를 하지 않은 채 외국에서 생활하는 삶의 특질을 탐구한 작품이다.

피츠제럴드는 작품집 『기상나팔 소리』에 「바빌론에 다시 갔다」를 재수록하면서 따로 손을 보긴 했지만, 연대를 비롯해 세세한 고증에 약간의 문제가 남아 있다.

새로 돋은 나뭇잎 한 장
A New Leaf

1

불로뉴 숲에서 식사를 즐길 수 있을 만큼 날씨가 따뜻해진 첫날이
었다. 밤꽃이 테이블 위로 떨어지다 버터에 내려앉기도 하고 와인 잔
으로 들어가기도 했다. 줄리아 로스는 이따금 꽃잎이 날아든 빵을 먹
으며 연못에서 커다란 금붕어가 뛰어오르는 소리, 사람이 없는 테이
블 주변을 재바르게 돌고 있는 참새들 소리에 귀를 기울였다. 모두들
다시 모습을 드러내고 있었다. 사무적인 얼굴로 접대를 하고 있는 웨
이터들, 하이힐과 눈매만 봐도 프랑스인이란 걸 알 수 있는 조신한 여
자들, 그녀의 맞은편에 앉아 신중하게 포크를 움직이고 있는 필 호프
먼 그리고 막 테라스에 나타난 너무나도 잘생긴 남자까지.

현란한 정오의 투명한 힘.
촉촉한 대기의 숨결이 가볍게
입 다문 꽃망울 주위를 맴도네.*

줄리아는 조심스럽게 몸을 떨었다. 하지만 그런 티가 나지 않도록
애썼다. 의자에서 벌떡 일어나 "와, 저길 좀 봐요! 엄청나지 않아요?"
라고 소리를 지르다가 웨이터장을 수련이 핀 연못에다 떠미는 따위의
일은 그녀와는 거리가 멀었다. 그녀는 품위 있게 행동하는 스물한 살
여자로 얌전히 자리에 앉아 그저 몸을 살짝 떨 뿐이었다.

필이 냅킨을 손에 들고는 일어났다. "이봐요, 딕!"

"자네군, 필!"

필이 잘생긴 남자에게로 몇 걸음 다가갔고, 두 남자는 테이블에서
얼마큼 떨어진 곳에서 얘기를 나누었다.

"……카터랑 키티를 스페인에서 봤는데……"

"……브레멘호로 가고 있었는데……"

"……그래서 내가……"

남자는 웨이터장을 따라갔고, 필은 도로 자리에 앉았다.

"저 사람 누구야?" 하고 그녀가 물었다.

"아는 사람…… 딕 래그랜드라고."

"저렇게 잘생긴 남자는 태어나 처음 봤어."

"그래, 괜찮지," 하고 그가 인정은 했지만 성의라곤 보이지 않았다.

"괜찮다니! 천사장이 강림한 거 같았다고. 퓨마처럼 날렵하고, 삼켜

---

* 바이런, 키츠와 함께 영국의 3대 낭만파 시인으로 유명한 셸리의 시 「나폴리 부근에서 우울
에 빠져 쓴 정형시」 제1연 5~7행.

버리고 싶을 만큼 먹음직하고. 저런 사람을 나한테 소개시켜 주지 않는 이유가 뭐지?"

"파리에서 지내는 미국 남자들 중에서 평판이 최악이니까."

"말도 안 돼. 분명히 뭔가 잘못된 걸 거야. 누군가 조작한 게 틀림없어…… 주범은 저 사람을 보고 혹한 여자들의 질투 많은 남편들. 내가 보기에 저 사람은 기병대 돌격대장 아니면 물에 빠진 아이를 구하는 것 외엔 어떤 것도 하지 않을 사람이야."

"사실은 달라. 저 사람은 아무 데서도 환영받지 못하고 있어…… 그렇게 된 이유도 수천 가지지."

"무슨 이유가 그렇게나 많아?"

"모든 게 이유라고 보면 돼. 음주, 여자, 감옥, 스캔들, 자동차로 누굴 치여 죽게도 했고, 게으름뱅이에 쓸모라곤 없는……"

"단 하나도 믿기지 않네 뭐," 하고 줄리아가 굳은 표정으로 말했다. "난 저 사람이 너무너무 매력적이라는 데 내기를 걸 수 있어. 저 사람이랑 얘기할 때 보니까 너도 그렇게 생각하는 것 같던데 뭘."

"매력이야 있지," 하고 마지못해 그도 시인을 했다. "알코올 중독자들 중엔 저런 식의 매력을 가진 사람들이 꽤 있지. 문제를 일으켜도 본인이 수습할 수 있으면 상관없지만…… 남의 무릎에다 죄다 쏟아 버리니까 문제지. 누가 좀 추켜세워 주기라도 해 봐, 야단법석이 따로 없어. 여주인 등에다 수프를 엎고, 하녀한테 입을 맞추고, 개집에 처박히고. 거의 늘 그런 식이야. 누구한테나 그러니까 모두들 외면하지."

"나한테도 그럴까?" 하고 줄리아가 말했다.

과연 줄리아에게도 그럴까, 궁금한 일이긴 했다. 누구에게나 착하고 친절한, 때로는 너무 그래서 오히려 안타까움을 자아내는 여자. 거기에 아름다움까지 더해졌으니, 대가를 톡톡히 치를 수밖에 없는 일이다. 말하자면, 고귀한 뭔가에 아름다움까지 더해졌다면, 그 대신에 어떤 자질들이 결여될 수도 있는 것이다. 가령, 줄리아에겐 반짝이는 엷은 갈색 눈만으로 충분했다. 그 안에서 깜빡이는 호기심 가득한 지성의 빛 따윈 없다 해도 대수로운 일이 아니었다. 못 말리는 그녀의 장난기는 부드러운 입매를 뭉그러뜨렸으며, 그녀가 만약 엄한 아버지의 훈육 덕분에 앉든 서든 자세를 꼿꼿이 하질 않고 요염한 자세를 취했다면 사랑스러운 얼굴이 더 도드라져 보였으리란 건 의심의 여지가 없었다.

누구 하나 빠지지 않는 완벽한 젊은 남자들이 여러 번 선물 공세를 폈었지만, 대개는 이미 완성된 남자들이라 그녀로선 흥미를 자아낼 만한 여지가 전혀 없었다. 반면에 포부가 큰 남자들은 젊어서 오히려 모난 구석들이 눈에 띄었는데, 그런 남자를 좋아하기엔 그녀가 아직 너무 젊었다. 그녀와 마주 앉아 있는 냉소적인 젊은 이기주의자 필 호프먼이 그런 경우에 해당되었는데, 그는 누가 봐도 영민한 변호사가 될 만한 청년에, 무엇보다 그녀를 따라 파리까지 쫓아온 인물이었다. 그녀는 자신이 알고 있는 남자들만큼, 꼭 그만큼만 그를 좋아했을 뿐이었다. 더구나 이즈음의 그는 경찰서장의 아들로 거들먹거리는 게 눈에 훤히 보였다.

"난 오늘 밤에 런던으로 갔다가 수요일에 미국행 배를 탈 거야," 하고 그가 말했다. "넌 여름 내내 유럽에 있을 거고, 몇 주에 한 번씩 머저리 같은 녀석이 찾아와 네 귀에다 속삭여 댈 테지."

"그런 식으로 자꾸 말하다 보면 너도 서서히 그런 꼴이 되기 시작할 거야," 하고 줄리아가 똑 부러지게 말했다. "괜한 소리 하지 말고, 래그랜드란 남자나 소개시켜 줘."

"내가 몇 시간 뒤에 떠난다니까!" 하고 그가 볼멘소리로 외쳤다.

"또 시간 타령이야? 잘 좀 해 보라고 사흘이나 기회를 줬더니만. 제발 지성인답게 행동하셔. 가서 그 사람한테 커피나 한잔하라고 얘기해 줘."

딕 래그랜드 씨가 그들과 자리를 함께하게 됐을 때, 줄리아는 살짝 기쁨의 한숨을 내쉬었다. 그의 외모는 역시 출중했고, 햇볕에 그을린 듯한 황갈색 금발에, 얼굴엔 독특한 영민함이 어려 있었다. 나직하면서도 짙은 목소리는 언제나 기꺼이 체념한 듯 미묘하게 떨려 나왔다. 줄리아는 자신을 바라보는 그의 시선에서 왠지 자신이 큰 매력을 지닌 것처럼 느껴졌다. 반 시간 동안, 그들의 입에서 나온 말들은 제비꽃과 아네모네, 물망초와 팬지꽃 향기 속을 유쾌하게 떠돌았고, 그에 대한 그녀의 관심은 한층 커졌다. 필이 이 말을 했을 때, 그녀는 한껏 기쁨에 달했다.

"영국 비자를 받아야 하는데 깜빡했어. 본의 아니게 이제 막 사랑이 움트는 두 사람을 두고 가 봐야겠군. 5시에 생라자르 역으로 와서 날 배웅해 줄 거지?"

그는 "지금 너랑 같이 갈게," 하고 말해 주기를 바라면서 줄리아를 보았다. 그녀는 이 남자와 둘만 있어선 안 된다는 걸 잘 알았지만, 그는 그녀로 하여금 웃음을 터뜨리게 만들었고 그녀로선 최근에 그렇게 많이 웃은 적이 없었다. "난 좀 더 있을게. 여기 날씨가 딱 봄이네."

필이 떠나고 딕 래그랜드가 좋은 샴페인이 있는데 한잔하겠냐고 제안을 했다.

"듣기론 평판이 끔찍하게 안 좋던데요," 하고 그녀가 별생각 없이 말했다.

"안 좋죠. 더 이상 아무도 절 불러 주지 않아요. 가짜 수염으로 변장이라도 할까요?"

"참 이상해요," 하고 그녀가 집요하게 말했다. "그러면 좋을 게 하나도 없지 않나요? 필이 당신을 소개시켜 주기 전에 저한테 경고를 해 둬야 할 것 같다고 한 거 알아요? 여느 때였다면 아마 소개해 주지 말라고 말했을 거예요."

"왜 그렇게 안 했어요?"

"당신이 아주 매력적으로 보여서요. 그리고 당신이 너무 안타까워서요."

그의 얼굴엔 별다른 변화가 없었다. 줄리아는 그가 워낙 그런 얘기를 자주 들어서 더 이상 와 닿지 않는 거란 생각이 들었다.

"저야 아무 상관없는 일이죠," 하고 그녀가 재빨리 말했다. 그가 버림받은 사람이라는 사실이 오히려 매력을 더한다는 것을 그녀는 미처 깨닫지 못했다. 그녀로선 직접 본 적이 없었으므로 그가 방탕하다는 건 문제가 되지 않는, 단지 하나의 관념에 불과했다. 하지만 그를 그토록 고독한 존재로 만든 건 바로 그것이었다. 그녀 안에 깃든 대대로 이어져 온 뭔가가 그녀로 하여금 자신과는 다른 종류의 인간에게로, 다른 습성을 가진 세계에서 온 국외자에게로 이끌리게 만들었으며, 바로 그가 그녀에게 예기치 못한 것을, 모험을 약속하고 있었다.

"뭘 좀 알려 드리도록 하죠," 하고 그가 불쑥 말했다. "저는 스물여덟 번째 생일이 되는 6월 5일에 술을 완전히 끊을 겁니다. 그날부터 영원히 말이죠. 술을 마셔도 더 이상 즐겁지가 않아요. 술을 잘 활용하는 사람들이 있긴 하지만, 전 확실히 그런 부류는 아닙니다."

"술을 끊을 수 있다고 확신하시나요?"

"저는 한다고 말한 건 반드시 하는 사람입니다. 늘 그래 왔어요. 그리고 뉴욕으로 돌아가서 일을 할 겁니다."

"제 일처럼 기쁘다니, 정말이지 믿기지가 않네요." 불쑥 튀어나온 말이었지만 그녀는 굳이 설명을 덧붙이지 않았다.

"샴페인 한 잔 더 할까요?" 하고 딕이 제안했다. "기분이 더 좋아질 겁니다."

"생일 때까지 계속 이런 식으로 지낼 건가요?"

"아마도. 생일엔 올림픽호를 타고 바다 한가운데에 있을 테죠."

"저도 배를 탈 거예요!" 하고 그녀가 소리를 질렀다.

"엄청난 변화를 목격할 겁니다. 난 선상에서 즐기는 음악회로 술을 대신할 거고요."

테이블들이 깨끗이 치워지고 있었다. 줄리아는 이제 가야 할 시간임을 알았지만 흐릿한 미소 속에 행복이라곤 보이지 않는 남자를 남겨 두고 떠날 자신이 없었다. 그의 결심을 지킬 수 있도록 뭔가 도움을 줘야 한다는 생각이 그녀의 모성애를 자극했다.

"술을 왜 그렇게 많이 마시는지 얘기해 줘요. 당신 자신도 아는 뭔가 이유 같은 게 있을 것 같네요."

"그게 그러니까, 어떻게 시작된 건지는 확실히 알죠."

그는 또다시 한 시간이 다 흐를 때까지 그녀에게 얘기를 들려주었다. 그는 열일곱 살 때 전쟁에 참전했고, 전쟁터에서 돌아와 조그만 검정 모자를 쓴 프린스턴 대학 신입생으로 살아갈 때는 왠지 모르게 심드렁했다. 그래서 그는 보스턴 공과대학으로 옮겼고, 그런 다음엔 순수 미술을 공부하러 프랑스로 건너왔다. 거기서 뭔가 일이 벌어진 거였다.

"눈먼 돈이 좀 들어왔을 때였는데, 술을 마시기 시작했어요. 얼마큼 술이 들어가면 기분이 좋아지면서 사람들을 즐겁게 하는 약간의 능력이 생긴다는 걸 발견하게 되었죠. 그게 또 머리를 잘 돌아가게 만들었어요. 그걸 계속 유지하려고, 사람들이 모두 날 대단하다고 생각하게 만들려고 술을 더 많이 마시기 시작했죠. 그렇게 폭음을 한 상태에서 사람들과 다툼을 벌였고, 그러다가 질이 안 좋은 녀석들이랑 어울렸어요. 한동안은 기분 좋게 지냈죠. 하지만 점점 안하무인이 되어 가다 불쑥 '내가 왜 이런 녀석들을 만나고 있는 거지?'란 생각이 들더라고요. 그들도 그런 절 좋아하지 않았어요. 그러다 제가 탄 택시가 사람을 치여 죽인 사건이 일어났죠. 전 고발을 당했는데, 그게 다 절 해코지하려는 음모였어요. 하지만 사건이 신문에 실리는 바람에 풀려나온 뒤에도 제가 사람을 죽였다는 식의 얘기가 꼬리표처럼 따라다녔지요. 지난 5년 동안 그 못된 평판을 달고 살았습니다. 제가 머물던 호텔에 아가씨가 투숙을 하면 어떤 일이 벌어졌는지 아십니까? 제가 거기 묵고 있다는 걸 어쩌다 알게 되면 엄마들은 딸들한테 바로 짐을 꾸려 떠나게 했죠."

참을성 많은 웨이터가 그들의 근처를 어정거렸다. 그녀가 손목시계를 보았다.

"어머, 5시에 필을 송별하기로 했잖아요. 벌써 오후가 다 가 버렸네요."

생라자르 역으로 급히 가고 있을 때 그가 물었다. "다시 만날 수 있을까요? 아니면 더 만날 생각이 없나요?"

그녀도 고개를 돌려 자신을 지그시 바라보는 그의 눈을 마주 보았다. 그의 얼굴, 그의 온화한 두 뺨, 그의 곧은 몸가짐 어디에서도 방탕의 흔적을 찾을 수 없었다.

"점심때면 전 늘 멀쩡합니다," 하고 그가 힘없이 덧붙였다.

"전 걱정하지 않아요," 하고 그녀가 웃음을 터뜨렸다. "이틀 뒤 점심때 절 데리러 와 주세요."

그들은 황급히 생라자르 역 층계를 뛰어올랐지만 영국 해협을 향해 사라지는 황금화살호의 맨 마지막 객차만 겨우 볼 수 있을 뿐이었다. 줄리아는 먼 곳까지 와 주었던 필에 대한 양심의 가책을 느꼈다.

속죄하는 마음으로 그녀는 고모와 함께 사는 아파트로 돌아가 필에게 편지를 쓰려 했지만, 딕 래그랜드가 자꾸만 떠올라 집중할 수가 없었다. 아침 녘, 그의 잘생긴 얼굴도 효과가 꽤 떨어져 있었다. 그녀는 그를 볼 수 없다는 짤막한 편지를 써 보낼까 생각하기도 했다. 하지만 그는 그저 그녀에게 자신의 간절한 생각을 전했을 뿐이었고, 사실 만날 약속을 정한 건 그녀 자신이었다. 약속한 날 정오 무렵, 그녀는 그가 데리러 오기를 기다리고 있었다.

줄리아는 고모에겐 아무런 말도 하지 않았다. 지인과 식사를 하고 있던 고모가 혹시 그의 이름을 듣게 될는지도 몰랐다. 어쨌든 이름을 얘기할 수 없는 사람과 데이트를 한다는 건 그녀로선 기이한 일이 아닐 수 없었다. 그는 좀체 나타나지 않았고 그녀는 거실에서 마냥 기다리고 있었다. 식당에서 점심을 하면서 주고받는 얘기들이 그녀의 귓속으로 밀려들었다. 벨이 울린 건 1시나 되어서였다.

현관 바깥에 남자 하나가 서 있었는데 그녀는 본 적이 없는 사람이었다. 얼굴은 죽은 사람처럼 창백했고 수염도 제대로 깎지 않아 듬성듬성했으며, 중절모는 넓적하게 찌그러진 빵처럼 머리 위에 얹혀 있었고, 셔츠의 칼라도 지저분했고, 넥타이도 매듭 부분을 제외하곤 어디에 숨었는지 보이지 않았다. 하지만 그가 딕 래그랜드라는 사실을 알아차린 순간, 그녀는 그 모든 건 비교할 수 없을 만큼 큰 변화 하나를 감지했다. 바로 그의 표정이었다. 그의 얼굴은 길게 잡아 늘여 놓은 비웃음 그 자체였다. 눈꺼풀은 똑바로 뜨고 있기가 힘든 것처럼 보였고, 양쪽으로 길게 처진 입은 윗니에 간신히 걸쳐 있었으며, 아래턱은 녹아내리는 양초를 아무렇게나 이겨 붙인 듯 흔들거리고 있었는데, 혐오감을 드러내기도 하고 혐오감을 불러일으키기도 하는 묘한 얼굴이었다.

"아, 안녕하서, 흐?" 하고 그가 웅얼거리듯 말했다.

한순간 그녀는 뒤편으로 물러났다. 그러다가 거실과 연결된 식당이 갑자기 조용해졌다는 느낌이 들었는데, 아마도 거실에서 아무 소리가 들리지 않아 그런 모양이었다. 순간 그녀는 그를 문지방 너머로 밀쳐 내고는 자신도 밖으로 나간 뒤에 문을 닫았다.

"아!" 하고 그녀는 짧고 충격적인 신음을 토해 냈다.

"흐흐, 어제부터 줄곧 밖에 있었어요. 파티에 갔었는데……"

혐오감이 치민 그녀는 그의 팔을 붙들어 돌려세우고는 허둥거리며 아파트 계단을 내려갔다. 수위의 아내가 유리로 된 수위실 안에서 이상한 눈으로 그들을 바라보았다. 두 사람은 밝은 햇살이 쏟아지는 귀느메르 거리로 들어섰다.

싱그러운 봄이 한창인 맞은편 뤽상부르 정원과 비교된 그의 모습은 더욱 기괴해 보였다. 공포감이 들 정도였다. 그녀는 택시를 잡으려고 필사적으로 거리를 오르내렸지만, 그나마 보지라르 거리 모퉁이를 돌아 나오던 택시는 그녀의 손짓을 무시했다.

"우리, 점심은 어디 가서 할까요?" 하고 그가 물었다.

"그런 상태로 점심이나 먹겠어요? 모르겠어요? 집에 가서 잠이나 주무세요."

"난 괜찮아요. 한잔 마시면 말끔해집니다."

지나가던 택시가 그녀의 손짓을 보고 느릿느릿 다가왔다.

"댁으로 가서서 한잠 주무세요. 그런 상태론 어디든 갈 수 없어요."

눈에 힘을 주며 그녀를 물끄러미 바라보던 그는 갑자기 그녀가 어딘지 신선하고 신기하며 사랑스러운, 그 시간까지 흘려보낸 안개 자욱한 소란스러운 세계와는 뭔가 다른 곳에 사는 존재라는 사실을 새삼스럽게 깨달았다. 그 순간 이성理性의 잔잔한 물길이 그의 내면을 훑고 지나갔다. 그녀는 그의 입술이 알 수 없는 경외감에 젖어 비틀리는 것을, 어떻게든 몸을 곧추세우려고 애쓰는 것을 보았다. 택시가 따분하게 기다리고 있었다.

"당신 말이 맞을지도 모르겠네요. 정말 미안해요."

"댁이 어디세요?"

그는 주소를 알려 주고는 택시 구석으로 비틀대며 들어갔다. 그의 얼굴은 여전히 현실과 다툼을 벌이고 있었다. 줄리아가 택시 문을 닫았다.

택시가 떠나고 그녀는 누구에게 쫓기기라도 하듯 빠르게 거리를 가로질러 뤽상부르 공원으로 들어갔다.

그날 저녁 7시, 그의 전화를 받은 건 우연이라고밖엔 말할 수가 없었다. 긴장된 그의 목소리가 수화기 너머에서 떨고 있었다.

"오늘 아침 일은 백번을 사과해도 모자랄 일입니다. 내가 무슨 짓을 하고 있었는지도 제대로 몰랐어요. 하지만 이건 변명이 될 수 없겠죠. 만약 내일 어디서든 당신을 잠깐만이라도 볼 수 있다면…… 정말이지 잠깐만이라도…… 당신에게 정말 미안하다는 말을 전할 수 있는 기회가……"

"내일은 제가 바쁜 일이 있어요."

"그럼, 금요일은 어떤가요, 아니면 다른 날이라도."

"죄송해요. 이번 주는 내내 바빠요."

"그건, 이제 다시는 날 보고 싶지 않다는 뜻이겠죠?"

"래그랜드 씨, 이런 얘기는 계속해 봐야 소용이 없을 것 같네요. 오늘 아침 그 일은 지나쳤어요. 많이 유감이에요. 건강 챙기세요. 그럼."

그녀의 기억에서 그는 완전히 지워졌다. 평판이 좋지 않다고 해도 그 정도일 줄은 몰랐다. 그녀에게 폭음을 하는 사람이란 늦게까지 샴페인을 마시다가 한밤중에야 노래를 흥얼거리며 집으로 돌아가는 사람이었다. 그날 한낮에 목격한 장면은 그런 것과는 달랐다. 그것으로 끝이었다.

그녀에겐 시로 레스토랑에서 점심을 먹고 불로뉴 숲에서 함께 춤을 추던 남자들이 몇 있었다. 그녀는 미국으로 돌아간 필 호프먼으로부터 비난조의 편지를 받았다. 이번 일은 필이 옳았음을 인정할 수밖에 없었고, 그가 좋아졌다. 2주일이 지났다. 사람들과의 이런저런 대화 중에 딕 래그랜드라는 이름이 섞여 있지만 않았어도 그녀는 그를 완전히 잊을 수 있었을 것이다. 그가 여전히 그날과 같은 일을 반복하고 있다는 건 자명했다.

그러다 배를 타기 일주일 전, 그녀는 화이트스타호 예약 사무실에서 그와 마주치고 말았다. 그는 예전의 모습으로 돌아와 있었고, 그녀는 자신의 눈을 믿을 수가 없었다. 그는 책상에 팔꿈치를 대고 몸을 숙이고 있었는데, 등은 곧고 발랐으며, 두 손에 낀 노란 장갑은 맑게 빛나는 그의 두 눈만큼이나 티 하나 없었다. 그의 건강하고 밝은 성격이 그대로 전해진 듯 사무원은 마치 매혹이라도 된 양 성심을 다해 그를 대했으며, 뒤편에 있던 속기사들은 한동안 눈짓을 주고받기도 했다. 그리고 그가 줄리아를 보았다. 그녀가 고개를 까닥하자, 그가 빠르게, 위축된 표정을 지으며 모자를 들어 보였다.

두 사람은 책상 옆에 오랫동안 서 있었다. 침묵이 부담스러웠다.

"이런 일, 번거롭지 않으세요?" 하고 그녀가 먼저 입을 열었다.

"네," 하고 그가 급히 뱉어 냈다. "올림픽호로 가시려고요?"

"아, 네."

"마음이 바뀌지 않았을까, 생각했습니다."

"그럴 리가요," 하고 그녀가 냉담하게 말했다.

"전 바꿀까 생각했었어요. 실은, 그게 가능한지 문의하러 여길 왔습니다."

"왜 그래야 하는지 모르겠네요."

"절 보는 게 싫지 않아요? 갑판에서 마주치기라도 하면 뱃멀미가 더 심해지지 않을까요?"

그녀가 미소를 지었다. 그는 기회다 싶었다.

"마지막 만난 뒤부터 정신을 좀 차렸습니다."

"그 얘긴 하지 말죠."

"그래요, 그럼, 당신 얘길 해요. 오늘 옷은 이제껏 본 것 중에 가장 예쁜데요."

참 뻔뻔한 사람이란 생각을 하면서도 그녀는 칭찬의 말에 희미하게 흔들리는 자신을 느꼈다.

"이 번잡한 업무로부터 해방되는 의미로, 옆 카페에 가서 커피 한잔 하는 거 어때요?"

이런 식으로 계속 그와 얘기를 섞고 있다는 것에 그리고 주도권을 그에게 넘겨주고 있다는 것에 그녀는 마음이 쓰였다. 마치 뱀의 유혹에 속절없이 넘어가고 있는 것 같았다.

"그건 좀 그러네요." 그 말이 떨어지기 무섭게 몹시도 겁먹고 상처받은 것 같은 표정이 그의 얼굴에 떠오르자, 그녀의 가슴에 살짝 아픔이 밀려들었다. "그래요, 그렇게 해요." 그녀는 자신의 입에서 흘러나온 말에 스스로도 놀랐다.

햇빛 가득한 길가 테이블에 앉아 있으니 2주일 전의 끔찍했던 날이 거짓말처럼 전혀 생각나지 않았다. 「지킬 박사와 하이드 씨」 이야기 속에 들어가 있는 듯했다. 그는 예의 발랐고, 매력적이었으며, 즐길 줄 아는 사람이었다. 그는 그녀 자신을, 정말이지, 너무도 매력적인 여자로 만들어 주었다! 그는 어떤 행동도 함부로 하지 않았다.

"술을 끊으셨나요?" 하고 그녀가 물었다.

"아직 5일이 안 됐잖아요."

"아!"

"끊겠다고 말한 날, 그날 끊을 겁니다."

가려고 자리에서 일어나던 줄리아는 다음에 또 만나자는 그의 제안에 고개를 저었다.

"배에서 만나요. 스물여덟 번째 생일이 지나면요."

"그럽시다. 그럼 한 가지만 말씀드릴게요. 난 살면서 딱 한 번, 사랑하는 여자에게 몹쓸 짓을 저질렀어요. 그리고 그 대가를 톡톡히 치렀죠."

그녀는 배에 오른 첫날 그를 보았다. 그리고 그때, 자신이 그를 몹시도 원하고 있다는 사실을 결론처럼 깨달았다. 그의 과거가 어떤 것이든, 그가 어떻게 행동했든, 그런 건 문제가 되지 않았다. 굳이 그런 얘기를 그에게 들려줄 필요는 없었지만, 그는 이전에 그녀가 만났던 그 어떤 남자보다 그녀의 마음을 강하게 움직였다. 다른 남자들은 그에 비한다면 그저 희미한 존재들일 뿐이었다.

그는 배 안에서 인기가 좋았다. 그녀는 그의 스물여덟 번째 생일 파티가 열릴 거라는 얘기를 들었다. 줄리아는 초대받지 못했다. 둘은 배에서 마주치면 즐겁게 얘기를 나누었다. 그게 전부였다.

그의 생일 다음 날, 그녀는 갑판 의자에 야위고 창백한 얼굴로 길게 늘어져 있는 그를 보았다. 반듯한 이마와 눈가엔 주름이 가득 잡혀 있었고, 고깃국물이 담긴 컵으로 뻗는 손이 바들거렸다. 늦은 오후에도 그는 여전히 거기에 그대로 있었다. 여전히 고통스럽고, 심각한 상태로 보였다. 세 번째 봤을 때, 줄리아는 말을 걸지 않을 수 없었다.

"새로운 시대가 개막한 건가요?"

그는 힘겹게 일어나려 애썼지만 그녀가 그를 가만히 있게 하고는 옆에 놓인 의자에 앉았다.

"피곤해 보이네요."

"어지간히 긴장했겠죠. 5년 동안 마셔 온 술을 끊고 첫날이니까요."

"곧 좋아지겠죠."

"그러겠죠," 하고 그가 무거운 얼굴로 말했다.

"약해지지 말아요."

"그러지 않을 겁니다."

"제가 도울 일이 있을까요? 진정제라도 갖다 드려요?"

"그게 들었으면 벌써 먹었죠," 하고 그가 거의 비웃듯 말했다. "오해 마세요, 고맙다는 뜻이었어요."

줄리아가 자리에서 일어났다. "혼자 계시는 게 낫겠네요. 내일이면 더 좋아질 거예요."

"가지 말아요. 괜찮다면요."

줄리아가 도로 의자에 앉았다.

"절 위해…… 노래 한 곡 불러 줄 수 있어요?"

"무슨 노래요?"

"뭔가 쓸쓸한 걸로…… 블루스 같은 거."

그녀는 리비 홀먼*의 "이렇게 얘기가 끝나는군요," 하는 노래를 낮고 부드러운 목소리로 불렀다.

"훌륭해요. 하나 더 불러 줘요. 아니면 그 노래를 한 번 더 해 주시든 가요."

"그래요. 좋으시다면, 해 저물 때까지 불러 드릴게요."

---

* Libby Holman(1904~1971). 주로 실연을 소재로 한 감상적인 노래를 부른 미국의 가수. 복잡하고 자유로운 사생활로 평판이 좋지 않았다.

　뉴욕에 도착하고 이틀째 되는 날, 그는 그녀에게 전화를 걸었다. "당신이 보고 싶어 죽겠어요," 하고 그가 말했다. "내가 보고 싶지 않았어요?"

　"당신을 보지 못할까 봐 두려웠어요," 하는 말이, 하고 싶진 않았지만 그녀의 입에서 흘러나왔다.

　"많이요?"

　"그래요. 많이요. 몸은 좋아졌어요?"

　"이젠 완전히 회복됐어요. 아직 신경과민증이 좀 남아 있긴 하지만, 어쨌든 내일부터 일을 시작하기로 했어요. 우리, 언제 만날 수 있죠?"

　"언제면 좋겠어요?"

　"오늘 저녁에 당장, 어때요? 그리고…… 다시 한 번 말해 줘요."

　"뭘요?"

　"날 볼 수 없을까 봐 두려웠다는 그 얘기."

　"당신을 보지 못할까 봐 두려웠어요," 하고 줄리아는 기꺼이 말했다.

　"나도 보고 싶었소," 하고 그가 말했다.

　"당신을 볼 수 없으면 어떡하나, 두려웠어요."

　"좋네요. 당신의 그 말이 노래처럼 들리는군요."

　"저녁에 봐요, 딕."

　"그래요, 내 사랑 줄리아."

　애초에 두 주를 예정했던 그녀는 두 달이나 뉴욕에 머물렀다. 그가 그녀를 놓아주지 않았던 것이다. 낮 동안은 일을 하느라 술을 잊을 수 있었고, 이후엔 줄리아가 술을 잊게 했다.

그가 전화를 걸어 일 때문에 너무 피곤하니 극장에 다녀온 뒤까지 데이트를 하기가 힘들다는 말을 할 때면, 때로, 그녀는 그의 직장이 얄미웠다. 그에겐 술을 마시지 않는 밤이 더 이상 문제가 되지 않았다. 술이란 게 아예 사라져 버린 것 같았다. 술에 취해 본 적이 없는 줄리아에게 밤은 그 자체만으로도 충분한 자극이었다. 음악과 드레스의 행진, 아름다운 커플의 춤. 처음 한동안 두 사람은 필 호프먼을 만나곤 했었다. 그럴 때마다 줄리아는 그가 상황을 심각하게 받아들이고 있다는 생각이 들었다. 그러다 그들은 더 이상 그를 만나지 않았다.

몇 가지 유쾌하지 않은 일들이 일어나기 했다. 어느 날, 오래전 학교 친구였던 에스터 캐리가 딕 래그랜드의 평판에 대해 알고 있냐고 그녀에게 물었다. 줄리아는 화를 내는 대신 그녀를 초대해 딕을 만나게 했고, 만난 뒤에 에스터의 마음이 바뀐 걸 보고 안도의 한숨을 내쉬었다. 그밖에도 자잘한, 성가신 일들이 있었다. 하지만 다행스럽게도 딕의 파행은 파리에 국한돼 있었고, 그곳으로부터 멀리 떨어진 뉴욕에선 현실감이 많이 떨어졌다. 그들은 서로를 깊이 사랑했다. 참담함을 안겨 주었던 어느 날 아침의 기억도 줄리아의 뇌리에서 서서히 지워져 갔다. 하지만 그녀는 확신이 필요했다.

"6개월 뒤에도 모든 게 지금처럼 계속된다면, 우리, 결혼 발표를 하기로 해요. 그리고 반년이 지나면 결혼해요."

"그렇게나 오래 있어야 해?" 하고 그가 쓸쓸하게 물었다.

"하지만 그 전의 5년이 있었어요," 하고 줄리아가 대답했다. "전 당신을 얼마든 믿을 수 있어요. 하지만 더 기다려 보라는 소리가 자꾸만 들리네요. 그건 우리 아이들을 위해서도 좋을 거 같아요."

5년이라는 시간…… 아, 완전히 사라진, 가 버린 시간인 줄 알았는데.

줄리아는 8월에 가족들을 만나러 캘리포니아로 건너가 두 달을 머물렀다. 그녀는 딕이 혼자서 얼마나 잘 지낼 수 있는지 알고 싶었다. 그들은 매일 편지를 썼다. 그의 편지는 쾌활했다가, 우울했다가, 지쳤다가, 희망에 가득 찼다. 직장 일은 나날이 좋아졌다. 그가 예전으로 돌아간 것을 보고 그의 숙부도 그를 진심으로 믿기 시작했다. 하지만 줄리아에 대한 그리움은 그의 가장 큰 괴로움이었다. 이따금 그녀는 그로부터 낙심 가득한 편지를 받기 시작했고, 결국 일주일 앞당겨 뉴욕으로 갔다.

"아, 이제야 신께서 널 보내 주셨군!" 그는 팔짱을 끼고 중앙역을 빠져나오며 큰 소리로 말했다. "정말 힘든 시간이었어. 몇 번이나 술이 마시고 싶어졌는지 몰라. 그럴 때마다 널 생각했는데, 넌 너무 멀리 있었어."

"어떡해요…… 당신, 너무 지쳐 보여요. 창백하고. 너무 일을 열심히 하는 거 아네요?"

"그렇지 않아. 너 없이 홀로 지낸 탓이야. 잠자리에 들 때면 내 마음이 번민으로 가득 차서 견딜 수가 없었지. 좀 더 일찍 결혼하면 안 될까?"

"어떻게 하는 게 좋을지 모르겠어요. 생각 좀 해 봐요, 우리. 하지만 당신의 줄리아가 이렇게 가까이 있잖아요. 문제 될 건 아무것도 없어요."

일주일이 지나자 딕의 우울감도 말끔히 사라졌다. 그가 슬퍼하면 줄리아는 자신의 가슴에 그의 잘생긴 얼굴을 끌어당겨 안고는 아기처럼 달래 주었다. 하지만 그녀가 가장 좋아한 것은 자신감에 넘쳐 그녀를 즐겁게 해 주고, 웃음을 터트리게 하고, 위하는 마음과 안정감이 들게 하는 그의 모습이었다. 그녀는 여자 친구와 함께 아파트를 얻어 지내며 컬럼비아 대학에서 생물학과 가정학 과정을 수강했다. 가을이 깊어졌을 땐, 두 사람은 미식축구나 새로운 쇼를 함께 보러 갔고, 센트럴 파크에서 첫눈을 밟으며 걸었고, 일주일에 여러 날 그녀의 방 난로 앞에서 밤을 보내기도 했다. 하지만 시간은 더디게만 흘러 두 사람은 모두 참아 내기 힘들었다. 크리스마스 직전, 뜻밖의 손님이 그녀의 집 문을 두드렸다. 필 호프먼이었다. 둘의 만남은 여러 달 만에 처음이었다. 제각기 다른 수많은 사다리들이 나란히 놓여 있는 것 같은 뉴욕 거리에선 가까운 친구조차 마주치기가 힘들었다. 더구나 어색해진 사이가된 뒤엔 피하기가 오히려 쉬웠다.

　서로가 어색했다. 딕을 심하게 비판한 뒤로 그는 자연스럽게 그녀에게 적이 되어 버렸다. 하지만 그녀는 그가 많이 성장했다는 것을, 고약한 면이 많이 사라졌다는 것을 알 수 있었다. 그는 지방 검사보 일을 하고 있었는데, 그런 일을 하다 보니 매사에 자신감이 생긴 듯했다.

　"그래서 딕이랑 결혼하는 거야?" 하고 그가 물었다. "언제?"

　"이제 곧. 엄마가 동부로 오시면."

　그가 뭔가 암시하듯 고개를 저었다. "줄리아, 딕이랑은 결혼하지 마. 질투 나서 하는 말이 아니라…… 보고만 있을 수가 없어서 그래…… 너같이 사랑스러운 애가 바위투성이 물속으로 뛰어들려는데 가만있을 순 없잖아. 넌 사람이 쉽게 바뀔 거라고 생각하니? 물은 말라서 바닥을 드러낼 수도 있고, 다른 물길로 옮겨 갈 수도 있어. 하지만 사람은 그렇게 바뀌기가 어려워."

"딕은 변했어."

"그럴 수도 있지. 하지만 '그럴 수' 있다는 데 지나치게 점수를 준 거 아닐까? 그 사람이 만약 남의 이목을 끌지 않는 사람인데도 네가 그를 좋아하는 거라면, 난 그대로 밀고 나가라고 말할 거야. 내가 완전히 틀렸을 수도 있지만, 그의 멀끔한 얼굴, 매력적인 태도가 너를 매료시켰다는 건 너무도 훤한 사실이야."

"넌 그 사람을 몰라," 하고 줄리아가 마음을 담아 대답했다. "나랑 지낼 땐 달라. 그이가 얼마나 온화한 사람인지, 섬세한 사람인지 넌 몰라. 거기에 비한다면 네가 오히려 속이 좁고 심술궂은 거 아닌가?"

"음," 하고 필이 잠깐 생각하다 말했다. "며칠 내로 널 다시 만나고 싶군. 아니면 딕이랑 얘기할게."

"딕을 좀 내버려 둘 수 없니?" 하고 그녀가 큰 소리로 말했다. "네가 괴롭히지 않아도 충분히 괴로운 사람이니까. 네가 진짜 그 사람 친구라면, 이렇게 몰래 날 찾아오지 말고 그 사람을 직접 도우려 하는 게 맞잖아."

"나한텐 네가 우선이야."

"딕과 난 이제 한사람이야."

하지만 사흘 뒤 그녀를 찾아온 건 딕이었다. 여느 때였으면 사무실에 있어야 할 시각이었다.

"오지 않을 수가 없었어," 하고 그가 가볍게 툭 뱉었다. "필 호프먼이 모든 걸 폭로하겠다고 위협을 해서 말이야."

그녀의 가슴이 철렁하고 내려앉았다. '이 사람이 포기해 버리면?' 하고 그녀는 생각했다. '다시 술을 마시게 된다면?'

"어떤 아가씨 얘길 하더군. 네가 지난여름에 소개해 준, 잘해 주라고 얘기했던 그 여자 말이야…… 에스터 캐리."

내려앉았던 그녀의 심장이 천천히 뛰기 시작했다.

"네가 캘리포니아로 간 뒤 외롭게 지낼 때 우연히 그녀를 만났었지. 그날 그녀가 날 좋아하게 됐고, 이후 가끔씩 만나곤 했어. 그러다가 당신이 돌아왔고, 자연스럽게 멀어졌어. 쉬운 일은 아니었지. 그녀가 그렇게 관심을 가질 줄 미처 몰랐으니까."

"알겠어요," 하고 그녀는 힘없고 당황스러운 목소리로 말했다.

"이해해 줘. 해가 지면 끔찍하도록 외로웠어. 에스터가 아니었으면 다시 술을 마셨을지도 몰라. 그녀를 결코 사랑하진 않았어…… 당신이 아닌 누구도 사랑하진 않아…… 그저 날 좋아하는 사람이 필요했을 뿐이야."

그는 팔로 그녀를 감싸려 했지만, 그녀는 온몸에 소름이 돋으며 그의 손을 뿌리쳤다.

"당신을 좋아하는 여자면," 하고 줄리아가 천천히 입을 뗐다. "누구든 상관없다는 얘기군요."

"그렇지 않아!" 하고 그가 소리를 질렀다.

"당신이 혼자 힘으로 설 수 있도록, 자존감을 스스로 회복할 수 있도록, 그렇게 오랫동안 당신 곁을 떠나 있었던 거예요."

"내가 사랑하는 사람은 너뿐이야, 줄리아."

"하지만 어떤 여자든 당신을 도울 순 있잖아요. 그러니 진정으로 내가 필요한 건 아니죠. 그렇지 않아요?"

그의 얼굴에 상처를 입은 듯한 표정이 떠올랐다. 줄리아는 전에도 그런 표정을 여러 번 보았었다. 그녀는 의자 팔걸이에 걸터앉아, 그의 뺨으로 손을 뻗었다.

"그럼 당신은 제게 뭘 줄 수 있죠?" 하고 그녀가 물었다. "당신은 힘이 쌓여 가고, 그 힘이 당신의 나약함을 이겨 낼 수 있게 되었어요. 이제 저한테 뭘 줄 건가요?"

"내가 가진 모든 것."

그녀가 고개를 저었다. "당신은 아무것도 가진 게 없어요. 그저 잘생긴 얼굴뿐이죠…… 어제 저녁 만찬에서 시중을 들었던 웨이터장도 갖고 있는."

두 사람은 이틀이나 얘기를 나누었지만 아무런 결정도 하지 못했다. 때로 그녀는 그의 얼굴을 가까이 끌어당겨 자신이 너무도 사랑하는 그의 입술에 입을 맞추었다. 하지만 그녀의 두 팔은 마치 짚으로 만든 인형을 끌어당기는 것 같았다.

"잠시 떠나 있어야 할 거 같아. 당신에게 생각할 시간을 주기 위해서라도," 하고 그는 절망적으로 말했다. "난 당신 없이 어떻게 살아가야 할지 알 수가 없어. 하지만 당신은 신뢰가 가지 않는 남자, 믿을 수 없는 남자와는 결혼할 수 없잖아. 마침 삼촌이 나더러 런던으로 출장을 가 줬으면 하는데……"

그가 런던으로 떠나던 밤, 부두엔 한 덩이의 슬픔이 어둠에 젖어 있었다. 그녀를 무너지지 않게 지탱해 주는 것은 그녀를 떠나가는 어떤 강인한 존재의 이미지가 아니었다. 그녀는 그가 없어도 충분히 강인했다. 하지만 흐릿한 빛줄기가 그의 멋진 이마와 뺨 위로 떨어질 때, 수많은 눈길들이 그에게로 향하고 그의 뒤를 따르는 걸 보았을 때, 그녀는 가슴에 커다란 구멍이 뚫리는 것을 느끼며 "마음 쓰지 말아요, 내 사랑. 우리, 함께 헤쳐 나가요," 하고 말해 주고 싶었다.

하지만 무엇을 헤쳐 나가야 하는 걸까? 인간이란 실패와 성공을 걸고 주사위를 던지는 위험을 감수하는 존재였다. 하지만 안정과 파국을 걸고 절망적인 주사위 놀이를 한다는 게 과연 온당한 일일까?

"아, 딕. 부디 좋아져서, 강인해져서 제게 돌아와요. 바뀌어서요, 달라져서요, 딕…… 새로워져서 돌아와요!"

"잘 있어, 줄리아…… 잘 지내고 있어."

그녀가 마지막으로 본 것은 갑판에 있던 그의 모습이었다. 담뱃불을 붙이려 그은 성냥불에 잠깐 비친 그의 얼굴은 조각상처럼 또렷했다.

4

처음에도, 마지막에도, 그녀와 함께한 것은 필 호프먼이었다. 그는 마치 아무 일도 일어나지 않은 것처럼 부드럽게 소식들을 정리해 주었다. 그는 8시 반에 그녀의 아파트로 가서 문밖에 놓인 조간신문을 조심스럽게 거두었다. 딕 래그랜드는 항해 중에 사라졌다.

처음 그녀가 거칠게 슬픔을 토한 뒤, 그는 일부러 냉정하게 말했다.

"그 사람은 자신을 알고 있었어. 자신의 의지가 다해 버렸다는 걸 말이야. 더 이상 삶을 원치 않은 거야. 그리고 줄리아, 네 자신을 조금도 비난할 필요가 없다는 거, 이것만은 꼭 네게 말해 주고 싶어. 그 사람은 지난 넉 달 동안 사무실에 거의 출근하지 않았어…… 그러니까 네가 캘리포니아로 떠난 뒤부터 줄곧. 회사에서 쫓겨나지 않은 건 그 사람 삼촌 덕분이었지. 런던 출장도 전혀 중요한 게 아니었고. 처음엔 열의를 갖고 일을 했지만, 결국 포기해 버린 거지."

그녀가 날카롭게 그를 쏘아보았다. "그 사람은 술을 마시지 않았어.

그걸 몰라? 그 사람은 한 방울도 입에 대지 않았다고."

필은 망설였지만 오래 그러진 않았다. "그래, 술을 마시진 않았지. 약속은 지켰어…… 하겠다고 한 걸 했지."

"그거였어," 하고 그녀가 말했다. "그 사람은 자신과의 약속을 지켰고, 그걸 지키려고 <u>스스로 목숨을 끊은 거야.</u>"

필이 언짢은 표정을 지은 채 아무 말도 하지 않았다.

"그 사람은 자신이 말한 대로 했어. 그래서 가슴에 상처만 생긴 거야." 그녀는 숨을 몰아쉬며 계속 말을 이었다. "아, 인생은 때론 너무 잔인해…… 너무 잔인해. 누구도 가만히 놔두질 않아. 그 사람은 용기 있는 사람이었어…… 자신이 한 말을 죽을 때까지 지켜 냈으니까."

필은 사고가 나던 그날 밤 딕이 선상 주점에서 요란한 밤을 보냈다는 걸 암시하는 신문을 치운 건 잘한 일이라고 생각했다. 그 밤은 지난 몇 달 동안 딕이 보낸 요란한 밤들 중 하루였을 뿐이란 걸 필은 잘 알고 있었다. 모든 게 끝났다는 사실에 필은 안도의 숨을 내쉬었다. 딕의 연약함은 그가 사랑한 여자의 행복에 큰 위협이었던 것이다. 하지만 그에게 느껴지는 미안함은 결코 적지 않았다. 딕은 삶에 제대로 적응하지 못한 채 이런저런 해악들을 어쩔 수 없이 저지르고 말았다. 하지만 그는 줄리아가 폐허에서 건져 올린 꿈마저 잃게 내버려 둘 만큼 어리석은 사람은 아니었다.

한 해 뒤, 두 사람은 결혼을 했다. 결혼하기 직전, 줄리아가 필에게 말했다. 유쾌하진 않았지만 의미는 있었다.

"딕에 대해 내가 가지고 있던 느낌, 앞으로도 늘 갖고 있게 될 그 느낌만은 네가 이해해 줬으면 싶어. 그럴 거지, 필? 그 사람이 잘생겨서만은 아니었어. 난 그를 믿었고…… 그건 내가 옳았다고 생각해. 그 사람은 구부러질 바엔 꺾이길 원했던 거야. 황폐한 사람이긴 했지만, 나쁜 사람은 아니었어. 처음 봤을 때, 난 그걸 바로 알았어."

필은 잔뜩 인상을 쓰고는 있었지만 아무 대꾸도 하지 않았다. 어쩌면 그 이면엔, 그들이 아는 것 그 이상의 것이 있었을지 몰랐다. 그렇다면 그건 그녀의 가슴 깊은 곳, 바닷속 깊은 곳에 묻어 두는 게 더 나았다.

◆◆◆

「새로 돋은 나뭇잎 한 장」(《새터데이 이브닝 포스트》1931년 7월 4일 자 발표)은 등장인물을 통해 알코올 중독이 끼치는 영향을 실험 한 피츠제럴드의 작품 가운데 최고 걸작으로 꼽힌다. 그럼에도 불구 하고, 에이전트 해럴드 오버는 이 작품을 비롯해 다른 근작 단편 둘 에서 "어떤 인물의 경우 독자들을 사로잡는 데 실패"했다고 비판했 는데, 아마도 이 때문에 신문 게재가 늦어진 것으로 추측된다. 해럴 드 오버의 비판에 대해서는 이견이 분분했는데, 특히 주인공 줄리아 의 경우가 그랬다. 오버가 신경을 쓰고 있었던 부분은, 대공황기의 독자들이 혹독한 현실로부터 벗어나길 원한다는 믿음을 가진 신문 사 편집자들에게 자살이라는 강한 소재가 어떻게 받아들여질 것인 가였다.

프리즈아웃*
A Freeze-Out

1

여기저기 석탄 알갱이들이 막처럼 덮인, 햇볕이 들지 않는 길모퉁이
엔 아직 잔설이 꽤 깔려 있었다. 하지만 덧창을 뜯어 내는 남자들은 하
나같이 셔츠 바람이었고, 잔디 아래 땅바닥도 점점 단단해지고 있었
다.

열매와 잎과 꽃으로 염색한 옷들이 동물의 거무죽죽한 허물을 비집
고 거리마다 모습을 드러내고 있었다. 회갈색 모자를 귀밑까지 끌어
내린 사람은 이제 나이 든 남자 몇뿐이었다. 그날은 포러스트 윈즐로

* 밑천이 떨어진 사람은 떨어져 나가고 마지막에 남은 사람이 이기는 포커 게임을 뜻하는 말
로, 원래 냉대나 책략에 의한 '축출'이나 '몰아내기'를 의미한다.

가 누구도 피할 수 없는 고통과 질병과 전쟁을 망각 속으로 넘겨 버리 듯 지난겨울의 기나긴 불안을 잊고, 여름을 향해 넘치는 자신감으로 돌아서던 날이었다. 그의 머릿속에는 어느새 골프를 치고, 배를 타고, 수영을 즐기던 숱한 지난 여름날의 정경들로 빼곡하게 들어차 있었 다.

지난 8년 동안 포러스트는 동부로 가서 고등학교와 대학을 다녔다. 지금은 대도시 미네소타에서 아버지를 도와 일을 하고 있었다. 그는 잘생겼고, 인기가 많았으며, 보수적인 눈으로 보면 좀 버릇없는 구석 도 있었다. 지난해는 그로선 모양 빠지는 한 해였다. 예일대의 비밀 사 교 클럽 '두루마리와 열쇠'를 찾아냈던 그의 안목은 이제 모피 고르는 일에 쓰이고 있었고, 신입생 무도회의 지출 계산서에 서명하던 귀하 신 손은 가벼운 독성 피부염에 감염돼 두 달 동안이나 삼각 붕대 신세 를 져야 했다. 일과 후의 포러스트에게는 함께 자란 여자애들이 줄을 이었다. 하지만 불청객 하나가 떴다는 소식이 그를 자극하더니, 인기 절정의 그 손님이 납시는 동안 그는 거의 발작에 가까운 행동을 보였 다. 어쨌든 그때까지는 아직 아무 일도 일어나지 않았다. 하지만 여름 이 와 있었다.

봄이 뚫고 들어오자 질세라 여름도 뚫고 들어왔다. 미네소타에서는 봄이나 여름이나 다를 게 없었다. 포러스트는 자신의 미니 쿠페를 음 반 가게 앞에 세워 두고는 한껏 허영심을 즐기고 있었다. 그가 점원에 게 "음반 몇 장 사려는데요," 하고 말했을 때, 조그만 흥분의 폭탄이 목젖에서 터지며 횡격막 위쪽에, 이전에는 겪어 보지 못한, 거의 고통 에 가까운 진공이 만들어졌다. 그 예상치 못한 폭발은 카운터 건너편 에 기다리고 있던 옥수수 같은 담황색 머리칼을 가진 아가씨가 시야에 들어오면서 생겨난 일이었다.

그녀는 한 줄로 엮어 놓은 잘 여문 옥수수였다. 하지만 어디서나 볼 수 있는 종류가 아닌, 희귀종만으로 절묘하게 엮여 있었다. 스무 살 남짓으로 보이는 그녀는 아름답고 고급스러운, 전에는 한 번도 본 적이 없는 아가씨였다. 그녀는 그럴 필요까지 있을까 싶을 만큼 오랫동안 그를 바라보았는데, 자신감이 엄청나서 당장에라도 튀어 나가지 않으면 단번에 그녀에게 사로잡혀 버릴 것만 같았다. 그녀는 마치 "……가진 사람은 더 받아 넉넉하게 되겠지만, 못 가진 사람은 그 가진 것마저 빼앗길 것이다,"* 하고 말하는 것 같았다. 그러고 나서 그녀는 고개를 끄덕거리더니 다시 카탈로그를 들여다보았다.

포러스트는 뉴욕에서 친구가 보내 준 목록을 내려다보았다. 불행히도, 첫 번째 제목은 〈부두우두가 붐붐아둠을 만나면, 금방 핫차차가 될 거야〉라는 거였다. 포러스트는 잔뜩 질려 그걸 읽었다. 제목이 이렇게나 혐오스러울 수 있는지, 도무지 믿어지지가 않았다.

그때 그 아가씨가 "프로코피예프의 〈방탕한 아들〉이 안 보이네요?" 하고 점원에게 물었다.

"찾아볼게요, 아가씨," 하고 말하곤 점원이 포러스트 쪽으로 돌아섰다.

"부두우두가……," 하고 포러스트가 입을 뗐다가 금방 멈추고는 다시 반복했다. "부두우……"

소용없는 짓이었다. 그는 테이블 건너 옥수수의 요정이 보는 앞에서 그 우스꽝스러운 제목을 도저히 말할 수가 없었다.

---

* 『성경』「마태복음」13장 12절.

"아, 그건 됐고요," 하고 그가 재빨리 말했다. "이건 있나요? 껴안고 싶은······"

다시 그의 입이 얼어붙었다.

"〈껴안고 싶은, 키스하고 싶은 당신〉, 그거 찾으시는 건가요?" 하고 점원이 도와주었는데, 한술 더 떠 그 곡이 정말 좋다는 그녀의 발언이 그의 형편없는 취향을 고스란히 드러내 버렸다.

"스트라빈스키의 〈불새〉도 찾아 주실래요?" 하고 아가씨가 말했다. "그리고 쇼팽의 왈츠 앨범도요."

포러스트는 얼른 나머지 목록들로 눈을 내리깔았다. 〈디가 디기티〉, 〈너무나도 거위 같은〉, 〈나 벙키 두들이 할 거야〉.

'뭐야, 이걸 얘기했다간 모두들 날 바보 취급하겠군,' 하고 그는 생각했다. 그는 목록이 적힌 쪽지를 구기적거리며, 분위기 반전을 노렸다. 자신을 드러낼 수 있는, 무심한 듯 돋보이게 하는 뭔가가 필요했다.

"저는," 하고 그가 태연한 척 위장하며 말했다. "베토벤의 〈월광 소나타〉 부탁합니다."

집에 있는 음반이었다. 하지만 그런 걸 생각할 계제가 아니었다. 그의 위장술은 그로 하여금 그녀를 몇 번이나 흘끔거릴 수 있는 기회를 제공했다. 인생이 재밌어지고 있었다. 그녀는 더할 나위 없이 사랑스러운 피조물이었다. 이제 이 도시에서 그녀를 찾아내는 건 어려울 게 없는 일이었다. 포러스트는 〈월광 소나타〉와 〈껴안고 싶은, 키스하고 싶은 당신〉을 겹쳐 포장한 꾸러미를 들고 음반 가게를 나섰다.

그는 마치 봄이 그의 가슴에 만들어 놓은 커다란 진공을 책과 음반이 메워 주기라도 하듯 거리 아래쪽에 새로 문을 연 서점에도 들렀다.

맥 빠진 단어들로 만들어진 수많은 제목들을 훑던 그는 그녀를 얼마나 빨리 만날 수 있을까, 그게 언제가 될까, 궁금했다.

"비정한 탐정물을 읽고 싶은데요," 하고 그가 점원에게 말했다.

지친 표정을 한 젊은 남자가 겉으로 드러내진 않았지만 나무라는 티가 역력한 표정으로 고개를 저었다. 바로 그때, 출입문이 열리고 봄바람이 휘릭 불어오더니 눈에 익은 옥수수색 머리칼이 반짝였다.

"우리 서점은 탐정물 같은 건 취급하지 않습니다," 하고 젊은 남자가 불필요하게 큰 소리로 말했다. "백화점에 가면 찾을 수 있을지도 모르겠군요."

"당연히 책이 있을 거라 생각했는데," 하고 포러스트가 힘없이 말했다.

"당연히 책이 있죠, 그럼요. 하지만 그런 책은 없습니다." 젊은 남자는 방금 들어선 손님을 상대하려고 그에게서 몸을 돌렸다.

위축된 듯 보이지 않으려고 성큼성큼 걸음을 옮겨 그녀의 향기를 맡을 수 있는 공간을 지나던 그의 귓속으로 그녀의 목소리가 들려왔다.

"루이 아라공 작품이 어떤 게 있죠? 프랑스어 판이든 번역된 거든 상관없어요."

'잘난 척하긴,' 하고 그는 속으로 사납게 중얼거렸다. '요즘 사람들은 피터 래빗에서 마르셀 프루스트로 건너가는 데 1초도 안 걸려.'

서점을 나온 그는 자신의 아담한 미니 쿠페 바로 뒤에 영국에서 주문 제작한 어마어마하게 큰 은색 로드스터가 주차되어 있는 것을 보았다. 심란함을 넘어 어지간히 속이 상한 채로 그는 습기 머금은 황금빛 오후를 가로질러 집으로 차를 몰았다.

원즐로 가족이 사는 크레스트 대로의 베란다가 널따란 오래된 집에는 포러스트의 아버지와 어머니, 증조모와 여동생 엘리너가 함께 살았다. 남북 전쟁 때부터 그들은 말 그대로 속이 꽉 찬 사람들이란 평판을 들었다. 그 점에선 그의 증조모 포러스트 여사가 가장 대표적인 분이었는데, 여든네 해 동안의 삶을 토대로 당신의 삶을 구가하는 강한 신념의 소유자였다. 그녀는 이 도시를 상징하는 인물이기도 했다. 그녀는 수 전쟁*을 기억하고 있었으며, 제임스 형제들**이 시내의 중심가를 휩쓸던 날에는 스틸워터***에 있었다.

친자식들이 모두 세상을 떠난 터라 그녀는 그들을 형성해 온 역동성과는 일정 부분 거리가 있는 후손들에게 기대를 걸고 있었다. 은화 자유주조 운동****과 제1차 세계대전이 그저 뉴스로만 전해지던 때라, 그녀에게 역동성은 아직 남북 전쟁과 서부 시대에 머물러 있었다. 그녀는 콜드하버*****에서 전사한 아버지와 상인이었던 남편이 가지고 있던 포부를 아들이나 손자는 도저히 따라갈 수 없다는 걸 잘 알고 있었다. 그녀에게 동시대의 현상을 설명하려 애쓰는 사람들은 그저 변명이나 늘어놓으려는 치들로 보일 뿐이었다. 그녀는 노쇠라는 것과는 거리가 멀었다. 지난여름엔 하녀 하나만 데리고 유럽의 반 이상이나 여행을 다녀올 정도였다.

포러스트의 아버지와 어머니는 다시금 전성기를 구가하고 있었다.

---

* 1854년에서 1890년까지 인디언 '수'족과 개척자, 혹은 미국 군대와의 사이에서 벌어졌던 일련의 소규모 전투들.
** 1866년 미주리주의 은행을 털었던 프랭크 제임스와 제시 제임스
*** 미국 오클라호마주 북부에 있는 도시.
**** 19세기 말, 은화를 무제한으로 주조할 것을 주장한 운동으로, 미국 경제와 정치에 중대한 변화를 야기한 중요한 사건이다.
***** 버지니아주 리치먼드 동북쪽으로, 남북 전쟁 때의 격전지(1864).

칵테일파티* 같은 것들이 상륙한 1921년, 그들은 한창 나이인 30대 중반이었다. 그들은 누구에게는 기대고 누구는 배척하는 식으로, 사람들을 갈라놓는 태도를 취했다. 연로한 포러스트 여사에겐 전혀 어려울 게 없었던 문제들이 그들에겐 고통과 불안을 만들어 냈다. 그런 식의 문제 하나가 그날 밤 식탁에 앉고 채 5분이 되기도 전에 일어났다.

"리커 가족이 돌아온 거 아세요?" 하고 윈즐로 부인이 말했다. "워너 씨 집을 얻었나 봐요." 그녀의 입에서 나오는 말들은 거의가 분명치 않은 정보들이었는데, 자신의 생각들을 아주 천천히 곱씹는 그녀의 말투는 그런 불분명함을 감춰 줄 뿐만 아니라 결국 그녀 자신을 납득시키는 구실을 했다. "댄 워너가 그 사람들한테 집을 빌려준다면, 참 이상한 일이죠. 제가 보기엔, 아무래도 캐시는 사람들이 모두 자기네들을 무척이나 위해 준다고 생각하는 것 같아요."

"어떤 캐시를 말하는 게냐?" 하고 포러스트 여사가 물었다.

"캐시 체이스요. 레이놀드 체이스 딸이요. 그 여자랑 그 여자 남편이 우리 동네로 왔다네요."

"아, 그렇구나."

"전 그 여자를 거의 모르지만," 하고 윈즐로 부인이 말을 이었다. "그 사람들이 워싱턴에 있을 때, 미네소타 출신 사람들한테 아주 못되게 굴었다는 건 알고 있어요. 그것도 일부러 골탕을 먹였다고. 메리 카원이 겨울을 거기서 보낼 때였는데, 캐시를 점심이나 다과에 적어도 여섯 번은 초대를 했대요. 근데 한 번도 안 나타났다고 그러더라고요."

"나라면 그 기록을 깰 수 있을걸," 하고 피어스 윈즐로가 말했다.

---

* 보통 초저녁에 격식을 차려서 하는 사교 모임으로 칵테일이나 가벼운 술을 마신다.

"메리 카원이 100번을 불러도 난 안 갈 거니까."

"어쨌든," 하고 그의 아내가 천천히 말을 계속했다. "모든 추문을 종합해 보면, 쌀쌀맞은 인간을 동네로 모셔 오는 꼴이 된 거지요."

"모셔 왔으니 된 거지 뭐, 다 괜찮을 거야," 하고 윈즐로가 말했다. 그는 30년 동안 자신이 살아온 도시에서 인기를 한 몸에 받고 있는 전형적인 남부인이었다. "월터 해넌이 오늘 아침 사무실을 찾아왔더라고. 날 켄느모어 클럽의 리커 따까리로 모시려 한다나. 내가 그랬지. '이봐 월터, 날 차라리 알 카포네 따까리로 앉혀 주면 안 되겠나?' 말이 되는 소리를 해야지. 리커 따윈 내 눈에 흙이 들어가기 전엔 켄느모어 클럽에 들어올 수 없어."

"월터 그 사람 참 뻔뻔스러워요. 천시 리커가 당신한테 어떤 존재인지 모르나? 누구라도 그 사람 2인자 노릇을 하긴 쉽지 않을 텐데."

"그 사람들이 누군데요?" 하고 엘리너가 물었다. "끔찍한 사람들이에요?"

엘리너는 열여덟 살로 이제 갓 사교계에 진출한 여자애였다. 식탁에 함께하는 일이 매우 드물어서 이런 화제의 경우 그녀의 증조모만큼이나 동떨어지게 마련이었다.

"캐시는 이 동네서 자랐지. 나보다 어렸지만, 내 기억엔 늘 나보다 나이가 더 먹은 아이로 여겨졌던 거 같아. 남편이 천시 리커라고, 북부 어디 조그만 마을 출신이었지."

"그 사람들이 뭐 땜에 그렇게 끔찍한 거죠?"

"리커는 파산을 하고 마을을 떠났었지," 하고 그녀의 아버지가 말했다. "안 좋은 얘기들이 꽤 있었지. 어쨌든 그렇게 워싱턴으로 갔는데 이민자 재산 평가와 관련된 스캔들에 엮인 거야. 그 뒤엔 뉴욕에서 무허가 중개업을 하다 문제를 일으켰는데, 그때 유럽으로 몰래 빠져나갔지. 몇 년 뒤에 정부 측 증인이 세상을 떠나니까 다시 미국으로 돌아왔는데, 돌아와선 법정모욕죄로 몇 달 복역했지." 그는 유창한 반어법으로 얘기를 한껏 고조시켰다. "그리고 이제, 참된 애국심을 가슴에 안고서 자신의 아름다운 미네소타로 돌아온 거야. 아름다운 숲의 피조물로, 저 비탈에 드리워진 밀밭의 피조물로……"

포러스트가 성마르게 아버지를 불렀다. "아버지, 그런 걸 어디서 다 아신 거예요? 켄터키 출신 두 사람이 한꺼번에 노벨상을 받았던 그해였나요? 그리고 북부에서 온 남자는 어떻게 되었나요? 이름이 린드……"

"리커 부부는 아이들이 있어요?" 하고 엘리너가 물었다.

"아마 네 또래 딸이 하나 있을 거야. 그리고 열여섯 살쯤 된 남자애도 하나 있고."

포러스트는 조그맣게, 사람들이 알아채지 못하게 탄성을 토해 냈다. 그 애일까? 프랑스 책과 러시아 음악— 오늘 오후에 봤던 그 여자애는 외국에 나가 살았을지 몰랐다. 그리고 그 가능성으로 인해 억울함이 깊어졌다. 괜히 거물인 척 폼이나 잡는 사기꾼의 딸! 그는 자신의 아버지가 켄느모어 클럽에 들어오게 될 리커란 남자의 따까리가 되길 거부한 것에 열렬한 지지를 보냈다.

"그 사람들, 부자니?" 하고 포러스트 여사가 불쑥 물었다.

"부자가 아니면 댄 워너 집을 얻을 수가 없죠."

"그럼 잘살겠군."

"그래도 켄느모어 클럽엔 들어올 수 없을 겁니다," 하고 피어스 윈즐로가 말했다. "전통이란 게 있으니까요."

"난 이 도시에서 밑바닥을 기다가 정상까지 올라가는 걸 수없이 봐왔어," 포러스트 여사가 담담하게 말했다.

"하지만 이 남자는 범죄자잖아요. 할머니," 하고 포러스트가 말했다. "차이를 모르시겠어요? 사교상의 문제가 아니라고요. 예일대 학생들은 알 카포네를 만나면 악수를 할지 말지를 두고 말다툼까지……"

"알 카포네가 누구니?" 하고 말을 끊으며 포러스트 여사가 물었다.

"시카고 출신의 또 다른 범죄자죠."

"그 사람도 켄느모어 클럽에 들어오고 싶어 하니?"

모두들 웃음을 터뜨렸지만 포러스트는 리커란 사람이 만약 켄느모어 클럽에 들어간다면, 자신의 아버지만이 유일한 반대자가 되도록 방관하지는 않을 거라고 마음을 다졌다.

갑자기 한여름이 찾아들었다. 마지막으로 4월의 돌풍이 지나간 어느 날 밤, 누군가 거리를 따라 올라와 나무들을 풍선처럼 날려 버렸고, 땅에 박힌 채소 열매와 키 작은 관목들을 색종이 조각처럼 흩뿌렸으며, 울새들이 가득 들어찬 새장을 열어 버렸다. 그러곤 재빨리 주위를 둘러본 뒤, 커튼을 젖혀 그 뒤편에 있던 한여름의 새로운 하늘을 보여 주었다.

자신에게로 굴러온 야구공을 공터에서 놀고 있던 아이들에게 던져 주던 순간, 야구공 가죽의 실밥에 얹혀 있던 포러스트의 손가락들이 어떤 황홀한 기억의 파도를 일으켜 그의 뇌에까지 밀어 보냈다. 누군 가가 급히 그곳으로 향하고 있음에 틀림없었다. '그곳'은 이제 골프 코스의 페어웨이*로 바뀌어 있었지만, 그의 느낌은 변함이 없었다. 그날

---

* 골프에서 티와 그린 사이에 길게 잔디밭으로 이루어진 부분.

오후 그가 18번 홀에서 티샷을 했을 때만은 변화가 일어났으며, 그 느낌은 그때와 비교할 수 없었다. 텅 빈 저녁이, 그의 눈앞에 길게 드리워지는 게 보였다. 물론 디너파티에 갔다가 잠자리에 드는 일이 일상처럼 남아 있긴 했지만.

마지막 홀을 남겨 놓고, 포러스트는 반대편 180미터 떨어진 10번 홀의 티를 흘끗 보았다.

여성용 티에 있던 둘 중 하나가 티샷을 하려고 자세를 취하고 있었다. 그가 지켜보고 있는 가운데 그녀는 자신감 넘치는 스윙으로 페어웨이를 향해 길게 강타를 날렸다.

"호릭 부인일 거야," 하고 그의 친구가 말했다. "저런 공을 칠 여자는 그 부인밖엔 없지."

햇빛이 그녀의 머리칼을 비추는 순간 포러스트는 그녀가 누구인지 알았다. 동시에, 그는 그날 오후에 자신이 무엇을 해야 하는지가 떠올랐다. 그날 밤 천시 리커의 이름이 그의 아버지가 앉아 있는 회원 자격 심사 위원회 앞으로 상정될 것이었다. 집으로 돌아가기 전에 포러스트는 클럽 하우스를 지나가면서 반대 의사가 담긴 쪽지를 남겨 놓을 생각이었다.

그는 그 모든 것을 신중하게 생각해 놓았었다. 그는 자신의 가족들과 같은 사람들이 명예로운 삶을 5대째 이어 살고 있는 도시를 사랑했다. 그의 할아버지는 1890년대에 이 클럽을 창시하셨던 분이었다. 그때는 골프 대신 요트 경주를 벌였고, 마을에서 그곳까지 말을 달리면 빠른 말이라도 세 시간은 걸리던 때였다. 그는 자신의 아버지를 지지했다. 신념을 가진 사람은 흐릿하게 굴어선 안 되는 것이다. 그는 굳은 표정으로 페어웨이 180미터 아래로 공을 쳤고, 공은 부드럽게 곡선을 그리며 날아가다 러프*로 들어갔다.

18번 홀과 10번 홀은 나란히 붙어 있어 서로 마주 보는 위치에 있었다. 티와 티 사이엔 10여 미터 남짓 띠를 이룬 나무들로 가로막혀 있었다. 포러스트는 미처 알지 못했는데, 리커 양을 접대하고 있는 헬렌 핸넌도 똑같이 이 사실을 몰랐다. 공을 찾고 있던 그의 귀에 5, 6미터쯤 떨어진 곳에서 여자들의 목소리가 들려왔다.

그는 "넌 오늘 밤에 회원이 될 거야," 하고 말하는 헬렌 핸넌의 목소리를 들었다. "그러고 나면 스텔라 호릭으로부터 진짜 도전을 받게 될 거야."

"난 아마 회원이 되지 못할 거야," 하고 빠르고 또렷한 목소리가 말했다. "그러면 네가 공용 골프장에서 나랑 같이 게임을 해 줘야 해."

"앨리다, 말도 안 되는 소리 하지 마."

"왜? 지난봄에 버펄로에 있을 땐 공용 골프장에서 계속 쳤는걸. 당장은 갈 데도 없잖아. 스코틀랜드에 있는 코스에서 치는 거 같아."

"그래도 난 바보가 된 것 같이 느껴져…… 아, 이런, 이제 공을 쳐야겠어."

"우리 뒤에 아무도 없잖아. 바보같이 느껴진다는 데 대해서 말하면 말이지…… 사람들 의견에 신경을 쓰다 보면, 결국 침대에서만 지내야 돼." 그녀는 경멸하듯 웃음을 터뜨렸다. "타블로이드 신문에 수감 중인 아버지를 면회하러 가는 내 사진이 실린 적이 있었지. 증기선을 타고 올 땐 사람들이 우리한테서 멀리 떨어진 테이블로 옮기는 걸 봤고. 프랑스 학교에 다닐 땐 미국 여자애들이 전부 하나같이 날 왕따시

---

* 골프 코스에서 풀이 길게 자라 공을 치기가 힘든 부분.

켰고…… 자, 네가 칠 차례야."

"고마워…… 아, 앨리다, 끔찍하다."

"끔찍한 건 다 끝났어. 그러니까 내 말은, 네가 우리한테 너무 미안해하지 않아도 된다는 거야. 사람들이 우릴 클럽에 받아 주지 않아도 말이야. 난 신경 안 써. 난 내 삶이 있고, 문제를 바라보는 나만의 기준이란 게 있으니까. 날 재단할 수 있는 건 아무것도 없어."

개활지를 지나가자 그들의 목소리도 활짝 열린 반대편 허공으로 사라졌다. 포러스트는 잃어버린 공을 찾는 걸 포기하고 캐디 하우스를 향해 걸음을 옮겼다.

'말도 안 되는 일이었어,' 하고 그는 속으로 중얼거렸다. '아무 상관도 없는 여자애한테 괜히 화풀이를 하다니.' 그런 생각은 클럽 쪽으로 걸어가는 동안 잠깐 든 것이었다. "못 하겠어," 하고 그는 혼잣말을 불쑥 뱉었다. "할 수가 없어. 그 애 아버지가 무슨 짓을 했든, 그 앤 어엿한 숙녀가 된 거야. 아버지는 아버지가 느끼는 대로 할 수 있지만, 난 그만둘래."

이튿날 점심을 먹은 뒤, 그의 아버지는 이전과는 다른 얘기를 했다. "난 네가 리커 가족들 그리고 켄느모어 클럽에 대해서 아무것도 하지 않았다는 걸 알고 있다."

"네, 아무것도 안 했어요."

"차라리, 잘했다," 하고 그의 아버지가 말했다. "사실, 그 사람들, 통과됐다. 어쨌든 지난 5년 동안 클럽이 좀 중구난방이었잖니…… 괴짜들도 많이 들어오고. 그러니, 클럽에 네가 원치 않는 사람이 누가 있는지 따위엔 신경 쓰지 마라. 위원회 다른 사람들도 심정이 비슷해."

"알아요," 하고 포러스트가 무심히 말했다. "그래서 아버진 리커 씨네 가족들 가입하는 데 반대하지 않았어요?"

"그래, 안 했어. 월터 핸넌이랑 같이 할 사업도 좀 있고. 그리고 어제, 내가 그 사람한테 어쩔 수 없이 좀 다른 지지를 부탁했었다."

"그래서 그분과 거래를 하셨군요." 아버지와 아들에게 '거래'라는 말은 배신자라는 것처럼 들렸다.

"꼭 그렇지만은 않아. 본론은 언급하질 않았으니까."

"이해해요," 하고 포러스트가 말했다. 하지만 그는 이해가 되지 않았고, 그 순간 어릴 때부터 오랫동안 간직해 왔던 아버지에 대한 믿음이 완전히 사라져 버렸다.

2

누군가를 무시하려 할 때 효과를 발휘하려면 일단 그를 사정거리 안에 넣어야 한다. 천시 리커에 대한 켄느모어 클럽과 그에 이은 다운타운 클럽의 가입 승인은 충돌을 암시하는 듯한 분노 어린 발언과 사임에 대한 협박으로 이어지긴 했지만, 실제로 그 안엔 그럴 의지 같은 게 전혀 보이지 않았다. 하지만 사람들 사이에서 불화가 일어나는 건 당연한 일이라, 천시 리커가 개인적인 반감의 대상이 된 것 역시 당연한 일이었다. 게다가 뉴욕에서 무허가 중개소에 대한 소문이 메아리처럼 다시 들려왔고, 지역 신문은 혹시나 사람들이 놓칠세라 그 문제를 다루기까지 했다. 그저 자유로운 핸넌 가족만 리커 가족의 편에 섰고, 그들의 태도는 상당한 분노를 불러일으켰으며, 일련의 작은 분파를 출범시켜 보려던 그들의 시도는 실패로 돌아갔다. 리커 가족이 만약 '앨리다까지 추대'하려 했었다면, 온갖 사람들이 검토를 해 보려 들었을지도 모를 일이지만, 그들은 그렇게 하지 않았다.

여름이 지나가는 동안 포러스트와 앨리다 리커는 이따금 마주치곤 했다. 그러나 둘은 모르는 사이의 아이들이 호기심 어린 눈빛을 교환하듯 서로를 바라볼 뿐이었다. 한동안 그는 그녀의 곱슬곱슬한 금발과 도전적인 황갈색 눈에 사로잡혀 있다가, 또 다른 아가씨에게 관심을 가지게 되었다. 제인 드레이크라는 아가씨였다. 그는 그녀와 결혼을 하게 될지도 모른다는 생각을 하긴 했지만, 사랑에 빠지지는 않았다. 그에게 그녀는 그저 '길 건너편에 있는 여자'였다. 그는 그녀의 기질, 장점과 단점을 다 알고 있었고, 둘 사이에 크게 문제가 될 것도 없었다. 그녀가 매우 현실적인 여자라는 점에서 그에겐 혈연처럼 느껴졌다. 그 점은 분명 그의 가족들을 기쁘게 할 터였다. 언젠가 한번은 하이볼을 여러 잔 마시고 가벼운 키스를 나눈 뒤, 그녀가 "당신은 진정으로 날 위해 주진 않는 것 같아요," 하고 말해서 그로 하여금 화가 나도록 만들었는데, 그때 그는 거의 속마음을 털어놓을 뻔했다. 하지만 그는 잠자코 있었고, 다음 날 아침 그렇게 한 자신을 대견스럽게 생각했다. 아마도 크리스마스가 지나고 따분한 날들이 계속될 때였을 것이다. 어쩌면, 크리스마스 댄스파티에서 크리스마스 아가씨들에 둘러싸여 있던 그는, 자신이 바라 왔던 황홀과 고통과 몰두를 그때 발견했을지도 몰랐다. 가을이 왔을 때, 그는 어쩌면 운명의 여자가 동부나 남부의 도시에서 트렁크에 짐을 꾸리고 있을지도 모른다고 느꼈다.

11월의 어느 일요일, 그가 소규모 다과회에 갔던 건 가만히 앉아 있을 수가 없어서였다. 다과회를 주최한 여주인과 얘기를 나누는 순간, 그는 벽난로의 불빛이 비쳐 나오는 건너편 방에 앨리다 리커가 있다는 걸 느낌으로 알았다. 그녀의 빛나는 아름다움과 전인미답의 새로움이 자꾸만 그의 등을 떠밀어, 마침내 그녀에게 다가가지 않을 수 없었다. 그가 인사를 하고 지나쳤지만, 그것만으로도 소통은 이루어졌다고 봐야 했다. 그녀의 표정에는 그의 가족들이 가졌던 태도를 그녀가 알고 있으며, 거기엔 별 신경을 쓰지 않는다고, 심지어 이런 우스꽝스러운 자리에서 자신을 보는 게 안타깝다는 의미까지 담겨져 있었다. 그것은 그가 그녀에게 완전히 빠졌고, 그 사실을 그녀가 알고 있었기 때문에 가능한 일이었다. 그때 그의 표정은 이렇게 말하고 있었다. "물론, 난 네 미모에 아주 끌려. 그게 무얼 말하는지는 너도 알고 있지. 하지만 우리가 함께하려면 우리는 네 아버지가 비열한 자란 사실을 거부해야만 해. 그리고 난 지금의 내 위치에서 물러날 수도 없어."

그때 갑자기 침묵이 깨지면서 그녀가 말을 하고 있었고, 그의 귀는 자신의 혼잣말에서 홀연히 벗어났다.

"……헬렌은 1년 넘게 이상한 고통에 시달렸고, 당연히, 그들은 암을 의심했죠. 그래서 그녀는 엑스레이 검사를 받으러 갔어요. 그녀는 스크린 뒤에서 옷을 벗었고, 의사가 기계를 통해 그녀를 보았죠. 그러곤 의사가 '내가 옷을 모두 벗으라고 했을 텐데,' 하고 말했어요. 그러자 헬렌은 '다 벗었는데요,' 하고 말했죠. 의사는 다시 기계를 바라보고는 이렇게 말했어요. '잘 들어, 아가씨. 난 너를 세상에 태어나도록 한 사람이야. 그러니 내 앞에서 얌전을 떨 필요는 없어. 옷을 모두 벗도록 해.' 그래서 헬렌은 말했죠. '지금 제 몸엔 바느질이 된 거라곤 하나도 걸쳐져 있지 않아요. 맹세해요.' 하지만 의사는 '아니, 그렇지 않아. 엑스레이가 브래지어에 달린 안전핀을 보여 주고 있으니까,' 하고 말했죠. 결국 그렇게 해서 그녀가 두 살 때 삼킨 안전핀을 발견하게 된 거죠."

아늑한 공기 위를 떠다니던 그녀의 맑고 깨끗한 목소리는 그를 완전히 무장해제시켰다. 그것은 10년 전에 워싱턴 혹은 뉴욕에서 일어난 사건과는 아무런 관련이 없었다. 갑자기 그는 그녀에게로 가서 곁에 앉고 싶어졌다. 그녀는 난로의 불빛을 더 선명하게 만드는 불꽃의 혀였다. 그곳을 떠난 뒤, 그는 자신이 왜 그녀를 알아보지 못했었는지, 자신이 왜 모범을 보여야 하는지를 새삼 생각하며, 솜털같이 흩날리는 눈발을 뚫고 한 시간이나 걸었다.

'음, 나도 해야 할 것들을 언젠간 넘치도록 갖게 되겠지. 쉰 살쯤 되면 말이야,' 하고 그는 비꼬듯 속으로 중얼거렸다.

크리스마스 주간의 첫 번째 댄스파티는 주州군 본부대에서 열린 자선 무도회였다. 대규모 공식 행사였다. 부자들에겐 특별석이 마련돼 있었다. 그가 같은 부류라고 느낄 만한 사람들은 모두 참가했을 뿐 아니라, 호기심에 온 사람들도 많았다. 그래서 분위기는 거만과 무심이 기묘하게 뒤얽혀 긴박감을 자아내고 있었다.

리커 가족은 특별석을 차지하고 있었다. 제인 드레이크와 함께 간 포러스트는 자신의 뒤편에 앉은 악명 높은 남자와 보석으로 꽁꽁 둘러싸인 매 맞는 여자를 흘끗 바라보았다. 그들은 내성적이고 소심한 사람들이 넋을 놓고 바라보는 도시의 악당들이었다. 째려보는 눈들은 전혀 신경 쓰지 않는 듯 앨리다와 헬렌 핸넌은 교외에서 온 여러 명의 젊은 남자들에게 배알을 허락하고 있었다. 앨리다가 누구와도 비교할 수 없을 만큼 아름다운 여자란 건 의문의 여지가 없었다.

꽤 많은 얘기들이 포러스트의 귀에 전해졌다. 그 가운데 새해에 리커 가족이 주최하는 큰 무도회가 열린다는 것도 있었다. 인쇄된 초대장이 있겠지만, 구두로 초대받아야 모양이 나지 않겠냐고 누군가 말했다. 그래서인지 사람들이 그 무도회에 초청받기 위해 리커 가족이면 누구에게든 자신을 소개하려고 기를 쓴다는 소문까지 돌았다.

포러스트가 홀을 지나가고 있을 때, 친구 둘이 그를 부르더니 뭐가 재밌는지 킬킬거리며 열일곱 살짜리 테디 리커에게 그를 소개했다.

"저희가 무도회를 엽니다," 하고 젊은 친구가 대뜸 말했다. "1월 3일에요. 와 주시면 무척 기쁠 겁니다."

포러스트는 선약이 있어서 곤란하겠다고 말했다.

"그럼, 마음이 바뀌면 와 주세요."

나중에 그의 친구 하나가 "짜증 나는 자식, 그래도 머리는 잘 돌아가는군," 하고 말했다. "우리가 그 친구한테 먹잇감을 물어다 주고 있었는데 멍청한 커플 한 쌍을 데려다줬더니 그 자식이 어떻게 한 줄 아니? 걔들한테 말 한마디 안 하더라고. 몇몇은 거절, 몇몇은 인정, 대부분은 미적미적. 그 자식은 그냥 지 할 것만 하더라고. 제 아버질 빼다 박았어."

시시콜콜, 가장 중요한 것에서 가장 사소한 것까지, 온갖 얘기들이 난무했다. 그녀 역시 얘기를 멈추려 들지 않았다. 그는 떠들썩하게 수다를 떠는 한 무리의 젊은 여자들 사이에 섞인 제인을 보고는 미안한 마음이 들었다.

"그 사람들이 장의사 보드먼 씨한테 물어보는 걸 내가 무심코 들어버렸지. 그러곤 취소가 됐어."

"칼턴 부인은 귀가 안 들리는 체했을걸."

"캐나다에서 샴페인 한 트럭이 들어올 거라던데."

"물론 나야 못 가지. 하지만 엄청 가고 싶긴 해. 어떻게 될까 궁금하

잖아. 아가씨들한테 남자들이 엄청 몰려들겠지…… 그래 봐야 그녀의
고기밥 신세가 되겠지만."

차곡차곡 쌓여 있던 악의가 그를 막아 세웠다. 그리고 제인도 그 일
부가 된 것에 화가 났다. 돌아서던 그의 눈에 벽을 따라 움직이는 앨리
다의 오만한 모습이 들어왔다. 그는 헌신을 다하고 있는 그녀의 파트
너들을 화가 치민 눈길로 바라보았다. 그는 지난 여러 달 동안 서로가
무척이나 사랑하게 되었다는 사실을 미처 깨닫지 못했다. 두 아이가
공을 갖고 다투다 사랑에 빠질 수 있듯, 서로에 대한 그들의 인식은 놀
라울 정도로 커져 있었다.

"저 여자애, 예뻐," 하고 제인이 말했다. "지나치게 차려입은 것도
아닌데 말이야. 하지만 전체적으로 보면 아주 공을 들여 입은 건 사실
이야."

"내가 보기엔, 저 앤 삼베옷이나 수녀복을 입든가, 아니면 상복을 입
었어야 하는 거 같은데."

"영광스럽게도 초대장을 받았어. 하지만, 당연히, 난 안 갈 거야."

"왜 안 가?"

제인이 놀란 표정으로 그를 바라보며 말했다. "너도 안 갈 거잖아."

"그건 다르지. 내가 너라면 갈 텐데. 쟤네 아버지가 뭘 했든 넌 신경
쓸 거 없어."

"아니, 당연히 신경 쓰여."

"아냐, 신경 쓰지 마. 그리고 이런 식의 사소한 치졸함들이 모여서
전체 수준을 떨어지게 만드는 거야. 왜 사람들은 저 애를 내버려 두
지 않을까? 저 앤 젊고, 예쁘고, 정작 아무 잘못도 하지 않았는데 말
이야."

주말에 그는 핸넌의 댄스파티에서 앨리다를 다시 보았다. 많은 남자들이 그녀와 춤을 추는 것도 보았다. 그는 그녀의 입술이 움직이는 것을 보았고, 그녀의 웃음소리를 들었으며, 그녀가 쓰는 단어 하나하나가 모여 어떤 문장이 되는지를 알아냈다. 그는 밤늦도록 그녀와 그녀의 파트너를 맴돌고 있는 자신을 발견했다. 그는 그녀가 누군지를 알지 못하는, 교외에서 이 도시로 온 방문객들이 부러웠다.

리커 가족이 주최한 무도회가 열린 밤, 그는 조그만 만찬에 가 있었다. 테이블에 앉기 전에 그는 사람들이 모두 리커네 무도회에 갈 거라는 걸 알아차렸다. 그들은 그것을 익살스러운 모험으로 여기며 변명들을 늘어놓았다. 그도 당연히 가야 한다는 주장도 나왔다.

"널 초대하지 않았어도, 상관없어," 하고 그들은 장담했다. "우리한테 누굴 데려와도 괜찮다고 했거든. 손님을 가려 받진 않는가 봐. 그렇다고 강요하는 건 아니야. 노머 내시도 가는 모양이더라. 그 앤 자기네 파티에 앨리다 리커를 초대하지도 않았잖아. 뭐니 뭐니 해도, 앨리다는 정말 근사해. 우리 형은 그 애한테 완전히 미쳐 있어. 엄마가 걱정돼서 병이 날 지경이라고. 형이 그 애랑 결혼하고 싶다고 말했거든."

새 하이볼 잔을 움켜쥐던 포러스트는 취하면 가게 될 거라고 생각했다. 가지 않아야 할 이유들이란 구태의연하고 따분해 보였으며, 비참하게도 그는 자신이 어리석어 보이기 시작했다. 그는 자신이 만들어 낸 목적을 필사적으로 기억하려 애썼지만, 아무것도 찾아내지 못했다. 자신의 아버지는 켄느모어 클럽의 문제에 대해서는 더 이상 힘을 쓰지 못했다. 그러다 그는 갑자기 무도회에 가야 할 이유를 찾아냈다. 남자들이란 여자들이 갈 수 없는 곳으로 갈 수 있는 법.

"그래," 하고 그가 말했다.

리커의 무도회는 미네카다 호텔 무도회장에서 열리고 있었다. 부정하게 취득한 리커 가족의 썩은 황금이 야자나무와 포도나무와 꽃들로 숲을 이루고 있었다. 두 개의 악단이 반딧불이가 반짝이며 날아다니는 퍼걸러*에서 연주를 하고, 다양한 색깔의 조명들이 암색暗色 병들이 반짝거리는 뷔페 테이블을 어루만지며 바닥을 쓸어 대고 있었다. 포러스트가 긴 일당이 안으로 들어갔을 때, 손님을 맞이하기 위해 늘어서 있는 주최자들 앞은 여전히 분주했다. 포러스트는 천시 리커의 손을 잡을지도 모른다는 생각을 하며 씁쓸하게 웃었다. 하지만 마침내 그에게로 거리낌 없이 떨어진 앨리다의 표정을 보았을 때 그는 다른 일은 모두 잊어버렸다.

"그대의 남동생이 친절하게도 날 초대해 줬어요," 하고 그가 말했다.

"아, 그랬군요," 하고 그녀는 공손히 말했다. 하지만 거기에 어떤 마음이 담겨 있는지는 알 듯 말 듯했다. 분명한 건 그녀가 그의 존재에 전혀 압도되지 않았다는 거였다. 그녀의 부모와 얘기를 나누려고 기다리고 있던 그는 흠칫 놀랐다. 춤을 추는 여자애들 사이에 자신의 여동생이 끼어 있는 걸 본 것이다. 그러고 나자, 차례로, 자신이 아는 면면들이 하나씩 보이기 시작했다. 크리스마스 무도회라면 어디에나 가는 사람들이었다. 그러고 보니 젊은 친구들은 죄다 거기에 있었다. 그는 자신과 앨리다만 따로 떨어져 있다는 사실을 알았다. 접대 행렬은 끝이 나 있었다. 앨리다가 미심쩍은 표정으로 그를 힐끔 보았는데, 그 안에 뭔가 흥미로운 표정도 섞여 있었다.

* 정원에 덩굴 식물이 타고 올라가도록 만들어 놓은 아치형 구조물.

결국 그가 그녀와 플로어에서 춤을 추는 데까지 사태는 진전되었다. 고개를 꼿꼿이 세우고는 있었지만 살짝 어지러웠다. 세상에 하고 많은 일들 중에 천시 리커의 무도회에 있게 될 줄은, 그로선 꿈에도 생각지 못한 일이었다.

3

다음 날 아침, 그에게 맨 먼저 떠오른 것은 그녀와의 입맞춤이었다. 그다음으로 떠오른 것은 전날 밤 자신이 한 행동에 대한 깊은 수치심이었다. 신이 그를 도왔는지, 그는 파티의 스타가 되어 있었다. 그는 코티용*을 추었다. 플로어에 나가 춤을 췄던 그 순간, 그는 친구들의 놀랍고 흥미로운 시선을 흘려 넘기면서 될 대로 되라는 심정이 돼 버렸다. 친구 하나가 제인이 하려던 말이 무언지 아냐고 물은 뒤에야 그는 앨리다 리커에게 덤벼드는 걸 멈추었다. "제인이 대체 뭔 얘길 했단 거야?" 하고 그는 성마르게 따졌다. "그 애랑 약혼이라도 한 줄 아니?" 그러곤 그는 자신의 여동생을 억지로 오게 하고는 괜찮아 보이는지를 물었다.

"보기엔 괜찮은 거 같은데," 하고 엘리너가 대답했다. "하지만 찜찜하면, 이제 그만하시지."

그리고 거기서 그는 멈추었다. 겉보기엔 멀쩡했지만, 내면의 충동은 사납게 타오르고 있었다. 앨리다 리커와 나란히 앉게 되었을 때, 그는

* 상대를 계속 바꾸는 복잡한 스텝의 춤.

그녀에게 지난 몇 개월 동안 그녀를 사랑해 왔다고 털어놓았다.

"매일 밤 잠들기 전에 네 생각을 했어." 한껏 꾸며 낸 그의 목소리가 떨리며 흘러나왔다. "너랑 마주치거나 네게 말을 건네는 게 두려웠어. 때로 넌 황금으로 된 마차처럼 움직이더라. 그때부터 세상이 살아갈 만한 곳으로 변하더군."

20분쯤 이런 달콤한 말을 듣고 난 앨리다는 자신이 대단히 매력적으로 느껴지기 시작했다. 피곤했지만 행복감에 젖은 채로 마침내 그녀는 말했다.

"알았어요, 제게 키스를 하고 싶다면 그렇게 해요. 하지만 큰 의미는 없을 거예요. 난 아직 그런 기분이 아니니까요."

하지만 포러스트는 달랐다. 가슴이 꽉 차는 것 같았다. 그는 마치 신의 제단 앞에 함께 서 있는 듯 그녀에게 입을 맞췄다. 그리고 조금 뒤, 이제껏 살면서 최고의 순간이었다는 감회에 깊이 젖은 채 리커 부인에게 감사의 말을 전했다.

어느새 정오였다. 그가 침대에서 간신히 일어났을 때, 엘리너가 실내복 차림으로 그의 방에 들어왔다.

"잘 잤어?" 하고 그녀가 물었다.

"끔찍하게 잘 잤다."

"차로 돌아왔을 때 나한테 했던 말 생각나? 정말로 앨리다 리커랑 결혼하고 싶은 거야?"

"지금 같아선, 아니야."

"그럼 됐네. 잘 들어, 오빠. 모두들 화가 나 있어."

"왜?" 그는 뻔히 아는 걸 묻고 있었다.

"오빠랑 나랑 둘 다 거기 갔으니까. 오빠가 무도회를 주도했다는 애길 아버지가 들으셨나 봐. 디너파티에 갔다가 친구들이 가자고 해서 할 수 없이 갔다고 했으니까 그렇게 알아. 오빠도 그렇게 갔다고!"

포러스트는 옷을 갈아입고 일요일 정찬을 하고 있는 식당으로 내려 갔다. 테이블 위에는 참을성 있고, 혼란에 휩싸인, 이 세상 것이 아닌 듯한 실망감이 맴돌고 있었다. 결국 포러스트는 입을 열지 않을 수 없었다.

"어젯밤, 저흰 알 카포네의 파티에 가서 즐거운 시간을 보내고 왔습니다."

"그래, 들었다," 하고 피어스 윈즐로가 건조하게 말했다. 윈즐로 부인은 잠자코 있었다.

"모두들 거기 왔더라고요…… 케이네, 슈완네, 마틴네 그리고 블랙네까지요. 리커네가 사교계 기둥이 될 모양이에요. 집집마다 그 사람들한테 마음을 활짝 연 모양이에요."

"이 집은 아니지," 하고 그의 어머니가 말했다. "그 사람들이 우리 집에 올 일은 없을 거다." 그리고 잠시 뒤 "뭐 좀 먹어야지, 포러스트?"

"아뇨, 괜찮아요. 아, 제 말은, 그러니까, 먹을 거라고요." 그는 조심스럽게 자신의 접시를 살폈다. "그 여자애, 정말 괜찮아요. 그렇게 매너가 좋은 애는 아마 없을 거예요. 자질도 좋은 거 같고. 전쟁 전의 사람들처럼 말하자면, 전 아마 이렇게 말했을……"

그는 자신이 했을 것 같은 말이 무엇인지, 정확히 생각해 낼 수 없었다. 그가 알고 있는 것은, 이제 자신의 부모와 완전히 다른 길에 서게 되었다는 사실이었다.

"이 도시는 전쟁 전엔 그저 촌 동네에 불과했지," 하고 증조모 포러스트 여사가 말했다.

"오빠가 전쟁이라 한 건요, 1차 대전을 말하는 거예요, 할머니," 하고 엘리너가 말했다.

"어떤 것들은 절대 변하지 않아," 하고 피어스 윈즐로가 말했다. 두 부자는 모두 켄느모어 클럽 문제를 생각하고 있었다. 죄책감을 느낀 그의 아버지는 견디기가 힘들었다.

"유죄 선고를 받은 범죄자가 연 파티에 사람들이 가기 시작한다면, 그들에게도 뭔가 심각한 문제가 있다는 얘기지."

"이제 그 문제는 더 이상 거론하지 말아요," 하고 윈즐로 부인이 황급히 말했다.

4시쯤, 포러스트는 자신의 방에서 전화를 걸었다. 자신이 전화를 걸어야 할 시간을 그는 제대로 기억하고 있었다.

"리커 양, 집에 있습니까? ……아, 안녕, 포러스트 윈즐로야."

"몸은 괜찮아요?"

"조금 안 좋은데, 즐거운 파티였어."

"그랬어요?"

"당연하지. 아주 좋았어. 뭐 하고 있어?"

"숙취로 고생하는 두 사람을 돌보고 있어요."

"나도 돌봐 주면 안 돼?"

"당연히 되죠. 이리 건너와요."

젊은 남자애 둘은 그저 앓는 소리나 내면서 축음기에다 감상적인 음악을 틀어 놓고 듣는 것밖에 달리 할 수 있는 게 없었다. 그나마 그러다 곧 떠났다. 난로의 불이 타오르고, 창문 너머로 해가 기울고 있었다. 포러스트는 홍차에 럼주를 섞었다.

"결국 우린 만났군," 하고 그가 말했다.

"이렇게 미뤄진 건 모두 당신 때문이에요."

"빌어먹을 편견," 하고 그가 말했다. "여긴 보수적인 도시야. 네 아버지가 어려움에 처한 것도……"

"아버지에 대해선 당신이랑 토론하고 싶지 않아요."

"미안해. 난 그저 내가 얼마나 바보 같았는지, 그걸 말하고 싶었어. 널 오해하고 있었다는 걸 최근에야 알았으니까. 그 바보 같은 편견 때문에 널 아는 즐거움을 빼앗겨 버렸던 거야. 내가 나 자신을 속였던 거지," 하고 그는 어눌하게 말을 이었다. "그래서 이제 내 본능을 따르기로 했어."

그녀가 갑자기 벌떡 일어났다. "이제 그만 가시죠, 윈즐로 씨."

"뭐? 왜 그래?"

"왜냐하면, 당신이 여기 온 게 뭔가 잘못된 거 같아서요. 당신이 마치 저한테 호의를 베푸는 것 같잖아요. 그리고 우리한테 환대를 받고 난 뒤에 우리 아버지 문제를 저한테 상기시킨 건, 좋지 않은 태도이기도 하고요."

그는 속이 상해 자리에서 일어났다. "난 그런 뜻이 아니었어. 내가 느낀 걸 솔직히 말했을 뿐이야. 내가 경멸한 건 나 자신이었다고. 네 마음을 아프게 할 생각은 없었어."

"이제부턴 부러 겸손한 척하지 말아요." 그녀는 의자에 도로 앉았다. 그녀의 어머니가 잠깐 방으로 들어왔다 나가면서 포러스트에게 분노와 의혹이 담긴 눈길을 던졌다. 하지만 그녀가 방을 나가자 둘은 다시 화해를 하고는 꽤 오랫동안 진솔하게 얘기를 나누었다.

"이제 올라가서 옷을 좀 갈아입어야겠어요."

"한 시간 전에 갔어야 했는데, 갈 수가 없었어."

"저도 그래요."

이제 더 이상은 머물 수 없다는 걸 그들은 인정해야만 했다. 문을 나서기 전 그는 그녀의 주저하지 않는 입술에 키스를 하고는, 괜한 상념들은 모두 들판에다 던져 버리곤 집을 향해 걸음을 옮겼다.

그 일이 있고 두 주가 채 지나지 않았을 때였다. 눈보라 속에 주차해 놓은 자동차 안에서 그는 자신의 열렬한 사랑을 쏟아부었다. 그리고 그녀는 그의 가슴에 안긴 채 한숨을 내쉬며 말했다. "아, 저도요……저도 그래요."

포러스트의 가족들은 저녁마다 그가 어디로 가는지 이미 알고 있었다. 공포가 느껴지는 냉랭한 분위기 속에서 어느 날 아침 그의 어머니가 입을 열었다.

"얘야, 네게 미치지 못하는 여자애한테 너 자신을 던지고 싶진 않겠지. 엄마는 네가 제인 드레이크한테 관심이 있다고 생각했는데, 아니니?"

"그 얘긴 꺼내지 마세요. 얘기하고 싶지 않아요."

하지만 그건 해결책이 아니었다. 그저 미루는 것일 뿐이었다. 그러는 사이 2월의 낮은 희디흰 마법 같고, 별이 총총한 밤은 수정처럼 맑아졌다. 마을은 차가운 왕관을 쓴 채 누워 있었다. 그녀의 모피에선 향기로운 냄새가 풍겨 나왔고, 발갛게 상기된 뺨은 북쪽 제단에 타오르는 불꽃과도 같았다. 그의 대지엔 온갖 신들이 황홀하게 편재遍在하고, 그 대지에 펼쳐진 날씨는 그의 내면에 충만했다. 마침내 그를 그곳으로 돌려보내 준 것은 바로 그녀였다. 그는 언제나 그곳에서 살고 싶었다.

"난 널 너무나도 원하고, 그 어떤 것도 날 막을 수 없어," 하고 그는 앨리다에게 말했다. "하지만 난, 내 아버지와 어머니에게, 네게 설명할 수 없는 빚을 졌어. 그분들은 내게 돈보다 더 많은 걸 주셨어. 당신들은 내게 눈에 보이지 않는 뭔가를 주려고, 당신들의 부모님이 당신들에게 주셨던, 전해 줄 가치가 있다고 생각하셨던 뭔가를 주려고 애쓰셨어. 난 물론 그걸 가지지 않을 테지만, 가능한 한 그분들이 이걸 쉽게 이해할 수 있도록 할 거야." 그는 자신이 상처를 주었던 그녀를 바라보며 말했다. "사랑하는……"

"아, 그런 식으로 말하려 할 때마다 겁이 나요," 하고 그녀가 말했다. "나중에 또 책망하려는 거죠? 그건 정말 끔찍한 일이에요. 당신이 뭔가 잘못하고 있다는 생각을 떨쳐 버려야 해요. 제가 가진 기준도 당신만큼 높아서, 아버지가 지은 죄를 제 어깨에 짊어지고 시작할 순 없어요." 그녀는 잠시 생각에 잠겼다가 다시 입을 뗐다. "당신은 그 모든 걸 철없던 시절의 이야기처럼 여기진 않을 테죠. 그러니 선택을 해야 해요. 당신은 당신의 가족들에게 상처를 주든가, 제게 상처를 주어야만 할지도 몰라요."

두 주가 지난 뒤, 돌풍이 윈즐로 가족을 덮쳤다. 피어스 윈즐로는 분노를 안은 채 조용히 집으로 들어섰고, 닫힌 문 뒤에서 아내와 이야기를 나누었다. 얼마쯤 시간이 흐르고 그녀가 포러스트의 방문을 두드렸다.

"네 아버지가 오늘 몹시 난처한 일을 당하셨다는구나. 천시 리커가 다운타운 클럽에서 아버지에게 오더니 네 얘기를 하기 시작했다더라. 마치 그 사람 딸이랑 네가 무슨 약속을 한 사이라도 되는 듯 말이다. 네 아버지가 아무 말 않고 오셨다는데, 어떻게 된 일인지 알아야겠다.

너 정말 그 애랑 진지한 사이인 거니?"

"그녀와 결혼하고 싶어요," 하고 그가 말했다.

"아, 포러스트!"

그녀는 마치 한 세기와 관련된 문제라도 된다는 듯, 그의 가문이 도시와 맺어 온 80년 동안의 관계를 장황하게 설명해 나갔다. 얘기가 아버지의 건강에 이르렀을 때, 포러스트가 말을 잘랐다.

"그건 아무 상관없는 일이에요, 어머니. 앨리다에 대해 개인적으로 반대하시는 게 있다면 얼마든 말씀하실 수 있다고 생각해요. 그럴 리도 없겠지만."

"그 아인 옷을 너무 사치스럽게 입어. 그리고 교제도 아무하고나 하고……"

"엘리너랑 다를 게 하나도 없어요. 그녀는 모든 면에서 나무랄 데가 없는 여자예요. 그녀에 대해서 이렇게 말하는 제 자신조차 어리석게 느껴질 정도라고요. 어머니는 어떻게든 리커 가족과 연결되는 게 겁날 뿐이죠."

"그런 건 겁나지 않아," 하고 그의 어머니가 화가 담긴 목소리로 말했다. "아무것도 두려울 게 없어. 내가 두려운 건, 이로 인해서 네가 가치 있는 모든 것들, 널 사랑하는 모든 사람들과 멀어지는 거야. 네가 우리를 속상하게 하는 건 옳지 않아. 우리를 수치스러운 소문에 휘말리게 하는 것도……"

"어머니가 두려워하는 그런 사소한 소문 때문에 저는 사랑하는 여자를 포기해야 돼요."

논쟁은 다음 날 다시 시작되었고, 피어스 윈즐로가 거기에 가세했다. 그가 역설한 것은 자신이 옛 켄터키에서 태어났다는 것, 개척자인 미네소타 가문을 이끌어야 할 아비가 된 것이 늘 부담스러웠다는 것 그리고 언젠가는 이런 일이 일어나리란 걸 예상했다는 거였다. 포러스트는 자신의 부모가 진부하고 솔직하지 못한 태도를 취하고 있다는 느낌이 들었다. 두 사람의 바람을 저버린 채 집 밖으로 뛰쳐나온 뒤에야 그는 비로소 죄책감이 밀려들었다. 하지만 늘 그랬듯, 그는 소중한 무언가—아버지와의 싱싱한 동지애, 어머니에 대한 사랑과 신뢰—와 멀어지고 있음을 느꼈다. 시시각각 그는 지난 시간들이 돌이킬 수 없을 만큼 망쳐지고 있는 걸 보았다. 앨리다와 함께 있지 않을 때의 그는 너무도 불행했다.

상황이 견딜 수 없을 지경에 이른 어느 봄날, 가족들과의 식사가 반쯤 조용히 지나갔을 때, 증조모가 포러스트를 층계참으로 불러 세우고는 그의 팔에 손을 얹었다.

"그 여자애 성격이 정말로 착하니?" 하고 그녀가 건강하고 맑은 노년의 눈으로 이윽히 그를 바라보며 물었다.

"그럼요, 할머니."

"그렇다면 결혼하거라."

"왜 그러시는지 가르쳐 주실래요?" 하고 포러스트가 신기한 듯 물었다.

"그래야 이 모든 말도 안 되는 짓들이 끝나고, 평화를 찾을 수 있을 테니까. 그리고 이 할미가 생각해 봤는데, 눈 감기 전에 고조할머니가 되고 싶단다."

당신의 솔직한 이기심은 다른 누구의 정의보다 그에게는 더 큰 호소력을 가졌다. 그날 밤 그와 앨리다는 6월의 첫날에 결혼을 하기로 결정했고, 신문사마다 전화를 걸어 그 소식을 알렸다.

이제 본격적으로 돌풍이 몰아치기 시작했다. 크레스트 대로에 잡스러운 소문이 쫙 깔렸다. 리커 부인이 윈즐로 부인에게 전화를 걸었는데 그때 그녀가 왜 집에 없었는지, 포러스트가 어떻게 해서 대학 클럽에서 살다시피 하게 됐는지, 천시 리커와 피어스 윈즐로가 다운타운 클럽에서 무슨 언쟁을 벌였는지 따위의.

포러스트가 대학 클럽으로 간 것은 사실이었다. 창가에 여름의 밤벌레 소리가 가득 몰려들어 와 있던 5월의 어느 날 밤, 그는 소년 시절에 지냈던 방에서 트렁크와 여행용 가방에다 짐을 꾸렸다. 벽난로 위 선반에 한 줄로 늘어선 골프 우승컵들을 내려놓을 땐 목구멍이 조여드는 것 같아 먼지 묻은 손으로 얼굴을 마구 문질렀다. 그러곤 목멘 소리로 "앨리다를 받아들일 수 없다면, 내겐 더 이상 가족이 아냐," 하고 혼잣말을 흘렸다.

짐을 다 꾸렸을 때, 어머니가 방으로 들어왔다.

"정말 떠나려는 건 아니지?" 시달림이 역력히 묻어 있는 목소리였다.

"대학 클럽으로 가려고요."

"너 왜 그러니? 여기 있다고 널 괴롭히는 사람도 없잖니. 너 하고 싶은 대로 하잖아."

"앨리다를 데려올 순 없잖아요."

"아버지가……"

"빌어먹을, 그놈의 아버지!" 그가 거칠게 내뱉었다.

그녀는 그의 곁에 놓인 침대에 걸터앉았다. "그냥 있어, 포러스트. 너한테 더 이상 뭐라고 하지 않으마. 그러니 여기 그냥 있도록 해."

"그럴 수 없어요."

"나도 널 보낼 수 없어!" 하고 그녀가 울부짖었다. "이건 마치 우리가 널 내쫓는 것 같잖니. 우린 그러지 않아!"

"어머니가 절 내쫓는 것처럼 보여서 싫으시다는 건가요?"

"그런 뜻이 아니야."

"맞아요, 그런 뜻이에요. 그리고 어머니랑 아버지는 천시 리커의 도덕성에 대해선 조금도 신경 쓰지 않아요. 그러시면 안 되죠. 이건 꼭 말씀드리고 싶어요."

"그렇지 않아, 포러스트. 난 나쁘게 행동하는 사람, 법을 어기는 사람들을 증오해. 우리 친아버지도 아마 천시 리커를 그냥 두지 않으셨을......"

"어머니의 아버지에 대해서 얘기하고 있는 게 아니잖아요. 제 어머니, 제 아버지 얘길 하고 있는 거라고요. 천시 리커가 어떤 일을 해 왔었는지 두 분은 전혀 상관하지 않는다는 그 얘길 하고 있다고요. 그게 어떤 거였는지를 아예 모르시는 것 같다고요."

"당연히 알고 있지. 그 사람은 돈을 훔쳐서 외국으로 달아났어. 그리고 돌아와서는 감옥에 갔고."

"그 사람이 감옥에 간 건 법정모욕죄 때문이었어요."

"이제 넌 그 사람을 변호까지 하는구나, 포러스트."

"변호하는 게 아니에요! 저도 그 사람이 몹시 싫어요. 의심할 여지 없이 사기꾼이니까요. 하지만 전 아버지가 어떤 원칙도 갖고 계시지 않는다는 게 더 충격이었어요. 아버지랑 친구분들이 다운타운 클럽에 둘러앉아서 천시 리커를 까 댔지만, 정작 그 사람이 클럽에 출입하게 되자 약한 모습을 보이셨어요."

"그건 사소한 일이야."

"아니에요, 아버지 연배의 어떤 남자도 원칙을 갖고 있지 않아요. 왜 그런지 모르겠어요. 저는 정직한 신념을 가질 겁니다. 아무런 원칙도 갖고 있지 않으면서 그런 걸 가진 척하는 사람이 되진 않을 거예요. 그런 사람들로부터 야유를 받진 않을 거라고요."

그의 어머니는 무기력하게 앉아 있었다. 아들이 말하는 게 모두 옳다는 걸 인정하지 않을 수 없었다. 자신도, 남편도 그리고 그들의 친구들도 모두 원칙이 없었다. 천성에 따라 그들은 선하고 선하지 않을 뿐이었다. 그들은 자주 과거에 대한 기억을 판단의 근거로 삼았지만, 그녀의 아버지나 할아버지가 갖고 있던 것만큼의 확신을 가진 적은 없었다. 왜 그런지 명확히 알 수 없었던 그녀는 종교와 관련되어 있지 않을까 추정했다. 그저 남들에게 바라기만 한다면 어떻게 원칙이란 걸 가질 수 있단 말인가?

하녀가 와서 택시가 도착했다고 알려 주었다.

"짐이 많으니까 올슨 좀 올려 보내주세요," 하고 포러스트가 말했다. 그리고 나서 어머니에게 "쿠페는 가져가지 않으려고요. 키를 두고 갈 겁니다. 옷만 가져갈게요. 시내에서 아버지 돕던 일은 계속할 수 있겠죠?"

"포러스트, 꼭 그런 식으로 말해야겠니? 아버지가 설마 네 일자리를 뺏으시겠어? 네가 무얼 하든 그러시겠냐고?"

"지금 같으면 그러실 것 같기도 해요."

"네가 이렇게 매정하고 까다로운 아이였니?" 하고 그녀가 울음을 터뜨렸다. "그냥 있으면 안 되겠어? 상황은 분명 좋아질 거야. 아버지도 널 더 이해하실 거고. 아, 그냥 있어, 가지 마! 내가 아버지한테 다시 말씀드릴게. 문제를 해결하는 데 최선을 다하마."

"앨리다를 데려올 수 있게 해 주실 건가요?"

"지금은 아니야. 그건 묻지 말아다오. 견딜 수가 없······"

"그럼 됐어요," 하고 그가 인상을 쓰며 말했다.

올슨이 가방을 옮기기 위해 올라왔다. 어머니는 그의 코트 소매를 붙잡고 울며 현관까지 따라왔다.

"아버지께는 작별 인사도 안 드릴 거니?"

"그렇게 해야 돼요? 내일 사무실에서 뵐 텐데요."

"포러스트, 생각해 봤는데, 대학 클럽 말고 호텔로 가는 건 어때?"

"왜요, 전 클럽이 더 편할 거라고 생각했는······," 하고 말하다가 그는 문득 호텔이 사람들 눈에 덜 띌 거라는 생각이 들었다. 그는 씁쓸한 심정을 얼굴에 드러내지 않은 채, 어머니에게 건성으로 입을 맞추고는 택시에 올랐다.

그러다 뜻밖에도 인도에서 누군가가 갑자기 불러 세우는 바람에 택시는 길모퉁이 가로등 곁에 멈추었다. 우울한 표정을 하고 있는 창백한 앨리다의 얼굴에 5월의 땅거미가 가득 드리워져 있었다.

"어떻게 된 일이야?" 하고 그가 물었다.

"오지 않을 수가 없었어요," 하고 그녀가 말했다. "차를 돌려요. 당신이 저 때문에 집을 떠나는 건 옳지 않아요. 알아요, 당신이 얼마나 가족들을 사랑하는지······ 제가 우리 가족들을 사랑하는 것처럼요······ 너무 끔찍한 일이에요. 이렇게 일을 망쳐선 안 돼요. 잘 들어요, 포러스트! 우리, 기다리기로 해요! 제가 바라는 건 당신이 집으로 돌아가는 거예요. 정말로요. 우린 기다릴 수 있어요. 우리한텐 이런 아픔을 만들 어떤 권리도 없어요. 우린 아직 젊어요. 전 잠깐 떠나 있을 거예요. 그리고 나서 우리 다시 만나요."

그는 그녀의 어깨를 잡아 가슴으로 끌어당겼다.

"넌 원칙을 가진 사람이야. 그 누구보다 더 크고 많은 원칙을 가지고 있어," 하고 그가 말했다. "아, 내 사랑, 네가 날 사랑하는 게 느껴져. 그래서 행복해!"

4

사람들에 대한 공개적인 복수가 되어야 한다는 리커 가족의 제안을 포러스트와 앨리다가 거부했고, 그래서 그들은 집에서 결혼식을 치르기로 했다. 하객들도 친한 친구들 몇 명만 불렀다.

결혼식을 치르기 전 일주일 동안, 어머니로부터 걸려 온 우유부단하고 모호한 전화를 연속적으로 받은 포러스트는 어머니가 결혼식에 참석하고 싶어 하는 것 같다는 생각이 들었다. 때로 그는 어머니가 그래 주기를 몹시 바랐는데, 다른 사람들은 그걸 그다지 중요하게 생각하지 않는 것 같았다.

결혼식은 저녁 7시였다. 5시에 피어스 윈즐로는 잇닿은 두 개의 거실을 왔다 갔다 하고 있었다.

"오늘 저녁이군," 하고 그는 혼잣말을 웅얼거렸다. "내 하나뿐인 아들놈이 사기꾼의 딸내미랑 결혼을 한단 말이지."

그 소리가 어지간히 커서 그 자신의 귀에까지 다 들릴 정도였다. 하지만 그 말은 지난 몇 달 동안 너무도 자주 입에 오른 거라 힘없이 공중으로 날아오르다 희미하게 사라져 버렸다.

그는 계단을 성큼성큼 건너뛰며 "샬럿!" 하고 외쳤다. 대답이 없었다. 그는 다시 외치며, 하녀가 상을 차리고 있는 주방으로 향했다.

"아내는 나갔나?"

"들어오시는 건 못 봤는데요, 윈즐로 선생님."

거실로 돌아온 그는 다시 왔다 갔다 하기 시작했다. 그는 30년 전에 세상을 떠난, 판사이셨던 자신의 부친처럼 걷고 있었다. 하지만 자신이 그러고 있다는 건 전혀 의식하지 못했다. 그는 그렇게 죽은 아버지를 앞세운 채 쉴 새 없이 방을 오르내렸다.

'그 앨 이 집에 들일 순 없어. 그런 식으로 돌아가신 어머니의 혼령과 마주치게 할 순 없는 일이라고. 못된 놈의 피를 그대로 물려받았을 테니까.'

집은 이상하리만치 조용했다. 그는 위층으로 올라가 아내의 방을 살펴보았지만, 그녀는 그곳에 없었다. 연로한 포러스트 부인은 몸 상태가 별로 좋지 않았다. 짐작한 대로 엘리너는 결혼식에 간 게 틀림없었다.

아래층으로 다시 내려가던 그는 자신이 측은해 미칠 것 같았다. 그는 자신이 해야 할 일이 무언지 잘 알고 있었다. 여느 때의 저녁 자리에서 결혼식 얘기는 입에도 오르지 않았었다. 그에게 필요한 것은 지원 요청이었다. 노여움을 풀어 달라고 애원하는 사람들이, 혹은 상처 입은 그의 마음을 이해해 줄 사람들이 필요했던 것이다. 이런 식의 고립은 아니었다. 이것은 그가 느낀 거의 최초의 고립이었다. 한 가정의 근간이 되는 남자들이라면 누구나 그렇듯, 이 피할 수 없는 고립감을 언제까지나 힘으로 지탱해 나갈 수는 없었다. 그는 단지, 지금껏 의지해 왔던 사람들에게 끌려갈 뿐이었다.

"이렇게 해서 내가 얻는 게 뭐지?" 그는 애꿎은 재떨이에게 따졌다.

"대체 내가 뭘 잘못했기에 내 손아귀에 있던 아들놈에게 이 꼴을 당하는 거냐고!"

하녀가 거실로 들어왔다. "윈즐로 부인께서 힐다한테 그러셨다는데, 힐다가 이제야 제게 전해 주네요. 선생님께서 만찬에 오시지 않겠냐고요."

이 수치스러운 사건은 완벽하게 종결되었다. 아내는 약해질 대로 약해져서, 자신만 덩그러니 남겨 두고 가 버린 것이다. 그는 그녀에게 불같이 화를 낼 거라고 잠깐 생각했지만, 그렇진 않았다. 그는 자신의 분노를 다른 사람에게 퍼붓는 것으로 몽땅 소진했다. 그는 더 이상 자신이 고집스럽게도, 단호하게도 느껴지지 않았다. 단지 바보처럼 느껴질 뿐이었다.

"바로 이거였어. 이제 바보가 되겠군. 포러스트 녀석은 사사건건 나한테 대들 거고. 천시 리커도 입을 가리고 웃어 댈 테지."

그는 분노에 차서 다시 방을 왔다 갔다 했다.

"그래서 나한테 모두 책임을 떠넘긴 거로군. 늙은 불평꾼이라 이 그림에서 날 완전히 빼 버린 거잖아. 날 쓰러뜨렸다고 생각하겠지. 그래, 나도 얼마든 품위를 지킬 수 있다는 걸 보여 주겠어." 그는 두려운 마음으로 자신의 손에 들린 모자를 내려다보았다. "못 해…… 그렇겐 할 수 없다고. 하지만, 반드시 해야 돼. 어쨌든, 녀석은 내게 하나뿐인 아들이니까. 내 자식 놈이 날 증오하게 그냥 둔단 건 견딜 수 없어. 그 애랑 결혼하는 건 녀석이잖아. 까짓것, 이왕이면 좋은 얼굴 보여 주는 게 낫지."

갑작스레 불안해진 그는 손목시계를 확인했다. 아직 시간이 남아 있었다. 마침내 그는 큰 관용을 베풀기로 했다. 자신의 원칙들을 희생하기로 한 것이다. 사람들은 그게 그에게 얼마나 큰 희생인지를 짐작도 못 할 것이다.

한 시간 뒤, 연로한 포러스트 여사가 졸음에서 깨어나 하녀를 부르기 위해 벨을 눌렀다.

"손자며늘아긴 어딜 간 게야?"

"오늘 저녁은 밖에서 드신다고, 모두 나가셨어요."

여사가 기억을 더듬었다.

"아, 맞아, 모두 결혼식에 갔구나. 안경이랑 전화번호부 좀 건네 줘…… 그리고, 카포네란 이름, 철자가 어떻게 되지?"

"카포네가 아니라 리커예요, 여사님."

몇 분이 흐른 뒤, 그녀는 전화번호를 알아냈다. "휴 포러스트입니다." 그녀는 또박또박 말했다. "젊은 포러스트 윈즐로 부인이랑 통화를 하고 싶은데요…… 아니, 리커 양이 아니라, 포러스트 윈즐로 부인요." 그런 이름을 가진 사람이 없다는 대답이 돌아왔다. "그럼, 식이 끝난 뒤에 다시 전화를 걸지요," 하고 연로한 부인이 말했다.

한 시간 뒤에 그녀는 다시 전화를 걸었고, 신부가 전화를 받았다.

"나는 포러스트 증조할미야. 축복을 빌어 주려고 전화를 걸었단다. 그리고 신혼여행 다녀온 뒤에도 내가 여전히 살아 있다면 날 보러 와 달라는 말을 전하려고."

"전화 주셔서 정말 감사합니다, 포러스트 여사님."

"우리 포러스트 잘 부탁한다. 그리고 그 애 아버지랑 어머니처럼 멍청한 인간 안 되게 잘 보살펴다오. 신의 가호를 빈다."

"고맙습니다."

"자, 그럼, 잘 있어요, 카포네 양…… 여행 잘 다녀오고, 내 증손자며

느리."

자신의 임무를 모두 마친 포러스트 여사는 가만히 송수화기를 내려
놓았다.

　　　　　◆◆◆

　「프리즈아웃」(《새터데이 이브닝 포스트》 1931년 12월 19일 자 발표)은 1931년 9월 미국으로 돌아오기 전, 유럽에서 집필한 피츠제럴드의 마지막 단편소설이다. 최근작을 싣기로 신문사와 미리 약속한 피츠제럴드는 미국을 배경으로 한 작품을 쓰기로 생각했는데, 다만 대공황은 염두에 두지 않았다. 「프리즈아웃」은 개인의 품성과 훌륭한 가정교육이 가정과 사회의 난관들을 풀어 나간다는 그의 초기 단편들로 회귀한 대표적 작품이다.

젊음들
Six of One-

반스는 널따란 계단 위에 서서 널따란 현관 너머로 시골 저택의 거실과 그 안에 무리 지어 있는 젊은 사람들을 내려다보고 있었다. 그의 친구 스코필드는 그들에게 뭔가 좋은 말들을 전하고 있었는데, 반스는 방해하고 싶지 않았다. 미동도 없이 거기에 서 있던 그는 갑자기 아래층의 무리들이 가진 리듬에 이끌리는 듯했다. 동시에 그들이 마치 커다란 방으로 미끄러져 들어온 미네소타의 황혼으로 빚어 놓은 조각상들처럼 느껴졌다.

우선, 스코필드 가문의 두 젊은이와 친구 셋은 모두 외모가 출중한 전형적인 미국인의 모습이었는데, 지나치다 싶을 만큼 건장한 체격에 옷은 평상복이 아닌데도 무심하게 걸친 듯했으며 모든 사람들의 말에 귀를 기울이고 반응하는 태도를 갖고 있었다. 그는 그들이 어떤 정형

화된 모습을 연출하고 있다는 느낌이 들었다. 금발과 흑발의 옆모습들은 스코필드를 향해 나란히 돌려져 있고, 허리를 곧추세우긴 했지만 전혀 경직되어 있지 않으며, 플란넬 셔츠와 부드러운 앙고라 스웨터에서 빠져나온 손들이 늘 그렇게 준비라도 된 듯 누군가의 어깨에 놓여 있었다. 그 편안한 모습들은 그들의 우정이 얼마나 견고한지를 보여 주는 것처럼 보였다. 그러다 갑자기, 조각가 앞에서 포즈를 취하던 모델들이 일제히 해산하는 것처럼 조직이 깨지면서 그들은 한꺼번에 출입문으로 이동했다. 반스에게 그들은, 열여섯 살에서 열여덟 살의 나이로 요트를 타거나 테니스나 골프를 치는 다섯 명의 젊은이 이상의 무엇이라는 느낌을 남겼다. 하지만 전체적인 스타일, 청춘의 전체적인 분위기는 어딘지 모르게 자신감이 떨어지고 솔직하지도 못한 자신의 세대와는 다르다는, 그가 미처 알지 못했던 기준들에 의해 하나로 집결된 뭔가가 있을 것 같다는 강렬한 인상을 던져 주었다. 그는 1920년이 가지고 있던 기준들이란 게 무엇인지 그리고 그런 것들이 가치는 있는 것인지에 대해, 그것이 감각의 낭비는 아닌지, 한낱 감각적 성취에 대한 과도한 노력은 아닌지, 막연히 궁금했다. 그때 스코필드가 그를 발견하고는 거실로 내려오라고 불렀다.

"쟤네들 참 괜찮은 애들 같지 않아?" 하고 스코필드가 물었다. "더 괜찮은 애들 본 적 있으면 말해 봐."

"멋진 애들이군." 반스도 동의는 했지만 그다지 열의가 담겨 있지는 않았다. 그는 자신의 세대가 오랜 세월의 노력 끝에 페리클레스 시대*를 만들긴 했지만, 미래의 페리클레스를 키워 내지는 못할 것 같다는

---

* 고대 아테네의 정치가, 웅변가, 장군으로 고대 그리스에서 가장 유명하고 영향력 있는 인물 중 하나인 페리클레스가 지도자로 활약했던 아테네의 황금시대.

불길한 예감이 갑작스레 밀려들었다. 시나리오는 갖춰졌는데, 배우들을 제대로 뽑지 못했다면?

"내 아들 둘이 있어서만은 아니야," 하고 스코필드가 말했다. "자명한 일이지. 자넨 이 나라 어떤 도시에서도 저런 애들과 맞닥뜨릴 순 없을 걸세. 우선, 하나같이 건장하고 섹시하잖아. 캐버노 가문의 두 애는 더 이상 몸집이 불어나진 않을 거 같지만. 제 아버지를 보면 알 수 있잖아. 그래도 큰아이는 하키 팀이 있는 대학이라면 전국의 모든 대학에서 당장 데려가려 할 거야."

"몇 살들이지?" 하고 반스가 물었다.

"음, 가장 나이 많이 먹은 하워드 캐버노가 열아홉, 내년에 예일에 입학할 거고. 그다음이 우리 집 큰아들 위스터. 열여덟인데 역시 내년에 예일로 갈 거야. 자네, 위스터 좋아하지 않아? 그 애야 좋아하지 않는 사람이 없지. 녀석은 정치계의 거물이 될 거야. 그다음이, 오늘 여기 있진 않지만, 래리 패트라는 애가 있어. 그 친구도 열여덟 살인데, 골프 주州챔피언이야. 목소리도 좋지. 프린스턴에 갈 생각이더군."

"그리스 신화에서 튀어나온 것 같은 금발 친구는 누구였지?"

"보 르밤, 말이군. 그 애도 예일에 갈 예정이야. 여자애들이 놔준다면. 그리고 캐버노 집에 아들이 하나 더 있는데, 얘가 아주 다부져. 제 형보다 훨씬 뛰어난 운동선수가 될 거야. 그리고 마지막으로, 우리집 막내 찰리. 열여섯 살이지," 하고 스코필드가 머쓱해하며 말했다. "엔간히 자랑질 해 댔구먼. 자네, 닭살 좀 돋았겠어."

"그렇지 않아, 저 애들 얘기 더 해 봐…… 흥미로운데 그래. 운동 말고 다른 건 뭐 없나?"

"훗, 쟤네들 중에 머리 빈 애는 없어. 보 르밤이 좀 예외긴 하지만.

그래도 그 앨 알게 되면 자네도 좋아하지 않고는 못 배길 거야. 그리고 하나같이 리더십들을 타고났어. 수년 전에 어떤 폭력단이 그 애들한테 시비를 걸었던 게 기억나는군. 녀석들이 그 애들을 '마약쟁이'라고 불렀더랬지…… 음, 그 폭력단은 아직도 활동하고 있을 거야. 아무튼, 애들을 보고 있으면 젊은 기사들 같아. 그 친구들이 운동선수라는 게 문제 될 건 없잖아? 설마, 뉴런던*에서 자네가 정조수整調手** 했던 거 잊진 않았겠지. 그게 자넬 결국은 철도망을 주무르도록 만든 거잖아……"

"그땐 위장병 때문에 조정을 계속했던 거야," 하고 반스가 말했다. "그건 그렇고, 다들 부잣집 자제들인가?"

"음, 캐버노 집 애들은, 당연히 그렇지. 우리 집 애들도 좀 갖게 될 거고."

반스의 눈이 빛을 발했다.

"돈 걱정할 필요가 없으니 국가에 봉사하는 애들이 되는 건 당연한 일이겠군," 하고 반스가 말했다. "자네 아까, 자네 아들 하나가 정치에 재능을 타고났다고 했던 거 같은데, 모두가 젊은 기사들 같다고도 했고. 내 생각도 그래. 공적인 삶을 살 것 같다고. 육군이든 해군이든."

"거기까진 모르겠어," 하고 말하는 스코필드의 목소리에 뭔지 모를 불안함이 깃들어 있었다. "그 애들이 사업을 하지 않는다면 아버지란 작자들이 꽤나 실망할 것 같지 않나?"

"그럴 테지. 하지만 낭만이라곤 없는 일이잖아," 하고 반스가 유쾌하게 농담을 던지듯 말했다.

---

* 코네티컷주 동남부, 템스강에 면한 항구 도시.
** 조정 경기에서 속도나 방향을 조정하는 사람.

"날 화나게 만들려고 작정을 했군," 하고 스코필드가 말했다. "그래, 자네가 해 볼 수 있다면 해 보든가……"

"확실히 그 애들, 장식적인 면모는 인정할 만해," 하고 반스가 말했다. "자네가 말한 황홀한 매력을 가지고 있어. 잡지 담배 광고를 보고 있는 것처럼 말이야. 그런데……"

"그런데는 무슨 그런데야? 고약하게 나이만 먹어 가지고," 하며 스코필드가 말을 잘랐다. "난 애들이 가진 자질을 얘기한 것뿐이야. 내 아들 위스터만 해도 그래. 올해 제 학급에서 반장을 하고 있지만, 내가 자랑스럽게 여기는 건 그 애가 최고의 올라운드 플레이어로 메달을 받았다는 사실이야."

두 남자는 탁자 위에 아직 뒤집지 않은 미지의 카드들을 올려놓은 채 서로를 마주 보고 있었다. 그들은 대학을 함께 다닌 오랜 친구였다. 반스는 자식이 없었고, 스코필드는 그것이 그의 열정이 부족한 탓이라고 생각하고 있었다.

"난 왠지 그 애들이 제 아버지들보다 더 잘될 것 같지가 않아. 눈부신 성공 따위를 이룰 순 없을 것 같단 말이지," 하고 반스가 불쑥 뱉었다. "그 애들이 사람들의 이목을 끌면 끌수록, 오히려 그 애들은 더 힘들어질 거야. 동부 사람들은 말이야, 부유한 집 애들이 더 큰 난관에 부딪힌다는 걸 깨닫기 시작했어. 그 친구들 같은 애들이 없을 거라고 했었지? 과연 그럴까?" 하고 말하며 그는 몸을 앞으로 기울였다. 그의 두 눈에서 불길이 타오르는 것 같았다. "난 말이야, 클리블랜드에 있는 어떤 고등학교에서든 남자애들 여섯을 골라서 교육을 시키면 얼마든 가능하다고 생각해. 그리고 10년 뒤면 자네 젊은 친구들을 완전히 압도할 거라고 믿어. 자네 애들은 지극히 작은 것만 욕구하고, 지극히 작은 것들을 기대할 뿐이야. 그저 자기가 끌리는 것, 운동선수가 되는 것, 그 정도에 만족하고 있다고. 참 한가한 짓이란 생각 안 드나?"

"자네가 뭘 생각하는지 알아," 하고 스코필드가 경멸하듯 말했다. "자네 말대로 지방의 큰 고등학교에서 제일 똑똑한 여섯 명을 골라서 장학생을 만들어……"

"내가 뭘 하려는지 말해 주지……" 하고 말한 반스는, "뭘 할 수 있는지"라고 말하려다 "뭘 하려는지"라고 자신도 모르게 바꿔 말했다는 걸 깨달았다. 하지만 그는 그 말을 정정하지 않았다. "내가 태어난 오하이오, 거기 조그만 마을로 갈 거야. 아마도 거기 고등학교는 애들이 쉰 명, 예순 명 남짓 될 테지. 그 안에서 천재 여섯 명을 찾는 건 불가능한 일에 가까울 거야."

"그래서 뭘 할 건데?"

"기회를 줄 거야. 실패한다면, 물론 기회는 사라지겠지. 중요한 건 진지한 책임감이야. 여기 애들이 갖고 있지 않은 그것. 여기 애들은 그저 사소한 것들에만 진지할 뿐이야. 그렇게 하도록 강요를 받고 있으니까," 하고 말한 뒤 그는 잠깐 생각에 잠겼다가 입을 뗐다. "자, 그럼."

"그럼 뭘?"

"갔다 오겠다고."

그로부터 두 주가 지난 뒤, 그는 자신이 태어났던 오하이오의 작은 마을로 돌아갔다. 그곳에서 그는, 고요한 거리에 자신의 청년기를 지배했던 강렬한 정서들이 여전히 드리워져 있음을 느꼈다. 반스는 미리 제안을 해 두었던 고등학교의 교장과 면담을 하고, 자신으로서는 쉽지 않은 연설을 하고, 이후 축하연에 참가한 뒤, 교사와 학생들을 만났다. 학교에 기부금을 낸 덕분에 그는 학생들이 어떻게 공부를 하고 어떤 활동을 하는지 지켜볼 기회가 있었다.

재미있었다. 그는 자신의 청년 시절을 다시금 맛보았다. 곧 남학생 몇 명이 그의 마음을 사로잡았다. 그는 어머니의 집으로 대여섯 명의 남자애들을 오게 한 뒤, 남학생 사교 클럽에서 신입생들을 고르듯 선별하는 작업을 진행했다. 유난히 그의 흥미를 끄는 남학생이 하나 있었다. 그는 그 학생의 성적표와 가족에 대한 자료를 살펴보았다. 그리고 두 주가 끝나 갈 즈음, 그는 모두 다섯 명의 남학생들을 선발했다.

그가 선택한 아이들의 면면은 이랬다. 먼저, 오토 슐락. 농부의 아들로, 이미 비범한 기술자로서의 적성과 수학적 재능을 보여 주고 있었다. 교사들이 강력하게 추천한 슐락은 자신에게 주어진 매사추세츠 공과대학 입학이라는 기회를 기꺼이 받아들였다.

어느 술고래 아버지는 제임스 마츠코라는 청년을 반스의 고향 마을에 유일한 유산으로 남겨 두고 떠났다. 열두 살 때부터 제임스는 폭이 1미터도 채 되지 않는 신문 가판대와 사탕 가게를 지키며 스스로 생계를 꾸렸다. 그리고 열일곱 살이 된 지금, 그는 500달러의 저금통장을 가진 평판 좋은 학생이었다. 이미 자신만의 돈벌이 수완을 확실하게 갖고 있던 마츠코에게 컬럼비아 대학에서 경제학을 공부하라는 반스의 설득은 좀체 먹혀 들지 않았다. 하지만 그 마을의 가장 성공한 남자라는 명성을 갖고 있던 반스는 사업을 하기 위해서는 자신만의 입지가 필요하며, 그 발판을 마련하지 않는다면 성공할 수 없다는 것으로 그를 설득하는 데 성공했다.

그리고 잭 스텁스라는 친구가 있었다. 사냥을 하다 팔 하나를 잃었지만, 그런 장애에도 불구하고 그는 고등학교 미식축구팀에서 선수로 뛰고 있었다. 공부에서는 크게 두각을 드러내고 있진 못했고, 특별히 계발한 소질도 없었다. 하지만 엄청난 장애를 극복한 채 미식축구를 하고 있다는—태클도 하고, 펀트킥도 전담했다—사실만으로도 반스는 잭 스텁스의 앞길에 어떤 장애물도 놓일 수 없다는 사실을 확신했다.

네 번째로 선택된 친구는 조지 윈필드였다. 나이는 거의 스무 살에 가까웠다. 부친의 사망으로 열네 살에 학교를 떠나 4년 동안이나 가족들을 도와 생계를 꾸려 나갔는데, 상황이 좋아지자 다시 학업을 마치기 위해 학교로 돌아온 것이었다. 윈필드가 교육에 진지한 가치를 둘 거라고 반스가 느끼는 건 당연했다.

그다음은 반스가 개인적으로 반감을 가졌던 루이스 아일랜드라는 학생이었다. 학교에서 가장 영민한 장학생이었지만, 루이스는 가장 까다로운 학생이기도 했다. 단정하지도 않았고, 반항적이었으며, 말썽꾸러기였던 루이스는 라틴어 교과서 뒤에다 천박한 캐리커처를 그려 놓기는 했지만, 막상 읽어야 할 차례가 되자 완벽한 낭독을 선보인 괴짜였다. 그는 엄청난 재능을 타고난 듯 보였는데, 그런 재능은 결코 사라질 수 없는 법이란 걸 반스는 알고 있었다.

마지막 선택이 가장 어려웠다. 남은 아이들은 평범하거나, 자신을 돋보이게 할 만한 어떤 자질도 보여 주지 못했다. 반스는 잠시, 예전에 자신이 다녔던 대학을 우국지사의 심정으로 돌아보았다. 그는 동부의 모든 선수들로부터 열렬한 찬사를 받던 유명 하프백으로, 미식축구부 주장의 물망에 올라 있었지만, 그런 것이야말로 성장에 가장 큰 장애물이 되었다.

마침내 그는 가장 나이가 어린 고든 밴더비어를, 다른 소년들보다 한층 더 높은 기준에 입각해 선발했다. 밴더비어는 학교에서 가장 잘

생기고, 가장 인기가 많은 학생들 중 한 명이었다. 과중한 업무에 시달리고 있던 성직자 아버지는 아들이 편한 길을 가기를 바랐지만, 그 아들은 어떻게든 대학에 진학할 꿈을 갖고 있었다.

반스는 자신의 선택에 만족했다. 그는 이 다양한 운명들을 주조하는 데 개입할 수 있다는 사실에 신이 된 기분을 느꼈다. 마치 그들이 자신의 아들들인 것처럼 느껴진 그는 미니애폴리스에 있는 스코필드 앞으로 전보를 보냈다.

여섯 명의 남자애들을 모두 골랐음.

이제 나는 세상에 맞서 그들을 후원할 것임.

그리고 이제 여기서부터, 마침내 이 전기, 이 이야기가 시작된다.

장식무늬의 연속성은 어딘가에선 깨질 수밖에 없다. 어린 찰리 스코필드가 호시키스로부터 쫓겨났다. 작지만 고통스러운 비극이었다. 그와 네 명의 다른 젊은이들, 멋진 젊은이들, 인기 있는 젊은이들은 흡연에 관한 자율 시행 제도*에 흠집을 냈다. 찰리의 아버지는 찰리에 대한 실망과 학교에 대한 분노 사이에서 갈피를 잡지 못했고, 문제를 심각하게 느꼈다. 찰리는 씁쓸한 유머를 남긴 채 미니애폴리스의 집으로 돌아갔고, 진로가 결정될 때까지 지역 통학 학교**를 다니기로 했다.

한여름에도 여전히 그의 진로는 결정되지 않았다. 수업이 끝나면 그는 골프를 치거나 미네카다 클럽에서 춤을 추며 시간을 보냈다. 그는

---

* honor system. 구성원들이 서로 믿고 규칙을 지키기로 하는 제도로, '무감독 시행 제도'라고도 한다.
** day-school. 기숙학교와 달리 학생들이 집에서 다니는 사립학교.

열여덟 살의 잘생긴 젊은이였고, 나이보다 성숙했으며, 매력적인 매너를 갖췄고, 심각한 비행은 저지르지 않았다. 하지만 그는 숭모의 대상으로부터 쉽게 영향을 받는 기질을 갖고 있었다. 당시 그가 숭모한 대상은 글래디스 어빙이었다. 그녀는 갓 결혼한 여성으로, 그보다 두 살쯤 많았다. 그는 클럽 무도회에서 그녀를 보자마자 감상적으로 빠져들었다. 글래디스가 남편을 무척 사랑하고 있다거나, 미녀가 첫아기를 낳고 나면 종종 필요한, 자신의 젊음과 매력에 대한 확인 절차의 일환으로 찰리의 접근을 허락했다는 사실은 문제가 되지 않았다.

어느 밤, 라파예트 클럽의 베란다에 그녀와 나란히 앉은 찰리는 그녀에게 뭔가 과장을 좀 할 필요가 있다는 생각이 들었다. 경험 많은 남자인 척해서 앞으로 그녀를 충분히 보호해 줄 수 있다는 믿음을 주려는 의도였다.

"전 제 나이에 비해선 꽤 많은 것들을 알고 있다고 자부합니다," 하고 그가 말했다. "부인께 차마 말씀드릴 수 없는 것들도 해 봤지요."

글래디스는 아무런 대꾸도 하지 않았다.

"사실 지난주에……," 하고 그는 말을 꺼냈다가 더 좋은 생각이 떠올랐다. "어쩌면, 내년에 예일에 가지 않을지도 모르겠어요…… 당장 동부로 가서 여름 내내 학생 지도를 해야 할 것 같아서 말이죠. 가지 않게 된다면, 아버지 사무실에 빈자리가 있을 거예요. 그리고 위스터 형이 가을에 대학으로 돌아가면, 로드스터도 제 차지가 될 겁니다."

"대학에 진학할 거라고 생각했는데," 하고 글래디스가 차갑게 말했다.

"그랬었죠. 하지만 계속 생각을 해 봤는데도, 아직 모르겠어요. 나이 많은 애들이랑 지내서 그런지, 제 또래들보다 더 늙은 것 같단 생각이

들곤 해요. 가령, 저보다 나이가 많은 여성들이 좋다든가," 하고 말한
뒤 재빨리 그녀를 바라본 찰리는 자신이 그녀에게 대단히 매력적으로
보일 거라고 느꼈다. 자신이 여기로 오게 된 것이나, 여름 파티 내내
그녀에게 춤을 신청한 거나, 그에겐 매우 즐거운 일로 여겨졌다. 하지
만 글래디스의 말은 달랐다.

"네가 여기 머무는 건, 스스로 바보가 되는 일이야."

"왜요?"

"넌 뭔가를 시작했어…… 시작했으니 그게 어떻게 되는지 봐야 할
거 아냐. 몇 년 동안 여기서 뭉그적거리고 있으면 뭐가 될 것 같니? 그
게 뭐든 아무런 이득도 가져다주지 못할 거야."

"부인께선 그렇게 생각하는군요," 하고 그가 사람 좋게 웃으며 말했
다.

글래디스는 그에게 상처를 주는 것도, 그가 자신을 떠나는 것도 원
치 않았다. 하지만 그녀는 뭔가 더 진지한 말을 해 주고 싶었다.

"제법 놀아 봤다는 얘기를 들으면 내가 스릴 같은 걸 느낄 거라고
생각했어? 사람들이 너한테 친구가 되어 달라고 했다는 거, 그게 너한
테 용기를 주었다는 거, 그게 어떤 가능성을 말해 주는지는 모르겠어.
하지만 내가 너라면, 우선 대학 시험부터 통과할 거야. 그러고 나면,
사람들은 더 이상 네게 학교에서 쫓겨나더니 쉽게 포기했더란 얘기는
할 수 없을 테니까."

"그렇게 생각해요?" 하고 찰리가 침착하게 그리고 무겁게, 어른스
러운 태도로, 마치 아이에게 하는 것처럼 말했다. 하지만 그녀의 설득
은 멈추지 않았다. 그가 자신을 사랑하고 있었고, 달빛이 자신을 감싸
고 있었기 때문이다. 〈아, 나를, 아, 나의, 아, 당신〉*이라는 노래가 그들

474

이 마지막으로 춤을 추었던 곡이 되었고, 그들의 시간을 아름답게 만든 것들 중 하나가 되었다.

글래디스가 만약 자신의 열망을 우정이라는 가면 뒤에 숨겨 둔 채 그로 하여금 계속 허풍을 떨도록 내버려 두었다면, 만약 스스로를 어엿한 한 남자로 착각한 그의 판단을 그대로 받아들였다면, 그의 아버지가 아무리 종용을 했더라도 아무것도 달라지지 않았을 것이다. 그녀가 그렇게 하지 않았으므로, 찰리는 그해 가을, 대학에 갈 수 있었다. 그것이 한 여자의 상냥한 회고와 젊음이 어떤 성공을 가져다줄 수 있는지에 대한 그녀 자신의 달콤한 추억 덕분이란 건 두말할 필요가 없다.

그리고 그가 그렇게 했으므로, 그의 아버지에게도 좋았다. 그러지 않았더라면, 그 가을, 그의 형인 위스터의 참사는 스코필드의 마음을 갈가리 찢어 놓았을 것이다. 하버드 대학과의 경기가 있고 다음 날 아침, 뉴욕의 신문들에는 일제히 다음과 같은 헤드라인이 실렸다.

호밀 밭 인근에서 일어난 차량 충돌 현장에서
예일대 남학생 다수와 무모한 여성들 발견,
그리니치 병원에 입원한 아이린 데일리,
자신의 미모를 상실케 한 백만장자의 아들을 상대로
소송을 제기하겠다고 위협

* 영화 〈다이너마이트 소동Strictly Dynamite〉에 삽입된 루페 벨레스Lupe Vélez의 노래 〈아, 나를! 아, 나의!Oh, Me! Oh, My!〉. 이 노래를 부른 멕시코 출신의 가수이며 배우인 루페 벨레스는 불우한 어린 시절과 연예인으로서의 성공, 떠들썩한 연애 사건과 자살로 생을 마감한 비극적 삶으로 유명하다.

보름쯤 지난 뒤, 남학생 네 명이 학장 앞으로 불려 갔다. 문제의 자동차를 운전했던 위스터 스코필드가 먼저 호명됐다.

"학생 차가 아니었다고, 스코필드 군?" 하고 학장이 물었다. "캐버노 군의 자동차였다고 들었는데, 맞나?"

"네, 그렇습니다, 학장님."

"어떻게 해서 자네가 운전을 하게 된 거지?"

"여자들이 제가 하길 원했습니다. 다른 친구들은 불안했던 것 같습니다."

"하지만 자네도 술을 마셨잖나, 아닌가?"

"네, 하지만 많이 마시진 않았습니다."

"솔직히 말해야 하네," 하고 학장이 물었다. "술을 입에 댔다면 운전을 하지 않아야 하는 건 당연하겠지? 그날 밤보다 술을 더 마시고 운전한 적이 있었나?"

"글쎄요…… 아마, 한두 번 있었던 것 같습니다. 하지만 사고를 낸적은 없었습니다. 이번 일은 도저히 피할 수 없는……"

"그럴 수도 있지," 하고 학장이 동의를 했다. "하지만 우린 이번 일을 이렇게 봐야 할 거야. 자, 이제껏, 충분히 사고가 날 만한 상황에서도 자넨 사고를 내지 않았네. 그런데 이번엔 사고를 낼 수 없는 상황인데도 사고가 일어났어. 난 말이야, 자네로 하여금 자네 인생이, 아니면 대학이, 혹은 학장인 내가 가혹한 형벌을 내렸다는 생각을 가지고 여길 떠나게 하고 싶지 않아, 스코필드. 하지만 이 일은 신문에 대서특필돼 버렸어. 그리고 난 우리 대학이 자네를 퇴학시켜야 한다는 게 몹시도 안타깝네."

깨지기 시작한 청년들의 화려한 장식무늬가 하워드 캐버노에게로

476

넘어갔을 때, 학장이 한 말의 요점은 크게 다르지 않았다.

"난 자네 경우를 특히나 유감으로 생각하네, 캐버노 군. 자네 부친은 우리 대학에 엄청난 것들을 주셨어. 그리고 지난겨울 하키 경기에서 자네가 뛰어난 재능을 발휘하던 모습을 기쁜 마음으로 지켜봤었지."

하워드 캐버노는 억제할 수 없는 눈물을 흘리며 학장실을 빠져나왔다.

자신의 인생과 미모를 망쳐 놓은 데 대해 아이린 데일리가 자동차 주인과 운전자를 상대로 소송을 제기하는 바람에, 자동차에 함께 타고 있었던 나머지 두 명에게는 상대적으로 가벼운 벌이 내려졌다. 보르밤은 팔 하나를 삼각건에 매달고 잘생긴 얼굴을 붕대로 휘감은 채로 학장실로 들어갔다. 그리고 그해 1년 가운데 남은 기간 동안 정학처분을 당했다. 그는 그 처분을 즐거운 마음으로 받아들였고, 붕대 사이로 학장을 향해 자신이 보여 줄 수 있는 가장 쾌활한 미소를 보이며 감사의 인사를 했다. 하지만 마지막 남은 상황이 가장 어려웠다. 험난한 세상이 가르쳐 준 교육의 가치를 자각하고 뒤늦게 고등학교로 돌아왔었던 조지 윈필드는 바닥에다 눈을 박은 채로 학장실로 들어갔다.

"난 자네가 이 일에 끼어 있다는 자체를 이해할 수 없네," 하고 학장이 말했다. "난 자네의 후원자이신 반스 씨를 개인적으로 잘 알고 있네. 그분은 자네가 어떻게 해서 고등학교를 중도에 포기하고 생활 전선으로 나서게 되었는지, 어떤 마음으로 4년이나 지난 뒤 다시 학교로 돌아오게 되었는지 다 들려주셨네. 그분은 자네가 삶에 대해 얼마나 진지한 태도를 가지고 있는지 알고 계시네. 몇 달 전 동성애자 친구들, 주머니가 넉넉한 친구들이랑 어울려 다니는 걸 보고 내가 개인적으로 충격을 좀 받긴 했지만, 어쨌든 지금까지 자넨 이곳 예일에서도 좋은 성적을 유지했어. 자넨 나이도 먹을 만큼 먹었어. 물질적인 방식으로는, 그 친구들이 자네한테 뭔가를 줄 수도 없고, 자네한테서 빼앗아 갈 수도 없다는 걸 충분히 알 만한 나이지 않나? 자네한테 1년 동안 정학 처분을 내려야겠네. 다시 돌아올 땐, 반스 씨가 믿고 있는 자네의 자신감이 회복됐길 기대하겠네."

"전 돌아오지 않을 겁니다," 하고 윈필드가 말했다. "오늘 이후로 반스 씨를 대할 수 없을 것 같습니다. 전, 고향으로 돌아가지 않을 겁니다."

아이린 데일리가 제기한 소송에서, 사건에 연루된 네 명 모두 위스터 스코필드를 위해 충성스럽게 거짓말을 했다. 연료 주입기를 들이받기 전에 데일리 양이 핸들을 붙잡고 있는 걸 봤다고 위증을 한 것이다. 하지만 데일리 양은 타블로이드 신문에 숱하게 게재되어 익숙해진, 영원히 지워지지 않을 상처가 새겨진 얼굴로 법정에 나타났다. 그녀의 변호인은 최근 영화 계약이 취소되었음을 알리는 편지를 제출했다. 학생들의 상황은 좋아 보이지 않았다. 결국 휴정 시간 동안, 그들은 변호사가 제시한 40만 달러를 받아들였고, 재판은 일단락되었다. 법정을 떠나는 위스터 스코필드와 하워드 캐버노는 십여 명의 사진기자들에게 사진을 찍혔고, 이튿날 격렬한 악명 세례를 받았다.

그날 밤, 세 명의 미니애폴리스 젊은이, 위스터와 하워드와 보 르밤은 고향을 향해 출발했다. 조지 윈필드는 펜실베이니아 역에서 그들과 작별 인사를 나누었다. 돌아갈 곳이 없었던 그는 새로운 삶을 시작하기 위해 뉴욕으로 발길을 돌렸다.

외팔이 청년 잭 스텁스는 반스로부터 후원을 받던 젊은이들 중 가장 총애를 받은 친구였다. 그는 제대로 명예를 거머쥔 첫 번째 수혜자였다. 그가 프린스턴의 테니스 팀 선수로 경기를 뛰었을 때, 서브를 넣을 때 공이 어떻게 토스되는지를 여실히 보여 주는 그의 사진이 신문의 사진란에 실렸다. 그가 졸업을 하자 반스는 그를 자신의 사무실로 데려갔다. 스텁스는 종종 반스의 입양아로 사람들의 입에 오르곤 했다. 스물일곱 살의 제임스 마츠코가 동업자와 함께 월스트리트에 중개 사무소를 개업하긴 했지만, 뛰어난 고문 기사가 되어 있던 슐락과 함께 스텁스는 반스의 실험에서 가장 만족스러운 성과물이었다. 재정적으로는 마츠코가 여섯 친구들 중 가장 성공적이라 할 수 있었지만, 마츠코는 자기중심적인 사고방식이 워낙 강해 반스는 일정 부분 자신이 밀려난 듯한 느낌을 받고 있었다. 마츠코 또한 반스가 자신의 경력에 실제로 얼마큼이나 기여했는지 의아해하고 있었다. 마츠코가 대도시의 금융권에서 한 인물 하는 존재든, 중서부의 큰 장사꾼이든, 그렇게 되는 데 결국 어떤 도움도 받지 않았다는 건 의심할 여지가 없었던 것이다.

1930년의 어느 날 아침, 반스는 잭 스텁스에게 친구들에 대한 입장을 정리해 달라고 당부하는 편지 한 통을 건네주었다.

"이걸 어떻게 생각하나?"

편지는 파리에 거주하고 있던 루이스 아일랜드로부터 온 것이었다. 편지에 적힌 루이스의 제안에 그들은 동의할 수 없었고, 잭도 편지를 읽어 보고는 반스를 대신해 한 번 더 중재에 나설 마음의 준비를 했다.

존경하는 반스 선생님께,

선생님의 최근 서신을 받고 나서 이곳에 선생님의 은행 계좌를 개설

한 뒤 개설을 확인하는 수표를 동봉했습니다만, 저는 선생님께 계속 의무적으로 연락을 드릴 필요성이 있는지 의문이 듭니다. 하지만 작품의 상업적 가치라는 구체적인 사실이 선생님의 마음을 움직일 수도 있을 테고, 한편으론 선생님께서 관념적인 가치에 너무 둔감하신 게 아닌가 사료되어서, 덕분에 제 전시회가 완전무결하게 성공했던 것을 선생님께 알려 드리는 바입니다. 이 문제를 선생님의 지적 수준과 아주 근사하게 끌어올리기 위해, 저는 두 작품—여배우 랄레트의 초상화와 청동으로 된 한 무리의 동물들—을 모두 7,000프랑(280달러)에 판매했다는 말씀을 드려야 할 것 같습니다. 뿐만 아니라, 저는 여름 동안 작업하게 될 제 작품을 미리 예약받은 상태라는 사실도 알려 드립니다. 그리고 《카이에 다르》*에 저에 대한 글이 실린 페이지를 찢어 동봉합니다. 이 글은 저의 능력과 성과에 대한 선생님의 평가와 상관없이, 의견은 모두 다를 수 있음을 시사하는 것이 되리라 생각합니다.

이건 저를 '교육시키려는' 선생님의 좋은 취지에 감사해하지 않는다는 말씀을 드리는 것은 아닙니다. 제가 말씀드리고 싶은 것은, 하버드가 어떤 온건한 교양 함양 학교**들보다도 더 좋을 게 없으며, 때로는 더 나쁘다는 사실입니다. 그곳에서 제가 낭비한 몇 년은 미국인의 삶과 제도에 대한 비판적인 태도를 갖게 하였으며, 이는 자료로 충분히 입증할 수 있는 일입니다. 그래서 제가 미국으로 돌아와 부당 이득자들의 샘을 지키는 요정들을 만들라는 선생님의 제안은 좀 지나치셨다는······

---

* Cahiers d'Art. 1926년 제르보스(1889~1970)가 파리에 설립한 출판사이자, 그가 창간한 미술 잡지. 프랑스어로 '예술 수첩'이란 뜻이다.
** finishing school. '예비신부 학교'라고도 부르는, 부유층 처녀들이 상류 사회의 사교술 등을 익히는 사립학교.

스텁스는 빙그레 미소를 지으며 고개를 들었다.

"음," 하고 반스가 입을 열었다. "어떻게 생각하나? 이 친구가 미친 걸까…… 아니면 이제 조각품들을 좀 팔았으니 내가 미쳤다는 걸 증명하려는 걸까?"

"둘 다 아니죠," 하고 스텁스가 웃으며 말했다. "선생님이 루이스에게 딴죽을 거신 건 그 친구의 재능에 대한 게 아니었잖아요. 그렇긴 해도 선생님은 그 친구가 수도원에 들어가기 위해서 노력한 거, 그 뒤에 사코-반제티* 시위에서 체포된 거, 나중에 교수 부인이랑 사랑의 도피를 했던 거, 모두 이해하지 못하셨죠."

"그 친구는 다만 자신을 만들어 가고 있을 뿐이야," 하고 반스는 무심히 말했다. "단지 자신의 작은 날개를 시험해 보고 있는 거라고. 그 친구가 외국에 가서 뭘 하고 있는지는 신만이 아시지."

"글쎄요, 아마 지금쯤이면 다 만들어지지 않았을까요," 하고 스텁스가 가볍게 던졌다. 그는 언제나 루이스 아일랜드를 지지했다. 그래서 그는 개인적으로 편지를 보내 돈이 필요한지를 알아보기로 했다.

"어쨌든 이 친구는 나한테서 졸업했어," 하고 반스가 선언하듯 말했다. "난 이제 이 친구를 도와줄 수도, 다치게 할 수도 없어. 아무튼, 우린 이 친구를 성공한 거라고 하자고. 꽤 의심스럽긴 하지만 말이야. 우

---

* 1920년 4월, 매사추세츠주 사우스브레인트리의 제화 공장에서 회계 담당 직원과 수위가 두 명의 남자에게 사살되고 종업원의 급료를 탈취당하는 사건이 일어났는데, 그때 경찰이 용의자로 지목한 것은 이탈리아계 두 이민자 N.사코와 B. 반제티였다. 이듬해 5월부터 시작된 재판에서 두 사람은 모두 무죄를 주장했고, 이후 7년에 걸쳐 법정 투쟁을 했는데, 용의자들이 이민자라는 것, 제1차 세계대전 중 징병을 기피했다는 것, 무정부주의자라는 것 등이 사람들의 편견과 반감을 샀고, 당시의 미국 사회가 이민자를 좌익으로 보는 경향이 불리하게 작용해, 수많은 의혹이 남겨진 채 사형이 선고되었으며, 재심을 요구하는 세계적 여론에도 아랑곳없이 형이 집행되었다. 이후 진짜 범인이 나타남으로써 이 사건은 미국 재판사상 큰 오점으로 기록되었다.

리가 어떻게 견뎌 내는지 보여 주자고. 난 다음 주에 미니애폴리스로 가서 스코필드를 만날 거야. 가서 장부를 대조해 보고 싶어. 내 생각엔, 성공작은 너, 오토 슐락, 제임스 마츠코, 이렇게 셋이다. 그리고 루이스 아일랜드는 훌륭한 조각가가 될 거라고 가정해 두도록 하지. 그러면 네 명이군. 윈필드는 사라진 거라고 봐야겠지? 아직 그 친구한테서 전화 한 통 받질 못했으니."

"아마 어딘가에서 잘 지내고 있을 겁니다."

"그 친구가 진짜 잘 지내고 있다면, 나한테만큼은 소식을 알려 주지 않았을까? 이런 식으로 계속된다면, 내 실험이 끝날 때까지 우린 그 친구를 실패작이라고 간주해야 할 거야. 그럼 이제 고든 밴더비어만 남았군."

두 사람은 한동안 아무 말도 하지 않았다.

"난 고든을 이해할 수가 없어," 하고 반스가 말했다. "참 좋은 녀석이었는데. 하지만 대학을 떠나고 나선 회복할 것 같지가 않아. 너희들보다 더 어려서 대학에 들어가기 전에 앤도버*에서 2년을 보내는 이점도 누렸잖아. 그러곤 프린스턴에서, 네 말대로, 그곳을 초토화시켰지. 하지만 그 앤 마치 제 날개를 닳아 없앤 것 같아…… 4년 동안 줄곧. 결국 이젠 아무것도 하는 게 없잖아. 일자리 하나도 제대로 잡지 못하고, 일에 집중하지도 못하고, 그렇다고 신경을 쓰는 것 같지도 않고. 이렇게 고든이랑 인연이 끊기는 건지도 모르겠군."

이런 얘기가 오가고 있던 그때, 고든이 전화로 자신의 생각을 전해 왔다.

---

* 여기서는 매사추세츠 앤도버에 있는 유명한 기숙학교를 가리킨다.

"그 친구가 납실 모양이군," 하고 반스가 설명했다. "뭔가 새로운 걸 해 보고 싶어 하는 것 같은데."

단정한 외모를 가진 젊은 남자 하나가 편안하면서도 눈길을 끄는 모습으로 사무실로 들어왔다.

"좋은 오후예요, 에드 아저씨. 안녕, 잭!" 고든이었다. 그는 자리를 잡고 앉았다. "전할 소식을 잔뜩 갖고 있는데, 입이 근질근질하네요."

"뭐에 관한 거야?" 하고 반스가 물었다.

"제 얘기죠, 뭐."

"그거라면 알고 있다. 너 얼마 전에 J. P 모건이랑 퀸스보러 브리지가 합병하는 데 중재단이 됐잖아."

"합병한 건 맞는데요," 하고 밴더비어가 일단 동의를 했다. "하지만 대상은 그들이 아니라, 접니다. 저, 약혼했어요."

반스가 불쾌한 표정으로 그를 노려보았다.

"약혼녀 이름은," 하고 밴더비어가 그의 눈길에 아랑곳하지 않고 말을 이었다. "에스터 크로즈비예요."

"나더러 지금 그걸 축하해 달라는 거냐?" 하고 반스가 비꼬듯 말했다. "H. B. 크로즈비 집안 아이인 것 같은데?"

"맞습니다," 하고 밴더비어가 호들갑스럽지 않게 말했다. "실은, 그분 외동딸이죠."

잠깐 실내에 침묵이 흘렀다. 그러고 나서 반스가 폭발했다.

"네가 H. B. 크로즈비의 딸이랑 결혼을 한다고? 지난달에 권고사직을 받았다는 데가 그 인간이 소유하고 있는 은행들 중 하난 거 몰라?"

"제가 겁나는 건, 그분이 저에 대한 모든 걸 알고 있다는 거예요. 4년 동안 줄곧 절 지켜봐 왔다더군요. 보세요, 에드 아저씨," 하고 그는 유쾌하게 말을 이었다. "에스터랑 전 프린스턴 4학년 때 결혼하기로 약속을 했었어요. 제 룸메이트가 그녀를 하우스 파티에 데려왔는데, 어쩌다 제가 그녀의 파트너가 됐죠. 어쨌든, 아주 자연스러운 일이지만, 크로즈비 씨는 제가 제 자신을 증명해 보일 때까지는 아무 얘기도 듣지 않을 태세였어요."

"네가 네 자신을 증명했다고!" 반스가 그의 말을 똑같이 반복했다. "그래, 넌 네 자신을 증명했다고 생각하는 거냐?"

"글쎄요…… 그렇죠."

"어떻게?"

"4년을 기다리면서요. 그렇잖아요, 에스터나 저 둘 중 누구든 그동안 다른 사람과 결혼할 수도 있었지만, 그러지 않았어요. 그러면서 저흰 그분을 조금씩 약화시킨 셈이죠. 이게 바로 제가 그동안 어떤 것에도 진지하게 관심을 기울이지 않았던 진짜 이유예요. 크로즈비 씨는 강한 분이셔서, 그분을 무너뜨리는 데는 정말이지 많은 시간과 에너지가 필요했어요. 때로 에스터와 전 몇 달을 만나지 못했고, 덕분에 그녀는 제대로 먹지도 못했어요. 그 생각을 하면 저도 먹을 수가 없었고, 일도 제대로 할 수 없었고……"

"넌 그 사람이 정말 동의를 했다고 생각하는 거냐?"

"어젯밤에 허락해 주셨어요."

"네가 백수로 지내도록 내버려 둔다고?"

"아뇨. 에스터와 전 외무부에 들어갈 예정입니다. 그녀는 가족들이 담 쌓는 단계는 지났다고 생각하고 있어요." 그가 스텁스에게 눈을 찡긋해 보였다. "파리에 가면, 루이스 아일랜드한테 가 볼게요. 그리고 곧바로 에드 아저씨께 보고드리겠습니다."

느닷없이 반스가 폭소를 터뜨렸다.

"그래, 모든 게 복권 상자 안에 들어가 있었군," 하고 그가 말했다. "내가 너희 여섯을 골랐을 땐, 막연한 추측이랑은 거리가 멀었는데……" 그는 스텁스에게로 고개를 돌리더니 따지듯이 물었다. "이 친구를 실패작에다 넣을까, 성공작에다 넣을까?"

"대성공작에요," 하고 스텁스가 말했다. "목록 맨 위에다 올려놔 주세요."

보름쯤 뒤, 반스는 미니애폴리스에서 오랜 친구 스코필드와 함께 있었다. 그는 여섯 명의 젊은이가 앉았던, 자신이 마지막으로 보았던 시골 저택의 거실을 떠올렸다. 이제 그 집은 시간의 흐름을 고스란히 담고 벽 위에 걸린 사진들처럼 그들의 상처를 안고 있는 듯 보였다. 스코필드의 아들이 어떻게 되었는지를 알지 못했던 그는 10년 전에 나누었던 대화를 함부로 꺼낼 수가 없었다. 때에 따라선 아주 위험한 주제였던 것이다. 그날 저녁, 스코필드가 큰아들 위스터에 대한 얘기를 꺼냈을 때, 그는 자신의 과묵함에 안도의 한숨을 내쉬었다.

"위스터는 제 자신을 전혀 알지 못했던 것 같아. 정말 활기찬 아이였는데 말이야! 어딜 가나 대장 노릇을 했었는데. 그 앤 늘 자기가 있는 곳이면 어디든 잘 돌아가게 만들었지. 어렸을 때도 우리 집이랑 근처 호수엔 아이들로 항상 북적거렸지. 하지만 예일을 떠난 뒤부터 그 앤 세상에 대한 흥미를 잃어버렸어. 모든 걸 얼마간 경멸의 눈으로 보더라고. 한동안은 그게 술 때문이란 생각이 들었지만, 괜찮은 여자애를 만나 결혼을 했는데 이젠 며늘아기가 이 문제를 떠맡고 있어. 여전히 녀석에겐 어떤 야망도 없는 거 같아. 시골에서 사는 얘기를 하기에 내가 은여우 농장을 구입해 줬는데, 그것도 망해 먹더군. 경기가 좋을 때 플로리다로도 보내 봤지만, 거기서도 나아질 기미가 안 보여. 이젠 몬태나에 있는 관광용 목장에 관심이 있다는데, 알다시피 불황이잖나……"

반스는 질문을 던질 기회를 엿보다가 마침내 입을 열었다.

"예전에 내가 만났던 그 애들, 자네 아들 친구들 말이야, 다들 어떻게 됐지?"

"보자…… 누구 얘길 하는지 모르겠네. 캐버노 집 애들은…… 자네도 알겠군. 밀 농사 엄청나게 짓고 있던 집. 그 앤 여기 자주 왔었지…… 그리고 보자…… 그 앤 동부 출신 여자애랑 눈이 맞아서 도망을 쳤어. 몇 년 동안은 그 애랑 그 애 마누라가 여기 동성애자들 사이에서 대장 노릇을 했었지. 술도 엄청 마셨고. 그것밖엔 할 것도 없었지만. 얼마 전엔 하워드가 이혼을 할 거란 얘길 들었어. 그리고 그 애한테 동생이 있었지…… 근데 그 친구는 대학에 가질 못했어. 나중에 손톱 미용사랑 결혼을 해서 꽤 조용하게 살고 있지. 여기서. 그 애 얘긴 나도 들은 게 별로 없군."

그 젊은이들이 사람을 반하게 할 만한 면모들을 갖고 있었다는 걸 반스는 기억했다. 그들은 그룹의 일원으로서 각자가 대단한 자부심을 갖고 있었다. 매우 진취적이었고, 그리스의 젊은 신들과도 같은 근사한 모습과 우아한 육체를 갖고 있었으며, 삶에 대한 준비가 되어 있었다.

"그리고 래리 패트도 아마 여기서 만났을 거야. 훌륭한 골프 선수지. 그런데 그 앤 대학에 있을 수가 없었어…… 래리한테 대학은 신선한 공기가 충분하지 않았던 것 같아." 그리고 그는 변명하듯 덧붙였다. "대신 그 앤 자기가 할 수 있는 걸 상업화시켰지…… 스포츠 용품점을 열었거든. 그걸로 재미를 많이 봤어. 난 이해해. 지금 그 앤 천 단위나 만 단위를 버니까."

"유난히 잘생긴 친구가 있었던 거 같은데."

"아……보 르밤 말이군. 그 친구도 예일에서 벌어졌던 그 소동에 껴 있었지. 그 일 이후로 심신이 다 허물어졌어. 술독에 빠졌지. 제 아버지가 온갖 걸 다 해 봤어. 지금은 완전히 손을 놔 버렸고." 스코필드의 얼굴이 갑자기 온화해졌다. 그의 눈이 반짝반짝 빛났다. "하지만 이건 말해 주고 싶군. 나한텐 찰리가 있다는 거! 그 녀석은 무엇과도 바꿀 수 없어. 이제 곧 올 텐데, 한번 봐. 시작은 아주 안 좋았지. 호시키스에서 곤란을 겪기도 했고…… 그래도 포기하지 않았잖아? 절대로. 그 앤 예일에 가서 상위 그룹에 들고, 다방면에서 멋진 성적을 거두었지. 남자애들 몇이랑 세계를 여행한 뒤엔 여기로 돌아와서 뭐라고 했는지 아나? '그래요, 아버지. 전 준비가 되었어요. 언제 시작할까요?' 찰리 없이 내가 뭘 할 수 있을지 모르겠어. 녀석은 오매불망하던 젊은 미망인이랑 몇 달 전에 결혼했다네. 아내랑 난 그 앨 늘 그리워하고 있지. 자주 오긴 하지만……"

반스는 이 이야기에 기뻤다. 그리고 갑자기 그는 자신이 피를 나눈 자식들을 갖고 있지 않다는 사실이 위안이 됐다. 둘 중 하나가 잘되면 그것만으로 기분이 좋을 수도 있지만, 누가 더 잘됐는지를 확인하게 될 때나 둘 모두 아무것도 이루지 못했다는 걸 알게 될 때의 쓰라림은 결코 적지 않을 터였다. 아들들에게 지나치게 매인다는 건 결국 홀로 하염없이 늙어 가는 것일 뿐이지 않은가.

"찰리는 사업을 하고 있어," 하고 스코필드가 말을 이었다. "그러니까, 그 애하고 윈필드란 젊은 친구가 동업을 하게 됐지. 윈필드란 친구는 큰애 위스터가 5년인가 6년 전에 나한테 데려온 적이 있었어. 위스터는 그 친구한테 책임감을 느끼고 있다더군. 예일에서 일으킨 문제에 그 친구를 끌어들였다고…… 그리고 그 친구는 가족이 없어. 여기서 잘 지내고 있지."

뜻밖에도 반스의 여섯 애들 중 행방이 묘연했던 하나가 확인됐다! 그는 온몸을 휩싸는 승리감을 오롯이 혼자만 즐기고 싶었다. 얼마쯤 뒤, 스코필드는 그에게 남자애들 몇을 대학에 보내려던 그의 계획이 어떻게 됐는지 물었다. 그는 즉답을 피했다. 모든 순간은 그 순간마다 그것만의 가치가 있는 법이다. 그 순간이 지나고 보면 의심이 들 수도 있는 것이다. 남는 건 오직 그 순간뿐이다. 고요히 휘장이 드리워진 아름다운 가정, 여왕을 둘러싼 벨벳 옷의 젊은 왕자들은 자라 잔혹한 왕이 되거나 미친 왕자가 될 수도 있지만, 그 순간이 지닌 아름다움은 그때 그곳에 있었다. 10년 전 그곳으로 돌아가면, 스코필드의 눈에 그의 두 아들과 그들의 친구들은 날렵한 무사처럼 보일 것이다. 그때 그에게 그들은 눈부시게 영광스러운 청춘, 혹은 유년의 자신이 동경했던 그 무엇이었다. 그러나 삶의 전체적인 균형이 젊음 쪽으로 지나치게 쏠려 버린 그 아이들은 결국 용두사미가 될 수밖에 없는 운명이었다. 그 애들은 책임감이라곤 손톱만큼도 가지지 않은 왕자들로 길러졌던 것이다! 반스는 거기에 그들의 어머니들이 얼마나 관련되었는지, 그 어머니들에게 무엇이 결여되었는지는 알 수 없었다.

어쩌면 그래서 반스는 친구 스코필드가 진정한 아들 하나를 가졌다는 사실을 기뻐할 수 있었을지 몰랐다.

반스는 자신이 행한 실험을, 비록 후회는 하지 않았지만, 다시는 하지 않으리라 생각했다. 뭔가를 입증해 보이긴 했을 테지만, 정작 그는 그다지 확신이 서지 않았다. 물론 그들과 같은 아이들은 끊임없이 새롭게 나타날 것이고, 황홀한 매력과 아름다움이 그들 앞에 길을 열어 줄 것이다. 그는 국가가, 쓰레기들을 옆으로 밀쳐 놓고, 생명력과 강인함을 앞으로 밀어 내는 방식을 통해, 모든 세대의 과오들 속에서 살아남을 수 있었다는 사실이, 그 사실을 자신이 감지할 수 있다는 것이 기뻤다. 단지 상층부에 그 쓰레기들이 몰려들 수밖에 없다는 것이 참으로 유감스럽고, 참으로 미국스러울 뿐이었다. 그는 그 최후를 목격할 만큼, 자신과 똑같이 생긴 이들이 엄청난 진지함으로 위대한 기회를 갖게 되어 마침내 스스로 성취에 이르는 것을 지켜볼 만큼, 자신이 그렇게 오래 살지는 못할 것 같다는 생각이 들었다.

◆◆◆

「젊음들」은 미국 여성 잡지 《레드북》(1932년 2월 호)에 발표된 단편소설로, 피츠제럴드와 에이전트 해럴드 오버 사이의 서신에 언급되지 않은 것이어서 왜 《새터데이 이브닝 포스트》에 싣지 않았는지, 혹은 만약 신문사로부터 게재를 거부당했다면 그 이유는 무엇인지, 궁금하기도 하고 중요한 사실이기도 하다. 구성이 작위적이긴 하지만, 「젊음들」을 통해 등장인물이 가진 부와 권력이 1930년대의 긴박한 시대 상황과 맞물려 어떤 효과를 발휘하는지를 재평가하는 피츠제럴드의 시도는 결코 간과할 수 없는 장점이다. 가난한 남자들이 부유한 남자들보다 더 선한 면모를 가지고 있다는 건 보편적 정서이지만, 피츠제럴드는 상황을 단순화시키는 것에 반대한다. "단지 상층부에 그 쓰레기들이 몰려들 수밖에 없다는 것이 참으로 유감스럽고, 참으로 미국스러울 뿐……"이라는 마지막 부분이 이를 잘 드러내고 있다.

참 잘생긴 한 쌍!
What a Handsome Pair!

1

1902년 11월의 어느 날 오후 4시, 테디 반 벡은 머리 힐의 적갈색 사암으로 지어진 한 부유한 저택 앞에서 말 한 필이 끄는 이륜마차에서 내렸다. 키가 크고 등이 구부정한 젊은 남자는 신경질적인 얼굴에 매부리코와 연갈색 눈을 가지고 있었다. 그의 혈관에 흐르는 식민지 총독의 호전적인 피와 저 악명 높은 악덕 귀족의 피는 때와 장소에 따라 시시각각 변하고 새로워졌다.

그의 사촌 여동생 헬렌 반 벡은 응접실에서 그를 기다리고 있었다. 두 눈은 울어서 빨갰지만 그녀는 너무도 젊어서 그 정도로는 그녀의 영롱한 아름다움을 손톱만큼도 손상시킬 수 없었다. 그녀의 아름다움은 마치 영원히 커져 갈 뿐 줄어들 것 같지 않았는데, 아름다움 그 자체에 그런 성장의 비밀이 담겨 있는 듯한 바로 그 지점, 청춘의 정점에 도달해 있었다. 만으로 열아홉 살인 그녀는 알려진 것과는 달리 실은 무척이나 행복했다.

테디는 그녀를 팔로 감싸고는 뺨에다 입을 맞추었는데, 그녀가 고개를 돌리는 바람에 입술이 그녀의 귀에 닿았다. 그는 열정이 싸늘하게 식어 가는 걸 느끼며 한동안 그녀를 붙잡고 놓아주지 않았다. 그러곤 입을 떼었다.

"날 보는 게 그다지 기쁘지 않나 보군."

이것이 그녀의 인생에서 두고두고 기억에 남을 한 장면이 될 거라는 예감이 들어, 자신도 모르게 잔인해진 헬렌은 거기에 한껏 들어찬 과장스러운 가치를 뽑아내기 시작했다. 그녀는 큰 안락의자를 마주하며, 소파 한 귀퉁이에 앉았다.

"거기 앉아요," 하고 그녀가 명령하듯 말했다, 그때만 해도 '여왕의 매너'로 존중받던 어투였다. 테디가 다리를 벌린 채 피아노 의자에 올라앉자 그녀가 "아니, 왜 거기 앉는 거예요. 돌아앉으면 얘기를 할 수가 없잖아요," 하고 말했다.

"내 무릎에라도 앉지 그래," 하고 그가 말했다.

"그러고 싶지 않아요."

한 손으로 화려하게 피아노를 연주하며 그가 말했다. "여기서도 얼마든 잘 들려."

헬렌은 목소리에 쓸쓸하고 조용한 분위기를 담아 얘기를 시작하려던 생각을 버렸다.

"이건 심각한 문제예요, 테디. 내가 아무 고민도 하지 않고 이런 결정을 내렸다고 생각하지 말아요. 부탁할게요. 부디 서로 이해하는 상태에서 날 놓아줬으면 좋겠어요. 부탁해요."

"뭐라고?" 테디의 얼굴이 충격과 실망으로 하얗게 변했다.

"가장 간단한 것부터 얘길 해야겠군요. 우리한텐 공통점이 전혀 없다는 걸 오랫동안 느껴 왔어요. 당신은 당신 음악에 온통 빠져 있지만, 난 〈젓가락 행진곡〉도 연주할 수 없어요." 그녀의 목소리는 고통에 젖은 듯 지쳐 있었다. 그녀의 자그마한 윗니들이 아랫입술을 세차게 잡아당겼다.

"그게 무슨 대수라고 그래?" 하고 그가 안도하며 물었다. "난 두 사람 몫을 충분히 해낼 수 있는 음악가야. 은행가랑 결혼하기 위해서 은행 업무를 알아야 할 필요는 없잖아, 그렇지 않아?"

"이건 달라요," 하고 헬렌이 대답했다. "우리가 함께 할 수 있는 게 뭐예요? 당신이 승마를 좋아하지 않는다는 것도 중요한 일이에요. 말이 무섭다고 그랬잖아요."

"물론 내가 말을 무서워하긴 하지," 하고 그가 말했다. 그러곤 예전 일을 떠올리며 덧붙였다. "말들이 날 보면 물려고 해."

"그건 너무……"

"날 물려고 하지 않는 말을…… 한 마리도 본 적이 없어. 굴레를 씌우려고 하면 습관적으로 날 물려고 그랬다고. 그러다가 굴레 씌우는 걸 포기하면, 머리를 내 종아리에다 갖다 대고는 마구 밀어내리려고 했지."

세 살 때 셰틀랜드 말을 선물로 주셨던 아버지의 눈이 그녀의 기억 속에서 차갑고 냉정하게 반짝였다.

"말은 차치하고 당신은 내가 좋아하는 사람들도 좋아하지 않잖아요," 하고 그녀가 말했다.

"그 사람들은 얼마든 견딜 수 있어. 이제껏 그렇게 해 왔잖아."

"글쎄요, 결혼은 아무래도 어리석은 일인 것 같아요. 나한텐 서로…… 서로가…… 함께 디디고 설 땅이 도무지 보이지 않아요."

"승마 때문이야?"

"아, 그게 아니라," 하고 헬렌이 머뭇거리다 모호한 어조로 말했다. "아무래도 난 당신한테 그다지 똑똑한 상대가 아닌 것 같아요."

"그런 식으로 말하지 마!" 그는 취조하듯 물었다. "딴 남자라도 있는 거야?"

그녀는 마음을 가라앉히는 데 잠깐의 시간이 필요했다. 그녀는 여느 남자들만큼의 격도 갖추지 않은 채 여성을 대하는 그의 태도에 늘 화가 났었다. 그는 종종 낯선, 거의 공포심을 느끼게 할 정도의 모습을 드러내곤 했다.

"있긴 해요," 하고 그녀가 인정을 했다. "늘, 가볍게 알고 지내던 사람이에요. 그러다 한 달 전 사우샘프턴에 갔을 때, 난 그 사람에게…… 내던졌어요."

"말에서 내던져졌다고?"

"제발, 테디," 하고 그녀는 진지하게 항변했다. "당신이랑 관계를 생각하면 점점 불행해지기만 해요. 그 사람과 있을 때면 모든 게 제대로 된 것 같고요." 그녀의 목소리에는 그녀가 느끼는 행복이 고스란히 담겨 있었다. 소파에서 일어나 방을 가로질러 가자 그녀의 곧게 뻗은 가느다란 다리 윤곽이 드러났다. "우리는 함께 말을 타고, 수영을 하고, 테니스를 쳤어요. 우린 둘 다 좋아하는 걸 했어요."

그는 그녀가 떠난 빈자리를 응시했다. "네가 그 녀석에게 끌린 이유란 게 고작 그거야?"

"아뇨, 그보다 훨씬 많아요. 그 사람은 누구도 준 적이 없는 황홀감을 내게 안겨 줬어요," 하고 말하며 그녀가 활짝 웃었다. "내가 진정으로 그 생각을 하기 시작한 건, 승마를 마치고 돌아온 날, 모두가 우리를 참 잘 어울리는 한 쌍이라고 다 들리도록 말해 준 뒤였어요."

"키스도 했어?"

그녀가 머뭇거리다 말했다. "네, 한 번요."

그가 피아노 의자에서 몸을 일으켰다. "뱃속에 폭탄이 들어가 있는 것 같군," 하고 그가 외쳤다.

집사가 다가와 스튜어트 올드혼이라는 이름을 알렸다.

"그 남자야?" 하고 테디가 긴장한 표정으로 물었다.

그녀는 갑자기 속이 상하며 당혹감을 느꼈다. "더 있다 왔어야 하는데. 그 사람, 보지 않고 그냥 갈 거예요?"

하지만 이미 스튜어트 올드혼은 마치 자신의 새로운 소유권을 확인이라도 하듯 집사의 뒤를 따라 안으로 들어선 뒤였다.

두 남자는 기이한 무력감이 깃든 표정으로 서로를 바라보았다. 그런 상황에서 그들 사이에 대화가 오갈 수는 없는 일이었다. 직접 만난 적도 없거니와, 한 여자를 두고 한 남자는 상대가 얼마나 오랫동안 그녀를 소유하고 있었는지를, 다른 한 남자는 상대가 앞으로 얼마나 소유하게 될는지를 가늠하고 있었기 때문이다. 두 남자의 마음은 마치 연결 상태가 좋지 않은 전화처럼 둘로 나뉜 그녀의 자아에 서로 닿으려 하고 있었다.

스튜어트 올드혼은 헬렌 옆으로 가서 앉았다. 하지만 공손한 두 눈은 테디를 떠나지 않았다. 그는 그녀에게 뒤지지 않을 만큼의 화려한 외양을 갖고 있었다. 그는 예일대의 스타 운동선수였고, 쿠바에서는 조마사調馬師*로 활동했으며, 롱아일랜드에서는 가장 젊은 기수였다. 여자들이 그를 사랑하는 것은 그가 기록한 성적만이 아니라 다정한 성격 때문이었다.

"유럽에 너무 오래 사셔서 제가 자주 뵙지를 못했습니다," 하고 남자가 테디에게 말했다. 테디가 아무 대꾸도 하지 않자, 스튜어트 올드혼은 헬렌에게로 고개를 돌렸다. "내가 너무 빨리 왔군요. 미처 몰랐……"

"제때 오셨소," 하고 테디가 꽤 거친 어투로 말했다. "댁에게 축하 인사를 전하려고 기다리고 있었던 거요."

그는 헬렌의 놀란 표정을 일별하고는 피아노로 돌아서서 건반 위에다 손가락을 얹었다. 그러곤 연주를 시작했다.

헬렌이나 스튜어트는 전혀 알지 못했지만 테디는 늘 기억에 담아 두고 있던 곡이었다. 〈메시아〉의 몇 소절을 시작으로 드뷔시의 〈렌트보다 느리게〉로 끝나는, 음악사를 순서대로 간략하게 정리하는 그 곡을 그가 처음 들은 건 형이 세상을 떠나던 날이었다. 그런 탓인지 그 곡은 결코 그의 뇌리에서 떠나지 않았다. 잠깐 멈춘 채 깊이 생각에 잠겼던 그가 다시 연주를 시작했다. 소파에 앉아 있던 두 사람은 마치 그들만 있는 듯한 느낌이 들었다. 그가 자신들로부터 떠나 더 이상 나타나지 않는 듯했다. 덕분에 헬렌의 불안이 덜어진 것 같았다. 하지만 날아다니는 음표에, 무언지 알 수 없는 음률에 그녀는 기분이 상하면서

---

* rough rider. '사나운 말을 잘 타는 사람'이란 의미를 가진 말로, 1898년 4월에서 8월까지 쿠바 문제를 둘러싸고 일어난 미국-스페인 전쟁 당시 미국의 의용 기병대원을 가리키기도 한다.

짜증이 치밀었다. 테디가 만약 당시 유행하던 가벼운 오페라 〈에르미니〉의 감상적인 곡을 들려주었더라면, 그녀는 알아듣고 감동도 받았을지 몰랐다. 하지만 그는 느닷없이 그녀를 심오한 감성의 세계로, 그녀의 기질이 따라가지도 못하거니와 따라가려고도 할 수 없는 세계로 그녀를 처박은 것이다.

그녀는 몸을 가볍게 떨면서 스튜어트에게 말했다. "말을 사셨나요?"

"네, 싼값으로요…… 제가 당신을 사랑하는 거, 알죠?"

"그럼요," 하고 그녀가 속삭였다.

피아노 소리가 갑자기 멎었다. 테디가 피아노 뚜껑을 닫고는 천천히 돌아섰다. "축하 인사가 맘에 들었나요?"

"무척이요," 하고 둘이 동시에 말했다.

"꽤 잘된 거 같긴 해," 하고 그도 만족한 듯 말했다. "마지막 부분은 대위법*에 좀 맞춰 봤소. 알다시피, 두 사람이 잘 어울리는 한 쌍이란 걸 염두에 둔 거지."

그는 어색하게 웃음을 터뜨렸다. 헬렌은 그를 현관까지 따라가 배웅했다.

"잘 가요, 테디," 하고 그녀가 말했다. "우린 이제 좋은 친구가 될 거예요, 그렇죠?"

"그렇죠?" 하고 그가 그녀의 말을 반복했다. 그는 웃음기 없는 얼굴로 눈을 찡긋거렸다. 그러곤 입으로 쩝, 하는 실망 어린 소리를 내고는 빠르게 가 버렸다.

잠깐 동안 헬렌은 그 상황을 정리해 보려고 헛되이 노력했다. 그녀

---

* 두 개 이상의 독립적인 선율을 조화롭게 배치하는 작곡 기법.

로선 그를 어떻게 떼어 낼 수 있었는지 의아했고, 이제 더 이상 어떻게 해 볼 수 없음을 인정해야만 했다. 그녀는 테디의 자리가 얼마나 컸었는지를 어렴풋이 느꼈다. 하지만 바로 그 크기가 자신을 두렵게 만들었다는 걸 깨닫곤 안도감과 함께 밀려든 따뜻한 마음의 물결을 고스란히 안은 채 거실로 달려가 안식처라도 되는 듯 연인의 팔에 안겼다.

그들의 약혼은 평온한 여름 동안 빠르게 이루어졌다. 스튜어트는 뉴욕 턱시도파크 인근에 사는 헬렌의 가족들을 방문했고, 헬렌은 위틀리힐스에 있는 그의 가족을 방문했으며, 아침 식사를 하기 전에 그들이 탄 말의 발굽이 감상 어린 작은 빈터의 이슬들을 조용히 흩어지게 만들었다. 흙먼지를 자욱하게 일으키며 길을 달릴 때엔 먼지로 그 이슬에 커튼을 달아 주었다. 그들은 2인용 자전거를 구입해 롱아일랜드 곳곳을 누비고 다녔으며, 그 모습은 동년배라 '카토'라고 부르던 캐시어스 루스번 부인으로 하여금 아직 결혼을 하지 않은 두 사람을 보며 '꽤나 진척이 빠르군,' 하고 생각하게 만들었다. 그들은 좀처럼 가만히 있질 않았는데, 그들이 가만히 있을 때조차 사람들의 눈에는 끊임없이 꼼지락거리는 것처럼 보였다.

스포츠에 대한 헬렌의 취향은 같은 세대에 비해 선진적이었다. 그녀는 거의 스튜어트만큼 말을 잘 탔으며, 테니스에서도 그와 비등한 실력을 보였다. 그는 그녀에게 얼마간 폴로를 가르치기도 했고, 또 두 사람이 골프가 꽤 재미있는 게임이란 생각이 들었을 땐 이미 골프광이되어 있었다. 그들은 함께 건강하고 기분 좋은 느낌에 휩싸이는 걸 좋아했다. 또한 자신들을 하나의 팀으로 생각했으며, 얼마나 잘 맞는 커플인지를 시도 때도 없이 말하고 다녔다. 그들의 타고난 매력 뒤에는 입을 모아 내지르는 사람들의 기분 좋은 질투가 늘 따라다녔다.

그들은 끊임없이 이야기를 나누었다.

"사무실에 가셔야 한다니 아쉽군요," 하고 그녀는 말하곤 했다. "우리가 함께 할 수 있는 게 또 뭐가 있을까요? 사자를 길들여 볼까요?"

"나도 늘 그 생각을 했어요. 주머니 사정이 곤란해져도 괜찮아요. 내가 말을 돌보고 경마를 해서 얼마든 살 수 있으니까요," 하고 스튜어트가 말했다.

"저도 당신이 충분히 그럴 수 있다고 생각해요."

8월에 그는 토머스 자동차를 가져와서 남자 세 명과 함께 시카고까지 전역을 돌아다녔다. 국익과 관련된 행사였던 터라 그들의 사진은 모든 신문에 실렸는데, 헬렌도 가고 싶었지만 일정이 맞지 않았다. 그래서 그들은 화창한 9월 어느 아침에 5번가를 달리는 것으로 아쉬움을 달랬다. 날씨가 화창했던 그날은 상류층 사람들과 함께 있었는데, 둘의 결속력이 얼마나 강했던지 모인 사람들 역시 경쟁이라도 하듯 두 사람만큼이나 강력한 유대감을 드러내려 애썼다.

"테디가 저한테 보낸 컵 걸개…… 어떻게 생각해요?" 하고 헬렌이 물었다. "정말이지 이상한 선물 같지 않아요?"

스튜어트가 웃음을 터뜨렸다. "내가 보기엔, 우리가 우승컵을 받을 만하다, 뭐 그런 거 같은데요."

"제 생각엔 뭔가 꿍꿍이가 있는 거 같아요," 하고 헬렌은 곰곰이 생각에 빠졌다. "그 사람은 모든 행사에 초대를 받고 있지만, 단 한 번도 응하지 않았어요. 지금 그 사람 아파트에 잠깐 들르자고 하면 무척 싫겠죠? 몇 달 동안 보지 못했거든요. 지난 일들을 찜찜하게 남겨 두는 것 같아서 기분이 안 좋아요."

물론 그는 그녀와 함께 안으로 들어가진 않을 터였다. "난 그냥 여기 있을게요. 지나가는 사람들이랑 자동차 얘기나 하면서요."

세탁용 모자를 쓴 여자가 문을 열자 헬렌은 방에서 흘러나오는 테디의 피아노 소리를 들었다. 여자는 그녀가 방으로 들어가는 게 싫은 눈치였다.

"방해하지 말라고 하셨어요. 하지만 사촌이시라면……"

그녀를 반기긴 했지만 테디의 얼굴엔 놀라고 속이 상한 표정이 역력했다. 하지만 그는 곧 평소의 그로 돌아와 있었다.

"네가 그러자고 했어도," 하고 그가 장담하듯 말했다. "너랑은 결혼하지 않았을 거야."

"그랬을 테죠," 하고 그녀가 웃음을 보였다.

"잘 지내?" 하고 그는 그녀에게 쿠션을 던졌다. "여전히 아름답군! 그래, 그…… 그 켄타우로스*랑 함께 있으니 행복해? 말채찍으로 때리진 않아?" 그는 그녀의 표정을 세심하게 훑었다. "나랑 지낼 때보다 더 흐리멍덩해 보이는군. 난 네 신경 조직들이 지성에 부합할 때까지 흥분을 일으키도록 널 채찍질하곤 했었지."

"난 행복해요, 테디. 당신도 그러길 바라잖아요."

"물론이지, 나도 행복해. 난 지금 작업 중이야. 맥다월을 계속 다그쳤더니, 9월에 카네기홀에다 공연을 잡더군." 그의 눈에 심술이 배어들고 있었다. "내 여자, 어땠어?"

"당신 여자, 누구요?"

"당신한테 문 열어 준 그 여자."

"아, 하녀 줄 알았어요," 하고 그녀가 얼굴을 붉히며 입을 다물었다.

---

* 그리스 신화에 나오는 반인반마半人半馬의 괴물. '이중인격자'란 의미도 있다.

그가 웃음을 터뜨렸다. "이봐, 베티!" 하고 그가 큰 소리로 말했다. "당신을 하녀로 착각하셨다는군!"

"일요일에 청소한 제 잘못이죠," 하고 옆방에서 목소리가 들려왔다.

테디가 목소리를 낮추며, "맘에 들어?" 하고 물었다.

"테디!" 당장에라도 떠날 듯 그녀는 소파 팔걸이에 걸치고 있던 엉덩이를 들썩였다.

"저 여자랑 결혼을 했다면, 네 기분이 어떨까?" 하고 그가 비밀이라도 털어놓듯 물었다.

"테디!" 그녀는 더 이상 참고 있을 수가 없었다. 그럴 리가 없다고 생각하듯 그녀는 흘긋 눈길을 주고는 "농담하지 말아요. 내가 본 여자는 당신보다 나이가 많은 것 같던데…… 당신이란 사람, 미래를 저런 식으로 내던져 버릴 만큼 바보는 아니죠."

그는 아무런 대답도 하지 않았다.

"저 여자분, 음악 일을 해요?" 하고 헬렌이 물었다. "당신 작업을 도와주는 거예요?"

"저 여잔 음표도 몰라. 너처럼. 하지만 내 안엔 아내 스무 명에 맞먹는 음악이 들어 있지."

그 스무 명 중 하나로 자신을 상상해 보면서, 헬렌은 뻣뻣하게 일어섰다.

"당신에게 부탁하고 싶은 건, 당신 어머님이 어떻게 느끼실까, 그걸 생각해 보라는 거예요…… 그리고 당신에게 마음을 쓰고 있는 사람들도요…… 잘 있어요, 테디."

그는 그녀와 함께 문을 나서 계단을 따라 내려갔다.

"사실, 우린 결혼한 지 두 달쯤 됐어," 하고 그가 무심히 말했다. "저 여자, 내가 식사하러 가던 레스토랑 종업원이었어."

헬렌은 화가 치밀었다. 냉정해야 한다고 생각했지만, 가슴이 뻥 뚫린 듯 상심한 눈물이 두 눈에 솟구쳤다.

"그녀를 사랑하나요?"

"그녀가 좋아. 좋은 여자고, 나한테 잘해 줘. 사랑은 다른 문제야. 내가 사랑한 건 너야, 헬렌. 지금 그 사랑은 내 안에서 죽었어. 아마 내 음악을 통해 나오고 있을 거야. 언젠가, 누군가를 사랑하게 되겠지…… 영원히 내가 사랑한 사람은 너뿐일지도 모르고. 잘 가, 헬렌."

그의 말에 그녀는 가슴이 뭉클했다. "당신이 행복하기를 바라요, 테디. 아내분과 결혼식에 같이 오세요."

그는 아무 말도 하지 않은 채 가만히 고개를 숙여 보였다. 그녀가 떠나고 그는 생각에 잠긴 채 아파트로 들어왔다.

"내가 사랑했던 사촌이야," 하고 그가 말했다.

"그랬어요?" 하고 베티가 되물었다. 아일랜드인 특유의 차분한 얼굴이 흥미로 가득 차며 밝아졌다. "예쁘던데요."

"당신만큼 멋진 시골 처녀긴 했지만, 나한텐 아니었어."

"당신은 늘 당신 자신만 생각하죠, 테디 반 벡 선생님."

그는 웃음을 터뜨렸다. "당연하지. 하지만 어쨌든 당신은 날 사랑하잖아?"

"그게 참, 큰, 걱정거리죠."

"맞아. 당신이 키스해 달라고 애원하면서 매달릴 때, 그 말 꼭 기억해 두지. 우리 할아버지가 내가 아일랜드 여자랑 결혼했다는 걸 아시면 아마 무덤에서 일어나실 거야. 자, 이제 일 봐. 하던 작업을 마저 끝내야겠어."

그는 귀에 연필을 꽂은 채 피아노 앞에 앉았다. 어느새 그의 얼굴은 결의에 차 있었고, 차분하게 가라앉은 두 눈은 시간이 흐를수록 점점 강렬해지면서 빛을 발했다. 마치 눈동자 뒤편으로 귀를 끌어다 박자를 짚도록 하는 것 같았다. 지금 그의 얼굴엔 일요일 아침의 평온함을 깨뜨릴 만한 무슨 일인가가 일어났다는 그 어떤 징조도 보이지 않았다.

2

캐시어스 루스번 부인과 그녀의 친구는 모자의 베일을 젖힌 채 경기장 가장자리에 주차된 자동차에 앉아 있었다.

"반바지 차림으로 폴로 하고 있는 젊은 애 보이지?" 하고 루스번 부인이 한숨을 내쉬며 말했다. "에이미 반 벡의 딸 헬렌이야. 저 애가 '여장부 클럽'을 조직하면서 치마바지를 처음 입기 시작했을 거야. 보아하니 저 애 남편도 반대하진 않은 모양이야. 반대는커녕 오히려 부추겼을지도 모르지. 하기야 둘인 늘 같은 걸 좋아했으니까."

"순종 경주마 한 쌍이야, 저 둘." 친구인 여자가 흐뭇하게 미소를 지었다. 그 미소는 자신들도 헬렌과 다를 게 없다는 걸 의미했다. "넌 둘을 보려고도 않고, 무조건 잘못됐다고만 생각하잖아."

그녀의 얘기는 1907년 공황 때 저지른 스튜어트의 실수에 대한 거였다. 그의 아버지는 위태로운 상황을 그에게 물려주었고, 그때 스튜어트가 판단에 오류를 범했던 것이다. 하지만 그의 신용은 전혀 의심받지 않았고, 주위 사람들은 그의 곁에 충성스럽게 남아 있었다. 그러

나 월스트리트에서 쓸모가 없어진 그는 쥐꼬리만큼 남아 있던 재산마
저 모두 날려 버렸다.

스튜어트는 경기가 끝난 뒤 헬렌에게 해 줄 말들을 생각하면서 곧
경기에 나설 한 무리의 남자들과 함께 서 있었다. 그녀는 경기에 나서
기엔 아직 충분하지 않았는지, 여러 차례 중요한 순간에 불필요한 타
구를 날리곤 했다. 그녀가 속한 팀의 조랑말들은 임대한 것이어서인
지 영 형편이 없었는데, 그래도 그녀는 경기 내내 뛰어난 활약을 펼쳤
거니와 마지막 순간엔 박수갈채를 받을 만한 수비를 해냈다.

"잘했어! 파이팅!"

스튜어트에겐 경기 내내 여자 선수들을 쫓아다니는 유쾌할 것 없는
임무가 맡겨져 있었다. 남자들 경기는 한 시간 뒤에 시작하기로 되어
있었는데, 뉴저지에서 온 팀도 경기를 기다리고 있었다. 그는 문제가
생긴 걸 직감하고는 경기장을 가로질러 헬렌에게로 다가가 그녀의 곁
에 바짝 붙어서 마사馬舍까지 동행했다. 발갛게 상기된 볼과 의기양양
하게 반짝이는 두 눈, 흥분해 가쁘게 숨을 몰아쉬는 그녀는 무척이나
아름다웠다. 그는 잠깐 시간을 끌었다가 입을 뗐다.

"아주 좋았어…… 특히 그 마지막 수비," 하고 그가 말했다.

"고마워요. 팔이 거의 부러질 뻔했어요. 그래도 경기 내내 좀 잘하지
않았어요?"

"당신이 최고였어."

"저도 알아요."

그녀가 말에서 내려 마부에게 조랑말을 건네주는 동안 그는 가만히
기다렸다.

"헬렌, 일을 하게 될 거 같아."

"그래요? 어떤 일인데요?"

"듣고 금방 뭐라 그러지 말고, 생각을 좀 해 줬으면 좋겠어. 거스 마이어스가 자기 경마용 말을 내가 관리해 줬으면 해. 1년에 8,000을 준다더라고."

헬렌은 생각에 잠겼다가 "연봉은 괜찮네요. 그리고 그 사람 말들을 관리하면서 당신도 새롭게 뭘 할 수 있는 기회를 마련할 수 있을 거예요," 하고 말했다.

"요는 지금 내가 돈이 필요하다는 거야. 당신만큼 가지게 되면 모든 상황이 더 수월해질 테지."

"당신도 저만큼 가지게 될 거예요," 하고 헬렌이 그의 말을 그대로 옮겼다. 그녀는 그가 더 이상 자신의 도움을 필요로 하지 않게 될 거라는 게 오히려 아쉬웠다. "하지만 거스 마이어스라면, 뭔가 요구하는 게 더 있지 않나요? 자기 위상을 올리려 한다든가, 그런 걸 기대하지 않을까요?"

"아마도 그런 거 같아," 하고 스튜어트가 에두르지 않고 대답했다. "그래 뭐, 내가 사교적으로 도울 수 있다면, 그러려고. 사실, 오늘 밤 그 친구가 남자들만 모이는 만찬에 날 불렀어."

"가 봐야죠, 그럼," 하고 헬렌이 무심히 말했다. 스튜어트는 경기장으로 향하는 그녀의 눈길을 좇을 뿐 그녀에게 경기가 끝났다는 걸 여전히 전하지 못한 채 뭉그적거렸다. 소형차가 경기장으로 들어와 가장자리를 두른 로프 곁에 멈추었다.

"저기, 당신 옛 친구 테디군," 하고 그가 건조하게 말했다. "아니, 새로운 친구라고 해야겠네. 갑자기 폴로에 관심이 생긴 건가? 이번 여름엔 말들이 물지 않을 거라고 생각한 모양이지?"

"그다지 재밌는 농담은 아니네요," 하고 헬렌이 나무라듯 말했다. "잘 들어요, 당신이 그러라고 하면, 저 사람을 다신 보지 않을 거예요. 제가 이 세상에서 원하는 건 하나뿐이에요. 당신이랑 내가 함께하는 거."

"나도 알아," 하고 미안한 듯 그도 동의했다. "말을 파는 거랑 클럽에 가길 포기하는 건 인생을 포기하는 일이지. 요즘에 여자들이 다들 테디한테 완전히 빠진 모양이던데, 이젠 유명 인사가 돼 가고 있는 거 같아. 하지만 저 사람이 당신을 우습게 만들면 저 머리에다 피아노를 던져 버릴 거야…… 아, 그리고 한 가지," 하고 그는 어느새 경기장 안에서 말을 타고 있는 남자들을 보며 말을 시작했다. "지금 막 끝난 당신 시합에 대한 건데……"

그는 가능한 한 최선을 다해 그녀에게 상황을 설명하려 했다. 하지만 그는 그녀가 휩싸이게 될 분노에 대해선 전혀 대비가 되어 있지 않았다.

"이런 폭력이 어딨어요! 제가 경기 준비를 하고, 사흘 동안이나 게시판에 붙여 놨었다고요."

"당신이 한 시간 늦게 시작했잖아."

"왜 그랬는지 몰라요?" 하고 그녀가 따졌다. "당신 친구 조 모건이 셀리한테 여자는 여자답게 두 발을 한쪽으로 모아서 앉아야 한다고 고집을 부려서 그런 거잖아요. 그 사람이 셀리 승마복을 찢어 버린 것만도 세 번이에요. 결국 오늘 여기 온 것도 겨우 부엌 창문을 타고 넘어왔다더라고요."

"그거야 나도 어쩔 수가 없지."

"뭐가 어쩔 수 없단 거죠? 한때는 이 클럽의 장이지 않았어요? 남자들이 경기장을 쓰려고 할 때마다 중단을 해야 한다면, 대체 여자들이 무슨 기대를 갖고 여길 오겠어요? 남자들이 여자들한테 원하는 건, 결국 밤에 돌아와서 자기들이 얼마나 환상적인 경기를 했었는지 이야기할 때 그거나 들어주는 거잖아요!"

여전히 화가 나 스튜어트에게 비난을 퍼부으면서 그녀는 경기장을 가로질러 테디의 차로 갔다. 테디가 차에서 내려 그녀를 반갑게 맞았다.

"네 생각을 하느라고 잠을 잘 수도, 제대로 먹을 수도 없었다고. 대체 이게 무슨 일이지?"

이전에는 눈치조차 채지 못했던, 그녀를 흥분시키는 뭔가가 그에게서 느껴졌다. 어쩌면 그가 바람을 피우고 있다는 소문이 그녀를 낭만적으로 자극했는지도 모를 일이었다.

"글쎄요, 지금 이 모습을 나라고 생각하진 말아요," 하고 그녀가 말했다. "내 얼굴은 매일 거칠어지고, 근육은 여자 광대처럼 이브닝드레스 밖으로 툭툭 불거지게 될 테니까요. 사람들은 이제 나한테 예쁘다는 말 대신 잘생겼다고 말하기 시작했어요. 그게 얼마나 지독한 농담인 줄 알아요? 여자들은 매사에 늘 그런 식으로 내몰려서는 밖으로 쿵하고 떨어져 버리죠."

그날 오후, 경기를 벌이던 스튜어트는 비참한 지경에 빠졌다. 경기가 시작되고 5분이 지났을 때 그는 테디의 소형차가 거기에 있지 않다는 걸 알아차렸고, 그의 긴 타격은 갈팡질팡 제 길을 찾지 못했다. 경기가 끝나자마자 그는 전속력으로 들판을 가로질러 집으로 달려갔다. 아이들의 보모가 전해 준 쪽지로는 결코 그의 기분이 달래지지 않았다.

당신에게,

당신 친구들이 우리가 경기를 할 수 있도록 해 준 게 얼마나 고마운지 땀 냄새 풀풀 나는 몸으론 도저히 앉아 있을 수가 없더군요. 그래서 테디한테 부탁해서 집에 데려다 달라고 했어요. 그리고 당신은 따로 저녁 약속이 돼 있었으니, 저는 그 사람이랑 연극을 보러 뉴욕에 가려고 해요. 저는 아마도 극장에서 바로 기차를 타고 올 텐데, 늦으면 어머니 집에서 밤을 보낼 거예요.

헬렌

스튜어트는 위층으로 올라가 만찬용 코트로 갈아입었다. 그는 자신의 내면을 천천히 가르고 나오는 낯선 질투의 발톱을 막을 길이 없었다. 헬렌은 전에도 종종 다른 남자들과 연극을 보러 가거나 무도회에 간 적이 있었지만, 이번에는 달랐다. 그는 테디를 향한, 물질을 추구하는 남자로서 예술가에 대해 일어나는 막연한 경멸을 느꼈다. 최근 반년이란 시간은 그의 자부심에 상처를 입혔다. 그는 헬렌이 다른 누군가에게 진지한 관심을 갖고 있을지 모른다는 가능성을 부정할 수 없었다.

그는 거스 마이어스의 만찬에 가 있는 내내 기분이 좋지 않았다. 만찬을 주최한 거스 마이어스가 그들이 협의한 사업에 대해 너무나도 자유롭게 얘기하는 것에도 짜증이 치밀었다. 결국 그는 이런 식으로 계속 놔두어선 안 된다고 마음을 먹고는 마이어스에게 싫은 소리를 건넸다.

"내 생각엔 말이야, 이건 좋은 생각인 것 같지 않아."

"왜 안 좋다는 거지?" 하고 만찬 주최자가 놀란 표정으로 그를 바라보며 말했다. "지금 날 배신하겠다는 거야? 친애하는 친구께서 왜 이러……"

"없던 일로 하는 게 좋을 거 같군."

"자네가 왜 이러는지, 이유를 물어도 되나? 이유를 물을 권리쯤은 있는 거 같은데."

스튜어트가 생각에 잠겼다가 입을 열었다. "그래, 말하지. 아까 네가 한 그 말, 나한텐 마치 네가 날 고용한 것처럼, 네 사무실에 내가 고용인으로 들어간 것처럼 들렸어. 이젠, 스포츠 분야도 함부로 흘러가진 않아. 모든 게 점점…… 점점 민주적으로 돼 가고 있다고. 난 오늘 밤 여기 있던 애들이랑 다 함께 자란 사이야. 그 애들도 이 문제에 대해서 나만큼 좋은 감정이 아닐 거라고 생각해."

"알았어," 하고 마이어스가 조심스럽게 자신의 생각을 말했다. "알았다고." 그러더니 느닷없이 스튜어트의 등을 찰싹하고 쳤다. "내가 듣고 싶었던 게 바로 그 말이야. 이런 게 나한테도 도움이 되는 거라고. 지금부로 널 내…… 고용인이라고 생각하지 않겠어. 널 고용한 것처럼 말하지 않을 거라고. 이제 됐어?"

그리고 연봉은 8,000달러로 확정이 됐다.

"고맙네," 하고 스튜어트가 말했다. "그런데 오늘 밤은 이만 가 봐야겠어. 시내로 가는 기차를 타야 돼서 말이야."

"네가 쓸 자동차를 준비해 주지."

10시 정각에 그는 48번가에 있는 테디의 아파트 초인종을 눌렀다.

"반 벡 씨를 찾아왔습니다," 하고 그가 문 안쪽에 있는 여자에게 말했다. "극장에 가신 걸로 압니다만, 말씀을 좀 전해 주실 수 있나 해서……" 거기까지 말을 하고 난 그는 갑자기 문 뒤편의 여자가 누구인지 짐작이 갔다. "저는 스튜어트 올드혼이라고 합니다," 하고 그가 자신을 밝혔다. "반 벡 씨 사촌 여동생의 남편입니다."

"아, 네 들어오세요," 하고 베티가 상냥하게 말했다. "누구신지 저도 압니다."

그녀는 대략 40대로 들어선 것 같은, 살집이 있고 평범한, 하지만 날카로우면서도 활달함이 물씬 풍기는 얼굴을 갖고 있었다. 두 사람은 거실에 자리를 잡고 앉았다.

"테디를 만나러 오신 건가요?"

"그분이 지금 제 아내와 함께 있습니다. 저는 두 사람이 극장에서 나온 뒤에 합류하려고요. 혹시 어느 극장에 갔는지 알고 계시나요?"

"아, 테디가 부인이랑 함께 있군요." 그녀의 목소리에는 귀를 즐겁게 하는 아일랜드 억양이 살짝 들어 있었다. "글쎄요, 오늘 밤 어디 있을 건지 정확히 말을 해 주지 않아서요."

"그럼 모르시겠군요."

"모르죠…… 무슨 수를 써도 저로선 알 수가 없죠," 하고 그녀는 유쾌하게 인정을 했다. "죄송해요."

그가 자리에서 일어섰고, 베티는 그의 얼굴에서 희미하게 숨겨진 고통을 보았다. 갑자기 그녀는 정말로 미안해졌다.

"그이가 극장에 대해서 뭐라고 말하는 걸 들은 것도 같긴 한데," 하고 그녀가 곰곰이 생각하며 말했다. "일단, 여기 앉아 보세요. 제가 좀 더 생각을 해 볼게요. 그 사람은 외출을 자주 해요. 일주일에 한 번 연극을 보러 가는데, 오늘은 그날이 아니라서, 좀 헷갈리네요. 부인이 혹시 어디서 만나기로 하자는 말은 하지 않았나요?"

"아뇨. 전 그냥 두 사람이 출발한 뒤에야 떠난 걸 알고 가 봐야겠다고 생각했거든요. 아내는 극장에서 탈 수 있는 롱아일랜드행 기차를 타든가 장모님 댁으로 갈 거라고 했어요."

"그거네요," 하고 손바닥을 심벌즈처럼 마주치면서 베티가 활달하게 말했다. "그이가 전화로 한 말이 바로 그거였어요. 롱아일랜드로 가는 극장 기차에 여자 한 분을 태울 거라고 하더라고요. 그리고 곧바로 집으로 오겠다고요. 아이가 아파서 제가 계속 신경을 쓰고 있거든요."

"경황이 없으실 텐데, 제가 괴롭혀 드린 것 같아 정말 죄송합니다."

"괴롭히지 않았어요. 그냥 앉아 계세요. 이제 겨우 10시가 지났는걸요."

스튜어트는 얼마간 진정이 된 듯 담배를 피워 물었다.

"사실 말이죠, 테디한테 계속 신경을 썼다면 전 지금쯤 백발이 됐을 거예요," 하고 베티가 말했다. "물론 그 사람 연주회에 가긴 해요. 가선 자주 졸지만…… 아마 그 사람은 모를 거예요. 전, 그 사람이 지나치게 술에 취하지만 않으면, 어딜 돌아다니든 별로 신경을 안 써요." 스튜어트의 얼굴이 다시 심각해지자, 그녀는 분위기를 바꾸었다. "어쨌건, 그 사람은 제게 좋은 남편이고, 우린 행복하게 살고 있어요. 서로를 간섭하지 않으면서요. 아기 방 옆에서 어떻게 작업을 하겠어요? 아기 우는 소릴 다 들어 가면서 말예요. 그리고 루스번 부인이 그 사람이랑 어울리는 것도 제가 어떻게 해 볼 수 있는 게 아니죠. 상류 사회, 고급 예술, 그런 얘길 하는 데 제가 끼어서 무슨 얘기를 하겠어요?"

헬렌이 했던 어떤 말이 스튜어트의 뇌리를 스쳤다. '늘 함께하는 것…… 우리가 모든 걸 함께하는 게 저는 좋아요.'

"아이가 있나요, 올드혼 씨?"

"네, 제 아들은 거의 말에 앉을 수 있을 만큼 자랐어요."

"아, 맞아요, 두 분 모두 말을 잘 타시죠."

"아내 말이, 저희 아들 다리가 등자에 닿을 만큼 길어지면 곧 다시 아이들에게 관심을 가지게 될 거라더군요." 말을 하고 나자 스튜어트는 잘못 얘기했다는 생각이 들어 정정을 했다. "제 말은, 그러니까, 아내가 늘 애들한테 관심을 가지고 있긴 하지만, 아내 혼자서 아이를 돌봐야 하거나 저희 사이에 끼어들어서 방해하게 두진 않겠다는 뜻입니다. 저희는 늘 결혼이란 게 동료애를 기반으로 해야 한다고 믿거든요. 같은 흥미를 갖고 있어야 한다고…… 부인께서 음악적인 재능을 갖고 계셔서 남편분을 도와주시듯이 말입니다."

베티가 웃음을 터뜨렸다. "테디가 이 말을 들을 수 있으면 좋겠네요. 하지만 전 음표도 못 읽고, 노래를 제대로 부르지도 못해요."

"못 하신다고요?" 그가 당황한 표정을 지었다. "왠지 음악에 재능이 있을 것 같다고 생각했었는데."

"그런데 왜 남편이 저랑 결혼했는지 의아하시겠군요."

"그건 아닙니다. 그럴 수도 있죠 뭐."

몇 분이 지난 후, 그는 그녀에게 작별 인사를 건넸다. 그는 왠지 모르게 그녀가 좋았다. 그가 떠나자, 베티의 표정은 서서히 분노로 변해갔다. 그녀는 전화기로 향했고, 남편의 작업실에 전화를 걸었다.

"거기 있었군요, 테디. 내 말 잘 들어요. 당신 사촌 여동생이 당신이랑 같이 있다는 거 알아요. 그 여자랑 통화를 해야겠어요…… 거짓말 하지 말아요. 어서 그 여자 바꿔요. 그 여자 남편이 여기 왔었어요. 바꿔 주지 않으면, 심각한 문제가 생길 거니까 그렇게 알아요."

잘 알아들을 수 없는 얘기 소리가 그녀의 귀에 들려왔다. 그러고 나서 헬렌의 목소리가 수화기에서 흘러나왔다.

"여보세요."

"안녕하세요, 올드혼 부인. 남편분이 여기 왔었어요. 부인과 테디를 찾으려요. 전 그분에게 당신들이 어떤 연극을 보러 갔는지 모른다고 했어요. 그러니 어떤 연극이었는지 생각해 두시는 게 좋을 것 같네요. 그리고 남편분에게 말씀드렸어요. 테디가 당신을 극장에서 출발하는 기차 시간에 맞춰서 배웅해 주고 올 거라고요."

"아, 정말 감사해요. 우리는……"

"자, 당신은 당신 남편을 만나요. 그러지 않으면 당신에게 문제가 생길 겁니다. 저는 남자들에 대해 이러쿵저러쿵 말하고 싶지 않아요…… 그리고 잠깐만요. 테디에게 전하세요. 만약 늦게 올 거면, 조시가 깊이 잠들지 못하니 집에 와도 피아노를 건들지 말라고요."

베티는 11시에 테디가 집으로 들어오는 소리를 들었다. 그녀는 캐모마일 김을 쏘이며 거실로 나왔다. 그는 그녀에게 무심히 인사를 건넸다. 그의 얼굴에는 고통스러운 표정이 드리워져 있었고, 반짝이는 두 눈은 먼 곳을 바라보고 있었다.

"당신은 자신을 위대한 음악가라고 부르죠, 테디 반 벡 씨," 하고 그녀가 말했다. "하지만 나한테 당신은 여자들에게 훨씬 관심이 많은 것처럼 보여요."

"날 그냥 내버려 둬, 베티."

"내버려 둘 거예요. 하지만 남편들이 여기로 오기 시작한다면, 그건 다른 문제죠."

"이번 일은 여느 때랑은 달랐어, 베티. 이 일은 아주 예전까지 거슬러 올라가야 해."

"나한텐 예전이 아니라 지금 당장인 것 같은데요."

"헬렌이 잘못했다는 생각은 하지 마," 하고 그가 말했다. "착한 여자야."

"당신 잘못도 전혀 아니죠."

그는 지친 듯 두 손을 머리칼 속에 파묻었다. "난 그 앨 잊으려고 애썼어. 6년 동안이나 피해 다녔어. 그러다 한 달 전에 그 앨 만났을 때, 모든 상념이 한꺼번에 밀려들더군. 생각해 봐, 이해하려고 좀 해 봐, 베티. 당신은 내 가장 친한 친구잖아. 날 항상 사랑해 준 유일한 사람이잖아."

"내가 당신을 사랑할 때는 당신이 좋은 사람일 때죠," 하고 그녀가 말했다.

"걱정 마, 다 끝났어. 그 앤 제 남편을 사랑해. 그 애가 나랑 뉴욕에 간 건 단지, 남편한테 조금 안 좋은 마음이 들었기 때문이었어. 그 앤 늘 그랬듯이 내게 일정한 거리를 두고 있어. 그리고…… 어쨌든, 이제 더 이상 그 앨 만나지 않을 거야. 그만 가서 자, 베티. 난 잠깐 연주를 하고 싶어."

그가 자리에서 일어나자 그녀가 그를 불러 세웠다.

"오늘 밤엔 피아노 치지 말아요."

"아, 조시를 깜빡했네," 하고 그가 뉘우치듯 말했다. "그럼, 맥주 한 잔만 하고 자러 갈게."

그가 그녀에게로 가까이 다가가 팔을 둘렀다.

"사랑하는 베티, 당신이랑 날 방해할 수 있는 건 없어."

"당신은 나쁜 남자예요, 테디," 하고 그녀가 말했다. "난 그렇게 당신한테 나쁘게 굴지는 않을 거예요."

"그걸 어떻게 장담하지, 베티? 사람 일은 모르는 거 아닌가?"

그는 그녀의 특별할 것 없는 갈색 머리칼을 부드럽게 쓰다듬었다. 자신에게 뻗어 있는 어두운 세상의 마법을 그녀는 전혀 모른다는 것을, 그녀 없이는 자신이 여섯 시간도 견뎌 낼 수 없다는 것을, 그는 이미 수천 번이나 되뇌었던 그 생각을 다시 떠올리고 있었다. "사랑하는 베티," 하고 그가 속삭였다. "사랑하는 베티."

3

올드혼 부부는 열심히 돌아다니는 중이었다. 지난 4년, 스튜어트가 거스 마이어스에게 붙들려 있다 마침내 풀려난 이후로 그들은 천하의 방랑객이 되었다. 아이들은 겨울이면 반 벡 할머니를 방문했고, 뉴욕에 있는 학교에 다녔다. 스튜어트와 헬렌은 애슈빌, 에이컨, 팜비치에 있는 친구들을 찾아갔고, 여름이면 늘 아는 누군가가 소유한 롱아일랜드의 토지에 딸린 조그만 집에서 살았다.

"친구, 그냥 비어 있어서 내주는 것뿐이야. 세 같은 건 꿈도 꾸지 않는다고. 그대들이 살아 주면, 그게 우리한테 호의를 베푸는 거야."

대개는 이런 식이었다. 그들은 성공적인 손님이 되어 주는 무한한 의지와 열정을 그들 자신에게 그런 식으로 쏟아부었다. 어느새 그것은 그들의 직업이 되어 버렸다. 유럽에서 일어난 전쟁으로 점점 부유해지는 세계를 돌아다니던 스튜어트는 어딘가에서 길을 잃었다. 전국 아마추어 골프 경기에서 두 번쯤 뛰어난 실력을 보인 그는 자신의 아버지가 설립을 도왔던 클럽에서 프로가 되어 일을 맡게 됐을 때는, 제대로 쉬지도 못했고 행복하지도 않았다.

주말에는 스튜어트의 동창을 방문할 예정이었다. 혼합 포섬*에 져서 저녁을 사기로 한 올드혼 부부는 여러 달 동안 쌓인 불만을 고스란히 안은 채 만찬용 옷을 갈아입으러 위층으로 올라갔다. 그날 오후, 스튜어트는 안주인들과, 헬렌은 다른 남자들과 한 팀이 되어 경기를 했었다. 스튜어트가 늘 우려하는 상황이었다. 어쩔 수 없이 헬렌과 경쟁을 해야 했기 때문이었다. 실제로 그는 18번 홀에서 일부러 퍼트를 놓치려고 했다. 그런데 그게 실수였다. 공이 홀컵으로 들어가 버린 거였다. 헬렌은 패자가 흔히 취하는 태도를 보이긴 했지만, 오후 내내 파트너를 향해 한껏 신경이 곤두서 있었다.

방으로 들어갔을 때까지 그들의 표정은 여전히 즐거움으로 위장돼 있었다.

문이 닫히자 헬렌의 얼굴에서 즐거운 표정이 서서히 사라지고 마치 자신만이 유일하게 상대할 만한 괜찮은 사람이라는 듯 화장대를 향해 걸음을 옮겼다. 그녀를 지켜보는 스튜어트의 얼굴에 주름이 가득 잡혀 있었다.

"당신이 왜 찜찜한 기분인지 알아," 하고 그가 말했다. "당신은 당신 자신을 알까 모르겠지만."

"난 전혀 찜찜한 기분 아닌데요," 하고 헬렌이 매몰차게 말했다.

"속일 거 없어. 내가 진짜 이유를 아니까…… 당신은 모르는 이유. 말해 줘? 오후 경기에서 내가 퍼팅한 공이 홀컵에 들어갔기 때문이잖아."

그녀는 의아한 표정을 지으며 거울에서 천천히 고개를 돌렸다.

---

* 골프에서 남녀 한 명씩을 한 조로 해 두 개 조 네 명이 하는 경기.

"아, 그래서 제가 또 새로운 잘못을 저질렀군요! 졸지에 패배도 깨끗이 인정하지 못하는 못난 인간이 돼 버렸네요!"

"패배를 인정하지 않는 건 당신답지 않아," 하고 그가 동의를 구하듯 말했다. "그런 게 아니라면, 다른 남자들한테 괜히 관심 갖는 척하지도 않았을 거고, 나를 무슨 비열한 남자 보듯 하진 않았을 거야…… 안 그래?"

"도대체 무슨 말인지 모르겠네요."

"난 알지." 그가 아는 건 그것 말고도 또 있었다. 그들의 인생에 늘 어떤 남자가 있다는 것을. 권력과 돈이 있는 어떤 남자, 헬렌에게 잘 보이려 했던 남자, 자신이 헬렌에게 주지 못한 뭔가 견고한 느낌을 주었던 남자. 그는 그 남자에게 특별히 질투를 느낄 이유는 없었지만, 자꾸만 일어나는 압박감에 짜증이 솟는 건 사실이었다. 아주 사소한 불만이었지만 그건 그를 짜증 나게 했고, 헬렌은 그 사람이 더 이상 자신의 삶에 남아 있지 않다는 걸 행동으로 상기시켜 주어야 했다.

"앤이 이겨서 흡족해한다면, 그게 더 나은 거죠," 하고 헬렌이 불쑥 말했다.

"그건 좀 옹졸하지 않아? 그 여자는 당신이랑 급이 달라. 보스턴행 삼등칸에도 탈 수가 없다고."

자신이 잘못 생각했다는 걸 느낀 그녀는 말투를 바꾸었다.

"아, 그건 아니죠," 하고 그녀가 거칠게 뱉어 냈다. "내가 바란 건 그냥, 당신이랑 내가 예전처럼 함께 경기할 수 있었으면 하는 거였어요. 그런데 지금은 어때요? 당신은 실력이 떨어지는 사람들이랑 경기를 해야 하고, 그 사람들의 끔찍한 타구에 일일이 맞춰 줘야 하고, 특히……," 하고 그녀는 잠깐 멈추었다가 말을 이었다. "당신이 쓸데없이 정중하게 굴 땐 참을 수가 없어요."

그녀의 목소리에 담긴 흐릿한 경멸이 그의 귀에 또렷이 들렸고, 점점 커져만 가는 무관심을 뒤덮고 있던 질투가 그의 눈에 확연히 보였다. 만약 그가 다른 여자와 춤이라도 춘다면 헬렌의 상처 입은 두 눈은 그의 뒤통수에서 떨어지지 않았을 것이다. 실제로 언젠가 그런 일이 있기도 했었다.

"내 관심은 오직 일뿐이야," 하고 그가 말했다. "여름 내내 레슨을 해서 한 달에 300달러를 벌었어. 다음 주에 보스턴으로 당신 경기를 보러 가려면 부지런히 다른 여자들을 가르쳐 줘야지."

"당신은 제가 우승하는 걸 보게 될 거예요," 헬렌이 단언하듯 말했다. "안 그래요?"

"물론이지, 다른 건 아무것도 원하지 않아," 스튜어트의 입에서 절로 그런 말이 흘러나왔다. 하지만 그녀의 목소리에 담긴 쓸데없는 반감이 자꾸만 마음에 걸렸던 그는 갑자기 그녀의 시합에 자신이 정말로 신경을 쓰고는 있는지 궁금했다.

바로 그 순간 헬렌의 기분이 바뀌었다. 그녀에게 잠깐이었지만 실제 상황이 눈앞에 떠올랐다. 그녀는 아마추어 토너먼트에서 경기를 하고 있었다. 스튜어트는 참가조차 할 수 없었다. 시상대에 올라 있는 새 우승컵들은 모두 그녀의 차지가 되었지만, 그는 돈을 벌기 위해서, 살아가는 의미라고 할 수 있는 맹렬한 경쟁을 포기해야만 했다.

"아, 정말 미안해요, 스튜어트!" 그녀의 두 눈에서 눈물이 흘러내렸다. "당신이 좋아하는 경기를 할 수 없다는 건 정말 안타까운 일이에요. 저는 할 수가 있는데 말예요. 아무래도 올여름엔 경기에 나가지 말까 봐요."

"말도 안 되는 소리," 하고 그가 말했다. "당신이 그냥 집에 앉아서 손을 놀리고 있어선 안 돼."

그녀는 이 말을 고스란히 받아들였다. "그래요, 당신은 제가 그러길 원치 않죠. 전 운동을 잘할 수밖에 없어요. 제가 알아야 할 거의 모든 걸 당신이 가르쳐 줬으니까요. 하지만 제가 당신을 도울 수 있었으면 좋겠어요."

"내가 당신에게 가장 좋은 친구라는 사실을 잊지 말도록 해. 때로 당신은 우리가 경쟁자인 것처럼 행동하잖아."

그녀는 그의 말이 전혀 틀리지 않다는 것에, 패배를 조금도 인정하지 않으려는 자신에게 화가 나서 얼른 대답을 하지 못했다. 하지만 지나간 일들이 파도처럼 밀려와 그녀를 덮쳤고, 그녀는 그가 생계를 꾸려 나가기 위해 얼마나 용감하고 부지런히 살아가고 있는지를 생각했다. 그녀는 그에게로 다가가 그를 가만히 안았다.

"사랑하는 당신, 내 사랑, 모든 게 좋아질 거예요. 곧 알게 될 거예요."

헬렌은 일주일 뒤 보스턴에서 열린 토너먼트에서 우승을 했다. 사람들과 함께 경기장을 돌았던 스튜어트는 그녀가 매우 자랑스러웠다. 그는 그녀가 자만하지 않기를, 그녀의 성취감이 둘 사이를 더 편안하게 만들어 주기를 바랐다. 그는 둘 사이에 똑같은 목표를 두고, 똑같은 상을 갈망하면서 경쟁의식이 점점 커져 간다는 사실이 싫었다.

그는 클럽 하우스 안에서 그녀의 위상이 높아지는 것을 지켜보면서 한편으론 놀라기도 하고, 사람들이 그녀에게 잘 보이려고 할 때는 살짝 질투가 나기도 했다. 그가 가장 최근에 클럽에 들어갔을 때, 고객 담당자가 그에게 다가와 "프로들은 아래쪽 그릴에 준비가 돼 있습니다," 하고 말했다.

"괜찮아요. 나, 올드혼입니다. 헬렌의 남편."

그가 지나쳐 가려 하자 남자가 막아섰다.

"죄송합니다, 선생님. 올드혼 부인께서 시합을 하고 계셔서요. 제가 받은 지시는, 프로들을 아래쪽 그릴로 안내하라는 거였습니다. 선생님은 프로시잖습니까."

"왜 이래요, 이봐요……," 하고 스튜어트가 화가 치밀어 말을 하려다가 우뚝 멈췄다. 한 무리의 사람들이 그의 말을 듣고 있었던 것이다. "알았어요. 알았다고요," 하고 그는 무뚝뚝하게 내뱉곤 돌아서서 걸음을 옮겼다.

그날의 일은 오래도록 그를 아프게 했다. 그것은 몇 주 뒤, 그로 하여금 중대한 결정을 내리도록 하는 데 결정적인 요인이 되었다. 꽤 오랫동안 그가 생각한 것은, 캐나다 공군에 지원해 프랑스에서 근무하는 것이었다. 그렇게 하더라도 헬렌과 아이들이 살아가는 데 실질적인 문제는 거의 없을 거라는 게 그의 생각이었다. 더구나 1915년의 상황이 가해 오는 불안감에 온통 짓눌려 있던 몇몇 친구들을 우연히 만나게 되면서 그의 결심은 황급히 실행에 옮겨졌다. 입대를 하고 프랑스 주둔군 지원 신청을 한 것이다. 그때에도 그는 헬렌에게 미칠 영향 같은 건 전혀 계산하지 않았다. 하지만 그녀가 보인 반응은 슬픔도 놀라움도 아니었다. 그녀는 마치 속임수에 놀아난 것 같은 기분에 휩싸였다.

"한마디라도 해 줬어야지, 대체 이게 무슨 일이에요!" 하고 그녀는 울부짖었다. "이렇게 속상하게 만드는 이유가 대체 뭐예요? 아무 말도 않고 이렇게 떠나려는 이유가 뭐냐고요?"

헬렌에게 그는 또다시, 저 홀로 빛을 발하는, 눈이 부셔 쳐다볼 수도 없는 독불장군이 되어 있었다. 그녀의 영혼은 그들이 처음 만났을 때 그랬듯 겁에 질려 옴짝하지 못했다. 그는 전사였다. 그에게 평화는 전쟁과 전쟁 사이에만 존재했다. 그리고 그 평화가 그를 부서뜨리고 있었다. 게임 중의 게임이, 최고의 게임이 그를 향해 유혹의 손짓을 보내고 있었다. 그녀가 할 수 있는 말은 아무것도 없었다. 삶에 대한 어떤 논리로도 지금 그들의 삶을 설명할 수는 없었다.

"지금 내가 해야 할 일은 이것뿐이야," 하고 그가 주저하지 않고 말했다. 흥분에 휩싸인 그의 모습은 팔팔한 청춘으로 돌아가 있었다. "이런 식으로 몇 년을 더 살면 몸도 마음도 허물어질 뿐이고, 술꾼밖에 될 게 없어. 난 당신의 존경을 잃었고, 그걸 다시 찾고 싶어. 멀리 떨어져 있더라도."

그녀는 새삼스레 그가 자랑스러웠다. 그녀는 그가 떠날 때가 임박했다는 것을 모든 사람들에게 알렸다. 그러던 9월의 어느 오후, 그녀는 뉴욕에 갔다가 집으로 돌아왔다. 그녀의 가슴은 예전의 동료애와 새로운 소식들로 가득 차 있었다. 하지만 그녀의 눈에 들어온 것은 침울하기 이를 데 없는 그의 모습이었다.

"스튜어트," 하고 그녀가 큰 소리로 불렀다. "제가요……," 하고 말하다 그녀는 더 이상 말을 잇지 못했다. "무슨 일이라도 있어요? 당신, 무슨 일 있는 거예요?"

그는 그녀를 멍하니 바라보았다. "거부당했어," 하고 그가 말했다.

"무슨 얘기예요?"

"왼쪽 눈," 하고 그가 씁쓸하게 웃었다. "실력이 엉망이었던 그 자식이 2번 우드로 날 쳤던 거기 말이야. 그래서 거의 보이지 않게 된."

"방법이 전혀 없는 거예요?"

"아무것도."

"스튜어트!" 그녀는 그저 놀란 눈으로 그를 바라볼 뿐이었다. "스튜어트, 당신한테 해 줄 말이 있었는데! 놀라게 하려고 참고 있었는데…… 엘사 프렌티스가 프랑스에서 근무하는 적십자사 소속 조직을 만들었는데, 제가 거기서 일을 하게 됐어요. 함께 갈 수 있게 돼서 정말 잘됐다 했었는데. 유니폼도 맞추고, 다른 옷들도 좀 샀는데. 다음 주에 출항하기로 돼 있는데……"

4

헬렌은 잠수함의 공격에 대비해 불을 켜지 않은 어두운 단정短艇 갑판* 위 여러 개의 흐릿한 형체들 사이에 예의 흐릿한 형체로 섞여 있었다. 배가 어딘지 알 수 없는 미래를 향해 미끄러져 가고 있던 그때, 스튜어트는 57번가를 따라 동쪽으로 걷고 있었다. 단단히 묶여 있다 한꺼번에 풀려나 버린 비애들이 그의 몸에 실린 채 마치 적응이라도 된 듯 천천히 움직이고 있었다. 여기에 균형을 맞추기라도 하듯 그의 마음에 낯선 가벼움이 일었다. 12년 만에 처음으로 혼자가 된 그는 그런 감정이 영원할 것 같은 느낌이 들었다. 헬렌을 생각하다가 유럽에서 치르는 전쟁에까지 생각이 미친 그는 그녀가 겪게 될 일들을 직감할 수 있었다. 그러자 함께 새로이 그릴 수 있는 그림이 떠오르지 않았

---

* 구명보트가 설치되어 있는 갑판.

다. 버려진 기분이 들었다. 그녀는 결국 더욱 강인한 사람임을 스스로 입증했다. 자신의 결혼이 이런 식의 결말에 다다라야 한다는 사실이 몹시도 이상하고 슬펐다.

그는 카네기홀로 걸음을 옮겼다. 연주회가 끝난 카네기홀은 어둠에 싸여 있었다. 그의 시선이 게시판에 커다랗게 쓰여 있는 시어도어 반 벡이라는 이름에 머물렀다. 그 이름을 묵묵히 바라보고 있을 때, 건물 옆쪽 초록색 문이 열렸고 이브닝드레스를 입은 한 무리의 사람들이 쏟아져 나왔다. 스튜어트와 테디는 얼굴을 맞대고 나서야 서로를 알아보았다.

"이런, 누구신가 했네요, 안녕하세요!" 하고 테디가 큰 소리로 말했다. 그의 목소리에 진심이 묻어났다. "헬렌은 출발했죠?"

"네, 방금요."

"어제 우연히 길에서 만났는데 얘길 해 주더군요. 두 사람이 함께 연주회에 와 줬으면 했는데. 어쨌거나, 그렇게 떠나는 걸 보면, 헬렌이 여장부는 여장부…… 아, 저희 아내는 만난 적 있던가요?"

스튜어트와 베티가 서로에게 미소를 지어 보였다.

"만난 적 있습니다."

"난 왜 몰랐지?" 하고 테디가 항변하듯 말했다. "여자들은 항상 감시를 해야 돼요. 언제 외간 남자를 만날지 모르니…… 스튜어트, 사람들 몇이랑 집에 가기로 했는데, 같이 가죠. 무거운 음악 같은 건 없어요. 그냥 식사나 하고 사교계에 첫발을 들인 아가씨들이랑 얘기나 하는 자립니다. 제 연주가 아주 좋았다, 뭐 그런 얘기 말이죠. 기분 전환도 할 겸, 보아하니 헬렌 생각에 어쩔 줄 몰라 하고 있는 것 같은데."

"전 가지 않는 게……"

"그냥 같이 가요. 사람들도 당신을 좋아할 겁니다."

말로만 하는 게 아니란 것을 느낀 스튜어트는 그의 초대에 응했다. 그로서는 거의 가 본 적이 없던 모임이었다. 그는 이미 알고 있던 사람들이 아주 많다는 데 놀랐다. 테디는 곧 고집스럽고 냉소적인 태도를 보이며 사람들의 이목을 집중시켰다. 테디가 자신이 가장 좋아하는 얘깃거리들 중 하나를 캐시어스 루스번 부인에게 늘어놓기 시작했을 때 스튜어트는 유심히 귀를 기울였다.

"사람들은 결혼을 서로 협력해서 끌고 나가려 하는데, 그런 결혼은 경쟁을 하게 되면 끝나 버리지. 도저히 견딜 수 없는 상황이 돼 버린다고. 똑똑한 남자들은 겉만 번드르르한 여자들의 내숭과 싸울 수밖에 없어요. 모름지기 남자는 고마워할 줄 아는 여자와 결혼을 해야 한다고. 여기, 우리 베티 같은 여자 말이야."

"자, 이제 그만하시죠, 시어도어 반 백 씨," 하고 베티가 나섰다. "당신은 참 괜찮은 음악가시니까, 경솔한 말보다는 음악으로 당신을 표현하는 게 낫지 않을까요?"

"전, 댁의 남편 말씀에 동의하지 않아요," 하고 루스번 부인이 말했다. "영국 여자들은 남자들과 사냥도 같이 하고, 남자들과 전혀 다를 바 없이 동등하게 정치 행위를 하고 있어요. 그게 바로 협력을 이끌어 내는 거죠."

"그렇지 않아," 하고 테디가 반박했다. "그게 바로 영국 사회가 세계에서 가장 비효율적인 이유지. 베티와 내가 행복한 건, 우리 둘 사이에 공통된 자질이 단 하나도 없기 때문이야."

테디가 누리는 윤택함이 스튜어트에겐 거슬렸다. 테디에게서 흘러나온 성공도 스튜어트의 마음을 흔들어 새삼스레 자신의 실패한 삶을 돌아보게 만들었다. 그는 자신의 인생이 실패로 귀결되지 않을 거라는 확신이 서질 않았다. 3년쯤 뒤 자신의 참전 용사 묘지석에 멋진 무용담이 새겨지리라는 어떤 보장도 할 수 없었다. 스포츠에서든 위험이 도사린 상황에서든 몸을 사리지 않았던, 늘 쉬지 않고 움직였던 자신의 육체가 최후의 자랑스러운 질주를 가능하게 해 줄 것인지도 자신할 수 없었다.

"프랑스 파병은 거부됐습니다," 하고 그는 루스번 부인에게 말했다. "그래서 A비행중대에 계속 남아 있어야만 합니다. 운이 좋아 참전하게 되지 않는 이상은요."

"그래서 헬렌이 혼자만 떠났군요," 하고 루스번 부인이 뭔가를 떠올리는 듯한 표정으로 그를 바라보았다. "두 사람 결혼식은 절대 잊지 못할 거예요. 참으로 잘생긴 한 쌍이었는데. 서로에게 참 잘 맞아 보였어요. 모두가 그렇게 말했죠."

스튜어트도 그때를 되돌아보았다. 하지만 잠깐 돌아보았을 때의 즐거움 외엔 아무것도 느껴지지 않았다.

"그랬었죠," 하고 말하고는 그는 생각에 잠겨 고개를 끄덕였다. "잘생긴 한 쌍이었죠."

「참 잘생긴 한 쌍!」(《새터데이 이브닝 포스트》 1932년 8월 27일 자 발표)은 「두 가지 과오」와 마찬가지로 피츠제럴드와 그의 아내 사이에, 특히 그녀가 발레리나와 화가와 작가로서의 삶을 추구하던 때에 빚어진 두 사람의 갈등에 대한 감정들이 녹아 있는 단편소설이다. 젤다 피츠제럴드의 유일한 소설 『날 위해 왈츠를 남겨 주오*Save me the waltz*』(1932)가 발표되면서 일어난 서로에 대한 반목이 이 작품을 쓰게 된 직접적인 동기라 할 수 있다. 《새터데이 이브닝 포스트》는 이 작품을 실으면서 불만이 많았는데, 그 결과 피츠제럴드 작품으로는 이례적으로 판매가가 2,500달러로 깎였다.

미친 일요일

Crazy Sunday

1

그날은 일요일이었다. 하지만 그건 그냥 하루가 아닌, 두 날들 사이에 존재하는 일종의 공백이었다. 무대장치와 연속 촬영분들을 정리하고, 마이크가 흔들거리는 크레인 아래서 오랫동안 기다리고, 카운티하나를 가로지르며 하루에 수백 킬로미터씩 이리저리 돌아다니고, 회의실에서 머리 잘 돌아가는 경쟁자들과 씨름을 하고, 끝도 없이 타협을 하고, 온갖 종류의 인간들과 맞부딪치며 열받고 긴장하는— 그 모든 일들로부터 벗어나는 날이었다. 개개인의 삶이 다시 시작되는, 전날 오후까지의 단색 눈빛이 다채로운 빛으로 바뀌는 날이 바로 일요일이었다. 사람들은 시간이 흐를수록 마치 장난감 가게의 '퍼펜핀'*처럼 서서히 깨어났다. 길모퉁이에서 진한 대화를 나누기도 하고, 연회장에서 연인들이 목을 끌어안은 채 사라지기도 했으며, 어디선가 "더 늦지 않게 서둘러들. 저 축복받은 마흔 시간의 유유자적이 끝나기 전에 제발 부지런히들 즐기라고," 하는 말이 들리는 것 같았다.

조엘 콜스는 영화 작가였다. 스물여덟 살의 그는 아직 할리우드가 망가뜨리지 못한 청년이었다. 여섯 달 전에 입성한 그는 자신에게 맡겨진 할당분에 대해 깊이 생각한 뒤 단일한 장면들과 연속 촬영분들을 열정적으로 써서 제출하고 있었다. 그는 돈벌이를 위해 죽어라 뛰는 거라고 겸손하게 말은 했지만, 실제로 그렇게 생각하진 않았다. 그의 어머니는 성공한 배우였다. 런던과 뉴욕에서 어린 시절을 보낸 조엘은 현실적인 것과 비현실적인 것을 명확히 구분하려고 애쓰며, 적어도 둘 중 하나를 먼저 예측하려 애쓰며 살아왔다. 그는 잘생긴 외모에 옅은 갈색 눈을 가지고 있었는데, 1913년 브로드웨이 관객들을 응시하던 어머니의 바로 그 눈이었다.

초대장이 그에게 전해졌을 때, 그는 뭔가 잘되어 가고 있다는 확신이 들었다. 일요일이면 보통 그는 외출을 하지 않고 술도 입에 대지 않은 채 집에 틀어박혀 일에 몰두했다. 제작사는 최근 아주 중요한 여배우를 염두에 두고 유진 오닐의 희곡을 그에게 건네주었었다. 이제껏 그가 해 온 일 모두가 마일스 캘먼의 마음에 들었다. 캘먼은 돈을 대는 제작자에게만 책임을 질 뿐, 누구의 지시도 따르지 않는, 제멋대로 사는 유일한 감독이었다. 그런 감독으로부터 초대를 받은 건, 조엘이 잘 풀려 가고 있다는 걸 여실히 드러내는 일이었다. "캘먼 감독님 비서입

* Puppenfeen. 독일의 발레극 제목이자, 극에 나오는 인형.

니다. 일요일 4시에서 6시까지 다과회가 있는데 오시겠습니까? 감독
님이 사시는 곳은 베벌리힐스……"

조엘은 잔뜩 고무돼 있었다. 필시 최상류층 사람들이 모이는 파티일
터였다. 그건 장래가 보장된 젊은 남자에게 바치는 일종의 헌사였다.
매리언 데이비스와 그녀의 일당들, 높다란 모자를 쓴 거만한 족속들,
주머니 빵빵한 부자들, 어쩌면 아무 데서나 볼 수 없는 마를레네 디트
리히와 그레타 가르보 같은 당대 최고의 여배우들 그리고 후작 부인
들까지 캘먼의 집에서 만날 수 있을지도 몰랐다.

"술은 한 방울도 마시지 않을 거야," 하고 그는 다짐했다. 술주정뱅
이를 대놓고 싫어하는 캘먼은 그런 사람들에게 영화 산업이 끌려가고
있다는 사실을 안타까워했다.

작가들이 술을 너무 많이 마신다는 건 조엘도 동의하는 사실이었다.
그 역시 그런 편이었지만 그날 오후엔 그러지 않을 것이었다. 그는 누
군가 칵테일을 권할 때 "아, 괜찮습니다," 하고 짧고 겸손하게 말하는
자신의 소리가 나는 곳에 마일스가 있어 주기를 바랐다.

마일스 캘먼의 집은 보는 순간 감탄이 절로 나올 외양이었다. 마치
멀리 펼쳐진 고요한 풍경 속에 관객이 숨어서 귀를 기울이고 있는 듯
했다. 그런 고적한 외양과는 달리 그날 오후의 저택은 초대를 받고 찾
아왔다기보다는 마치 강요를 받아 찾아온 것이라는 생각이 들 정도로
많은 사람들로 북적였다. 조엘은 그 많은 사람들 속에 자신 말고 스튜
디오의 작가가 단둘밖에 없다는 사실에 뿌듯함을 느꼈는데, 한 사람
은 영국인 귀족이었고, 다른 한 사람은 놀랍게도 냇 키오였다. 그는 캘
먼으로 하여금 술주정뱅이에 대해 불쾌한 심사를 드러내게 만든 장본
인이었다.

스텔라 캘먼―물론, 스텔라 워커라고 다들 알고 있었다―은 조엘과 얘기를 나눈 뒤로는 아예 다른 손님에게는 가질 않았다. 그녀는 계속 그의 곁에 머물며 누구나 알아볼 수 있을 만큼 아름다운 표정으로 그를 바라보았는데, 조엘은 어머니로부터 물려받은 드라마틱한 붙임성을 영민하게 발휘했다.

"어머나, 열여섯 살쯤 됐나 했어요! 학생용 자전거는 어디다 뒀어요?"

그녀의 얼굴엔 만족스러운 표정이 그득했다. 그녀는 그를 떠나지 않았다. 그는 뭔가 더 많은, 더 자신 있고 알기 쉬운 얘기들을 해야 할 것 같았다. 그가 그녀를 처음 만났던 건 그녀가 뉴욕에서 근근이 살아가고 있을 때였다. 그때 누군가 술잔이 올려진 쟁반을 내밀었고 스텔라가 그의 손에 칵테일 한 잔을 쥐여 주었다.

"모두들 겁먹고 있는 거 같아요. 제가 잘못 봤나요?" 하고 그가 멍하니 잔을 바라보며 말했다. "사람은 모두들 누가 큰 실수를 저지르는지 살피거나, 믿을 만한 사람들과 함께 있다는 믿음을 갖고 싶어 하죠. 물론 부인의 집에서야 그렇지 않지만요," 하고 그는 재빨리 말을 바꾸었다. "할리우드가 일반적으로 그렇더라는 뜻입니다."

스텔라도 그의 말에 동의를 했다. 그녀는 마치 그가 아주 중요한 사람이라도 된다는 듯 여러 사람들에게 인사를 시켰다. 마일스가 파티장 반대편에 있는 걸 확인한 조엘은 칵테일을 입으로 가져갔다.

"그래서 아이를 낳으셨어요?" 하고 그가 물었다. "조심하셔야 할 때죠. 예쁜 여자분은 첫아이를 출산한 뒤에 아주 힘들어지잖아요. 자신이 여전히 매력적인지 확인하고 싶어지니까요. 매력을 잃지 않았다는 걸 스스로 확인하기 위해선 새로운 남자의 조건 없는 헌신이 필요한 거죠."

"조건 없는 헌신 같은 건 누구한테서도 받아 본 적이 없어요," 하고 스텔라가 좀 화난 표정으로 말했다.

"부인의 남편을 생각하면 누구도 감히 그러질 못하죠."

"그렇다고 생각해요?" 하고 그녀가 못마땅한 듯 인상을 찡그렸다. 그때 대화가 중단되었는데, 조엘이 바라던 바로 그 순간이었다.

그녀가 보인 관심이 그에게 자신감을 주었다. 괜히 마음 편한 무리에 끼어들 필요도 없었고, 파티장 주위에서 본 아는 사람들의 날개 밑으로 들어가 피신할 필요도 없었다. 그는 창가로 다가가 나른하게 떨어지는 황혼 아래 푸른빛을 잃어 가는 태평양을 바라보았다. 멋진 곳이었다. 기약 없이 즐길 수만 있다면 미국의 리비에라라 해도 손색이 없었다. 파티장에는 잘생긴 남자들, 잘 차려입은 사람들, 아름다운 여자들이…… 사랑스러운 여자들이 가득했다. 너무 많은 걸 바라면 탈이 나는 법.

그는 신선한 사내아이 같은 얼굴을 한 스텔라를 바라보았다. 그녀는 늘 지친 듯 눈꺼풀이 한쪽으로 처진 채로 손님들 사이를 오갔다. 그는 마치 그녀가 이름도 모르는 어느 아가씨인 듯 그녀와 나란히 앉아 오래도록 얘기를 나누고 싶었다. 그녀가 자신에게 보여 준 관심을 다른 사람들에게도 보이는지 확인하려고 그는 그녀의 뒤를 쫓았다. 그는 새로운 칵테일 잔을 집어 들었다. 자신감이 필요해서가 아니었다. 오히려 그녀가 너무 많은 자신감을 주었기 때문이었다. 그러다 그는 감독의 모친 곁에 앉게 되었다.

"아드님께선 전설이 됐습니다, 캘먼 부인…… 신탁과 운명의 인간, 그런 존재 말입니다. 개인적으론 반감도 있지만, 그래 봐야 저 같은 사람들은 극소수에 불과하죠. 아드님에 대해선 어떻게 생각하시는지요? 흡족하신가요? 여기까지 달려온 게 놀라우신가요?"

"아뇨, 그리 놀랍진 않아요," 하고 그녀가 차분히 말했다. "우린 늘 마일스한테 아주 많은 걸 기대했거든요."

"그러셨군요. 흔한 일은 아닌 것 같습니다," 하고 조엘이 받았다. "전 늘 세상의 어머니들은 모두가 나폴레옹의 어머니 같다고 생각했거든요. 저희 어머닌 제가 연예계에서 일하는 걸 탐탁잖게 생각하셨어요. 육군 사관학교에 들어가서 안정되게 살기를 바라셨죠."

"우린 늘 마일스에게 완전한 믿음을 줬어요."

그는 유머가 넘치고 술고래에 몸값도 엄청 높은 냇 키오와 함께 식당에 딸린 바에 서 있었다.

"······한 해 동안 10만 달러를 벌어서 노름으로 4만 달러를 날렸어. 그래서 지금은 매니저를 하나 두었다네."

"에이전트 말씀이시군요," 하고 조엘이 말했다.

"아니, 에이전트는 따로 있고, 관리하는 매니저. 번 걸 몽땅 마누라한테 넘기면 그 친구랑 마누라가 합의해서 나한테 얼마씩 주고 있지. 그러느라고 1년에 그 친구한테 나가는 돈이 5,000달러야."

"에이전트 맞네요."

"무슨 소리, 매니저라니까. 매니저는 나만 쓰고 있는 게 아니야······ 자기 관리 안 되는 많은 인간들이 쓰고 있지."

"그럼, 선생님께선 자기 관리가 되지 않으셔서 매니저를 쓰신다는 건데, 매니저를 쓰면 관리가 충분히 되는 건가요?"

"내가 관리가 안 되는 건 노름뿐이야. 보라고······"

가수의 노랫소리가 들려오고 있었다. 조엘과 냇은 노래를 들으려고 사람들과 함께 앞쪽으로 걸음을 옮겼다.

2

노랫소리가 가만히 조엘의 귓속으로 밀려들었다. 행복감에 젖어 있던 그는 거기에 모인 사람들 모두, 무지와 무책임한 삶에 관한 한 그들을 능가하는 부르주아들보다 월등히 용기 있고 성실한 사람들, 이 나라에서 지난 10년 동안 오직 연예인이 되기만을 갈망하며 가장 높은 자리에 오른 사람들이 자신의 편처럼 느껴졌다. 그는 그들이 좋았다. 그들을 사랑했다. 따사로운 느낌이 거대한 파도가 되어 그를 덮쳤다.

가수가 노래를 마치고 안주인에게로 다가가 작별 인사를 하고 있을 때, 조엘에게 아이디어 하나가 떠올랐다. 사람들에게 '끌어 올리기 Building It Up'라는 자신의 작품을 보여 주려는 생각이었다. 그저 숨은 재주에 불과했지만, 이런저런 파티에서 사람들을 즐겁게 해 준 적이 있는 데다 특히 스텔라 워커를 즐겁게 해 줄 수 있을 것 같았다. 자기 흥에 겨워 한껏 달아오른 그는 그녀를 찾아갔다.

"얼마든지요," 하고 그녀가 큰 소리로 말했다. "그렇게 해 줘요! 뭐 필요한 건 없나요?"

"제 말을 받아 적는 역할을 할 사람이 있으면 좋겠습니다만."

"그건 제가 할게요."

홀에 있던 손님들 사이로 얘기가 퍼져 나가자 가려고 코트를 입고 있던 사람들도 되돌아왔다. 덕분에 조엘은 수많은 낯선 눈빛과 마주해야 했다. 방금 공연을 끝낸 사람이 유명한 라디오 진행자라는 걸 알게 된 그는 왠지 불길한 예감이 들었다. 그때 누군가 "쉿!" 하는 소리를 냈고, 스텔라와 그는 심각한 표정의 인디언들 마냥 반원을 이룬 사람들 한가운데에 단둘만 서 있었다. 스텔라가 미소를 띤 채 기대에 찬 얼굴로 그를 올려다보았고, 그는 대사를 읊조리기 시작했다.

그의 풍자극은 독립 프로덕션 제작자인 데이비드 실버스테인의 문화적 한계에 바탕을 두고 있었다. 실버스테인이 자신이 구입한 시나리오를 어떻게 고칠지 개략적으로 설명하는 편지를 비서에게 받아쓰도록 하는 장면이었다.

"……이혼에 관한, 젊은 제너레이터*와 프랑스 외인부대 얘긴데," 하고 그는 실버스테인의 억양을 흉내 내며 말했다. "우리가 이걸 좀 끌어 올려야 해. 알겠지?"

제대로 할 수 없을 것 같다는 불안감이 고통이 되어 날카롭게 엄습했다. 은은한 불빛을 받으며 그를 둘러싼 얼굴들은 집요하면서도 호기심 가득한 표정을 했지만, 어디에도 미소 한 자락 보이지 않았다. 바로 코앞에는 '대단한 영화 애호가' 한 사람이 얼굴에 틀어박힌 날카로운 눈으로 그를 쏘아보고 있었다. 오직 스텔라 워커만이 밝은 미소를 조금도 잃지 않은 채 그를 올려다보고 있을 뿐이었다.

"우리가 만약 남자 주인공을 멘주** 스타일로 만들면, 호놀룰루 분위기만큼은 마이클 알렌*** 같은 인물이 하나 생길 텐데 말이야."

여전히 앞쪽에선 미동도 일어나지 않았지만 뒷줄에선 어느새 부스

---

* generation(세대)이라고 해야 할 것을 generator(발전기)라고 잘못 말한 것인데, 실버스테인의 무식함을 풍자하고 있다.
** Adolphe Jean Menjou(1890~1963). 무성 영화와 유성 영화에서 모두 활약했던 미국 배우.
*** Michael Arlen(1895~1956). 아르메니아 태생의 영국 에세이 작가, 소설가, 시나리오 작가. 영국에서 살며 집필하던 1920년대에 가장 큰 성공을 거두었다.

럭거리는 소리가 들리면서 왼쪽에 있는 문으로 이동하는 사람들이 보였다.

"……그때 여자 주인공이 그 사람한테서 성격 매력*을 느낀다고 말하고는, 완전히 지친 상태에서 '아, 나가 죽어' 하고 말하는데……"

어느 순간 냇 키오의 킬킬거리는 웃음소리가 들렸고, 여기저기서 용기를 북돋아 주는 얼굴들이 보였다. 하지만 즉흥 공연을 끝내고 난 그는 영화계의 주요 인사들 앞에서, 그들이 호의를 가진다면 자신의 미래가 달라질 수 있는 절호의 기회에 스스로를 바보로 만들어 버렸다는 쓰라린 자각을 했다.

사람들이 문으로 우르르 몰려가면서 깨져 버린 혼란스러운 침묵 속에 그는 한동안 우두커니 서 있었다. 그는 사람들의 잡담 속에 낮게 가라앉아 있는 조롱을 감지했다. 그런데 그때—그 모든 건 10초쯤 되는 짧은 순간에 일어났다—'대단한 영화 애호가'란 사람이, 바늘의 눈처럼 견고하고 텅 빈 눈을 한 채, 그가 느꼈던 많은 사람들의 기분을 고스란히 담은 목소리로 "우! 우!" 하고 큰 소리로 야유를 보냈다. 그것은 전문가가 아마추어를 향한, 공동체가 이방인에게 보내는, 말하자면 같은 종족이 엄지손가락을 거꾸로 내린 채 던지는 분노의 표현이었다.

스텔라 워커만이 여전히 그의 곁에 서서 마치 그가 전례 없는 성공을 거두기라도 했다는 듯 고마움을 표하고 있었다. 누구도 그의 풍자극을 좋아하지 않았다는 사실이 그녀에겐 전혀 느껴지지 않은 것 같았다. 코트를 입는 냇 키오를 도와주고 있을 때 자기모멸의 거대한 파

---

* 성적 매력을 뜻하는 sex appeal이라고 해야 할 것을 sex appil이라고 말함으로써, 역시 실버스테인의 무식함을 풍자했다.

도가 그를 덮쳤다. 열등감을 절대로 표출해서는 안 된다는 자신만의 철칙에 절망적으로 매달린 끝에야 그는 그 거대한 모멸감으로부터 빠져나올 수 있었다.

"엉망이 돼 버렸네요," 하고 그가 스텔라에게 툭 던졌다. "하지만 신경 쓰지 마세요. 고급한 관객에겐 괜찮은 공연이었다고 자부해요. 도와주셔서 고마웠습니다."

미소는 그녀의 얼굴에서 떠나지 않았다. 그는 꽤 술이 취해 고개를 숙이고는 냇 키오과 함께 문을 향해 걸음을 옮겼다.

아침 식사가 도착하면서 잠이 깬 그는, 완전히 부서져 버린, 폐허가 된 세계를 다시금 맛보았다. 어제까지 그는 하나의 산업에 불꽃처럼 맞서 있었지만, 오늘부터 그가 맞서야 하는 것은 자신에 대한 경멸과 뭇사람들의 냉소, 그런 감정이 담긴 얼굴들, 엄청나게 불리한 상황에 놓였다는 절망감이었다. 그보다 더 안 좋은 것은 마일스 캘먼에게 품위를 완전히 상실해 버린 여느 술주정뱅이 중 하나가 되었다는 사실이었다. 캘먼은 이제 자신을 억지로 고용한 것에도 후회할 터였다. 스텔라 워커에게도 마찬가지였다. 그는 그녀의 호의에 감사를 표하려다 그녀를 순교자로 만들어 버린 것이다. 그녀가 무슨 생각을 하고 있을지 그로선 짐작도 할 수 없었다. 위장 활동이 멈춘 것 같아 그는 삶은 달걀을 먹지도 못한 채 전화기가 놓인 테이블에 올려놓고는 편지를 썼다.

친애하는 마일스 씨께,

제가 얼마나 깊은 모멸감에 빠져 있는지를 짐작하실 겁니다. 제 자신을 과시하고 싶은 충동이 있었음을 고백합니다. 오후 6시, 날이 아직 훤

했던 시각에 말입니다! 어떻게 그런 일을 저질렀는지! 사모님께도 사과
의 말씀을 전합니다.

변함없는 마음을 전하며

조엘 콜스

조엘은 자신의 사무실에서 나와 마치 범죄자처럼 눈치를 살피며 슬
그머니 담배 가게로 걸어갔다. 그의 행동이 어찌나 의심스러웠던지
스튜디오 청원경찰이 그에게 출입증을 보여 달라고 요구할 정도였다.
그가 점심 식사를 하러 나가야겠다고 마음먹었을 때 냇 키오가 뭐가
그리 좋은지 만면에 웃음을 머금은 채로 그에게로 성큼성큼 다가와
뒤를 덮쳤다.

"영원히 이 바닥에서 뜨기라도 할 작정이야? 단추 세 개짜리 슈트
입은 그 양반이 야유한 게 뭐 그리 대수라고."

그렇게 말하곤 "자, 들어 봐," 하고 조엘을 스튜디오 식당으로 끌
며 말을 이었다. "그로먼*이 제 극장에서 특별 시사회를 하던 날 밤이
었는데, 조 스콰이어스가 관객들에게 인사를 하던 중에 그의 엉덩이
를 걷어차 버렸지. 그 얼치기 배우가 조한테 나중에 보자고 말했고, 다
음 날 8시에 조가 그 사람한테 전화를 걸었지. 그랬더니 그 사람이 어
떻게 했는지 아나? '난 또 자네가 나한테 할 말이 있다고 생각했었지,'
하고는 전화를 끊어 버렸다네."

말도 안 되는 그 얘기가 조엘의 기운을 돋워 주었다. 그리고 그는
옆 테이블에 앉아 있는 사람들을 보면서 다소나마 위안을 얻었다. 거

---

* Sidney Patrick Grauman(1879~1950). 남부 캘리포니아에서 가장 인지도가 높은, 방문객
들의 랜드마크였던 극장을 설립한 미국 연예 흥행사.

기엔 슬프지만 사랑스러운, 못생긴 난쟁이 샴쌍둥이와 서커스 영화에
나오는 거만한 거인이 함께 있었다. 하지만 그 너머로 화사하게 화장
을 한 예쁜 여자들의 얼굴과 그들의 우수에 찬 눈, 깜빡이는 마스카라,
화려하게 번쩍이는 무도회 가운을 보는 순간 그는 그들이 캘먼의 집
에 왔던 사람들이라는 걸 알고는 절로 인상이 찌푸려졌다.

"다시는 안 갈 겁니다," 하고 그가 큰 소리로 말했다. "그건 할리우
드에 있는 동안 제가 참석한 마지막 파티가 될 겁니다!"

다음 날 아침, 전보 한 장이 사무실에서 그를 기다리고 있었다.

> 당신은 우리의 파티에서 가장 기분 좋은 손님 중 한 사람이었습니다.
> 다음 일요일에 열리는 제 여동생 준의 뷔페 만찬에서도 당신을 볼 수 있
> 기를 기대합니다.
>
> 스텔라 워커 캘먼

한동안 그는 온몸의 피가 뜨겁게 솟아오르는 걸 느꼈다. 도무지 믿
기지 않아 그는 다시 한 번 전보를 읽었다.

"와, 살면서 이런 달콤한 말은 들어 본 적이 없어!"

3

말도 안 되는 일요일이 다시 찾아왔다. 조엘은 11시까지 자고 일어
나 지난주에 일어난 일들을 따라잡기 위해 신문을 읽었다. 방에서 송
어와 아보카도 샐러드로 점심을 먹으며 캘리포니아 와인 작은 병 하

나를 비웠다. 티파티에 갈 의상으로 그는 자잘한 체크무늬가 들어간 슈트와 푸른색 셔츠, 적등색赤橙色 넥타이를 골랐다. 눈 밑이 피로에 쌓여 어둡게 가라앉아 있었다. 그는 리비에라 아파트 촌으로 중고차를 몰았다. 스텔라의 여동생에게 인사하고 있을 때 마일스와 스텔라가 승마복 차림으로 도착했다. 그들은 베벌리힐스 뒤편 흙길을 올라오던 오후 내내 거의 말다툼을 벌이며 왔다.

키가 크고 선병질적인, 웃기면서도 한편으론 쓸쓸한 유머를 구사하는, 조엘이 이제껏 본 것 중 가장 불행한 눈을 가진 마일스 캘먼은 기묘하게 생긴 머리 맨 위쪽부터 흑인의 그것처럼 생긴 발 맨 끝까지 영락없는 예술가였다. 그 예술가적인 두 발로 그는 당당하게 서 있었다. 그는 때로 실험적인 졸작으로 값비싼 대가를 지불하긴 했지만 결코 싸구려 영화를 만들진 않았다. 참 훌륭한 사람이긴 했지만, 함께 오래 있다 보면 건강한 사람은 아니라는 생각을 들게 만드는 그런 사람이었다.

그들이 들어서는 순간 조엘의 하루는 결국 그들과 떼어 낼 수 없게 되었다. 그가 그들 주변에 있던 사람들과 섞여 들자 스텔라가 성마르게 혀를 차며 돌아서서 가 버렸다. 마일스 캘먼은 우연히 그의 곁에 있던 남자에게 말을 걸었다.

"에바 괴벨한테 너무 심하게 굴지 말라고. 그 여자 땜에 집에서 아주 심하게 당하고 있으니까," 하고 말하곤 마일스가 조엘에게로 고개를 돌렸다. "어제는 사무실에서 자넬 못 봐서 미안하게 됐어. 오후를 정신분석의랑 볼일이 있어서 말이야."

"정신분석을 받고 계십니까?"

"몇 달 됐네. 처음엔 폐소공포증 땜에 갔었는데, 지금은 내 인생 전반을 좀 말끔하게 정리하고 싶어서 가고 있어. 1년 넘게 걸린다더군."

"감독님 인생에 무슨 문제가 있겠습니까," 하고 조엘이 그를 안심시켰다.

"아, 없을 거라고? 근데, 스텔라는 그렇게 생각하질 않는 거 같아. 아무나 붙들고 물어봐…… 다들 똑같은 얘길 해 줄 테니까," 하고 그가 씁쓸하게 말했다.

아가씨 하나가 다가와 마일스의 의자 팔걸이에 걸터앉았다. 조엘이 스텔라에게로 갔다. 그녀는 낙담한 표정을 지은 채 난롯가에 서 있었다.

"전보, 고마웠습니다," 하고 그가 말했다. "정말이지 좋았습니다. 부인처럼 미인이시면서 이토록 따뜻한 마음을 가진 분이 있으리라곤 상상도 못 했습니다."

그녀는 이제껏 그가 보았던 그녀보다 좀 더 예뻤다. 어쩌면 그의 두 눈에 담긴 더없이 풍부한 경모의 빛으로 인해 그녀는 그에게 마음을 터놓고 싶어졌을지도 몰랐다. 그녀의 감정이 폭발할 지점에 이르렀다는 게 너무나 명확하게 보였고, 그러는 데는 오랜 시간이 걸리지 않았다. "……마일스가 지난 2년 동안이나 이 짓을 하고 있었는데도 난 까맣게 몰랐지 뭐예요. 무엇보다, 그 애는 나랑 가장 친한 친구 중 하나거든요. 거기다 늘 집에만 붙어 있었고요. 사람들이 하나둘 나한테 와서 얘기해 주기 시작하니까, 마일스도 결국 시인을 하지 않곤 배길 수가 없었죠."

그녀는 격분하며 조엘의 의자 팔걸이에 걸터앉았다. 조엘은 그녀의 승마용 바지가 의자와 같은 색깔이라는 것, 그녀의 머리칼이 붉은빛이 도는 금색과 옅은 금색이 가닥가닥 섞여 있어서 염색을 하지 않았

을 거라는 것 그리고 화장도 전혀 하지 않았다는 걸 알았다. 그런 그녀
가 너무도 예뻤다.

자신이 알게 된 사실에 충격을 받아 아직도 몸을 떨고 있던 스텔라
는 마일스 근처에 새로운 여자가 어정거리는 걸 보고는 참을 수가 없
었다. 그녀는 조엘을 침실로 데려가 커다란 침대 양 끝자락에 앉아 얘
기를 계속했다. 화장실에 가던 사람들이 방 안을 힐끔거리곤 뭐라고
들 떠들어 댔지만, 스텔라는 자신의 얘기를 털어놓느라 전혀 신경을
쓰지 않았다. 그렇게 얼마쯤 뒤 마일스가 문을 열고 고개를 디밀고는
"나도 날 이해하지 못하고, 정신분석가도 이해하려면 1년이 넘게 걸
린다는데, 그걸 30분 안에 조엘한테 설명한들 무슨 소용이겠어," 하고
말했다.

그녀는 마치 마일스가 거기 없는 듯 계속 말을 이어 나갔다. 그녀는
마일스를 사랑한다고 말하고는, 정말이지 어려운 상황에서도 자신은
늘 그에게 정성을 다했다고 덧붙였다.

"정신분석가가 마일스한테 말하길 머더 콤플렉스*가 있다고 했대
요. 첫 번째 결혼에서 그 사람의 머더 콤플렉스는 아내에게로 옮겨졌
는데, 그러니까…… 그때 그 사람은 나를 섹스 파트너로 삼았죠. 하지
만 우리가 결혼을 하고 나선 똑같은 일이 다시 일어났어요…… 머더
콤플렉스의 대상이 나로 바뀐 거죠. 그러곤 그 사람의 모든 성적 욕구
는 다른 여자들에게로 향했고요."

조엘은 그녀의 말이 허튼소리가 아니란 걸 알고 있었다. 하지만 왠
지 허튼소리처럼 들렸다. 그는 에바 괴벨을 알고 있었다. 그녀는 어머

* 흔히 '오이디푸스 콤플렉스'라고 부르는, 정신분석 이론에서 이성 부모에 대한 성적 접촉
욕구나 동성 부모에 대한 경쟁의식을 가리키는 말.

니처럼 자애로운 여자로, 스텔라보다 나이도 더 많았고 어쩌면 더 똑똑할는지도 몰랐다. 그녀에 비하면 스텔라는 그저 한없이 사랑만 받고 사는 아이와 같았다.

마일스가 조엘에게, 스텔라가 할 말이 많은 것 같으니 집으로 같이 가자고 하도 다그쳐서 그들은 결국 베벌리힐스의 저택으로 함께 차를 타고 이동했다. 높다란 천장 아래에 이르자 그들의 상황은 훨씬 위엄 있으면서도 비극적이 되었다. 창밖은 온통 어두웠지만 아주 청명해서 으스스할 정도로 빛나는 밤이 펼쳐졌다. 온몸을 장밋빛으로 물들인 채 방 안을 서성대던 스텔라는 분노를 터뜨리며 울음을 토해 냈다. 조엘에겐 여배우들의 슬픔이 모두 연기처럼 느껴졌다. 그들은 작가와 감독들이 만들어 놓은 아름다운 장밋빛 피조물들로, 자신과는 전혀 다른 존재에 몰입해 있다가 몇 시간 뒤엔 사람들과 둘러앉아 낮은 소리로 속삭이고 킬킬거리며 속내를 드러내는, 그러다 수많은 모험들이 자신에게로 흘러들어 와 막을 내리게 만드는, 그런 존재들로 보였던 것이다.

때로 그는 귀를 기울이는 척하고는 다리에 착 달라붙은 매끈한 승마 바지며, 이탈리아 국기처럼 초록과 흰색과 빨강이 섞인, 목 부분이 좁고 기다란 스웨터에 짧은 갈색 섀미 가죽 코트까지, 그녀가 얼마나 잘 차려입었는지에 대해 생각했다. 그는 그녀가 영국의 귀부인을 흉내 낸 것인지, 영국의 귀부인이 그녀를 흉내 낸 것인지 결정을 내릴 수가 없었다. 그녀는 가장 현실적인 현실과 가장 뻔뻔스러운 흉내 사이 어딘가에 우뚝 멈추어 있었다.

"마일스는 내게 너무나 질투가 나서 사사건건 캐물어요," 하고 그녀가 비웃듯 큰 소리로 말했다. "뉴욕에 있을 때 한번은 내가 에디 베이커*랑 극장에 갔었다고 편지를 썼었죠. 그 후로 마일스는 질투심이 폭발해서 하루에 열 번이나 전화를 했었다고요."

"그땐 내가 거칠었었지," 하고 마일스가 신경질적으로 코를 킁킁거렸다. 긴장을 하면 나타나는 버릇이었다. "정신분석가 말로 그런 증세는 일주일로는 어림도 없다더군."

스텔라는 자포자기하듯 고개를 저었다. "당신은 제가 3주 동안이나 호텔에서 꼼짝하지 않길 기대했어요?"

"아무것도 기대하질 않았어. 내가 질투한다는 거 인정해. 나도 안 그러려고 노력하고 있어. 거기에 대해선 브리지베인 박사랑 뭘 좀 시도해 봤는데, 좀체 좋아지질 않아. 오늘 오후에만 해도 당신이 조엘 의자에 걸터앉는데 조엘한테 질투가 확 나더라니까."

"정말로요?" 하고 그녀가 자리에서 벌떡 일어났다. "정말이지, 당신! 당신 의자 팔걸이엔 아무도 안 앉았어요? 그리고 두 시간 동안 당신이 내게 말 한 마디 걸어 봤어요?"

"침실에서 조엘한테 당신 얘기를 털어놓느라 바빴잖아."

"그 여자 생각을 하면……," 하고 말하다가 그녀는 마치 에바 괴벨의 이름을 입에 담지 않으면 그녀의 실체가 사라질 거라고 믿기라도 하듯 이름을 거론하지 않은 채 "여기 드나들곤 하던……," 하고 얼버무렸다.

"알았어…… 알았다고," 하고 마일스가 지친 듯 말했다. "다 인정해. 그 일은 나도 당신만큼 마음이 안 좋아." 그는 조엘에게로 고개를 돌리더니 영화 얘기를 하기 시작했고, 그러는 동안 스텔라는 두 손을 바

---

* Eddie Baker(1897~1968). 1917년에서 1965년 사이에 177편의 영화에 출연한 미국의 유명 영화배우.

지 주머니에 찌른 채 벽을 따라 성마르게 오르내렸다.

"사람들이 마일스한테 심하게 했죠." 마치 자신의 개인적인 문제에 대해선 전혀 얘기한 적이 없다는 듯 그녀가 갑자기 대화에 끼어들었다. "여보, 벨처 노인네가 당신 영화를 바꾸려고 기를 썼던 얘기, 이분한테 해 드려요."

그녀가 그를 대신해 두 눈에 분노의 빛을 이글거리며 마일스를 보호하려는 듯 그를 굽어보며 서 있을 때, 조엘은 자신이 그녀를 사랑하고 있다는 사실을 깨달았다. 흥분이 되어 숨이 멎는 것 같은 느낌을 받으며 그는 자리에서 일어나 황급히 작별 인사를 했다.

월요일로 넘어가자 한 주는 다시 일상적인 리듬을 되찾았다. 일요일에 벌어진 이론적인 입씨름들, 가십과 스캔들과는 너무도 대조적이었다. 대본을 수정하는 세세한 얘기들은 끝도 없이 이어졌다. "……느슨한 디졸브 대신 사운드트랙에 그녀의 목소리를 얹어 놓고 벨의 시각에서 택시 미디엄숏으로 끊을 수도 있고, 아니면 그냥 카메라를 뒤로 당기고 기차역을 넣고 잠깐 그대로 간 뒤에 늘어서 있는 택시들을 넓게 잡을 수도 있죠……" 월요일 오후의 조엘은 오락을 제공하는 일을 하는 사람들이야말로 오락을 즐길 특권이 있다는 사실을 다시금 말끔히 잊어버렸다. 저녁에 그는 마일스의 집으로 전화를 걸었다. 마일스와 통화를 하려 했지만 스텔라가 전화를 받았다.

"상황은 좀 좋아졌습니까?"

"그다지요. 토요일 저녁에 특별한 일 있어요?"

"아무것도 없습니다."

"페리 부부가 만찬 끝나고 연극을 보는 파티를 할 건데, 그땐 마일스도 없고…… 비행기로 노터데임이랑 캘리포니아 경기 보러 사우스벤드로 갈 거거든요. 내 생각엔 당신이 그 사람 대신 나랑 파티에 가주면 좋을 거 같은데."

시간을 좀 끈 뒤에 조엘이 말했다. "아…… 그렇게 할게요. 회의가 있으면 만찬엔 참석할 수가 없지만 극장엔 갈 수 있을 겁니다."

"그럼 갈 수 있다고 말해 놓을게요."

조엘은 사무실 안을 걸어 다녔다. 캘먼 부부의 긴박한 관계를 생각하면 머릿속이 복잡해졌다. 마일스가 알면 좋아할까? 아니면, 그녀가 마일스 몰래 일을 꾸민 걸까? 그건 말도 안 되는 일이었다. 만약 마일스가 얘기를 하지 않는다면, 조엘이 먼저 얘기하게 될 것이기 때문이었다. 그가 일손을 다시 잡기까지는 한 시간 이상이나 지나야 했다.

수요일엔 담배 연기가 행성과 성운처럼 자욱하게 떠도는 회의실에서 무려 네 시간이나 입씨름을 펼쳤다. 남자 셋과 여자 하나는 카펫 위를 번갈아 오가며 의견을 내놓거나 비난을 퍼붓고, 날카롭거나 애걸하거나 대담하거나 절망적으로 내뱉었다. 마지막에 조엘은 한참을 머뭇거리다 마일스에게 말했다.

그는 지쳐 있었다. 피로가 쌓여서가 아니라 삶 자체에 지친 듯했다. 눈꺼풀은 처지고, 입가의 푸른 그늘 위로 수염이 삐죽삐죽 돋아 있었다.

"비행기로 노터데임 시합에 가신다고요."

마일스가 그의 뒤편을 멍하니 바라보며 고개를 저었다.

"생각을 접었어."

"아니, 왜요?"

"자네 때문이지." 여전히 그는 조엘을 정면으로 바라보지 않았다.

"대체 무슨 말씀을 하시는 겁니까, 감독님?"

"달리 이유가 있겠어?" 그는 바보처럼 자신을 비웃기라도 하듯 불쑥 내뱉었다. "스텔라가 악에 받쳐서 무슨 일을 저지를지 모르겠다 이 말이야…… 자넬 페리 부부 파티에 초대했잖아. 안 그래? 이런 상황에서 시합이 눈에 들어오겠어?"

촬영장에선 날렵하고 자신만만하게 움직였던 영민한 본능이 자신의 사생활에선 너무도 허약하고 무력하게 뒤엉겨 버렸다.

"이것 보세요, 감독님," 하고 조엘이 인상을 쓰며 말했다. "저는 부인께 어떤 식으로든 작업을 건 적이 없어요. 저 때문에 정말로 여행을 취소하신 거라면 페리 부부 파티에 가지 않겠습니다. 절 완전히 믿으셔도 좋습니다."

마일스의 두 눈이 비로소 조심스럽게 그에게 닿았다.

"자네가 아니라도," 하고 그가 어깨를 으쓱해 보였다. "어쨌든 누군가 또 있을 거야. 결국 난 시합을 즐기지 못할 거라고."

"감독님은 부인을 그다지 믿지 못하시는 것 같네요. 부인이 저한테 말씀하기로는 늘 감독님께 진실하셨다던데요."

"그랬을지도 모르지." 몇 분 사이에 마일스의 입가 근육들이 더 처진 듯했다. "하지만 내가 무슨 낯으로 그 여자한테 부탁할 수 있겠나? 내가 어떻게 그녀한테만……" 그는 갑자기 말을 끊었다가 점점 굳어져 가는 얼굴로 말을 이었다. "내가 잘했건 못했건, 무슨 일을 했건, 자네한테 한 가지만 말하겠네. 만약 그 여자한테 무슨 일이 생기면 바로 이혼할 거야. 자존심에 상처를 입고는 살 수 없으니까…… 그건 마지막 지푸라기와 같은 거니까."

그의 말투에 마음이 복잡했지만 조엘은 그에게 이렇게 말했다.

"부인께선 아직 에바 괴벨 일로 마음을 끓이고 계신 겁니까?"

"그렇다고 봐야지," 하고 마일스가 자신이 없는 듯 코를 쿵쿵거렸다. "나도 아직 극복을 못 했는데."

"저는 다 끝났다고 생각했는데요."

"에바는 다시 안 보려고 노력 중이지만, 자네도 알다시피 그런 게 쉽게 되는 일이 아니잖나…… 어젯밤에 만나 택시에서 키스한 아가씨도 아니고 말이야! 정신분석가 말이……"

"압니다," 하고 조엘이 그의 말을 잘랐다. "부인께서 저한테 말해 줬어요." 기분이 울적하게 가라앉고 있었다. "어쨌든, 감독님이 시합을 보러 가셔도 전 부인을 만나지 않을 겁니다. 그리고 부인께선 다른 누구에 대해서도 양심에 거리끼는 일은 하지 않으시리라고 확신합니다."

"그럴지도 모르지," 하고 마일스는 맥없이 같은 말을 반복했다. "어쨌거나 난 시합에 가지 않고 아내를 데리고 파티에 갈 걸세," 하고 그가 불쑥 말했다. "자네도 같이 갔으면 좋겠네만. 누군가 내 마음을 이해해 주는 사람이랑 같이 있고 싶어. 문제는 말이야…… 모든 면에서 내가 스텔라에게 영향을 끼쳤다는 거야. 특히, 내가 영향을 끼친 나머지, 내가 좋아하는 남자들을 스텔라가 모두 좋아한다는 거…… 그게 제일 힘들어."

"그렇겠군요," 하고 조엘도 그의 말에 동의를 했다.

4

조엘은 만찬에는 갈 수가 없었다. 그는 할리우드 극장 앞에서 다른 사람들을 기다리며 저녁 가장 행렬을 지켜보고 있었다. 실크 모자를 쓰고 있는 그의 머리, 그 안에 자리한 자의식은 실직에 대한 생각으로 꽉 차 있었다. 화려한 특정 영화배우들을 어설프게 흉내 낸 사람들, 더 블코트 차림의 절름발이 남자들, 수염을 붙이고 사도의 지팡이를 든 채 발을 구르는 탁발승, 7대양에 펼쳐진 미국의 한 변방을 상기시키는 대학생 차림의 근사한 필리핀 남녀 한 쌍, 남학생 사교 클럽에 입회했음을 알리는 젊은이들이 길게 늘어서서 펼치는 환상적인 카니발까지, 가장 행렬을 지켜보고 있던 사람들의 줄이 두 개로 갈라지면서 근사한 리무진들이 들어와 인도에 멈추어 섰다.

수천 개의 열은 푸른색 조각들이 장식된, 목 부분엔 고드름들이 매달린, 얼음물 같은 드레스를 입은 그녀가 모습을 드러냈다. 그는 앞쪽으로 걸음을 옮기기 시작했다.

"내 드레스 마음에 들어요?"

"감독님은 어디 계신가요?"

"그 사람은 결국 시합을 보러 날아갔죠. 어제 아침에요…… 적어도 내 생각엔……," 하고 그녀는 갑자기 말을 끊었다. 그러다 다시 "사우스벤드에서 온 전보를 받았는데, 지금 돌아오고 있는 중이래요. 아참…… 이 사람들 모두 알아요?"

여덟 사람들이 무리를 지어 극장 안으로 움직이고 있었다.

마일스는 결국 떠났다. 조엘은 그가 돌아올는지 궁금했다. 하지만 연극을 보는 동안, 한 올 한 올 가볍게 일렁이는 머리칼 아래 드러난 스텔라의 옆모습을 힐끔거리며 그는 더 이상 마일스 생각은 하지 않았다. 한번은 고개를 돌려 그녀를 바라보았는데, 그녀도 고개를 돌려 미소 띤 얼굴로 오랫동안 그의 눈을 지그시 바라보았다. 막과 막 사이에 두 사람은 로비에서 담배를 피웠다. 그녀가 속삭였다.

"사람들이 모두 잭 존슨의 나이트클럽 개업식에 갈 거예요…… 난 별로 가고 싶지 않은데, 당신은?"

"가야 하는 거 아닌가요?"

"꼭 그럴 필요까지야," 하고 그녀가 머뭇거렸다. "당신이랑 얘기하고 싶어요. 확신이 서면…… 우리 집으로 갈 수도 있고……"

그녀가 여전히 머뭇거리자 조엘이 물었다.

"무슨 확신 말씀이죠?"

"그러니까…… 아, 정말 헷갈리는데, 마일스가 시합을 보러 간 게 확실한지, 어떻게 알죠?"

"부인 말씀은, 감독님이 에바 괴벨이랑 같이 있을지도 모른다, 그건가요?"

"아니, 그런 것도 있지만…… 그 사람이 여기서 내 모든 걸 지켜본다고 생각해 봐요. 당신도 마일스를 알잖아요, 때로 이상한 짓들을 한다는 거. 언젠가 수염이 긴 사람이랑 차를 마시고 싶다고 해서 캐스팅 업체에다 사람을 구하게 하고는 오후 내내 그 사람이랑 차를 마신 일도 있었다고요."

"그건 다른 일이죠. 사우스벤드에서 전보를 보냈다면서요…… 그건 시합을 보고 있다는 증거가 아니겠습니까."

연극이 끝나고 두 사람은 인도에서 사람들에게 작별 인사를 하고는 즐거운 표정의 답례를 받았다. 그들은 스텔라 주위에 모여든 사람들을 뚫고 금빛으로 수놓인 대로를 따라 미끄러져 나갔다.

"사람을 시켜서 전보를 보낼 수도 있잖아요," 하고 스텔라가 말했다. "아주 쉬운 일이죠."

그럴 수도 있었다. 그리고 그런 생각이 그녀를 불편하게 만드는 건 당연한 일이었다. 조엘은 점점 화가 치밀었다. 만약 마일스가 그들에게 카메라를 들이댄다 해도 그는 마일스에게 책임지고 싶은 마음이 전혀 일어나지 않았다. 그는 큰 소리로 말했다.

"말도 안 되는 소립니다."

가게 진열장엔 이미 크리스마스트리들이 놓여 있었고, 대로 위에 떠오른 보름달은 한낱 소도구에 불과했다. 길모퉁이에 무대처럼 만들어진 여성의 널따란 안방을 비추고 있는 소도구. 낮에는 유칼립투스 나무처럼 타오르던 베벌리힐스의 나뭇잎들이 어둠에 잠겨 있었다. 조엘은 자신의 얼굴 아래에 놓인 그녀의 하얀 얼굴과 어깨의 곡선을 내려다보았다. 갑자기 그녀가 그에게서 떨어지더니 그를 바라보았다.

"당신의 눈은 당신 어머니의 눈을 닮았어요," 하고 그녀가 말했다. "그분의 사진들이 가득 든 스크랩북을 갖고 있었죠."

"부인의 눈은 부인 자신의 눈입니다. 다른 누구의 눈과도 같지 않아요," 하고 그가 말했다.

두 사람이 집으로 들어갈 때, 마치 마일스가 관목 숲에 숨어 있기라도 하듯 조엘의 고개는 바닥을 향해 있었다. 전보 한 장이 거실 탁자 위에서 기다리고 있었다. 그녀가 소리를 내어 읽었다.

시카고.
집에는 내일 밤 돌아감. 당신을 생각하며, 사랑을.

마일스

"이것 봐요," 하고 그녀가 전보 용지를 탁자 위로 밀어 던지며 말했다. "그 사람은 너무도 쉽게 조작할 수가 있어요." 그녀는 집사에게 술과 샌드위치를 갖다 달라고 말하고는 위층으로 뛰어 올라갔다. 그 사이 조엘은 아무도 없는 응접실을 왔다 갔다 걸었다. 천천히 걸음을 옮기던 그는 두 주 전 일요일에 무안한 얼굴로 서 있던 피아노 주위를 어슬렁거렸다.

"뭐 하나 건질 수 있을 거야," 하고 그가 커다란 소리로 말했다. "이혼에 관한, 젊은 제너레이터와 프랑스 외인부대 얘기 말이야."

그의 기억이 또 다른 전보 하나로 훌쩍 넘어갔다.

"당신은 우리의 파티에서 가장 기분 좋은 손님 중 한 사람이었습니다……"

그러다 생각 하나가 불쑥 떠올랐다. 만약 스텔라의 전보가 그저 예의를 차린 것에 불과했다면, 그건 마일스가 그렇게 하도록 언질을 줬을 거라는 사실이었다. 그를 초대한 게 마일스였기 때문이다. 어쩌면 마일스는 이렇게 말했을지도 몰랐다.

"그 친구한테 전보 한 통 보내 줘…… 안됐잖아…… 괜히 나서서 이상한 꼴이 됐다고 생각할 거야."

그의 상상은 "난 모든 면에서 스텔라에게 영향을 끼쳤다네. 특히, 내가 영향을 끼친 나머지, 내가 좋아하는 남자들을 스텔라가 모두 좋아하게 됐다고"라던 마일스의 말에 부합하는 것이기도 했다. 동정을 느끼면 여자들은 그렇게 하기도 하는 법이다. 책임감 때문에 그렇게 하는 건 오직 남자뿐이다.

스텔라가 응접실로 돌아왔을 때, 그는 그녀의 두 손을 잡았다.

"저는 왜, 부인께서 마일스를 상대로 벌이는 게임에 제가 이용당하는 것 같다는 이상한 기분이 들지요?" 하고 그가 말했다.

"일단 한잔해요."

"그리고 더 이상한 건 그런데도 제가 부인을 사랑한다는 겁니다."

전화벨이 울리자 그녀는 멀찌감치 떨어져 통화를 했다.

"마일스가 전보를 또 보냈대요," 하고 그녀가 알렸다. "그 사람이 그러네요. 말로만 그러는지 모르겠지만. 어쨌든 캔자스시티 공항에서 보냈다네요."

"저한테도 뭐라고 말씀을 하시지 않았나요?"

"아뇨, 그저 날 사랑한다고만 말했어요. 그건 믿어져요. 그 사람, 정말이지 약하거든요."

"이리 와 앉으세요," 하고 조엘이 그녀를 채근했다.

아직은 이른 시간이었다. 자정이 되려면 아직 30분쯤 남아 있던 시각, 조엘은 싸늘하게 식은 난롯가로 걸어가 에두르지 않고 말했다.

"제겐 어떤 호기심도 없다는 뜻인가요?"

"그럴 리가요. 당신은 내게 아주 매력적인 사람이란 거, 당신도 알잖아요. 핵심은 내가 마일스를 정말로 사랑한다고 나 자신이 생각하고 있다는 거예요."

"그렇죠."

"그리고 오늘 밤엔 모든 게 참 편치가 않네요."

그는 화가 나지 않았다. 오히려 연애 사건에 휘말리지 않게 된 것이 막연하게나마 다행이란 생각이 들었다. 그는 여전히 차가운 푸른색 의상에 휘감긴 그녀의 따뜻하고 부드러운 몸에서 눈을 떼지 못한 채, 그녀를 늘 아쉬워하게 될 거라는 사실을 깨달았다.

"가 봐야겠습니다," 하고 그가 말했다. "택시를 불러야겠어요."

"무슨 소리…… 기사가 있는데."

그는 그녀가 잡지 않는다는 사실에 순간 움찔하고 놀랐다. 그걸 알아차린 그녀가 그에게 가볍게 키스를 하며 말했다. "당신은 좋은 사람이에요, 조엘." 그때 갑자기 세 가지 일이 한꺼번에 일어났다. 그가 단숨에 술을 들이켰고, 온 집 안이 떠나갈 듯 전화벨이 울렸으며, 널따란 방의 괘종시계에서 트럼펫 소리가 울려 나왔다.

……아홉…… 열…… 열하나…… 열둘……

5

다시 일요일이었다. 조엘은 한 주 동안의 일들이 여전히 시멘트처럼 단단히 달라붙은 상태로 전날 저녁 극장으로 갔던 일을 떠올렸다. 그는 하루가 끝나기 전에 서둘러 해치우기 위해 어떤 문제로 달려들 듯 스텔라에게 사랑을 고백했었다. 하지만 이제 다시 일요일이었다. 스물네 시간의 아름답고 느긋한 전망이 그의 앞에 펼쳐져 있었다. 1분 1분은 아무 목적도 없이 그저 어르듯 다가오는 무엇이며, 매 순간은 수없이 많은 가능성의 배아胚芽를 품고 있었다. 그 어떤 것도 가능하지 않은 것이 없었다. 모든 것은 그저 시작일 뿐이었다. 그는 술을 한 잔 더 털어 넣었다.

전화를 받고 있던 스텔라가 날카로운 신음을 뱉으며 미끄러지듯 힘없이 전화기 옆으로 무너졌다. 조엘이 그녀를 안아 들고는 소파에다 뉘었다. 그는 손수건에다 소다수를 뿌리고는 그녀의 얼굴을 때리듯 두드렸다. 수화기 구멍들 밖으로는 여전히 지직거리는 소리가 들려왔다. 그는 수화기를 집어 들어 귀에다 갖다 댔다.

"……비행기가 캔자스시티에서 추락했습니다. 마일스 캘먼의 시신은 확인이 된 상태고……"

그는 수화기를 내렸다.

"그냥 누워 계세요." 스텔라가 눈을 뜨자 시간을 약간 끌며 그가 말했다.

"아, 대체 무슨 일이 일어난 거죠?" 하고 그녀가 낮은 소리로 말했다. "다시 전화 좀 걸어 봐요. 아, 대체 무슨 일이 일어난 거예요?"

"당장 걸어 볼게요. 그런데 의사 선생님 성함이 어떻게 되죠?"

"마일스가 죽었다고 말한 거예요?"

"가만히 누워 계세요…… 아직 안 자고 있는 하인이 있어요?"

"나 좀 잡아 줘요…… 무서워요."

그가 팔을 둘러 그녀를 안았다.

"주치의 이름을 알아야 됩니다," 하고 그가 엄하게 말했다. "착오가 일어났을 수도 있어요. 그러니 누군가 여기 있어야 돼요."

"의사 이름이…… 아, 대체 무슨 일이에요? 마일스가 정말 죽은 거예요?"

조엘이 2층으로 달려가 암모니아제*가 있는지 낯선 약장을 샅샅이 뒤졌다. 그가 아래층으로 내려왔을 때 스텔라가 소리를 질렀다.

"그 사람은 안 죽었어…… 그 사람이 죽지 않았다는 걸 난 알아. 이건 그 사람이 꾸민 일이야. 날 괴롭히는 거라고. 그 사람 살아 있다는 거 난 알아. 살아 있다는 걸 느낄 수 있단 말이야."

"친구분들을 좀 불러야겠어요, 스텔라. 오늘 밤은 혼자 있게 둘 순

* 놔두면 누렇게 변하는 무색에 가까운 액체로, 암모니아, 탄산암모늄, 알코올, 방향유를 포함한 내복약으로 각성 효과가 있다.

554

없어요."

"아, 아니야," 하고 그녀가 다시 소리를 질렀다. "아무도 보고 싶지 않아요. 당신만 있어 줘요. 내겐 친구가 없어." 눈물이 주룩주룩 흐르는 얼굴로 그녀가 자리에서 일어났다. "아, 마일스가 내 유일한 친구였어요. 그 사람은 죽지 않았어요…… 그 사람은 죽어선 안 돼요. 당장 거기 가서 확인해야겠어요. 기차표를 구해 줘요. 나랑 같이 가 줘요."

"안 됩니다. 오늘 밤엔 아무것도 할 수 없어요. 전화해서 오라고 할 수 있는 분들 이름을 말해 주세요. 로이스? 조앤? 카멜? 누구 없어요?"

스텔라가 멍하니 그를 응시했다.

"가장 친한 친구는 에바 괴벨이에요," 하고 그녀가 말했다.

조엘은 이틀 전 사무실에서 보았던 마일스의 슬프고, 절망 어린 얼굴이 떠올랐다. 그의 죽음이 불러 온 무서운 침묵 속에서 그에 관한 모든 것이 명료해졌다. 그는 미국에서 태어난 감독들 가운데 흥미로운 기질과 예술적 양심을 겸비한 유일한 사람이었다. 영화가 산업으로 빠져들면서 그는 신경쇠약이란 대가를 치렀고, 탄력도, 건강한 냉소도, 피난처도 모두 잃어버리고 말았다. 그에게 남은 것은 비참하고 위험천만한 탈출밖에 없었다.

바깥 문 쪽에서 소리가 들려왔다. 갑자기 문이 열리면서 거실로 발소리가 들려왔다.

"마일스!" 하고 스텔라가 비명에 가까운 소리를 질렀다. "당신이에요, 마일스? 아, 마일스."

출입문에 모습을 드러낸 건 전보 배달부였다.

"초인종을 찾을 수가 없어서요. 안에서 얘기 소리가 들려서 들어왔습니다."

전보에 적힌 내용은 전화로 알려 준 것 그대로였다. 스텔라는 마치 새빨간 거짓말인 것처럼 그것을 읽고 또 읽었다. 그러는 사이에 조엘이 전화를 걸었다. 아직 이른 시간이라 누군가와 통화를 하는 건 어려운 일이었다. 그러다 마침내 몇 사람의 친구를 찾아내는 데 성공한 그는 스텔라에게 독한 술을 한 잔 마시게 했다.

"당신도 여기 있어 줘요, 조엘," 하고 그녀가 반쯤 잠이 든 듯 낮은 소리로 말했다. "가지 말아요. 마일스도 당신을 좋아했잖아요…… 그 사람이 그렇게 말했잖아요……" 그녀는 심하게 몸을 떨었다. "아, 세상에나, 당신은 내가 얼마나 외로운지 모를 거예요." 그녀의 눈이 감겼다. "안아 줘요. 마일스도 그렇게 부탁을 했었지요." 그녀가 몸을 꼿꼿이 일으켰다. "생각해 봐요. 그 사람이 어떤 느낌이었을지. 그 사람은, 거의 모든 것에 두려움을 느꼈어요."

그녀는 멍하니 고개를 저었다. 그러다 갑자기 조엘의 얼굴을 잡더니 자신의 얼굴 가까이로 끌어당겼다.

"가지 말아요. 날 좋아하잖아요…… 당신은 날 사랑하잖아요. 안 그래요? 아무한테도 전화하지 말아요. 내일 해도 시간은 충분해요. 오늘 밤은 나랑 여기 있어요."

그는, 처음엔 믿어지지 않아서, 그다음엔 얼떨떨한 기분으로 그녀를 응시했다. 어둠 속을 더듬듯 스텔라는 마일스가 살아 있던 상황을 계속 상기함으로써 그를 살아 있게 하려고 안간힘을 다했다. 그건 마치 마일스를 걱정하게 만드는 것들이 존재하는 한 그의 영혼이 죽지 않을 거라고 믿는 것 같았다. 그가 죽었다는 걸 깨닫기까지는 참으로 혼란스럽고 고통스러운 노력이 필요했다.

조엘은 결연히 전화기가 있는 곳으로 걸어가 의사에게 전화를 걸었다.

"하지 마, 아, 누구도 부르지 마!" 하고 그녀가 소리를 질렀다. "이리로 와요. 와서 날 안아 줘요."

"베일스 박사님 계십니까?"

"조엘," 하고 스텔라가 큰 소리로 말했다. "난 조엘을 믿을 수 있다고 생각했어요. 마일스도 당신을 좋아했어요. 그 사람은 당신을 질투하기까지 했어요…… 조엘, 이리로 와요."

그때였다. 자신이 만약 마일스를 배신한다면, 그녀에게 그는 계속 살아 있을 거라는 생각이 들었다. 하지만 그가 정말로 죽었다면, 어떻게 그를 배신할 수 있단 말인가?

"……충격을 아주 심하게 받으셨어요. 당장 오실 수 없을까요? 간호해 줄 사람도 한 사람 데려오시면 고맙겠습니다."

"조엘!"

그리고 얼마 뒤 현관 초인종과 전화벨이 시시각각 울리기 시작했고, 자동차들이 집 앞에 멈추는 소리가 들려왔다.

"당신은 가지 말아요," 하고 스텔라가 그에게 간절하게 말했다. "당신은 여기 그냥 있어요. 그럴 거죠?"

"아닙니다," 하고 그가 대답했다. "하지만 부인께서 절 필요로 하시면, 돌아오겠습니다."

그녀의 집은 이제 마치 나무를 살아 있게 하는 잎사귀들처럼 사람들이 모여 죽음을 둘러싼 채 뭐라고 말을 하고 가슴을 두근대고 있었다. 그런 집의 층계참에 서서 그는 목구멍 안으로 소리를 죽이며 흐느끼기 시작했다.

'그 사람이 손을 대면 모든 게 마법을 일으켰었지,' 하고 그는 생각

했다. '저 자그마한 장난꾸러기 소녀를 살아 있게 한 것도, 걸작으로 만든 것도 다 그 사람이었는데.'

그러다가 그는 속으로 중얼거렸다.

'그 사람은 이 빌어먹을 광야에 대체 얼마나 큰 구멍을 뚫어 놓은 거야…… 누가 이걸 메우냐고!'

그리고 그때 어떤 쓸쓸한 목소리가 자신의 목구멍 밖으로 터져 나왔다. "아, 알았어요. 돌아올게요…… 돌아올 거라고요!"

◆◆◆

「미친 일요일」(《아메리칸 머큐리》1932년 10월 호 발표)은 피츠 제럴드의 미발표작 「빨강 머리 여자Red-Headed Woman」를 1931년 에 MGM 사에서 영화로 각색하는 작업을 마친 뒤에 쓴 작품이다. 할 리우드에 머물고 있을 때 피츠제럴드는 영화 제작자 어빙 탈버그와 배우 노머 시어러가 주최한 파티에서 술의 힘을 빌려 유머러스한 노 래 한 곡을 만들어 불렀다가 배우 존 길버트와 루페 벨레스로부터 야유를 받은 적이 있었다. 「미친 일요일」엔 그런 경험이 고스란히 녹 아 있다.

《새터데이 이브닝 포스트》는 이 단편소설을 구입하지 않았는데 "아무것도 얻어 내지 못했고, 어떤 것도 증명해 내지 못했다"는 게 이유였다. 그리고 결말이 "어렵다"는 이유도 덧붙여졌다. 미국의 월 간지 《허스트 인터내셔널》의 자매 여성 잡지 《코즈모폴리턴》 역시, "픽션이 많이 가미되어서 영화감독이며 배우인 킹 비더를 제외하고 는 유사성을 가진 인물도 없으며, 이야기가 아주 흥미롭다"는 피츠 제럴드의 주장에도 불구하고 할리우드의 실제 인물들을 공격할 수 있다는 위험성을 내세워 이 작품을 싣지 않았다. 에이전트 해럴드 오버는 성性과 관련된 문제점과 작품의 분량 문제가 겹쳐 일반 대중 잡지에 지면을 확보하지 못해 애를 먹었다. 피츠제럴드는 결말을 수 정해 달라는 요청을 거절하고 불과 200달러에 《아메리칸 머큐리》 에 이 작품을 팔아 치웠으며, 나중에 작품집 『기상나팔 소리』에 포함 시켰다.

화려하고 열정적인, 외롭고 아픈,
섬세하고 여린…… 사랑들 (2)

　일본의 세계적인 작가 무라카미 하루키가 피츠제럴드를 무척 좋아했고 그로부터 적지 않은 영향을 받았다는 것은 잘 알려진 사실이다. 고등학생 시절의 하루키가 피츠제럴드의 소설이면 '닥치는 대로' 읽었다거나, 훗날 그가 일본어로 『위대한 개츠비』를 번역하게 되고 그 번역서에 하루키 특유의 문장들이 발견된다는 얘기 그리고 『위대한 개츠비』를 세 번 정도 읽은 사람과는 친구가 될 수 있다는 말이 그의 대표작 『노르웨이의 숲』에 나온다는 것 역시 유명한 일화에 속한다. 하루키의 근간 산문집에는 그가 쓴 「재즈 시대의 기수」라는 에세이가 수록되어 있는데, 피츠제럴드에 관한 그의 명징한 인식과 애정을 새삼 확인할 수 있다.

스콧 피츠제럴드는 미국이라는 나라의 청춘기의 실로 아름다운 발로였다. 그 숨결이 공중에서 순간적으로 신화로 결정화한 것, 그것이 바로 피츠제럴드이자 그의 작품들이었다. 그는 미국이라는 나라가 가진 가장 나이브하고 로맨틱한 부분을, 그 영혼의 조용한 떨림을, 자연스럽고도 생명력 있는 언어로 선명하게 그려냈으며 아름답게 음영을 드리운 이야기의 형태로 표현해 냈다.

피츠제럴드가 훌륭한 작가라는 사실은 제아무리 현실에 가혹하게 시달려도 글에 대한 신뢰를 거의 잃지 않았다는 데서 확인할 수 있다. 가장 마지막 순간까지도 자신은 글을 씀으로써 구제되리라 굳게 믿었다. 아내의 발광도, 세간의 냉랭한 묵살도, 서서히 육체를 좀먹어 가는 알코올도, 옴짝달싹할 수 없을 만큼 불어나던 빚도 그 뜨거운 믿음을 앗아갈 수는 없었다.*

하루키가 피츠제럴드로부터 구체적으로 어떤 영향을 받았는지는 비교문학적 비평의 차원에서 더 깊이 다루어져야겠지만, 하루키의 애독자인 필자가 피츠제럴드의 단편을 우리말로 옮기면서 그리 어렵지 않게 확인할 수 있었던 것은 두 가지였다.

우선, 두 작가가 소설 안에서 '음악'을 다루는 방식을 들 수 있다. 하루키 소설에서 '음악'이 빼놓을 수 없는 특장이라는 점은 그의 독자들에겐 익숙한 이야기이다. 대개는 그가 보통 이상의 음악 애호가이며 재즈 카페를 운영하기까지 했다는 데서 그 이유를 찾지만, 피츠제

* 무라카미 하루키, 『무라카미 하루키 잡문집』, 이영미 옮김(비채, 2011), p.309, 314.

럴드의 소설 곳곳에 '음악'들이 산재한다는 사실 역시 하루키와 피츠제럴드 사이에 농밀한 음악적 관계가 있다는 증거로 채택할 수 있다. 가령, 하루키가 단편 「오후의 마지막 잔디밭」에서 짐 모리슨의 〈Light My Fire〉와 폴 매카트니의 〈The Long and Winding Road〉를 이야기하는 방식은 피츠제럴드가 단편 「미녀들의 최후」에서 재즈곡 〈After You've Gone〉을 언급하는 것과 다르지 않으며, 피츠제럴드가 단편 「프리즈아웃」에서 프로코피예프와 스트라빈스키를 언급하는 방식은 하루키가 자신의 작품들에서 빈번하게 클래식을 언급하는 것과 상당 부분 겹친다. 더 많은 작품을 살펴보면 보다 분명해질 텐데, 이런 점에서 음악에 대한 하루키의 문학적 변주는 어쩌면 피츠제럴드의 그것에 대한 '오마주'라 해도 지나치진 않을 듯싶다.

두 작가의 영향 관계를 짚을 수 있는 다른 하나의 기제는, 피츠제럴드의 모든 작품을 관통하는 '사랑'에서 찾을 수 있다. 이때 사랑은 사랑을 잃는 것과 관련되며, 여기서 비롯되는 슬픔과 쓰라린 아픔, 미련, 혹은 파멸까지를 아우른다. 하루키의 거의 모든 소설들 역시 세련된 현대적 언어로 쓰이긴 했지만, 사랑의 상실과 아픔이 근간을 이룬다는 점에서 둘의 관계는 끈끈함 이상이며, 이 '사랑'이야말로 두 작가의 진정한 공통 분모라 할 수 있다. (하루키와 피츠제럴드의 작품들이 이루는 사랑이라는 공통분모를 비교문학적으로 검토하는 글이 나온다면 무척 의미 있을 것이다.)

피츠제럴드의 작품집 2권에서도 역시, 1권과 다를 바 없이, 섬세하고 여린 내면을 지닌 사람들의 화려하고 열정적인, 그래서 더 고독하고 쓰라린 사랑들이 펼쳐진다. 2권에는 특히 국내에 처음 소개되는 작품들이 많이 수록돼 있거니와, 장편소설 『밤은 부드러워』와 캐릭터나 내용면에서 긴밀한 관계를 가진 작품들도 상당수 포함되어 있다. 더욱 흥미로운 점은 인기 절정의 시기가 완만하게 기울면서, 기발한 상상력으로 쓰인 초기의 작품들과 달리 피츠제럴드 자신의 실제 이야기를 바탕으로 그려진 작품들이 유난히 많다는 사실이다. 젊은 여배우 로이스 모런에 대한 사랑을 그대로 옮겨 놓은 듯한 「야곱의 사다리」, 프린스턴 대학 시절 미식축구 선수로 활약했던 때의 환희와 좌절이 녹아 있는 「볼」, 제1차 세계대전 때 장교로 복무할 당시의 경험이 담긴 「미녀들의 최후」, 자신의 알코올 중독증과 발레리나의 꿈을 이루지 못한 아내 젤다의 좌절이 깊게 내재한 「두 개의 과오」, 발레리나와 화가, 작가로서의 삶을 추구하던 아내와 피츠제럴드 사이에 빚어진 갈등이 고스란히 녹아 있는 「참 잘생긴 한 쌍!」을 비롯해 할리우드에서 겪은 부끄러운 경험을 픽션화한 「미친 일요일」 등은 자전적 소설이라 해도 그리 지나치지는 않을 것이다.

2권에 실린 열여섯 작품 가운데 독자로서만이 아니라 한 인간으로서 유난히 역자의 가슴을 깊고 아프게 울린 작품은 역시 자전적 분위기가 물씬 풍기는 「바빌론에 다시 갔다」와 「새로 돋은 나뭇잎 한 장」이었다. 「바빌론에 다시 갔다」는 피츠제럴드 자신의 알코올 중독증과 아내의 정신적 붕괴 그리고 딸에 대한 애틋함과 책임감이 관련된 작가의 내밀한 개인적 감정이 섬뜩하도록 치밀하게 묘파되어 있으며, 「새로 돋은 나뭇잎 한 장」은 그가 얼마나 알코올 중독증으로부터 벗어나고 싶었는지를, 그러나 끝내 벗어나지 못한 채 마흔네 살의 아까운 나이에 세상을 떠나야 하는 운명을 예감하기라도 한 듯 감성적으로 그려져 있다.

하지만 죽음을 예감하고, 그렇게 죽어 가면서도, 피츠제럴드는 끝까지 펜을 놓지 않음으로써 죽음이 아니라 삶의 문학을 구현해 냈다. 이 '삶의 문학'을 하루키는 다음과 같이 기렸다.

반세기가 넘는 세월이 지난 지금도 수많은 독자가 피츠제럴드의 작품들에 열광하는 가장 큰 이유는 '멸망의 미학'이 아니라, 그것을 능가하는 '구원의 확신'임이 틀림없을 것이다.*

* 앞의 책, p.314.

1896   9월 24일, 미네소타주 세인트폴에서 태어남. 아버지 에드워드는
        구舊남부와 그 가치를 중요하게 여긴 사람이었고, 어머니 메리 맥
        퀼런은 부유한 아일랜드계 식품 도매상 집안의 딸이었다. 두 사람
        모두 가톨릭교도였다.

1898~1908 부친의 가구업이 파산하고 이주를 시작해 다시 고향으로 돌아가
        기까지, 주로 버펄로, 시러큐스 등 뉴욕 외곽에서 살았다. 고향으
        로 돌아온 뒤에는 모친이 물려받은 유산으로 안락하게 생활했다.
        세인트폴 아카데미에 입학. 13세에 처음으로 쓴 탐정 소설이 학교
        신문에 게재되었다.

| 1911~13 | 뉴저지 소재 가톨릭계 대학 예비학교 뉴먼 스쿨에 들어갔다. 시 |

1911~13 뉴저지 소재 가톨릭계 대학 예비학교 뉴먼 스쿨에 들어갔다. 시 거니 페이 신부를 만나면서 문학에 큰 용기를 얻었다. 재학 시절 교지에 단편소설 세 편을 발표했으며, 교내 미식축구팀 선수로도 활약했다. 프린스턴 대학에 들어간 후, 훗날『핀란드 역으로*To the Finland Station*』를 쓰게 되는 작가 에드먼드 윌슨, 파리에 망명해 시 인과 소설가로 활약하게 될 존 필 비숍과 교우했다. 여러 문예지 에 단편소설, 희곡, 시 등을 발표했다.

1914~17 1914년 제1차 세계대전 발발. 16세의 지녀브러 킹과 운명적 만남 을 갖지만, 피츠제럴드의 가난이 원인이 되어 청혼을 거절당하는 아픔을 겪었다. 왕성한 문학회 활동으로 성적이 부진했으며, 중퇴 와 복학을 반복하다 육군 보병장교로 입대했다. 훈련 과정 중, 참 전하면 전사할 거라고 확신하고 장편소설『낭만적 이기주의자*The Romantic Egotist*』를 쓰기 시작했다.

1918~19 앨라배마 몽고메리 인근 셰리든 캠프로 전속되고, 주 대법원 판 사의 딸인 18세의 미인 젤다 세이어와 사랑에 빠졌다.『낭만적 이 기주의자』를 탈고하고, 출판사에 보냈으나, 편집자로부터 독창성 은 인정하지만 출간은 할 수 없으며 수정 후 재의뢰할 것을 요청 받았다. 이후 개작과 재의뢰, 반복된 거절을 당했다. 해외 파병을 기다리던 중 제1차 세계대전이 종식되어(1918) 제대했다. 뉴욕으 로 돌아와 광고 회사에 취직해 결혼을 하려 하지만 박봉과 장래가 불투명하다는 이유로 약혼이 파기되었다. 직장을 그만두고 세인 트폴로 돌아가 장편『낭만적 이기주의자』를 개작하는 데 전념했

다. 스크리브너의 탁월한 편집자 맥스웰 퍼킨스로부터 출간 허락을 받았다. 1919년 가을과 겨울, 대중잡지에 단편소설을 발표하기 시작했다. 에이전트 해럴드 오버를 만나면서 《새터데이 이브닝 포스트》에 정기적으로 단편소설을 발표하며 '포스트 작가Post writer'라는 별명을 얻었다.

1920 3월 26일 『낭만적 이기주의자』가 『낙원의 이쪽』으로 제목이 바뀌어 출간되고, 하루아침에 유명 작가로 등극했다. 일주일 뒤 젤다 세이어와 뉴욕에서 결혼했다. 코네티컷 웨스트포트에서 요란한 여름을 보낸 뒤 뉴욕에 아파트를 얻어 두 번째 장편소설 『아름답고도 저주받은 사람The Beautiful and Damned』을 집필했다. 첫 단편집 『말괄량이와 철학자들』을 출간했다.

1921 젤다가 임신하고, 첫 유럽 여행 후 세인트폴로 돌아왔다. 외동딸 프랜시스 스콧 피츠제럴드가 태어났다. 흥행을 기대하고 희곡 〈채소The Vegetable〉를 썼다.

1922 브로드웨이에 가까이 있기 위해 롱아일랜드 그레이트넥으로 이사했다. 장편 『아름답고도 저주받은 사람』, 두 번째 단편집 『재즈 시대 이야기들』을 출간했다.

1923 정치 풍자극 〈대통령에서 집배원까지From President to Postman〉의 시험 공연 실패로 인한 빚을 갚기 위해 단편소설 집필에 매달리게 되었다. 그레이트넥과 뉴욕의 산만함이 세 번째 장편소설 『위대

한 개츠비』를 쓰는 데 방해가 되었다. 이 시기에 폭음이 더욱 심해져 알코올 중독증을 보였지만 글을 쓸 땐 술을 전혀 마시지 않았다. 젤다도 정기적으로 술을 마시긴 했으나 중독증까지는 이르지 않았다. 하지만 잦은 부부 싸움이 두 사람의 경쟁적인 폭음의 불씨가 되었다.

1924   안정된 환경을 찾아 프랑스로 옮겨 갔다. 여름과 가을 동안『위대한 개츠비』집필에 몰두했다. 젤다와 프랑스 해군 비행사의 염문이 결혼 생활에 타격을 주었다. 리비에라에서 해외 생활을 하던 부유하고 교양 있는 젊은 미국인 부부 젤라와 사라 머퍼를 만나 친밀한 우정을 쌓았는데, 이때의 경험이 훗날 몇 편의 단편과 장편『밤은 부드러워』의 주요 소재가 되었다. 이탈리아로 떠났다.

1925   연초의 겨울을 로마에서 보내면서『위대한 개츠비』를 수정하고 4월에 출간했다. 소설적 기교, 복잡한 구성, 정제된 이야기 등에 큰 발전을 이루었다는 문단의 찬사가 있었지만 판매는 부진했다. 그 손실은 연극과 영화 판권으로 보전되었다. 파리에서 어니스트 헤밍웨이와 만나면서 그의 개성과 천재성에 경탄하게 된다.

1926   파리와 리비에라를 오가며 네 번째 장편『밤은 부드러워』집필과 함께 프랑스에서 생활하는 미국인들의 삶을 탐색한「어머니를 살해한 남자The Boy Who Killed His Mother」,「우리의 방식Our Type」,「만국박람회The World's Fair」같은 작품(가제)들을 구상했으며, 세 번째 단편집『모든 슬픈 젊은이들』을 출간했다. 젤다의 일탈적인

행동이 심해져 미국으로 돌아간다.

1927~28 할리우드에서 시나리오와 관련된 일을 하지만, 기간도 짧고 제한적이며 성공적이지도 못했다. 『밤은 부드러워』의 로즈마리 호이트의 모델이 된 17세 여배우 로이스 모런과 만났다. 델라웨어주 윌밍턴 근교의 아파트를 임대, 파리에서 여름을 보낼 때까지 2년 동안 거주하며 『밤은 부드러워』에 몰두하지만 진전을 이루지 못했다. 이 시기에 젤다가 프로 발레리나가 되고자 발레 수업을 시작했다.

1929 봄에 프랑스로 돌아갔다. 젤다가 발레 연습에 지나치게 몰두해 건강이 악화되고 부부 싸움의 불씨가 되었다.

1930~31 북아프리카를 여행했다. 젤다의 신경쇠약증이 처음으로 심각한 상태를 보이면서 스위스 요양소에 입원하게 되었으며, 피츠제럴드는 스위스 호텔에서 지냈다. 장편 집필을 다시 중단하고 치료비를 마련하기 위해 단편들을 쓰기 시작했다. 단편소설 한 편의 구매가가 4,000달러까지 올랐다(오늘날 화폐가치로 4만 달러 상당). 당시 미국 교사의 평균 연봉 1,300달러와 비교해 상당한 고액 수입자였음에도 거의 저축을 하지 못했는데, 여기에는 부부의 낭비벽이 가장 큰 원인으로 작용했다. 1931년 2월에 부친이 세상을 떠나고, 가을에 미국으로 돌아왔다. 할리우드에서 다시 일하지만, 별 성공을 거두지 못했다.

1932   젤다가 신경쇠약증이 재발하여 볼티모어 존스홉킨스 병원에 입
원했다. (이후 그녀는 삶의 대부분을 병원과 요양소에서 치료나
입원으로 보내게 된다.) 젤다는 입원 중에 장편소설『날 위해 왈
츠를 남겨 주오*Save Me the Waltz*』를 쓰는데, 피츠제럴드와의 갈등을
모티브로 한 자전적인 작품이자, 그녀가 발표한 유일한 소설이
다. 피츠제럴드는 볼티모어 외곽에 주택을 빌려 살면서『밤은 부
드러워』를 탈고했다.

1934   1920년대의 프랑스를 무대로 부유한 정신 질환자와 결혼 생활을
하는 동안 악화 일로의 삶으로 치닫게 되는 뛰어난 미국인 정신과
의사 딕 다이버의 파멸을 실험적으로 다룬 장편소설『밤은 부드
러워』를 야심차게 출간했으나 상업적으로는 성공하지 못했다. 심
지어 작품의 매력조차 비판의 도마에 올랐다.

1935   쇠약해진 건강을 돌보기 위해 노스캐롤라이나 트라이턴과 애슈
빌에 머물며, 훗날 에세이집『붕괴*The Crack-up*』에 실리게 될 글들을
집필했다. 네 번째 단편집『기상나팔 소리』를 출간했다.

1936   젤다가 입원한 하이랜드 병원 인근의 호텔을 전전하며 질병과 빚,
상업적인 소설을 단 한 편도 쓸 수 없는 상황에 시달렸다. 볼티모
어를 떠난 이후 딸 스코티를 가정에서 돌보지 못하는 상황이 지속
되어, 스코티를 14세 때 기숙학교에 보내고, 에이전트 해럴드 오
버 부부가 그녀를 대신 돌보았다. 그럼에도 편지를 통해 아버지로
서의 의무를 다하려 했으며, 스코티의 교육을 관리하고 사회적 가

치를 형성시키려는 노력을 게을리하지 않았다. 모친이 돌아가셨다.

1937   홀로 할리우드로 떠나, 6개월 동안 주당 1,000달러를 받고 MGM 사와 시나리오 제작 및 각색 작업을 했다.

1938   「세 명의 동지Three Comrades」가 영화로 만들어지면서(영화화된 유일한 작품) 주급 1,250달러로 1년 재계약을 했다. 대공황 후기에 MGM으로부터 모두 9만 1,000달러(당시 시보레 신형 쿠페 가격이 619달러)를 벌어 들였지만, 대부분 빚을 갚느라 저축을 하지 못했다. 동부로 젤다를 만나러 갈 때마다 다툼이 일어났고, 캘리포니아에서 영화 칼럼니스트 실라 그레이엄Sheilah Graham과 사랑에 빠졌다(이들의 관계는 피츠제럴드의 음주벽에도 불구하고 마지막까지 지속된다). MGM과 재계약하지 못하면서 프리랜서 시나리오 작가와《에스콰이어》지 단편 작가로 일했다.

1939   할리우드를 소재로 한 장편 『마지막 거물의 사랑The Love of the Last Tycoon』 집필을 시작했다.

1940   『마지막 거물의 사랑』을 반 이상 쓴 상태에서 12월 21일, 실라 그레이엄의 아파트에서 심장마비로 사망했다.

1941   친구 에드먼드 윌슨이 편집을 맡아 유작 장편 『마지막 거물The Last Tycoon』이 출간되었다.

1948   하이랜드 병원에 일어난 화재로 입원 치료 중이던 젤다가 사망했다.

세계문학 단편선을 펴내며

세상의 모든 이야기는 단편으로 시작되었다. 성서와 그리스 신화를 비롯해 인류의 많은 신화와 설화는 단편의 형식으로 사물의 기원, 제도와 금기의 탄생, 운명이라는 이름의 삶의 보편적 형식을 설명했다.

〈세계문학 단편선〉은 모든 산문의 형식 중 가장 응축적이고 예술성이 높은 단편소설에 포커스를 맞추어 세계문학을 바라보는 새로운 관점을 제시하고자 한다. 단편소설을 언급할 때 빼놓을 수 없는 작가들의 작품들은 물론이고, 한두 편의 장편소설로만 우리에게 알려진 세계적 작가들이 남긴 주옥같은 단편들을 통해 대가의 진면모를 총체적으로 바라볼 수 있게 할 것이다. 또한 우리에게 문학의 변방으로 여겨져 왔던 나라들의 대표적 단편 작가들도 활발히 소개할 것이며 이미 순문학과의 경계가 불분명해진 장르문학의 형성과 발전에 크게 기여한 작가들의 작품 역시 새롭게 조명해 나갈 것이다.

에드거 앨런 포는 문학작품은 독자가 앉은자리에서 다 읽을 수 있을 정도로 짧아야 한다고 했다. 바쁜 일상의 삶을 사는 현대인들에게 〈세계문학 단편선〉은 삶과 사회, 나아가 세계를 바라볼 수 있게 하는 더할 나위 없이 좋은 친구가 될 것이라 확신한다.

21세기인 현재에 이르기까지 단편소설은 그리스 신화가 그러했듯이 삶의 불변하는 조건들을 응축된 예술적 형식으로 꾸준히 생산해 왔다. 그리고 새로운 문학적 기법과 실험적 시도를 통해 단편소설은 현재도 계속 진화, 확장되고 있다. 작가의 치열한 예술적 열정이 가장 뜨겁게 반영된 다양한 개성으로 빛나는 정교한 단편들을 통해 문학의 진정한 존재 이유를 독자들이 느낄 수 있기를 소망하며 이번 〈세계문학 단편선〉을 펴낸다.

현대문학 편집부

프랜시스 스콧 피츠제럴드 2

초판 1쇄 펴낸날 2017년 10월 25일

지은이 프랜시스 스콧 피츠제럴드
옮긴이 하창수
펴낸이 김영정

펴낸곳 (주)현대문학
등록번호 제1-452호
주소 06532 서울시 서초구 신반포로 321(잠원동, 미래엔)
전화 02-2017-0280
팩스 02-516-5433
홈페이지 www.hdmh.co.kr

ⓒ 2017, 현대문학

ISBN 978-89-7275-810-5 04840
세트 978-89-7275-672-9

* 책값은 뒤표지에 있습니다.